教育部哲学社會科学研究重大課題攻關項目

历史题材文学创作重大问题研究

RESEARCH ON IMPORTANT ISSUES IN CREATIVE WRITING OF HISTORICALLY THEMED LITERATURE

童庆炳
等著

经济科学出版社
Economic Science Press

图书在版编目（CIP）数据

历史题材文学创作重大问题研究/童庆炳等著. —北京：经济科学出版社，2011.8

教育部哲学社会科学研究重大课题攻关项目

ISBN 978 - 7 - 5141 - 0972 - 6

Ⅰ.①历…　Ⅱ.①童…　Ⅲ.①中国文学：当代文学 - 文学创作 - 研究　Ⅳ.①I206.7

中国版本图书馆 CIP 数据核字（2011）第 172534 号

责任编辑：程晓云　张庆杰
责任校对：徐领柱
版式设计：齐　杰
技术编辑：邱　天

历史题材文学创作重大问题研究

童庆炳　等著

经济科学出版社出版、发行　新华书店经销

社址：北京市海淀区阜成路甲 28 号　邮编：100142

总编部电话：88191217　发行部电话：88191540

网址：www.esp.com.cn

电子邮箱：esp@esp.com.cn

北京中科印刷有限公司印装

787×1092　16 开　36.75 印张　700000 字

2011 年 10 月第 1 版　2011 年 10 月第 1 次印刷

ISBN 978 - 7 - 5141 - 0972 - 6　定价：92.00 元

（图书出现印装问题，本社负责调换）

课题组主要成员

（按姓氏笔画排序）

刘起林	刘洪涛	邹　红	沈庆利
李春青	李真瑜	吴秀明	郭英德
程正民	童庆炳		

编审委员会成员

总　序

哲学社会科学是人们认识世界、改造世界的重要工具，是推动历史发展和社会进步的重要力量。哲学社会科学的研究能力和成果，是综合国力的重要组成部分；哲学社会科学的发展水平，体现着一个国家和民族的思维能力、精神状态和文明素质。一个民族要屹立于世界民族之林，不能没有哲学社会科学的熏陶和滋养；一个国家要在国际综合国力竞争中赢得优势，不能没有包括哲学社会科学在内的“软实力”的强大和支撑。

近年来，党和国家高度重视哲学社会科学的繁荣发展。江泽民同志多次强调哲学社会科学在建设中国特色社会主义事业中的重要作用，提出哲学社会科学与自然科学“四个同样重要”、“五个高度重视”、“两个不可替代”等重要思想论断。党的十六大以来，以胡锦涛同志为总书记的党中央始终坚持把哲学社会科学放在十分重要的战略位置，就繁荣发展哲学社会科学作出了一系列重大部署，采取了一系列重大举措。2004 年，中共中央下发《关于进一步繁荣发展哲学社会科学的意见》，明确了新世纪繁荣发展哲学社会科学的指导方针、总体目标和主要任务。党的十七大报告明确指出：“繁荣发展哲学社会科学，推进学科体系、学术观点、科研方法创新，鼓励哲学社会科学界为党和人民事业发挥思想库作用，推动我国哲学社会科学优秀成果和优秀人才走向世界。”这是党中央在新的历史时期、新的历史阶段为全面建设小康社会，加快推进社会主义现代化建设，实现中华民族伟大复兴提出的重大战略目标和任务，为进一步繁荣发展哲学社会科学指明了方向，提供了根本保障和强大动力。

高校是我国哲学社会科学事业的主力军。改革开放以来，在党中央的坚强领导下，高校哲学社会科学抓住前所未有的发展机遇，紧紧围绕党和国家工作大局，坚持正确的政治方向，贯彻“双百”方针，以发展为主题，以改革为动力，以理论创新为主导，以方法创新为突破口，发扬理论联系实际学风，弘扬求真务实精神，立足创新、提高质量，高校哲学社会科学事业实现了跨越式发展，呈现空前繁荣的发展局面。广大高校哲学社会科学工作者以饱满的热情积极参与马克思主义理论研究和建设工程，大力推进具有中国特色、中国风格、中国气派的哲学社会科学学科体系和教材体系建设，为推进马克思主义中国化，推动理论创新，服务党和国家的政策决策，为弘扬优秀传统文化，培育民族精神，为培养社会主义合格建设者和可靠接班人，作出了不可磨灭的重要贡献。

自2003年始，教育部正式启动了哲学社会科学研究重大课题攻关项目计划。这是教育部促进高校哲学社会科学繁荣发展的一项重大举措，也是教育部实施“高校哲学社会科学繁荣计划”的一项重要内容。重大攻关项目采取招投标的组织方式，按照“公平竞争，择优立项，严格管理，铸造精品”的要求进行，每年评审立项约40个项目，每个项目资助30万~80万元。项目研究实行首席专家负责制，鼓励跨学科、跨学校、跨地区的联合研究，鼓励吸收国内外专家共同参加课题组研究工作。几年来，重大攻关项目以解决国家经济建设和社会发展过程中具有前瞻性、战略性、全局性的重大理论和实际问题为主攻方向，以提升为党和政府咨询决策服务能力和推动哲学社会科学发展为战略目标，集合高校优秀研究团队和顶尖人才，团结协作，联合攻关，产出了一批标志性研究成果，壮大了科研人才队伍，有效提升了高校哲学社会科学整体实力。国务委员刘延东同志为此作出重要批示，指出重大攻关项目有效调动各方面的积极性，产生了一批重要成果，影响广泛，成效显著；要总结经验，再接再厉，紧密服务国家需求，更好地优化资源，突出重点，多出精品，多出人才，为经济社会发展作出新的贡献。这个重要批示，既充分肯定了重大攻关项目取得的优异成绩，又对重大攻关项目提出了明确的指导意见和殷切希望。

作为教育部社科研究项目的重中之重，我们始终坚持以管理创新服务学术创新的理念，坚持科学管理、民主管理、依法管理，切实增强服务意识，不断创新管理模式，健全管理制度，加强对重大攻关项目从选题遴选、评审立项、组织开题、中期检查到最终成果鉴定的全过程管理，逐渐探索并形成一套成熟的、符合学术研究规律的管理办法，努力将重大攻关项目打造成学术精品工程。我们将项目最终成果汇编成“教育部哲学社会科学研究重大课题攻关项目成果文库”统一组织出版。经济科学出版社倾全社之力，精心组织编辑力量，努力铸造出版精品。国学大师季羡林先生欣然题词：“经时济世　继往开来——贺教育部重大攻关项目成果出版”；欧阳中石先生手书了“教育部哲学社会科学研究重大课题攻关项目”的书名，充分体现了他们对繁荣发展高校哲学社会科学的深切勉励和由衷期望。

创新是哲学社会科学研究的灵魂，是推动高校哲学社会科学研究不断深化的不竭动力。我们正处在一个伟大的时代，建设有中国特色的哲学社会科学是历史的呼唤，时代的强音，是推进中国特色社会主义事业的迫切要求。我们要不断增强使命感和责任感，立足新实践，适应新要求，始终坚持以马克思主义为指导，深入贯彻落实科学发展观，以构建具有中国特色社会主义哲学社会科学为己任，振奋精神，开拓进取，以改革创新精神，大力推进高校哲学社会科学繁荣发展，为全面建设小康社会，构建社会主义和谐社会，促进社会主义文化大发展大繁荣贡献更大的力量。

教育部社会科学司

前 言

新时期以来，历史题材的文学创作进入一个繁荣时期。这一时期所产生的作品数量之多，出版之众，印刷量之大，读者之多，影响之大，在中国文学史上都是空前的。从姚雪垠的反映明末的农民起义的长篇历史小说的《李自成》开始，随后较有代表性的长篇历史小说有凌力的《少年天子》、《暮鼓晨钟——少年康熙》、《梦断关河》，徐兴业的《金瓯缺》，二月河的落霞三部曲《康熙大帝》、《雍正皇帝》和《乾隆皇帝》，唐浩明的《曾国藩》、《张之洞》、《杨度》，熊召政的《张居正》，卧龙的《汉武大帝》，王梓夫的《漕运码头》，包丽英的《蒙古帝国》，颜廷瑞的《汴京风骚》，高旅的《玉叶冠》；周国汉的《张骞大使》，王鼎三的《洛阳风云》，万斌生的《王安石》，映全的《楚王》，丁牧的《中原乱》，高光的《孔子》，常万生的《唐太宗》，马昭的《草堂春秋》，孙浩辉的《大秦帝国》，日本作家司马辽太郎的《项羽与刘邦》，法国作家勒内·格鲁塞的《成吉思汗》，等等。此外，红色历史题材的文学创作，也涌现出众多作品，在网络上发表还未出版的历史小说也还有很多。这些面世的长篇历史小说经过电影或电视连续剧的改编、播放，读者数量又大大增加，影响也就更大。这些历史题材小说的涌现，丰富了新时期的文学创作。有部分作品也有一定的思想力量和艺术水平，产生了好的社会效果，满足了群众的艺术欣赏要求。对于新时期历史题材文学所取得的成绩应充分肯定并作出公允的评价。但不能不看到，由于中国人的历史癖好，喜欢阅读历史题材的小说很多，这些作品销路很好，出版商获利巨大，于是历史题材文学被商业化所裹挟，粗制滥造的作品也不少，所产生的问题也很多，这就给文艺理论工作者提出一个任务，我们究竟应该如何来看待当代历史题材的文学创作。

2004年，我们课题组在教育部哲学社会科学研究重大课题攻关项目竞标中获得了“历史题材文学创作和改编中重大问题研究”（项目批准号：04JZD0035）这个课题，从2005年开始，我们潜心于整个课题的研究，经过几年的努力，于2009年春天到来的时候，终于完成了研究成果，其中包括发表论文50篇，最终成果50万字，重点研究了十大问题和八大现象，对于古代、现代和外国的历史题材文学创作的经验也做了粗略的总结。

我们的最终成果回答了十大问题，解析了八大现象，把历史题材创作的研究提高到了一个新水平。这篇“序言”，则试图从五个向度来厘清历史题材文学中的主要问题。

一、历史文学创作的历史观问题

创作历史题材文学作品，首先遇到的是一个历史观的问题，也就是我们根据什么样的观点来看待某个历史时期、某个历史事件和历史人物等，作出怎样的是非判断，或歌颂或批判等。当然，我们是要用马克思的历史唯物主义的历史观来看待、评价历史的。历史唯物主义的核心是什么？美国学者杰姆逊曾说过，马克思写于1859年的《〈政治经济学批判〉序言》那页书（在英文书中），是马克思主义最重要的一页书。马克思这篇论文的中文译本则在上下两页中。所以我们可以说，因为正是在这两页书里，马克思鲜明地提出了他的历史唯物主义的两个核心点：第一是“不是人们的意识决定人们的存在，相反，是人们的社会存在决定人们的意识”①。第二是指社会的物质的生产力发展到一定的阶段，就会与现存的生产关系发生矛盾，这时社会革命的时代就到来了。那么革命的时代要解决的问题，就是要解决社会生产力与生产关系之间的现存的冲突。这种冲突的解决首先是经济基础

① 《马克思恩格斯选集》第二卷，人民出版社1995年版，第32页。

的变更，其次是全部庞大的上层建筑的变更，其中也包括法律的、政治的、宗教的、艺术的和哲学的意识形态的变更。马克思的历史唯物主义所着眼的是解决社会冲突，促进社会生产力的发展，只有社会生产力的发展，人民的生活才可能改善。一切历史时代的人物，是否对历史的进步作出贡献，也要从他们是否解决了阻碍社会发展的社会冲突中所起的作用来加以判断。[①]

美籍华人学者黄仁宇，著有《万历十五年》等著作，他提出了一种“大历史观”。他的《万历十五年》成为新时期学者阅读中的一个事件，他的观点的确给予我们许多启发。按照我的理解，他的“大历史观”有三点相互联系的内容：第一是从技术理性的角度看历史。他说：“大历史观的观点，亦即是从技术的角度看历史（technical interpretation of history），至于将道德放在什么地方，这也是一个严重的问题。”[②] 他的文字，猛一读比较费解。“从技术的角度看历史”是什么意思？我们需要阅读他的全部著作，我们才会有所了解，他的意思是从数字可以统计的角度来看历史。如在欧洲，为什么资本主义比封建主义进步，就是因为资本主义具有商业的品格，一切都是可以用数字统计技术计算出来的，当然也是可以用统计数字的技术来管理的。这种具有商业化的可用数字技术来统计和管理的社会，必然会创造大量的财富，生产力也就大发展了。他的“从技术的角度看历史”，归结起来就是认为社会的统治者不要过多地用道德笼罩一切，譬如不要总是把人分成“君子小人”之类，分成“白猫黑猫”之类，而是要着眼于生产力的发展，而这生产力的发展是要在重视数字统计和数字管理的条件下才可以达到。所以，他认为，中国传统社会发展了两三千年，最接近资本主义的时期，是宋代。宋代的商业发展是空前的。特别是宋神宗时期的王安石变法，有可能改变长期维持道德统治的中国。因为变法加速金融经济，使财政商业化。从而可以“不加税而国用足”（王安石）。新法的主要措施如青苗法、市易法、均输法等都是试

---

① 《马克思恩格斯选集》第二卷，人民出版社1995年版，第33页。

② 黄仁宇：《万历十五年》，中华书局2006年版，第225页。

图以可计算的信用贷款、资金融通的办法来刺激经济增长。生产大量增加，货物大流通，国家就可以从高额流通状态里收到增税之成果。王安石的全面变法，就是试图以金融管制的办法管理国事。这种办法如能成功，“纵使政府不立即成为一个大公司，也有大公司的业务”[①]，那么，中国将进入一种数目字技术管理的时代，财富的大量积累，必然促进生产力的发展，科学技术的发展也会同时到来，如果历史走向是这样的话，那么中国历史乃至世界历史将重新改写。第二是用这种大历史观看待历史人物和历史事件，就不能孤立地在某个划定的短时段来看历史人物的是非功过，要从历史发展的长过程的大潮流中来看历史人物是非功过。黄仁宇说：“历史的规律性，有时在短时间尚不能看清，而须要在长时间内大开眼界，才看得出来。”[②] 又说：“中国的革命，好像一个长隧道，须要一百零一年才可以通过。我们的生命纵长也难过九十九岁。以短衡长，只是我们个人对历史的反应，不足为大历史，将历史的基点推后三五百年才能摄入大历史的轮廓。”[③]“大历史观”侧重于对历史的动态观察和纵向研究，提倡长时间、远距离、宽视界地审察和批判历史。因为只有通过长时间、远距离和宽视界，我们才能看清社会冲突是否真正地解决。换言之，任何社会都有一个萌芽和新兴时期，也有一个衰落和灭亡时期，从而形成不同社会历史潮流。那么，我们如何来评价历史人物在历史社会潮流中的功过呢？这就要看他所领导的社会变革是顺应或推进历史潮流，解决了社会的现存冲突呢，还是根本没有解决社会的现存冲突，甚至阻碍和阻挡社会历史潮流的发展。第三是大历史观要求我们看一个小的历史人物或小历史事件，一般也不应就事论事，而应该当看这小人物和小事件背后的政治、经济、社会等多方面的原因，置放于历史文化语境中去考察。

黄仁宇的大历史观与马克思的历史唯物主义当然是不同的。马克思主义要通过阶级斗争来解决阶级压迫和剥削，而黄仁宇则关注技术

① 黄仁宇：《放宽历史的视界》，三联书店 2001 年版，第 65 页。
②③ 黄仁宇：《万历十五年》，中华书局 2006 年版，第 226 页。

理性的改进并促进商业化，这一点我们不可将马克思的历史唯物主义和黄仁宇的大历史观相混淆。但我们又要看到马克思还是黄仁宇都认为社会的进步很大程度决定于社会生产力的大发展。只有社会生产力的大发展，才能改善人民的生活。至于从长时间、远距离、宽视界地审察和批判历史，马克思和黄仁宇都认为一个社会的发展过程中，要清楚地分出社会发展的新兴期和没落期，历史人物在不同时期扮演了什么不同的角色，都要纳入到这个社会发展过程的不同时期去考察和评价。所以我们又要看到历史唯物主义和大历史观也有一致的地方。我们今天在创作或评论历史题材文学的时候，当然要坚持以马克思主义的历史唯物主义为指导，但黄仁宇与马克思相一致的观点似乎也可以作为参考。

根据这样的历史观，我们来看一看创作历史长篇小说《大秦帝国》的孙浩晖和创作“落霞三部曲”即清代康、雍、乾三皇帝的小说的二月河的一段对话。二月河在对话中说：“整个历史就是一个抛物线，秦王朝可以看到抛物线刚刚上抛的时候，产生激烈的、灿烂的火花。到了康熙、雍正、乾隆时期，是抛物线开始下落了。下落也是美丽的。下落也是给人一种流星的灿烂的曲线美。凄美和壮美，都给人心灵上的一些碰撞。至于说秦王朝和清王朝它们有共同的地方，但是区别也是有很多的。下落的时候有下落的特点，上升有爆发的原因和特点。我们通过这样一个讲座对于总结和研究这个过程，当然我这个书是小说，我不希望别人把这个书当做历史来读，在座的同学如果对秦王朝的崛起和清王朝的下落感兴趣，你自己可以去研究历史，你会有自己的心得。你会发表出更高的见解，我们写小说是给所有人看的，也不指小批量的专业爱好者，是指所有的人，想通过这些东西给人一些历史上的启迪，让人感受到很多的历史氛围和人文感受。”① 二月河的“抛物线”的比喻很好。秦王朝是抛物线的上升的时期，清王朝则是抛物线下落的时期。但二月河认为，不论是抛物线的哪一头都有“共同点”，都有美处，一个是“激烈的灿烂的火花”，是“壮美”；

① 见 book. sina. com. cn/author/subje/2008 - 04 - 2... . 2010 - 12 - 31。

二、历史题材文学作品的历史真实问题

历史真实是一切创作历史题材文学的作家的重要追求。除了那些有意“戏说”的作品除外，一般的以历史题材为创作的作家，都宣称自己的作品达到了“历史真实”。但是什么是“历史真实”呢？历史题材文学作品能达到历史真实吗？这个问题在中国争论了差不多一个世纪，仍然没有得出大家都一致同意的结论。

对于历史与文学哪个更高？历史上是有分歧的。古希腊罗马时期大体上可以说，文学“战胜”了历史。亚里斯多德在《诗学》对此说得很清楚：“写诗这种活动比写历史更富于哲学意味，更被严肃对待；因为诗所描述的事带有普遍性，历史则叙述个别的事。”① 但是，到了19世纪，由于科学主义和实证主义的发展，认为历史是纯客观的真实，更具有价值；文学则是虚构的，虚构只是一种“可能”，不一定是真实的。所以历史比文学更具有价值。然而，亚里斯多德的见解也不是所有的人都同意的。所以，我们第一步要把“历史”这个概念弄清楚。

“历史”这个词是什么意思呢？从词源上说，甲骨文中的“史”与“事”相似，“史”乃是指事件。许慎《说文解字》写道：“史，记事者也。从又持中，中，正也。”这里的“记事者”，根据中国古代的惯例，显然是指“史官”。问题是“史官”记录的事件就一定“中”或“正”吗？这当然是不能一概而论的。有董狐、太史伯那样“据事直书”的史官，也有更多按照统治者的要求或自己的立场和观点去书写历史的史官。前者的记录可能保存了事件的真相，而后者则可能是按照当时统治者的要求或个人的观点带有某些想象和虚构了。就是说，历史可能是客观的，也可能是主观的，可能是真实的，也可能是想象的。两种情况都存在过。西方的情况大致也是如此。在西方，多数语言的“历史”一词源出自希腊语“historia”。根据有的学者的研究和说法，认为“历史既是过去发生过的事件，又是叙述过去这些

① 亚里斯多德：《诗学》，人民文学出版社1962年版，第29页。

事件的故事，在法文里，histoire 这个字就既有‘历史’、又有‘故事’这两种含义，由此可见，真实与想象之间、现实与虚构之间，从来就有一种紧张而又密切的关系。在西方传统的早期，希罗多德和修昔底斯的历史著作提供了历史叙述的两种不同的模式。”① 我之所以要引用这段话，是因为作者用了“紧张而又密切”这个有趣的表述，意思是说本来历史是应该真实的，但我们看到的历史叙述又往往是想象的，真实与想象之间的关系不是很“紧张”吗？但是又有“密切”的关系，就是说我们面对的历史叙述常常是真实中有想象，想象中有真实，真实与想象交织在一起。

西方 19 世纪是科学技术发展到一个巅峰的时代，人们也相信科学技术能解决一切问题，其中也包括能解决历史叙述中的真实问题。这就出现了科学主义的历史真实观。这种科学主义的历史真实观以德国著名历史学家利奥波德·冯·兰克（1795～1886）为代表。兰克被称为“近代史学之父”、“科学历史之父”不是没有道理的。他一生著作甚丰。他的最早的著作是 1824 年出版的《拉丁与条顿民族史（1492～1535）》，1834～1836 年间撰写了《16、17 世纪的罗马教皇及其教会与国家》，即《教皇史》，1839～1847 年，他用了八年时间撰写了《宗教改革时期的德意志史》，1847～1848 年间写了《普鲁士史九书》，1852～1861 年撰写了《16、17 世纪法国史》，1859～1868 年又用了近 9 年时间撰写了《16、17 世纪英国史》，1869 年撰写了《华伦斯坦传》，1871 年写了《德意志诸邦国和诸侯同盟：德意志史（1780～1790）》、1881～1888 年撰写 16 卷的《世界史》，可惜没有全部完成。他的全集有 54 卷之多。在他的影响下，形成了一个学派。兰克的历史真实观，就是他的那句不断被人引用的话：历史学家只是“表明过去是怎样的”。这是他的第一部著作《拉丁与条顿民族史》一书前言中的话。② 他还有一句名言：“我情愿忘却自我而只讲述能够彰显强势人物的事情”。这句话出自他的《英国史》第二卷。这两句话有丰富的内涵，

① 张隆溪：《中西文化研究十论》，复旦大学出版社 2005 年版，第 246 页。
② 参见兰克：《历史上的各个时代》中译本“编者导言”，北京大学出版社 2010 年版，第 9 页。

即他认为历史学家要追求“客观性”，“忘却自我”，全力恢复历史的本来面貌。兰克的历史叙述的方法也是根据他的“客观性”的要求而提出来的，那就是重视一切原始资料，引进史料考据的方法，坚持对原有的文献不做任何改动，只是寻找证明或证伪，作出科学的阐释，以形成具有因果关系的合理的有内在关联的历史。兰克不满意当时风靡整个欧洲的英国作家司各特（1771～1832）的历史小说，认为他写的那些内容诚然很生动，却不真实，这是他无法接受的。但兰克也认识到，“客观性”只是理想，很难达到，所以他说：“我认为不可能彻底完成这项任务。只有上帝才了解全部世界历史。我们只是认识历史上所产生的各种矛盾，几多和解。正如一位印度诗人所言，‘为神所知，但不为人所晓’。我们作为人只是只能肤浅地、由远而近地认识了解历史。”① 兰克的追求历史真实的“客观性”理论，对历史学界产生了很大影响。

饶有意思的是，在中国，早于兰克之前的乾隆（1736 年登基，1795 年退位）到嘉庆（1796 年登基～1820 年）时期，产生了为后人广知的“乾嘉学派”。乾嘉学派的顾炎武是这个学派的开山祖，他是明末清初人。他的学生潘耒在给顾炎武的《日知录》所写的序中说：“顾宁人先生长于世族。少负绝异之资，潜心古学。九经诸史，略能背诵，尤留心当世之故，时录奏报，手自抄节。经世要务，一一讲求。当明末年，奋欲有所自树，而迄不得试，穷约以老。然忧天闵人之志，未尝少衰。事关民生国命者，必穷源溯本，讨论其所以然。足迹半天下。所至交其贤豪长者，考其山川风俗疾苦利病，如指诸长。精力绝人。无他嗜好。自少至老，未曾一日废书。出必载书数簏自随。旅店少休，披寻搜讨，曾无倦色。有一疑义，反复参考，必归于至当。有一独见，援古证今，比畅其说然后止。”② 乾嘉学派所研究的问题很广泛，史学、经义、吏治、财赋、天文、地理、艺文、语言、音韵等等，无所不包，但方法都是考据，即所谓“援古证今”、“披寻搜讨”，无

① 参见兰克：《历史上的各个时代》中译本“编者导言”，北京大学出版社 2010 年版，第 14 页。
② 顾炎武：《日知录集释》，黄汝成释，世界书局 1936 年版，第 1 页。

征不信，揭示源流。做到“无已一事无出处，无一事无来历”。务求恢复历史的本来面貌。这个学派取得了很大的成绩。如钱大昕的《二十二史考异》，系统地考证了二十二部正史正文以及注释的史料、文字、训诂，订正了许多讹误，而大受推崇。

乾嘉学派的主张与兰克的观点不谋而合。这样，这种“无征不信”、“恢复历史原貌”的历史真实观，就对中国20世纪的历史叙述产生了广泛的影响。王国维、顾颉刚、傅斯年等都受其影响。如1943年傅斯年在历史语言研究所的《史料与史学》发刊词中说：“此中皆史学论文，而名之曰《史料与史学》者，亦自有说，本所同仁之治史学，不以空论为学问，亦不以‘史观’为急图，乃纯就史料以探史实也。史料有之，则可因勾稽有此知识，史料所无，则不敢臆测，亦不敢比附成式。此在中国固为司马光至钱大昕之治史方法，在西洋，亦为软克（即兰克—引者）、莫母森之著史立点。”① 一直到现在，这一治史观念仍然深入人心而在史学界占据了重要地位。

当中国人在20世纪仍然在迷恋乾嘉学派和兰克的时候，西方的20世纪那里的历史真实观则发生了重大转变。这可能是以科学技术为基础的资本主义越到后来所产生的和积累的不可克服的社会矛盾越多，人们的生活没有按照先前历史学家的预言发展，人们对此感到失望甚至绝望，不能不怀着骚动和不安，觉得以前的历史学家的历史叙述有许多令人怀疑的地方，甚至是欺骗人的地方，于是开始重新打量十九世纪的科学主义的历史真实观。在西方，20世纪是科学主义的历史真实观实现了一次重大的转变，即转变为人文主义的历史真实观。什么是人文主义历史真实观？这种历史观说了什么？我们听到了克罗齐的“一切历史都是现代史”的耸人听闻的说法。

贝内德托·克罗齐（1866～1952），是意大利少有的著名的学术大师之一，他是哲学家、美学家，也是20世纪意大利著名的文学批评家、政治家，更是享誉西方的历史学家和史学理论家。我们过去似乎只知道克罗齐是位美学家，实际上他在历史学上的贡献是卓越非凡的。

① 傅斯年：《〈史料与史学〉发刊词》，见《出入史门》，浙江人民出版社1998年版，第88页。

他的历史著作有《历史学的理论和历史》、《作为思想和行动的历史》、《那不勒斯王国史》、《1871～1915年意大利史》和《十九世纪欧洲史》等。他的"一切历史都是现代史"出自他的《历史学的理论和历史》，那么这句常被引用的话是什么意思呢？这就要看克罗齐本人是怎么说的。克罗齐有一个观念，就是要把"编年史"和"历史"区分开来。克罗齐说："历史是活的历史，编年史是死的历史；历史是当代史，编年史是过去史；历史主要是思想行动，编年史主要是意志行动。一切历史当它不再被思考，而只是用抽象词语记录，就变成了编年史，尽管那些词语曾经是具体的和富有表现力的"。他又说："当生活的发展逐渐需要时，死历史就会复活，过去史就变成现在的。罗马人和希腊人躺在墓穴中，直到文艺复兴欧洲精神重新成熟时，才把他们唤醒"；"因此，现在被我们视为编年史的大部分历史，现在对我们沉默不语的文献，将依次被新生活的光辉照耀，将重新开口说话"。这就是说，我们不能把历史与现实完全切割开，编年史可能是真的，但它是死的，只有当现实需要的时候，才会把它唤醒，是新的生活唤醒过去的历史。就像我们在抗日战争时期，我们把南宋的抗金斗争的历史唤醒，像延安整风运动中把明末李自成农民起义最终失败的历史唤醒，像20世纪80年代初把"五四"时期的文化启蒙运动的历史重新唤醒。总之，是活的现实把死的历史唤醒。

我们还可以进一步通过克罗齐发表这种思想时的历史文化语境来理解他这句话。在20世纪初中期，克罗齐是意大利法西斯墨索里尼的死对头。克罗齐本来是一位在书斋工作的学者，但当墨索里尼用暴政对付人民时，他转而成为意大利知识分子反法西斯的精神领袖。他在1925年撰写了《反法西斯知识分子宣言》，征集签名，并发表于《世界报》，呼吁反抗法西斯的统治。更重要的是他作为历史学家撰写了《那不勒斯王国史》、《意大利史》和《十九世纪欧洲史》等史学著作，以春秋笔法，针砭时弊，反抗法西斯的统治。就是说，克罗齐是以学术为武器，投入反抗现实的斗争。这样，我们就可以理解他的"一切历史都是现代史"重点是强调历史的"当代性"。克罗齐既然要强调历史的当代性，那么他撰写的历史著作就必然有倾向性，就必然对过去的历史有所突出，有所省略，有所建构，以便唤醒历史为现实的斗争服务。由此可见，他的历史真实观与兰克已经大不相同，他不强调什么历史书写“客观性”，他强调历史书写现实针对性。

那么具有当代性的历史如何才能建立起来呢？这里我们就不能不考虑到英国的历史哲学家和历史学家科林武德（1889～1943）的观点。科林武德的主要著作是他的《历史的观念》一书。这本书是对西方古希腊以来的关于历史观念的梳理，同时贯穿着他自己的历史观念。科林武德深受克罗齐的历史理论的影响，他不同意过去的那种实证主义的或科学主义的历史观念。他在《历史的观念》“后论”部分鲜明地提出了“历史的想象”和“历史的建构”的观点。他的理论是这样的：常识性的理论认为，“历史学中最本质的东西就是记忆和权威”。[①] 即某个权威（例如司马迁）知道一段历史中的人物与事件，他记住了这些人物与事件，然后用别人能理解的词句来陈述他的回忆，这就是历史书写（例如《史记》）。科林武德不同意这种“权威加回忆”的观点。他认为，相信这种常识性的理论实际上是做不到的。因为，“每个历史学家都知道，有时候他确实是在使用所有这三种方法来篡改他在他的权威那里所找到的东西的。他从其中挑选出来他认为是重要的，而抹掉其余的；他在其中插入了一些他们确实是没有明确说过的东西；他由于抛弃或者修订他认为是出自讹传或谎言的东西而批评了它们。”[②] 这种“挑选”、“插入”和“抛弃”，历史学家认为是他们的“权力”，可这与“权威加回忆”的常识性的理论是不一致的，自相矛盾的。科林武德认为，“历史学家贯穿他工作过程中的，一直都是选择、构造和批评；只有这样做他才能维护他的思想在一个科学的可靠进程的基础上。”[③] 他把这称为“史学理论中的哥白尼革命”。在科林武德看来，历史学家并不依赖自身以外的权威，“历史学家就是他自身的权威；并且他的思想是自律的、自我—授权的”。[④] 这样，历史学家为了获得历史真实，就只能走向历史的想象和历史的建构了。那

① 科林武德：《历史的观念》，北京大学出版社2010年版，第232页。

②③④ 同上，第233页。

么什么是历史的想象和建构呢？科林武德给我们举了例子："如果我们眺望大海，看见一艘船，五分钟后再望过去，又看见它在另一个不同的地方；那么当我们不曾眺望的时候，我们就会发觉自己不得不想象它曾经占据过各个中间的位置。这已经是历史思维的一个例子了；而当我们被告知恺撒在这些连续的时间里在这些不同的地方时，我们就发现自己不得不想象恺撒曾经从罗马旅行到高卢；——这情形并无不同。"[①] 当然，历史学家的想象和建构也不是随意的编造，因为历史人物和事件都有本身的内在必然性在起作用。就是说，秦始皇有秦始皇的内在必然性，恺撒有恺撒的内在必然性。这就是历史的想象和建构了。实际上，当我们介绍克罗齐和科林武德上述观点时，我们的介绍已经从19世纪的科学主义的历史真实观转到了20世纪的人文主义的历史真实观。因为前者注重的是事实，而排除人的思想，后者则认为事实并不可靠，要用人的思想来想象与建构，或者说历史真实不仅包括史料，还包括人对史料的认识。

从上面对历史真实观的初步扼要的梳理中，我们已经感觉历史真实问题是一个很复杂的问题。我觉得要用"建构"的观点来看是比较合理的。是否可以这样说，历史真实是指原初的本真的历史，即历史的鲜活的现场。谁也不可能返回到历史现场去窥见历史真实。你孙浩明能够返回到秦始皇那个时代去亲睹战国群雄对峙的历史场景吗？你二月河能够返回到康雍乾时代去亲睹那历史情景吗？这都完全不可能。历史学家所记录的历史，一般也都不是亲睹亲闻的，他们根据前人的记载提供的是历史文献，就如受到后人一致看好的司马迁的《史记》，是根据《尚书》、《春秋》、《左传》等提供的历史残迹的记录编撰而成的，司马迁不可能出现在"鸿门宴"的现场，亲睹历史的场面，因此历史的文献相对于本真的"历史1"而言，只是"历史2"，其中已经渗入了历史学家的爱憎喜好，已经是一种"建构"，不可能完全忠于历史真实。历史题材文学作家笔下的历史，是根据部分历史文献想象的产物，艺术虚构的产物，已经是"历史3"了，这更是作家艺术

① 科林武德：《历史的观念》，北京大学出版社2010年版，第238页。

"建构"的产物，这里有更多虚幻的东西，很难获得历史真实。无论是孙浩明还是二月河，他们总是宣称自己的历史小说是"正剧"，里面写的是"历史真实"，不客气地说，这都是欺人之谈，完全不足为信。就是大家一致看好的古典名著《三国演义》，其中的想象和虚构也处处可见。不用多，只需把《三国志》与《三国演义》对比一下，我们就会发现，《三国演义》的艺术建构太多了。"空城计"是《三国演义》的一大事件，可完全是作者的虚构。只要查一下《三国志》就知道，譬如，诸葛亮一生只是在最后一次北伐时，才与司马懿在渭水对峙。诸葛屯兵陕西汉中阳平时，司马懿还在湖北担任荆州都督，根本没有机会与诸葛亮对阵。"空城计"这一重要情节完全是作家想象的产物。

我这里说的历史学家和历史题材作家的"建构"，是指人们陈述历史或描写历史，不是（也不可能）还原历史，而是把自己的观念渗透进陈述中去，他的陈述带有他的观念的痕迹，不可能做到完全客观，不可能如兰克所说的那样"忘却自我"，他的陈述最终只是充满他自己的思想的构想而已。绝不能把历史题材文学作品当做历史来阅读。就是那些撰写得最好的历史文学作品，也是建立在历史文献基础上的建构的结果，所达到的是艺术真实，即合情合理的艺术真实。情和理的运动的逻辑与轨迹一旦被写出来了，这种艺术真实也就显现出来了。

对于历史与文学哪个更高？历史上是有分歧的。古希腊罗马时期大体上可以说，文学"战胜"了历史。亚里斯多德在《诗学》对此说得很清楚：历史讲述的是已经发生的事，诗讲述的是可能发生的事。由于这个原因，诗比历史更带哲学性、更严肃；诗所说的是普遍的事物，历史所说的只是个别的事物。但是，到了19世纪，由于科学主义和实证主义的发展，认为历史是纯客观的真实，更具有价值；文学则是虚构，虚构只是"可能"，不一定是真实。所以历史比文学更具有价值。其实，历史与文学在"历史真实"这点上是不分轩轾的。亚里斯多德的话也有片面性，因为历史学家的历史书写也和作家的历史书写一样，都要达到普遍性，才会有价值有意义。历史没有战胜文学，文学也没有战胜历史。

三、历史题材文学的价值判断问题

当前，历史题材文学创作中存在的另一个大问题，就是价值判断问题。我们的作者对自己笔下的历史人物及其所作所为，要么歌颂，要么批判，要么肯定，要么否定，要么"三七开"，要么"倒三七开"。这里就是存在一个价值判断的问题。我很少看见在历史题材的文学创作中，对一个人物及其所作既歌颂又批判，歌颂不吝惜力量；批判也不吝惜力量，肯定很多很多，否定也很多很多；不搞什么"三七开"，也不搞什么"倒三七开"，而是采取一种具有张力的独特的悖论判断。为什么我们的作者死死地就要采取我上面归纳的那种价值判断呢？这里有一个怎样来看待社会发展的深层认识问题。

这个问题最早是由黑格尔提出并得到恩格斯的呼应和解释。恩格斯是在批判费尔巴哈的道德论的贫乏性的时候，说了如下的话："在善恶对立的研究上，他同黑格尔比起来也是肤浅的。黑格尔指出：'有人以为，当他说人本性是善的这句话时，是说出了一种很伟大的思想；但是他忘记了，当人们说人本性是恶的这句话时，是说出了一种更伟大得多的思想。'在黑格尔那里，恶是历史发展的动力的表现形式。这里有双重意思，一方面，每一种新的进步都必然表现为对某一种神圣事物的亵渎，表现为对陈旧的日渐衰亡的、但为习惯所崇奉的秩序的叛逆；另一方面，自从阶级对立产生以来，正是人的恶劣的情欲——贪欲和权势欲成了历史发展的杠杆，关于这方面，例如封建制度的和资产阶级的历史就是一个独一无二的持续不断的证明。但是，费尔巴哈就没有想到要研究道德上的恶所起的历史作用。"① 当然，对恩格斯这段的解读有不同的意见，有人认为恶就是历史发展的动力，有人认为这样说过分了，恩格斯说这些话是有前提的。但我们不能不看到，恩格斯所说的"自从阶级对立产生以来，正是人的恶劣的情欲——贪欲和权势欲成了历史发展的杠杆"这句话是明确的，就是

① 恩格斯：《路德维希·费尔巴哈德国古典哲学的终结》，《马克思恩格斯选集》第4卷，人民出版社1995年版，第237页。

说，恶成为历史发展的动力，是指自有阶级对立以来的历史说的，不是泛指一切历史时期；同时恩格斯的确承认人的恶劣的情欲、贪欲和权势欲有时候会成为历史发展的杠杆。我们可以从有阶级社会以来的历史发展中找到许多例子。恩格斯在同一篇著作中就用近似的观点来谈到西方的中世纪。中世纪诚然是野蛮的，充满罪恶的，但恩格斯又强调要用历史的观点来评判中世纪，他说："这种非历史观点也表现在历史领域中。在这里，反对中世纪残余的斗争限制了人们的视野。中世纪被看作是千年普遍野蛮状态造成的历史的简单中断；中世纪的巨大进步——欧洲文化领域的扩大，在那里一个挨着一个形成的富有生命力的大民族，以及14、15世纪的巨大的技术进步，这一切都没有被人看到。这样一来，对伟大历史联系的合理看法就不可能产生，而历史至多不过是一部哲学家使用的例证和插图的汇集罢了。"[①] 如果我们把恩格斯这两段话联系起来思考，那么就形成了这样的悖论：恶、贪欲、权势欲是可耻的，但恶、贪欲、权势欲又是历史发展的杠杆；中世纪是野蛮的、充满罪恶的，是阻碍历史发展的，但中世纪扩大了欧洲的文化领域，形成了一个个富有生命力的民族，又是促进历史进步的。这就是一个悖论。其实这个思想不仅属于黑格尔和恩格斯，也属于马克思。马克思在一系列著作中，其中也包括《共产党宣言》，在谈论资本主义的时候，一方面承认它促进了社会生产力的发展，创造了空前的巨大的社会财富，如说："资产阶级在它不到一百年的阶级统治中所创造的生产力，比过去一切世代创造的全部生产力还要多，还要大。"[②] 人们的生活条件也大为改善了；另一方面，资本主义又是对人的空前的压迫和剥削，人的劳动异化了，人自身也异化，它给人带来巨大的灾难，所以他主张消灭私有制。这难道不也是一个悖论吗？历史学家、历史文学家都应该以此悖论来观察、研究和书写历史，对历史的发展做出合乎实际的价值判断。

---

① 恩格斯：《路德维希·费尔巴哈德国古典哲学的终结》，《马克思恩格斯选集》第4卷，人民出版社1995年版，第229页。

② 马克思、恩格斯：《共产党宣言》，《马克思恩格斯选集》第1卷，人民出版社1995年版，第277页。

我们在把问题转到中国来。在恩格斯说了上述这些话的一百多年后，李泽厚首先在《中国古代思想史论》(1986)，随后又在《乙卯五说》(1999) 中的《说历史悲剧》中提出“伦理主义与历史主义的二律背反”理论，用以解答、阐释当代社会现实中的问题。李泽厚先引了庄子的“同与禽兽居”的回归原始的理想，接着说：“历史上好些批判近代文明的浪漫派都喜欢美化和夸张自然（无论是生理的自然，还是生活的自然)，认为‘回到自然’才是恢复或解放‘人性’。比起他们来，庄子应该算是最早也是最彻底的一位。因为他要求否定和舍弃一切文明和文化，回到原始状态，无知无识，浑浑噩噩，无意识，无目的，‘居不知所行，行不知所之’，‘生而不知所以生’，像动物一样。庄子认为，只有那样，才能得到真正的幸福。但历史并不随着这种理论而转移。从整体上说，历史并不回到过去，物质文明不是消灭而是愈来愈发达，技术对生活的干预和生活中的地位，也如此。尽管这种进步的确付出了沉重的代价，但历史本来就是在这种文明与道德、进步与剥削、物质与精神、欢乐与困难的二律背反和严重冲突中进行，具有悲剧的矛盾性；这是发展的现实和不可阻挡的必然。正像马克思、恩格斯早已深刻论述过的资本主义在历史上的进程那样。”[①] 这里已经提出了历史进步过程中文明与道德的二律背反命题，在十余年后，随着中国社会现实的发展中矛盾的呈现，更激发他对这个命题的深入思考，撰写了《说历史悲剧》一文，就更明确地提出和阐发了他的伦理主义和历史主义二律背反的论题。这篇文章开篇就提出“历史在悲剧中前行”。历史前行为何是悲剧的呢？李泽厚说：“数千年来，科技（生产力的核心）作为人们物质生活的基础，的确带来了各种‘机事’和‘机心’，这也就是社会组织和思想智慧，从而带来了各种罪恶和肮脏。特别是本世纪空前发展的科技和组织，带来的正是最大规模的犯罪和屠杀。揭露、谴责这种历史‘进步’带来的各种祸害和罪恶，如环境污染、人心异化、核能杀人等等，早已满牍盈筐。但一切高玄论和道德义愤似乎无济于事，历史和科技依然前行，今天克隆牛羊，

① 李泽厚：《中国古代思想史论》，人民出版社1986年版，第180页。

明日'制造人类'。"[①] 这样一来，李泽厚就认为"历史在悲剧中前行"，历史的发展陷入了一个困境，所以他又说："追求社会正义，这是伦理主义的目标，但是，许多东西在伦理主义范围里是合理的，在历史主义范围并不合理。例如，反对贫富不均的要求，也就是平均主义的要求，在伦理主义范围里是合理的，但在历史主义范围内就不一定合理了。"[②] 同理，在历史主义范围里认为是合理的，在伦理主义的范围里就不一定合理了。这就是李泽厚的社会发展中"伦理主义和历史主义二律背反"的命题以及理由。应该说，这个论点不但对于现实中所产生的种种矛盾、困境是有解释力，对于过去的历史也同样具有解释力。当历史学家或历史题材文学家书写历史的时候，就要充分意识到这个问题。流行的对历史人物所谓"三七开"、所谓"倒三七开"这种价值判断，完全无补于事。

笔者和陶东风于1999年在《文学评论》上发表论文，提出了"历史理性与人文关怀之间的张力"的论点，这个论点被运用于文学批评上面，落实到文学理论的建构中。他们不满意当时文坛渲染一时的所谓"新现实主义冲击波"，认为刘醒龙的《大厂》等作品，只是一味鼓吹历史的维度，而把人文的维度置之不顾，是文学创作中的一种失败。他们说："现实的发展却不总是历史理性与人文关怀相统一的。令人忧伤的是，现实的发展往往是顾此失彼或顾彼失此。历史进步（譬如经济的快速增长、工具理性的迅猛发展等）常以道德沦丧、社会问题丛生为代价。固守人文则又付出历史停滞甚至倒退为代价。面对如此悖反的现实，作家们，你是选择'历史理性'还是'人文关怀'？我们的忠告是，你们千万不要陷入这种'选择'的泥潭中。……真正的文学家决不在这两者中选择，他的取向应是'人文——历史'的双重张力。他既要顺应历史的潮流，促进历史进步，同时他们又是专门在人的情感领域耕耘的人，他们更要有人的良知、道义和尊严，并在他们的作品中艺术地体现出来。"[③] 这种观点与上述恩格斯的观点、与李泽

① 李泽厚：《说历史悲剧》，《乙卯五说》，中国电影出版社1999年版，第106页。

② 同上，第109页。

③ 童庆炳：《在历史与人文中徘徊》，北京师范大学出版社2007年版，第288页。

厚的观点是一致的，它的优点在于提出了“张力”论，就是说对于作家而言，他不是从事具体的社会工作的人，作家有作家的特性，他可以把历史的和现实的这种困境呈现在读者面前，清醒地提出问题，而不作给予历史人物或现实人物以基本肯定或基本否定的价值判断。他可以深入到历史或现实的深层艺术地解析形成这种悖论的原因。如果要对具有悖论的历史做判断的话，作家的价值判断可以是亦此亦彼的。

作为历史学家和历史题材文学家，就一定要认识到历史的前行总是带有悲剧性。历史理性与人文关怀总是顾此失彼。没有一段历史的发展是完全美好的，完全不损害人民利益的，完全没有价值缺陷的。历史上许多时代，特别是历史进步的时代，总是存在着历史理性与人文关怀的二律背反。

春秋战国五百年，国家不统一，征战年年不断，人民流离失所，痛苦不堪，但此时因为没有统一全国的专制的力量，言论自由，结社自由，人们各种聪明才智都可展现自己的研究思考的结果，文化上出现了百家争鸣、百花齐放的局面。所以春秋战国时期是一个好时代（正题），又是一个坏时代（反题），这是一个悖论。秦始皇统一了中国，结束了战国几百年混乱和征战，多少解除了人民的疾苦，恢复了生产力的发展，这可以说是历史的进步，特别是秦统一后实现了车同轨，书同文，统一了度量衡，这对中国华夏文化的保护也起到了作用，秦统一中国解开了战国时期的历史悖论（正题）；但秦统一中国过程中所进行的战争，杀害了成千上万的人民，给多少家庭带来了灾难；秦始皇不但杀害了许多无辜的人们，而且对自己的母亲，对自己有恩惠的吕不韦也不够仁慈，失去了人性应有的基本态度。特别秦始皇在中国漫长的历史上开启了专制主义，实行全面专制统治，提倡有利于他们严酷统治的法家，而贬黜别家，甚至焚书坑儒，不再有言论自由，曾经有过的百花齐放、百家争鸣的局面也完全被扼杀了，这种专制不能不说给中国社会后代留下了无穷后患，换言之，秦统一中国又给中国历史生成了一个新的悖论（反题）。贾谊《过秦论》指出：“废先王之道，焚百家之言，以愚黔首；隳名城，杀豪杰，收天下之兵，聚之咸阳，销锋镝，铸以为金人十二，以弱天下之民。”又指出：“秦王怀贪鄙之心，行自奋之智，不信功臣，不亲士民，废王道而立私爱，焚文书而酷刑法，先诈力而后仁义，以暴虐为天下始。”这种“愚民”、“弱民”和“虐民”的政策再加上大规模修长城、修阿房宫、修陵寝，“仁义不施”，劳民不已，这就为秦朝二代而亡，埋下了种子。所以秦始皇时代统一了中国，是社会的进步，这是可喜的（正题），但他开启专制主义统治，从此中国开始陷入没有思想和言论自由的时代，阻碍了社会的发展，这是可悲的（反题）。历史文学家应写出这种悖论，以表达历史前行的悲剧性。但是我们所看到的孙浩晖的《大秦帝国》却完全采取对秦始皇的歌颂态度，在第五部《铁血文明》（下）的第十二章里，秦始皇“岁末大宴群臣”，秦始皇却不屑于群臣给他祝寿，他竟然说出这样的话：“……若论天下一统，夏商周三代也是一统，并非我秦独能耳。至大功业何在？在文明立治，在盘整天下，在使我华夏族群再造再生，以焕发勃勃生机！……朕今日要说：华夏积弊久矣！诸侯耽于陈腐王道，流于一隅自安，全无天下承担，全无华夏之念！”（第819～820页）让一个生活在两千多年前的皇帝，开口闭口“文明立治”和“族群再造”挂在嘴边，让秦始皇站在历史的巅峰之上，这种描写完全没有必要的根据，是不能令人信服的。关于秦始皇“焚书坑儒”一事，作者杜撰了一个所谓的《大秦始皇坑儒诏》，为秦始皇坑杀儒生的行为进行虚伪的辩护，让秦始皇自我标榜：“朕不私天下，亦不容任何人行私天下之封建诸侯制；尔等若欲复辟，尽可鼓噪骚动，朕必以万钧雷霆扫灭丑类，使尔等身名俱裂。谓予不信，尔等拭目以待!”其中“朕不私天下”的表白，把秦始皇打扮成“毫不利己”的伟人。秦始皇是为“私”，还是为“公”，这是原则问题，作者应有清醒的理智判断。在中国历史上，哪里会有一个皇帝是大公无私的呢？对于历代皇帝来说，他们都是公私合一的，实际上是完全为私的。秦始皇也不例外。秦始皇做了皇帝以后，本来就有宫殿一百四十五处，藏美女多达一万人以上，但他还不满足，在长安西南造阿房宫，征用所谓“罪人”70万人分工营造；又造骊山大墓，又征用所谓“罪人”70万人日夜营造，秦始皇死，尸体入墓，没有生子的宫女全部殉葬，不待工匠出来，封闭墓门，工匠都被活埋在里面。当时全国人口仅2 000万人左右，前两项工程共征用150万人，修长城50万人，蒙恬所率防匈奴兵30万人，再加别的杂役，总数不下300万人，占总人口的15%。老百姓生活悲惨可以想见。农民起义四处蜂拥而起，也是可以理解的了。[①] 这是为“私”还是为“公”？这个答案是明显的。历史上没有一个皇帝不是“私天下”的，这是基本的常识，是一个历史文学家起码要有的。

但我们不能不看到，目前流行的以中国历代帝王将相为题材的历史文学作品，都没有意识到伴随历史发展的悲剧性，无价值原则的鼓吹，从秦始皇，中经汉武帝、唐太宗、明太祖，一直到对处于传统社会末世的康熙、雍正和乾隆。历史被简单化了，历史人物被偶像化了。可能是我的孤陋寡闻，新时期以来，还没有一部写帝王将相的作品是经得起真正的价值的检验。这是令人遗憾的。

四、历史题材文学与现实对话问题

写历史题材的文学作品，最终是要与现实对话。历史总是处在过去、现在和未来的时间链条中。人们不是为了解过去而了解历史。人们尝试着了解过去是为了更清楚地观察现在和预知未来。反过来说，我们真要了解过去又往往要从现在出发，用我们对现在的体验和认识去建构过去的历史。换言之，历史与现在是在不同的时间点上，过去有过去的生活，现在有现在的生活。这两种生活可能是异质的，但它们又可能会有相同的结构。即所谓“异质同构”。马克思认为：“一切发展，不管其内容如何，都可以看做一系列不同的发展阶段，它们以一个否定另一个方式彼此联系着。”[②] 就是说，发展有低级阶段和高级阶段之分，而高级阶段发生的事情，也会在低级阶段发生过，尽管性质可能是不同的。低级阶段往往处于过去，高级阶段往往处于现在，人们可以从过去汲取教训就是自然的事情。这也说明过去与现在是彼此联系着的，不是完全隔绝的。因此，过去与现在的双向对话，就成为历史书

① 以上数字参见范文澜著：《中国通史》第二册，人民出版社1994年版，第17页。

② 马克思：《道德化的批评和批评化的道德》，《马克思恩格斯全集》第4卷，人民出版社1956年版，第329页。

写的重要目标。不论对于历史学家还是对于历史文学家都是如此。

“过去”作为“现在”的对话者是重要的。因为常有这样的情形，现在出现的社会矛盾和问题，过去也以另一种形式出现过，那么，我们何不从过去演出过的故事中，寻找处理社会矛盾和问题的历史智慧作为参考呢？这就是所谓的“以史为鉴”。在古代中国，“以史为鉴”的意识似乎在孔子修《春秋》时就已萌芽。孔子生活于礼崩乐坏的战国时期（前475～前221），他为何要书写春秋时期（前770～前476）的历史呢？司马迁《史记·孔子世家》做了这样的描述：“弗乎弗乎，君子病没世而名不称焉。吾道不行矣，吾何以自见于后世哉？乃因史记作《春秋》上至隐公，下讫哀公十四年，十二公。据鲁，亲周，故殷，运之三代。约其文辞而指博。故吴楚之君自称王，而《春秋》贬之曰‘子’；践土之会实召周天子，而《春秋》讳之曰‘天王狩于河阳’；推此类以绳当世。贬损之义，后有王者举而开之。《春秋》之义行，则天下乱臣贼子惧焉。”孔子写《春秋》所谓“约其文辞而指博”，就是文辞虽简约，所包含的意义却很广博，因为它“据鲁，亲周，故殷”，意思是根据鲁国为中心，遵从周天子，以殷的旧事为借鉴。这里的“故”，是指旧事，引申为轨鉴。这就是有以殷代的历史为鉴之意。“贱土之会实召周天子，而《春秋》讳之曰‘天王狩于河阳’。”这里说的是僖公28年，晋文公破楚师于城濮，然后在践土这个地方（今河南原阳西南）与诸侯会盟，也邀请周天子参加。孔子认为“以臣召君，不可以为训”（《左传》），所以在《春秋》中改写为“天王狩于河阳”（即天子离践土不远的地方狩猎）。孔子这样曲写是为了明君臣之道。所谓“以绳当世”，就是以周礼的一套作为标准来写作。所谓“贬损之义，后有王者举而开之”，即希望以后当王的人要把《春秋》包含的意义都张扬开来，以为警惕和提醒。所以孔子修《春秋》，是有“以史为鉴”的意思的。司马迁写《史记》，用他自己的话来说，是为了“究天人之际，通古今之变，成一家之言”。这意思就是要研究人与自然的关系，探讨古今历史变化的规律，然后能卓然自成一家之言。司马迁写《史记》，其中所含的“以史为鉴”的意义就更自觉了。唐代的唐太宗更明确说出了：“夫以铜为镜，可以正衣冠；以古为镜，可以知兴替；以人为镜，可以明得失。”[①] 一个帝王能说出这样的话来，不是没有缘故的。这句话是唐太宗在魏征这个敢于进谏的良臣死后说的。魏征一生与唐太宗共事二十年，魏征总是用历史的经验教训来告诫唐太宗，唐太宗又总是在不情愿的情况下，听取和接受魏征的正确意见，这才使唐太宗的“贞观之治”成为可能。宋代司马光写《资治通鉴》一书，也是为宋朝的统治者写的，其“以史为鉴”的思想就更自觉了，他说：“治乱之源，古今同体，载在方册。”又说：“治国安邦，不可不读史。”[②] 这说明了历史的智慧总会给现在以启迪。外国的历史学家，从古至今，也强调“以史为鉴”，这里就不一一罗列了。但法国现代历史学家布罗代尔提出“用过去解释现在”，并说：“如果人们要理解现在，那么就应该调动全部历史的积极性。”[③] 所谓“调动历史的积极性”，也就是以历史的经验和教训为借鉴，让历史参与到现实的改革中来。这与“以史为鉴”的思想是一致的。

但是，我们如何去理解和描述过去的历史呢？这就需要认识我们自身所处的时代，或者更直接地说，是要“用现在解释过去”。我们需要过去的历史，如上所述，是为了“以史为鉴”。但如果我们不深入研究现实的话，我们就可能从过去抓来一堆无用的历史垃圾，来污染现实的环境。这不但对我们现实毫无益处，而且这历史的病菌，麻醉我们的意识，破坏现实的生态。就像我们前面所提到的二月河的《康熙王朝》等历史小说，孙浩明的《大秦帝国》长篇历史小说，他们鼓吹自己的东西是“历史正剧的巅峰之作”，可他们一味歌颂帝王们的专制主义的统治，给社会带来和平、安宁和繁荣，这是要干什么呢？我们目前正在建设具有中国特色的社会主义，我们需要改革开放和解放思想，需要民主与法制，需要公平与正义，需要和谐与发展，需要肃清贪官，需要生态平衡，需要共同富裕，等等，可二月河和孙浩明等不少以帝王将相为题材的历史小说，鼓吹帝王将相和达官贵人，

① 吴兢：《贞观政要·任贤》。
② 司马光：《进通志表》。
③ 费尔南·布罗代尔：《论历史》，北京大学出版社 2008 年版，第 197 页。

宣扬他们的穷奢极欲和富贵享乐，欣赏君臣钩心斗角和明枪暗箭，描写宫妃如云和争宠吃醋，而对秦始皇、康熙、雍正、乾隆等禁锢思想、闭关锁国的言行，为自身的地位和利益穷国害民的言行则闭口不谈，对他们禁锢思想和闭关锁国也不敢触及，这种书写究竟要在过去与现在建立起一种什么联系呢？他们要给现在提供什么东西呢？他们要对现实说什么话呢？也许他们要说，这是在写历史吗？不这样写能行吗？不对。对于历史，我们要用现在去解释过去。马克思说过："人体解剖对于猴体解剖是一把钥匙。反过来说，低等动物身上表露的高等动物的征兆，只有在高等动物本身已被认识之后才能理解。因此，资产阶级经济为古代经济等等提供了钥匙。"① 有人可能要问：为什么马克思不是如医学上那样先做白鼠的解剖再做人体的解剖呢？而是把对低等动物的认识置于对高等动物的解剖的前面，采用颠倒过来的认识方法呢？因为在马克思的理解中，低等动物身上呈现出来的某些征兆，在人们解剖高等动物之前还看不清楚，难以获得准确的认识。所以，马克思进一步认为："基督教只有在它的自我批判在一定程度上，可说是在可能范围内准备好时，才有助于对早期神话作客观的理解。同样，资产阶级经济只有在资产阶级社会的自我批判已经开始时，才能理解封建的、古代的和东方的经济。"②这是马克思在解剖了资本主义社会之后，获得的深刻的思想发现。马克思说："资产阶级社会是最发达的和最多样的历史的生产组织。因此，那些表现它的各种关系的范畴以及对于结构的理解，同时也能使我们透视一切已经覆灭的社会形式的结构和生产关系。"③这意思就是说，资本主义社会是集奴隶社会、封建社会之大成，它借助以前社会形式的残片和因素建立起来，以前社会还只是具有征兆性的东西，在资本主义社会发展为完满的复杂的东西。因此充分认识资本主义社会，我们才能理解以前社会只带有征兆性的东西。同样的道理，我们时代是过去时代的发展，我们时代把以前只是残片的因素，变成为具有充分意义的东西。就像一位普通的医生，在一个病人的病初发的阶段，并不能认识这种病症的征兆

①②③　马克思：《〈政治经济学批判〉导言》，人民出版社1995年版，第23页。

意味着什么，只有等到病症充分显现的时候，这位医生才能充分认识这个病人初发病症的意义。因此，只有把握现实，分析现实，深刻认识现实，把握时代精神，才能深刻分析过去的历史，深刻认识历史，并通过历史的描写对现实说话，说出有益的话。我们必须充分认识到，历史题材文学创作不是为了普及历史知识，更不是为了寻找历史的垃圾来获得感官的享乐，而是为了对现实发出自己的声音。因此，对于历史题材文学的创作来说，研究现实，把握时代精神，是十分重要的。

从上面这个意义上说，法国著名历史学家费尔南·布罗代尔所说的既"用现在解释过去"，又"用过去解释现在"①是至理名言，对于历史题材文学创作是具有启发意义的。

五、历史题材文学的文体审美化问题

历史题材的文学毕竟是文学，读者是把它当做艺术品来欣赏的，因此作品的艺术文体审美提升至关重要。历史题材文学创作要讲一个故事并非难事，重要的是这故事怎样讲？或讲成什么样子？这就属于文体的审美化问题。

文体不单纯是一个简单的仅能传达意义的言语。文体作为一种语言体式，既反映了一定历史时期的时代和文化精神，又折射出作家的独特的创作个性。换言之，文体作为一个综合性的概念，是语言传达，但又不限于语言传达。文体不能仅仅能满足于讲一个历史故事。

对于写历史题材的文学的作者来说，文体的审美化关键是语言表达中的"情以物兴"和"物以情观"②。言语是传情的。情从何处来？情从"物"来，这里的"物"就是通常所说的生活。只有从生活的深处吸取动人之情，其文体才会有生活的和时代的根据，所以"情以物兴"是偏重客体的作用。这是一方面。另一方面，就是"物以情观"，以作家的情感去观察、体验和评价生活，让生活都从作家的诗情画意中看出，这样落笔之际就必然会有"惊风雨"、"泣鬼神"效果。所以

① 布罗代尔：《论历史》，北京大学出版社 2008 年版，第 183、197 页。

② 刘勰：《文心雕龙·诠赋》。

"物以情观"是偏重主体的作用。"情以物兴"和"物以情观"是主客体的相互激动相互深入，正是在这相互激动相互深入中，创作的审美升华得以完成，文体的审美化也得以完成。

文体的审美化都与"情"相关，情是鲜活的、有文化内涵的和渗透到字里行间的，因此生命气息和文化内涵，似是历史题材文学作品文体的起码特征。

对于写历史题材的作家来说，他们所面对的是过去的故纸堆的历史，往往是陈旧的、死的和无生气的。历史题材文学作品的文体的特点之一，就是要把陈旧的写成新鲜的，把死的写成活的，把没有生气的写成生意盎然的。不难理解，作品言语是否充满生命气息，这是历史题材文学文体的首要要求。那么，怎样做才能使文体充满生命气息呢？用中国古代文论的话来说，就是话语要有"气"。"气"有多种理解，形而上的理解是一种，形而下的理解又是一种。我觉得在文学中把"气"理解为生命的元素更为合理。中国先秦的古籍中，把"气"理解为生命的元素是屡见不鲜的。《论语·季氏》："君子有三戒，少之时，血气未定，戒之在色，及其壮也，血气方刚，戒之在斗；及其老也，血气既衰，戒之在得"。《左传》记载"昭公十年"发生的事：齐国的惠氏、栾氏和高氏与陈氏、鲍氏闹矛盾，这年夏天，有人告诉陈桓子：惠氏、栾氏和高氏准备攻打陈氏和鲍氏，前者比后者势力大。晏子在虎门，四个家族都召见他，但他都不去。后来陈氏和鲍氏因为有准备而打败了栾氏和高氏，并且分了他们的家产。之后晏子对陈桓子说："必致诸公（意谓陈氏栾、高者，必交给齐景公），让（谦让），德之主也。让之谓懿德（美德）。凡有血气，皆有争心，故利不可强。思义为愈（想着道义就能胜过别人）。……"这里孔子说的"血气"和晏子对陈桓子所说的"凡有血气，必有争心"中的"血气"，就是指血液与气息而言，是生命的元素。

在孔子所在的战国时代，不但注意到人的"血气"的概念，而且还把"气"与"辞"联系起来。如《论语·泰伯》篇曾子说："出辞气，斯远鄙倍矣。"这是曾子说的"鸟之将死，其鸣也哀"那段话后的话，意思是，人在吐气说话时要是能讲究礼，那么便不会鄙陋乖戾了。总的说，战国时期人们交往所用的是言辞，通过“文章”交往还较少，所以孔子只说“辞达而已”，而不讲文章如何如何。战国时期已注意到辞与气是有关系的。

真正把文章与血气联系起来作出判断的是魏代的曹丕。曹丕的《典论·论文》提出“文以气为主”这在文论上是一次革命。曹丕说：“文以气为主，气之清浊有体，不可力强而致。譬诸音乐，曲度虽均，节奏同检（同法度），至于引气不齐，巧拙有素，虽在父兄，不能以移子弟。”我为什么说这段话是中国文论上的革命呢？因为它从根本上揭示出了文学的本性和文体的本性。文学不是别的什么东西，是个体的人的生命力（气、血气）的舒泄。文体不是别的，也是个体的人的生命力的表现。文学不是一般的认识，不是一般的知识，文学有个人的体温，个人脉搏的跳动，个人呼吸的频率，个人心跳的样态……文学是与个人的生命气息永远联系在一起的。这是对于作为艺术的文学真正的理解。曹丕的理论对后代影响很大。其后如刘勰、沈约、锺嵘等都不断引用和发挥曹丕的思想。连唐代韩愈领导的影响甚巨的古文运动，也与曹丕的这一思想有关。

正是基于上面这些理解，我们首先把历史题材文学创作的文体与生命气息联系起来。历史文学文体的生命气息是否浓郁，既关系到文体是否把陈旧的、死的历史写活了，而且也关系到文体的独特创作个性问题。目前，历史题材文学创作文体所存在的问题之一，就是文体缺乏个人的生命气息。我们所看到的大多数历史小说都是用现代的白话，历史文化发展中形成的成语、熟语等语汇，来写事件、场景所构成的故事。有时候，写的故事是战国时代发生的，可那些成语、熟语却是后来或现代才产生的，完全不像几百年前、几千年前古人的生活场景里所发生的事情。这些所谓历史故事完全是凭着作者的想象编出来的。我们听不到历史的声音，听不到古人真实的对话，看不到古代的生活场景。这样的文体可能有作者一些现代的意识，个别的细节也可能写得比较有味，也夹杂了一些古代的词语，但这都是把今人的意识、趣味、言语强加到古代人的身上去。“星河璀璨”、“露出一双美丽而朦胧的眼睛”、“绚丽夺目的霓虹灯光”、“像羊圈里待宰的羔羊”、

"酒精在身体里燃烧，血液在沸腾"、"要在这座城市里买一套房子"、"涌起一阵针扎般的痛楚"、"端起纸杯，一饮而尽"、"冲着远处正在应酬客人的服务员大声叫道"、"这座城市里打拼了三年"、"爱她就应该给她幸福"、"这美轮美奂的空间迅速抖动起来"、"穿越了，我穿越了，我竟然穿越了"……这些词语和句子是用来写战国生活情境的，如此当代的言语，如此华丽的言语，或者说如此苍白的言语，是完全没有生命力的，没有独特个性的，没有色彩的，这种文体因为缺乏"气"，即必要的生命力和创作个性而不能不归于失败。

我们只要反观当代大家都熟悉的一些描写当代生活的作品，如史铁生的小说《我的遥远的清平湾》，我们读后就会觉得小说中那质朴幽默的白老汉，那天真可爱的留小，那通人性的牛群，那慢慢流淌的清平河，那裸露出黄土的山梁、山坡、山沟，那韵味悠长的山歌，那纯朴的充满人性的人与人之间的关系，每一个细节，如同一股暖风或冷风，迎面地尽情地向我们扑来，觉得那样鲜活，那样生动，那样纯真，那样质朴，那样带着生命的全部活力，让我们不能不刻骨铭心地感受到那是一种真实生活的脉动。虽然作品中所用的多是带有乡土气息的陕北山村带着土气的有趣口语，没有"星河璀璨"、"绚丽夺目"、"美轮美奂"、"穿越"之类的华丽的词语，但我们不能不说《我的遥远的清平湾》所呈现的是具有灌注了生命气息的文体。

历史题材文学创作文体的另一个特征是文化性。历史题材文学创作写历史，有时是写一两千年以前的历史，这就不能不讲究文体是否充满那个时代的文化内涵。不同的民族有不同的文化，不同历史时期有不同历史时期的文化，甚至同一历史时期不同时段的历史也有不同的文化。因此，历史题材文学作品文体是否具有特定历史时代的文化内涵，就是历史题材文学作家不能不追求的。历史是什么？历史与文化的关系是怎样的？历史是时间之流。按照法国历史学家布罗代尔的看法，有三种时间，即"地理时间、社会时间和个人时间"①，这就意味着历史可以分为一系列的层次：第一，从地理时间看，有地理环境

① 布罗代尔：《论历史》，北京大学出版社 2008 年版，第 5 页。

的历史，这是一种变化十分缓慢的历史，如中华民族从古以来所倚重的就是黄河和长江，长时间在黄河与长江两岸从事农业劳动，形成了农耕文明。虽然中国也有很长的海岸线，但大海对于古代中国大部分时间而言是陌生的，中国人较少出没于各岛屿与海口之间，对于中国人的生活影响很小。黄河与长江是我们的母亲河，所以从地理环境看，五千年的历史变化相对而言是缓慢的。第二，从社会时间看，是社会史，一种有关群体、集团的历史，它应包括经济、国家、社会、文明。如中华民族从夏、商、周起，经过历朝历代的变化，这中间经济发展、国家制度、社会生活和文明更替，都是社会史的范畴。这个层面的历史变化比第一层面的变化无疑要快得多。第三，从个人时间看，有“事件的历史”，“这种历史是表面的骚动，是潮汐的强烈运动所掀起的浪涛，这是由短暂、急促、紧张不安的波动构成的历史。”① 如中国五千年的历史出现了大大小小许多历史事件，从夏禹治水、周代礼乐、战国七雄、秦代一统、陈胜和吴广农民起义、项羽、刘邦之争……许多与个人时间密切相关的权力、争斗、起义、变革、挫折、战争、胜利、失败、复兴、衰败、阴谋、暗算等，都属于“事件的历史”。如果是纯粹的历史书写，那么历史学家的确可以把这三个层面的历史分开来书写。当然也不能不充分认识到这几个层面的联系。

但是对于历史文学创作而言，这三个层次完全不能分离开来书写，必须从一个层次转到另一个层次，或者是三个层次融合为一。这就如布罗代尔所言：“惊天动地的事件常常发生在瞬间，但它们不过是一些更大的命运的表征。”②这就是说，任何历史事件的发生都不是孤立的，都不能把它从整体生活中分割出来。或者我们换一个词“文化”，“文化乃是一民族大群集体人生之一种精神共业”（钱穆语），或者也可理解为一民族人的生活的整体，事件的发生与发展都与“文化”相关。当前，历史题材文学创作的缺憾之一，就是更多地看重“事件的历史”，把事件关联起来，变成历史故事，而丰富的具有魅力的文化则往往或多或少被剥离掉了。在这类历史题材的作品中，我们没有或

①② 布罗代尔：《论历史》，北京大学出版社 2008 年版，第 4 页。

很少看到具有独特文化性的言语、文字、风俗、习惯、神话、宗教、信仰、人伦、孝道、友情、人性、灵魂、文学、绘画、音乐、舞蹈、书法、建筑、医疗等的集合表现。有时也随笔写到，但都是个别的、偶然的笔墨，不是把文化当做一种经营的文体来对待，没有渗透到事件的连接中形成一种能够让读者突出地感受到的文化氛围。用历史事件连缀成故事是容易的，但写出一种具有民族文化的审美化文体就不是容易的事了。

对于历史文学创作而言，历史观是创作的指导思想，历史真实是创作的核心地带，价值判断关系到对历史的深刻评价，与现实对话是历史题材文学的意义所在，文体审美化则是创作的艺术魅力问题。如果我们的作家把上述五个向度问题都解决好了，那么一定会有更多更好的历史题材的优秀作品涌现出来。这正是我们所期待的。

童庆炳

摘　要

1978年开始的新时期，文学创作的一个重要的发展，就是历史题材文学创作获得了前所未有的发展，就产生的社会影响论，都是空前的。其中有不少作家的不少的优秀作品，进行了多方面的艺术探索，为历史题材的文学创作提供了新的可贵的新经验；但历史题材文学创作中也出现很多平庸的甚至是拙劣的作品，所存在的问题是比较严重的，这妨碍了历史题材文学创作水平的进一步提高。

一、本书所研究的问题概貌

本书是教育部哲学社会科学研究重大课题攻关项目“历史题材文学创作和改编中重大问题研究”的最终成果。

从2005年开始，历经四个寒暑，在课题组成员的合作下，在2009年春天到来的时候，我们的研究终于获得了成果。最终成果近50万字的专著顺利通过了评审组的结项鉴定。另外在各种刊物发表论文50余篇，也产生了不小的影响。概括起来说，我们的论著，从理论上提出并论述了创作中涌现出来的十大问题，从学理上提出并透视当下创作呈现的八大现象。十大问题是指：

（1）历史研究与文学研究的联系与区别问题；

（2）文学叙事与历史叙事的异同及其关联问题；

（3）政治视野和美学视野中历史题材文学创作问题；

（4）历史题材文学中历史、艺术和时代三向度问题；

（5）历史题材文学创作中的重建、隐喻和暗示三层面问题；

（6）历史题材文学的艺术理想即历史真实与艺术真实的统一

问题；

(7) 历史题材文学的类型及其审美精神问题；

(8) 历史题材文学中人民取向问题；

(9) 历史题材文学中封建帝王的评价问题；

(10) 当前历史题材创作的发展趋势问题。

八大现象是指：

(1) 历史题材文学的现代性追求现象；

(2) 历史题材文学承载中华民族之根的现象；

(3) 当代历史题材文学创作中的“盛世情结”现象；

(4) 历史题材文学中的人民性缺失现象；

(5) 历史题材创作中的“戏说”现象；

(6) 历史题材文学中历史人物的“翻案”现象；

(7) 历史题材创作中红色经典的改编现象；

(8) 历史题材作品的生产与消费现象。

在研究这些问题和现象的过程中，其难度是显而易见的。但是课题组的成员抱着认真治学和严谨的学风，刻苦进行研究，终于实现了理论创新。

二、创新点之一：应以历史发展大趋势来看“盛世”，“康雍乾”三朝不是“盛世”

以历史唯物主义为基础的大历史观来考察研究对象。在研究成果中，我们提出，看历史不能孤立地看几年、几十年，而是要看大趋势，把研究的历史人物放到几百年的历史发展大趋势中去把握。我们对二月河等人的小说，在肯定它的一定的合理性的同时，提出了质疑。即对所谓康雍乾盛世高调的歌颂与赞美提出了批评。中国封建社会起码可以分为早、中、晚三个时期。如“文景之治”一般而言应该算早期。“贞观之治”肯定是中期。所谓“康雍乾盛世”则是晚期了。早期、中期封建社会相对于奴隶社会来说，应该是具有进步性的。晚期封建社会就整体而言由于阻碍新的生产关系的诞生，就只不过具有落后性了。从历史唯物主义看来，如果一位处于晚期的封建帝王不能为新的生产关系创造必要的条件，那就很难给他以正面的评价了。因此历史文学的作者起码要把自己笔下所写的帝王放到宏阔的历史语境中去把握。看他所处的历史阶段和历史时期，看他对于新生的生产关系采取什么态度，这是历史唯物主义的基本要求。康熙、雍正和乾隆三朝，从1662~1796年，即处于17世纪中也与18世纪末叶之间。这是中国社会发展一个很重要的时期，即在明代后期资本主义萌芽后，后继的帝王实行什么样的政策，是至关重要的。一是继续维护小农自然经济，还是推动商品和货币的发展？是“重本轻末”还是“农商皆本”？康熙诸帝选择的是维护自然经济和“重农抑商”。二是开放门户，与外国交往，还是闭关锁国，夜郎自大？康熙诸帝选择的是“海禁”的封闭政策。三是广开言路、自由开放，还是钳制思想、禁锢言论？康熙诸帝选择的是大兴“文字狱”，强化思想控制。以上三点，即“重本抑末”，“海禁”，“文字狱”，有相通之处，就是以保守、封闭、钳制来实行极端的封建专制制度。历史的规律性常常在短期内看不出来，需要在经过长时期之后才看得出来。同理，我们看一个朝代、一个帝王是否有作为，是否是盛世，不能局限于孤立于本朝来看，要看前后几百年，看历史脉络走向，看这个朝代这个帝王是顺应时代的潮流，还是逆时代的潮流。康雍乾时期已经到了中国封建社会的后期，他们的统治对于封建制度来说，是远去的帆影，是黄昏时刻的落日，是将要燃尽的蜡烛，是即将结束的盛宴，是临死前的回光返照。他们的统治行为其后不远的中国的亡国灭种危机埋下了隐患。我们提出，当代历史文学和影视剧回避上述历史核心问题，并那样高调地评价他们所立下的所谓千秋功业，这是为什么？

三、创新点之二：以现代性的新观念来考察当下的历史题材创作，探索在历史文学创作中如何挖掘出时代精神来

文学艺术中现代性折射出思想解放、改革开放的历程。历史文学不能脱离时代。它也应该是时代的一面镜子。这不是把历史简单现代化，而是要在历史题材创作中挖掘出新的时代精神来。例如，我们认为，不同于《李自成》的总体思路还没有超出阶级论的人物描写框架，《白门柳》却从具体的人物形象到小说整体构架都突破了单一正统的阶级论模式。站在现代的文化立场回眸明末清初这段王朝更替的历史，作者敏锐地发现：真正体现人类思想和社会进步的，既不是爱新觉罗氏的入主中原，也不是功败垂成的李自成农民起义，而是以黄宗羲为代表的我国早期民主思想的诞生。这种不以阶级定性而以历史进步为标识的精神取向，使作品对东林、复社名士群体知识分子的描写有效地避开了是非曲直、忠奸正邪的评判模式，而具有独到的新意和深度。历史都是昨天的，但作家的眼光则应是现代的。以现代的眼光去发现昨天的历史，所发现的精神是与我们今天时代的需要息息相关的。让读者似乎从历史中看到了现实，看到了现实的需要，看到了现实的矛盾，而不能不产生种种现实的联想。黑格尔说："历史的事物只有在属于我们自己民族时，或者只有在我们可以把现在看成过去事物的结果，而所表现的人物或事迹在这些过去事物的连锁中，形成主要一环时，只有在这种情况下，历史的事物才是属于我们的。"写历史存在过的事物，一定应让它们与现代生活产生关联，这种历史书写才是属于我们的。而且我们还应认识到，仅仅认为这种历史存在的事物只跟同一地区、同一民族这种简单的联系，仍然是没有意义的，只有这种历史存在的事物成为过去与现在之间的主要的一环时，才是有意义的，这种历史书写才属于我们今天。我们的成果揭示出，全球化不仅仅是历史小说一个潜在的写作背景，它已内在地渗透到作家创作机制中，成为他们反思历史时刻骨铭心的肌理与血肉。

四、创新点之三：呼唤人民和人民性的回归，当前历史文学人民没有占主体地位，是创作的误区

目前的历史题材文学，人民作为历史的主体没有占到应有的地位，这是创作的误区。我们的成果突出地呼吁人民形象和人民性的回归。纵观新中国成立以来的历史文学，说从一个误区走向另一个误区的结论想必也不为过。新时期以前历史文学的人性书写犯下的以阶级性统概社会性，遮蔽自然性的错误，新时期之后的历史书写以近乎极端的方式反方向填补。其结果导致的，并不仅仅只是文学走入以自然性代人性书写的误区，更以重新解构历史的方式，将人民的历史主体作用消弭殆尽，从而触动了政治的神经。肯定人民群众的历史地位，保障人民当家做主的权益，是人民民主专政国家政体的立国之本及政党的立党之基。因而，还原人民群众历史创造者的地位，乃是当务之急。同时，肯定人民的历史推动力并不意味着必须回到“十七年”历史文学的老路，唯农民战争是从，唯阶级斗争是从。人民群众并非只在改朝换代时，才能以暴力形式、生命代价来推动历史，和平时代的历史更是由他们创造。到目前为止，以人民动力历史观考察历史的文学书写多局限于农民战争，完成的是寇盗贼匪的荷锄暴民向改天换地的革命英雄的颠覆式转变。然而，当摆脱了阶级斗争历史观束缚的历史书写拥有了更大的空间，在以生产力为推动力的新历史观的指导下足以创造出更为生动活泼、真实丰富的人民历史时，却以“写真实”为由头，放大了圣君贤相、才子佳人的历史作用，而遮蔽了人民的历史主观能动性。诚然，为被阶级斗争妖魔化的帝王将相祛魅的确需要，从史书中追寻君臣名士的足迹的书写方式，在一些斤斤计较于历史真实的学者那里也容易过关，但并不代表这些人物就能代表历史，推动历史。历史的真正主体永远只能是人民，他们才是推动历史的实际力量。

五、创新点之四：对于争论不休的真实性问题，我们提出“历史3”的新观点

对于历史真实这个重大问题，我们提出了新的理解。我们用“历史1”标示客观的历史，用“历史2”标示历史学家、作家心中眼中的历史，用“历史3”标示作品中被作家加工描写过的历史，这才是历史真实，即历史真实中包括了作家的想象与虚构。作为历史2的史书和相关典籍所记载的材料经过历史语境化和艺术加工化，就变成了区别于史书上的材料，这就是历史3了。这历史3才达到了历史文学作品的历史真实和艺术真实的统一，历史题材文学创作所要追求的艺术理想才算实现。特别要指出的是，我们提出“历史1”、“历史2”和“历史3”三者关联的思想，表明历史曾经是真实的存在，但后人的确对它做了基于主体理想的加工。

此外，在历史人物“翻案”问题、民族本土认同问题、红色经典重写问题、历史题材作品的生产和消费等问题，都有突破性的探索，形成了新的理解，但我们在论述这些问题的时候又十分注意以马克思主义为思想指导。

Abstract

Since 1978, historical narratives have made an unprecedented progress and represented one of the most important literary achievements in the New Era literature. Excellent works appeared continuously with distinctive artistic explorations into every aspect and provided new experiences for historical narrative. However, there were still many works whose artistic and ideological qualities were so poor that they hindered the improvement of the creation of historical narrative.

1. An Overview of Our Research

This book represents the final results of the project "Key Issues in the Creation and Adaption of Historical Narrative," a key national project sponsored by the Ministry of Education of China.

From 2005 to 2009, members of the project published more than 50 papers on the topic and finished a research report of 500, 000 words. The research report passed successfully the final assessment administered by a group of experts appointed by the Ministry of Education. In a word, our research answers 10 questions we found in historical narratives and critiques 8 phenomena in contemporary Chinese historical narratives. 10 questions include:

a. Differences and affinities between historical studies and literary studies
b. Differences and affinities between historical narrative and literary narrative
c. Historical narratives in the views of politics and aesthetics
d. Historical, artistic, and contemporary dimensions of historical narrative
e. Reconstruction, reflection, and revelation as three levels in historical narrative
f. The fusion of historical truth and literary truth

g. Types of historical narrative and their aesthetic tendencies
h. The will of the people in historical narrative
i. Assessment of imperial emperors
j. Trends in contemporary Chinese historical narratives

8 phenomena refer to：

a. The pursuit of modernity in historical narratives
b. The bearing of traditional Chinese culture
c. The Golden-age Complex in contemporary Chinese historical narratives
d. The lack of common people
e. *Xishuo*：Dramatic historical narratives
f. Re-evaluation of historical events and figures
g. Adaptation of red canons
h. The production and consumption of historical narratives

The questions and phenomena above listed posed great challenge to researchers. With meticulous and scientific studies, all members of the project gained fruitful and original results.

2. Result one：the glorious times should be viewed historically and the so-called Kongxi-Yongzheng-Qianlong Golden Age was not glorious at all

History needs to be studied from the view of the grand history, which is based on historical materialism. We propose in our research report that the valid time span for evaluating historical figures shouldn't be several or dozens of years, but several hundreds years. Though historical novels written by authors such as Eryuehe gained much popularity, we question their high praise for the so-called Kongxi-Yongzheng-Qianlong Golden Age. The history of Chinese feudal society was divided into early, middle, and late periods. The Kongxi-Yongzheng-Qianlong Golden Age happened in the late period. Comparing with slavery, early and middle feudal society was progressive. Late feudal society was backward because it hindered the formation of new relations of production. From the perspective of historical materialism, an emperor in the late feudalism doesn't deserve positive evaluation if he didn't created necessary preparations for new relations of production. Historical materialism requires us to investigate an emperor's position in history and his attitude toward new relations of production. The reigns of Kongxi, Yongzheng, and Qianlong spanned from 1662 to 1796. This was a pivotal time because the sprouts of capitalism emerged in China in late Ming Dynasty and early Qing emperors had the opportunities to advance capitalism. However, Emperors Kangxi, Yongzheng, and Qianlong adopted conservative policies, such as promoting agriculture while limiting commence, forbidding sea voyage, and controlling speech. These policies led to the national crisis in the 19th century. Contemporary Chinese historical novels and TV shows haven't tackled this core issue.

3. Result two: the introduction of the concept of modernity helps us to capture the zeitgeist from contemporary Chinese historical narratives

Historical narratives can be viewed as a mirror of the age. This doesn't mean to modernize history, but to capture the zeitgeist from historical narratives. We draw the conclusion that *baimen liu* broke the orthodox class-based narrative principles, which were upheld strictly in *Li Zicheng*. Rethinking the history of Qing Dynasty's replace of Ming from the perspective of modern culture, the author of *baimen liu* is keenly aware that neither Qing's take-over of the power nor Li Zicheng's defeat represented the progressive force of the history. Instead, Huang Zongxi's thoughts on democracy really reflected the trend of humanity and culture. Judging from this kind of understanding of historical tendency, descriptions of Donglin and Fushe literati in *baimen liu* gave readers fresh and unique reading experience. Looking at history with a pair of modern eyes, what is seen is closely connected with our age. When writing about historical events, we need to make them mean something to the current life. In so doing, history belongs to us. We should also realize that it's meaningless if we simply connect a historical event with a single nation. The whole meaning of a historical event becomes illuminating only if it is viewed as an important link between the past and now. Our research demonstrates that globalization is not only a hidden background of historical novels, but writers' inner mechanism for rethinking history.

4. Result three: to remedy the creative fallacy that contemporary Chinese historical narratives overlook common people, we call for the return of people and popular opinion

As the subject of history, people are not recognized properly in contemporary Chinese historical narratives. In our research, we call for characters of common people and the return of people. It is not an exaggeration to say that the historical narratives since 1949 fell in one fallacy to another. Pre-New Era historical narratives made the mistake that the nature of class overwhelmed humanity; while in New Era literature humanity is regarded as thingness. To affirm common people's function in history, to protect common people's right as the lord of the nation, these are the foundation of the polity of our country and our party. Thus, we urgently need to restore the position of common people as the creator of history. This doesn't mean to go back to pre-1979 literature which was dominated by class struggle and peasant rebellion. Common people not only violently push history forward at the price of their lives. They write history in peace time too. Contemporary China offers writers more freedom to write about history. However, contemporary historical narratives praise only emperors, high officials, gifted literati, and beauties. The subject of history has always been common people who are the actual force behind the progress of history.

5. Result four: to answer the question of artistic truth, we propose the concept History Ⅲ

We give a new understanding of historical truth. We use History Ⅰ to designate the historical events that really happened and History Ⅱ the history in the eyes of historians and writers. By History Ⅲ, we refer to the history narrated by writers in their works. We believe History Ⅲ is historical truth, of which imagination and fiction are part. Through the artistic working of writers, History Ⅱ (represented by historical records) is turned into History Ⅲ, a fusion of historical truth and artistic truth.

In our studies on reevaluation of historical figures, adaptation of red canons, and creation and consumption of historical narratives, we consciously apply Marxist principles.

目录

Contents

上篇

Contents

上篇

历史题材文学的基本理论问题

改革开放三十年以来，在思想解放的影响下，文学创作中历史题材的作品（包括影视剧作品）如雨后春笋般涌现出来，情况之复杂是前所未有的。随之而来的是历史题材文学理论基本问题得到了更新与发展。但在这更新与发展中，对于一些基本理论问题，众说纷纭，莫衷一是。从理论的角度重点理清并重新探索这些基本问题，如文学与历史的分际与影响问题，文学书写与历史书写的异同与关联问题，美学的与历史的书写原则问题，政治与美学视野中的历史题材文学问题，历史题材文学的分类问题，历史题材文学理论的基本维度问题，历史题材文学的创作层面问题，历史题材文学的艺术理想问题，历史题材文学中的人民取向问题，历史题材文学中对封建帝王的评价问题，历史题材文学可能的发展趋势问题，历史题材文学的评价标准与方法问题等，是本篇的基本任务。

第一章

文学研究与历史研究之关联

文学研究和历史研究本来就存在着某种密切的关联，彼此之间常常互相渗透、互相汲取，那种过于严格的学科界限不利于研究的深入。在文学叙事与历史叙事之间的相通性越来越受到关注的今天，文学研究的历史视角就显得愈加不可或缺了。同样，历史研究也从文学研究中得到启发。马克思恩格斯从来都是从历史视角来考察文学的价值的，“美学的观点与历史的观点”作为一种研究方法正是他们将文学研究与历史研究融合为一的标志，而这种方法对于历史题材文学创作的研究显得尤为有效。

从当今学术研究的整体走向来看，各人文学科之间的“边界”似乎越来越模糊了。人们对于“越界”（跨学科研究）的兴趣渐渐超过了“固守阵地”。[①]其实在历史研究领域，早在20世纪二三十年代就发现了这种跨学科研究的必要性。[②] 法国著名历史学家、“年鉴学派”代表人物布罗代尔指出：“历史学家希望将他们的注意力集中到所有的人文学科上。正是这一点使我们的专业有了陌生的边界和偏好。所以不能设想在历史学家和社会学家之间存在着与昨天一样的屏障和差别。所有的人文学科，包括历史学在内，都彼此受到影响。它们说同样的语言，或者可以说同样的语言。”[③] 在今天看来，这种见解依然有着重要的启发意义。就我们在本章的论域来看，在文学叙事与历史叙事之间存在着密切关系及相

---

① 例如2005年以来学界关于“文学理论的边界”问题的热烈讨论就表明了人们对这一问题的关注。

② 1929年法国历史学家马克·布洛赫和吕西安·弗费尔创办《经济与社会史年鉴》，标志着年鉴学派的诞生。运用跨学科的方法建立涵盖各个人文社会学科的“总体史”是年鉴学派的主要目标。

③ ［法］费尔南·布罗代尔：《论历史》，刘北城、周立红译，北京大学出版社2008年版，第37页。

通性早已成为学界的共识，那些为现代学科设置所隔裂的研究领域正在重新得到整合。文学研究与历史研究之间也不再存在不可逾越的鸿沟。事实上，历史视域从来都是文学研究最主要的视角之一，而历史研究也常常从文学研究中汲取营养。如果说，“历史的也是文学的”与“文学的也是历史的”这样具有后现代色彩的提法并非毫无道理的臆说，那么“历史的文学研究”与“文学的历史研究”也自然应该是有意义的论题。至于说到“历史题材的文学作品”，这本来就是文学与历史的复合体，既有文学的特点，又有历史的影子，对这一类型的研究对象，历史的视角就更是不可或缺的了。

一、文学研究与历史研究的相通性

文学研究与历史研究的相通性首先表现在它们背后隐含的更深层的“言说模式”（思维方式与价值取向）的一致性上。换言之，这两个看上去彼疆此界的领域实际上经常是同一潜在的制约性因素的话语表征。在中国古代，关于历史与文学的言说都曾经是政治和社会伦理道德的手段。例如《春秋》与《诗经》这两部分别代表中国历史与文学之源头的先秦典籍在长期传注解说过程都被理解为指向当政者的政治性言说：《春秋》蕴含着“微言大义”，对“乱臣贼子”们具有“口诛笔伐”的功能；《诗经》则依靠“美刺”来劝善罚恶，汉儒甚至“以三百篇当谏书”。孔子虽然不具备改造现实政治的实际能力，但在历代的儒生们看来，由于他曾经整理各种古代典籍，特别是“作《春秋》”和“删诗”，因此就可以和夏禹、商汤、周文王、周武王、周公等品德高尚且事功卓著的帝王相提并论而毫不逊色。因为他传承了被儒家称为“道”的价值评价系统，使后世之人在立身行事上有所依凭而不至于沦为愚氓。中国古代的历史叙事也讲究“直书”或“实录”，历代都赞扬“在晋董狐笔，在齐太史简”之类的史德，但这并非为了追求历史的真相，而是要对执政者们形成压力，使他们不敢过分胡作非为，那目的还是政治性的。这说明“政治伦理功用”乃是中国古代的一种“言说模式”，直接决定着历史言说与文学言说的话语形态与价值指向。在西方古代的情形似乎有所不同。古希腊的史学家，例如希罗多德和修昔底德，都把追问真相视为历史叙事的目的。亚里士多德认为诗比历史更“富有哲学意味”是因为历史描述的是“个别事件”，而诗描述的是更带“普遍性”的事，换言之，诗可以比历史更接近真相，更真实，因为历史只是揭示个别的真实，而诗则揭示普遍的真实。这说明在古希腊的语境中，“追问真相”乃是一种“言说模式”，直接决定着人们关于历史与文学的言说，正如中国古代政治伦理功用是一种“言说模式”一样。这种情形并不是在某一特定时期才会出现的个别现象，而是一种“常态”。例如19世纪的西方思想界曾经被科学主义所统摄，形成了实证主义的言说模式，于是关于文学和历史的言说也都带上了科学主义或实证主义的印记。在文学上是“现实主义”以及“自然主义”的理论与实践；在史学上则是兰克主义盛行一时。除了一般价值观念和思维方式之外，一个时期里居于主导地位的意识形态对于文学观和历史观的决定性作用更是毋庸置疑的，面对历史材料，说什么（选题）和怎样说（方法）常常都是被意识形态直接决定的，新中国成立以来的文学研究与历史研究都曾经如此。

由此可见，关于历史和文学的言说常常为同一种更深层的因素所左右，因此也就具有相同或相近的社会功能。关于文学与历史的言说都不是“原发性”的知识形态，而都是具有“继发性”——被另一种更根本的因素所制约——特征的。

由于文学研究与历史研究这种深刻的相通性，就使得两者常常纠结在一起，难以分拆。这有两种情形：一是研究者直接把文学现象作为历史研究的材料来看待，从文学的叙述与描写中发现有价值的历史内容。马克思和恩格斯就曾经这样来看待狄更斯或巴尔扎克的现实主义小说。例如恩格斯认为巴尔扎克的《人间喜剧》“汇集了法国社会的全部历史，我从这里，甚至在经济细节方面（如革命后动产和不动产的重新分配）所学到的东西，也要比从当时所有职业的历史学家、经济学家和统计学家那里学到的全部东西还要多。”① 在这里，巴尔扎克的小说显然是被恩格斯当做了解历史的真实材料来看待了。在中国则有陈寅恪先生“以诗证史”的研究实践。陈先生在著名的《元白诗笺证稿》中从政治制度、文人交往、社会风气等角度对元白诗文进行了独到解说，一方面从中看出了许多前人没有关注的史实，另一方面也对诗文之意义，特别是写作缘由多有发挥。既可以看做是历史研究，又可以看做是文学研究。二是从历史的角度来考察文学的意义与价值。钱穆先生的《中国文学论丛》一书堪为典范。在这部论文集中，钱先生以一个史学家的眼光对中国文学进行了多方面的阐述，其见解之精辟独到，常常非专治文学史者所能企及。其云：“欲求了解某一民族之文学特性，必于其文化之全体系中求之。换言之，若我们能了解某一民族之文学特性，亦可对于了解此一民族之气文化特性有大启示。”又说：“……一部理想的文学史，必然该以这一民族的全部文化史来作背景，而后可以说明此一部文学史之内在精神。反

① ［德］恩格斯：《致玛·哈克纳斯》，见《马克思恩格斯选集》第4卷，人民出版社1995年版，第684页。

过来讲，若使有一部够理想的文学史，真能胜任而愉快，在这里面，也必然可以透露出这一民族全部文化史的内在真义来。”① 从政治史、文化史、心态史的角度探究文学的特性正是钱先生全部文学研究的基本路向。沿着这一路向，他考察了《诗经》、《楚辞》产生的政治动因与功能、韵文与散文产生演变的历史，论述了音乐、戏剧、小说的特性、唐代文人的生存境遇与文风之关系等，其方法与结论对于文学史研究都极具启发性。

二、文学研究的历史视角与历史研究的文学视角

从历史的角度对文学现象进行考察可以说是马克思主义文学研究的传统。在这方面恩格斯关于歌德研究堪称典范。恩格斯在1846年与1847年之交写了题为《诗歌和散文中的德国社会主义》一文，针对“真正的社会主义”的代表人物卡尔·格律恩关于歌德的评价提出自己的观点。格律恩在一本题为《从人的观点论歌德》的书中从费尔巴哈的人本主义出发，在关于“人”的抽象设定的意义上讨论歌德，认为歌德是“人的诗人”，“在歌德身上除了人的内容外没有别的内容”，“歌德在今天（他的著作也是如此）是人类真正的法典”② 等。恩格斯则从“美学的和史学的观点”来分析歌德，把他放回到具体的历史语境中来审视，从而发现在歌德身上浸染的浓厚的“鄙俗气”，指出了他的两重性，从而剥去了格律恩加在歌德身上的神圣光环，呈现了这位伟大诗人的复杂性与真实性。恩格斯与格律恩这里的区别是十分清楚的：前者在具体历史的关联中来剖析歌德，后者在抽象的观念中来想象歌德。此外，马克思在《神圣家族》中对法国作家欧仁·苏的《巴黎的秘密》的精彩批评、列宁在一系列论文中对托尔斯泰的深刻阐释，都是从历史的视角考察文学的成功例证。

20世纪以来，在马克思主义影响下的文学研究基本上继承了马克思、恩格斯开创的这一从历史视角看问题的优良传统，从而在众声喧哗的文学研究领域独树一帜、卓然高标。从卢卡奇到法兰克福学派，再到当今依然活跃在学术界的詹明信和伊格尔顿，无不善于从历史的宏大视野中审视文学的特性与功能，取得了令人瞩目的研究成果。在众多的马克思主义文学研究者当中，吕西安·戈德曼提倡的“发生学结构主义文学社会学”可视为将文学研究与历史研究、文本研究

① 钱穆：《中国文学论丛》，东大图书公司1983年版，第28页、第94页。

② 此处关于格律恩《从人的观点论歌德》一书的引文以及恩格斯的观点均见《诗歌和散文中的德国社会主义》一文，《马克思恩格斯全集》第4卷，人民出版社1960年版，第254~257页。

与社会研究、共时研究与历时研究融为一体的范例。其代表作《隐蔽的上帝》（1956 年）一书在 17 世纪法国穿袍贵族及冉森教派、帕斯卡尔的哲学、拉辛的悲剧三者之间寻觅相通之点，从而揭示出对三者发挥支配作用的深层精神结构。社会存在、哲学思想、文学作品本来分属不同的研究领域，但在戈德曼看来，它们之间存在着密切的关联性，社会存在的具体样式和历史演变决定着人们的思想结构并进而决定文学作品的文本结构。在戈德曼看来，社会生活的整体性对一切精神文化现象都具有制约作用，因此要研究某种文化的或文学的现象，就应该把它置于社会结构的整体性中来考察。这是一种自觉的方法论意识。他说：

> ……无论是马克思还是弗洛伊德的分析，只要涉及经济、生物研究、政治史、文学史、哲学史、宗教史和科学思想史或梦分析史、精神病史以及口误史，它们都达到了阐明最初显现为或多或少有时甚至完全没有意指的人类行为的有意指性——即结构性与功能性。①

马克思与弗洛伊德的共同之处在于：那些看上去并没有特殊意义的行为或事件，如果被置于特定结构之中来审视，就会呈现出某种意义来。对弗洛伊德来说，人类的一切行为都是人的无意识心理结构的表征；而在马克思看来，任何社会文化现象都必然是特定社会结构的产物，一方面具有结构性特征，同时也具有相应的功能性。它既属于这一结构的组成部分，同时又具有该结构所赋予的特殊功能。因此作为马克思主义者，戈德曼的发生学结构主义文学社会学就是要在社会的历史演变中，在宏观的社会背景上来研究文学现象，把后者视为深层社会结构的显现形式。同样也可以说，这种研究是从文学的角度来审视社会历史，从而揭示出一般的历史研究所无法发现的东西。

美国著名马克思主义者弗里德里克·詹明信对于后现代主义文化的精辟研究也是从历史的视角展开的。他从资本主义的历史发展的角度审视现代文化的演变，认为自由资本主义与现实主义、垄断资本主义与现代主义、晚期资本主义与后现代主义之间存在着深层关联性。在晚期资本主义阶段，科技高度发达，产生了新的传播媒介，消费开始成为推动社会发展的主要动力，而工业生产不再成为主导力量，于是那种平面化、无深度的后现代主义文化出现了，这种文化整体上呈现“精神分裂症状”——没有一以贯之的精神作为主导。一切都碎片化了。这种关于后现代主义文化的研究被认为是最有深度和最富启发性的。

---

① ［法］吕西安·戈德曼：《马克思主义和人文科学》，罗国祥译，安徽文艺出版社 1989 年版，第 99 页。

在后现代主义语境中，学科界限被进一步打破，对于福柯的“话语理论”和“知识考古学”来说，人类的各种知识形态都是某种权力运作的产物，是依据一定话语规则建构起来的。在这一点上文学研究与历史研究并无不同。福柯的这种思想在后现代主义史学家海登·怀特那里得到充分发挥。在怀特看来，历史叙事与文学叙事一样是“通过情节编排进行解释”的行为，其基本手段也是想象与虚构。他指出：

> 换句话说，历史叙事叙述者经常宣称他们在所论事件中发现了某种情节结构的形式，这些形式是在不同种类的艺术虚构，如神话、寓言和传说中常见的。在史学中，这种情节建构活动对同一组现象产生不同的甚至相互排斥的解释，比如，一个历史学家可能将某个现象建构为史诗或悲剧，而另一个史学家可能将它建构为闹剧。①

这种后现代主义历史观导致的直接结果就是借助文学研究方法来考察历史。在《〈元历史：19世纪欧洲的历史想象〉之前言：历史诗学》一文中，怀特根据著名文学批评家弗莱在《批评的解剖》所指示的线索，将历史叙事的“情节编排模式”分为四种：罗曼司、悲剧、喜剧、讽刺。他还用隐喻、换喻、提喻、反讽四种文学批评的基本术语来概括19世纪史学家们不同的历史意识。这表明，在怀特这里，文学研究与历史研究的界限已经打破，文学研究可以为历史研究提供有效的手段与观察视角。

上述情形说明，文学研究可以成为一种历史研究，历史研究也可以成为一种文学研究，在这两大人文学科之间存在着极为密切的相关性。这里的关键是：一个研究领域如何有效地借鉴另一研究领域的经验来解决自己的问题，从而推进本研究领域的进展。

三、关于历史题材创作的若干问题

历史题材的文学创作无疑具有一种独特性，这种独特性主要来自于其创作题材——一般的文学创作直接取材于社会生活现象，而历史题材创作取材于已有的

① ［美］海登·怀特：《后现代历史叙事学》，陈永国、张万娟译，中国社会科学出版社2003年版，第357页。

历史叙事。如果从后现代主义史学观的角度看，历史题材的文学创作就成了对按照一定模式进行的“情节编排”所作的再一次的情节编排，或者说是对话语建构所作的话语建构。如此一来关于这类文学作品的研究就必然受到来自一般文学研究和历史研究的双重制约：既要符合文学研究的一般要求，又要在一定程度上接受历史研究的要求。于是这种研究就既不是纯粹的文学研究，又不是纯粹的历史研究。这必然是一种“美学观点和历史观点”的结合的研究。在写给拉萨尔的著名的信中，恩格斯说：

> 您看，我是从美学观点和历史观点，以非常高的、即最高的标准来衡量您的作品的……在我们中间，为了党本身的利益，批评必然是尽可能坦率的……①

这里所说的“美学的观点和历史的观点”是一种融合了文学视角与历史视角的综合性研究方法。如果结合恩格斯对拉萨尔作品的分析，我们可以窥见这种方法的基本路径。

拉萨尔的《弗兰茨·冯·济金根》是一部五幕历史剧，取材于德国历史上一次失败的骑士起义。拉萨尔为了表达他对德国当时政治形势的看法和自己的政治主张，在剧本中对骑士起义领袖济金根进行了理想化描写，把他塑造成一个农民的解放者形象。把济金根起义失败的原因归结为具体措施的失当。马克思和恩格斯对剧本的分析与评价也是他们历史观与文学批评观的直接呈现。在马、恩看来，从文学虚构的角度看，拉萨尔完全可以对济金根这个历史人物进行某种程度的理想化，例如可以充分肯定他所领导的骑士起义的积极意义，甚至可以认为它起义的动机是解放农民。但是作为历史剧，必须从历史的角度对其人物进行描写，把他的所作所为理解为历史事件而不是个人行为。对于济金根的失败应该理解为“历史的必然要求与这个要求实际上不可能实现之间的矛盾”的结果，而不应该理解为个人的“狡智”所造成的。换言之，对于重大历史事件应该从历史，即从当时社会结构中而不是仅仅从个人行为中寻找原因。这就是历史的视角——从整体性的、宏观的角度看待研究对象。

对恩格斯所说的“美学的和历史的观点”，不能理解为美学方法和历史方法的简单相加或重叠使用——先从美学的角度评价一番，再从历史的角度评价一番，而是应该理解为一种统一的研究路向——当你把对象作为文学来分析时，时

---

① ［德］恩格斯：《致斐·拉萨尔》（1859），《马克思恩格斯选集》第4卷，人民出版社1995年版，第561页。

时提醒自己它同时与历史叙事具有密切的关联性；当你把对象作为历史叙事来考察时，应告诫自己它同时也是文学叙事。既是文学的，又是历史的，是带有历史视野的文学研究，是带有文学视野的历史研究——这才是“美学观点与史历观点”的精要所在。

“历史题材的文学创作”是文学叙事与历史叙事的结合，既是文学的，又是历史的，对于这样的文学作品，以“美学的观点和历史的观点”来作为基本的研究方法是再恰当不过的了。在运用这一研究方法时有三点需要注意：

其一，在文学与历史之间的张力平衡中展开研究。从最广泛的意义上我们可以说任何文学叙事都具有历史性，而任何历史叙事也都具有文学性。但对于历史题材的文学创作来说，就需要在文学因素与历史因素之间寻找一个平衡点，一个“度”。既有文学因素，又有历史因素，孰轻孰重呢？我们可以说司马迁《史记》中那些列传（包括部分本纪和世家）均可视为既是历史的，又是文学的，但没有人认为这些属于历史题材的文学创作，那原因何在呢？很简单，就在于在这里文学的因素居于十分次要的位置，不足以改变其历史叙事的基本性质。《三国演义》同样可以说既是文学的，又是历史的，但人人都承认这是一部文学作品而非历史著作，原因也很简单，其中的历史因素不足改变其文学叙事的基本性质。同样，《三国演义》虽然不是历史著作，却毫无疑问是属于“历史题材的文学创作”；而金庸的小说也大都有历史因素，但却无论如何也不能说是“历史题材的文学创作”，原因何在呢？关键在于这里有一个“度”，这也就是“张力平衡”的问题。只有文学的因素占到足够的比重，作品才是“文学创作”；只有历史因素占到一定的比重，作品才是“历史题材的”。“美学观点和史学观点”作为一种文学研究的方法，首先就是要确定在文学与历史之间的这一“张力平衡”，找到一个“度”，并在这种“平衡”或“度”中来展开研究。在这里有两种偏颇需要注意：一是认为凡是有一两个历史人物名字的古装戏均可称为历史剧，这就把历史剧或历史题材创作的范围无限扩大了。历史剧应该是对历史叙事的加工创作，因此它的基本故事框架应该与历史叙事大致相近，主要人物也应该是历史人物。像《戏说乾隆》、《还珠格格》、《康熙微服私访记》之类的电视剧都算不得历史剧或历史题材创作。这类作品可以称之为“古代故事剧”，或者可以说是历史题材创作的另类。另外一种偏颇是认为只有严格按照历史叙事编写的作品才可以称为“历史剧”或“历史题材创作”，凡是有虚构人物、虚构故事情节的作品都不能算数。按照这样的标准，即使是《三国演义》这样的作品也不能算是历史题材创作了。这显然是有问题的。

其二，“美学的观点”要求这种文学研究必须从最基本的文学特性上来考察作品，即从文学的虚构性、假定性、人物与情节的丰富、生动以及语言的优美、修辞的恰当等方面要求研究对象，而不能因为它是“历史题材”的而降低评价标准。实际上“历史题材创作”也和其他题材的文学作品一样，都是靠故事的生动性、人物性格的丰富性、感情的真实性、细节的逼真性来打动人的。这正是以往的历史叙事所缺乏的——历史，特别是现代历史学家们编写的“通史”，完全是对历史事件的概括性记录和评价，一般不具有个人色彩，因此也就不带有情感意味。可以说，以往的历史叙事就是把活生生的人的活动变成干巴巴的事件梗概。历史题材的文学创作则刚好相反，是要把干巴巴的事件梗概还原为活生生的生活状态与人的行为；要把重大历史事件与事件参与者们的喜怒哀乐以及性格特征联系起来，换言之，不是把历史事件理解为逻辑、规律或气运的产物，而是理解为人的饱含着情绪与个性特征的行为的必然结果。如果说历史叙事是一副骨架，那么历史题材的文学创作就是使这副骨架血肉丰满起来。例如电视剧《雍正王朝》之所以算得上是一部历史题材的文学创作，就在于它一方面是以真实的历史叙事——康熙朝后期诸皇子争夺继承权的历史事件——为基本框架的；另一方面又把历史叙事还原为活生生的——有喜怒哀乐的情绪和个性特征——人的活动。电视剧《戏说乾隆》虽然同样有血有肉、生动具体，但是却不是真正的历史题材文学创作，因为它没有依托——故事的基本框架不是来自历史叙事，而是凭空虚构。而阎崇年讲的明清故事，虽然也很生动、有吸引力，但是却无论如何也算不上是历史题材的文学创作，因为它基本上是对历史叙事的整理与传达，其生动性主要来自历史叙事本身固有的戏剧性与传奇色彩，而非阎崇年的文学加工。

其三，“历史的观点”要求这种研究为研究对象确定历史的标准或文学想象的边界。根据马克思、恩格斯关于《济金根》的批评实践我们不难看出，这一历史的标准并不是要求历史题材的文学创作必须处处符合历史记载，甚至并不要求全部情节都必须有事实根据，而只是要求它必须符合历史发展之大势，即从社会历史的宏观背景中寻找人物的动机和事件发生发展的原因，而不能将这一切仅仅归因于个人的意愿与能力。换言之，成功的历史题材的文学创作应该把所描写的人物和事件作为某种深层社会历史动因的呈现形式，一种表征，而不是从个人的琐屑欲望或者某些偶然因素中寻找人物和历史事件的原因。换言之，一部成功的“历史题材的文学创作”，不仅其所描写的人物、事件要在相当程度上符合历史叙事，而且其所表达的思想也要具有相当的历史深度才行。历史题材文学创作的一个重要特点是：它必须是关于已有的并得到普遍认可的历史叙事的文学想象。在这里历史叙事不仅是素材，而且还是范围。这就是“历史观点”的核心之所在。

那么对历史题材进行文学叙事的基本原则是什么呢？我们认为根据恩格斯当

年在《诗歌和散文中的德国社会主义》(1847) 和《致费迪南·拉萨尔》(1857) 两篇文章中都提到的"美学观点和历史观点",既可以作为我们的历史题材创作的基本准则,也可以作为我们对历史题材作品进行批评的基本准则。这一准则的要点有三:

其一,历史优先原则。"历史优先原则"这一提法是童庆炳先生在论及古代文论研究方法时提出来的,[①] 我们认为这一提法也完全符合恩格斯关于文学批评的"历史观点",因此借用于此。所谓"历史优先"就是承认历史的优先性:既承认那个曾经是实存之物的"历史"的优先性,也承认作为文本的"历史"的优先性,因为我们只有通过文本的"历史"才能接近那个曾经实存的"历史"。但是承认历史的优先性并不等于严格按照历史记载来进行文学叙事。按照恩格斯的观点,文学创作,包括历史剧的创作都拥有极大的自由虚构的空间。例如历史上的骑士领袖济金根从来就没有,也不可能把解放农民作为自己起义的目的,但是恩格斯依然认为拉萨尔"有权把济金根写成是打算解放农民的"。这意味着在恩格斯看来,即使历史上不可能发生的事情,也还是可以根据剧情的需要而出现在作品中的。但是恩格斯(与马克思一样)坚持认为,在揭示导致重大历史事件的原因时必须符合历史的实际而不可以主观臆断。例如济金根的失败就不可以写成是由某种策略上的失误所造成的,而应该理解为"历史的必然要求与这个要求实际上不可能实现之间的矛盾"的产物。这样实际上恩格斯给出了一个重要原则:历史题材创作必须符合历史语境所提供的诸种可能性,即必须在历史演变的大格局中来看待历史人物和事件。

其二,美学本位原则。历史题材的文学作品是审美经验的结晶,是文学艺术范围的事情而不属于历史范畴——这应该是作家与批评家共同遵守的一个基本原则。这就是说,此类作品中的人物都必须是有血有肉的活的形象,而不能是类型化的符号。那么如何处理"美学本位原则"与"历史优先原则"的关系呢?从某种意义上说,这实际上也就是通常所说的"历史理性"与"人文理性"的关系问题。历史剧或者历史小说要充分尊重历史,要尽可能地在各个方面都符合历史的实际,如果能够不仅在大的历史脉络、历史情境方面,而且在诸如起居、陈设、服饰、礼仪、谈吐等具体细节方面都能够符合历史的实际,那么当然是最好不过的事情,假如无法做到这一点,至少也要在大体上不违背历史实际并避免历史学家们所说的"硬伤"。这里的关键有两点:一是符合基本历史事件实际的演变逻辑与结果,避免编造历史或任意篡改历史之嫌;二是营造出一种历史氛围,令接受者有身临其境之感。但这只是一个前提,在此前提下作家所要做的就是编

① 童庆炳:《中国古代文论的现代意义》,北京师范大学出版社 2001 年版,"导言"第 2 页。

织入情入理的故事情节与塑造有血有肉的人物形象了，换言之，即按照美学标准来建构文学世界。

其三，现代意识原则。任何历史题材的作品都必须贯穿现代意识，决不应该成为陈腐观念的渊薮。题材是历史的，意识却应该是现代的。例如历史上许多帝王都的确是宵衣旰食、操劳国事的，但这是因为在他看来天下国家都是他自家的，所以就有强烈的责任感，这一点必须揭示出来才行。决不可以站在古人立场上说古人。当然，现代意识必须毫无痕迹地融会在具有历史感的文学叙事之中，而不能游离于人物与情节之外。

中国当下的文化语境很有特殊性，这种特殊性表现为三种文化传统的相互交织、互渗、融会、冲突：这三大传统是：延绵发展了几千年的中国文化传统、同样有着千百年历史的西方文化传统、中西两大文化传统与中国现实需要相互扭结、触发所形成的中国现代文化传统。这三种文化传统在我们的文化语境中都占有相当重要的份额并对当下一切文化建构活动都发挥着重要影响。这种影响在我们的历史题材创作中表现得再充分不过了。因为是历史题材创作，或许是受题材影响所致，这类作品中包含的传统文化因素的比重是相当大的。传统文化的积极因素，即现在依然具有重要意义的思想观念，如“己所不欲，勿施于人”、“博施济众”、“赞天地之化育”、“诚信”、“仁爱”、勤劳、善良、友爱、尊老爱幼等的精神品质和道德意识在一定程度上得到了表现，这正是今天应该大力发扬的，其积极意义毋庸置疑。但毋庸讳言的是，那些封建糟粕，诸如忠君意识、等级意识、清官意识、英雄史观等，都是与现代文明格格不入的，对人们的思想有着极大束缚作用。这些传统文化中消极因素的价值指向乃是封建君主等级制下的奴仆意识，是与独立思考、人权、自由意志等现代思想背道而驰的，对此必须加以摈弃。

第二章

文学叙事与历史叙事的异同及关联

从常识角度看，文学与历史可以说相去甚远——一个是真实的记录，另一个是纯粹的虚构；一个是严肃的科学，另一个是审美的游戏。一实一虚，一真一假，判然有别。这种常识实际上是建立在一种预设的观念之上的：历史给出的是发生过的人和事，文学给出的则是一个从来不曾出现过的虚拟世界。但是如果我们不是一般地比较“文学”和“历史”，而是比较“文学叙事”和“历史叙事”，那么我们就不难发现两者之间的差异实际上就远没有想象中那样大了。在这一章中，我们打算通过对“文学叙事”与“历史叙事”之异同的学理分析，揭示“文学”与“历史”之间互相渗透、互相补充的复杂关系及其功能。

一、文学与历史的分合际遇

就发生而言，文学与历史有着共同的源头——上古神话与传说。这是我们今天可以知道的人类最早的叙事形式，开始是口头的，后来被记录下来就成为文字的。对于这种人类早期的神话与传说，后人的认识往往大相径庭，有人视之为真实的历史记录，有人则把它们当做基于图腾崇拜的想象与虚构。例如对于中国上古传说（三皇五帝之类），我们的祖先一直是当做历史来看待的，而到了以顾颉刚先生为代表的“古史辨”派这里，这些关于尧、舜、禹的传说一概被理解为古人想象的产物。而当史学界早已“走出疑古时代”的今天，人们又相信那些传说并非古人的向壁虚构，而是一种历史叙事的原始形式。西方的情形也差不多。例如著名的《荷马史诗》，其中究竟哪些是真实的历史记录，哪些是文学的虚构，一直是困扰着西方史学研究的一大课题。而文学史家无一例外地是把这两部伟大史诗作为欧洲文学的源头来推崇的。注重“时代精神”的黑格尔认为《荷马史诗》，特别是被荷马热情讴歌的雅典英雄阿喀流斯，代表着充满生命青春朝气的“希腊精神”，① 这说明黑格尔即使并不认为《荷马史诗》是真实的历史记录，至少认为它承载了希腊历史最本质的东西。而作为严格的历史学家，A. G. 柯林伍德则认为《荷马史诗》不是历史而是神话与传说，只有希罗多德的《历史》才是科学的历史学和历史叙事。② 这代表了西方近代以来史学界的基本态度。

如果说希罗多德的《历史》标志着希腊人历史意识的觉醒——明确意识到历史叙事应该是对事件和人物的真实记录，从而有意识地将历史叙事与那些虚构性的神话传说或文学创作区别开来，那么孔子修订过并且后来成为儒家典籍的《春秋》和它所代表的那个时期各诸侯国的史书则代表着中国古人历史意识的觉醒。③ 《春秋》后来被儒家奉为“五经”之一，得以与《诗》、《书》、《礼》、《易》诸典籍并列，其合法性何在？据《孟子》所言，《春秋》的价值在于当古代贵族的“讽谏”传统断绝之后，《春秋》代表并延续了从周公以降确立的价值谱系，使世上保留了是是非非、善善恶恶的能力，这就是所谓“王者之迹熄而诗亡，诗亡然后《春秋》作”的真正含义所在。也是“孔子作《春秋》，乱臣贼子惧”的原因所在。显然，孟子之推重《春秋》者，首要之点并非其对人物和事件的真实记录，而是在历史叙事中所蕴涵的价值判断。孟子是将这部史书作为儒家价值观念的承担者来看待的。至于文学叙事（《诗》）与历史叙事（《春秋》）之间的对象、功能，以至于叙事形式方面的异同似乎并未引起孟子的关注。到了荀子，这种差异才开始受到重视，其云：

> 圣人也者，道之管也。天下之道管是矣，百王之道一是矣。故《诗》、《书》、《礼》、《乐》之归是矣。《诗》言是，其志也；《书》言

---

① 参见黑格尔：《历史哲学》，王造时译，上海书店出版社 1999 年版，第 231 ~ 232 页。

② 参见 R. G. 柯林伍德：《历史的观念》，何兆武、张文杰译，中国社会科学出版社 1986 年版，第 20 ~ 21 页。

③ 据《周礼》、《礼记》、《史记》等史籍记载，中国在很久以前就有了史官的职位，也就是说，史书也不应以《春秋》为原始。清人章学诚有“六经皆史”之谓，如此则《尚书》、《周易》等保存了西周初期文献的古籍亦可以史书观之。但无论是从传统史学（秦汉乃至清季）还是从现代史学的角度看，在现存先秦文献中唯有《春秋》可以归为史书之类。

是，其事也；《礼》言是，其行也；《乐》言是，其和也；《春秋》言是，其微也。(《荀子·儒效》)

王先谦释“微”云：“微，谓儒之微旨，一字为褒贬。微其文，隐其义之类是也。”① 我们如果将《书》、《礼》、《春秋》都看做是历史叙事而将《诗》视为文学叙事的话，那么前者乃是对事实的记录，只不过在此基础上还蕴涵着价值判断而已；而后者则主要是思想情感的表达，当然也浸透了价值判断。在这里荀子固然是宣传一种儒家精神——将西周以来遗留下来的重要文化文本归于“圣人”之“道”的统摄之下，但其中毕竟透露出了对历史叙事与文学叙事两种不同叙事方式之差异的注意。这一点在秦汉之际似乎已经成为各家的共识，而非儒家的一家之言。《庄子·天下篇》云：

《诗》以道志，《书》以道事，《礼》以道行，《乐》以道和，《易》以道阴阳，《春秋》以道名分。

其义与荀子大体相同。这里可以说包含了对文学与历史两种文化门类之差异的清醒认识，令人遗憾的是，这种可贵的认识在汉代的经学语境中并没有得到应有的发展，相反，由于汉儒极力凸显《诗》、《书》、《礼》、《易》、《春秋》等先秦典籍在“经”的层面上的一致性，因此遮蔽了它们在功能和言说方式上的种种差异。公羊家对《春秋》之“微言大义”的阐发与齐、鲁、韩、毛“四家诗”对诗歌文本的分析都指向儒家价值体系，使得实际上早已分道扬镳的文学与历史都成为儒家价值观念的呈现方式。两者的文本差异与文化功能被忽视了。

无独有偶，欧洲的中世纪所发生的事情与我们的经学时代有着惊人的相似。在基督教神学的统摄之下，历史与哲学、文学、艺术等文化门类一样，都成为证明上帝智慧与仁慈的形式，“根据基督教原理而写的任何历史，必然是普遍的、神意的、天启的和划分时期的。”这种历史“把种种事件不是归之于它们的那些人世执行者的智慧，而是归之于预先确定着它们的行程的神意的作用。”② 如果说在经学语境中儒学精神贯穿了当时一切文化话语建构，从而使文类之间的差异变得微不足道，那么在基督教神学的语境中，无论历史还是文学的独特性质也同样得不到充分的关注。

中国的变化出现在魏晋六朝时期。由于社会政治的变化，原有那套一体化的

① 王先谦：《荀子集解》卷四，《诸子集成》，上海书店 1936 年版，第 84 页。

② R. G. 柯林伍德：《历史的观念》，何兆武、张文杰译，中国社会科学出版社 1986 年版，第 56 页。

国家意识形态的坚冰消融，其所裹挟的各种在先秦时期即已成型的文化类型得到空前的舒展，于是都按照自己的内在逻辑繁衍开来。思想禁锢的破除不仅导致了各种学术观念的自由发展，而且还导致了各种文类的极大繁荣。先是曹丕提出“四科八体”之说，随后陆机标举“诗缘情”之论，都明确表达了对文学以及各类文体之独特性的清醒理解。值得注意的是无论是曹丕的“八体”说，还是陆机的“十体”说，都没有涉及“史”这一文类，这说明在当时文人心目中，作为文化文本类型的历史与文学已经完全分开了。嗣后，宋文帝时立儒、玄、史、文四学馆，[①] 标志着文学与史学作为并立的文化门类而受到官方的认可。从此之后，文学在古代文人的心目中算是真正获得了某种独立的品格。

在西方，尽管早在古希腊时期，史诗、悲剧、抒情诗等已经十分发达并且成为相对独立的文类，而且亚里士多德已经有了关于诗比历史更真实的著名论断，但在观念上文学与历史两大文化门类的区别却在相当长的时期内是纠缠不清的。特里·伊格尔顿指出：

> 在18世纪的英国，文学的概念并不像今天那样有时只限于“创造的”或“想象的”写作。它指的是全部受社会重视的写作：不仅诗，而且还有哲学、历史、论文和书信。一部原文是不是“文学的”并不在于它是不是虚构的——18世纪对新兴的小说形式究竟是不是文学十分怀疑——而在于它是否符合某些“纯文学”的标准。用另外的话说，这种看作文学的标准显然是思想意识上的：体现某个特定社会阶级的价值和趣味的写作可以算做文学，而街头民谣，流行传奇，甚至还有戏剧，都不可以算做文学……关于“文学”这个词的现代看法只是在十九世纪才真正流行。[②]

这就是说，在18世纪以前，西方人还未能在观念上把“历史”与“文学”彻底区分开来，他们心目中的“文学”依然是一个十分宽泛的概念。而现代意义上的“历史”作为一个“独立的学科”，也只是在19世纪和20世纪之交才诞生的。[③] 19世纪后半期是科学主义占据主导地位的时期，因此也是按照所谓科学标准划分学科门类的时期，文学与历史的学科界限就是在这样的文化历史语境中被划定的。

由于学科界限是人为划定的，当然也就可以人为地打破。20世纪后半期以

---

① 事见《宋书·雷次宗传》。

② 特里·伊格尔顿：《当代西方文学理论》，王逢振译，中国社会科学出版社1988年版，第35～36页。

③ 参见杰弗里·巴拉勒克拉夫：《当代史学主要趋势》，上海译文出版社1987年版，第7页。

来，在人文科学领域那种科学主义倾向受到普遍质疑，人们越来越不满于19世纪和20世纪之交确立起来的那些学科规范。在后现代主义语境中，一股反学科的潮流蔓延开来。就文学与历史而言，不是文学首先宣布自己有资格成为历史，而是历史宣布自己原本与文学并无根本区别，两者本来是一家。

总之，无论中国还是西方，文学与历史这两个人文学科都是在人类文化发展演变的过程中历史地形成的，它们有着共同的源头，曾经是那样的亲密无间，有如一体；后来又长期分道扬镳，形同路人，最终又相互示好，颇有同舟共济的势头。这真是应了中国的古话：天下大势，分久必合，合久必分。

二、文学与历史的相互影响

在人类文化史上，文学和历史从来就处于相互影响之中，即使不考虑像“历史题材的文学创作”这样典型的例证，这种影响也是巨大的。

我们先看历史对文学的影响。

历史叙事在中国古代可谓源远流长。据说在唐尧、虞舜时期，就已经有了专门的史官，史官文化已经十分发达。甚至许多学者都认为，影响中国数千年历史的周文化，其核心就是所谓“巫史文化”。至少，就我们今天看到的古代典籍而言，中国古代的史学的确是非常发达的。与此相反，叙事类文学在中国古代宋明之前却一直处于十分边缘的位置，始终没有受到应有的关注，因此文学叙事与历史叙事之间的异同在彼时根本就不是一个能够引起人们注意的问题。也许正是由于历史叙事与文学叙事在人们心目中的重要性存在着如此巨大的反差，因此才使得在人们的观念中，似乎一切叙事，即关于人物和事件的记载与陈述，都是历史，至少也是历史的某种补充形式，至于文学叙事则被完全忽视了。例如晋朝干宝的《搜神记》从今天的眼光来看可以说是纯粹的小说，是虚构的文学，但在干宝看来却是为了“发明鬼神之不诬”作的，言外之意乃是史书的补充。其云：

> 虽考先志于载籍，收遗逸于当时，盖非一耳一目之所亲闻睹也，又安敢谓无失实者哉！卫朔失国，二传互其所闻；吕望事周，子长存其两说。若此比类，往往有焉。从此观之，闻见之难由来尚矣。夫书赴告之定辞，据国史之方册，犹尚若此，况仰述千载之前，记殊俗之表，缀片言于残阙，访行事于故老，将使事不二迹，言无异途，然后为信者，固亦前史之所病。然而国家不废注记之官，学士不绝诵览之业，岂不以其所失者小，所存者大乎？今

之所集设有承于前载者，则非余之罪也。若使采访近世之事，苟有虚错，愿与先贤前儒分其讥谤。及其著述，亦足以发明神道之不诬也。①

看干宝的论述，完全是把自己的《搜神记》等同于历代史书了。干宝本人就是史家，尝修《晋纪》二十卷，时人以为良史。但他根本没有“事实”与“虚构”之区别意识，在他看来，即使幽冥怪异之事也是一种事实，或许有以讹传讹的情况，但这正是一切史书，包括一向被视为良史者也不可避免的事情。这说明，在干宝的时代，凡是叙事类文本是一概被视为史书一类的。对它们唯一的评价标准即是史学的标准。这可以说是史学观念对文学叙事的垄断时期，此时已然有了文学叙事，但是还没有关于文学叙事的相关概念和评价系统，换言之，文学叙事被遮蔽于历史叙事的评价标准之下。

中国古人关于“虚构”的观念大约是晚明乃至清代才真正成熟起来的。明人天都外臣作《〈水浒传〉序》，在比较了《水浒传》与《大宋宣和遗事》及《夷坚志》的异同之后，指出：“此其虚实，不必深辨，要自可喜。”② 显然这里已经承认了文学虚构的合法性，而“可喜”之说，则标志着对于文学叙事的评价已然有了独立的标准。这是以前所没有的。又明代李贽评《水浒传》云：“《水浒传》事节都是假的，说来却似逼真，所以为妙。常见近来文集有真事说做假者，真钝汉也……”又云：“《水浒传》文字原是假的，只为他描写得真情出，便可与天地相终始。”③ 这里李卓吾就不只承认了文学虚构的合法性，而且指出虚构了何以为妙的道理。其要有二：一是“逼真”——本来是假的，但给人以真实之感，这就是成功的文学叙事，其核心是虚构，其效果是真实。此即现代美学话语中所谓“艺术真实”。二是如明末清初李渔《闲情偶记》云：“传奇所用之事，或古，或今，有虚，有实，随人拈取。古者，书籍所载，古人现成之事也；今者，耳目传闻，当时仅见之事也；实者就事敷陈，不假造作，有根有据之谓也；虚者，空中楼阁，随意构成，无影无形之谓也。人谓：‘古事多实，近事多虚。’予曰：‘不然。传奇无实，大边皆寓言耳。’”④ 这里已经明确指出文学叙事大抵以虚构为主的基本特点。

历史叙事之于文学叙事的影响在中国古代主要是基于史传文化悠久而强大的传统。文学叙事早已出现了，但在知识话语系统中却始终被当做历史叙事来看

① 干宝：《搜神记序》，见郁沅、张明高编《魏晋南北朝文论选》，人民文学出版社 1996 年版，第 204 页。

② 天都外臣：《水浒传序》，见蔡景康编《明代文论选》，人民文学出版社 1999 年版，第 211 页。

③ 李贽：《容与堂本李卓吾先生批评忠义水浒传回评》第一回总批、第十回总批。见蔡景康编《明代文论选》，人民文学出版社 1999 年版，第 237 页。

④ 李渔：《闲情偶记》，见《中国古典戏曲论著集成》七，中国戏剧出版社 1959 年版，第 20 页。

待。即使到了明清之后，小说、戏剧之类的文学叙事在市井文化领域已经十分发达，但在主流知识话语系统中却依然被视为历史叙事的附庸。① 中国古人历来缺乏怀疑精神，凡是被书写出来的事件和人物，无论怎样荒诞不经，也往往宁信其有，不信其无。这也是历史叙事评价系统长期入侵文学叙事领域的一个重要原因。另外中国古人因受儒家文化影响，对于虚假言说一直抱有深深的戒心，始终不肯给予合法地位，② 这也是长期以来文学叙事的虚构性不被承认的重要原因。

西方思想史上关于文学叙事与历史叙事的高下评判与中国古人有很大不同。盖西方人从柏拉图、亚里士多德时代就已经形成了一种“追问真相”的恒久冲动，在知识话语的建构中总是以揭示事物现象背后隐含的真正原因为目的。在古希腊那种本体论知识模式的影响下，西方学者总认为文学、历史、哲学等人文学科与天文、地理、物理、化学等自然科学一样，都肩负着揭示真相的伟大任务，它们的区别仅仅是对象不同而已。例如亚里士多德关于文学比历史更有哲学意味的著名论断就十分清晰地体现了这样一种知识模式。他的原话是这样说的：

> 历史学家与诗人的差别不在于一用散文，一用韵文；希罗多德的著作可以改写为“韵文”，但仍是一种历史，有没有韵律都是一样；两者的差别在于一叙述已发生的事，一描述可能发生的事。因此，写诗这种活动比写历史更富于哲学意味，更被严肃对待；因为诗所描写的事带有普遍性，历史则叙述个别的事。

从这段话中我们不难看出，亚里士多德之所以认为诗比哲学更具有“哲学意味”，是因为它所描写的事更带有普遍性，而所谓普遍性乃是指更大的真实性而言。可见亚里士多德评价诗与历史两种文化形式高下的标准乃是真实性，亦即揭示真相的深度与广度，只不过他作为大哲学家，对真实性的理解较之常人更加深刻而已。可以说，在思想史上，历史叙事与文学叙事同处于哲学思维的支配之下，成为“追问真相”的不同方式。

在这样的语境中，历史对文学的影响当然主要表现在要求文学像历史那样真实地反映客观世界。达·芬奇声称艺术要像镜子一样反映自然，从而创造“第二自然”；巴尔扎克宣布自己是要做巴黎社会的“书记官”，等等，这类以呈现

① 例如明人张尚德《三国志通俗演义引》就把历史小说的功能确定为“羽翼信史而不违”，即借助其通俗易懂和令人喜闻乐见的趣味性来达到教化之目的，从而起到辅佐信史的作用。

② “信言不美，美言不信”之说；“巧言令色，鲜矣仁”之说；“子不语怪、力、乱、神”之说；“刚毅、木讷，近仁”之说都是对虚浮言说的拒斥。

社会生活本来面貌为目的的文学观念都可以说是受了历史观念的影响。文学家们之所以认为文学有独立于历史之外的特殊意义，那是因为在他们看来文学叙事比历史更加真实，因为它不仅记录事件，而且能够写出人的情感与体验，是更加活生生的历史。让我们看看狄德罗的下面一段话：

理查生啊！我敢说最真实的历史是满纸谎言，而你的小说却字字真实。历史描写几个个人；你却描写人类；历史把几个个人所没说过的，没做过的事情说是他们说过、做过的；你所描写的人类的一言一行，他们都说过、做过；历史只看见一部分时间，只看见地球表面的一个点儿；你却看见了各个地方、各个时代。人类情感在过去、现在和将来始终是相同的，它是你临摹的范本。假如要对最好的历史学家做一次严格的评鉴的话，他们有没有一个能像你那样经得住评鉴的呢？从这个观点来看，我敢说往往历史是一部坏的小说；而小说，向你写的那样，是一篇好的历史。①

这段话显然是受了亚里士多德的影响。从表面看好像是抬高文学的价值而贬低历史，实际上却是以历史的标准来衡量文学。在狄德罗心目中，最好的文学就是“一篇好的历史”；而不够好的历史则往往就是“一部坏的小说”。可见历史乃是文学的最高标准，理查生的小说之所以值得推崇，正在于它比历史更像历史。

在文化史上，文学之于历史的影响往往是潜在的，甚至是无意识的。就中国的情况而言，《春秋》尽管具有“微言大义”，却最少文学色彩。其修辞上的讲究完全是政治性的而非文学性的。到了《左传》和《国语》，文学性就大大增加了。此后以《史记》、《汉书》为代表的“史传”类叙事大都可以看做是文学作品。其故事的生动性、完整性、戏剧性以至于人物性格的丰富性都足以与后世的小说相媲美。对于个中原因，后汉王充常有精到之见，其云：“世俗之性，好奇怪之语，悦虚妄之文。何则？实事不能快意，而华虚惊动耳心也。”② 又云：“俗人好奇，不奇，言不用也。故誉人不增其美，则闻者不快其意；毁人不益其恶，则听者不惬于心。”③ 观王充之意，用今天的学术话语来表述则是：历史叙事迎合了人们普遍的文学想象需求。文学想象可以说是人类的一种普遍的思维惯习，实际上乃是人们把握实际上无法把握、难于理解、纷纭复杂的世界的一种

① 狄德罗：《理查生赞》，陈占元译，见《古典文艺理论译丛》第5册，人民文学出版社1963年版，第134～135页。

② 王充：《论衡·对作篇》。

③ 王充：《论衡·艺增篇》。

方式①。任何一个实际的社会事件或历史人物都是极为复杂的，都是许多条件和原因的产物，都有拥有许多侧面与层面，人们的言说能力和接受能力都是有限的，不可能照顾到方方面面，于是文学想象就把事件或人物简单化、戏剧化，使本来无序的现象有序化，使零碎的、杂乱无章的事件变为有机的整体，于是一切都变得容易理解了。诚如海登·怀特在评述列维·斯特劳斯的思想时所说："任何特定历史事实'系列'的'整体一致性'都是故事的一致性，但是这只能通过修改'事实'使之适应故事形式的要求来实现。因此列维·斯特劳斯得出这样的结论：'尽管试图重现历史上某一时刻的生机并占有它是值得的，不可或缺的，但是，应该承认，一个清晰的历史永远不可能完全摆脱深化的本性。'"他又引弗莱的话说："当历史学家的计划达到一定程度的综合时，在形态上它就变成了神话，而在结构上也就接近诗歌了。"② 这就指出了历史叙事所具有的、挥之不去的文学性质。同时这也说明，上述情形在西方文化史上毫无疑问也是存在的。

另外，中国古代史家都擅长将一个重大历史事件的形成原因置换为某些个人之间的恩怨纠葛，于是"鸿门宴"上项羽的妇人之仁便成为楚汉之争的转折点，而周幽王一时兴起的"烽火戏诸侯"也就成为西周灭亡的关键。实际上历史事件与人物的实际情况不知要复杂多少倍。事件原因清晰可辨、故事有首有尾、人物生动鲜活、个人好恶与恩怨成为事件形成与发展的根本动力——这正是传统文学叙事的基本原则。许多号称"正史"、"信史"的历史叙事都是按照这样的文学原则被构成的。但在观念层面中国古代史家似乎从来不肯承认接受来自文学方面的任何影响。西方学界也只是从 20 世纪以来，随着对现代性话语建构的反思以及后现代主义思潮的兴起，史学界才开始承认文学性始终是影响着历史叙事的重要因素。这种观点从克罗齐到柯林伍德，再到今天依然活跃的海登·怀特呈现出愈演愈烈之势。

三、文学叙事与历史叙事之异同

尽管文学叙事与历史叙事的确存在着共同的起源以及长期的相互渗透，尽管

---

① 马克思在《政治经济学批判导言》中曾经将人类把握世界的方式分为四类，即整体的（即理论的）、宗教的、艺术的、实践—精神的。

② 海登·怀特：《后现代历史叙事学》，陈永国、张万娟译，中国社会科学出版社 2003 年版，第 173 页。

后现代历史哲学努力凸显历史叙事与文学叙事之间的一致性，极力强调历史文本的文学性，但是在我们看来两者毕竟存在着一些根本性区别。即使我们不从现代以来的学科限制角度来看待这两种叙事方式，也还是可以发现它们之间的种种不同。就取材而言，迄今为止，一切历史叙事无不着眼于那些重大的历史事件，尤其是政治的、军事的事件。即使在西方自由、平等精神已经深入人心的今天，当历史学家建构历史文本之时，也还是青睐于重要政治人物的行为。例如关于第二次世界大战的历史叙事，主角不外乎张伯伦、希特勒、墨索里尼、斯大林、丘吉尔、罗斯福、马歇尔、隆美尔、艾森豪威尔、朱可夫、蒋介石、东条英机、山本五十六等一大串著名的政治家、外交家、军事家的名字。这并不是因为这些人物的所作所为构成了第二次世界大战，也不仅是因为他们的确起到了重要作用，而主要是因为他们的名字已然成为某种代表着各种力量、利益和动机的符号，在历史叙事中非常便于表述。文学叙事则不然，尽管它也取材于曾经发生过的或正在发生着的社会生活事件，但在选材过程中作家的个人经验与体验十分重要，所以往往是日常生活而非重大政治事件。就对材料的处理而言，历史叙事注意勾勒前因后果，重视实践脉络的梳理，不大关注具体场景和细节描写，或者说是以叙述为主，很少有描写。文学叙事则实际上是以描写与叙述交错而行，而且非常注重细节刻画。就叙事的目的来看，历史叙事追求的是使接收者身处于历史潮流中感受社会之变迁，文学叙事则追求使接受者进入一个生活场景之中体验世态人情；历史叙事为的是满足人们的集体性想象或对集体的想象，因此强调历史整体感；文学叙事为的是满足人们的个体精神乌托邦，因此强调独特性情感体验。以上这些差异说明，尽管历史叙事与文学叙事存在着诸多相同或相近之处，但无论从怎样的角度，它们都是不能混为一谈的。在哲学阐释学和后现代主义语境中对历史叙事的种种反思的价值在于破除将历史客观化的现代性神话，承认曾经发生过的人和事的不可还原性以及历史文本的建构性质，而不在于将历史叙事当做文学叙事来看待。

但是有一种特殊的文学叙事与历史叙事之间的关系更为复杂一些，这就是关于历史题材的文学叙事。这是一种介乎于文学叙事与历史叙事之间的叙事方式，因此它既要受到来自两个方面的制约，同时它还要尽力摆脱来自两个方面的制约。一方面它要符合历史叙事的根本规则：写的必须是曾经发生过的事情而不是凭空虚构；另一方面它又要符合文学叙事的一般规则：生动逼真的细节的刻画与丰富深厚的情感体验。一方面它必须包含足够的虚构与想象的成分来证明自己是文学而不是历史；另一方面它又必须对历史叙事抱有充分的尊重，以证明自己是历史题材的文学而不是一般的文学。这样一来，历史题材的文学叙事就常常处于十分尴尬的境地：历史叙事因为它的虚构性而视为异类，文学叙事则因为其过分尊重历史和不具有纯粹的虚构性而轻视于它。在后现代主义语境中，历史题材文学叙事的这种尴尬处境被打破了：既然历史叙事也含有大量虚构成分，也是一种文本或话语建构，那它自然就没有资格指责别人不真实，因为这种指责至多不过是“五十步笑百步”而已；既然文学叙事也不再是什么天才的事业，即使纯粹的虚构也还是取材于发生过的事情，那么它在本质上就与历史叙事具有一种相通性，因此也就没有理由轻视历史题材的文学了。相反，由于历史题材的文学兼具文学与历史的长处，似乎应该更能代表文学发展的方向；如果按照一些极端的说法，将历史叙事直接就视为文学叙事，那么历史题材的文学作品的重要性就更加凸显出来了。

四、从《三国志》和《三国演义》看两种叙事方式的“边界”问题

所谓“边界”是指文学叙事与历史叙事之间差距的限度。这个问题一直是学界讨论的焦点，也是历史题材创作面临的最大问题之一。在中国文学史上，《三国演义》无疑是最为成功的历史小说，因此让我们看看《三国演义》文学叙事与其主要依据的《三国志》的历史叙事之间的差距究竟有多大，至少可以为我们把握这个“边界”问题提供有益的参照。

首先关于《三国演义》与《三国志》在价值观上的区别。

我们先来看看《三国演义》。这部小说成书于元末明初，这是学界定论，是毋庸置疑的。这是怎样一个时代呢？就中国古代文化的历史演变来看，这正是宋明理学由士人阶层的意识形态渐渐转变为官方意识形态的时期。儒家之道已然成为社会文化之主导价值取向。贯穿《三国演义》的价值观念正是这一元明之际特定文化历史语境的产物。在这里刘备集团是作为儒家之“道”的象征而被美化的。刘备之仁、关羽之义、孔明之智与忠、张飞之忠与勇、赵云之勇与信，无不显现着“道”之诸义。曹操集团则是失去了“道”之依托的纯粹强权。在这个集团中，“权术”与“利害”乃是维系其稳定的主要纽带。至于孙权集团则介于两者之间，在价值立场上并无独立的归属。这样《三国演义》的文学叙事就将历史上的军阀混战成功地改造为道义与强权之间的二元对立，一部《三国演义》就是在这种“道”与“非道”之间的矛盾对立中展开其故事情节的。

我们再来看《三国志》。这部历来被尊为“良史”的名著成书于晋武帝太康年间。这是怎样一个时代呢？

从士人心态和与之相关的文化学术的演变来看，魏晋时期可以说是一个思想解放的时代。所谓“解放”当然是针对两汉经学精神对人们思想的控制而言的。汉代经学是先秦儒学之变体——作为子学之一，先秦儒学乃是在野的士人阶层（布衣之士，或作为“四民之首”的士）乌托邦精神之显现，是活泼泼的社会批判理论。而作为经学的儒学却是典型的官方意识形态话语。统治者通过将诸经立于学官，并设置经学博士、置弟子员，亦即使经学与仕途直接相联系的策略，诱使士人阶层就范。于是士人阶层果然竞相驰骋于“通经致用”、“经明行修”而后为官的道路，以至于为争立某经于学官而势同水火。与此同时，经学也就渐渐失去先秦儒学的那种社会批判精神，而成为纯粹的教化工具。“三纲五常”即是其核心所在。到东汉之末，人们的思想已经被禁锢到无以复加的程度。于是“解放”也就在孕育之中了。连北宋道学家程伊川都说：“若谨礼者不透，则是佗须看《庄子》，为佗极有胶固缠绕，则须求一放旷之说以自适。……如东汉之末尚节行，尚节行太甚，须有东晋放旷，其势必然。”[①] 这是很有见地的说法，只是，所谓“放旷”却不必等到“东晋”才有，三国及西晋时已然开始“放旷”了。钱穆先生说：东汉“过分重视名教，其弊为空洞，为虚伪。于是有两派的反动产生：一、因尚交游、重品藻，反动而为循名责实，归于申、韩。二、因尚名节、务虚伪，反动而为自然率真，归于庄老。”[②] 这是指汉末魏初而言的。这种对儒家名教伦理的否弃，对庄老申韩的推崇，导致了士人阶层对个人才性气质的高度重视，也导致了他们国家观念的淡漠。钱穆先生说：三国之时，士大夫“除非任职中央，否则地方官吏心目中，乃至道义上，只有一个地方政权，而没有中央的观念。……国家观念之淡薄，逐次代之以家庭。君臣观念之淡薄，逐次代之以朋友。此自东汉下半节已有此端倪，至三国而大盛。”[③] 这就是说，这是一个“争于气力”的时代，人们普遍崇尚实力而对名教伦理不大看重了。司马氏集团执政后虽然复提倡名教，标榜“以孝治天下”，但是却无法再骗过已然觉醒的士人阶层了。在阮籍、嵇康之类的名士看来，司马氏集团的所作所为不过是场闹剧而已。

陈寿就是在这样一种文化历史语境中来写《三国志》的。在他的心目中，绝没有将魏、蜀、吴任何一方当做“善”或“道”的承担者，而将其对立一方视为“恶”的承担者的意思。他只是看重人的才能、气质与个性魅力，看重成功与否，而不注重抽象的道德观念。其评曹操云：“汉末，天下大乱，雄豪并起，……太祖运筹演谋，鞭挞宇内，揽申、韩之法术，该韩、白之奇策，官方授

① 《二程集·河南程氏遗书》卷十八，中华书局1981年版。

② 钱穆：《国史大纲》上册，商务印书馆1996年版，第223页。

③ 同上，第217～218页。

材，各因其器，矫情任算，不念旧恶，终能总御皇机，克成洪业者，惟其明略最优也。抑可谓非常之人，超世之杰矣。"[①] 这里主要是称赞曹操的才能、机谋与功业。其评刘备云："先主之弘毅宽厚，知人待士，盖有高祖之风，英雄之气焉。及其举国托孤于诸葛亮，而心神无二，诚君臣之至公，古今之盛轨也。机权干略，不逮魏武，是以基宇亦狭。然折而不挠，终不为下者，抑揆彼之量必不容己，非唯竞利，且以避害云尔。"[②] 这里除了能力智谋的赞誉之外，还有对刘备之为人及其君臣关系方面的赞扬。这是不同于对曹操的评价之处。又评孙权云："孙权屈身忍辱，任才尚计，有勾践之奇，英人之杰矣。故能自擅江表，成鼎峙之业。然性多嫌忌，果于杀戮，既臻末年，弥以资甚。至于谗说殄行，胤嗣废毙，岂所谓贻厥孙谋以燕翼子者哉?"[③] 对孙权的批评多一些，然而也主要是针对其个性方面。

由此可见，陈寿撰《三国志》所依据的价值标准与《三国演义》的作者是迥然不同的。或许是因为刘备个性较为宽和，其与臣下之关系亦较为亲密，故而为史家所称道——因为这在任何时代都是一种值得称道的品质，并不受时代语境的左右。小说家在以文学的方式重新叙述这段历史时，因受到道学话语之影响，须寻一"道"之承担者，并确立善恶对立的叙述模式，于是依据史书原有之痕迹以敷衍之，故"善"尽归于刘氏，而"恶"尽归于曹操。

其次关于《三国演义》与《三国志》在知识层面的差异。尽管《三国演义》历来被认为是最忠实于历史叙事的文学叙事，但在基本知识层面上，两者之间还是有着极大的不同。例如对于诸葛亮的描写就很有代表性。据《三国志》载，"然亮才，于治戎为长，奇谋为短，理民之干，优于将略。"[④] 明言诸葛亮善于治军理民而不善于将兵作战，但在《三国演义》中却把他描写成用兵如神的军事天才。其他如"草船借箭"、"连环计"、"借东风"、"华容道"、"空城计"等脍炙人口、家喻户晓的故事或者属于张冠李戴，或者纯属文学虚构，均为于史无征的故事。

从以上简单的对比中不难看出，无论是在基本价值观念层面上还是在史实层面上，《三国演义》的文学叙事与《三国志》的历史叙事之间的差异都是很大的。这对我们今天的历史题材创作具有哪些启示意义呢?

首先，历史题材创作在价值观念上应该立足于当下文化历史语境而不应该恪守历史叙事的原有立场。《三国演义》与《三国志》的产生时代不同，文化

① 陈寿：《三国志·魏书·武帝纪》。
② 陈寿：《三国志·蜀书·先主传》。
③ 陈寿：《三国志·吴书·吴主传》。
④ 陈寿：《三国志》卷三十五《诸葛亮传》。

历史语境不同，故而所包含的价值观念也迥然不同。这里固然有现实条件的制约作用，但同时也是作者自觉选择的结果。我们今天的历史题材创作与批评也首先要解决价值立场问题：是“以古释古”，还是“以今释古”？必须作出选择。马克思在给拉萨尔的那篇讨论历史剧的著名的信中曾告诫拉萨尔说，如果在剧本中能够让农民和城市知识分子的代表“构成十分重要的积极背景”，那么“你就能够在更高得多的程度上用最朴素的形式把最现代的思想表现出来”。[①] 这就意味着，历史剧的题材是历史的，但思想或价值观念却必须是现代的。

其次，对于所谓“知识性”错误应该有清楚界定。在当前关于历史剧的讨论中，举凡来自历史学界的声音基本上都是否定性的，而最不能令历史学家们容忍的就是“硬伤”，即知识性错误。如果我们将《三国演义》视为成功的经验，则所谓“硬伤”也就需要重新审视。毫无疑问，有些明显的基本知识的错误是不能容忍的，例如让人物以自己死后的谥号自称或让唐宋时代的人物穿着明朝时期的服饰之类。至于说到人物与事件的重新安排与组合、让古人说一些后代甚至现代才有的词语、增添一些于史无征的情节与人物乃至对早已有“定论”的人物与事件的重新解释，等等，在我们看来均属于文学叙事的权利，完全是可以由作家自己做主的。

最后，历史题材的作品应该符合现代人的审美趣味。举凡成功的历史题材作品，无一例外地具有鲜明的文学性与很高的审美价值。相比之下，诸如《东周列国志》之类过于恪守史实的作品就难以成为成功之作了。恩格斯在给拉萨尔的信中曾提出过对历史剧的三大要求，其中之一就是“莎士比亚情节的丰富性与生动性”，这也应该是今日历史题材作品的基本标准。在这一点上前些年在大陆和港台热播一时的电视连续剧《汉武大帝》，就艺术角度看，是非常不错的，该剧在设置矛盾冲突与悬念，以及情节的紧凑、人物的丰富生动方面都是同类作品中出类拔萃的。历史剧只要冗长拖沓，即一无可观。

《三国演义》之所以能够家喻户晓，成为传播最广、影响最大的历史题材小说，最重要的原因之一就是成功地处理了历史优先原则与美学本位原则之间的关系。所谓历史优先原则是指尊重历史，在重大事件和重要人物的设置上以历史叙事为基本依据，而不是凭空想象，在这里文学虚构被置于从属地位。历史优先原则使得作品虽然不是历史，但又不悖于历史，能够给人提供历史真实与艺术真实的双重体验。阅读这样的作品使人会感觉仿佛回到历史情境之中。

① 马克思：《致费迪南·阿萨尔》，见《马克思恩格斯全集》第29卷，人民出版社1995年版，第574页。

所谓审美本位原则是指《三国演义》并没有将自己定位为历史叙事，而是定位为文学叙事——在整体结构、情节安排、人物刻画、细节描写等方面无一例外地贯穿着审美的原则。例如人物性格的丰富多彩无疑是《三国演义》成功的最主要的原因之一。董卓的凶横残暴、曹操的狡诈多疑、刘备的仁慈宽厚、诸葛亮的神机妙算、关羽的勇武忠义、张飞的刚烈暴躁、赵云的沉稳机智、杨修的扬才露己、刘禅的昏庸无能……都表现得淋漓尽致，令人如见其面、如闻其声。

第三章

政治与美学视野中的历史题材文学

政治关怀是历史文学创作者普遍具有的一种心态，所谓“以古喻今”、“借古讽今”等即是对这种创作心态的概括；而历史文学之所以易为人们所关注，很大一部分原因也在于它与历史政治尤其是现实政治之间的密切关联。不过，在追求政治效果的同时，历史文学也经常遭受政治与审美这一矛盾的困扰。不同时期历史文学中都曾盛行的急功近利的政治隐喻和说教，常常会导致其艺术形式的粗糙和审美品质的低劣；缺少审美理想的观照，历史文学的政治寄托也往往失之浅露和牵强。在中国现当代历史文学史上，曾产生过众多文质兼美、寄托深远的政治史剧，但缺憾似乎总比满意多。在近年来呈泛滥之势的历史文化制作中（包括历史小说、历史剧等），政治意识的膨胀与审美批判的萎缩之间的反差更加触目。

一、历史题材文学的泛政治化倾向及其特征

不妨从同名小说和电视剧《雍正皇帝》说起。1999年新年伊始，一部根据二月河的历史小说《雍正皇帝》改编制作的历史题材电视剧《雍正王朝》在中央电视台第一套节目黄金档播出。该剧通过修堤救灾、惩办贪官污吏、追缴国库欠银、惩处卖官鬻爵和科考舞弊等情节，塑造了一个国家至上、勤政爱民、刚毅果敢、“用菩萨心肠，行雷霆手段”的大清帝国“当家人”雍正帝的形象，与人

们此前印象中那个矫诏篡位、阴险狠毒、刚愎自用的雍正形象大相径庭。这部最初定位于中老年观众的历史剧播出后引起的轰动效应远远超出制作者的预期，成为不同年龄、职业、教育程度和社会阶层的观众关注的文化热点，不少媒体更称之为"《雍正王朝》现象"。在分析这部历史剧受到如此广泛关注的原因时，很多批评者都注意到该剧有意无意地迎合大众的现实政治愿望、在历史叙事与现实语境之间寻求某种对应的文化策略。批评者指出，《雍正王朝》播出之时，"中国的改革正处在关键阶段，有些矛盾比较尖锐，使得老百姓对政治有了更进一层的关切，该剧引起了他们对现实社会观感的共鸣"，"表达了人们对改革事业的一种理解与期待"（尹鸿：《植根现实的历史热情》）。"老百姓对权力腐败的痛恨，对极具创造力和感召力、既有领导能力又有道德感、能满足社会变革要求的领袖人物的赞美和苛求、拥戴和期望，都是由来有自、渊源深厚、极具普遍性的。《雍》剧在内在结构及意象生成上，有意无意作出了拨动观众心弦的审美表达。"（刘扬体：《历史题材的深度开掘与审美表达的当代性问题》）"中国老百姓深深地知道，许多棘手的现实问题，只能靠'非常之人'的'非常手段'来整治、解决。《雍》剧让我们对国家的未来发展有了更强的信心和更深的期待。"（黄会林：《人是文化的核心》）① 这些评论指出了《雍正王朝》的一个重要特征，即该剧不仅是一个具有内部意义指涉、相对完整的历史叙事，而且是一个具有指向文本之外的现实社会文化内涵的寓言文本。剧中着力表现的"当家难"主题，适时地传达了内地民众对"改革难"的感慨；剧中用心塑造的"当家人"形象，寄寓着大众对"改革能人"的期待；而剧中所称道的"非常手段"，则提供了一种值得借鉴的解决改革难题的可行方案。《雍正王朝》事实上构成了当下中国社会的政治隐喻，而这也恰是该剧导演的初衷。胡玫谈执导《雍正王朝》体会的一篇文章正题即为《一个民族的生生死死》，文中明言其执导《雍》剧的基本理念是"凡是历史的，都是现实的"，目的则是为了构织一幅"'东方政治'画卷"。② 东方—民族—现实，这三个意指明确的时空范畴，定下了《雍》剧作为当代中国民族—政治寓言的基调。

《雍正王朝》之后，明确的政治寄托成为历史剧制作者一项自觉的文化策略，也是其心照不宣的保证收视率有效而讨巧的叙事模式。历史剧的现实政治寄寓超越了所谓"戏说"与"正说"之分，成为当前历史文学的整体特征。其中"戏说剧"以其纯粹的虚构性，为这种政治修辞提供了更加自由的文本空间。如2000 年开播（现已制作第五部）的《康熙微服私访记》，内容是一系列康熙皇

① 上述引文及文章均见《学报沙龙·雍正王朝》，载《现代传播》1999 年第 2 期。

② 胡玫：《一个民族的生生死死——我拍电视连续剧〈雍正王朝〉》，载《中国电视》1999 年第 3 期。

帝以布衣身份行走江湖、遭遇各种社会病弊、为民排忧解难的故事，而任何一个对当前社会现实有所了解的观众，都可以在很多剧情与社会实情之间作出不算牵强的“附会”：从康熙亲自打犁头鼓励农耕，不难想到政府对“三农问题”的重视；从康熙到苏州卖粥促进满汉团结，自然会联想起民族团结在现实政治生活中的重要性；至于康熙因吃假药几乎丧命，愈后扮牙医探明假药来源一事，则可以看成是现实中泛滥成灾的假医假药、假酒假奶粉等层出不穷的关乎人命的造假事件的隐喻；而康熙为了整治买官卖官，用重金买了五天知府做，与赃官斗法，打击裙带关系等整顿吏治的举措，更容易引起观众对现实政治生活中类似问题的思考。所谓“正说剧”则可以借助选材、强化、简化和一定程度的虚构，同样可以使“史实”成为大众观照现实的一种方式。《一代廉吏于成龙》被批评者称为近年来最尊重史实的一部历史剧，其基本剧情以《清史稿·于成龙传》为蓝本。对于这样一部具有写实风格的历史剧，当然不宜从每一个情节中发掘其指向现实的微言大义，但是选择一个著名的古代“廉吏”作为该剧主人公这一创意本身，即明确无误地表达了制作者的现实政治关怀以及他们所预期的社会效果。

20世纪90年代以来历史文学和历史剧的政治化叙事已经蔚为大观，形成了“明君戏”（如《雍正王朝》、《康熙王朝》、《康熙微服私访记》等）、“清官戏”（如《宰相刘罗锅》、《铁齿铜牙纪晓岚》、《一代廉吏于成龙》、《李卫当官》等）、“重农戏”（如《天下粮仓》等）、“盛世戏”（如《唐明皇》、《汉武大帝》和取材于“康雍乾盛世”的剧作等）等几个基本类型。在这些历史剧中，诸如民族复兴、强国盛世、改革除弊、反腐倡廉、以民为本、重农兴农等关乎国运民生的主流政治观念得到了反复表现，构成对现实政治生活的全方位隐喻，在当下特殊的历史语境中，借用传统文化资源全面建构着关于现代民族国家的历史想象。

当前内地历史文学的泛政治化倾向，固然与中国古代历史文学“以史为鉴”、“垂鉴来世”的主流观念根脉相通，但是影响更为直接的还是20世纪初以降中国现代历史文学的民族—政治叙事传统。“新文化运动”的倡导者陈独秀已经认识到戏剧强大的文化普及功能：“戏曲者，普天下人类所最乐睹、最乐闻者也，易入人之脑蒂，易触人之感情。”“戏园者，实普天下人之大学堂也；优伶者，实普天下人之大教师也。”因此，他在提出三项“文学革命”主张的同时，又提出了五项“戏剧改良”的主张。其中第一条“宜多新编有益风化之戏”，即提倡“以吾侪中国昔时荆轲、聂政、张良、南霁云、岳飞、文天祥、陆秀夫、方孝孺、王阳明、史可法、袁崇焕、黄道周、李定国、瞿式耜等大英雄之事迹，排成新戏，做得忠孝义烈，唱得激昂慷慨，于世道人心极有益。”陈独秀视这些以历史上的民族英雄为题材的戏剧为“改良社会的不二法门”，表明历史题材文学是“新文化运动”者进行现代民族国家想象和建构的重要文化资源。① 此后，中国现代历史文学的发展始终与中国现代历史各阶段面临的最急迫的民族国家问题息息相关，民族—政治叙事成为中国现代历史文学的主导叙事形态。如20世纪20年代郭沫若的“三个叛逆女性”系列（《王昭君》、《聂嫈》和《卓文君》）、王独清的《杨贵妃之死》等，是对个性解放、女性尊严等“五四”观念的图解；40年代以明末清初的抗清历史为题材的历史剧如《秦良玉》等，其抗日救亡的现实寓意不言而喻；郭沫若的《屈原》和《棠棣之花》、阳翰笙的《天国春秋》和《李秀成之死》等以“皖南事变”为背景创作的历史剧，也寓有鲜明的反对分裂、团结御侮的政治主题；60年代初，与西藏和平解放相呼应，戏剧界出现了很多以文成公主为题材的历史剧；而在“三年困难”时期，《剑胆篇》等取材于越王勾践卧薪尝胆故事的历史剧又被反复搬演；70年代末应时而生的《大风歌》，是对粉碎“四人帮”这一政治举措的颂扬，《秦王李世民》则表达了民众对结束内乱、休养生息的政治期盼。

20世纪90年代以来的历史文学的泛政治化叙事，不仅直接受到中国现代历史文学政治—民族叙事传统的影响，其本身仍然属于这一传统在新的社会语境中的延续。20世纪初至今，中国在建立现代化民族国家的过程中不断遭遇到各种形式的现代性危机，诸如“五四”时期的传统文化危机、30年代和40年代的民族存亡危机、新中国建立后的历次政治运动和文化运动、新时期开始后中国该往何处去的彷徨、90年代社会主义市场经济改革所带来的新的文化困惑等。这些现代性危机的催迫，使得中国现代历史题材文学从一开始就与其他文化形态一起被赋予了明确的现实政治功能和文化功能，大多数时间都处于一种急功近利的应激状态，因此，政治—民族化叙事便成为中国现代历史文学的一种常态叙事。而从全球范围看，中国现代历史文学的民族—政治化叙事又具有典型的第三世界文化特征。“第三世界的文本，甚至那些看起来好像是关于个人和利比多驱力的文本，总是以民族寓言的形式来投射一种政治：关于个人命运的故事包含着第三世界的大众文化和社会受到冲击的寓言。”② 这一判断大体上揭示了第三世界国家中作为文化生产主体的知识分子在文本中处理个人与民族、审美与政治关系时的一个基本特征。当我们沿着这一思路解读那些更具大众文化性质的历史题材文学文本时，便会发现它们在处理民族政治与个人叙事之间的关系时采取了一种更加极端的方式，后者在最大程度上被前者所吸纳和消解。

现代历史题材文学中的民族—政治化叙事，在整体上可以视为中国社会至今

① 陈独秀：《论戏曲》，原载《新小说》1905年第2卷第2期。

② 詹明信：《处于跨国资本主义时代中的第三世界文学》，《晚期资本主义的文化逻辑》，三联书店1997年版，第523页。

尚未完成的现代性一个重要文化表征。但是单就20世纪90年代以来历史题材文学的泛政治化而论，又呈现出有别于前几个阶段的特色。20世纪初至20世纪80年代以民族—政治为主题的历史题材文学，是一种以启蒙—救亡为本位的历史叙事；其创作者真诚地以民族思想的启蒙者或民众力量的组织者自居，自觉认同于以民族国家名义行使询唤功能的各种主流或非主流意识形态，并通过与观众面对面的剧场演出或街头表演，完成现代启蒙精神的灌输和广泛的群众动员。90年代后以大众文化传播媒介为载体的历史文学，则已衍变成一种以生产—消费为本位的"文化产业"所制作的大众文化文本；在历史文化制作者的眼里，观众并非是一群有待动员的改良社会、创造历史的主体，而不过是可以计入"收视率"进行市场交易的消费群体。市场经济规律显示出无孔不入的渗透能力，不仅像搞笑、言情、武打、偶像等娱乐因素被历史文化制作者用到烂熟，而且诸如政治、民族、国家和意识形态等崇高神圣之物也无法逃脱被商业利用的命运。因此，当内地民众在中国现当代社会转型期间累积起来的各种政治情绪在社会弥漫时，历史文化制作者们却成功地将其转化为一个巨大的文化商机：那些泛政治化历史文化作为一种亲切平易的主导意识形态叙事，成为民众宣泄政治情绪的安全通道。

从这个意义上说，20世纪90年代以来的泛政治化历史文学是文化消费主义与政治教化主义的相互借重和奇妙混合：一方面是文化消费主义巧妙利用了主流意识形态的感召力；另一方面主流意识形态也在消费文化中找到了一种更合时宜的询唤方式。文化消费主义的基本特征是既迎合文化大众的消费欲望，又塑造着文化大众的消费需求。正如中国传统戏剧的"圆形叙事"塑造了观众对"大团圆"式结局的固执心态，90年代以后的泛政治化历史文学也成功地培养了观众对明君政治和清官政治的消费期待。历史文学对文化消费欲求的这种再生产功能，典型体现在一些历史剧的"续集现象"和"系列现象"中。即以《康熙微服私访记》为例，该剧在第一部中运用的天子与平民"零距离"的"微服私访"的剧情模式，巧妙地迎合了观众对权力高层体察民情、关心民瘼的现实期待，因此获得极佳的收视效应；而观众的这种政治心态又通过该剧反复呈现的"产生问题—期待解决—高人出现—解决问题"的剧情套路，形成了定型化的表达程式。因此，该剧第一部在满足观众的政治欲求的同时，又为其第二部、第三部等续集生产了一个数量可观且较稳定的收视群体。就这样，泛政治化历史文学利用文化消费主义逻辑，在这个不再提"文艺从属于政治"文化语境中，发挥着主导意识形态宣传部门难以奏效的政治功能，通过对民众政治心理的疏导与抚慰，在日常生活中对政治生态的失衡进行调整，从微观层面对社会结构的罅隙进行修补，巩固了大众对主导意识形态的从属关系，参与着社会制度的再生产。

为此，20 世纪 90 年代以后的泛政治化历史文学调动各种大众文化—审美策略，如借古讽今、历史翻案、喜剧搞笑、武林江湖、宫闱秘事、官场权谋、言情性爱、明星偶像等，投受众所好地在历史剧文本进行尽可能多的欲望编码、快感编码和梦想编码，以期集娱乐、休闲、宣泄、抚慰等文化功能于一身。那些将历史娱乐化、政治游戏化、帝王平民化的“戏说剧”固然能让受众轻易地获取文化消费的快感，而那些将历史理想化、帝王英雄化、权力崇高化的“正说剧”同样具有刺激观众深层文化消费欲望的“看点”和“卖点”。当人们对“戏说历史”的文化甜点生腻的时候，以“再现历史真实”相标榜的“正说”大餐自然会赢得文化食客们的喝彩。

二、泛政治化历史题材文学的文化症候

在中国现代历史文学发展过程中，尽管泛政治化历史文学一直处于主流位置，但同时也始终存在着一种对历史文学过度政治化的批评之声。20 世纪 20 年代，顾仲彝在《今后的历史剧》一文中表示：“编剧最忌有明显的道德或政治的目标，而尤其是历史剧。”[①] 戏剧家陈白尘 40 年代的一篇文章也断言：“企图在任何历史题材上加以任何的‘强调’，任何的‘隐喻’，任何的‘翻案’，或者是任何的‘新的注入’或‘还魂’，都是徒劳！都是一种浪费！”[②] “新时期”剧作家郭启宏一方面认为历史剧“可以使历史事件寓意化”，但同时又认为“历史剧必需排斥功利，同狭隘的‘以古为鉴’的‘教化’划清界限。”[③] 批评反映的其实是历史文学在政治化过程中所表现出的艺术功利主义和历史实用主义倾向。

这里所说的历史实用主义是指历史文学或文化创作（制作）者所持的通过历史题材的艺术表现或隐或显地反映现实社会各种具体社会问题（主要为政治问题），并希望这种历史叙事能够为解决现实问题提供历史借鉴甚至是具体解决方案的观念。历史实用主义是一种狭隘的“古为今用”和“以古鉴今”的创作理念，与中国文学的政教比兴传统有着密切关联。文学创作中的政教比兴修辞，既可以形成一种蕴藉高蹈的艺术风格，也可能导致一种文本与现实的简单类比和急功近利的宣传说教，使历史文学沦为政治意识形态和商业意识形态的工具。媒

① 顾仲彝：《今后的历史剧》，载《新月》1928 年 4 月第 1 卷第 2 号。

② 陈白尘：《历史与现实——〈大渡河〉代序》，载《戏剧月刊》（重庆）第 1 卷第 4 期，1943 年 4 月。

③ 郭启宏：《“从前”情结》，载《当代戏剧》2000 年第 2 期。

体用“别一种焦点访谈”形容当前的某些历史剧，形象地道出了这些历史剧的对现实亦步亦趋的政治功利性。

历史实用主义的创作态度导致了历史文学的政治文化价值立场的暧昧与混乱。首先表现为——当前的泛政治化历史文学虽然使大众在文本与现实的对照中意识到了现实问题的存在，但却抽换了这些问题产生的真实历史语境，在一个虚构的历史时空中提供了一种虚假的解决方法。正如阿多诺对大众文化产业所做的批评：“当它宣称引导着陷入困惑的人们的时候，它是在用虚假的冲突蛊惑他们，他们不得不用他们自己的冲突交换这些虚假的冲突。它只是在表面上解决他们的冲突，其解决之道在他们的现实生活中几乎是不可能解决任何问题的。在文化工业的产品中，人类只是在他们可以不受伤害地获救的情况下才陷入麻烦，拯救他们的通常是一个充满善意的集体的代表；然后，在空洞的和谐中，他们得以与这个世界和谐相处，而实际上他们在事先已经亲身经历的东西与他们的利益是不可调和的。”① 可能有人会批评阿多诺低估大众文化鉴别能力的精英主义立场，但是对于有着几千年封建专制历史、整体教育程度偏低、而且生活在一个矛盾丛生的社会转型期的中国大众来说，阿多诺式的担忧并非杞人忧天。历史文学文本将那些与大众切身相关的冲突虚假化并制造解决的假相，表明在这些泛政治化历史剧着力建构的大众政治认同与现实社会问题之间出现了令人吃惊的“错焦”。令人惊讶的不是这些历史文学表现了传统政治，而是对传统政治的某种好感；不是表现了帝王权力，而是强化了大众对帝王权力的信任；不是表现了专制者的人性，而是将人性作为专制权力的包装；不是歌颂了清官，而是用清官业绩遮蔽了体制的痼疾；不是批判了贪官，而是将惩处贪官的希望寄托于明君和贤臣；不是表现了勤政爱民，而是肯定了所谓的仁政和人治；不是表现了民本，而是用民本代替了民主……

历史文学中现代历史理性的缺席突出表现在历史文学的“盛世叙事”中。似乎是为了配合2000年前后由主流媒体向整个社会弥漫的“实现民族复兴”和“再造盛世中国”的民族主义热情，集中发掘、再现中国历史上的几大“盛世”成为历史文学和文化从业者自觉的叙事策略。历史小说创作因为个体作者的文化敏感先行一步，其中以凌力、二月河两位作家几乎贯穿整个20世纪90年代的帝王系列小说写作最具代表性。凌力给自己的《倾城倾国》、《少年天子》和《暮鼓晨钟——少年康熙》三部小说总名为《百年辉煌》。二月河更是完整地写出了康雍乾三代清帝百年盛世的历史演义：《康熙大帝》（四卷）、《雍正皇帝》（四

① 阿多诺：《文化工业再思考》，载《文化研究》第1辑，天津社会科学出版社2000年版，第204页。

卷）和《乾隆皇帝》（六卷）。最近几年的“盛世”题材历史剧又进一步将大众历史文化中的“盛世叙事”推向高潮。1999～2003年，中央电视台连续五年在岁末年初的第一套黄金时间播出取材于清代“康雍乾盛世”的历史剧：1999年元月播放的是《雍正王朝》（雍正朝），2000年年底播出的是《一代廉吏于成龙》（康熙朝），2001年12月播出的是《康熙王朝》（康熙朝），2002年元月播出的是《天下粮仓》（乾隆朝）；2003年年末播出的是《乾隆王朝》；2005年年初又推出了反映中国第一个盛世——西汉“文景武”三世的58集历史剧《汉武大帝》。加上1993年播出的反映盛唐之世的历史剧《唐明皇》，至此，中国历史上的“三大盛世”全部被搬上荧屏。

凌力在《暮鼓晨钟》的“后记”中说：“康熙，加上雍正、乾隆，他们祖孙三代皇帝，以‘敬天法祖、勤政爱民’为座右铭，医治战争浩劫遗留的创伤，努力实现中国传统文化长期提倡和颂扬的仁政，给中国平民百姓带来了近一个半世纪的和平与繁荣。这可算得一件‘辉煌’吧？”① 这差不多可以反映此类历史文学对“盛世”的基本认识。清史专家戴逸对“盛世”的理解是：“盛世是我国社会发展中的一个特定的历史阶段，是国家从大乱走向大治，在较长时间内保持繁荣和稳定的一个时期。”“盛世应该具备的条件是，国家统一、经济繁荣、政治稳定、国力强大、文化昌盛等。”② 据此，“盛世”是一个中国特色的历史学、政治学和社会学范畴，反映的是在特殊的中国历史文化语境中形成的一种介于理想与现实之间的民族国家图式。但是戴逸先生所分析的“盛世”的五个基本特征又表现出对“盛世”历史语境认识的暧昧：“国家统一、经济繁荣、政治稳定、国力强大、文化昌盛”等“盛世”特征，撇开了“盛世”应有的历史限定性，模糊了传统与现代之间的必要区分。这种“时空感模糊”同样是当前历史剧“盛世叙事”中的普遍特征。而且，在“盛世”的名义下，很多违背现代人类文明的观念与行为如专制、暴力、思想禁锢、清除异端、权力阴谋等都在一定程度上被合法化了。

三、泛政治化历史题材文学的审美缺失

利用电子影像技术的优势，近年来的历史文学和历史剧在人物形象塑造、历

① 凌力：《暮鼓晨钟——少年康熙》，经济日报出版社、陕西旅游出版社1998年版，第875～876页。

② 《盛世的沉沦——戴逸谈康雍乾历史》，载《中华读书报》2002年3月20日。

史场景再现和审美品格提升方面，不乏可称道之处。如二月河的“清帝系列”吸取传统章回小说尤其是《红楼梦》的叙事艺术之长，精织情节，巧设悬念，将安邦治国、镇乱平叛、朝廷明争、后宫暗斗、君臣离合、朝野往来等历史事件等融入日常生活之中，出之以流畅而不失典雅的语言，描写细腻，刻画生动，曲尽其妙。赵玫的唐代女性三部曲《高阳公主》、《武则天》和《上官婉儿》以旖旎的女性视野颠覆正统历史的男性书写，以浪漫的现代热情激活压抑千年的女性主体意识，酣畅淋漓地挥写出三位历史女性的生命、情感、智慧和勇气。由郑重、王要编剧、李少红执导的《大明宫词》，让观众享受到一种罕见且久违的莎士比亚式的庄严与深刻、激情与华美。针对内地历史文学和戏剧语言“阳春白雪”与“下里巴人”的两极分化，编剧大胆尝试了一种“梦化、诗化、仪式化和舞台剧的台词风格”①，营造了一个可以歌哭、也可以梦醉的盛唐意境。

但是，审美不仅是一种艺术形式，更是艺术形式创造中所蕴涵的理想观照和诗意裁判。从后一个层面看，历史文学中政治意识的过度张扬，抑制了历史文学的创造空间，导致了一系列艺术缺失。

首先是历史文学的政治说教倾向和批判立场的丧失。这种政治说教倾向突出表现在一些历史剧的人物台词中。如《宰相刘罗锅》的最后一集，让已经告老还乡的清官刘镛借探望之机对身陷囹圄的和珅竭尽控诉之能事，并在目睹和珅自尽后欣喜若狂地呼告：“可惜呀！可惜呀！这种场合只有我一个人在！我希望人们都看到，以此为戒！”编导者对世人的警戒之意溢于言表。《铁齿铜牙纪晓岚》中的乾隆皇帝也有一番真诚的表白：“天下有一个百姓受罪便是皇帝之过，天下有一个贪官便是皇帝之失。天子天子，天下之子，能不战战兢兢吗？”本意为“上天之子”的“天子”被解释为“天下之子”，颇有点“人民至上”的现代民主精神。在《汉武大帝》的末集，英雄一世的汉武帝已经年老昏聩，但竟还能喊出“朕毕生所求就是国家强盛，民族复兴”这种主旋律式的口号。在一些帝王史剧的主题歌中，则是制作者对帝王功绩和人格无以复加的肯定和颂扬，如“看铁蹄铮铮踏遍万里河山/我站在风口浪尖紧握住日月旋转/愿烟火人间安得太平美满/我真的还想再活五百年。”（电视剧《康熙王朝》主题歌词）“在涛涛的长河中，你是一朵浪花/在绵绵的山脉里，你是一座奇峰/你把寂寞藏进乌云的缝隙/你把梦想写在蓝天和草原/你燃烧自己温暖大地，任自己成为灰烬/让一缕缕火焰翩翩起舞，那就是你最后的倾诉，倾诉。”（《汉武大帝》主题歌《最后的倾诉》）其价值立场与话语形式都给人强烈的时空错乱之感，也破坏了历史剧自身的艺术完整。

① 编剧郑重语，转引自《北京青年报》2000年4月16日。

其次是题材的片面化与主题的单一化，遗落了历史的丰厚文化意蕴。为了表达某种现实政治寓意，处于封建政治活动中心的帝王和官吏自然成为历史剧制作者的首选，而铺陈各种政治仪式、宫廷斗争、官场纠葛和权力阴谋便成为最常见的剧情套路；其他具有历史价值和现实意义的人物形象如知识分子形象、民族英雄形象、民间优秀人物形象等则被冷落一旁，或者仅被当做政治人物的陪衬和点缀。历史剧中以帝王和官吏为主的政治人物的独白式话语模式压制了其他类型历史文化的表达空间，因此无法形成一个多声部历史叙事和多元文化立场的历史剧发展格局，众多富有价值的历史理性和人文精神无法进入现代阐释话语的显性层面。

最后是泛政治化历史文学所体现的始终是一种狭隘的民族历史视野，缺少一种普遍深刻的人类文化视野的观照。其历史观、政治观和文化价值观被传统历史和当前现实严重束缚，它们所关注的主要是现实社会问题的表层特征，着力表现的仍然是中国传统历史叙事中的帝王史观和英雄史观，反复宣扬的仍然是传统社会中明君当家和清官执政的政治观，而渗透在史剧文本中的仍然是等级思想、特权思想和权谋文化。黑格尔在谈到历史题材艺术时认为："艺术作品应该揭示心灵和意志的较高远的旨趣，本身是人道的有力量的东西，内在的真正的深处。"①"历史的外在方面在艺术表现里必须处于不重要的附庸地位，而主要的东西却是人类的一些普遍的旨趣"。② 这里所说的人类的普遍而高远的旨趣和人道力量，显然是中国当前泛政治化历史剧所缺乏的，这也使得这些历史剧无法臻达人类寓言的高度。

四、还原抑或升华：超越"正说"、"戏说"之争

由于泛政治化历史文学的艺术缺失多表现为对现实政治的牵强比附和过分功利的主观臆想，所以强调"历史真实"经常成为创作者和批评家济此类历史文学之穷的手段。如前引20世纪20年代顾仲彝在批评郭沫若和王独清等人的历史剧"有明显的道德和政治的目标"的同时，便提出了应该在"不违背史实"基础上"想象和创造"的历史剧创作原则。他认为："历史剧所描写的是过去的事实：一时代有一时代的思潮，须用考据的功夫找出来。"而创作历史剧的目的是

① 黑格尔：《美学》第1卷，朱光潜译，商务印书馆1979年版，第354页。
② 同上，第348页。

"使历史上的伟人能栩然重生于今日。"① 20世纪40年代邵荃麟在那场著名的历史剧论争中也明确主张："写历史就老老实实的写历史，不要去'创造'历史，不要随自己的意欲去支使古人。"并认为："只要作品是现实的，对过去现实的剖解，一样可以增加我们对当前现实的理解。"② 陈白尘的观点是："写出人物的真实，就是写出历史的教训。"③ 胡风提倡用"科学的历史观点"，"一方面要剥去种种的反动成见，去找到当时的真实的历史内容；另一方面也就愈和今天的历史发展息息相关了。"④ 20世纪80年代余秋雨在《历史剧简论》中对这种创作观念做了更清楚的表述："历史剧所挖掘的，是表现对象本身所具有的足以能够延伸到现在的种种禀赋，这就是历史剧古为今用的基本根据，也是它达到古为今用的效能的基本途径。"⑤ 近年来的一些历史剧制作者也往往借强调"历史真实"以防对其剧作的寓言化解读，如《雍正王朝》一剧的编剧称《雍正王朝》："不要存一点点媚俗之心，不要存一点点影射之心。……不但要表现历史的真实，还希望表现出文化的真实、历史精神的真实。"⑥ 批评者也多有对其违背历史真实的指责："近年来在屏幕上经常出现涉及清朝历史影视剧（俗称'辫子戏'），它们有的标榜是历史'正剧'；有的则标榜是'戏说'，或是秘史等，五花八门，不一而足。但是，其中大多数有关'清史'影视剧的故事情节都与真实的'清史'出入很大，相差很远。它们违背历史真实与艺术真实统一的创作原则……以至闹出了很多笑话，令人齿冷。"⑦

但是，通过强调"历史真实"来克服由历史文学的政治化叙事所带来的功利化和概念化等弊病，乃是一种矫枉过正后所退居的中庸保守之道，实际上是只承认写实主义这一种历史文学的艺术形式，用一种艺术片面性代替另一种艺术片面性。这种历史文学的创作观念往往成为一些批评者反对其他非写实型历史文学的理论根据。如近年来媒体出现的很多对"戏说剧"这种历史剧表现形式（而不是其思想内容和文化立场）缺乏宽容精神、违背历史剧创作规律的批评，其理由便是这些"戏说剧"不尊重历史，不能向观众尤其是"青少年观众"传输正确的历史知识等，其末流更沦为一种纯粹的历史知识论式的批评。

目前的问题是，不仅那些置"史实"于不顾的"戏说剧"具有鲜明的泛政

---

① 顾仲彝：《今后的历史剧》，载《新月》1928年4月第1卷第2号。

② 邵荃麟：《两点意见——答戏剧春秋社》，载《戏剧春秋》第2卷第4期，1942年10月。

③ 陈白尘：《历史与现实——〈大渡河〉代序》，载《戏剧月刊》（重庆）第1卷第4期，1943年4月。

④ 田汉、矛盾、胡风等：《历史剧问题座谈》，载《戏剧春秋》第2卷第4期，1942年10月。

⑤ 余秋雨：《历史剧简论》，载《文艺研究》1980年第6期。

⑥ 吴兆龙：《〈雍正王朝〉编辑札记》，载《电视研究》1999年第3期。

⑦ 冯佐哲：《清史与戏说影视剧》（前言），台海出版社2004年版，第1页。

治化特征，而且那些倾向于写实、甚至基本符合史实的“正说剧”也同样不乏对现实政治的讽喻。因此，上述还原“历史真实”的叙事策略对打破当前泛政治化历史文学格局的作用非常有限，而且与已经形成的历史文学的艺术形式和风格类型的多样性多有抵触。历史文学题材的“真实性”主要是一个与历史文学的艺术风格类型有关的问题，这个问题虽然在不同历史阶段具有不同的文化内涵，而且当前仍然有继续研究的必要，但是其中的一些基本问题如“历史剧不等于历史”、“历史剧可以有不同程度的虚构”等已经是历史文学创作界的常识，作家和剧作家完全可以根据自己的创作目的和擅长的艺术风格，决定历史剧的题材真实到何种程度，又虚构到哪个地步。从上节对当前泛政治化历史剧文化一审美缺失的分析可知，其症结并不在历史剧题材内容与史实是否相符，而在于缺少具有现代历史理性的历史观和审美理想的观照。因此，“只有在一种情况下，史学家需要站出来以历史真实驳斥那种‘胡说历史’之作。那就是当作品的价值取向和思想性很糟糕，而且它又是以所谓的‘历史真实’相标榜，以此作为那种价值取向的依据时，史学家出来还历史以真实就成为必要了。”①

“历史剧是现代剧，历史剧的思维只能是现代思维，历史题材只是起着被借助的作用，用以表达作者的主观意念。”② 剧作家郭启宏的观点确为通达之论。扭转当前历史剧的历史实用注意的泛政治化倾向的关键，是建立一种在现代历史理性精神观照下的具有多元文化价值取向和多种艺术风格追求的历史剧创作观念。现代历史理性精神在历史剧创作中既体现为对其所表现的历史事件和历史人物的批判和升华，又体现为面向现实和未来的自觉的启蒙立场。剧作家应该怀着对生命、人格、自由、民主、公正、美德、智慧、爱情、民族、国家的理性之爱，走进历史而又超越历史，理解古人而又审视古人，以经过现代精神洗礼的情感、心智和理性，感受历史的美丑，判断历史的善恶，然后将自己对历史的感受、思辨和判断融入丰满的人物形象、生动的历史事件和细致的历史场景之中，使剧中的人物、事件和场景获得一种无形却有力的现代历史理性精神的透视和烛照，并形成一个风格浑整的历史剧艺术整体。在这种情况下，剧作家既可以利用历史题材创作一部寓现代意识于客观场面和细节描写的严肃正剧，也可以借用历史时空演绎一出洋溢着现代人的理想和激情的浪漫传奇。

中国现代历史剧中的现代历史理性精神确立于“五四”时代，虽然这种进步精神开始在历史剧中得到艺术表现时尚带着初生的稚嫩与粗糙，却为它后来的发展种下了一颗健康的种子。那个时代的理性之声即使在现在听来仍然感奋人

① 秦晖：《从“历史政论片”到“武侠政论片”：〈英雄〉与当代帝王剧的走向》，见《实践自由》，秦晖著，浙江人民出版社2004年版。

② 郭启宏：《“从前”情结》，载《当代戏剧》2000年第2期。

心："历史剧的主题，是作家站在进步的历史观的立场上，向历史追求。追求历史的伟大主题，追求历史的伟大教训，追求历史的伟大人物。追求一个强烈的生命。""向历史去追求，必须要批判地向历史追究。……历史剧应当是翻案文章，替无辜者申冤，替枉死者招魂，替被欺辱者鸣不平。将历史中成败的英雄、忠与奸、邪与正，给以新的评判，给以新的褒贬。""那些在封建社会所孕育的旧的善恶观念，忠君保王，仁主义仆，三从四德，愚蠢迷信，自私自利的封建思想，以及对代表这些思想的历史人物，历史教训，给以追击。"[①] 进入 20 世纪 80 年代，一度中断的中国现代文化启蒙观念重新回到历史剧创作中，并由"五四"时期的情绪性呐喊发展为深沉的理性反思。如郭启宏的《李白》和《天之骄子》等剧通过对传统知识分子软弱谄媚、优柔寡断的权力依附型人格的理性批判，启发人们对中国知识分子悲剧命运的根源进行思考；姚远的《商鞅》对商鞅由自强不息、积极作为走向野蛮、残酷和血腥的性格的刻画中，包含着对民族性格优劣得失的检讨；魏明伦的《潘金莲》则以一种汇聚古今中外人物的荒诞形式对人类历史中的两性关系进行审视和拷问，对人类生存的终极意义展开哲理性反思。[②] 但是，90 年代后的中国现代化进程被大幅改写，经济发展和物质消费几乎成为现代化的全部内容，社会生活的其他重要方面如文化、思想、政治的现代化则远远滞后。当人们逐渐习惯于一方面在经济领域和物质消费领域无尽追逐，另一方面在文化思想领域又安于现状或无能为力时，现代启蒙精神便逐渐被遗忘而陷于沉默，历史剧文化也成为利益追逐者和文化消费者的乐园。因此，当前的历史剧文化亟须接续"五四"时代和"新时期"历史剧建立的现代理性精神传统，在满足大众文化消费的同时，也不应忘记传达一份清明的现代历史理性。

---

① 周钢鸣：《关于历史剧的创作问题》，载《戏剧春秋》第 2 卷第 4 期，1942 年 10 月。

② 参见邓齐平：《论新时期历史剧的启蒙精神》，载《理论与创作》2004 年第 5 期。

第四章

历史题材文学作品三向度

中国当代历史题材的文艺创作出现了繁荣的喜人局面，大大丰富了人民文化生活，给读者提供了新的精神食粮。但是在繁荣与喜人的局面中，也出现了不少有待探讨的问题。我们认为这些问题主要是：帝王将相、清官好官在小说演义和电视屏幕上出现过于频繁，受到过多的颂扬，这就不能不给人留下疑问：难道历史是由他们创造的吗？我们今天的社会是否只要有清官、好官，一切社会问题就可迎刃而解？与此同时又存在另外一种倾向，就是过分拘泥于史料，缺乏戏剧性的情节和生动的细节，缺乏思想深度的艺术加工，缺乏审美的艺术的品格，这里也给人留下疑问：历史小说的功能主要是什么？是像历史教科书那样传授历史知识呢？还是像别的艺术品那样主要是提供审美的欣赏？另外，有一些作品为演义历史而演义历史，缺乏时代的眼光，也缺乏个人的眼光，没有启迪人的新鲜意味，这里的问题是，历史题材的创作仅仅是为了复制历史吗？历史是可以复制的吗？历史题材的创作是否需要体现时代精神？如果需要的话，那么这种时代精神是不是就是借古喻今？不难看出，当前历史题材的文艺创作理论存在三个向度的问题。

一、历史的向度

谈到历史的向度，大家首先考虑的就是历史题材创作中的历史观的问题。历史是人民群众创造的，这个唯物历史观当然是不容置疑的。恩格斯说："常常有人提出这样的问题：社会上不同的阶级，在什么限度内是有用的或甚至是必要的呢？回答自然是按照不同的历史时代而又分别的。毫无疑义，曾经有过一个时期，土地贵族是社会上无可避免的和必要的成分。不过，那是很久很久以前的事了。以后有一个时期，又以同样不可避免的必然性出现了一个资本主义的中产阶级——法国人把它称作布尔乔亚（Bourgecisie）——跟土地贵族作斗争，打破他们的政权，并接替他们而成为经济上和政治上的支配者。但自阶级产生以来，从没有一个时期社会上可以不要一个劳动阶级而能够存在下去的。……有一件事是很明显的：不管不事生产的上层社会发生什么变动，没有一个生产者阶级，社会就无法生存。"① 恩格斯在这里，对于统治阶级由地主阶级到资产阶级的更替作出了历史的解说，但是他强调的是劳动阶级在任何社会中所占的重要地位。没有人民群众、劳动阶级，社会就无法生存。人民群众是历史的主人，是历史的真正创造者。在历史文学的创造中，人民群众理应占有更重要的地位。这一点，马克思和恩格斯在评论拉萨尔的历史悲剧也同样得到强调。马克思劝告拉萨尔："革命中这些贵族的代表——在他们的统一和自由的后面一直还隐藏着旧日的帝国和强权的梦想——不应当像在你的剧本中占去全部注意力，农民和城市革命分子的代表（特别是农民的代表）倒是应当构成十分重要的积极的背景。这样，你就能够在更高得多的程度上用最朴素的形式把最现代的思想表现出来"② 的确，历史不是由帝王将相、清官、好官创造的，不应把他们摆到过分突出的位置上。但是我们也不要简单地直线地去理解"把颠倒的历史再颠倒过来"，以为写历史题材就非去写农民起义不可，帝王将相一律不许写。我们的看法是帝王将相也是可以写的，问题在怎么写？历史发展观的主要问题在于要把握历史发展的大趋势和总趋势，要把所写的历史人物和历史事件放到历史发展的总趋势中去考虑，不要把历史人物从历史发展的长河中抽出来，孤立地加以描写。因为历史是一条连贯的长河，有上游、中游和下游，更重要的是这上游、中游、下游是有密切关系的。在上游具有进步意义的推动历史前进的事物，到了中游、下游就可能没有意义，甚至成为一种阻碍历史发展的消极的力量，而必须加以批判了。离开历史的整体语境，我们就可能会把秦始皇做的事情和康熙做的事情混为一谈，把汉武帝做的事情与乾隆做的事情混为一谈，完全失去了历史的尺度，陷入反历史的谬误之中。任何一个历史人物及其所成就的事业，都起码要用几百年甚至上千年的历

---

① 恩格斯：《"劳动旗帜"论文集》，见《马克思主义经典作家论历史科学》，人民出版社 1961 年版，第 101 页。

② 马克思：《致拉萨尔》（1859 年 4 月 1 日），见《马克思恩格斯论文学与艺术》，人民文学出版社 1982 年版，第 174 页。

史巨流中去考察与评估，我们才能获得发言权。因此阔大的历史眼光和必不可少的历史语境应该是历史题材文学创作特别要加以重视的。

二月河的帝王系列，专写清朝的“康雍乾盛世”，由于通俗好看，能唤起人们对现实的一些联想，赢得众多读者，活跃了人们的文化生活。但其历史观并不是没有问题。“帝王系列”所写的“康雍乾盛世”处于17、18世纪，康熙（1661～1722年在位）、雍正（1723～1736年在位）、乾隆（1736～1795年在位）三朝共134年，乾隆禅位于嘉庆那年，离标志着中国衰落的1848年鸦片战争只有44年，离1911年辛亥革命只有116年。对于具有五千年历史的古代中国来说，封建社会不但处于衰落的后期，甚至可以说已经进入末世。“康雍乾盛世”不过是封建社会这个衰老的躯体的最后的“回光返照”。生活于这个时期的曹雪芹①在其《红楼梦》中，已经预感到这个社会表面上似“鲜花著锦”、“烈火烹油”，似乎还是一个鼎盛时期，其实“内囊已尽上来了”；贾府的家学已经乱成一团，孔子的学说在民间已经不那么吃香；特别是宝、黛一类的蔑视“仕途经济”的具有新思想的人物的出现，说明统治者已经后继无人，面临着接班人的危机；封建社会官场内部又十分混乱，今天你抄我的家，明天我抄你的家，你方唱罢我登场，日子越来越不好过，最终是“落了个白茫茫一片真干净”。曹雪芹客观上意识到封建社会即将崩溃的命运。他这种对于当时现实的感觉是有预见性的和前瞻性的。对于二月河创作的“帝王系列”长篇小说，明知“康雍乾盛世”不过是末世的“繁荣”，是即将开败的花，是黄昏时刻的落日，但作者还是不能按照历史发展的大趋势去真实地把握它，而用众多的艺术手段去歌颂“康、雍、乾”诸大帝，真的把他们的统治描写成“盛世”，这在某种意义上是推销最腐败的帝王专制文化。其作品所反映出来的历史观远远落后于曹雪芹。这不能不说是令人费解的。

其实，中国的历史发展到明代，中国社会自身已经生长出了资本主义的幼芽。有的学者通过对明代农业生产力的发展和生产关系的演变，明代的商品流通和商业资本，官手工业的衰落和手工业中小商品生产的扩大，苏州、杭州丝织业的资本主义的萌芽，广东佛山冶铁和铁器铸造业中资本主义萌芽，以确凿的事实和有力的分析，证明了到了明代后期资本主义萌芽在中国的出现。② 特别是到了晚明时期，资本的流通和市民社会也初步形成，特别是出现了泰州学派，出现了李贽等一群思想解放的学者，反对以孔子之是非为是非，加上农民起义风起云涌，使中国到了一个历史转折的关头，如果不遇到障碍，资本主义有可能自然破

① 曹雪芹生卒年历来有许多讨论。但他生活于1762年或1763年以前三四十年则是可以肯定的。

② 参见许涤新、吴承明主编：《中国资本主义的萌芽》，人民出版社1985年版，第二章。

土而出。这就是当时社会发展的走向。清朝建立后是顺应这个历史潮流，还是逆这个历史潮流而动呢？这是我们必须弄清楚的。康雍乾三朝长达134年的统治，虽然社会是基本安定了，生产也得到恢复，但他们把封建主义的专制制度发展到极端，朝廷的全部政务，包括行政、任免、立法、审判、刑罚等一切，事无巨细，都要皇帝钦定。特别是以儒家思想僵硬地钳制着人们，更是达到登峰造极的程度。尤其是康雍乾三朝所盛行的文字狱，一朝比一朝严厉。乾隆朝文字狱竟多达一百三十余起，因文字狱被斩首、弃市、凌迟、门诛甚至灭九族等，层出不穷。整个知识文化思想界噤若寒蝉、万马齐喑。这一扼杀思想自由的行为，最为严重，他直接形成了国民的奴性，也直接导致朝廷眼光狭隘、实行海禁，闭关锁国、蔑视科学、重农轻商等。可以说在康雍乾三朝已经埋下了晚清社会落后、国力孱弱、内忧外患、亡国灭种的危机。不幸得很，正当我们为17、18世纪康雍乾盛世而自满、自骄、自傲的时候，欧洲的主要国家在文艺复兴运动之后，开始并完成资产阶级革命，科学技术发明接连不断，轰轰烈烈的现代工业革命创造了人类空前的财富，开始了现代化的进程，把东方各国甩在后面。以英国为首的列强已经开始向东方的中国虎视眈眈。中国离遭受别人宰割的日子已经不远了。这就是历史大趋势和总趋势坐标中的所谓“康雍乾盛世”，他们的统治并非顺应历史发展的潮流。显然，帝王系列小说并没有从这种宏阔的眼光来认识这段历史，虽然作者也把它称为“落霞三部曲”，但写康雍乾的缺陷只是一种点缀，而歌颂他们殚思竭虑为百姓谋利益，不畏艰险为中国谋富强，千方百计为国家除腐败等则成为主调。历史主要是他们创造的。他们是历史的主人。这的确在一定意义上是“历史的颠倒”。我不认为这样的历史观是可以接受的。

历史文学理论中所谓“历史的向度”基本上是属于认识论的范围，也就是作者如何去认识历史的问题。是孤立地封闭地去认识一朝一代，还是把这一朝一代的历史放到整个历史的进程中去把握？是看某个皇帝做了什么事情，还是把他所作的事情放到历史潮流中去把握？在这一点上作者必须有明确的历史唯物主义的认识，缺少这种认识，对于自己笔下所写的历史必然出现“颠倒”，把不该歌颂的加以歌颂，把不该赞美的加以赞美，逆历史的潮流而动。

那么怎样去用历史唯物主义观点去认识历史呢？这里存在一个内容与方法问题。从内容上看，有两点是要充分关注到的，第一是根据马克思的社会经济基础与上层建筑的理论，要注意到历史人物对于生产关系和生产力矛盾和冲突的克服状况，即这个历史人物是运用政治的、法律的、哲学的、艺术的等意识形态去克服社会的矛盾，为社会的变革开辟道路，还是制造社会冲突，阻碍社会的变革和发展。第二是应把人民看成历史的创造者，看成社会前进的动力。当然，这些都不是绝对的，要看历史是否提供了“前提”。从方法上看，马克思主义的方法是，认识现实往往要以史为鉴；反之，认识历史则要以现实作为参照系统。离开对于今天的现实关系的理解，很难真正地深入到历史的深处，很难考察过去的某段历史的真义究竟是什么。人类只有在资本主义社会开始自我批判的时候，才能对古代的封建社会有清楚的理解。马克思在谈到资本主义研究时，表达过这样的思想：“资本主义社会是历史上最发达和最多样的历史的生产组织。因此，那些表现它的各种关系的范畴以及对于他的结构的理解，同时也能使我们透视一切已经覆灭的社会形式的结构和生产关系。资本阶级社会借这些社会形式的残片和因素建立起来，其中一部分是还未克服的遗物，继续在这里存留着，一部分原来只是征兆的东西，发展到具有充分意义，等等。人体解剖对于猴体解剖是一把钥匙。反过来说，低等动物身上表露的高等动物的征兆，只有在高等动物本身已被认识之后才能理解。因此，资产阶级经济为古代经济等等提供了钥匙……资产阶级经济学只有在资产阶级社会自我批判已经开始时，才能理解封建的、古代的和东方的经济。”① 马克思的意思是说，今天的现实残留了昨天的历史断片，我们必须充分地理解今天，也才能真正认识昨天，诚如人体解剖对于猴体解剖是一把钥匙。同样，研究今天的种种复杂多样的现实关系是研究历史的复杂多样的现实关系的一把钥匙。我们甚至可以说，如果我们不能很深刻地理解 1978 年开始的改革开放的意义，就不能认识康熙五十六年的“禁海令”是何等的愚蠢和荒谬；如果我们不能理解“五四”思想启蒙运动的意义和 20 世纪 80 年代以来的思想解放运动的意义，就不会真正认识康雍乾三朝的“文字狱”是如何地钳制和禁锢人们的思想，如何导致清末以来中国自身的衰弱而受帝国主义列强欺凌的原因。

二、艺术的向度

历史题材的创作毕竟是文学创作，属于艺术。文学艺术的审美特性是不容忽视的。这“审美特性”就应该在尊重历史真实的前提下的艺术虚构、合理想象、情节安排、细节描写和情感评价等。对于历史题材的创作而言，作家的确面临难解的一个悖论。一方面，越是敬畏历史、尊重历史、达到高度的历史真实就越

① 马克思：《〈政治经济学批判〉导言》，见《马克思恩格斯选集》第 2 卷，人民出版社 1995 年版，第 23～24 页。

好；另一方面，越是巧于虚构、善于想象，其情节、细节描写越是生动、感人就越好。但这两方面就历史原型说，并不总是一致的。你敬畏历史、尊重历史、追求历史真实，可又不能过分拘泥于历史事实。过分拘泥于历史事实，文学的审美特性就必然会被削弱，从而缺乏艺术魅力，不能激动人心，不能引人入胜。可如果你一味考虑虚构、想象、编排情节、渲染细节，又可能会对历史不恭，违背历史真实。这种要真实又要好看的两难处境，是每个历史小说家、剧作家必然会遇到的问题。黑格尔说过："……我们理应要求艺术家们对于过去时代和外国人民的精神能体验入微，因为这种有实体性的东西如果是真实的，就会对于一切时代都是容易了解的；但是如果想把古代灰烬中纯然外在现象的个别定性都很详尽而精确的模仿过来，那就只能算是一种稚气的学究勾当，为着一种本身纯然外在的目的。从这方面看，我们固然应该大体上的正确，但是不应剥夺艺术家徘徊于虚构与真实之间的权力。"① 黑格尔把这种两难处境，称之为"艺术家徘徊于虚构与真实之间"，对于历史要做到"大体上的正确"，对于艺术则允许"虚构"。但黑格尔并没有提出解决这种"两难"的具体要求和方法。

那么，如何来解决这个创作的"悖论"并排除"两难"呢？这要从历史文化与文学文化互动关系中去加以探讨。我们的看法是这样：文学是一种文化，历史也是一种文化，这两种文化可以相互渗透。历史渗透进文学，文学也可以渗透进历史。目前流行不少历史题材的小说和电视剧，不少历史学家经常批评这些历史题材的小说或历史题材的电视剧，与历史事实不符，看了这些批评让人感到触目惊心，会觉得这些小说家和电视剧的编导怎么这样没有历史知识，怎么敢这样乱写？其实，我觉得这些小说家、剧作家并不是不懂历史的事实。如果连明显的历史事实都不知道，怎敢动笔呢？史实肯定是要掌握要甄别的，但为了文学的审美特性又不得不进行必要的改动和虚构。诚如法国学者狄德罗所说："……历史学家只是简单地、单纯地写下了所发生的事实，因此不一定尽他们所能把人物突出，也没有尽可能去感动人和提起人的兴趣。如果是诗人的话，他就会写出一切他认为最感人的东西。他会想象出一些事件。他可以杜撰些言词。他会添枝加叶。对于他，重要的一点是做到奇异而不失为逼真；当自然容许以一些正常情况把某些异常的事件组合起来，使他们显得正常的话，那么，诗人只要遵照自然的秩序，是可以做到这一点的。这就是诗人的职责。"② 狄德罗所说的想象就是作为历史戏剧家职责的虚构。例如电视连续剧《天下粮仓》，其中的一个大臣，早

① 黑格尔：《美学》第1卷，商务印书馆1979年版，第353～354页。

② 狄德罗：《论戏剧诗》，《狄德罗美学论文选》，人民文学出版社1984年版，第160～161页。

在雍正年间就死了，怎么到了乾隆即位后还活着呢？而且还是重要人物，起重要作用。编导不是连起码的历史知识都没有了吗？又如在电视剧《康熙大帝》中，康熙把女儿许配给葛尔丹，这是完全没有的事。因为康熙视葛尔丹为死敌，怎么会把自己的女儿嫁给他呢？其实，文学创作属于审美文化，它是人类的一种审美活动。我们写的作品，能不能称为文学作品，我们的习作能不能称为文学创作，关键就看我们笔下的作品是不是"以情感评价生活"，是不是具有诗情画意，是不是生气勃勃，是不是具有浓郁的氛围，是不是有独特的情调，是不是有令人醉心的音律，是不是具有可观的色泽，等等。善于写历史题材的列夫·托尼斯泰说："感受到诗意与感受不到诗意是创作的主旋律之一"。写历史题材的作品，也不能为了忠实于历史，就完全客观地、不动感情地照搬历史事实。郭沫若说过，历史学家是挖掘历史，文学家是发展历史。何谓"挖掘"？那就是在历史事实内部下工夫，通过考证等手段，确定史实，并进行深入的联系比较，揭示出历史本身的发展规律来。何谓"发展"，那就是以历史事实为基本依托，在历史框架和时限中，通过虚构、描写、夸张、铺呈、渲染等展现出艺术的风采来。在历史小说或历史剧所展现的世界中，其中的历史都是经过作者感情过滤的、艺术虚构过的历史，它已经不是也不可能是历史的原貌。例如古典历史小说《三国演义》和改编的电视连续剧，作者或编导者若是照搬三国时期相互争斗的历史事实，是不会创作成功的。《三国演义》所以获得成功，就在于有较充分的"想象"、"虚构"和"诗意情感评价"。三国时期的历史，在小说和剧作中只是一个历史框架、一个时间断限，某些历史事件可以重新改写，某些历史人物可以重新塑造，它已不完全像一般历史书那样去忠实地叙述历史，作家和编导根据自己的创作意图，以极大的热情去虚构场景，以爱憎的感情去塑造人物。《三国演义》这部长篇小说，以及后来改编的电视连续剧，就不是完全照搬历史，如果照搬历史事实，创作就不会成功，比如说"空城计"这个大家都知道的片断，在这里，小说家和编导何等生动地写出了诸葛亮超人的智慧、沉着、勇气和才能，作者简直对他倾注了无限的赞美之情，但历史的事实如何呢？从《三国志》中可知，历史上没有什么"空城计"，但在作品中被说得真实可信，绘声绘色，让人觉得真有其事。实际上，诸葛亮一生只是在最后一次北伐时，才与司马懿在渭水对峙。诸葛屯兵陕西汉中阳平时，司马懿还在湖北担任荆州都督，根本没有机会与诸葛亮对阵。小说和电视剧的作者这种虚构，是因为他们把诸葛亮看成是智慧的化身，对他充满赞颂之情，以至于不惜编出这种常人不可能作出来的事情来。这就是作者的"诗意情感评价"和艺术虚构的结果。通过这种诗意情感评价和艺术评价，引起读者或观众的美感，这就是文学创作。中国梁代文学理论家刘勰在《文心雕龙》一书中说："情者文之经"，可以说是一语道破了文学作为一种文化的审美的诗意的特性。所以对于以历史为题材的文学文化的真实性，硬要用历史文化的真实性去要求，是不合理的。以历史为题材的文学作者并非没有起码历史知识，他们往往是借历史的一端表达对社会现实的某种情感的评价，表达某种看法。当然，既然是历史剧、历史小说，也不能胡编乱造，最起码也要符合特定历史文化情境和历史发展大趋势。只有这样，历史题材的创作才能做到“真实”、“好看”。艺术真实与历史真实的关系，是历史文学理论的基本问题，有人强调艺术真实而不顾历史真实，有人强调历史真实不顾艺术真实，这两者看法都有偏颇，我们的追求的理想应该是艺术真实与历史真实的统一。艺术真实与历史真实统一在历史文学理论中是一大题目，可能不是几句话能够说得清楚的。但重要之点是必然律和可然律，就是说历史文学中“诗意的情感评价”和“艺术虚构”是可以的，写真人假事是可以的，写假人假事是可以的，但要求作家有能力展现特定的历史环境中的必然性和可能性。如写假人假事，必须是在特定的历史条件下必然会有的人与事；写真人假事，则必须是按照这个人物的性格轨迹可能会做的事，如《三国演义》的“空城计”就是写真人假事，但作者罗贯中写出在那种假定的条件下，按照诸葛亮和司马懿的性格逻辑会发生的事，那么这就达到了艺术真实与历史真实的统一了。

现在有一种现象，写历史题材的作家以为自己是在普及历史知识，看历史题材作品的读者以为可以增长历史知识，这完全是误会。历史题材的创作属于文学文化，它不提供真实的历史知识，它提供的所选定的历史框架、历史时限的真实的艺术形象，它的功能主要是审美欣赏，不是普及历史知识。如果真想了解历史知识，还是要去看历史教科书的。

艺术的向度问题，基本上是在“审美”的范围里。在有基本的历史资料根据的基础上，对描写的对象进行情感的评价，这里可以有对历史事实的突出、缩小、夸张、变形、集中、分散、增益、删节、详化、简略、回避、虚构等。

三、时代的向度

对于历史题材的创作，通常仅考虑“历史真实和艺术真实的统一”，也就是历史和艺术两个向度。实际上还有一个同样重要甚至更重要的向度，这就是时代的向度。历史题材的创作不是对历史的复制，作家必须以时代的眼光去观照历史，从中发现时代的精神，并以生动的形象体现时代的精神。历史都是昨天的，但作家的眼光则是现代的。以现代的眼光去发现昨天的历史，所发现的精神是与我们今天时代的需要息息相关的。让读者似乎从历史中看到了现实，看到了现实的需要，看到了现实的矛盾，而不能不产生种种现实的联想。黑格尔说："这些历史的东西虽然存在，却是在过去存在的，如果它们和现代生活已经没有什么关联，它们就不是属于我们的，尽管我们对它们很熟悉；我们对于过去事物之所以发生兴趣，并不是因为它们有一度存在过。历史的事物只有在属于我们自己民族时，或者只有在我们可以把现在看成过去事物的结果，而所表现的人物或事迹在这些过去事物的连锁中，形成主要一环时，只有在这种情况下，历史的事物才是属于我们的。单是同属于一个地区和一个民族这种简单的关系还不够使它们属于我们的，我们自己的民族的过去事物必须和我们现在的情况、生活和存在密切的相关，它们才算是属于我们的。"① 黑格尔的意思是，写历史存在过的事物，一定应让它们与现代生活产生关联，这种历史书写才是属于我们的。而且他还告诉我们，仅仅认为这种历史存在的事物同一地区、同一民族这种简单的联系，仍然是没有意义的，只有这种历史存在的事物成为过去与现在之间的主要的一环时，才是有意义的，这种历史书写才属于我们今天。这种理论是具有启发性的。的确，我们写历史，不是为了写历史而写历史，我们写历史是为了在历史这面镜子里，或多或少看到我们今天现实的熟悉的面影。这样说来，是否就是过去人们所说的"借古喻今"甚至是以古人"影射"今人呢？这个问题正是我们重点想探讨的问题。这里，茅盾先生在分析中国古代历史剧时有一个说法值得重视，他说："至于心存影射、张冠而李戴，意图热闹、唐宋人欢聚一堂，诸如此类的不顾史实、错乱时代的毛病，在古典的历史剧中以视为逢场作戏、理所当然。这是因为作者下笔之时，心目所注，虽在讥讽，而服务对象，实非广大群众而只是他那一个小圈子的人们，故而在作者想来，蔡中郎虽事董卓，却未曾入赘牛府，权且借他来指桑骂槐，观众自然心照不宣，既不发生传播错误的历史知识问题，也不负无端破坏古人名誉的责任；因而我们可以说，前辈先生们对待历史的态度，实在是严肃而又不严肃的。严肃者何？即意在借古讽今，绝不为古而古。不严肃者何？即对于历史事实任意斩割装配，乃至改头换面。像《明凤记》、《桃花扇》那样谨守史范，不妄添一角，不乱拉陪客，在古典历史剧中是比较少见的。"② 的确，我们常看到的一种借古喻今、暗中影射、指桑骂槐的做法。这种做法往往是针对现实中某个人、某件事、某个情境，很容易变成为个人崇拜或个人攻击，

① 黑格尔：《美学》第1卷，商务印书馆1979年版，第346页。
② 茅盾：《历史和历史剧》，《茅盾评论文集》（下），人民出版社1978年版，第191页。

所透露的只是作家个人一己的私见，一般是没有意义的，甚至是负意义的，也即是茅盾所说的“不严肃”的一面。怎样才能够摒弃古典历史剧中的“不严肃”的“指桑骂槐”，而又做到不为古而古呢？我们觉得这就要完整达到“以史为鉴”、“古今对话”，其主要意义在于实现古今普适精神的互释，通过历史的抒写体现时代精神。换言之，我们从所表现的历史题材中通过深入的挖掘，所挖掘出的意蕴足以延伸到现在的种种性质。因此，这样做的结果，所针对的不是现实中个别的人和事，个别的情境和场合，而是宏阔的时代的洪流或现实的矛盾或生活的缺失，所透露的是作家对于时代社会的深刻的理解。能否达到这一点正是历史题材创作成败的关键。我们知道，莎士比亚的许多剧本都是写历史题材的，但莎士比亚的成功不在于他对历史忠实的程度，而在于他的历史剧作能够体现时代精神，有深刻的意味。莎士比亚的朋友、著名戏剧家本·琼孙曾为莎士比亚的戏剧（包括历史剧）题词，称赞莎士比亚为“时代的灵魂”，说“他不属于一个时代而属于所有的世纪”。莎士比亚的确是当得起这样的赞誉的。莎士比亚生活于欧洲文艺复兴时期，那个时代的主题是摆脱中世纪的神权对人和人的思想的束缚，重新发现人，强调人的感性和理性，强调人的自由意志，强调人是自己命运的主人，强调人是宇宙万物的中心。莎士比亚的历史剧创作，无论是《理查二世》、《理查三世》、《亨利四世》、《亨利五世》、《亨利六世》、《亨利八世》、《李尔王》、《奥赛罗》、《罗密欧与朱丽叶》、《哈姆雷特》、《雅典的泰门》等，都是在批判封建割据的落后性、保守性等给人的情感带来的压抑，着重探索人作为人的各种喜怒哀乐、七情六欲、心理矛盾等的正当性、合理性。写的是历史，反映的是现实，呼唤的是未来。与文艺复兴初期那些一味迎合小市民、满足他们的感官快乐的作品，大不相同。历史小说《张居正》也是目前中国历史题材创作中时代感比较强的一部，作者写张居正的改革，写他的改革思想和作为，写出了改革的合乎历史的要求；但同时又写张居正晚年的腐败和堕落，写出了某些改革者最后的悲哀。这让我们联想到今天的改革开放的现实以及所发生的种种问题。这不是影射某一个人、某一件事，是从一个宏阔的视野来思考历史与现实的相通、相似之点，形成了古今对话，时代精神也就从中体现出来了。

时代的向度基本上属于评价论范围。人们总是倾向于做有价值的事情。一个艺术家写一段历史，不可能为写历史而写历史，为写古代而写古代，他一定是看到或挖掘到这段历史对于今天所具有的价值，才下笔去写它。如果这段历史对于现实毫无价值的话，那么写历史小说、历史剧的动力从何而来呢？马克思和恩格斯都说过“历史的重演”的意思，古代演出过的历史，后代在不同的历史语境下又会有相似的演出。基于这样的理解，历史的价值性是可以从古代延伸到后代的，历史文学的创作者抓住了这一点，有时候不便于对现实直接发言，就通过对历史的书写间接地来发言。这种发言由于以厚重的历史为依托，有时候会显得更有力量，更具有启发性。这就是历史文学从古到今不绝如缕地发展着的原因吧！

历史题材创作的三个向度，所追求的审美效果不仅是真实、好看，还有非常重要的一点，那就是有深沉的意味。真实、好看、有意味，构成了历史题材作品审美效应的全部。

第五章

历史题材文学创作三层面

历史文学创作的发展与繁荣，成为当代文学创作的奇葩，吸引了众多的读者和观众，也引起了争议。史学家常常指责和批评当前历史剧、历史电视连续剧、历史小说没有写出历史的原貌，违背历史真实；文学批评家中多数人则认为历史文学家有权力虚构，不必复制历史原貌，况且何处去找“历史的原貌”呢？就是被鲁迅称赞为“史家之绝唱，无韵之离骚”的《史记》其中不也有不少推测性的虚构吗？“鸿门宴”上那些言谈和动作，离《史记》的作者司马迁少说也有六七十年了，他自己并未亲睹那个场面，他根据什么写出来的呢？他的《史记》难道不是他构造的一个“文本”吗？另外，现实生活无限丰富多彩、无限生动活泼，只要你愿意，你可以从中寻找到无限的诗性和戏剧性。你想要的一切，在现实生活中都可能存在，可为什么有的作家明明生活在现实生活中却对现实生活似乎视而不见，总是扭过头去对那过去的历史情有独钟，愿意去写历史，愿意去重建艺术的历史世界呢？这里就关系到一个作家重建历史文本能够给我们提供什么有价值的东西的问题。还有人们需要历史文学难道仅仅是因为需要它为现实提供一面镜子吗？或者说历史的教训可以古为今用？对于历史文学来说，还有没有更为深层的东西？我们发现上面所提的问题恰好就是历史题材文学创作由表及里的三个层面。对这三个层面进行必要的探索也许能揭示历史题材文学所面对的一些难题。

一、历史题材创作过程之一：重建历史世界

最近重读郭沫若的《棠棣之花》、《屈原》、《蔡文姬》等史剧。郭沫若是一位有重大成就的严肃的历史学家。历史研究占去了他一生十分重要的一部分。他的当年轰动中外的《中国古代社会研究》，是中国最早运用唯物史观来研究中国历史的一个典范。他的《甲骨文字研究》，揭示其奥秘，把死的文字变成会说话的活的历史。他的《十批判书》、《青铜时代》和《历史人物》等，也是一时的翘楚之作。他的"以人民为本位"的历史观几乎贯穿他的整个历史著作中。同时他的历史著作也是最深地介入中国现代斗争的篇章，如他写的《甲申三百年祭》在1942年的延安，被列为"整风文件"。他作为一个历史学家，他的研究是实事求是的，贡献是巨大的。那么，这样一位历史学家是怎样来写历史剧的，解答这个问题，对于正在争论着的历史文学创作问题无疑是会有启发的。

郭沫若撰写历史剧，不像某些作家那样是偶一为之。他是真正地当正业来做的，当做文学创作的重要方面来做的。"五四"时期，郭沫若创作了十部历史剧，即《黎明》、《棠棣之花》、《湘累》、《女神之再生》、《广寒宫》、《月光》、《孤竹君之二子》、《卓文君》、《王昭君》、《聂嫈》。抗日战争时期，郭沫若又创作了六部历史剧，即《棠棣之花》、《屈原》、《虎符》、《高渐离》、《孔雀胆》、《南冠草》。新中国成立后，郭沫若又创作了三部历史剧，1959年创作的《蔡文姬》、1960年创作的《武则天》，1961年创作的《郑成功》。郭沫若这三个历史时期历史剧创作有很多差异，但也有一以贯之的东西。本文重在揭示其一以贯之的部分。

我们在重读了郭沫若这些历史剧之后，深感历史题材文学应老老实实地定位为"文学"，而不能定位为"历史"。为什么这样说？历史题材文学家生活在现在，可他写的却是数十年、数百年、数千年前的历史故事。他的根据是什么？就是历史文本（史书）。问题是这历史文本能不能反映历史的原貌呢？可以肯定地说，这是不可能的。第一，历史上发生的真实情景已过去了很长时间，他无法亲眼去看、去听，更无法去亲身经历、去体验，他所根据的仍然是前代史官和民间传说留下的点滴的并不系统的文本。这些前代史官所写的文本和民间传说文本，也不是作者的亲见、亲闻、亲历，他们所提供的也只是他们自认为真实的文本而已。无论是前代的资料、后人写的历史，都只是"历史是文本"，而不是历史本身，他只是后人对那段历史文本的阐释而已。第二，既然是对前人文本的历史阐

释，当然也就渗透进阐释者本人的观点。对一段历史，你可以从这个角度看，他可以从另一个角度看，所看到的是不同的方面，甚至是完全不同的方面。更不用说，史官不可能做到完全的“秉笔直书”、“按实而书”，这里又有一个避讳问题，所谓“为尊者讳，为亲者讳，为贤者讳”，这是情之难免。所以史剧作家所依据的历史文本就存在一个真假难辨、又从分辨的问题。诚如有的学者所说：“中国史书虽然力图给我们造成一种客观记录的感觉，但实际上不外乎一种美学上的幻觉，是用各种人为的手段造成的‘拟客观’效果。”① 你如何能让历史题材文学作品忠于历史原貌，恢复历史的本来面目呢？苛求历史题材文学要忠于历史原貌的那些历史学家又何尝能说清楚那一段历史原貌呢？

这里的问题是，历史本身不是史官笔下的文本，不可能是真实叙事，但如果历史题材文学家不借助历史文本的话，那么就无所依凭，创作也就无从谈起。这是一个悖论，历史文本不完全真实，可不借助历史文本创作就没有根据。那么历史文学家是如何来解开这个悖论的呢？换句话说，历史文学的创造者是如何来构筑他的作品结构框架的呢？我们在重读了郭沫若的历史剧之后，想到了一个词，这个词就是“重建”。意思是历史文学的创作者构筑艺术世界的方法既非完全的虚构，也非完全的复制，而是根据历史文本的“一鳞半爪”，尽力寻找历史根据，以艺术想象重新建立“历史世界”。艺术重建就是另起炉灶，对历史文本加以增删，加以改造，不照抄历史文本，而以自己的情感重新评价历史中的人物与事件，另辟一个天地，构思成一个完整的世界。

先说郭沫若的《棠棣之花》。《棠棣之花》所写的故事发生在公元前371年的战国时代。史剧的故事是这样的：当时的晋国还没有分裂为韩、赵、魏三国，魏国有一位武力高强的青年聂政，他因为小时候杀过人，只好到齐国隐没在民间，做一个屠狗之夫。他受到韩侯卿相严仲子的知遇之恩，在母亲去世后，来到了濮阳见了严仲子。严仲子主张韩、赵、魏三家不分裂，联合抗强秦。但他遭遇到当时韩侯的丞相侠累的反对和排斥，他希望聂政能帮助他，把侠累刺杀掉，使国家不至分裂，人民免遭痛苦。聂政认为这是正义的事情，慨然应允。聂政来到韩城，利用一个机会把侠累刺杀掉了后，他自己也自杀了。但在自杀之前他先把自己的容貌毁掉，使韩城的人不能把他认出来。他这样做是为了保护他的姐姐，不连累姐姐，因为他的姐姐聂嫈与他是孪生姐弟，相貌十分相似。但聂嫈知道后，与一位年轻的心里爱着聂政的姑娘春姑来到韩城认尸，她们为此也都死在这里，为的是要把聂政的英名宣扬出去，不能让他白白死去。

《棠棣之花》的整个历史语境是郭沫若构想的，拿《史记》来对照，严仲子

① 浦安迪：《中国叙事学》，北京大学出版社1996年版，第15页。

与侠累有仇怨是真的，但严仲子与侠累的分歧是主张抗秦还是亲秦，主张三家分晋还是反对三家分晋，完全是郭沫若的艺术构思的结果，总体的历史语境是作者重建的。作品中重要的人物酒家母、春姑、盲叟、玉儿，及其整个的人物关系，聂政与姐姐是孪生姐弟等，都属于重建历史世界过程中的合理想象。至于剧中另一个重要的穿针引线的人物韩坚山，《史记》中只字未提到。所以，写历史文学不是写历史，不必受历史文本的束缚，可以按照历史文学家的艺术评价，重新构建出一个历史世界来，把古代的历史精神翻译到现代。然而，如果我们对照司马迁所写的《刺客列传》中聂政的有关段落，那么我们会发现，郭沫若的《棠棣之花》不是空穴来风，不是凭空虚构，作者的确抓住了历史文本的“一鳞半爪”：聂政确有其人；他确有一个姐姐；他因为“杀人避仇”而到齐地当屠夫是事实；严仲子曾亲自去齐国拜访他，请他出山，他以母在暂不能受命，这也有记载；母死后他来到濮阳，见严仲子，毅然受严仲子之托而刺杀了韩相侠累也是真的；甚至他杀了侠累之后自杀前自毁容貌都有文字可寻。可见，郭沫若《棠棣之花》的创作的确是有历史文本作为根据的。换句话说，历史文学又要以历史文本所提供的事实为基本依托，在历史框架和时限中重建历史世界，展现出艺术的风采来。

再来看郭沫若的《屈原》。剧中所写的是屈原为当时楚国的三吕大夫，楚国的重臣，地位显赫，声名卓著，对楚怀王的内外决策有很大的影响。其时楚国面临着一个是单独与秦国媾和还是联合东方共同抗秦的问题。屈原是坚决的抗秦派。秦国派丞相张仪到楚国郢都来策动楚国与秦国媾和，并答应割让给商于之地六百里，条件是楚国与强大的齐国绝交。在三吕大夫屈原的坚持下，楚怀王似乎拒绝了张仪的要求，张仪感到无法回秦国复命，决定回自己的祖国魏国去。第二天楚怀王要与群臣设宴为张仪饯行。其实在暗中楚怀王的宠妃南后郑袖、上官大夫靳尚与张仪已经密谋好，要改变楚怀王的主意。南后以邀请屈原到宫中看根据屈原的诗歌《九歌》改变的歌舞，吹捧屈原。但在楚怀王、张仪等刚刚走进宫里，准备参与宴会的瞬间，南后借自己头晕、站不住，故意倒在屈原的怀抱里，然后立刻翻脸，说屈原要调戏她。有意陷害屈原。由于楚怀王亲眼所见这一幕，觉得屈原的举动狂妄滔天，说他是疯子，罢免了他的职务，不许再回宫。屈原不但遭到陷害，而且还被投入狱中。他在一个作为监狱的破旧殿中，感情激动地作了《雷电颂》，抒发他心中的愤懑。他的弟子、无耻文人宋玉背叛了他，而他的另一个弟子南后的儿子也背叛他。唯有他的一个女弟子婵娟始终相信他、忠于他，最后并为他献出了生命。屈原则在正义人士的帮助下带着冤屈离开了郢都。

与《棠棣之花》相比，《屈原》的艺术建构的力度更大、离历史文本也更远。应该说，在《史记》文本中与《屈原》有关的主要是这样一段：“屈平既黜，其后，秦欲伐齐，齐与楚从亲，惠王患之。乃令张仪佯去秦，厚币委质事楚，曰：'秦甚憎齐，齐与楚从亲，楚诚能绝齐，秦愿献商于之地六百里。'楚怀王贪而信张仪，遂绝齐，使使如秦受地。"当然还有《张仪列传》中相关部分。可以这样说，郭沫若的《屈原》整个剧情都是重建的。第一，张仪来楚劝说、诱骗楚怀王一事，是在屈原被贬黜之后，与屈原无关。按照《史记·屈原贾生列传》的记载，屈原为楚怀王"左徒"。受到楚怀王的信任。当时有"上官大夫与之同列，争宠而心害其能"。有一次，"怀王使屈原造为宪令，屈平属草稾（草稿）未定。上官大夫见而欲夺之，屈平不与，因谗之曰：'王使屈平为令，众莫不知，每一令出，平伐其功，以为非我莫能为也。'王怒而疏屈平。"可见屈原被谗害在先，原因是上官大夫进谗言；张仪来楚在后，其中的曲折与屈原无关。不是史剧所写的那样。第二，史剧中关键人物南后郑袖，在《战国策》的相关描写中，确有其人，与张仪也有关系，张仪也称赞她为天下美人。但她故意陷害屈原却史无记载。第三，《屈原》剧中的三个弟子，宋玉史有记载，却不是屈原的弟子；子兰是楚怀王的儿子，但是不是南后所生，却没有根据；婵娟则完全是作者虚构的人物。第四，对张仪的评价，郭沫若自己说："把他写得相当坏，这是没有办法的。在本剧中他最吃亏，为了禋祀屈原，自不得不把他来做牺牲品。假如站在史学家的立场来说话的时候，张仪对于中国的统一倒是有功劳的人。"① 第五，第五幕卫士处置更夫，用了"活杀子在法"，这种杀人的办法是，被杀的人一时气绝，但人自己会苏醒过来，这完全是作者编造，郭沫若说："我自己并不懂这个法术"。② 我们还可以指出第六点、第七点等，总之，史剧《屈原》是郭沫若的艺术重建，与历史文本不同，与历史真相更不同。

历史文学要艺术地重建历史世界，并不是容易做到的事情。我们认为艺术重建可以从三个维度来加以考察。

一是认识的维度。历史文本尽管不完全是历史的真相，但作家创作历史题材的作品，还是要搜集到所有相关的历史文本中的史料，再加以深入地分析，并从中抽绎出真实的有意义的部分来。这里的确有一个去伪存真的过程。由于历史学家思想的偏见，常常把历史弄颠倒了。如社会发展趋势问题；阶级斗争问题；人民群众和个人在历史发展中的作用问题；是英雄造时势，还是时势造英雄问题；帝王将相的地位问题；清官问题；民族问题；宗教问题等；几乎哪一个历史题材的作品都离不开对这些问题的认识。认识的正确与否、认识的深刻与否，常常是一个历史题材能否成功的一个关键因素。这是历史文学家在艺术地建构历史世界

①② 郭沫若：《我怎样写五幕史剧〈屈原〉》，见《沫若剧作选》，人民文学出版社 1978 年版，第 185 页。

的时候首先要解决的问题。

就拿社会发展的趋势来说，同样是写帝王将相的历史题材的作品，也要看这个帝王在社会发展趋势中所处的地位，他是处于某种社会的上升阶段，还是处于某种社会的衰落阶段，他的作为对于他所处的社会发展阶段的关系如何，是守旧还是变革，对于这些问题的认识，关系到作家建构历史世界的历史观问题，十分重要。笔者有一篇文章中讨论过二月河的长篇历史小说："历史发展观的主要问题在于要把握历史发展的大趋势和总趋势，要把所写的历史人物和历史事件放到历史发展的总趋势中去考虑，不要把历史人物从历史发展的长河中抽出来，孤立地加以描写。二月河的帝王系列，专写清朝的'康雍乾盛世'。由于通俗好看，能唤起人们对现实的一些联想，赢得众多读者，活跃了人们的文化生活。但其历史观并不是没有问题。'帝王系列'所写的'康雍乾盛世'处于18世纪，康熙（1661～1722年在位）、雍正（1723～1736年在位）、乾隆（1736～1795年在位）三朝共134年，乾隆禅位于嘉庆那年离标志着中国衰落的1848年鸦片战争只有44年，离1911年辛亥革命只有116年。对于具有五千年历史的古代中国来说，封建社会不但处于衰落的后期，甚至可以说已经进入末世。'康雍乾盛世'不过是封建社会这个衰老的躯体的最后的'回光返照'。生活于这个时期的曹雪芹在其《红楼梦》中，已经预感到这个社会表面上似'鲜花著锦'、'烈火烹油'，其实'内囊已尽上来了'，最终将'落了个白茫茫一片真干净'。客观上意识到封建社会即将崩溃的命运。曹雪芹这种对于当时现实的感觉是有预见性的和前瞻性的。对于二月河创作的'帝王系列'长篇小说，作者明知'康雍乾盛世'不过是末世的'繁荣'，是即将开败的花，是黄昏时刻的落日，但作者还是不能按照历史发展的大趋势去真实地把握它，而用众多的艺术手段去歌颂'康、雍、乾'诸大帝，真的把他们的统治描写成'盛世'，这在某种意义上是推销最腐败的专制帝王文化。其作品所反映出来的历史观远远落后于曹雪芹。这不能不说是令人费解的。"①

又如，对于帝王将相的建构，也有一个认识问题。帝王将相的本质就是对人民群众实行专制的统治，不论他们是开明还是顽固，都是剥削、压迫人民的反民主的力量。如今银幕上那么多历史题材的电视连续剧，从文景之治，写到贞观之治，再写到康雍乾之治，都几乎是千篇一律地歌颂他们的文治武功，对于他们的反人民、反民主的本质则轻描淡写，一笔带过，这难道是正确的认识吗？这样的作品的社会效果是什么呢？是否在宣扬帝王创造历史？是否在宣扬人民群众只配做弯腰曲背的低眉顺眼的奴仆和顺民？是否认为人民的反抗毫无疑义，只有老老

① 童庆炳：《历史题材创作三向度》，载《文学评论》2004年第3期，第10页。

实实当奴仆和顺民，才是老百姓的本分？

再如，是时势造英雄还是英雄造时势，目前的流行的历史题材的电视连续剧，也同样存在着许多问题。写汉武帝，就鼓吹汉武帝，似乎没有汉武帝就没有中国汉代的辉煌；写唐太宗，就鼓吹唐太宗，似乎没有唐太宗就没有中国唐代的盛世；写成吉思汗，就鼓吹成吉思汗，似乎没有成吉思汗就没有中国元代的伟大开拓；写明太祖，就鼓吹明太祖，似乎没有明太祖也就没有中国明代的开篇时的盛大演出……这种认识是根本错误的。应该看到，是历史选择了人物，不是人物选择了历史。历史需要是必然的，而人物的出现是应历史需要而偶然出现的。不能把历史需要与人物出现这两者的关系弄颠倒。马克思说："如黑尔维萃所说的那样，每一个社会时代都需要自己伟大的人物，如果没有这样的伟大人物，它就要创制出这样的人物来。"① 恩格斯说："这里，我们就要谈到所谓伟大人物问题。恰巧某个伟大人物在一定时间出现于某一国家，这一情况完全是种偶然。但是，如果我们把这个人物除掉，那时就会需要有另外一个人来替代他，并且这个替代者是会出现的，——也许是较好些或较差些，但经过一些时间总是会出现的。恰巧拿破仑这个科西嘉岛人做了那被战争弄得疲竭的法兰西共和国所需要的军事独裁者，——这是个偶然。但是假如不曾有拿破仑这个人，那么他的角色是会由另一个人来充当的。这点可由如下一点来证明，即每当需要有这样一个人的时候，就会出现这样一个人：恺撒、奥古斯特、克伦威尔等就是如此。"② 马克思、恩格斯的话立意在说明历史需要是一种必然的规律，而由谁去满足这个历史需要、扮演某个角色，则是偶然的。因此是时势造英雄而不是英雄造时势。但是我们的历史文学作者往往对这一点缺乏认识，这是很严重的问题。

二是价值的维度。历史文学创作重建历史必须充分考虑到价值的维度。历史的事实纷繁复杂，无奇不有。作家在选择史料来重建历史世界的时候，一定要放出眼光来，加以分辨。看看哪些史料是有价值的，哪些史料是没有价值的。哪些史料具有文化价值，哪些史料只具有商业价值。价值是对人的意义，商业价值、赚钱，也是一种价值。这在今天也不能不讲。20 世纪 50 年代"极左"时期，一味批判"票房价值"是没有道理的。我们不反对某些大片因写了中国的历史片断，高成本投入，那里的一切都具有刺激人的欲望，或者是场面巨大，动人心魄，或色彩缤纷，华丽无比，大赚其钱，票房价值节节攀高，一部电影比建一个工厂所赚的钱还要多。但是，这一切都不可做得太过分。因为中国历史的基本价

---

① 马克思：《一八四八年至一八五〇年的法兰西阶级斗争》，《马克思主义经典作家论历史科学》，人民出版社 1961 年版，第 113 页。

② 恩格斯：《致亨·施塔尔肯堡》（1894 年 1 月），《马克思主义经典作家论历史科学》，人民出版社 1961 年版，第 113 ~ 114 页。

值不在这里，而在那些中华民族真正的精神文化价值之中。能充分体现我们民族优秀传统的历史文化，包含了儒、道、释等百家的文化精华，而这些优秀文化的最普通的载体，就是那些中国历史上曾经为民族兴旺、为社会进步、为百姓谋福利曾经作过贡献的人以及他们所做的事，就是那些中国历史上为正义、为平等、为自由、为民主曾经抗争过、牺牲过的人以及他们所做的事，就是那些中国历史上那些创造了科学文明和精神文明而劳累过、发愤过、成功过、失败过的人以及他们所做的事……只可惜我们相当多的历史文学的作者在史料的价值的选择中，发生了不应有的迷误，他们专注和欣赏帝王将相、登基接位、篡权夺位、君临天下、母仪天下、三宫六院、宫闱秘事、内廷相斗、妃子争宠、父子不容、兄弟相残、明争暗斗、斩首示众、骄奢淫逸、开边征战、尸横遍野、血流成河、哀鸿遍野、牛鬼蛇神、拉帮结派……这些都差不多是中国传统文化的消极成分，甚至纯粹的文化垃圾。不是不可以写，但为什么要展示和宣扬负价值的东西呢？这不是价值的迷误是什么？写到这里，我们想起了恩格斯在谈到历史悲剧问题时说的话："没有价值的东西是不值得这样费力的"①。又想起了鲁迅说过的话："我们目下的当务之急，是：一要生存，二要温饱，三要发展。苟有阻碍这前途者，无论是古是今，是人是鬼，是'三坟'、'五典'，百宋千元，天球河图，金人玉佛，祖传丸散，秘制膏丹，全都踏倒他。"② 我们今天仍然处在要生存、要温饱、要发展的时期，对于妨碍我们生存、温饱和发展的消极文化，不论它多么有"魅力"，我们虽然不必采取"全都踏倒他"的态度，但一定要有批判的精神。因此历史文学创作在重建历史世界的时候，是否有准确的价值判断和取向是很重要的。

三是审美的维度。因为历史文学属于文学，所以在重建历史世界的时候，审美的维度就变得十分重要。一个"似史"的形象世界能不能打动人心，很大程度上要看作品是否有审美的品质、艺术的趣味。如果一部历史题材的作品，经不起审美的、艺术的检验的话，那么这部作品也就不值得我们过多地去谈它了。

对于历史文学而言，重建历史世界，审美的维度最起码要求是：

第一是制造历史气息，渲染历史氛围。历史是消逝了的世界、死去的世界；作家要唤醒这个消逝的世界，使其变成为一个活的世界。让历史的人物和事件由消逝到存在，由死到活，这就是历史文学作者遇到的一大困难。因为作者生活于现在，却要让过去的历史复活，作者遭遇困境可想而知。但制造历史气息、渲染历史氛围，才能使历史人物和事件被唤醒，如果连这一点也达不到，那么读者、

---

① 见《马克思恩格斯论文学与艺术》（一），人民文学出版社 1982 年版，第 176 页。

② 鲁迅：《忽然想到》，《鲁迅全集》第 3 卷，人民文学出版社 1959 年版，第 35 页。

观众就会觉得是假的。气息、氛围是一种整体性的弥漫性的和背景性东西，如何捕捉、如何营造，需要有专文来讨论，限于篇幅，这里不能展开了。

第二是形成历史的具体性和形象性。历史世界也是一个具体的生活世界。因此重建历史世界是审美要求之一，就要求绘声绘色的场景、形神俱现的人物、跌宕起伏的情节、攫住人心的冲突、引人入胜的故事、逼真鲜活的细节等。马克思和恩格斯在谈到拉萨尔的历史悲剧的创作的时候，都不约而同地谈到"莎士比亚化"和防止"席勒式"的问题。马克思说："……这样，你就得更加莎士比亚化，而我认为，你的最大缺点就是席勒式地把个人变成时代精神的传声筒。"[①] 恩格斯也说："我们不要为了观念的东西而忘掉现实主义的东西，为了席勒而忘掉莎士比亚"[②]。郭沫若的史剧《蔡文姬》，作者公开说他之所以要写这部作品，就是为了给曹操翻案。但是全剧四幕，曹操在第四幕才登场。曹操的文治武功等都是通过剧中的董祀的嘴说出来的，如第一幕中借董祀之口说曹操"锄豪强，抑兼并，济贫困，兴屯田，使流离失所的农民又重新安定下来，使纷纷扰攘的天下，又重新呈现太平景象"，抽象、枯燥、乏味，完全是"席勒式"的说教，这样曹操的形象就显得十分苍白。曹操这个人物形象在《蔡文姬》中就缺少历史的具体性，很难站住脚。

第三是要求有基于人性基础上的情理灌注其间。合情合理是一切艺术真实的关键所在。对于历史文学而言，如何让重建的世界合乎情理的逻辑，就是一个重要的要求。作品中的艺术情理往往不能依靠逻辑的推论，主要依靠作家自己深厚的生活体验。《蔡文姬》中的蔡文姬则塑造得比较成功，具体、真实、有血有肉。特别是蔡文姬在是否归汉中的那种矛盾心理，写得十分成功。蔡文姬与左贤王生有两个子女，现在要返回故土，这是她日夜盼望的；但是左贤王不许她带走子女，作为一个母亲，她又舍不得离开年幼的儿女。她为此感到痛苦不堪，不断地流泪。这种描写不但具体真实，而且写出了作为爱故土的蔡文姬与爱子女的蔡文姬的内心的斗争。这是合乎情理的精彩之笔。那么，郭沫若为什么能对蔡文姬写得如此成功呢？郭沫若自己回答说"蔡文姬就是我！——是照着我写的"[③]。过去人们也常引郭沫若这句话，但很少去考察郭沫若为什么会这样说。最近读郭沫若的短篇散文，读到他于 1937 年 8 月 1 日脱稿，最初发表于 1937 年 8 月上海的《宇宙风》月刊第 47 期上的《由日本回来了》。这篇散文看起来是郭沫若写的日记。大家知道大革命失败后，郭沫若于 1927 年逃亡日本，一住就是十年。

---

① 见《马克思恩格斯论文学与艺术》（一），人民文学出版社 1982 年，第 174 页。

② 同上，第 120 页。

③ 郭沫若：《中国农民起义的历史发展过程 · 序〈蔡文姬〉》，《郭沫若谈创作》黑龙江人民出版社 1982 年版，第 169 页。

在日本期间，他与安娜恋爱、结婚、安家、生子。而且生下了五个子女。在日本发动了侵略中国的卢沟桥事变后，他决定偷偷离开日本，回国参加抗击日本帝国主义的战争。他回国的时候，的确面临当年蔡文姬相似的选择，一边是故国的召唤，另一边是对妻子儿女的爱恋，所以他感到无限的痛苦。1937 年 7 月 25 日他在日记中写道："昨夜睡甚不安，今晨四时半起床，将寝衣换上一件和服，踱进了自己的书斋。为妻及四儿一女写好留白。决心趁他们尚在熟睡中离去。……我怕通知他们，使风声伸张起来，同时也不忍心他们知道后的悲哀。我是把心肠硬下了。……自己禁不住淌下了眼泪。……走上了大道，一步一回首地，望着妻儿们所睡的家。灯光仍从开着的雨户露出，安娜定然是仍旧在看书，眼泪总是忍耐不住地涌。走到看不见家的一步了。……"① 郭沫若正是因为有此体验，即不得不离开妻子、儿女回故国，感到难过、悲伤、痛苦，所以他才说"蔡文姬就是我！——是照着我写的"。也因为他有此亲身体验，他在写蔡文姬离开南匈奴归汉时候的那种不安、徘徊、痛楚的心理，表现出一种逼真的艺术情理。

重建——历史文学创作的必由之路。但这条路曲折崎岖，真要走好不是容易的。只有少数坚忍不拔者才能走通这条路。

二、历史题材创作过程之二：隐喻现实世界

现实生活无限丰富多彩、生动活泼，只要你愿意，你可以从中寻找到无限的诗性和戏剧性。你想要的一切，在现实生活中都可能存在，可为什么有的作家明明生活在现实生活中却对现实生活似乎视而不见，总是扭过头去对那过去的历史情有独钟，愿意去写历史，愿意去重建艺术的历史世界呢？这里就关系到一个作家重建历史文本能够给我们提供什么有价值的东西的问题。这是历史题材文学创作第二个层面的问题。

历史作为一个社会生活的发展过程，常常令人惊异。某些事情总是以相似的情境一再重现。就像山上的盘旋路，可以有十二盘，或十八盘，每一个弯道都那样相似。历史发展也是这样，它曲折地回旋发展，尽管时代不同了，情境变化了，人物更换了，但经常出现"历史的重演"。"历史的重演"这个概念是马克思论述巴黎公社的斗争的时候提出来的，他的意思是，只要工人阶级继续受压迫，没有得到解放，那么他们就会重复先前的斗争，所以"斗争也只是延期而

① 郭沫若：《由日本回来了》，见《郭沫若集》，花城出版社 2006 年版，第 350～352 页。

写哲学讲义；第二，这哲学意味是从作品的整体中透露出来的，不是个别细节插入；第三，哲学不同于常识，因此历史文学中的哲学意味应该是深刻的，它像火种那样点燃人生的希望，像阳光那样照亮人生的道路，像魔镜那样照澈人的心灵，让你的灵魂阴暗无所逃遁。

历史文学创作三个层面：重建—隐喻—哲学意味，由表及里、层层深入。重建完整的历史世界，才能艺术地隐喻现实；而哲学意味则不是外加的，就在重建、隐喻中。

第六章

历史题材文学的艺术理想：历史真实与艺术真实的统一

历史题材创作所要的艺术理想是什么呢？几乎所有的学者都说是“历史真实与艺术真实的统一”。这是因为历史文学既然取材于历史，就多少要有一定的历史根据，完全没有历史根据，或者说无历史典籍可查的事实太多，那么就会丧失历史真实；但是历史文学的基本性质不属于历史，而是属于文学，那么就得按照文学的艺术规律来创作，这里艺术加工是不可缺少的，艺术加工的目的就是为了达到艺术真实。这样，历史真实和艺术真实对于历史题材的创作而言，缺一不可，而且要达到两者的完美的统一。但什么是“历史真实与艺术真实的统一”呢？对此人言言殊。20 世纪 60 年代初有过一次关于历史文学问题的讨论，讨论中意见分歧。一般而言，作家、文学评论家更注重艺术真实，他们说：“历史剧的要求可以无需凭借历史记载、历史根据，而是借用一定时期历史发展的可能性去综合生活，塑造出符合历史发展的可能性的人物形象来，这样达到历史真实”；“历史剧完全是古代社会生活在作家头脑中的产物，它的出现，是从剧作家的立场观点出发，根据历史真实性和可能性的法则，经过分析、研究，发掘了历史发展规律，创作出比实在人物、事件更完备的典型。”[①] 历史学家则不这样看，如著名历史学家吴晗针对这种观点指出：“既然根据历史记载、历史根据，那你又为什么一定要把所创造的东西叫做历史剧呢？……既然不要历史记载、历史根据了，这一定时期的历史发展可能性和人物形象从哪里来呢？如何借助呢？

① 张非：《从“杨门女将”谈历史剧》，载《文汇报》1960 年 3 月 11 日。

借助什么呢？还有，单凭作者的立场、观点，是否就可以发掘历史发展规律呢？”[①] 显然，前者强调历史文学的艺术性，后者强调历史文学的历史性，这种分歧的解决是谈论历史文学历史真实与艺术真实统一问题的前提。

如何给历史题材文学创作定位？或者说历史文学是属于历史还是属于文学？这是历史题材创作中的一个重大问题。由于对这个问题经常有不同的理解，结果对一部历史题材的创作的看法迥异。历史学家说，历史题材的创作属于历史，既然你要以历史题材为创作的资源，那么尊重历史，还历史的本来面貌，就是起码的要求。文学批评家则说，历史题材的创作属于文学，文学创作是可以虚构的，历史题材的创作只要大体符合历史框架和时间断限，就达到历史真实了。由于观点的分歧，历史学家对于历史题材文学创作的批评，几乎都是挑剔历史题材创作不符合历史事实的毛病，而文学批评家则在历史真实问题上相对放得宽松一些，更多地去批评作品的艺术力量是否足以动人的问题。所以我们认为探讨历史题材创作中的历史和历史真实的联系与区别问题，对于我们如何理解历史题材的作品是很重要的，对于理解历史真实与艺术真实的统一问题也是很重要的。

一、历史1和历史2的联系与区别

20世纪50年代的美学大讨论中，已故著名教授朱光潜先生提出了一个很有意思的“物甲—物乙”的命题。对于朱光潜先生的这个命题的了解直接关系到我们对历史题材创作中“历史1”和“历史2”的理解。朱光潜先生在反驳蔡仪先生的批评时说：“物甲是自然物，物乙是自然物的客观条件加上人的主观条件的影响而产生的，所以已经不纯是自然物，而是夹杂着人的主观成分的物，换句话说，已经是社会的物了。美感的对象不是自然物而是作为物的形象的社会的物。”[②] 朱先生观点无疑是唯物的又是辩证的。

如果我们把朱先生的观点运用于历史上面，那么很显然，原本的完全真实的历史原貌，完全不带主观成分的历史客观存在，就是“物甲”，也就是我这里说的“历史1”。“历史1”——原本的客观存在的真实的历史存在，由于它不能夹带主观成分，是历史现场的真实，因而几乎是不可完全复原的。特别是后人去写

---

① 吴晗：《谈历史剧》，载《文汇报》1960年12月25日。

② 朱光潜：《美学怎样才能既是唯物的又是辩证的》，见《美学问题讨论集》第2集，作家出版社1957年版，第21页。

前人的历史，要写到与本真的历史原貌一模一样，把历史现场还原出来，根本是不可能的。在这一点上，新历史主义的观点是值得我们重视的。美国学者海登·怀特说："人们一般认为——正如福来所说的——历史是处于历史学家的思想之外的事件系列的语言模式。但是如果我们把历史当做同飞机、船只、地图或照片一类模型的东西，我们就大错特错了。我们可以观察飞机、船只这类模型的实体，运用必要的转换原则，检验这些模型是否真正地复制了元件。但历史的结构和过程并不是飞机船只那样的原材料，我们不能够观察历史的实体。我们甚至不应该想这样做，因为正是文件中原材料的奇异性激发了历史学家的想象力，然后历史学家才把原材料变成一种模式。"[①] 历史的实体既然不可观察，那么历史学家只有靠"想象的建构力"。所以他继续说："历史学家在努力使支离破碎和不完整的历史材料产生意思时，必须借用柯林伍德所说的'想象的建构力'，这种想象力帮助历史学家——如同想象力帮助精明能干的侦探一样——利用现有的事实和提出正确的问题来找出'到底发生了什么'。这种建构的想象力同康德提出的前想象力的功能是一样的。例如当我们同时看不见茶几的正反面时，我们看见茶几的一面就可以肯定它有两面，因为'一面'的概念包含了'另一面'。"[②] 海登·怀特的观点无疑是合理的，历史学家所能做的只能如此。例如，大家都一致推崇的历史学家司马迁，他是汉武帝时代人，他生活于公元前145年到公元前90年。他的《史记》第一篇《五帝本纪》，写黄帝、颛顼帝、喾帝、尧帝、舜帝，所写的是中国尚无文字记载的原始公社的传说时代的历史，距司马迁生活的时代也许有两千年左右之久，他不过是把《尚书》中及其简略的记载敷衍成篇，他怎么能写出五帝的原本的真实的历史原貌呢？再以《史记》第四篇《周本纪》来说，当时虽然有文字记载了，但那大约是公元前1066年~前771年，距离他生活的年代也大约早900年到500年的历史，他怎能把那个时期的本真历史原貌叙述出来呢？这是完全不可能的。我们退一步说，就以他所生活的汉武帝时期来说，他写汉武帝，写李广，写卫青等，但他并非始终在朝，他因为替李陵说了几句话，被汉武帝贬责，受到了宫刑，几乎成为一个废人。在卫青、霍去病掌握兵权，征讨匈奴时期，他在自己的家乡专心编撰《史记》，消息闭塞，像汉武帝和卫青的对话，他怎么会知道呢？他当时获罪在身，大家避他唯恐不及，谁会把朝廷上的谈话告诉他呢？即使有人告诉他，告诉者也带有主观的成分，不可能原原本本地传达给司马迁。司马迁也无从证实他说的话是否正确无误。司马迁无从观察历史实体本身（历史1）。所以他在《史记》中写得那样具体，完全是司马迁

① 海登·怀特：《作为文学虚构的历史文本》，见《新历史主义与文学批评》，北京大学出版社1883年版，第167页。

② 同上，第163页。

自己的想象性建构的结果，是“自然物的客观条件加上人的主观条件的影响而产生”，《史记》是主客观相统一的产物，不是历史本身，仅仅是历史的“知识形式”而已（历史2）。大家都欣赏司马迁所写的“鸿门宴”故事，这个故事可谓高潮迭起，真是扣人心弦。无论是人物的出场、退场，还是人物的神情、动作、对话，乃至座位的朝向，都十分讲究。如项羽、项伯东向坐，范增南向坐，刘邦北向坐，张良西向侍，这种座位是谁安排的？范增几次用眼睛暗示项羽，又三次手举玉佩示意，劝项羽立刻动手，不要迟疑，这些细节是谁想出来的？范增实在忍无可忍，不得不出去，把项庄找来，让他装作舞剑助兴，在舞剑中把刘邦除掉。但项庄舞剑，遭遇项伯也拔剑起舞，有意用身体遮蔽住刘邦，使项庄无从下手。这是历史事实呢，还是谁告诉司马迁的？以及后来刘邦偷偷逃跑的过程，范增生气后所说的决断的话……这是事实如此呢，还是谁告诉司马迁的？都不是，这都是司马迁生花妙笔下的想象性建构。这里灌注了司马迁自己的心血。这段故事不知被多少戏剧家改写成戏剧作品在舞台上演出。在这一类描写中，为了突出戏剧性，为了取得逼真的文学效果，为了展现矛盾冲突，为了刻画人物性格，如果不根据史实做必要的虚构，根本是不可能写成这样的。《史记》虽然以“实录”著称，大家一致认为司马迁具有严肃的史学态度，但他的笔下那些栩栩如生的故事，不可能完全是真实的。为了追求生动逼真的艺术效果，追求作品的感染力，他动用了很多传说性的材料，也必然在细节方面进行虚构。司马迁自述《史记》的宗旨是：“网罗天下放佚旧闻，略考其行事。总其终始，稽其成败兴坏之记”，“亦欲以究天人之际，通古今之变，成一家之言。”这一代宗师的治史名言，两千年来脍炙人口，这说明一个史学大家必然有他的评价历史的理想，有他的主观成分。他的《史记》不是完整的本真的历史原貌的记载，是他提供的历史“知识形式”。

所以我们说，那已经无法完全知道的本真的历史原貌是“历史1”，而历史学家记载的史书，那里面的历史事实，不完全是历史事实，已经加入了历史学家的主观成分的过滤，他褒扬他认为好的，贬抑他认为坏的，鼓吹他想鼓吹的，遗漏他想遗漏的，甚至其中也起码有细节和情节的虚构等，这就是“历史2”。司马迁给我们提供的是“历史2”，不是“历史1”。如果说，“历史1”是原本的历史真实的原貌的话，那么“历史2”是经过历史学家主观评价过的历史知识形式。

历史题材的文学创作是从哪里开始的呢？有些历史学家要求从“历史1”开始，这是对历史题材创作的一种苛求，其实是做不到的。因为历史现场已经不存在，即使有部分文物发掘出来，也不可能拼凑成完备的历史原貌。历史题材创作一般只能从史书和相关典籍开始，也就是从“历史2”开始。

二、从历史2到历史3：历史真实与艺术真实统一的形成

历史题材文学创作从“历史2”——史书和相关典籍开始，但不是重复史书和相关典籍。史书和相关典籍作为“历史2”是属于历史学，不属于文学。真正的历史题材的文学创作实际上是从“历史2”——史书和相关典籍开始，通过艺术加工，然后才会变成文学作品。如前所述“历史2”已经有了加工，文学家创作历史题材的作品是在加工上面的再次加工。这后面的作家的加工属于文学的艺术加工，所产生的历史已经不再是“历史2”，而是“历史3”了。如果这艺术加工进入了历史语境而又合情合理的话，它就已经构成了历史真实与艺术真实的统一的历史文学作品。

那么，“历史3”与“历史2”有什么不同呢？历史题材的文学创作是从哪里开始？从哪里结束的呢？

毫无疑问，历史题材的文学创作只能从历史2开始，即从史书和相关典籍所提供的事实开始。因为作为历史2的史书和相关典籍是创作家首先要熟读的，因为不论史书如何夹带着主观成分，它总是提供了大致的历史线索、历史框架和时空断限。如何一个创作家连这些都一无所知，创作也就完全没有根据，创作也就不可能。但是如何只是停留史书和相关典籍记载的具体描写上面，也还是不行的。对于历史题材的文学创作来说，最重要的是“进入历史文化语境”和“艺术加工”。这里就这两点表达我们的理解。

历史事件和历史人物都不是随意的，它的形成和产生都有其必然性。因此，要把握历史事件和历史人物的真实，第一是如何进入历史语境，第二是如何尽可能做到艺术加工的“合理合情”，只有满足了这两个条件才能产生历史真实与艺术真实的统一，因此“进入历史文化语境”和“合情合理”的艺术加工就变得十分重要。

首先，创作者把握史书和相关典籍的时候，一定要进入描写对象的历史文化语境。历史人物、历史事件都不是孤立的存在，它总是处于特定的历史时期，处于特定的历史文化语境中。“历史时期”是一个很重要的概念，封建社会早期和封建社会晚期是完全不同的。相对于灭亡了的奴隶社会而言，封建社会的早期总还是生气勃勃的，在这个时期里，相对稳定的自足自守的小农经济处于主导地位，社会的革命性变革就是要代表他们的利益，使他们的生活能够得到保护和发展。但封建社会的晚期相对于正在生长的资本主义萌芽来说，就是一个衰落的、

沉沦的过程，这个时候拥有资产的市民阶级和发展起来的资产阶级，成为进步的代表。历史的潮流是代表和保护他们。我们千万不可把一个封建王朝孤立起来，和整个历史发展隔绝起来理解。要看它处于什么历史时期，是代表进步势力还是代表垂死的灭亡势力。这些都是最基本的历史唯物主义的知识。但要“进入历史文化语境”，仅仅看某个人物和事件处于什么历史时期还不够，还必须进入到这个人物和事件的典型历史环境中去。我们必须认识到，对于具体的而不是抽象的典型历史环境的揭示，在更深刻的程度上影响或决定历史人物的命运。马克思、恩格斯都评论过拉萨尔的历史悲剧《佛兰茨·冯·济金根》。这个历史剧取材于1522~1523年间贵族骑士济金根和他的顾问胡登为领袖的骑士暴动。这次暴动针对的主要是代表僵化的高级贵族和代表教会的高级僧侣，其目标是实现一个以骑士为支柱的、以君主为代表的贵族民主制。但当时的德国的城市已经发展起来，在社会生活中占有重要的地位，而与城市密切相关的商人与农民已经开始登上历史舞台，正在为成为社会的主人而斗争。在这种情况下，与城市商人和农民存在着深刻矛盾的走向垂死的骑士，怎么可能领导暴动，实现贵族民主制度呢？所以马克思说：“济金根（而胡登多少和他一样）的覆灭并不是由于他的狡诈。他的覆灭是因为他作为骑士和作为垂死阶级的代表起来反对现存制度，或者说得更确切些，反对现存制度的新形式。”① 马克思接着说：“他（指济金根）以骑士纷争的形式发动叛乱，这只是说，他是按骑士的方式发动叛乱的。如果他以另外的方式发动叛乱，他就必须在一开始发动的时候就直接诉诸城市和农民，就是说，正好要诉诸那些本身的发展就等于否定骑士制度的阶级。”② 更进一步，马克思作出了这样的结论：“革命中这些贵族的代表——在他们的统一和自由的口号后面一直还隐藏着旧日的帝国和强权的梦想——不应当像在你的剧本那样占去全部注意力，农民和城市革命分子的代表（特别是农民的代表）倒是应当构成十分重要的积极的背景。”③ 马克思的这些批评，说明了拉萨尔的历史剧起码没有充分进入历史文化语境，因为在城市革命分子和农民成为否定落后的骑士制度的先进力量的时候，拉萨尔的历史剧却忽略了这股重要的力量，而只把全部注意力放在骑士叛乱本身，这就不能揭示出社会历史的积极因素，也不能进入到城市革命分子和农民成为了革命力量的典型的历史环境。从马克思的这些论述中，我们起码可以得到这样的启示：第一，要进入典型的历史环境对于历史文学的创作来说是十分重要的；第二，必须对一定历史阶段的历史进行全面的分析，分清楚哪些是积极的新生的力量，哪些是没落的垂死的力量，不论你的历史剧是写谁

① 马克思：《致拉萨尔》，《马克思恩格斯论文学与艺术》，人民文学出版社1982年版，第173页。
② 同上，第173~174页。
③ 同上，第174页。

为主，都不能忽略这个积极的新生的力量；第三，要进入典型的历史环境不是容易的，起码要有历史唯物主义这“现代的思想”。应该说，要达到这几点，其要求是很高的。

其次，创作者要把握人物命运和性格的发展轨迹、人物感情的发展轨迹，做到“合理”、“合情”。所谓“合理”，就是说历史事件和历史人物的发展有它的内在的必然的逻辑性，他的形成和产生都受历史背景和历史环境的影响，创作家最重要的艺术加工就是要摸透一定历史时期、历史事件和历史人物的这种内在的必然的逻辑运动规律，一旦摸透了，就不能随意地打断这种内在的必然的运动逻辑，而要始终紧跟这种逻辑，不能随意用历史不可能发生的事件和人物强加于作品。所谓“合情”，就是指历史人物的情感活动也是有内在的运动的轨迹的，他或她欢笑还是痛苦，是喜还是悲，是愤怒还是喜悦，是希望还是失望，等等，都不是随意的，也是有它自身的规定的。创作家对于历史事件和历史人物的这种运动轨迹，只能遵从，而不能随意违背。曹雪芹是大家都佩服的小说家，他说：“我想历来野史皆蹈一辙，莫如我不借此套者反倒新奇别致，不过只取事体情理罢了……至若离合悲欢与兴衰际遇，则又追踪蹑迹，不敢稍加穿凿，徒为哄人之目而反失其真传者。”[①] 这里所说的“事体情理”和“追踪蹑迹”，就是讲要把握住描写对象的活动的轨迹、性格的逻辑和命运的必然。要自然，要天然，不要为了搞笑，为了增加噱头，而离开、歪曲历史事件和历史人物的内在的必然的运动逻辑。当然，编写历史小说、历史剧，为了增加读点和看点，增加艺术情趣，增加艺术效果，有时插科打诨是不可避免的，但正如明代戏剧理论家李渔所说：“科诨虽不可少，然非有意为之。如必欲某折之中，插入某科诨一段，或预设某科诨一段，插入某折之中则是觅妓追欢，寻人卖笑，其为笑也不真，其为乐也甚苦矣。妙在水到渠成，天机自露，‘我本无心说笑，谁知笑话逼人来’，斯为科诨之妙境耳。”[②] 列夫·托尔斯泰也是一个著名的历史文学家，他曾说：“不要按照自己意志随便打断和歪曲小说的情节，自己反要跟在它后头，不管它把您引向何方。”[③] 列夫·托尔斯泰所说，无疑是十分正确的。中国古代文论里面，也有“事体情理”的说法，即所描写要符合对象的运动轨迹，不可胡来。

那么如何才能达到历史事件和历史人物的内在的必然的运动的逻辑呢？这里就要关注中古代文论提出的另外一个命题，即“设身处地”。创作家一定要在调查研究历史事件和历史人物的历史文化的背景的条件下，通过“设身处地”的反复体验，做到与自己所写的历史人物情感同步的状态，与小说或剧本中的人物

① 《红楼梦》第一回。
② 李渔：《闲情偶寄》，巴蜀书社 1997 年版，第 46 页。
③ 《列夫·托尔斯泰论文学》，漓江出版社 1982 年版，第 178 页。

同甘苦共欢乐，喜怒哀乐也达到相与共。这个时候，不是创作家指挥自己笔下的人物，把自己笔下的人物当傀儡，而是跟着人物的性格走，跟着人物的心理活动走，宁可压抑自己的欲望，也要满足人物的要求。应该知道自己笔下人物的复杂性，也许他会作出出人意外的事情来。《三国演义》第二十六回写曹操抓获关云长，关云长不肯投降，本该杀掉，去心头之患，偏偏曹操就不杀关云长，这是何道理？这就需要作者有理解曹操的心。毛宗岗评道："曹操一生奸诈，如鬼如蜮，忽然遇着堂堂正正，凛凛烈烈，皎若青天，明若白日之一人，亦自有珠玉在前，觉吾形秽之愧，遂不觉爱之敬之，不忍杀之。此非曹操之仁，有以容纳关公，乃关公之义，有似折服曹操耳。虽然，吾奇关公，亦奇曹操。以豪杰折服豪杰不奇，以豪杰折服奸雄则奇，以奸雄敬爱豪杰则奇。夫豪杰而至折服奸雄，则是豪杰中又有数之豪杰；奸雄而能敬爱豪杰，则是奸雄中有数之好奸雄。"① 毛宗岗这段评语，揭示了罗贯中对于自己笔下人物的心理活动的细微曲折的之处有及其深刻的了解，若不是这样来处理人物之间的关系，那么《三国演义》的深微之处，也就散失殆尽了。

历史文学创作在进行"合理"、"合情"的艺术加工中，为了达到历史真实与艺术真实的统一，必然要有"虚构"，但这虚构的限度在哪里？对于虚构是从严把握呢，还是从宽把握。前面我们介绍了历史学家吴晗的从严把握的观点，这里我们再来介绍著名文学家茅盾从宽把握的观点："历史真实与艺术真实如何统一的问题。我不揣冒昧，打算用比较具体的话，先把这个问题所要求的任务弄明白些。历史剧不等于历史书，因而历史剧中一切人与事不一定都要有牢靠的历史根据，——也就是说，可以采用不见于正史（姑且采用向来大家对这个术语的理解）的传说、异说，乃至凭想象来虚构一些人与事；在这里有真人假（虚构）事，假人真事（即真有此事，但张冠故意李戴，把此真事装在想象的人物身上），乃至假人假事（两者都是想象出来的）。其所以需要这些虚构的人和事，目的在于增强作品的艺术性。但是，在运用如此这般的方法以增加作品的艺术性的时候，又一个条件，即不损害作品的历史真实性。换言之，假人假事固然应当是那个特定时代的历史条件下所可能产生的人和事，而真人假事也应当是符合这个历史人物性格发展逻辑而不是强加于他的思想或行动。如果一部历史题材的作品能够做到这样的虚构，可以说它完成了历史真实与艺术真实的统一。"② 茅盾把艺术的虚构分成"真人假事"、"假人真事"和"假人假事"三种，而且认为这种艺术加工之所以能够成立，在于它不损害历史的真实性，即某个特定的时代

① 罗贯中：《三国演义》，毛宗岗评，齐鲁书社 1991 年版，第 308 页。

② 茅盾：《关于历史和历史剧》（1962 年），见《茅盾文学评论集》（下），人民文学出版社 1978 年版，第 190 页。

的历史条件可能产生的人和事，并且符合某个历史人物性格发展逻辑。茅盾关于虚构的比较宽松的把握，大约文学家是乐于接受的，因为这给历史文学创作提供了辽阔的虚构空间，便于写出艺术魅力来。但是茅盾也没有放低要求，即要写出特定的时代的可能性和必然性来，这不是容易达到的。

由此看来，作为历史 2 的史书和相关典籍所记载的材料经过历史语境化和艺术加工化，就变成了区别于史书上的材料，这就是历史 3 了。这历史 3 才达到了历史文学作品的历史真实和艺术真实的统一，历史题材文学创作所要追求的艺术理想才算实现。

从这里我们可以看到，历史学家对于历史小说或历史剧的种种“不符合历史真实”、“不尊重历史真实”、“不符合历史原貌”等一类批评，常常只是对于历史 2 的迷恋，对于史书的迷恋，并非要小说家或剧作家真的尊重历史 1——历史原貌，因为历史本真原貌基本上是不可追寻的。

三、历史 1、历史 2 和历史 3 的联系

但是，当我们把历史 1（历史原貌）与历史 2（史书）区别开来，当我们要求艺术加工让历史 2 前进到历史 3（历史真实与艺术真实的统一）的时候，仍不能抹杀历史 1、历史 2 和历史 3 之间的关系。

历史 1 对于历史小说家或剧作家来说，往往是不可追寻的。但我们又必须认识到，历史小说和历史剧的真正的生活源泉，正是历史 1。唯有历史 1 才是活水源头。因此真正严肃的历史小说家或剧作家，为了历史真实，总是要通过查阅正史以外的其他历史资料，以补正史之不足。同时也可以通过对曾经发生过某个历史事件的地点环境的勘探、考古的实物发现，都可以从中看到一些蛛丝马迹，以增加创作历史真实性和历史现场感。如历史事件和历史人物生活的自然环境、地势、地貌，生产力发展的具体状况，尽管今天已经有很大的改变，但其中一定还有不变的成分可供创作时参考。特别是某地的民风民情民俗，从衣食住行到住家细节，都有参考价值，绝不可忽略过去。目前我们看到的一些历史小说、历史剧，从地理环境到语言到生活细节，都现代化了，这就不能不影响作品的历史真实。如电视连续剧《汉武大帝》，其中的语言过分现代化了，有一些后人才说出的名言、少数民族才有的谚语、今天人刚刚才说了几年的话（如“底线”之类），都出现在剧中，不能不让人感到十分失望。另外据有的历史学家说，《汉武大帝》中关于“精钢”的情节，也完全是失真的。西汉时代，汉朝人的炼铁

和炼钢技术都是周围国家无法比拟的。不是匈奴人掌握“精钢”技术封锁汉朝，而是汉朝的炼铁、炼钢技术更高，不得不对匈奴人实行封锁。造成此种错误的原因之一，就是作者完全忽略了历史1。我们反复说过，历史1作为历史的本真原貌是不可能完整地追寻到的，但其中可能还有若干历史的碎片，也许还残留民间，或残留在考古的发现中，艰苦的实地考察和勘探，对考古文物的重视，仍然是必要的，对于文学这种十分注重细节的艺术种类来说，如何真实地再现某个历史时期的生活状貌，也是十分重要的。因此，我们说历史1的考察对于历史3的创造，仍然是创作的源泉与基础之一，丝毫也不能忽视。

在从历史2到历史3的过程中，即根据史书所提供的资料进行文学创作的过程中。对于史书的记载，不能不信，又不能全信。如我在前面已经反复说过，史书不完全是客观的，里面夹带了主观成分。因此历史小说家和历史剧作家面对史书必须进行去伪存真、去粗取精的辨析的工作。就历史的框架和时间断限来说，可能史书是很有用的，但对历史事件和人物的评价观点，就有可能存在许多历史局限。中国古代的历史典籍，总是歌颂帝王将相，而批判农民起义及其英雄，把农民起义称为“造反”，把农民起义的代表人物称为“贼”，这完全是历史的颠倒，应该颠倒过来。历史典籍无疑都是历史小说家、历史剧作家十分重视的，但的确存在一个如何阅读的问题，用什么观点去阅读的问题。

另外，既然历史3是历史题材文学创作的历史真实与艺术真实的统一，它属于文学范畴，那么如何超越历史典籍，让所描写的内容具有想象性、诗意性，就是很自然的。他们无疑要重视历史典籍，但又不能照搬历史典籍。历史题材的文学创作中的艺术想象，是作品是否成功的一个重要方面。如果说，历史典籍是干枯的记载的话，那么文学家笔下的历史就必须赋予这干枯的记载以鲜活的血和肉，赋予以深邃的灵魂，把某种意义上的死文字变成正在演变着的活的故事。从历史2到历史3的想象就成为真正的考验。以《三国演义》为例，其中的诸葛亮设计的“空城计”，几乎家喻户晓，无人不知。但这情节完全是“想象”、“虚构”的。《三国演义》长篇小说，以及后来改编的电视连续剧，就不是完全照搬历史，如果照搬历史事实，创作就不会成功，《三国演义》（包括小说和电视连续剧）之所以能够获得成功，就在于它有很充分的想象。在这里，小说家和编导何等生动地写出了诸葛亮超人的智慧、沉着、勇气和才能，作者简直对他倾注了无限的赞美之情，但历史的事实如何呢？你查一下《三国志》那个历史书就知道，历史上一些没有的事情，被说得真实可信，甚至绘声绘色。譬如，诸葛亮一生只是在最后一次北伐时，才与司马懿在渭水对峙。诸葛屯兵陕西汉中阳平时，司马懿还是湖北担任荆州都督，根本没有机会与诸葛亮对阵。“空城计”这一重要情节完全是作家想象的产物。

从以上所述，我们可以说，历史 1 作为历史的原貌是历史题材创作的源泉，虽然它往往不可寻觅，但历史小说家和历史剧作家还是要尽力去寻觅，即或只能获得一些碎片，也是有意义的。历史典籍作为历史 2 是创作的基本资料，当然是重要的，需要十分熟悉，也需要加以辨析，但不能原样照搬。历史题材的文学创作必须有辽阔的诗意想象空间。只有在深度的艺术加工的过程后，我们才会达到作为历史 3 的历史真实和艺术真实的统一的境界。

第七章

历史题材文学的类型及其审美精神

历史题材文学自古就有不同的类型，有的具有较充分的历史根据，有的只有部分的历史根据，有的完全没有历史根据，仅仅是根据传说创作的历史故事剧之类也是有的。发展到今天，历史题材文学的类型越来越复杂，越来越多，真有让人目不暇接之感。还有的历史题材的作品很难简单地把其划到某一类中去。这种复杂的情况，以至于影响到历史题材文学本身性质的认识，有的学者认为历史题材的文学本身就是历史。历史题材的作品就等于历史吗？看看司马迁的《史记》中的《五帝本纪》、《夏本纪》、《殷本纪》等篇，完全是根据传说写成的，想象的成分构成了其基本内容，黄帝、炎帝、嫘祖、玄嚣、昌意、高阳、高辛、挚、放勋等，都无历史可考。在他写作的当时很难找到“历史根据”，但司马迁写进他的历史著作中，后人就把这些人物及其事迹视为历史。实际上，这些作品最多只能视为历史文学故事。然而，我们既然要研究历史题材的文学，首要的条件就必须把属于想象性的文学和有一定历史根据的历史题材文学创作区别开来，进一步把历史题材的文学类型大体上区别开来。

一、历史题材文学是否要有历史根据

关于这个问题历来都有争论。早在1942年著名历史学家兼历史剧作家郭沫若就发表了《历史·史剧·现实》一文，提出了他对历史题材文学创作比较宽泛的理解。他首先对历史和史剧作了区别，说："历史研究是'实事求是'，史剧创作是'失事求似'。史学家是发掘历史的精神，史剧家是发展历史的精神。史学家是凸面镜，汇集无数的光线，凝结起来，制造一个实的焦点。史剧家是凹面镜，汇集无数的光线，拓展出去，制造一个虚的焦点。"① 郭沫若这种史剧是"失事求似"的观点多为一些历史题材的作者所接受，认为历史题材的创作只要抓住历史上的一点可能存在的人物与事件，就可以进行整体的艺术加工，表达自己的主题，不必有什么真的历史根据。其理由是如郭沫若所说的那样："历史并非绝对真实，实多舞文弄墨，颠倒是非，这在史学家只能纠正的地方，史剧家还须得还它一个真面目。"② 郭沫若这里所说的"真面目"显然不是历史的真面目，而是艺术的可然性和或然性的"真面目"。郭沫若为了增加他的论证，对于"现在"给了一个饶有意味的解释："'现在'，究竟在哪儿？刚动一念，刚写一字，已经成了过去。"③ 已经成为历史。显然，郭沫若给了历史题材文学一个辽阔的空间，但也留下了问题：按照郭沫若的理解：写现在活跃着的现实生活的作品，岂不也成历史题材的创作了吗？换言之，一切创作岂不都成为了历史题材的创作了吗？

20 世纪 60 年代初，中国创作界和学术界就历史题材文学问题进行了一次较为深入的讨论。在那次讨论中就历史题材文学要不要历史根据展开了认真的研究。以著名历史学家吴晗为代表的一派，认定历史题材文学创作必须要有"历史根据"。他认为"历史剧是艺术，也是历史。"④ "历史剧必须有历史根据，人物、事实都要有根据。历史剧的任务是反映历史的实际情况，吸取其中某些有益经验，对广大人民进行历史主义爱国主义教育。人物、事实都是虚构的，绝对不能算历史剧。人物确有人，但事实没有或不可能发生的也不能算历史剧。在这一点上，历史剧必须受历史的约束，两者是有联系的。"当然，吴晗也看到了历史与历史剧的区别，说："历史剧不同于历史，两者是有区别的。假如历史剧完全和历史一样，没有加以艺术处理，有所突出、夸张、集中，那只能算历史，不能算历史剧。……历史剧的剧作家在不违反时代的真实性的原则下，不去写这个时代所不可能的发生的事情，而写的是这个历史人物所处的时代完全可能发生的事情，在这个原则下，剧作家有充分虚构的自由，创造故事，加以渲染、夸张、突出、集中，使之达到艺术上完整地要求。具体一点说，也就是要求现实主义与浪

① 郭沫若：《历史·史剧·现实》，见《郭沫若谈创作》，黑龙江人民出版社 1982 年版，第 137 页。
② 同上，第 137 页。
③ 同上，第 139 页。
④ 《戏剧报》，1962 年第 6 期。

漫主义相结合，没有浪漫主义也是不能算历史剧的。"[1] 吴晗的论点，所强调的是要求历史剧"必须有历史观根据"，对于艺术处理当然也提出了要求。但是他的论述给人以前后矛盾的印象，历史剧既然"必须有历史根据"，那么，剧作家又如何能获得"充分的虚构的自由"呢？或者说在"历史根据"的束缚下又如何能获得"充分的虚构的自由"呢？在那次讨论中，也有一些作者不同意吴晗的历史剧"必须有历史根据"的说法，但真正与他形成对垒的是著名文学家茅盾。

茅盾于1962年撰写了长达9万字的专著《关于历史和历史剧》，他从《卧薪尝胆》的几十个不同的剧本谈起，用大量的篇幅来甄别史料问题，对于春秋后期的吴越之争，从《左传》、《国语》、《吕氏春秋》、《韩非子》、《史记》、《吴越春秋》、《越绝书》等史书作了对比，发现所写的都是吴越之争，但所写的事实却又有很大出入，不尽相同，此书有的，彼书没有，此书详的，彼书简略，通过详尽的甄别，说明这些书在记载吴越之争上的不同的价值。茅盾的结论是："任何史料在传写过程中，不可避免地会由于传写者的主观意图而有所篡改、损失，或增加。也就是说，一定会打上阶级烙印。"[2] 茅盾在1962年用阶级观点来说明各书记载的不同，是可以理解的，但重要的一点是，他清楚地说明了对于历史记载由于不同的作者主观意图不同而会有不同的记载，任何一部历史著作，都无法返回历史的现场，不可能绝对真实地把历史现场描写出来。这样一来，根据不同史书编写的历史剧的内容不同甚至很不相同，这是自然的事情，谁也很难说清楚那个事实才是真正的"历史根据"。他还认为："历史剧不等于历史书，因而历史剧中一切人和事不一定都要有牢靠的历史根据"。[3] "历史剧当然是艺术品而不是历史书"。[4] 在这里，茅盾已经具有了新历史主义的"建构"的观点，即他所见的七十多部不同的史剧《卧薪尝胆》之所以有这样或那样的不同，乃是不同作者对于吴越之争这段历史的不同建构而已。人们对某个历史事件的观点不同、角度不同、用以说明问题的意图不同，对于这个历史事件的建构就会不同。

更进一步，茅盾把历史剧中所写的人与事分成三种：真人假事、假人真事和假人假事三种。这里的问题是，这种真假参半或完全的假人假事，如何能达到艺术真实呢？茅盾的回答是："假人假事固然应当是那个特定时代的历史条件下所可能产生的人与事，而真人假事也应当是符合于这个历史人物的性格发展的逻辑

---

① 吴晗：《谈历史剧》，见《历史剧论集》第1集，上海文艺出版社1962年版，第267～269页。
② 茅盾：《关于历史与历史剧》，见《茅盾评论文集》（下），人民文学出版社1978年，第98页。
③ 同上，第190页。
④ 同上，第227页。

而不是强加于他的思想或行动。"① "任何艺术虚构都不应当是凭空捏造，主观杜撰，而必须是在现实的基础上生发出来的。换言之，人与事虽非真有，但在作品所反映的时代社会条件下，这些人与事的发生是合理的，是有最大可能性的。历史题材作品中的艺术虚构亦复如此。"② 茅盾所论的历史剧中的假人假事或者说艺术虚构，强调要以"现实的基础"和条件，这应该是艺术创作的基本常识，无疑是正确的。但是在历史题材的创作中，像吴晗所说的严格地或比较严格地按照历史著作所提高的人与事来写作的情况，也是有的，我们不能完全抹杀吴晗的论点。吴晗自己创作的引起重大影响的历史剧《海瑞罢官》就是一例。

如果比较上面吴晗与茅盾所论，除了吴晗所说的历史剧也是历史的观点外，两人的观点和论证都有合理性。只是他们所强调的方面不同而已。吴晗更强调历史剧的历史品格，茅盾则更强调历史剧的艺术品格。在历史题材创作的作品中，上述两类作品在文学史上都存在，而在改革开放三十多年来，由于思想解放，由于整体政治环境改善，由于商业运动介入创作，这种分野更为清晰地显露出来，而且出现了所谓"戏说"的新品种，因此对于当代现实生活中的历史题材创作进行类型的划分，并进一步分别揭示它们不同的艺术追求和审美精神，就显得十分重要了。

二、历史题材文学作品的类型

诚如我们前面提到的，任何人都无法返回历史现场，史书的记载也不完全等于历史真实，这里也存在着按照自己主观意图的建构。但是，我们是否可以把史书假定为一个真实的或比较真实的存在，从作品与史书的关系的角度来划分历史题材文学作品的类型呢？我们认为这是可以的。

如果我们从作品与史书关系的角度切入，那么我们就可以把目前的历史题材作品大体分成三大类：再现类、表现类和戏说类。

首先来谈谈所谓再现类的历史题材的创作。我们必须谨记，史书不等于历史本身。史书仅仅是史书作者事后根据一定的历史资料和相关传说所出的对历史的记录。这种记录的真实性如何，因作者不同而不同，因所见的资料的不同而不同，不可一概而论。有的作者是像司马迁那样严肃的历史学家，用他自己的话

---

① 茅盾：《关于历史与历史剧》，见《茅盾评论文集》（下），人民文学出版社 1978 年，第 190 页。
② 同上，第 209 页。

说：他写《史记》是“欲以究天人之际，通古今之变，成一家之言”①。所以他的《史记》能做到“其文直，其事核，不虚美，不隐恶，故谓之实录。”（班固）更多的作者是史官，受到统治者思想的束缚，虚美、隐恶之类的事情在所难免，很难做到“实录”。就是像司马迁这样具有“实录”精神的作者，限于见闻资料方面的局限，也很难完全记录历史真相。所以，我们这里所说的再现类的历史题材的作品，也不是完全的对历史真相的再现，仅仅是对史书的再现而已，很难有真实的“历史根据”。但无论如何，这类大体上再现史书的作品是有的，是历史题材中最为严肃的一类。还需要说明的是，这里所说的“再现”与一般对现实生活的再现作品也不完全相同。对现实生活的再现一般是指对现实生活的复制的样式；对历史题材的再现主要指与史书的接近程度而言；这两者是有所不同的。

自1978年实行改革开放这三十多年来，再现类历史题材作品也时常出现。如八九十年代以来出现的电视连续剧《司马迁》、《林则徐》、《末代皇帝》、《谭嗣同》、《努尔哈赤》等。在革命历史题材的创作中，则有《中国命运的决战》、《开国领袖毛泽东》、《邓小平在1950》、《少奇同志》、《长征》、《日出东方》等。应该说，这类作品一般忠实于史书，接近于史书，虽然其中也有艺术虚构、气氛渲染、细节描写、夸张集中等，但仍与史书基本一致，也没有故意要表现题材自身并不具备的意义含蕴，它们可以称为再现类历史题材的创作。例如，我们以电视连续剧《一代廉吏于成龙》与《清史稿》中的《于成龙传》相比较，两者所写的人物与事件、于成龙成为一代廉吏的过程，完全是一致的。在《于成龙传》中：“顺治十八年，谒选，授广西罗城知县，年四十五矣。”“康熙六年，迁四川合州知州。……迁湖广黄冈同知，驻岐亭。”“十三年，署武昌知府。”“十七年，迁福建按察使。”后又“迁布政使。”“十九年，擢直隶巡抚。”“未几，迁江南江西总督。”后死于任上。在电视连续剧《一代廉吏于成龙》中，对于于成龙所任职务及先后，除康熙六年迁合州知州一段省略外，其余都一一按序展开描写。安抚百姓的事迹、依法办案的事迹、设法剿匪的事迹、当官20年不回家的事迹、康熙表彰他为“天下廉吏第一”的事迹，等等，都是按照史书一一加以形象化。电视剧的艺术加工主要表现在作者对于于成龙俭朴作风的渲染、耿直个性的刻画、一些细节的增益等。如于成龙每在一任结束奔赴新任前，为了表现他对自己工作过的土地的眷恋，都会特意装一陶瓶的泥土带走。20年后，他衣锦还乡，做了几个新的木箱子，把这些装有泥土的陶瓶放在里面。他故意做的箱子引起他的政敌的怀疑，上奏康熙，甚至奉旨半路检查他的箱子，但在没有

① 司马迁：《报任安书》。

检查出什么金银宝贝，而只检查出几瓶泥土后，康熙为此感动，立刻拟旨荣升他为两江总督。这一情节在史书里面是没有的，这是历史剧作者的刻意创造。这一情节的虚构，符合于成龙的性格逻辑和行动轨迹，合情合理，无可挑剔。在长达20集的电视连续剧中，主要的艺术加工仅此而已，因此并不妨碍称这部历史剧是一部较为典型的再现类的作品。这也说明，再现类的历史题材的作品，并非不能进行艺术虚构，艺术虚构是所有类型的历史题材作品的共同特点。一部历史题材的文学作品是否是再现类，关键还是看它与史书接近的程度，看它在内容的意味是不是自然流露出来的。如果它所写的人与事接近史书，作品的意味是自然流露出来的，那么就可以看做是再现类的作品了。

其次谈谈表现类的历史题材的文学作品。表现与再现是一对意义对立的词语。如果说再现趋向于客观的话，那么表现就趋向于主观。在西方，柏拉图、亚里斯多德的模仿说，被认为是再现说的传统的源头。亚里斯多德说："一般说来，诗的起源仿佛有两个原因①，都出于人的天性。人从孩提的时候起就有模仿的本能（人和禽兽的分别之一，就在于人最善于模仿，他们的最初的知识就是从模仿中得来的），人对于模仿的作品总是感到快感。"② 这种模仿说，统治了西方两千多年，所以西方文学发展起来的更多是通过叙述以逼近对象的再现类文学作品。这个传统直到19世纪初英国的浪漫主义诗歌兴起后才被打破。以华兹华斯为代表的浪漫主义诗人，从对外部世界的模仿转到对内心感情的抒发和想象力的展现，这就是从再现转到表现。华兹华斯反复强调："诗是强烈情感的自然流露。它起源于平静中回忆起来的情感。"③ 这不是说，诗歌不要描写人的行为和行动，这只是说："是情感给予动作和情节以重要性，而不是动作和情节给予情感以重要性。"④ 另外，华兹华斯强调想象的重要性，说："想象力最擅长的是把众多合为单一，以及把单一分为众多，——这些变化是以灵魂庄严地意识到自己的强大的和几乎神圣的力量为前提，而且被这种庄严的力量所制约的。"⑤ 这就是说，对于诗歌来说，通过想象力表现情感才是坦途。我们今天历史题材文学作品表现类，也基本还是在上述意义来说的。

对于历史题材文学创作，表现类要着重解决的是内外关系、古今关系这两个问题。

第一是内外关系。对于历史题材的创作来说，所谓"内"，就是作家要抒发

---

① 另一个原因是人的节奏感。

② 亚里斯多德：《诗学》，人民文学出版社1962年版，第11页。

③ 华兹华斯：《抒情歌谣集序言》，《十九世纪英国诗人论诗》，人民文学出版社1984年版，第6页。

④ 同上，第7页。

⑤ 同上，第46页。

的内心的情感和思想，所谓“外”就是从史书上拾取的某些史实的情节化。就表现型的历史题材的创作说，重要的是内在的情感与思想，而不是外在的史实的多少和完整性。形象化的人物、情节都是要的，但它是受情感和思想的表现所约束的。这类作品在意识形态对立的时代，就更容易产生。郭沫若抗日时期创作的历史剧《屈原》，重要的不是屈原的种种遭遇和经历本身的完整性和真实性（甚至可以说这只是一个符号），重要的是要通过这想象重新组合过的形象体系来表现爱国主义和批判国民党的消极抗日乃至投降的行为。“外”要服从于“内”，只要把内在的感情和思想表现出来，原有的史书提供的资料可以通过单一到众多或众多到单一的想象，予以戏剧化的表现。

第二是古今关系。古今关系与内外关系密切相关，但也有一些不同。即在历史题材的创作中，虽然看起来是古今对话，但这不是平等的对话。在古今之间重要的是古为今用。郭沫若说：“写过去，要借古喻今，目的在于教育当时的群众，这就是革命浪漫主义。有人说：写历史就要老老实实写历史，那倒是一种超现实的主张了。文学史上的任何流派都离不开现实的基础，不仅现实主义是现实的，就是达达派、未来派、表现派或其他什么派，都是当时社会的产物。”[①] 在这里，郭沫若把历史题材创作的古今关系说得很清楚，实际上也把表现类的历史题材的创作的古今关系说得很清楚。他自己创作的《屈原》、《蔡文姬》、《武则天》就是这种表现类作品的典型，郭沫若在历史剧中所看重的不是史书，而是他自己要表现的思想、感情和意愿。如他认为宋代以来，用儒家的封建正统的观念评价曹操，把曹操看成奸臣，这是错误的；他的看法是，曹操对于中国的历史和文化都有许多贡献，是一个了不起的历史人物，他要为曹操翻案。这就是他创作《蔡文姬》要表现的思想、感情和意愿，把今天这个意愿表现出来了，这就够了，历史著作的事实完全可以更改、变动。曹禺创作于1978年的《王昭君》更是以古释今，他不管史书上怎样写王昭君出塞，他把王昭君写成一个深明大义的、促进民族大团结的女英雄，高高兴兴地出塞去了。史书被重写过。王昭君也被现代思想重新梳妆打扮过。这个王昭君与马致远笔下的哀怨的王昭君、与郭沫若笔下的悲愤的王昭君完全不同。

改革开放三十多年来，历史题材表现类的作品越来越多。这是因为我们的作者主体的思想力量更强大了，现实也有了需要。我们看到了一批电视连续剧：《康熙王朝》、《雍正王朝》、《乾隆皇帝》、《大明宫词》、《天下粮仓》、《孝庄秘史》等一批小说和改编的电视连续剧，其作者大都说是什么“正剧”，是什么“忠实于历史”的剧作，实际上都是观念在前、现实需要在前所组装起来的表现

---

① 郭沫若：《谈戏剧创作》，见《郭沫若论创作》，上海文艺出版社1983年版，第517页。

类的剧作。先有一个“太平盛世”之类的观念，然后通过由一变多或由多变一的想象，虚构成符号性的形象体系，把那个现代的观念表现出来、诠释出来。这些历史题材的作品借历史之外衣，所指涉的是皇权、统治、财富、欲望、享乐、权术、阴谋、算计等，并不是历史本身。

最后谈谈戏仿类的历史题材的文学作品。我们这里谈的“戏仿”类的作品，不同于过去的《杨门女将》、《秦香莲》等一类的历史故事作品。它是随着市场化而发展起来的、运用电子媒介制作的、专门以历史作为消费和娱乐一类的作品。它也是当前流行的大众文化之一种。从20世纪90年代出场以来，《戏说乾隆》、《康熙微服私访》、《铁齿铜牙纪晓岚》等电视连续剧，都受到观众的喜爱，看完一集，就还想看第二集，一集一集看下去，十分吸引人。这些戏仿作品的吸引力和受到观众的喜爱不是没有原因的：第一是大众的欲望在幻想中得到替代性的满足。在今天商业社会的条件下，大众都有自己的欲望，如金钱、美女、权力等，这些欲望在现实中常常得不到满足。而戏说的作者就细心揣摩观众的心理，了解他们在现实中的欲望和心理，哪怕是根本不可能实现的欲望，然后用历史的外壳把它包装起来，让这些欲望在他（她）所崇拜、同情的“历史”主人公身上得到实现，这样自己的欲望也在戏说中得到了替代性的满足。虽然说戏仿性的作品作为后现代的作品具有“平面化、拼贴化、无深度、历史感缺失”等特点，但我们不能说它没有大众的心理基础。虽然什么金钱、美女、权力都是媚俗的，但正迎合了大众的无意识，大众才乐于接受。第二是它具有问题意识。现实社会有某些不公正，大众郁积在心头，不满、愤怒，无处发泄。那么这些戏说历史的作品，总是在历史的演义中安排“惩恶扬善”的情节和结束，宣扬“好有好报，恶有恶报”，在它所展现的情节的推进中，满足了大众的宣泄要求，甚至有荡气回肠之感。因此，我们又不能讲戏说的作品没有问题意识，它恰恰是有很强的问题意识。换言之，它是力图把现实的问题移置于虚幻的历史场景中去解决。第三就是它的娱乐化特点。情节曲折，变化多端，大开大合，引人入胜。因为是“戏说”，文本的语言则诙谐调侃，幽默有趣，平民化，通俗化，带有狂欢化的特点，能博得人们的笑声。第四就是它不追求历史的真实性，它消费、玩弄历史，看似合情合理，实则随意拼贴，任意虚构，对历史不尊重，而且在其中常常宣扬皇权和顺民思想、庸俗思想等。这样，在一定的意义上，也可以说它是糖衣包裹的炮弹、娱乐中暗含的毒素。

三、三种不同的审美精神

上述三种类型的历史题材的文学作品，都是人给予历史对象以情感的评价，因此都是审美，都具有审美精神，都能给人以审美的享受。但这是三种不同的审美精神。

再现类的历史题材的作品，强调史书所写历史的忠实性和客观性，不随意杜撰历史。虽然其中也有艺术加工、艺术虚构，但尽量避免人为的痕迹，特别注意历史形象本身发展的自然轨迹，和人物、事件变化的必然逻辑。这种特色构成了现实主义的审美精神。这种现实主义的审美精神是怎样发生的呢？历史题材作品的创作者，只是把史书中所写的一切当成是历史的真实，他的兴趣是赋予这些"史实"从静态的文字变成动态的形象，并力求在想象中把这"史实"变成具体的、生动的形象和形象体系，如果"史实"有断裂，不够完整，那么就要通过想象模仿历史的现实（他假定的现实）并使其完整起来，如果"史实"本身过于散漫，不能吸引人，那么也同样要通过想象模仿历史的现实（他假定的现实）并把它们集中起来、强烈起来，最终使读者获得完整的具有戏剧性的生命的形式。作品生活样式就似乎跟生活原貌一样，描写也神形毕肖，这种艺术的实录，就给人以快感。更何况，作者还要在千锤百炼的史料中，毫不勉强地自然而然地发现感情和思想的意味。做到"他的感觉是印象的必然的结果，他的思想是从事物的现实中产生的。"① 这样，作者所描写的历史场景、历史人物、历史情节、历史细节就跟所流露的意味和谐一致。如在孔尚任的历史剧《桃花扇》中，通过明末复社文人侯方域与秦淮名妓李香君的真实的爱情故事，"借离合之情，写兴亡之感"（孔尚任）。"离合之情"的真实描写与"兴亡之感"天衣无缝般地连接在一起，真实、和谐，现实主义的审美精神就这样油然而生。

在表现类的历史题材的作品中，作家内在的思想感情处于优先的地位，史书中的历史只处于被动的地位。问题是历史实际如何才能被配置呢？这就要"把现实提高到理想"（席勒），把历史提高到激情。历史本身似乎在这里是一个较低的存在，情感倾向和观念才是一个至高的存在。读者似乎看到了人物的表演，看到了奇特的情节，看到一些精彩的场景，实际上他们不过是被观念控制的激情所左右，人们在那里欣赏的是令人赞赏激情，所感受到的是一种浪漫主义的审美精神。那么，到底这种浪漫主义的审美精神是怎样产生的呢？席勒在谈到"感伤的诗人"的时候这样说："这种诗人沉思事物在他身上所产生的印象；他的心灵中所引起的和他在我们心灵中所引起的感情，都是以他这种沉思为基础。对象是联系着观念而考察的，它的诗的印象就是以观念的这种关系为基础。因此，感伤的诗人经常打交道的是两种互相冲突的感觉和印象，是当做有限看的

① 席勒：《论素朴的诗与感伤的诗》，见《欧美古典作家论现实主义和浪漫主义》（二），中国社会科学出版社 1981 年版，第 313 页。

现实和当做无限看的他的观念。他所引起的混合感情总是证实这种源泉的双重性。"① 就表现类的历史题材作品的作者而言，他面临两种事物：一个是史书上的历史，一个是蓄积在他心中的观念，他用他的观念沉思这史书上的历史获得了他需要的印象，引起了感情的反应。但无论是印象还是感情都是以他主体的沉思为基础。他眼中的史书上的历史是联系着观念而被考察的。他作品的人物、情节、场景等都不是独立的、客观的，而是同这观念的这种关系为基础的。作者在创作中，与历史形象与感情观念打着交道，但历史形象就是那有限的印象，而感情观念则有无限的可能，这就不能不发生史书形象与作者感情观念的冲突，在这冲突中总是感情观念发展为激情，占着强大的优势，于是史书的形象不是被忠实地维护，而是被强大的激情所改造。让我们举一个例子来说，电视连续剧《大明宫词》被认为是表现类的作品，史书的确谈到了太平公主这个人。《资治通鉴》："太平公主依上皇之势，擅权用事，与上有隙，宰相七人，五出其门。文武大臣，大半附之。"就是说，太平公主在历史上是一个搞政治的人，喜欢的是党争和权术。这个历史真实是有限的。但作者沉思这段历史的印象，却作了无限的思考，可他没有顺其自然，而是在无限的思考中选择了用爱情与权力的观念来联系这段历史，最后用观念改变了这段历史，因为电视剧《大明宫词》的主旨是关于"爱情与权力，权力与人性"的深度的思考。剧中的历史形象都力图激起人们对此问题的思考。我们在被剧情吸引的同时，更多地是被历史上升到的观念所吸引。激情的引力、娱乐的引力，这就是浪漫主义审美精神在剧中的体现。

戏仿类的历史题材的作品的审美精神就是游戏、娱乐。游戏是人的天性。虽然历史的发展往往是沉重的、惨烈的，但人的游戏始终没有停止。今天的戏仿类的历史题材的作品，是后现代的产品。后现代是怎样一回事？这是一个很难说清楚的问题。按照我们的理解，后现代是人类发展到第二次世界大战后、现代化发展到极端的今天的一种生活方式或思维方式。在现代性的追寻意义、解决矛盾、推进社会的过程中，遇到了重重阻力。人们终于感到人生的意义不可能全部追寻到，社会的矛盾也不能全部解决，人类似乎要进入一个"死胡同"，理性、上帝、真理、真实、规律等传统价值都不可靠，或者说解释不了我们面对的世界，那么怎么办？终于有人觉悟到，既然现代性的意义不能完全追求到，社会矛盾不能完全解决，那么我们就把它悬置起来，把理性、上帝、真理、真实、规律等传统价值也悬置起来，只要有可能，与其为追寻意义和解决社会矛盾而烦恼，还不如让我们暂时把现代性放一放，把上帝、理性、真理、规律放一放，甚至可以把

---

① 席勒：《论素朴的诗与感伤的诗》，见《欧美古典作家论现实主义和浪漫主义》（二），中国社会科学出版社1981年版，第317页。

它们颠倒过来，一个汉堡包照片比一个汉堡包还要真实，一个关于可口可乐的广告，才使你尝出了可口可乐的味道。地图比真的国土更真实。一切都可以颠倒。既然一切都靠不住，还是让我们返回到游戏的快乐中去。有人把这种思维方式称为“一种新的启蒙”。那么，在这样一个新的时代，有了电子媒介这样的新时代，怎样去游戏呢？后现代提出了戏仿、互文性、拼贴、复制等方法。所谓戏仿，就是模仿，不过这模仿有一种夸大原作与“正常”话语之间距离的讽刺性的冲动。虽然，这是平面化的、无深度的，但可以让我们感到愉快。如《铁齿铜牙纪晓岚》，当然是在模仿纪晓岚，但在后现代的这种“戏仿”中可能比正常的纪晓岚还要滑稽、还要可笑。似乎真的纪晓岚不如这个戏仿中的纪晓岚。假的比真的还真。假的历史胜过真的历史。这就引起了我们的笑声，我们在笑声中获得娱乐。戏仿类的历史题材的作品的后现代的审美精神也就在这里显示出来。还有一点，在写现实的题材中，作家们一般不能颠倒黑白，不能不讲意义和价值，否则就要遭到人们的质疑。但在历史题材的创作中，你可以“戏说乾隆”，可以拿他来开玩笑，因为他仅仅是历史上的一个皇帝，与我们距离很远，与我们没有利害关系，开他的玩笑也不会引起质疑，随意戏仿、拼贴又有何妨？在这种情况下，在我们又有闲暇时间的情况下，我们消费历史、玩弄历史，是几乎所有的人都可以接受的。所以，戏说历史题材，戏说，搞笑，表现后现代的审美精神也就成为可能。

第八章

当前中国电视剧中的后历史剧现象

当前中国的历史题材创作，涌现了一批具有思想和艺术质量的文艺作品，这是可喜的。但是，由于电子媒体的迅速发展，拥有最大量观众的表现历史题材的艺术样式，却往往是电视荧屏上的历史题材的连续剧。因此，就当前中国电视剧中的历史题材连续剧状况及其走势作出初步分析，对于我们课题的研究，是必要的。

自从香港42集电视连续剧《戏说乾隆》（1991年）风靡大陆以来，中国历代帝王戏尤其是清代帝王戏就一再火爆荧屏：《宰相刘罗锅》、《还珠格格》（含续集）、《康熙微服私访记》（第一、二、三部）、《雍正王朝》、《铁齿铜牙纪晓岚》、《乱世英雄吕不韦》、《康熙王朝》、《天下粮仓》、《汉武大帝》、《贞观之治》等。这些电视剧虽然各有特点，但大多因为对于帝王历史故事的特殊讲述而创下很高的收视率。这种皇风帝雨吹拂中国大陆荧屏的事实，提醒我们思考一个问题：中国公众果真具有浓厚的历史兴趣？难道说我们置身在一个历史意识重新高涨的年代？

要回答上述问题，就需要对这些帝王戏的历史表现方式及其修辞效果作一番认真的追究。应当看到，这些电视帝王戏是根据原有历史事实编制出来的，具有一定的历史事实依据，所以不妨视为一种“历史剧”。然而，这是怎样的历史剧呢？这就大有讲究了。从公众观赏角度看，历史剧一般可以包含如下四个要素：一为历史记忆，满足当代公众重构历史传统的需要；二为政治情结，顺应公众基于现实问题而生的政治敏感和政治思维；三为情理观照，表达公众的情感与理性态度；四为审美表现，适应公众的形式与意义享受渴望。如果这四个要素可以成立，那么，上述帝王戏是如何体现这些历史剧要素的呢？下面不妨分别论述。

一、历史记忆：从正史变形为野史

不错，由于中国历史悠久、丰富而又意味深长的缘故，中国人堪称富有深厚历史记忆的民族。然而，我们看到的这些帝王戏，不是按照通常严肃历史学的规则去据实虚构的，而是根据现代人的娱乐需要去凭空虚构的。

《康熙微服私访记》所讲述的康熙皇帝到民间微服私访的故事，基本上都是“编造”的。《铁齿铜牙纪晓岚》更是虚构了一个令当今公众拍手称快的“忠臣”、“优秀文人”纪晓岚。这部以清代著名文人纪晓岚为主人公的电视剧，从一开头就让我们看到，清乾隆年间，堪称国泰民安的盛世，当朝天子爱新觉罗·弘历率领王公大臣在太和殿上举行盛典，恭贺皇太后六十大寿。一向阿谀逢迎的文华殿大学士、户部尚书和珅，献上的是一幅缀有一百零八粒珍珠的寿屏。这份厚礼明显地表露了以珍宝献媚的功利意图。而一贯性情狷介、刚直不阿、以当朝第一才子知名的礼部侍郎、大学士纪晓岚，却只是呈上素纸一张，并展现了他特有的犀利机智的口才。这样的对比，异常鲜明地揭示了和珅的势利、哗众取宠与纪晓岚的品性高洁和机敏过人，使纪晓岚立时赢得皇太后、皇上和文武百官的敬重。这样富于张力而又有趣的和珅、纪晓岚、乾隆和皇太后等人物群像，难道是历史上实有的吗？难道不正是为了取悦于今天的观众而编造或杜撰出来的吗？

显然，这种被如此讲述的“历史”，并非“正史”或“信史”，而只能说是“野史”。正史在这里是指根据历史学研究规范所建构的主流或正统历史，主要反映精英人物群体的历史意识，包含历史概念、判断、推理、理解、分析、证明等；而野史则是指被上述正史所排斥或遗忘而流传于民间的非正统历史，主要反映普通人或民众的历史意识与无意识，带有浓烈的幻想、想象、错觉色彩。正史与野史历来存在明显差异：一个由政府主持修纂，满足主流话语或精英阶层的修史需要，追求一种合理性主导的逻辑（当然也得体现某种合情性逻辑）；而另一个由民间自发流传、满足民众的被遗忘或压抑的历史意识与无意识冲动，追求一种合情性主导的逻辑（也需要体现合理性逻辑）。两者常常相互冲突而又相互补充：都宣称自己书写的是真正的历史而对方是在编造假史，但又都给对方的历史书写留下某些合适的想象空间。

从上述正史与野史分别看，上述帝王戏主要不是根据正史来书写的，而是有意抛弃正史而出于满足当代人的野史想象渴望而虚构出来的。在这里，正史实际上已经被变形为野史。同理，人们关于帝王的历史记忆全然是依据想象力创造出来的，属于想象的帝王记忆。如果你试图根据这些帝王戏去理解中国古代史，那就会放逐正史而只得野史。当然，我不是说正史就应该被当成唯一正确的历史，而野史只能被当做一钱不值的胡思乱想抛弃掉。其实，应当看到，正史本身也应当是多元的，并且可以随时回头反思与批判；同时，野史因其来自民间，有时可以补充正史的缺失，纠正其偏颇及满足民众的剩余想象，因而具有一定的参考价值，有时甚至具有特殊的革命性力量（参见巴赫金对民间文化的论述）。

然而，现在更应该看到的是，当着上述凭空虚构出来的野史竟直接被亿万公众当做严肃的正史去真诚地接受时，就会造成公众的集体历史记忆出现严重紊乱的后果。在这种情形下，如何加强严谨正史与浪漫野史之间的冷静分辨，强化对于野史的理性过滤，就是需要认真对待的了。

由此看，上述“历史剧”严格地说已不再是过去意义上的历史剧了，而最好被称为“野史剧”，即是当代人为了自身的需要（特别是日常娱乐需要）而虚构出来的野史剧，或者说后历史剧。

二、政治情结：从直面现实症候到遁入历史掌故

与不顾史实而凭空虚构历史记忆相应，这些“野史剧”用大量篇幅和多种手段尽情渲染皇帝治理国家的政绩，揭露宫廷和各级官吏的腐败、倾轧、隐私等。它们何以能如此强烈地吸引对古代历史了解不多的当代普通公众？我以为主要是由于投合了他们的敏感而又剩余的当下政治情结：公众对当前政治生活中的腐败、渎职、错误决策等现实问题充满义愤，而又缺乏充足的宣泄渠道及合适的救治方略，于是不得已向野史撤退，借助往昔历史重构而编织现实政治网络。

《铁齿铜牙纪晓岚》中的大贪官和珅这样说过：现在的贪官太多，挨个砍头有冤枉的，隔个砍头则有漏网的。这一段对当今观众来说似曾相识的话，其实直接移植自近年公众日常生活中流传广泛的一则有关腐败的政治民谣。电视剧制作者可能感到这一颇能体现公众浓烈政治情结的民谣不便直接用到现实描写中，就转而移花接木到历史掌故上去。反正死去的和珅亡灵是不会找他们算账的。至于纪晓岚大胆而又机智地与皇帝、太后及和珅等周旋，成功地保护一代奇书《红楼梦》的情节，分明是将现实政治传闻与历史掌故穿凿附会在一起了，寄托了现实的一种文化开明要求。既反映民情、释放民怨，又不因违规而丧失安全感，何乐而不为？又如第30集，讲述皇上带群臣在新修的望春园中游乐。众人为讨

皇上欢心，争相奉献祥和颂扬之辞。只有纪晓岚以竹板词讥讽修建此园是劳民伤财的不义之举，招来杀身之祸。但纪晓岚在法场上却能谈笑风生，表现了超然的胆识。幸赖太后出面，这位正直的大臣才保住了性命。皇上见惹了太后，在和珅的劝说下决定下罪己诏，以挽回事态。和珅以恩人自居，亮相法场。纪晓岚心知无性命之忧，有意与和珅调笑，并以"罪己诏"调侃皇上，使皇上答应自我流放三个月。这里不仅有刚直不阿的一代良臣纪晓岚，还有明辨是非的皇太后，也有能够知错就改的皇上，这样的政治结构仿佛就是当代理想的清明政治生态的纵情憧憬。这类描写，与其说是当时真实政治的反映，不如说是当代政治理想的历史托喻而已。

这样，这些帝王戏可以视为从直面现实政治中撤退，转而遁入历史掌故的结果。它们由此而成为公众宣泄自己的强烈的剩余政治情结的一条渠道，显然无可争辩地具有一定的现实合理性。它的政治功能显而易见：借古喻今、托古讽今，即借助虚构的历史掌故而曲折地达到讽刺时政、宣泄民怨的目的。

然而，另一方面，当着不是直面现实而满足于逃向历史，有意回避实在的现实症结而遁入虚幻的历史胜利并因此而心满意足时，公众的现实政治关怀又何时才能获得真正的满足呢？遁入历史（野史），诚然可以产生一种替代性满足，但这种替代性满足毕竟不能代替对现实政治问题的真正清算。公众在饱餐这种政治关怀替代品之余，有理由呼唤真正的直面现实症候的真品，因为它才能通过直接触及公众的政治神经转而产生触动现实车轮的力量。

三、情理观照：从冷峻批判到浪漫怀旧

电视剧的历史叙事当然要或多或少地掺杂进制作者的情感与理性态度，即在叙事中或明或暗地显示他们的褒贬爱恨态度和真假善恶观察。在过去较长时期里，中国公众习惯于依据当代正史叙事而对古代帝王政治在总体上持冷峻的批判或否定态度，而只在局部上表达某种肯定态度。这种情理观照姿态多少能从有关帝王的《谭嗣同》、《努尔哈赤》和《唐明皇》等作品里找到印证。但从《戏说乾隆》开启"戏说"之风以来，帝王戏就逐渐地以浪漫的怀旧感取代了冷峻批判传统了。乾隆在这里早已不同于那位历史人物清代皇帝，而简直就宛如当代"俊男"、"帅哥"，活脱脱一个当代"大众情人"。当代公众可以尽情地按自身标准去观赏风流皇帝，并且投寄进自己平常无法满足的浪漫怀旧渴望。

这种浪漫怀旧感表达在《康熙微服私访记》、《铁齿铜牙纪晓岚》里几乎达到极致。《康熙微服私访记》在其第一部第9~16集里让观众看到，善于体察民情的康熙到了苏州，通过卖八宝粥而破获金圣叹家族冤案，救助汉人秀才谭一德，惩治贪官朱国治、哈六同，当然，必然地经历了与美女云巧的浪漫爱情。假如没有这段爱情，康熙故事还能讲下去吗？这位集明君圣主与风流才子于一身的康熙，可谓两全其美，居然以如此独特方式既肃贪、爱民又享受风流，最终还促进了满汉平等、满汉团结。这样的浪漫皇帝形象仿佛是按照当今风流帅哥模式定做的，能唤起观众的浓厚的历史品评兴趣。人们当然可以反问：如此风流皇上果真能出现在真实历史上的清朝吗？即便是以严肃的正剧制作姿态亮相的《雍正王朝》和《康熙王朝》，其实也在其貌似严谨的历史叙事的缝隙间，对这两个帝王幽灵加以了毫不吝惜的过多美化，倾洒了深深的浪漫怀旧之情。电视制作者当然无需公众冷静下来思索这样的历史疑虑："古代帝王真的有这样好吗？"而只要他们观赏时不产生直接疑问，不影响怀旧体验的持续就行。

不妨问问：欣赏完那无艳不猎、无奇不有、无所不能而又大有作为的风流帝王威仪，公众的现实政治情结又附丽于何处呢？依旧沉浸在浪漫怀旧体验中的他们，又如何才能冷峻地反观他们注定了要直面的当代现实政治呢？在依附历史掌故的浪漫怀旧感与实实在在的冷峻现实政治问题之间，是不可能存在着简单的等号的。

四、审美表现：从历史正剧退到后历史剧

借助电视剧这一大众媒介而赋予上述野史记忆、历史掌故和浪漫怀旧以审美表现形式，结果只有一个：不是产生严肃的可以信赖的历史正剧，而只能产生我们暂且称为"后历史剧"的东西。可信赖的历史正剧要求以严肃的历史史实与史料研究为基础去虚构。而凭空虚构野史，将现实政治情结遁入历史掌故，沉浸于浪漫怀旧体验，必然与真正的历史正剧相距甚远，只能产生被变形或扭曲的历史喜剧——即后历史剧。

后历史剧，在这里是指严谨的历史叙事体被肢解而以野史叙事体为主导，旨在娱乐当代公众的历史叙述。具体地说，这种后历史剧可以分为两种：

一种是后历史正剧，看似正剧而其实已被野史化，按当代人的需要重新包装登场，如《雍正王朝》和《康熙王朝》等。《康熙王朝》第42集讲述康熙

下旨把明珠等大臣革职、永不录用时说，大清的最大隐患在于朝廷，要求众大臣严格遵循“正大光明”牌匾做人做事，并提出把正殿改为“正大光明殿”。这样的故事情节，其实更多地是针对当代“反腐倡廉”的急迫的现实需要而设计的。按当代现实生活中的历史正剧需要去重新包装古代历史，正是后历史剧所擅长的。

另一种是后历史小品（喜剧），直接地按当代人的需要虚空虚构喜剧性故事，目的是满足当代人的娱乐需要——搞笑。当原有的历史正剧丧失其主导性叙事框架和触摸现实的潜在能量时，就只剩下在古代帝王的风流野史中娱乐、插科打诨或搞笑的余勇了。《宰相刘罗锅》正是属于这种后历史小品，其叙述的刘墉、和珅和皇帝三人之间的故事，大多是野史化的、非历史的或小品化的。第9集有这样的情节：乾隆目睹瑞雪纷纷，诗兴大发，信口吟出打油诗三句，之后一时“卡壳”，显然是诗才枯竭，但幸亏刘墉凑趣地补上一句，不仅化险为夷，而且有点石成金之妙，被视为诗意盎然的佳作。乾隆欣然默许，和珅因此对刘墉妒恨万分。格格无意之中，把这首诗编入刘墉诗集中，和珅发现后大喜过望，以为找到了置刘墉于死地的致命把柄，从而在乾隆面前进谗言，以僭越罪名将他关押入大牢，欲假皇帝之手拔除自己的最大眼中钉。而这一切阴谋都被机智过人的刘墉一一粉碎。越是在这样的危急时刻，越能显示出刘墉的高超的“才胆力识”。此外，《铁齿铜牙纪晓岚》、《康熙微服私访记》等莫不如此。浩荡的皇风帝雨，不是在吹拂信史或历史正剧，而是在胡吹野史或后历史小品。难道说我们正置身在皇风帝雨吹野史的年代？

需要看到，这类后历史剧呈现出一些新的审美特征：

第一，以反为正，即把过去历史叙事和艺术叙事中被批判的反面人物或非正面人物，一举翻转为令当今观众喜爱或崇敬的正面人物，如雍正、康熙、乾隆、刘墉、纪晓岚等。这是后历史剧的一个典范性特征，集中凝聚了当代主流文化对历史现实的重写或改写意图。但问题就在于，在这种改写中，哪些是合理的而哪些又是不合理的？同时，对谁是合理的或不合理的？谁的价值观在其中起主导作用？都有待于具体分析和评价。值得警觉的是，这类后历史剧往往可能让广大公众在观赏的有趣中来不及冷静辨别，就倾心接受了，并且在内心保存为真实的历史价值。这样的大众文化意义上的后历史剧，究竟该如何评价？问题就提出来了。无论如何，这毕竟是高雅文化或精英文化界必须认真应对的课题。

第二，以古喻今，即以古代故事或掌故借喻当代现实状况，借以表达或宣泄当代历史无意识冲动。这也是后历史剧的一个惯常特征，既讽喻现实时弊，给公众带来某种警示，而创作者自身又安全，何乐而不为？这一点不能不是当今后历史剧的一种积极作用之所在，值得肯定。不过，对此不应过于乐观。因为，公众常常会在观赏的娱乐后，很快把这些以为与己无关、与现实无关之物忘诸脑后，或束之高阁，它们对现实的可能的警示或针砭作用也就难免大打折扣了。

第三，以今释古，即按照今天人的生活趣味或价值标准去重新诠释古人，并为此而不惜虚构或违背基本史实或历史逻辑。《铁齿铜牙纪晓岚》中纪晓岚全力保护《红楼梦》这一情节，就是一个引人注目的例子。这样的故事情节对当今公众当然有娱乐价值，但娱乐之余能产生多少有益的启迪自然需要另当别论了。

第四，以谐代庄，即以轻松谐谑的格调取代过去的庄重、严肃格调，目的不是引发理性的沉思，而是寻求感性的愉悦。这一点是后历史剧的一个基本效果预期之所在。让公众获得感性愉悦，乐一把，开开心，然后继续投入安定的日常生活秩序，它的制作意图就实现了。

这样的以反为正、以古喻今、以今释古和以谐代庄的后历史剧，怎能理直气壮地标榜为“历史正剧”？

总之，如何看待这种电视帝王戏？从公众的热情收看中，似乎可以看出一种浓厚的历史兴趣和高涨的历史意识。对此，电视连续剧的“功劳”岂能否认？然而，另一方面，由于后历史小品诱惑的缘故，公众的历史兴趣其实已经被变形为娱乐化的历史错觉，他们的历史意识也沉落到混沌的历史无意识深潭中。对此，难道电视不是“罪”莫大焉？究竟应当如何把握上述尖锐的对立态度？

其实，电视帝王戏毕竟属于与大众媒介、商业、日常娱乐需要等紧密相连的大众文化，它可以满足公众在日常劳作之余的休闲或娱乐需要，并且也确实在宣泄公众集体无意识方面有一定疏通作用，从而其存在具有某种合理性。由于如此，我以为简单地将其全盘否定甚至“封杀”是不必要的和不可能的。然而，这绝不能构成对之加以廉价吹捧或任意认同的理由。

我觉得，文化批评界不仅不能放弃自己的冷峻批判责任，而且恰恰需要大力开展分析和批评工作，目的就是增强和提升广大公众的电子媒介素养和艺术素养，特别是让他们首先对当今电视连续剧采取一种审慎的警觉和质疑态度，然后才决定自己的情感是否投射。对此，文化批评界在至少三方面可以做工作：

一是及时而深入地揭示大众文化与主导文化、高雅文化与民间文化之间的文化类型差异，避免继续将正史与野史、历史正剧与后历史小品、喜剧与搞笑等相混淆。

二是在承认大众文化的日常宣泄功能的同时，更有力地澄清其调和、妥协或美化策略，树立清晰的历史价值观或历史理性。

三是从政府的政策导向、资金扶持和艺术鼓励以及知识界学理探索和民间舆论等方面，切实倡导和推动体现当代历史探索新成果而又多元化的历史正剧制作，为公众提供具有高度吸引力的历史故事，让他们在历史记忆的纵情复现和想象力的自由驰骋中，品尝到真正丰富、充满活力而又意味深长的历史。

果真如此，何愁公众不警觉？何惧皇风帝雨吹野史？

第九章

历史题材文学中的人民取向问题

历史意识与人民取向是每个时代历史文学的内在生命。无意追踪或有意消解历史文学的历史意识维度和人民取向问题，都可能造成对历史文学书写经验与教训的遗忘，历史意识、人民取向以及相应的真实效果问题也会混沌起来。本章要结合卢卡契关于历史书写应“从人民出发”的思想，讨论如何在历史文学中实现历史意识、人民取向与真实效果之间的统一，使历史文学作品中的人民群众形象落到实处。

一、历史意识与人民的诉求

历史文学书写历史、描述过去，是一种“故事新编”，对“故事”的“新编”。从文学面而言，历史文学作为一种叙事艺术，它必然要立足于当下进行叙事塑形，在创作、设计和编排情节的过程中都会渗入作者独特的情思，织入生活意义，融进文化认同。从历史面而言，亦即历史文学的特殊性，在于通过对历史的书写而呈现历史意识。也就是说，历史文学总是要在历史与现实的关系中理解世界和把握历史，历史文学总是要通过对历史意识的激活而服务于当下的社会生活或历史创造。什么是历史意识的激活呢？其实很简单，马克思早就揭示了这个奥秘：

> 人们自己创造自己的历史，但是他们并不是随心所欲地创造，并不是在他们自己选定的条件下创造，而是在直接碰到的、既定的、从过去承继下来的条件下创造。一切已死的先辈们的传统，像梦魇一样纠缠着活人的头脑。当人们好像只是忙于改造自己和周围的事物并创造出前所未闻的事物时，恰好在这种革命危机时代，他们战战兢兢地请出亡灵来给他们以帮助，借用它们的名字、战斗口号和衣服，以便穿着这种久受崇敬的服装，用这种借来的语言，演出世界历史的新场面。①

历史文学也是一样，它利用历史故事，或者说通过对过去的重新书写，从而创造着历史。在马克思看来，这是必然。

但是，如同马克思在《路易·波拿巴的雾月十八日》中具体所批判的，“历史意识的激活”的状况则各不相同。在马克思看来，在19世纪之前的革命“需要回忆过去的世界历史事件，为的是向自己隐瞒自己的内容”，“使死人复生是为了赞美新的斗争”，而19世纪的资产阶级已经不能“自己弄清自己的内容”，“不能从未来汲取自己的诗情”，而只是“迷信”、“过去的事物”，“让革命的幽灵重新游荡起来”，在喜剧化的模仿中趁乱夺取一己私利。② 历史文学重写过去，激活历史意识，也是这样。在不同的人们那里，历史意识却有着不同意味。或者说，即使是同一个历史故事，也会激发着不同的历史意识。

这里不妨先就历史意识及其在现代社会中的历史文学写作的多元样貌做个粗的分辨：第一种是一定程度上的抛弃或忽视过去的历史意识。这种态度干脆标明自我意识的“厚今薄古”，即相对当下的现实和未来的世界，历史或过去不甚重要。不管过去是黄金时代还是黑暗的时代，历史在进步，当下最重要，或者未来会更美好。现在优于过去，所以今天流行的价值观更容易接受，时间就不必回溯得更远。在很长一段时间内，在20世纪中国占主流地位的各种观念及其影响下的写作，大体都是基于这样的信念而无视博大精深的古典文化传统，这令无数的读书人和知识分子痛心不已。显然，其中的教训不少。不过值得注意的是，鲁迅自己通过文学对历史或故事进行书写，其说法是：

> ……不足称为“文学概论”之所谓小说。叙事有时也有一点旧书上的根据，有时却不过信口开河。而且因为自己的对于古人，不及对于今人的诚敬，所以仍不免时有油滑之处。过了十三年，依然并无长进，看起来真也是

① 《马克思恩格斯选集》第1卷，人民出版社1972年版，第603页。
② 同上，第605~606页。

“无非《不周山》之流”；不过并没有将古人写得更死，却也许暂时还有存在的余地的罢。[1]

第二种是痛悼传统逝去的怀旧之情，或曰“厚古薄今”。历史并不随时间发展，或者历史的发展其实是向着更糟的方向上变化。浮云苍狗，人心不古，一代不如一代，人们警觉于旧的行为方式或所熟悉的物事的消逝。因此，怀念过去能够提供一种安慰，一种在思想中对尖锐现实的回避。当过去似乎从我们眼前流逝时，人们就努力在想象中再现它。如同消极浪漫主义那样，因为过去被重建为一种舒适的避难所，所以过去变成比现在更美好、更纯真的年代，过去的所有负面特征都不见了，人们返回过去时很少会想到生命的短暂或生活的悲惨或邪恶的存在。在当代的历史文学写作中，与市场的共谋强势地推进了这种怀旧式的历史意识。

第三种则颇为实证化，据说很公正、科学和真实，可以称为“历史主义”。从历史学领域内出现了尽可能根据历史学自身的科学化要求来评价过去以超越政治私利的诉求。在这里，过去的自主地位必须得到尊重，据说每个时代都是人类精神的独特表现并且自有其文化和价值，当代现实不可将我们的价值和偏好强加于过去的每一个时代。当代的人们要展现一个完全真实的过去，在这个过程中可以收获公正与超然。这种观念也强烈地影响到历史文学的书写，从而给“故事新编”提出了新要求和高标准。鲁迅也不得不慨叹：“如鱼饮水，冷暖自知”，“对于历史小说，则以为博考文献，言必有据者，纵使有人讥为‘教授小说’，其实是很难组织之作”。[2]其实，人们启用过去和故事进行历史文学的书写不是没有目的的，总是服务于某种目的和需求的。当然，为书写历史而书写历史、历史意识的混乱的情况也是存在的，不过它只说明必然世界的强大和在特定时代的拨弄历史中人们命运的“历史的诡计”。

从20世纪二三十年代开始，中国文学逐渐走上以新民主主义和社会主义为主要方向的道路，历史文学也逐渐适应以唯物史观为指导，上述第一种历史意识成为主流。唯物史观强调世界的联系、变化和发展，以及在其表象背后更为根本的物质基础、经济状况和社会形势；认定人类历史进程其实是阶级斗争的历史，而正是阶级斗争促进了历史发展和社会进步；主张劳动人民是历史的创造者，人民群众是历史的主人，正是人民最终推动历史发展和社会进步。唯物史观要求激发历史意识，显现历史的主体构成及人民诉求，它向文学艺术提出吁求。落实到历史文学而言，一直强调的是：要展现时代潮流，突出人民性和群众的力量。

---

①② 鲁迅：《故事新编·序言》，见《鲁迅全集》第2卷，人民文学出版社1981年版，第342页。

新中国成立初年毛泽东在《应当重视电影〈武训传〉的讨论》中强调在“写什么”和展现唯物史观的问题上要旗帜鲜明，大破大立。结合其后中国文化发展的实际及其后果来看，这个要求是极高的，体现了新政权建立后在复杂的世界形势和政治斗争的格局中，革命政治家对思想意识形态领域内的文化领导权的争夺和对文化重建的激越想象。大体而言，50多年来历史文学书写，其中的经验不少，但其中的教训也不在少数。比如，历史文学固然要从立场上要求展现时代潮流，表现人民的力量，塑造广大群众形象。但书写人民，表现人民诉求，一定要是正面的、直接的、赤裸裸的、对群众的表现吗？立场化的表态和令人刺目的英雄赞歌就完全是好的吗？从实际出发，从人民出发，塑造群众形象，深度的、有中介的、稳健踏实的、有真实效果的表现不是更好、更深刻、更贴切人民的诉求吗？

二、“写人民命运”与“从人民出发”

历史文学究竟该如何书写人民群众、表达人民群众的历史要求呢？如何将历史意识、人民诉求和群众形象以及内在的真实性结合起来，使历史的真与革命的善结合起来，一直是许多以社会主义为取向、要求进步的历史文学书写者和批评者深为困扰的重要问题。为了方便理解，这里不妨引入卢卡契对历史小说中的人民性的理解作为借鉴。

卢卡契在《人民性与真实的历史精神》（1937）一文较好地阐述了历史文学书写的原则和方法的问题。他先是高度赞扬了20世纪以来反法西斯的人道主义历史小说的进步性：“所有这些作家在塑造人民命运的形象。它们跟上一阶段的资产阶级历史小说的根本区别在于，它们断绝了使历史闲居起来的倾向、断绝了使它在同样是奇妙的、怪癖的变态心理学的基础上变成一种五光十色的英国情调的倾向。”① 显然，卢卡契肯定了在新的世界形势中正面地直接地展现历史意识，表现群众力量的可贵，因为这与历史唯物主义的要求是一致的，是倾向于人民的。但笔锋一转，他又写道：

> ……亨利希·曼、孚希特万洛、布鲁诺·弗兰克和别的作家虽然塑造着人民命运的形象，可是他们不是从人民出发来塑造形象的。历史小说的古典

① 《卢卡契文学论文集》第1卷，中国社会科学出版社1980年版，第124页。

作家——只要想想瓦尔特·司各特就行了——在政治上和社会比起亨利希·曼或孚希特万洛来，保守得很多很多。在他们，谈不上、也不可能谈到这样一种热情的跟社会革命的联合。可是司各特和其他历史小说古典作家在他们的历史经历上、在他们对历史的具体生动的理解上，比今日即使是最伟大的民主作家都更多地接受真正的人民生活。对司各特来说，一种原始的、直接的式样中的历史就是：人民的命运。通过历史人物来有意识地体现这样一种人民的命运、指出这命运跟现时问题的联系，对他来说，是在具体掌握某个一定历史时期的人民生活后才有机的发生的。因此他是从人民生活本身出发来写作的，从人民的灵魂出发，而不是仅仅为了人民。①

20 世纪的许多进步作家在历史小说的写作上竟然不如历史小说的古典作家，这是为什么呢？在这里，卢卡契提出了许多历史小说书写者和研究者所忽略的一个根本问题，即历史文学究竟是应该为着抽象的“人民”理念去“写下层”、“写人民命运”，还是从实际出发，“从人民（生活本身和灵魂）出发”去展现历史的进程和群众的力量，内在地激发历史意识呢？

这个问题其实是一切革命进步文学的核心，也是 20 世纪中国历史小说书写中的重大困扰之一。这个问题关系到如何通过表现人民群众，展现历史发展的力量，体现历史文学的历史意识，并且通过这种历史意识的激发，教育人民，从而细致熨帖、润物细无声地推动历史的发展。

卢卡契对历史文学的人民性取向和真实性效果的表述，对于历史文学的书写是非常有启示性的。他认为，有些历史文学作品有非常革命的方向和诉求，但囿于立场和思想的局限，无法突破资产阶级人道主义者的生活藩篱，导致的结果是：“虽然为了人民描写人民的命运，可是人民本身在他们的小说中只占次要的地位，只是作为艺术地展示人道主义理想的对象。”② 卢卡契认为，人道主义者向着社会主义方向的努力非常令人赞赏，但在具体的斗争和写作中，历史文学的人民性决不意味着“要把历史大人物从小说中排除出去，绝不是一部题材上只塑造被压迫的社会阶层形象的历史小说”③。卢卡契指出，不妨向司各特和托尔斯泰学习，学习在历史大人物与社会历史的相互关系中、在历史英雄或主人公与人民群众的互动关系中，展现历史的方向和人民的力量：

为什么瓦尔特·司各特或列夫·托尔斯泰的人物是中间贵族出来的具有

① 《卢卡契文学论文集》第 1 卷，中国社会科学出版社 1980 年版，第 124 ~ 125 页。
② 同上，第 128 页。
③ 同上，第 126 页。

> 人民性的形象，为什么在他们的经历中反映出人民的命运呢？理由很简单。司各特和托尔斯泰创造了个人与社会历史命运最紧密结合的人物。而且是这样：在这些人物形象的个人生活中直接表达出人民命运的某些一定的、重要的和普遍的方面。构思的真正的历史精神正表现在：这些人经历在不失去他们的性格、不超越这生活的直接性的情形下，接触到时代的一切巨大问题，跟它们有机地接合，必然地从它们里面生长出来。托尔斯泰在《战争与和平》里塑造了安德烈·包尔康斯基、尼古拉和彼得·劳斯托夫等形象，这样他就创造了人物和命运，在这里面正是这战争的影响直接在人的私人命运上，在生活的外部变化上和社会道德关系的内部变化上起着作用。[①]

卢卡契指出，许多人道历史文学作家为了避免把“历史降低为纯粹背景、装潢布景的作用”，转而“从头起就在一个非常高的抽象高度上去领会他们的材料，他们按照这种思想选择历史大人物来作能够合乎情感，思想适当地体现作家所为之斗争的那种伟大的人道主义思想和理想的主角”。结果，“这样一来，历史事件的直接性就丧失了，或者至少有丧失的危险。因为历史的重要人物之所以重要，正在于他们把散布在生活本身中间的、纯粹个人的形式、纯粹私人命运的形态出现的问题，提高到了想象的高度，加以一般化。”[②] 也就是说，这些作家为了概念和教条去寻找形象，为了“一般”去寻找“特殊”、政治正确的“特殊”，结果导致概念化公式化，人物形象既不符合历史真实也不符合生活真实，艺术上遭到失败。一句话，为了革命和人民，却忘掉了真实，失去了人民。

卢卡契以历史小说的古典作家和当时反法西斯历史小说家为例，一正一反，强调历史文学要内在地“从人民（生活本身和灵魂）出发”去展现历史的进程和群众的力量，而不是为着抽象的“人民”理念去“写下层”、“写人民命运”。卢卡契的启示在于：（1）真正具有历史意识的历史文学不仅仅是书写人民群众的形象，而且是从人民出发，让人民群众从作品中看到自己内心的声音，看到自己的力量，让文学作品真正传达出下层人民的声音，他们的要求，他们的觉醒，他们现实的、真实的想法。（2）在不得已而求其次的情况下，也可以在文学作品中塑造作家熟悉的或能够较好把握的主人公或英雄人物，或者在英雄人物与人民群众的关系中亦即主人公和他的历史环境之间的真实关系中，表现人民大众的影响力和作用力，体现出历史洪流中的主要脉络。也就是说，真正的历史文学的书写是，将历史文学书写的人民性诉求的动机与真实性的效果相结合，从人民出

① 《卢卡契文学论文集》第1卷，中国社会科学出版社1980年版，第128页。

② 同上，第129页。

发或在走向人民的过程中，从实际出发，在对历史事件、主人公命运、作品主人公与相应的人民群众的关系的书写中，体现历史前进的方向和人民群众的力量。

这样看来，只有这样使立场与方法相结合、对象与环境相结合，历史文学作品的人民性和人民的诉求才可以获得更好的理解。就是说，人民性不一定是非得直接写人民、写群众、写下层，也可以在主人公与人民群众及历史环境的相互关系中加以表现。并且更重要的是，书写者自己首先要通过长期的社会实践和实际工作，努力使自己成为一个革命的人或者倾向于人民的人。这也正如鲁迅所讲“革命文学”的道理一样：

> 我以为根本问题是在作者可是一个“革命人”，倘是的，则无论写的是什么事件，用的是什么材料，即都是“革命文学”。从喷泉里出来的都是水，从血管里出来的都是血。“赋得革命，五言八韵”，是只能骗骗盲试官的。①

“赋得革命，五言八韵”的危险是真切的。对作家而言，所谓做“革命人”，当然是一个使自己逐渐痛苦地转变和艰难地蜕变的过程：这不仅是观点和方法的转换，而且意味着立场的进步，意味着对作家自身的社会实践和实际工作的要求。如同毛泽东所说的，要真正地把屁股挪到老百姓和人民群众的炕上去。只有这样，从人民出发，真正地从人民的生活出发，自己才能获得人民的立场、观点和技巧，去书写历史、把握真实，历史文学作品的革命进步诉求和社会现实效果才能获得更好的统一。

这当然是一个极高的要求。对此，鲁迅也曾给出一个非常现实的、其实也很艰难的解决方法：

> 不过选材要严，开掘要深，不可将一点琐屑的没有意思的事故，便填成一篇，以创作丰富自乐。……我的意思是：现在能写什么，就写什么，不必趋时，自然更不必硬造一个突变式的革命英雄，自称“革命文学”；但也不可苟安于这一点，没有改革，以致沉没了自己——也就是消灭了对于时代的助力和贡献。②

对“两间”状态的描摹体现了鲁迅的稳健。对历史文学而言，就是要从实

① 鲁迅：《而已集·革命文学》，《鲁迅全集》第3卷，人民文学出版社1981年版，第544页。

② 鲁迅：《二心集·关于小说题材的通信》，《鲁迅全集》第3卷，人民文学出版社1981年版，第368页。

际出发，又不断改造自己，脚踏实地转换到人民的生活和立场上去，才能真正做到“从人民出发”。

三、以冯至的转换为例

在这样一个经验与教训兼具的语境中，来把握历史文学中的群众形象问题，笔者更看重步履平实地逐步走向“革命者”的现代诗人冯至的努力。冯至书写历史的历史文学作品有三部：20 世纪 40 年代中前期的诗化历史小说《伍子胥》，写作于40 年代并修改于50 年代前期的诗化传记《杜甫传》，以及 1962 年写作的历史小说《白发生黑丝》。从 30、40 年代到 50、60 年代，诗人冯至经过艰难而痛苦的心路历程，通过不断的历史文学书写，用古人的生平或瞬间来呈现、追问或确证自我意识，激发历史意识和人民取向。通过过去故事的呈现，冯至不断地追问历史，展现历史意识，确证自我认同，这是一个长期的、踏实的，然而也是坚定的过程。

在《伍子胥》这里，诗人显然还在里尔克、荷尔德林、尼采、诺瓦利斯等西来思想家或诗人的影响下，不过，处于“五四”欧风美雨和激进文化变革中的诗人正逐渐学会脚踏实地倾听、观察、隐忍和承担，并且如同诗人自己所讲的“在停留中有坚持，在陨落中有克服”，不断地审省和寻求自己的精神的故乡，与自己身上的孤独、怯懦作斗争。伍子胥弃家逃亡无异于生命的投掷，那生命的弧线表示一个有弹性的人生。在诗人的意象中，伍子胥渐渐脱去了浪漫的衣裳，而成为真实地被磨炼着的人，一个“含有现代色彩的‘奥德赛”’。在诗人的笔下，过去的故事成为每一个敏感、细致而认真的人审视自我与世界或社会的关系的载体或触媒：

> 旧皮已经和身体没有生命上深切的关联，但是还套在身上，不能下来；新鲜的嫩皮又随时都在渴望和外界空气接触。子胥觉得新皮在生长，在成熟，只是旧皮在什么时候才能完全脱却呢？①

在这里，历史人物的心理描写是出人意料的，但又是可以理解的并且能获得认同的。经历战乱的颠沛流离后，居住在宁静而艰苦的林场茅屋，再来重述这个

① 《冯至全集》第 3 卷，河北教育出版社 1999 年版，第 398 ~ 399 页。

古代的复仇和逃亡的故事，是现代与古代相融合的真正的契机，而这一契机是饱含着诗人的体验和精神的，具有极高的文学价值，正如文学史所表彰的："浓郁的诗情与现代生命哲学的思考，融会在流水般明净而深邃的叙述中，达到了高度的和谐。"① 透过"新编"的"故事"，我们可以发现冯至这样的现代中国知识分子在当时是如何上下求索、艰难蜕变而努力前行的。

《杜甫传》和《白发生黑丝》都是塑造杜甫形象的历史文学作品，表现冯至对自己所理解的杜甫："一个政治性很强的诗人"。前者历史传记的色彩重，冯至经过长期关注、精心结撰、数次修改而成，后者则是典型的历史小说的样式，不过是短篇。正如不少研究所注意到的，《杜甫传》确实是以杜诗"当时所起的政治作用"作为主要线索来展开的，"在漫游和流亡的故事背后，冯至最为关心的问题是诗人杜甫的政治生存、杜诗与人民与时代的关系"。与之前的闻一多对杜诗的审美性评价不同，更与后来的郭沫若对杜诗的阶级分析的观点形成差异，对杜甫诗歌的人民性的强调不仅是冯至写作《杜甫传》的初衷，而且也是他一生没有改变的、对杜甫的基本评价。如冯至后来自己在《论杜诗和它的遭遇》(1962) 里所概括的，他"特别注意的不只是杜甫的诗'较长时期内在唐代一般的文坛上不被重视'这一事实，对杜集中'最富人民性和独创性的诗篇被忽视'更是尤为关切"，而"忽视杜诗更富人民性的篇章，实际上体现了另一种不健康的传统对杜甫所继承的优良传统即《诗经》和乐府传统的'憎恨'。那一种传统，将王维奉为正宗、把钱起和郎士元作为诗界的代表，而将元白诋毁为'都市豪估'(司空图)，将杜甫称作'村夫子'(杨亿)。"②

在20世纪40年代，冯至逐渐地找到"人民的喉舌"这个概念来表达对杜甫的理解，同时在历史文学书写上，他也开始了从30年后期关注个体的"自我拯救"的人道主义存在体验，向40、50年代的集体主义的人民立场的转换进程。通过阅读和研究杜甫，冯至"觉得杜甫不只是唐代人民的喉舌，并且好像也是我们现代人民的喉舌。"《杜甫和我们的时代》(1945) 明言"我们需要杜甫"，需要杜甫的那种"在艰难中执著"的精神："宁愿自甘贱役，宁愿把自己看成零，看成无，——但是从这个零、这个无里边在二十年的时间内创造出惊人的伟大。……这里边没有超然，没有洒脱，只有执著；执著于自然，执著于人生。"冯至求索并追问：杜甫一生"是一段艰险的路程，这些诗不仅是用眼看出来的，也不是用心神会出来的，而是用他饥饿的身躯一步一步走出来的。在中国诗人中更有谁把一个时代整个的图像融汇在像杜甫在天宝之乱前后与夔州以后所写的那

① 冰心主编：《彩色插图中国文学史》，中国和平出版社1995年版，第215页。
② 张辉：《冯至：未完成的自我》，文津出版社2005年版，第148页。

样的长篇巨制里的呢?”冯至确认:“杜甫由于这种执著的精神才能那样有力地写出他所经历的山川,那样广泛地描绘出他时代的图像,使我们读了他的诗,觉得他比他同时代的任何一个诗人都亲切。我们所处的时代也许比杜甫的时代更艰难,对待艰难,敷衍蒙混固然没有用,超然与洒脱也是一样没有用,只有执著的精神才能克服它。这种精神,正是我们目前迫切需要的。”① 冯至重视的是杜甫执著的、走向人民的过程,可以说,杜甫成了他由西方化的人道主义情思转向基于现实生活和中国土壤的人民意识的精神中介。

如果说传记体的《杜甫传》是人民取向的开始和发展的话,那么在《白发生黑丝》中则充分体现了历史文学书写中的历史意识与人民取向的成熟和稳健。《白发生黑丝》的创造性在于,即使是在以古典人物为中心的历史故事的叙述中,仍然突出了主人公与人民群众的并置,从人民的生活出发,展现出作为诗人的杜甫与人民群众的精神交流的场景。其中最值得注意的是苏涣这个人物的出现及其与杜甫的精神互动,苏涣在一定程度上可说是“被埋没的人民力量革命的觉醒”的标志:

一天,宗武又和渔夫们一起到鱼市上去了。阳光照耀着水上的波纹,江上的船只轻轻地摇来摇去。杨氏夫人把船板刷洗得干干净净,杜甫一人靠着长年随身的乌皮几,心情平静,不由地想起许多问题。

他一生饱经忧患,用尽心血,写了两千多首诗,诗里描述了民间的痛苦、时代的艰虞和山川的秀丽,而莽莽乾坤,自己却漂泊无依有如水上的一片浮萍。自从中年以后,衣食成了问题,谁像这些渔夫那样关心过他?从前在长安时……回想两年前在夔州……像在成都时写的《茅屋为秋风所破歌》,也是出自一片至诚,但是对于无处栖身的“寒士”们到底能有什么真正的帮助呢?想来想去,总觉得自己爱人民的心远远赶不上渔夫们爱他的心那样朴素、真诚,而又实际。他看见农民和渔民被租税压得活不下去时,想的只是“谁能叩君门,下令减征赋”,可是渔夫们看见他活不下去时,却替他想出具体的办法。……

他对于那两句自以为很得意的诗发生了疑问。

……

杜甫尽管不能同意苏涣诗中个别的诗句,但是苏涣这个人和他的诗的出现,在杜甫看来,确是一个奇迹。同时他又把邻船上渔夫们的生活、言语、思想、感情认真思索了一番,觉得自己一生漂泊,看见的事物不算不多,接触的人不算不广,但究竟世界上还是有许多人和事过去不只没有遇到过,而且也没有想到过。不料在这垂暮之年,眼前又涌现出一些新的事物。自己也觉得年轻了许多,好像

---

① 《冯至全集》第4卷,河北教育出版社1999年版,第106~110页。

白头发里又生出黑丝。过去怀念古人，常常有“怅望千秋一洒泪，萧条异代不同时”的感慨；如今设想将来，不知有多少美好的事物是看不到了。苏涣说，他能和杜甫生逢同时，是一件快事；杜甫今天能遇到苏涣，心里也同样高兴，真好像是司马相如遇见了一百年后的杨雄。他情不自禁，提笔写出来这样的诗句：

庞公不浪出，苏氏今有之；
再闻诵新作，突出黄初诗。
乾坤几反复，杨马宜同时。
今晨清镜中，白间生黑丝；
余发喜却变，胜食斋房芝。

写到这里，江上已是黄昏，暮霭苍茫，雨岸人家疏疏落落地升起几缕炊烟。一阵寒风乍起，江水拍击着船身。近些天，杜甫每逢听到夜半的风声便感到心神不宁，仿佛古代的神灵在湘江上出没。杜甫趁天色还没有完全黑，迅速把他那种感觉凝练成四句诗，写在纸上，作为这首诗的结束：

昨夜舟火灭，湘娥帘外悲，
百灵未敢散，风破寒江迟。

杜甫和苏涣很快就成为亲密的朋友了。……①

在这里，主人公与群众形象的共生、“自我”的被卷入性以及其中潜在的精神自省都是引人注目的，同时对于杜甫这位主人公而言，也是自然的，切实而可信的。文本中的叙述突破了学术评传文本叙述的强制性，阅读过程中可以感受到作为传统社会士子文人的主人公不仅一点点被动地卷入到民众中，渔夫们、老渔夫以及从民众中走来的苏涣逐渐成为主动者，而且主人公的精神自省出现许多对传统士子文人信念的疑问和冲击。正是在这里，历史文学作品中的群众形象落到了实处，历史意识及其真实效果得到较好的谐和，并且被牵引进了唯物史观的跃迁之流：叙事过程中注入了阶级意识或人民认同。

在冯至这里，所谓“从人民出发”，就是从过去的单纯的自我与群众的相互对待关系，演变到“自我”主动融入到民众中的那一“动念”中。更准确地说，仍然是自我与群众的相互对待的关系，但“自我”的眼光已然发生重大变化：

---

① 《冯至全集》第3卷，河北教育出版社1999年版，第458~464页。

不再执著于古今一直存在的士子文人的立场以及自居的君民之间的中层调停意识，而是逐渐调整到滴水融入大海的人民取向的自我意识之中。这样说，诗人冯至确实是已经完全走上从“塑造人民命运的形象”走向“从人民出发来塑造形象”的转换征程，而这正是历史文学“从人民出发”的历史意识和人民取向的根本体现。

从《伍子胥》到《杜甫传》再到《白发生黑丝》，其中立场和取向已然发生重大转换；对于现代文人而言，这一转换是极为艰难和痛苦的，然而这又是极为可贵的。在冯至这里，这一进程也是最为切实的，它成为20世纪文化剧烈变迁中脚踏实地、严肃认真的人民知识分子的最可钦敬的写照。在这个意义上，就可以理解为什么那种受时代观念影响而直接地写人民群众形象的作品往往总不获历史的认可：它们往往一厢情愿自觉站到历史的最高点，自以为史诗般地总领全局。不是为写人民而写人民，为歌颂而歌颂，把自己束缚在观念预设的框架之内而最终流于人物典型的概念化图解，就是孤绝地表现人民群众及其英雄，最终诉诸历史主义的史料罗列和琐碎细节，而丧失对故事的总体把握和艺术表现：其结果必然是失败的。

第十章

历史题材文学中封建帝王的评价问题

当下历史题材的创作中，描写封建帝王题材的作品很多，存在的问题也很多。有的学者说，历史题材的文学创作是“双声话语”，既要历史的真，又要艺术的美。这样说自然是对的，但还不够。实际上历史题材的文学创作是“三声话语”，除历史的真和艺术的美之外，还必须有作家或编导的主体意识。所谓主体意识，就是作者对于自己笔下所写的历史人物和事件要以作为今天“最现代的思想”历史唯物主义进行评价。我们认为这第三种声音，并不是可有可无的，而是剧本的内在的灵魂。本章将主要以轰动一时的电视连续剧《康熙王朝》和《汉武大帝》为个案展开对问题的讨论。

一、当前历史小说、影视剧的基本结构模式及蕴含问题

这30年来，历史文学的创作成为当代中国文化的一大景观，各类以历史题材的长篇小说、电影、电视连续剧不断涌现，丰富了人民群众的精神生活，这当然是十分可喜的。在以历史题材的小说、电影、电视剧中，封建帝王的题材又占了很大的比重，从秦始皇、文景之治的帝王、汉武大帝、贞观之治的帝王、朱元璋，特别是清代的所谓“康雍乾盛世”的三位帝王，以鲜活的形象活跃在银屏上面，吸引着人们的目光。但是，这些作品的作者对于封建帝王绝大多数都采取了以歌颂为主、贬抑为次的态度，他们一个个都只是小有瑕疵的英主，为中国历

史作出了许多的贡献，似乎一部中国历史就是中国封建帝王建功立业的历史。

如果我们撇开这些以封建帝王为题材的文学、影视剧的具体情节和细节，仅就其结构模式来看，除少数的作品之外，几乎都是忠与奸、善与恶、朋党与朋党（指党争）、满（或别的民族）与汉的二元结构。故事就在这些二元结构的模式中演进。在电视连续剧《康熙王朝》中，我们看不出这段历史与几千年中华文明史的内在联系，似乎这一段历史是一个封闭的系统，主要的矛盾是老臣鳌拜与少年康熙的斗争，藩王平西王吴三桂与成年康熙的斗争，台湾的郑经与康熙的斗争，蒙古部族首领葛尔丹与康熙的斗争，这都是忠与奸的斗争。虽然这些矛盾与斗争有时也交织着统一与分裂的斗争，但作品的作者主要是把它们当做忠与奸的斗争来处理。因为鳌拜、吴三桂、郑经和葛尔丹的问题是不忠于大清国，想取大清而建立新的王朝。伦理道德的故事在这些作品中也占有相当的成分，除了奸臣是“恶”之外，还有伪朱三太子朱慈炯、太监黄敬之类也是恶人，他们用美色引诱康熙，像朱慈炯在起义失败多年后，还要阴谋，偷了三门红衣大炮想在康熙南巡南京之际，企图谋害康熙。这种善与恶的斗争也与忠与奸的斗争联系在一起。此外就是党争了，皇帝的身边的大臣，总会分成不同朋党。康熙成年执政时期，分成索额图与明珠两派，这种无穷的党争结构模式，也是故事的推进力。如索额图背后有二皇子——太子，明珠背后有慧妃和皇长子，他们之间钩心斗角、争权夺利。再如新来的大臣李光地夹在他们两派之间，左右为难，皇帝明知李光地的处境，明知李光地所陈述的索额图和明珠的情况是事实，但为了保持朝廷的面子，还是把他打入狱中。此外，满与汉君臣之间或臣子之间的争斗，也是一个交织着其他二元结构的一种模式。康熙和其他满臣对汉臣周培公的平定三藩之乱，又用又疑，最后为朝廷立了大功的周培公被弃置于冰天雪地的东北，早早了此一生。康熙和其他满臣对于用姚启圣光复台湾，也是又用又疑或疑用参半，导致姚启圣三起三落，最后立了大功不过是奖给姚启圣西湖边上闲置的一座放有许多图书的行宫。

从这种忠与奸、善与恶、朋党与朋党、满与汉的二元结构模式中，我们不难看出作品的作者把忠、善以及利用朋党矛盾、满汉矛盾作为肯定康熙皇帝的基本根据，而皇帝永远是站在忠、善和巧于利用矛盾等这“正确”一边的，那么顺理成章就应该加以歌颂、赞美。这里，我们的问题是在一个脱离开历史的大趋势、大潮流下，所谓的忠与奸、善与恶、朋党与朋党、满与汉等二元对立是否能作为肯定、歌颂的出发点？对此我们需要加以辨析：

所谓的“忠”与“奸”的问题。“忠”与“奸”完全是站在某个帝王的立场说话的。为什么忠于康熙就是“忠”，不忠于康熙就是不“忠”。“忠”说穿了是一个“依附”的问题。在三藩与康熙斗争中，如果我们不看历史大趋势、大潮流，谁能说得清楚依附于康熙就是“忠”，依附于平西王吴三桂起来造康熙的反，就不“忠”？在康熙打葛尔丹的时候，谁能说得清楚依附于康熙就是“忠”，依附于葛尔丹就是不“忠”？有一个例子很能说明这个问题的实质。当康熙南打北抚之际，康熙不得已把自己的心爱的女儿蓝齐儿嫁给葛尔丹，蓝齐儿死也不肯嫁到连鸟也飞不到的大漠中去，她去求助于孝庄皇太后，孝庄皇太后只能用自己亲身的事例来说服蓝齐儿应该为大清国效力，但蓝齐儿进一步追问：如果她成了葛尔丹的妻子，万一自己的父亲康熙与自己的丈夫葛尔丹打了起来，她应该忠于谁？对于这个问题连老于世故的孝庄也说不清楚了，她只含糊地说：你忠于父亲康熙和忠于丈夫葛尔丹都是对的，也都是错的。从这里，我们可以领悟到：所谓“忠”不过是对某个帝王、将相、大臣的依附问题，如果脱离开历史的走势，用“忠”与“奸”是不能说明什么的，或者说是没有意义的。“忠”与“奸”是封建帝王制造出来的、专门用来欺骗臣民的、并使其一心依附于他的统治的思想牢笼。《西游记》里的孙悟空说：“皇帝轮流做，明年到我家。”我们的作者似乎连孙悟空的思想水平也还未达到，用“忠”与“奸”来作为评价帝王、臣民的依据是很难站住的。

所谓善与恶的问题。我们当然承认在历史过程中，确有善恶、贤愚、得失等，有合乎人道和不合人道等的区别，但这些因素都要纳入到历史大趋势中去考察，才会有意义。如在电视连续剧《康熙王朝》中，苏麻拉姑和容妃都以贤惠、善良、讲人情、人性出名，但她们的道德行为，只与康熙有关，或者说被纳入到康熙的统治行为中去，本身并不是改变历史的积极力量。容妃被康熙允许回福建省亲，路上遇到李光地带领一群孤儿女子，他们拦车上奏折，容妃见这些清一色的女性孤儿十分可怜，连忙拿出二百两银子相赠，表现出她的十足的同情心。但她的善行只是康熙恩威并施统治的一部分，并没有因为她的道德而改变历史发展的程序。意味深长的是，最后容妃在太皇太后孝庄死后，向征伐归来的康熙传达孝庄不让废太子以免引起诸王子内斗的旨意，康熙明知这是真的，却给容妃扣上“矫旨欺君”的罪名，把容妃打入冷宫，最后让她去洗刷全皇宫的肮脏的尿桶，在康熙执政60周年庆典的喧闹声中，她被尿桶砸死，结束了悲剧的一生。而导致容妃悲剧的恶人就是康熙自己。狭隘的道德主义对于历史的发展并不总具有关联性的。

关于朋党之争的问题。在朋党初现时，皇帝往往故意装作不察，以利用朋党之间的矛盾，搞权力平衡，以便于皇帝对大臣之间关系的控制。如在《康熙王朝》中，康熙初临政，觉察到身边有索额图和明珠两党争权夺利，钩心斗角，他去告诉孝庄皇太后，孝庄则给康熙传授经验，意思是：朋党之争，历朝历代都有，有弊也有利，“弊”就是影响朝政的运作，“利”就是可以利用他们之间的不和，加以平衡，树立皇帝的威严，让不同的朋党朝臣都能尽心竭力为朝廷服务。孝庄的话，说明了帝王并不是要排斥朋党，而是要利用朋党，封建帝王的腐败性由此暴露出来。我们的作者并不能看清这一实质，往往去赞赏皇帝搞平衡的丰富经验与玩弄权术技巧的智慧。帝王的另一面是不能让朋党威胁自己的统治。在朋党势力过分壮大，已经感觉到某个朋党可能威胁到自己的统治的时候，就要利用所谓的“风闻言事”，广开言路，揭露朋党的罪行，坚决予以剿灭。如在《康熙王朝》中，当索额图和明珠两党势力大增，朝廷上下一半以上的官员都加入了这两个朋党，其危害已经妨碍了康熙的统治，甚至有篡权的阴谋在偷偷运作，那么康熙就拿明珠开刀，不但夺其官位，抄没家产，投入狱中，毫不留情。索额图最后也步明珠的后尘，篡逆事发后，被投入监狱。我们的作者则没有看清帝王的用心，并非真要肃清腐败，反而有意无意地称赞皇帝反对贪腐的决心，歌颂皇帝的圣明，康熙在乾清宫挂上“光明正大”的匾额，作者也似乎认为皇帝就是“光明正大”的。

所谓满汉关系问题。这在以清代王朝的历史文艺作品中是经常出现的问题。在朝廷中用满族官员自然是顺理成章的。但满族在全国范围内是少数，自身力量不足，不能不任用一些真正有智慧的能干的汉族官员。这样做既可加强统治的力量，又可给人以宽怀为上、满汉不分的公平的假象。实际上，康、雍、乾三代帝王对于汉族官员总是又信又疑。在《康熙王朝》中，在以周培公为统帅的军队眼看就要平定吴三桂的叛乱之际，朝廷突然调他回京，怕周培公拥兵太多，功劳太大，心存异心。最后周培公被调离北京，正当壮年就老死东北。对于周培公推荐的后来为光复台湾作出贡献的姚启圣，也是又信又疑，使他三起三落，皇帝对他就像耍猴一样。应该说，《康熙王朝》的作者反映满汉之间这种部分的真实。为什么说是部分的真实而不是全部的真实呢？因为作者没有把满汉关系放到更为宏阔的历史背景中去考察和描写。

由此可见，在历史文学和影视剧中，以忠与奸、善与恶、朋党与朋党（指党争）、满（或别的民族）与汉的二元结构模式展开情节、描写人物，并从这些二元对立的结构中来寻找评价帝王的根据，最终是要落空的，或者说以这些为根据来对帝王进行的种种赞美是不合理的。

二、评价的视野应回归到历史唯物主义

那么，我们应该从哪些方面来寻找评价帝王的根据呢？

中国漫长的封建王朝的统治，是以传统的封闭的自守的小农自然经济为其生存基础的。但社会在发展，这种状况也不是绝对不变的。中国封建社会起码可以分为早、中、晚三个时期。如“文景之治”一般而言应该算早期。“贞观之治”肯定是中期。所谓“康雍乾盛世”则是晚期了。早期、中期封建社会相对于奴隶社会来说，应该是具有进步性的。晚期封建社会就整体而言由于阻碍新的生产关系的诞生，就只不过具有落后性了。从历史唯物主义看来，如果一位处于晚期的封建帝王不能为新的生产关系创造必要的条件，那就很难给他以正面的评价了。因此历史文学的作者起码要把自己笔下所写的帝王放到宏阔的历史语境中去把握。看他所处的历史阶段和历史时期，看他对于新生的生产关系采取什么态度，这是历史唯物主义的基本要求。马克思在《〈政治经济学批判〉序言》中说：“随着经济基础的变更，全部上层建筑也或慢或快地发生变革。在考察这些变革时，必须时刻把下面两者区别开来：一种是生产的经济条件方面所发生的物质的、可以用自然科学的精确性指明的变革；另一种是人们借以意识到这个冲突并力求把它克服的那些法律的、政治的、宗教的、艺术的或哲学的，简言之，意识形态形式。我们判断一个人不能以他对自己的看法为根据，同样，我们判断这样一个变革时代也不能以它的意识为根据；相反这个意识必须从物质生活的矛盾中，从社会生产力和生产关系之间的现存冲突中去解释。”① 从马克思这段经典性的论述中，我们可以体会到，一个社会的物质生活矛盾，或生产力和生产关系的矛盾与冲突是必然的，矛盾必须得到解决，冲突必须得到克服，一个真正有作为的领袖，必须运用法律的、政治的、宗教的、艺术的或哲学的意识形态去解决这些矛盾，克服这些冲突，为社会的变革铺平道路。我们衡量一个封建帝王是否也可以用此标准呢？当然是可以的。历史上的确有一些封建帝王在面临社会变革的时候，在某些历史前提的作用下，作出了顺应社会发展潮流的举动，促进了社会变革的发生，他们是帝王中的杰出者。反之，有些帝王逆历史潮流而动，成为社会变革的障碍，他们是帝王中之无识者。

就中国历史的情况而言，从封建社会到资本社会的变革迟早总是要发生的。毛泽东在《中国革命与中国共产党》一文中说：“中国封建社会内部的商业经济的发展，已经孕育资本主义的萌芽，如果没有外国资本主义的影响，中国也将缓缓地发展到资本主义社会。”那么中国的资本主义萌芽是什么时候发生的呢？这个问题早在20世纪50年代中后期历史学界曾经有过热烈的讨论，我们深知这个问题的复杂性，不拟也不可能在本书展开对此问题的讨论，但引用20世纪那次讨论的成果也许对我们正在讨论着的问题是有益的。因为，我们始终不认同清代

① 《马克思恩格斯选集》，第2卷，人民出版社1995年版，第33页。

的“康雍乾盛世”，也始终认为当代历史文学和影视剧中如此高调地歌颂康熙、雍正和乾隆是不妥的。因为在他们生活的年代，按照一般的说法，资本主义萌芽在16～17世纪的明代已经出现了[①]。在此之后的帝王，是催生资本主义萌芽的成长，还是设置障碍阻滞资本主义萌芽成长，就是考验此后帝王是否明智的关键。

康熙、雍正和乾隆三朝，从1662～1796年，即处于17世纪中叶与18世纪末叶之间。这是中国社会发展一个很重要的时期，即在明代后期资本主义萌芽后，后继的帝王实行什么样的政策，是至关重要的。我们可以简要地来考察以下几点：

一是继续维护小农自然经济，还是推动商品和货币的发展？是“重本轻末”还是“农商皆本”？康熙诸帝选择的是维护自然经济和“重农抑商”。明代商业开始发展，商人的地位有了很大的提高，货币权力日益增长。马克思说：“自从有可能把商品当做交换价值来保持，或把交换价值当做商品来保持以来，求金欲就产生了。随着商品流通的扩展，货币——财富随时可用的绝对形式——的权力也日益增大。”[②] 明代就是货币权力日益增长的时代。清代学者顾炎武编写的《天下郡国利病书》，以徽州地区为例，认为当时的经济的发展可以分为四个时期：弘历以前时期“家给自足”，“妇人纺绩，男子桑蓬，臧获服务”，这明显是自给自足的自然经济。到了正德末“则稍异也，出贾既多，土田不重”，并出现了“高下失均，锱铢共竞”的局面。嘉靖、隆庆间“则尤异矣。末富居多，本富尽少”，这就“自爱有属，产自无恒”。约三十年后，即万历时期则“富者百人而一，贫者十人而九”，达到了“金令司天，钱神卓地”[③] 的地步。这些说法虽只限于徽州一地，但明后期的这类情况记载甚多，说明了社会上因经商热导致货币权力大为增长。这种情况反映到思想上，万历丞相张居正就提出“商农之

---

① 20世纪50年代末和60年代初讨论中国的资本主义萌芽问题，可参见《中国资本主义萌芽问题讨论集》（上）、下卷，三联书店1957年版。《中国资本主义萌芽问题讨论集·续集》，三联书店1960年版。三本论集共收入论文53篇。对于中国什么时候起有资本主义的萌芽，各家意见不一。《续集》“前言”说：“关于资本主义萌芽的开始时期，目前还没有一致的意见。在若干论文中，都认为把资本主义萌芽提早到唐或宋代是不符合历史真实的，并指出这是由于作者孤立地考察手工业或农业部门中的雇佣关系，没有较为全面剖析当时社会基础与上层建筑的复杂状况。就近年来所发表的论文来看，比较多数的意见认为明代已经出现了资本主义萌芽。至于具体时代，一般都认为在16世纪。也有人认为在15～16世纪这一阶段内，在某些城市经济特别发达的地区，在某些有长远历史传统手工业部门中，已有资本主义生产关系的最初发生。”1985年人民出版社出版的中国社会科学院历史所许涤新和吴承明主编的著作《中国资本主义萌芽》一书，也把中国资本主义萌芽的开始时期定位“明代后期”，作者从多方面寻找根据，进行了详尽的论述，参加此书第二章。

② 马克思：《资本论》第1卷，人民出版社1975年版，第151页。

③ 参见顾炎武著：《天下郡国利病书》原编第九册，凤宁志，歙志风土论。

势若权衡”的论点，他主张既要“省征伐以厚农而资商”，又要“轻关市以厚商而利农”，张居正所言不能不说是当时社会中农商并重的思想的反映，这与中国历代“以农为本”、“以商为末”已经大大前进了一步。更进一步，到了丘濬、赵南星、黄宗羲等人那里已经形成了“工商皆是本”的思想。明亡后的清代几个帝王的经济政策，推行以前的自然经济的“重本抑末”即重农轻商的政策，雍正皇帝有一段话说：“凡士工商贾，皆赖食于农，故农为天下之本务，而工贾皆其末也。……市肆之中，多一工作之人，即田亩中少一耕稼之人；且愚民见工匠之利，多于力田，比群趋而为工，则物之制作者必多，物多则售卖不易，必至壅滞而价贱。是逐末之人多，不但有害于农，而并有害于工也。……苟遽然绳之以法，必非其情之所愿，而势所难行，惟在平日留心劝导，使民知本业之为贵。”① 雍正的言论反映出：第一，当时经商做工已经成为一种“势”，人群众多，是继明代末年有了一定的发展；第二，雍正认为这“势”并不好，会造成农工皆败；第三，要遏制这种“势”，因人众多，遽然绳之以法，势必造成混乱，不利他们的统治。还是农民守住自己的地耕作，更好管理。所以这段话不但说明了清代康雍乾几个皇帝仍然没有顺应时代之潮流，推进资本主义的萌芽，继续“重本轻末”，而且也反映了他们“重本轻末”的原因是怕发展工商，需要众多人群参与，而“滋生事端”，甚至聚众闹事，十分不利他们的专制统治。他们并没有更为宏远的眼光，推动商业交换和货币权力的发展。

二是开放门户，与外国交往，还是闭关锁国，夜郎自大？康熙诸帝选择的是“海禁”的封闭政策。“清代从顺治元年到康熙二十三年（1644～1684年）的四十年间，为对付抗清势力，令‘片板不许下海’，‘片帆不准入口’。康熙二十三年统一台湾，始开放海禁，允许中国商民出海贸易；又指定广州、漳州、宁波、云台山四地为外人来华通商口岸。但对外贸商人、船只和出口商品等仍有许多限制。康熙五十六年（1717年），海禁又趋严格，除保留东洋贸易外，对南洋贸易，只允许外人来华，禁止中国商人前往贸易。雍正五年（1747年）却又恢复。乾隆二十二年（1757年）又将外商来华通商口岸限在广州一地，其他三口关闭。清初禁海，有战时体制的性质。从严格意义上讲，清代关闭政策的推行，应当说是始于康熙五十六年的‘海禁令’。从此以后，虽还有弛严起伏，但总的趋势是门户越来越小，限制越来越严。直到外国侵略势力用炮火轰开中国的大门。”② 康熙等清代皇帝的海禁政策与商品、货币为标志的明代后期萌芽的资本经济是相反对的，它仍然是自古以来的封建自然经济的产物。“海禁”这一政策的推行直

① 《清世宗实录》卷57，雍正五年五月初四日。

② 许涤新、吴承明主编：《中国资本主义萌芽》，人民出版社1985年版，第702页。

接为清代后期中国衰弱以及受帝国主义的侵略、欺凌埋下了伏笔。

三是广开言路、自由开放，还是钳制思想、禁锢言论？康熙诸帝选择的是大兴“文字狱”，强化思想控制。“文字狱”自古就有，但康雍乾三朝的“文字狱”是历代最为严酷的，而且愈演愈烈。遭受“文字狱”的人多为士人和下层官员，凡被认为“语含怨望”、“狂悖讥刺”者，一经揭发，就成为文字狱的对象。揭发者有功受赏，被揭发者则祸从天降。所以，一时间以私报怨、断章取义、牵强附会、文网密布，动辄得咎。康雍乾三朝的文字狱有案可查的不下100多起，在这些案件中被判死刑的200多人，受到株连而遭遇各种刑罚的更不计其数。乾隆一朝，虽修了工程浩大的《四库全书》，但在编修过程中也焚烧了一些被认为是有问题的典籍。文字狱到乾隆年间达到高潮。仅乾隆三十九年至四十八年，文字狱就达50起，被冤枉者不计其数。清代最著名的文字狱发生在康熙年间，第一案是浙江吴兴的“明史案”。富商庄廷拢得前朝朱国祯的明史遗稿《列朝诸臣传》，然后邀请许多士人编辑、增补其书，其中有批满洲的文句，又使用了明朝年号，不用清代年号等，庄廷拢先死，其父庄允城将书刊行。不久，被人告发，庄允城被捕到京，死于狱中。庄廷拢的坟地被挖，开棺烧骨。其余作序者、校阅者、刻书者、卖书者、藏书者统统被处死，仅这一案连杀70多人，被充军者数百人。此外就是戴名世和方孝标的《南山集》案，也牵连数百人，戴被斩首，方被戮尸，两家男丁16岁以上者均被杀害……康熙诸帝大兴文字狱就是要牵制思想自由，控制社会舆论。其影响甚深，直到龚自珍的《咏史》诗仍有“避席畏闻文字狱，著书都为稻粱谋”。康、雍、乾三朝虽有一些学问家，却没有一个像明代李贽那样的思想家。这样一个没有思想自由的社会，必然是死气沉沉的毫无生气的，对于资本主义萌芽的思想更受到扼杀，社会也就不能不停滞不前。

以上三点，即“重本抑末”、“海禁”、“文字狱”，有相通之处，就是以保守、封闭、钳制来实行极端的封建专制制度。历史的规律性常常在短期内看不出来，需要经过长时期之后才看得出来。同理，我们看一个朝代、一个帝王是否有作为，是否是盛世，不能局限于孤立于本朝来看，要看前后几百年，看历史脉络走向，看这个朝代这个帝王是顺应时代的潮流，还是逆时代的潮流。实际上，康熙不是什么“千古一帝”，并没有那么多丰功伟业，他和雍正、乾隆统治中国一百多年，正当中国资本主义萌芽成长时期，但他们没有为此解决矛盾、克服冲突，为它开辟发展的道路，相反却推行“重本抑末”、“海禁”、“文字狱”等政策，推迟、延缓了资本主义萌芽在中国的发展。康雍乾时期已经到了中国封建社会的后期，他们的统治对于封建制度来说是远去的帆影，是黄昏时刻的落日，是将要燃尽的蜡烛，是即将结束的盛宴，是临死前的回光返照。当代历史文学和影视剧回避上述历史核心问题，并那样高调地评价他们所立下的所谓千秋功业，《康熙王朝》电视连续剧结尾前的评语是：康熙“一生政绩卓著，制服鳌拜，平定三藩，收复台湾，亲征葛尔丹。经过明末清初的长期战乱，中国各族人民深切太平与安定，玄烨顺应人民的愿望，完成了他所承担的历史使命，为中国社会的发展作出了重要的贡献。康熙皇帝玄烨因其文治武功卓著，在位长久，被后世称为‘千古一帝’。”当然，人民希望由乱走向治，但要求的是什么样的治呢？是更加专制的严酷的停滞的封建统治，还是在资本主义萌芽的基础上迎接新的社会变革的“治”呢？这是值得我们深思的。

三、历史题材创作评价帝王的几个要点

(1) 把历史的内容还给历史。目前出现的历史题材文学作品和影视剧中以封建帝王为描写题材的作品，基本上都以歌颂、赞扬、浪漫为基调，他们似乎在最古老的时代发现最新鲜的东西，对其龌龊行径、虚伪作为、倒行逆施、压迫人民、累累罪行等，或者是回避或者是轻描淡写或者点到即止，或者是把一些批判淹没在歌颂之中，离开了恩格斯所说的“我们要求把历史的内容还给历史”。封建帝王的本质是什么？封建帝王是封建地主阶级的最高代表，他们虽然生活于不同的历史时期，所遭遇的社会问题各不相同，所具有的个性也各异，但都号称天子，所谓“君权神授”，个人拥有至高的权威和权力，并以此实行严酷的专制统治，有生死予夺之权，用今天“最现代的思想”（历史唯物主义）看，帝王无不是反民主的、反法治的，他们代表着旧社会经济形态及其上层建筑，代表着旧的政治和文化，这是他们的共性。尽管历代帝王中有实行“王道”和“霸道”的区分，似乎“王道”更讲人情和道德，更顺应民情，所实行的是“善政”，而“霸道”则不顾人情和道德，逆民情而动，一味依靠权势，颐指气使，横行天下，实行恶政，但对于历代帝王而言，完全实行“王道”的很少，完全实行“霸道”也不多，大多是“王道”中有“霸道”，“霸道”中有“王道”，即所谓的“常道”，而其结果可能会有不同，甚至有很大的不同。有的建立了伟大的功业，有的则庸庸碌碌、潦倒一生。并不是天下乌鸦一般黑。这是必须要承认的。

与此相联系，人们可能会问，历史上是不是有开明皇帝？帝王中是不是有伟大的人物？如果有的话，他们对社会发展问题的解决作出贡献是否应该得到肯定的评价？我想这些问题都是需要也是可以回答的。马克思说：“每一个社会时代

都需要有自己的伟大人物，如果没有这样的伟大人物，它就要创造出来。"[①] 的确是这样，历史总是给历史人物（包括帝王）提供了机遇。现实也总是给现实的人提供机遇。不论是什么时代，都可能面临一些必须解决的问题，如在汉代，北方的匈奴不断入侵，杀虏边民，成为社会的不安定因素，汉高祖没有解决这个问题，所谓的"文景之治"也没有解决这个问题，汉武帝以他的"雄才大略"，在卫青、霍去病等将领和无数士兵和广大人民的支持下，平息了匈奴之乱，同时打通了河西走廊，开辟了丝绸之路，是一大功绩。电视连续剧《汉武大帝》肯定和颂扬了打击匈奴所取得的功绩，是大体不错的。所以我们应当承认帝王中有开明的或睿智的或有气魄的或有才干的，有为历史过程中重大问题的解决获得成就的人物，有为民族国家的形成作出贡献的伟大人物，不承认这一点区别，统统简单地归结为罪不可赦的剥削者、压迫者是不符合历史事实的。但是，就电视连续剧《汉武大帝》在肯定汉武帝功绩的同时，对于汉武帝的赞颂，也过分"拔高"，特别在开篇的歌词中竟然唱汉武帝"你燃烧自己，温暖大地，任自己成为灰烬……"，这样的鼓吹和赞颂，对封建帝王的汉武帝是合适的吗？特别是当他晚年穷兵黩武，好大喜功，炼仙丹，喜方士，那种吹嘘谄媚之词，是汉武帝能够承受得起吗？汉武帝的伟大，仍然是作为封建帝王的伟大，帝王的本性在他身上并没有改变，过分的鼓吹乃是臣民的奴性思想在作怪，离马克思所说的"最现代的思想"很远很远。这种过分夸大帝王作用的描写是一种帝王崇拜，与辛亥革命反帝制和"五四"时间批判"国民性"的思想是背道而驰的。

我们的作者们不要把这些帝王看成是天生的，离开他们历史就不能前进。要知道，在封建社会中，谁成为帝王，是封建内部斗争的结果，带有很大的偶然性。恩格斯曾经说过："……恰巧拿破仑这个科西嘉岛人做了被战争弄得疲竭的法兰西共和国所需要的军事独裁者，——这是个偶然现象。但是，假如没有拿破仑这个人，他的角色就会由另一个人来扮演的。这点可以由下面的事实来证明，即每当需要有这样一个人的时候，他就会出现，如恺撒、奥古斯都、克伦威尔等。"[②] 同样的道理，像汉代的汉武帝出现，是历史需要的结果，因为在那个时期，匈奴的问题已经到了非解决不可的时候，需要有一个具有战略眼光的帝王出来平定匈奴之乱。如果没有刘彻，"他的角色会由另一个人来充当的"。那种在小说或影视作品中故意渲染某个帝王出生时就不同凡响，有什么天人感应

① 马克思：《1848 年至 1850 年法兰西的阶级斗争》，见《马克思恩格斯选集》第 1 卷，人民出版社 1995 年版，第 432 页。

② 恩格斯：《致瓦·博尔吉马斯》（1894 年 1 月 25 日），见《马克思恩格斯选集》第 4 卷，人民出版社 1995 年版，第 733 页。

的现象发生，连孩子哭声都不同凡人，似乎他真是上天派下来专为解决某个历史难题的人物。这样的一些描写，都是历史唯心主义的伪艺术伎俩。应该把历史的内容还给历史，这种历史是必然的或可然的，而不是人为的生硬地添加进去的。

（2）应当把封建帝王置于历史发展潮流中去把握，看他是否顺应历史潮流。帝王总生活在一定的历史阶段。这个阶段的现实是否是必然的合理的呢？即是否符合历史潮流？如果现实是必然的合理的，你肯定这个现实，拥抱这个现实，那么你是对的。但是如果历史潮流已经向前发展了，那么就显示出原有的现实的不合理，必须加以调整或推翻。我们的作者不应该总是守住黑格尔的那句话："凡是现实的都是合理的；凡是合理的都是现实的"，而应该听一听马克思的话："一切发展，不管其内容如何，都可以看作一系列不同发展阶段，它们以一个否定另一个的方式彼此联系着。比方说，人民在自己的发展中从君王专制过渡到君主立宪，就是否定自己从前的政治存在。任何领域的发展不可能不否定自己从前的存在形式。"① 我们还可以更具体地听一听恩格斯的话："法国君主政体在1789年已经变得如此不现实，即如此丧失了任何必然性，如此不合理，必须由大革命（黑格尔总是极其热情地谈论这次大革命的）来把它消灭。所以，在这里，君主政体是不现实的，革命就是现实的。这样，在发展的进程中，以前一切现实的东西都会成为不现实的，都会丧失自己的必然性、自己存在的权利、自己的合理性。一种新的、富有生命力的现实的东西就会替代衰亡的现实的东西"。②

如果我们听懂了马克思和恩格斯的话，那么他们的思想是清楚的：一定阶段的社会现实不一定是必然的合理的，应该加以赞扬的，历史潮流滚滚向前，原有的现实可能不具有必然性和合理性，那就要用新的、更富有生命力的现实加以取代。对于帝王及其行为的评价，就应该用这样的观点加以衡量。

例如同样是生活于封建社会的帝王，也有一个是生活于封建社会上升时期还是衰落时期的问题，我们对于他们作为的评价，就不能不考虑这种区分。

以电视连续剧《汉武大帝》为例。这部电视剧的主要人物汉景帝和汉武帝，都处于中国封建社会上升时期。电视剧的主要内容写了汉景帝平定内部的七国之乱，建立汉代中央集权，汉武帝讨伐匈奴的胜利，扩充了疆土，应在历史发展中去加以考量。汉高祖于公元前202年战胜项籍，做了皇帝，建立了西汉王朝。但

---

① 马克思：《道德化的批评和批评化的道德》，见《马克思恩格斯论历史科学》，人民出版社1988年版，第169页。

② 恩格斯：《费尔巴哈与德国古典哲学的终结》，见《马克思恩格斯选集》第4卷，人民出版社1995年版，第215～216页。

是汉高祖在立国以后，留下了两大问题没有解决：一个是诸侯王割据，汉朝廷直接统辖的仅有十五郡，其他地方由诸侯王统辖。当时这样做，对于汉高祖来说实在是出于无奈，因为不分封，大家不能齐心合击项籍，不能齐心推他为皇帝。但分封之后的局面与战国时代的割据局面十分相似，国家未能统一起来，也时时威胁汉王朝的稳定。另一个是对于匈奴的和亲政策。汉高祖也曾率 32 万军队进驻平城（今山西大同县东），准备袭击匈奴。但匈奴冒顿率 40 万骑兵围困平城七日，汉高祖不战自退。从此匈奴更加强大，经常入寇西汉王朝西北部边境，汉朝只能忍辱退让，以和亲政策求得暂时的和平。但历史问题总是要解决的。汉景帝时期，诸侯王割据问题进一步激化，公元前 154 年发生了吴、胶西、楚、赵、济南、淄川、胶东七国诸侯王联合反叛，形成了七国之乱。汉景帝奋起应战，运筹帷幄，派智谋过人的周亚夫击败七国叛军，灭了诸国。此后皇子受封为侯，只征收税租，不再管理政事，在中国历史上真正结束了诸侯割据制度，符合历史潮流，也加强了西汉王朝的中央集权，这应该说是历史的功绩，作为这场削藩战争的最高代表汉景帝有历史贡献，应予以积极评价。电视连续剧《汉武大帝》对于汉景帝的评价应该说是大体不错的。二是对匈奴的战争问题则由在位 54 年的汉武帝解决了。汉武帝从公元前 133 年 ~ 公元前 89 年对匈奴的战争，耗费了“文景之治”所留下的大量的经费和各种资源，重用卫青和霍去病等将领，征战 44 年，打了几大战役，最终把匈奴赶往漠北，结束了匈奴对汉朝地域的侵扰。《汉武大帝》赞扬了汉武帝的“雄才大略”，特别是他对匈奴作战的胜利，这也是符合历史潮流的，评价应该说也大体不错。历史提供了顺应历史潮流的机会，汉景帝、汉武帝虽然是封建时代的帝王，但他们抓住了这个机会，有所作为，建功立业，是应该得到适当的积极评价的。

但是对于处于封建社会衰落时期的清代康熙、雍正、乾隆来说，就不能与汉景帝、汉武帝同日而语了。二月河的清代“帝王系列”所写的“康雍乾盛世”处于 18 世纪，康熙、雍正、乾隆三朝共 134 年，乾隆禅位于嘉庆那年离标志着中国衰落的 1848 年鸦片战争只有 44 年，离 1911 年辛亥革命只有 116 年。对于具有五千年历史的古代中国来说，封建社会不但处于衰落的后期，甚至可以说已经进入末世。“康雍乾盛世”不过是封建社会这个衰老的躯体的最后的喘息。对于二月河创作的‘帝王系列’长篇小说，以及其后所改编的电视连续剧明知“康雍乾盛世”不过是封建末世的“繁荣”，如前面所说的是即将开败的花，是临死前的回光返照，但作者还是不能按照历史发展的大趋势去真实地把握它，而是通过艺术形象的整体去歌颂“康、雍、乾”诸大帝，溢美之词更是令人哑然失笑：说康熙“面对冰刀血剑风雨”，“踏遍万里山河”，“站在风口浪尖紧握住，日夜旋转”，“愿烟火人间，安得太平美满”，说他“还想再活五百年”。吹嘘雍正则是什么“千秋功罪任评说，海雨天风独往来，一心要江山图治垂青史”。作者们真的把他们的统治描写成“盛世”，这在某种意义上是推销最腐败的专制帝王文化。这不能不说是令人费解的。其实，中国的历史发展到明代，中国社会自身已经生长出了资本主义的幼芽，特别是到了晚明时期，资本的流通和市民社会也初步形成，特别是出现了泰州学派，出现了李贽等一群思想解放的学者，反对以孔子之是非为是非，加上农民起义风起云涌，使中国到了一个历史转折的关头，如果不遇到障碍，资本主义有可能自然破土而出。这就是当时社会发展的走向。清朝建立后是顺应这个历史潮流呢，还是逆这个历史潮流而动呢？这是我们必须弄清楚的。康雍乾三朝长达 134 年的统治，虽然社会是基本安定了，生产也得到恢复，但他们把封建主义的专制制度发展到极端，朝廷的全部政务，包括行政、任免、立法、审判、刑罚等一切，事无巨细，都要皇帝钦定。特别是以儒家思想僵硬地钳制着人们，更是达到登峰造极的程度。如我们前面指出的康雍乾三朝所盛行的文字狱，使整个知识文化思想界噤若寒蝉、万马齐喑。这一扼杀思想自由的行为最为严重，直接导致了国民奴性的形成，也直接导致朝廷眼光狭隘、闭关锁国、蔑视科学、重农轻商等。可以说在康雍乾三朝已经埋下了晚清社会落后、国力孱弱、内忧外患、亡国灭种的危机。不幸得很，正当我们为 17、18 世纪康雍乾盛世而自满自骄自傲的时候，欧洲的主要国家在文艺复兴运动之后，开始并完成了资产阶级革命，科学技术发明接连不断，轰轰烈烈的现代工业革命创造了人类空前的财富，开始了现代化的进程，把东方各国甩在后面。以英国为首的列强已经开始向东方的中国虎视眈眈。中国离遭受别人宰割的日子已经不远了。这就是历史大趋势和总趋势坐标中的所谓“康雍乾盛世”，他们的统治并非顺应历史发展的潮流。显然，帝王系列小说并没有从这种宏阔的眼光来认识这段历史，虽然二月河也把它称为“落霞三部曲”，但写康雍乾的缺陷只是一种点缀，而歌颂他们殚思竭虑为百姓谋利益，不畏艰险为中国谋富强，千方百计为国家除腐败等则成为主调。这是在歌颂逆历史潮流而动的最腐朽的东西，我们不认为这样的评价是可以接受的。

（3）不以忠奸、善恶论“英雄”。忠奸、善恶等在历史文学和影视剧中属于道德主义的范畴。忠奸、善恶都是相对的概念。忠奸是依附不依附帝王的意思。对帝王依附往往被说成“忠臣”，对帝王不“忠”就是贼子逆臣；但如果农民起义，反对皇帝，要求皇帝轮流做，也有一个“忠不忠”的问题，忠诚于起义的事业就是“忠”，同情要打倒的皇帝就是不“忠”了。可见“忠”与“奸”是相对的，不是绝对的。善恶的问题大体上也可做如是解。因此以忠奸、善恶来铺陈故事，并不能给予确定的评价。这样说，并非讲道德不重要或没有区别，对于历史文学来说重要的是要纳入历史唯物主义的大框架中去考察。如果某种道德行为有利于生产关系的调整，有利于生产力的积极的变化，则这种道德就属于历史的一部分，是非常重要的。如果某种道德行为与社会变革的积极因素无关，过多的渲染，并没有意义，甚至会遮蔽一些更为重要的历史行为。所以，说到底，历史文学评价封建帝王仍然要回归到历史唯物主义上面来。所谓回归历史唯物主义，并不是让历史文学直接去写如何调整生产关系，促进生产力的发展，而是如马克思所说的那样，通过艺术地描绘法律的、政治的、宗教的、艺术的和哲学的诸种意识形态的具体感性的变化，来写克服冲突和解决矛盾等。

（4）有了对现实的深刻总结之后才能认识历史。评价封建帝王需要分历史时期，封建社会的早期相对于奴隶社会具有进步意义，那么封建社会的后期则要看对待新生的处在萌芽状态中社会发展的积极因素是否出现，如果出现的话则要采取什么态度。要评价康雍乾，不仅仅是要看康雍乾本身，更要看后来清代的衰落、灭亡，看半殖民地半封建中国的形成，看中国革命的胜利，看今天改革开放后的中国的重新复兴和现代化的快速进展。正如马克思所言：人类只有在资本主义社会开始自我批判的时候，才能对封建社会、古代社会、东方社会有清楚的认识。[①]“人体解剖对于猴体解剖是一把钥匙。反过来说，低等动物身上表露的高等动物的征兆，只有在高等动物本身被认识之后才能理解。”[②] 我们的历史文学的和影视剧的作品，往往是对于过去社会残留下来的社会形态的片断，没有经过对严肃的批判，没有对今天现实的深刻的认识和总结，就匆忙地孤立地来描写过去社会的种种事物，因此他们还不可能看清封建社会或封建社会的末世究竟存在什么矛盾与问题，进一步提出深刻的批判当然更不可能。看不清今天改革开放给中国带来的翻天覆地的变革，就看不清康熙五十六年的“禁海令”有多么愚蠢。简言之，我们看现实，往往要以史为鉴；而看历史则要研究今天。我们坚信，关于历史文学和影视剧的创作，深刻批判之作是迟早总会出现的，那时我们会用另一种眼光去看康雍乾，也才会发现在20世纪的末期和21世纪初期那样迷恋于对封建帝王的歌颂是多么奇怪。因为那时我们的作者已经仔细地深入地研究过以前历史与现实中国的关系。

（5）重视“历史的前提”。我们说历史文学要回到历史唯物主义上面来，并不是就强令某个历史时期封建帝王去做做不到的事情。我们要求汉武帝推动资本主义萌芽，这是不可能的。我们要求康雍乾搞思想启蒙运动，也是不可能的。马克思说：“人类始终只提出自己能够解决的任务”，超越“历史的前提”随意提

① 马克思：《政治经济学批判·导言》，《马克思恩格斯选集》第1卷，人民出版社1995年版，第24页。

② 同上，第23页。

出评价的标准显然是毫无意义的。汉武帝去不去削藩、统一中国，是不是坚决平息边患，打通通往西域之路，康、雍、乾三帝是“重农轻商”还是“农商皆本”，是搞“海禁”还是开放“海禁”，是广开言路还是大兴“文字狱”等问题，历史已经为他们提供前提，他们是可以作出正确选择的。汉武帝没有历史为提供的前提，这样去做了，是值得肯定的；而康、雍、乾三帝浪费了“历史的前提”，作出了错误的选择，这就要遭到合理的批判。

（6）重视美学的品格。我们说历史文学评价封建帝王，要回到历史唯物主义，并不是一种单一的孤立的要求。这种要求必须和美学的要求相结合才是合理的，才是真正文学的。帝王也是人，不是神。他也有七情六欲，也具有极为复杂的方面。艺术的审美要求内在地写出某个帝王的性格的逻辑和发展的命运，写出帝王灵魂深处的鲜活的东西。现在描写帝王形象的历史小说和电视连续剧，总是按所谓的“三七开”、“四六开”来评价，这种量化的评价必然会把帝王形象简单化，不可能把帝王思想和心理的复杂性充分展现出来。有的作者总是把全部兴趣放在这些帝王所谓的建功立业上面，农民和其他阶级的不满和他们的斗争，没有进入他们的视野，没有成为鲜活的对照的背景。其实，历史就是历史。例如要艺术地表现汉武帝，要尊重历史真实和艺术真实。一定要把汉武帝的复杂性表现出来。汉武帝不完全是他本人，他就是那个历史时代的产物。他的一生，无论个人命运，还是政治生涯，都是复杂的。早年的汉武帝意气风发，雄心不已；晚年的他权力独揽，但他的悲哀是连个亲人都没有，最后宁可把监国大权交给大臣，也不交给亲属。当他的权力达到顶峰时，他实际也成了孤家寡人。汉武帝梦想长生不老，导致各种迷信的骗子出入朝廷，搅扰朝政；晚年更是刚愎自用，性情古怪，朝令夕改，深不可测，太子被迫自杀，卫夫人也被迫自杀，后来谁被他任命为丞相，谁就会感到大祸临头，甚至有人哭着不肯做丞相。这不是咄咄怪事吗？汉武帝下“罪己诏”时，罪恶已经铸成，已经无法挽回。他为了支持对匈奴的战争，需要经费，不能不巧取豪夺，于是对农民进行残酷的剥削，田三十亩按一百亩征收税租，口钱二十改为二十三，七岁起算改为三岁起算，结果，贫民生子多杀死，农民贫困破产。在汉武帝统治下，“海内虚耗，人口减半”。这是汉武帝自己没有想到的。汉武帝完全是个悖论式的悲剧人物，可以说，他是一个普通人，有人性人情，但又是一个政治家，擅权专断，不讲道理；他是一个明君，深知自己的责任，但又是一个暴君，杀人如麻；他权力大无边，臣民们都围着他转，但他又是孤家寡人；他是一个情种，他钟情于女人，知道女人需要什么，可他又是一个无情的人，顷刻之间，见异思迁，移情别恋，而且说杀就杀；他是一个硬汉子，杀伐决断，敢作敢为，但又是一个软弱的人，他害怕他做的事情有可能失败……这样的复杂的人物性格，不是“三七开”、“四六开”的定量分析可以表现出来的。应该充分展现他的多面性格，展现他内心的痛苦，展现他最后的又胜利又失败的悲剧悖论……可惜得很，目前我们所见到电视连续剧恰恰停留在这种“三七开”的定量分析中，因而无法展示特定时期帝王性格的复杂性和悲剧命运。整个作品的美学品格也就大大减弱。

马克思恩格斯提出的“美学的历史的”的批评原则理所当然可以用来衡量历史题材文学创作中对于封建帝王的描写与创造。

第十一章

历史题材文学创作的评价标准与方法问题

在当前我国文学和大众文化创作领域，以历史人物和事件为题材的作品——历史小说、历史剧、古装电影、古装电视连续剧等可谓层出不穷，令人目不暇接。历史上的重要人物、事件乃至野史稗闻都相继被人们从故纸堆中翻倒出来，成为创作素材。与此相应，研究和评论文章也大量涌现，论者从各个角度对这类创作进行品评。这些文章当然有不少真知灼见，但平心而论，理论研究还不够深入，人们对于究竟应该如何研究、评判此类作品，即持怎样的立场、标准和方法似乎还缺乏深入的反思，因而在具体的研究与批评中还存在着诸多误区。在这一章中，我们将就历史题材创作的评价标准、批评方法等问题提出我们的思考，以期引起进一步的探讨。

谈到关于历史题材创作的评价标准，人们首先想到的大约就是“真实”二字。我们的反思就从这里开始。虽然在前面的章节，我们已经就历史真实和艺术真实的统一提出了我们的看法。但基于此问题的重要性，我们将从批评的角度进一步加以深入的讨论。在现代汉语语境中，“生活真实”、“历史真实”、“艺术真实”似乎都是自明性的概念，人们在使用它们时根本无须追问其意指究竟为何。从一般的文学理论教科书或评论文章中我们随处可以见到这些词语，其最一般的含义是：生活真实——当下生活中发生的事情；历史真实——以往生活中曾经发生过的事情；艺术真实——文学艺术作品的虚拟世界中展现的、生活中可能发生的事情。或者说艺术真实是在生活真实或历史真实的基础上经过艺术加工的社会生活。如果说近年来在关于一般文学创作的评价系统中生活真实与艺术真实的关系问题虽然依然十分重要，但似乎已经不再是关注的中心，那么在关于历史题材创作的评价标准问题上，历史真实与艺术真实的关系却始终是一个焦点——来自历史学界的论者几乎无一例外地指责历史题材创作违背历史真实，歪曲历史；而来自文学领域的论者则常常批评此类创作或者过于迁就历史真实而失却艺术真实，或者胡编乱造，缺乏艺术价值等，总之是未能实现历史真实与艺术真实的完美统一。这些议论由于未能建立在对其所使用的基本范畴的学理反思的基础之上，故而很难真正抓住文学创作存在的问题，从而得出恰当的评价。

至于研究和批评方法，则目前的状况更加难以令人满意，论者似乎尚未形成清醒的方法论意识，面对具体作品，大都是在表达一种印象式的议论。除了那些站在历史学家立场上指责作品违背历史真实的言说之外，基本上都是从一般的文学批评角度分析作品的人物、情节、结构、叙事方式等，对于历史题材创作的独特性所要求的方法上的特殊性缺乏认识。尽管批评文章的数量很多，但有理论穿透力量并在方法上有所建树的却比较少见。因此对于历史题材创作研究和批评的方法问题也应该受到学界重视。

一、历史题材创作研究与批评中存在的三大误区

在当前我国学界关于历史题材创作的研究与批评中主要存在着下列几个误区：

第一，误将历史叙事等同于“历史真实”，认为不符合历史记载的文学创作就是违背“历史真实”。这种观点比较集中地表现在对所谓“翻案”作品的评价上。自 20 世纪以来，我国历史题材的创作中的确存在着对历史人物和事件重新评价的普遍倾向。关于武则天、张居正、雍正皇帝、曾国藩、李鸿章、慈禧太后、袁世凯乃至于抗日战争、国共之间的恩恩怨怨等，都有不同于以往历史叙事的文学书写。这种重新书写中可能会存在一些问题，但问题在于以往的历史叙事也同样可能存在很多问题，因此用历史叙事为标准来否定文学叙事的真实性，这本身就是有问题的。这里预设了历史叙事的优先性原则。毫无疑问，在评价历史题材作品时，我们应该承认历史的优先性，因为这类作品毕竟取材于历史，但这并不等于文学叙事对于历史叙事必须俯首称臣，不得越雷池一步。历史叙事没有这样的特权，因为它本身的真实性也是有待判断的问题。例如对于电视连续剧《雍正王朝》的评价就很有代表性。雍正皇帝这个历史人物，以往许多野史笔记和民间传说都把他描绘成一个凶残、冷酷、谋取皇位、残杀兄弟的十恶不赦的暴君。但 20 世纪 90 年代中期在大陆与港澳台地区红极一时的《雍正王朝》（胡玫

导演、唐国强、焦晃主演）中，他成了一个志向高远、政绩非凡的正面人物，令观众对他充满同情与赞赏。于是许多论者就根据历史叙事来批评这部作品，认为是为暴君翻案。其实像雍正这样的历史人物是极为复杂的，以往的历史叙事之所以把他描绘成那个样子是有许多原因的。这部电视剧那样受欢迎本身就是一件值得深入研究的社会文化现象，简单否定是于事无补的。其他关于文学叙事中的曾国藩、李鸿章、慈禧太后等历史人物的评价也都存在这个问题。

第二，注重个别人物、事件的真实性而轻视作品整体的历史感。在评价一部历史题材作品时，个别人物、事件是否与相关历史记载相符，甚至有没有记载，实际上都是无关宏旨的，因为即使再详尽的历史叙事也无法囊括所有人、所有事，历史叙事总是粗线条的。文学创作是要展现一幅有血有肉的生活图卷，仅仅囿于历史记载当然是远远不够的，对个别人物与事件的描述不符合历史叙事可以说是必然之事，否则就不可能有真正的历史文学出现。为了整部作品的需要，虚构若干人物，甚至是重要人物也是合理的。在这里重要的是作品整体上是否呈现深刻的历史感。所谓历史感是与现实感相对而言的，是指人们对一种本身并没有经历过的久已逝去的生活世界的感受和体验。历史感不会凭空而生，也不是什么记忆的复现，这是一种重构的感受，是文学作品传达的历史信息与接收者现实生活体验相触发的产物，借用哲学阐释学的术语，也可以说是一种“视域融合”的结果，是“效果历史”。一部历史题材的作品如果可以给人以历史感，那么即使它有许多内容与历史记载相左，也可以说是成功的，这比那些处处符合历史记载，而在整体上毫无历史感的作品好上一千倍。例如著名历史小说《三国演义》中关于诸葛亮种种神机妙算的描写都是于史无征的，但由于小说将这个历史人物描写得栩栩如生，并将他放置在一个兵连祸结、动荡不宁的历史情境之中，就使得这个人物具有强烈的历史感，使人感觉他似乎比陈寿《三国志》里的诸葛亮还要真实可信。这就是成功的文学叙事的作用。历史感对于任何成功的历史小说都是不可或缺的，甚至可以说，历史感是历史真实的核心因素。

第三，关于历史偶然性问题。当前学界对于历史题材作品的批评中有一种比较普遍的观点，认为过于注重偶然性而歪曲了历史的必然性。这是一个很重要的问题。历史一如现实生活一样存在着太多的偶然性，但是传统的历史叙事就像一支筛子一样，把偶然性都过滤掉了。史家们面对纷纭复杂的历史人物与事件，总希望梳理出一条清楚的线索，因为这样才便于把握，才便于传达，也符合人们的接受心理。然而实际上很少有历史事件是按照单纯的线性因果关系来发生发展的，一个事件总是由复杂的原因所决定，其中充满了偶然性因素。从某种意义上说，历史题材的文学叙事的使命之一恰恰就是呈现历史本身的复杂性和偶然性。这样一来就与历史叙事所建构起来的“历史必然性”发生了冲突。例如关于明末清初满族人成功建立大清王朝的历史事件，根据一般的历史叙事，明末朝廷的腐败、农民起义、努尔哈赤和皇太极等人的励精图治等构成了改朝换代的历史必然性，这当然是不错的。但关于这段历史的文学叙事，例如电视连续剧《清宫风云》等，都不约而同地将孝庄皇太后的智慧及其与多尔衮的私人感情作为满人成功入主中原的重要原因。这就是偶然性，尽管正史中没有明确记载，但这样的偶然性是可信的，倘使没有这样的偶然性，也必然有另外的偶然性曾经起到过重要作用。因此历史题材创作完全有权根据自己对历史的理解运用偶然性来进行叙事。离开了偶然性就没有任何历史真实和艺术真实可言了。

二、对历史题材创作的评价标准问题的反思

上述关于历史题材创作的研究与批评中的误区基本上都是因为对历史真实与艺术真实的含义以及两者关系的理解不当所致。我们知道，历史真实与艺术真实的统一一直是学界评价历史题材作品时所持的最为重要的基本尺度。但如果追问究竟什么是历史真实和艺术真实？如何才可以被视为两者的完美统一？恐怕会得到五花八门的回答。这说明在使用这些概念之前先要弄清楚它们实际所指才行。稍加思考我们就不难发现，这两个概念都是另一个概念——生活真实的派生物，因此要搞清楚这两个概念的含义，就不能不从追问生活真实开始。

“生活真实”是西方文化传统和思维方式的产物，在中国古代文化中没有这样的概括。至少在古希腊时期，西方人就开始形成了主客体二分的对象化的思考方式——将思考者与被思考者严格区分开来，认为人的知性所能把握的外部世界是纯然客观存在的，人的主观能力可以将这客观世界如实地转换为某种主观形式，于是思维着的主体与自然存在的客体之间就形成了某种契合的可能性，而这种契合的程度就用“真实”或“真理”来标示。

西方人认为感觉和思维能力在根本上都是主体对“可思维对象”的“接纳”过程，因此也都是与对象达到“一致”的过程。这无疑是典型的主客体二分的或对象化的思维方式。在这种思维方式指导下，接近对象、完整显现对象（虽然是没有质料的形式）就成为主体感知与思维的基本功能，而这也同时就是真理或真实的形成过程。这种思维方式一经形成便成为西方两千多年间哲学、科学的基本思维方式，而且也对其宗教、艺术、文学等文化门类产生了重要影响，在文学观念中的“真实”诉求就是这种思维方式的产物。

然而，希腊人的思考远没有止步于此。他们深信在看得见的现实世界之后存

在着看不见的东西，而后者才是起着决定作用的、可称之为“本原”或“本体”的东西。米利都学派的“水”、“无限者”、“气”，毕达哥拉斯学派的“数”，赫拉克利特的“火”，德谟克里特的“原子”，直至柏拉图的“理念”，都是对宇宙“本原”的猜想。而这种思维方式也就成为后世哲学和文学观念中“本质论”的思想资源。按照这种被称为现实主义的文学观念，文学作品仅仅反映生活表面的真实是不够的，好的文学作品应该表现生活现象背后隐含的本质与规律，于是就产生了“本质真实”这样的概念。应该说，这种将社会生活视为某种可以把握的客观存在，认为可以通过感知和思维使之形式化，并相信这种“形式化”的东西就是社会生活实际样貌的对象化思维方式正是“生活真实”说的理论依据。在这种思维方式看来，生活真实（或真理）无非就是指心灵（被形式化的对象）和“可思维对象”之间的契合。这里显然存在着“误置具体性”的问题。①

实际上西方哲学界在19世纪末20世纪初就开始了对这种思维方式的反思。例如早期的维特根斯坦所坚持的“图像论”尚坚信语言的逻辑结构与客观世界的逻辑结构存在着同构关系，换言之，人们可以通过语言反映和把握实际的客观世界。但是到了后期，他提出著名的“语言游戏说”就完全推翻了“图像论”的观点，不再相信无论是在世界中还是语言中存在普遍的逻辑结构，认为只有被实际使用着的日常语言才是有意义的，而其意义不在于语词与客观事物存在对应关系，而是在于日常语言是像儿童游戏那样根据特定规则而进行的有效行为。因此哲学不应该去研究概念、语言与实际存在之间的关系，而应该研究日常语言的语法规则，因为这才是根本性问题。维特根斯坦的这种观点实际上已经从根本上否定了人借助于语言把握实际的客观世界的可能性，在这个语境中“生活真实”之类的命题就变得毫无意义了。胡塞尔从另一个角度对外部世界的真实性提出质疑。在他看来，离开了人的意向性活动的“客观世界”是没有意义的，一切事物都是具有主体间性的意向行为的产物。意识的对象不是意识的前提而是意识的产物，是人的意向性活动建构起这个世界。如果说这个世界具有某种客观性的话，那么这种客观性也不是来自于世界的自在性，而是来自于人的主体间性，即意向行为的共同性。后期的胡塞尔提出过“生活世界”的概念，指的是人们的一切意向活动以及人的一切实践性活动。这个世界具有真实性，而且是“唯一真实的”世界，但是它却根本不同于在主客体模式下的对象化思维方式语境中的“生活真实”，它是不能被“形式化”的，也不存在主客体之间的“契合”

① 这个概念是怀特海在《自然的概念》一书中提出的，旨在批判那种将抽象概念当做实际存在物的西方传统思维方式。

问题。

在胡塞尔的基础上海德格尔进行了更加深入的反思。在他看来，生活就是作为存在者的人，即“此在”的“在世界之中”，这是一种“共同此在”而不是个别的存在者。而生活的真实或真理就是存在之澄明。澄明就是存在者敞开或去蔽状态，这种状态本身就是存在之光，就是真理与真实。世界与大地的争执实际上也就是此在显现自身的努力与遮蔽者之间的冲突，在这种争执过程中，存在借助于本真性语言、艺术、诗歌等方式获得澄明，这就是真理与真实本身。从某种意义上说，存在（或者真理与真实）就是被关注——一种非直接功利性的静观。海德格尔说：“美是作为敞开发生的真理的一种方式。”这就是因为任何“美”都是在被关注时才会现身的。在这个意义上，生活真实或真理根本上说也是一种被关注。在后期海德格尔那里，语言的本体意义被凸显出来，于是存在之光、真理、真实等都被理解为语言的某种功能。被语言或其他符号呈现的东西才有真实的问题。而传统语境中那种存在于人之外的、纯然客观的生活真实反而成了不可思议之物了。到了以现象学和存在主义为思想基础的哲学阐释学那里，阐释或理解被视为“此在”的存在方式，因此无论过去的生活现象（历史）还是当下的生活现象，根本上都是阐释或理解的结果，是一种“视域融合”的产物。而且在伽达默尔看来，任何关于世界的经验都具有语言性质，即在语言中形成并存在于语言之中，因此生活即是语言、语言即是生活，两者不可分割。可见在哲学阐释学的语境中，“客观生活”这样的观念就更无法立足了。后现代主义和解构主义思潮对“真实”、“本质”这类思考方式的冲击更加彻底了，在这种“后”的语境中，一切固定不变的、稳定的、深层的东西都被视为“宏大叙事”，是某种陈旧的思维方式或者权力意识产物。经过这些质询与反思之后，“生活真实”就只能是一种理论预设或话语建构，不可能是指纯然客观的存在。

我们并不是因为赞同上述西方人对传统主客体二分思维方式的批判性反思才产生对“生活真实”概念进行追问的兴趣的，因为我们即使从最平常的日常经验来看，这个概念也的确存有问题，至少它的所指是不明确的——就广度而言，生活可以说是没有边界的，每个人都有着自己独特的生活经验；就深度而言，生活又是没有底线的，任何生活现象背后总会存在着更深层的原因或关联物。那么我们习以为常的“生活真实”究竟指哪个层面、哪个范围中的生活现象呢？每个人的心理世界都幽深难测，每个人的生活经验都充满偶然与荒诞，如果将个人的心理经验和生活经验当做“生活真实”展现出来，恐怕会引起惊诧与指责的。如果说人的经验是生活真实的基础，那么生活真实就存在着一个普遍经验与个别经验的张力关系。过于个别性的经验由于缺乏普遍认同，很难被认为是真实的；过于普遍的经验由于缺乏个性深度，又会被认为浅薄浮泛，因而同样会被认为缺乏真实性。因此要判断什么样的生活经验才符合“生活真实”的标准，看来是很困难的。然而倘若连生活真实都搞不清楚究竟为何物，更遑论建基于其上的艺术真实呢！因此我们还是要对生活真实有一个确切的把握才行。综合上述，维特根斯坦、胡塞尔、海德格尔、伽达默尔等人对真实和真理问题的反思，再验之以我们自己的生活经验和常识，我们可以对“生活真实”这个概念做如下概括：

生活真实真的是生活中发生的事情吗？显然不是，如前所述，生活中发生的事情瞬息万变、无边无际，根本无法把握，是一个不可知的“黑洞”或“物自体”。所以我们所说的生活真实只能是有限的生活现象。这种有限性来自两个方面的限制：对于文学创作者来说，生活真实是他本人的生活经验，是他进行创作的取材范围；对于接受者来说，生活真实则是他们的生活经验，是他们用来接受文学作品的“前理解”和判断作品真实性的内在尺度。这样一来，所谓生活真实就成了决定创作与接受的重要因素。在文学作品中它是不在场的，但又无时无刻不决定着作品的产生（在作者那里）与实现过程（在接受者那里）。

如此看来，生活真实并不是生活中发生的事情，它并不是客观存在物，而是人们（作者与接受者）的主观经验，即被他们把握了的、化为心理事实的生活现象。在这个过程中语言或同类文化符号无疑起着根本性作用。对于文学活动（创作与接受）来说，生活真实则是作者与接受者生活经验中相重合的部分，是构成文学创作与接受的共同基础，这里存在着主体间性（胡塞尔）问题、也存在着“共同此在”（海德格尔）的问题。

明白了生活真实的实质对于历史真实就容易理解了，我们可以省去很多分析过程而直接进入话题的核心。历史真实是曾经发生过的事情吗？当然不是！诚如美国新历史主义理论所认为的那样：我们所能见到的历史是经由文本的中介呈现的，因此历史实际上乃是一种传达。其所传达的不是曾经发生过的事情，而是传达者的生活经验和通过各种途径得到的信息，是经过他的政治、意识形态观念所选取和改造过的生活经验和信息。换句话说，历史真实就是作为主观经验的、曾经的生活真实经过文本化过程流传下来的东西。历史上发生过的事情的确有过，但更是一个无法测知的“黑洞”或“物自体”或拉康的“真实界”。如果把曾经发生过的事情叫做历史，那么这个“历史”就像一个饕餮恶兽，张开血盆大口无情地吞噬着“现在”：刚刚成为“现在”的东西，立即就被“历史”吞下去了。任何人都无法对这样的历史有所言说，因为它是巨大的无意识，是真正的“无限者”，根本无法被语言所传达。当然这样的“历史”是不在场的，不是我们讨论的对象。但是即使我们把“历史”理解为经过文本化的历史叙事，要对于历史真实作出判断也要比“生活真实”更加困难，因为它负载的生活经验是过去的而不是当下的。这既需要人们经验的印证，更需要丰富的专门知识，需重构一种历史语境才行。对于文学创作来说，历史真实与生活真实并不存在性质上的根本区别，不能因为历史是由文本传达的以往经验，生活真实是当下经验就认为后者更具有真实性。二者都是主观经验，是叙述者对亲身经历过的和通过不同途径获知的事件的选择、加工、改造以及想象性连缀。真的发生的事情，即使是当下的，也是无法被真正了解的，你所知道的总是一小部分：或者是别人想让你知道的，或者是从你的角度能够看到和听到的。无数的内在与外在条件的限制使你总是离事实的真相很远。如此看来，有些批评者以与历史事实不符为由来指责文学家的历史题材创作，不论其指责是否有理，他们总是预设了自己对历史真相的确切把握。他们饱读史书，掌握大量的历史文献记载，就自以为有权为历史辩护，其实他们不过是那些历史叙事者的忠实信徒罢了。

明白了生活真实、历史真实的确切所指对于我们理解艺术真实无疑具有重要意义。因为前二者不仅是艺术真实的基础，而且是判断其真实程度的隐性标准。人们在判断一部作品是否真实时总是以其生活经验和历史知识为基本参照的。在这个基础上才会适当允许一定艺术想象和夸张的合理性。

在日常生活经验中，提到艺术真实，人们可能会想起这样的话：实际上是假的，可看上去是真的，甚至比真的还真。康德就曾说过，美的艺术是看上去像自然的艺术；而美的自然是看上去像艺术的自然。前者说的就是所谓“艺术真实”的情形。获得艺术真实的途径一般有两种：一是尽量将艺术品打造的逼真，最好达到“以假乱真”的程度才好，二是借助于一种程式化、象征性的表现形式在接受者那里产生“一看上去就是假的，但仔细一看却又好像是真的。”这样一种效果。前者是西方传统现实主义文学刻意追求的目标，后者则是中国古代文学艺术，特别是戏曲以及西方现代派文学艺术追求的艺术境界。二者都可以提供一种“艺术真实”，但它们的“艺术性”程度是不同的：后者的难度要高于前者。它们的相同处在于：最终都让接受者感觉到某种真实性。这就意味着，艺术真实与接受者的主观感受是密切相关的。或者说艺术真实就是接受者的一种主观体验。这种主观体验产生于文学文本提供的一个相对封闭的想象性空间之中，接受者被诱导按照这个空间特有的逻辑来思考，于是他们就按照预定的设计而产生喜怒哀乐之情感。在这一过程中就只有这种情感体验才是真正真实的，当这种真实情感产生之后，接受者会不自觉地将自身感受投射于其对象（使之产生情感的故事和人物）之上，从而使情感的真实被理解为对象的真实。从这个意义上看，所谓“艺术真实”又可以被理解为文学文本引发接受者真实情感的可能性或潜能。借用接受美学的概念就是“文本的召唤结构”。可以引起人们情感反应的“召唤结构”就被评价为真实的，否则就被评价为虚假的。当然，能够引起人们真实情感的“召唤结构”必定与“生活真实”存在某种同构关系，因此归根到底

"艺术真实"还是以生活真实为基础的。换句话说，作者和接受者的生活经验是其艺术经验的前提条件。

因此艺术真实的实质是被称为生活真实（对一般创作而言）或历史真实（对历史题材创作而言）的主观经验加上在一定范围内的夸张、想象、变形。这里的基础是主体间性——生活经验与历史知识的共同性以及文学评价标准的合法性。也可以说是哈贝马斯所说的那种"共识真理"——人们在平等的交往与对话中自然而然地而不是被强制地产生的认识和理解上的一致性。哈贝马斯的这种观点对于我们理解"艺术真实"似乎非常具有启发性。[1] 文学与艺术活动恰恰可以完全满足哈贝马斯所说的那种平等交往、对话的条件，因为在这里没有丝毫强制性，人们完全是出于自己的真实感觉来作出判断的。因此"艺术真实"就是一种典型的"共识真理"。

如此看来，"真实"这个概念，无论是指生活真实、历史真实还是艺术真实，实际上都是主观经验，只不过不是任意的主观经验，而是有条件或者限制的主观经验，是建立在具体语境中的、以主体间性为基础的主观经验。离开了人们的主观经验谈论生活真实和历史真实都是毫无意义的。

三、历史题材创作研究与批评中存在的方法问题

当前文学理论和批评界对于蜂拥而至、应接不暇的历史题材创作有些不知所措。这一方面说明这类历史题材创作在这样整个民族都全力以赴奔向现代化的特定语境中，借助于无所不能的大众语传媒如此受到大众青睐，似乎有些不可思议；另一方面也说明我们的理论家、批评家缺乏应有的敏感与知识储备，对这种现象不能给出具有理论穿透力的阐释。的确，欲对历史题材创作有所言说是困难的，因为这既需要相当丰富的生活经验与人生体验，又需要深厚的专业知识基

① 早在20世纪80年代初，哈贝马斯在其巨著《交往行为理论》中就已经提出了著名的"共识真理论"。二十多年来他一直坚持这种观点。在前几年的一次访谈中他说："在我看来，话语真实性的判断标准只能是它的主体间性。即是说，只有在话语主体的交往对话中，话语的真实性才能得到检验。当所有人都进入平等对话，并就同一话语对象进行理性的探讨与论证，最后达成共识时，该话语才可被看作是真实的。因此，真实性乃是话语交往中的三种有效性要求之一以及这一要求的实现。当然，为了达成有效、真实的共识，每一个话语主体还必须从理性动机出发，严格遵循普遍认同的话语规则和论证程序，表现出共同探求真理的真诚态度和愿望。综合起来，符合交往理性的话语活动，必须实现刚才提到的三大有效性要求，即真实性、正确性和真诚性。"（《哈贝马斯访谈录》，见《外国文学评论》2000年第1期）这是对"共识真理论"的比较通俗的表述。

础，更重要的是还需要有效的方法。根据前面的分析，我们认为目前学界对于研究方法问题还缺少深入反思与积极建构，许多文章都流于一般的议论，带有很大随意性，无法对复杂的研究对象作出令人信服的深入剖析。因此确立明确的方法论意识应该是十分必要的。对此我们有如下几点思考：

其一，重建历史语境。一种言说、一种话语建构或一种叙事都离不开具体的历史条件与氛围。无论是历史题材的创作还是对这类创作的研究与批评，准确体验在特定历史情境中人们可能具有的情感方式与行为方式都是具有首要意义的。如果借古人的口说的完全是今人的话，在整部作品中完全不能给出作为人类记忆的历史情绪与体验，那么这样的作品即使完全符合历史记载也绝对不是优秀的历史题材作品。对于一个批评家来说，能不能重建历史语境是他是否有资格对历史题材作品有所言说的前提条件。所谓历史语境有两层含义：一是指某种历史事件或某个文化文本产生的具体社会情境，二是指史家在进行历史叙事时的具体境遇与特定心态。这都属于历史知识范围，本来是与文学批评领域不相关的专门之学。但是对于历史题材的创作来说这些都是基本材料，是素材和题材。因此研究者与批评家不了解这些材料就根本无法对历史题材作品进行有效的批评。当然，所谓重建历史语境只是一种尽力而为的事情。过去发生过的事情存在着太多的偶然性，当事人能够看到和理解的已经不是事情的全部，被记载并流传下来的当然更是微乎其微。我们只能是尽可能多地根据有限的历史记载，调动自身的经验储备，发挥想象力去重新建构一种历史语境，使古人的所作所为被置放于这个语境中来接受审视，从而成为可以理解的。例如在今天的语境中，“士为知己者死”似乎是很难被理解的行为——大家都是人，都有平等的生存权利，我凭什么仅仅因为你赏识我、理解我，就为你付出生命呢？但是如果建构起战国至西汉时期的历史语境，了解当时贵族们的养士之风以及游士和游侠们实现自身价值的方式、方法，了解当时作为贵族文化遗存的荣誉意识，那么荆轲、专诸、侠累、朱家、郭解等人的行为就变得十分容易理解了。侠文化与儒家文化在表面上相去甚远，实际上却存在着深刻的同构性质。总之，能否有效地（所谓有效就是能够对历史人物及其行为作出合理解释）重建历史语境是一部历史题材作品能否成功的关键环节，同样，这也是一个研究者或批评家对历史题材作品有所言说的前提条件。

从重建历史语境的角度来看，在对历史题材作品进行研究和批评时应避免从个别具体历史记载出发否定文学创作的倾向。在一种特定的语境中，事件的发展、人物的行为都获得了某种特定的逻辑轨迹，文学创作只要符合了这种逻辑轨迹就是合理的或者真实的。在这里，历史真实主要表现为一种历史的逻辑而不是史实记录。历史文本所提供的材料只是作为一个故事的框架而具有意义，它不应该成为评价的标准。例如《三国演义》和《战争与和平》这样的小说，最主要的都不是严格按照史书记载来设置人物、安排情节，而是通过环境和背景描写、细节刻画营造出一种特定的历史氛围、一个历史情境，使人产生强烈的历史感，仿佛置身于历史之中，在这样的情境与氛围中，一切的人物、故事、场面都是一种合乎逻辑的展开，令人觉得在此时此地，人物就应如此说、如此做；情节就应如此展开。在这里如果计较周瑜与诸葛亮孰长孰少，库图佐夫是否真的有老鲍尔康斯基公爵这样一位老朋友或者当时莫斯科上流社会是否有过那样的“四大家族”，那是绝对没有意义的追问，这些即使都存在问题，也丝毫不影响着两部作品是伟大的历史题材创作。

我们知道，对于历史题材创作来自历史学界的评论基本上都是从个别历史记载入手来否定文学创作的。事件的前后、年龄的大小、品性的善恶、角色的有无等，都是他们考量的焦点，稍有不合，就被斥为“违反历史真实”、“胡编乱造”、“篡改历史”等。我们不能不说，这的确是不懂文学的表现，是把文学叙事与历史叙事相混淆的典型事例。对于这样的指责，文学界完全可以不予理睬。而有些毫无历史知识，也无意或没有能力重建历史语境的批评家们的随意批评，同样是毫无意义的，文学创作也可以毫不理会。

其二，提倡一种“循环阅读”的批评方法。所谓“循环”是指在文本与历史语境之间转换研究视角。具体操作步骤是：首先通过文本细读来寻找其内在逻辑线索，即通过分析人物与人物、人物与环境、人物与事件之间的多层关系来揭示意义生成的文本结构，然后回到历史语境之中，考察特定时期人们的价值观念、行为方式以及社会关系所构成的意义生成模式。最后再回到文本之中，考察文本的意义生成结构与历史语境中的意义生成模式之间的异同关系，从而揭示出文学文本所负载的文化历史内涵。①

其三，接收者社会心理研究法。一部作品的好坏最终要受到接受者的检验。一部作品为什么受到普遍欢迎或者冷遇？都不是偶然现象。这里当然首先是作品本身的内容、表现方式等因素决定的，但这些内容和表现方式之所以能够产生或好或坏的效果则与接受者的普遍社会心理密切相关。同样的内容、同样的表现方式，在不接受者那里可能会有完全不同的遭遇。因此研究接受者的社会心理应该是历史题材创作研究与批评的题中之意。根据哈贝马斯的观点，在现代社会中，似乎只有文学艺术领域最容易形成所谓“共识真理”，因为这里最少直接的利害关系。我们不妨借用这个思路去考察在接受者与作品之间、接受者与接受者之间

---

① 笔者曾用这种“循环阅读”的方法分析《三国演义》的文化意蕴，可供参考，见《学习与探索》1999 年第 5 期。

究竟是如何形成这种“共识真理”的，这无疑也有助于我们评价一部作品的价值。

四、三点启示

说起历史题材创作，包括历史剧、历史小说等，文学圈里的人常常会产生一种轻视之感：这样的创作无非是将历史的记载稍加演绎而已，算不得真正的创作，不像一般的文学创作那样需要真正的想象力和虚构能力。而历史领域的人士则往往嗤之以鼻：胡编乱造，不懂历史，张冠李戴，常识错误……人们似乎很难看到历史学界对任何一部历史题材创作的肯定性评价。对于文学而言，历史题材创作是“带着镣铐的舞蹈”，往往因为过于囿于历史真实而限制了文学的想象力；对于历史而言，这类作品又似乎过于大胆虚构或为了艺术的真实而破坏了历史真实。于是一个老问题又摆在了我们面前：什么是历史真实？什么是艺术真实？二者的关系究竟如何？在这里把我们的观点概括一下：

（1）历史真实、艺术真实并没有根本性差异。什么是历史真实？大约有两层意思：一是指生活中发生过的事情，也可以称之为生活真实。二是被普遍认可的历史叙事，即人们通常说的“历史上”如何如何。生活真实作为一切过去的事情的总和是一种无限性的存在（准确地说是“曾经存在”或“存在过”），人的认识能力在它面前显得过于渺小，小到可以忽略不计，因此它不是人的认识能力的对象，人们只能在想象中感觉它的存在或“存在过”。但是这种无限性却作为“不在场的原因”无时无刻不纠缠着人们的现实存在——人们必须在这种无限性之中寻求一些可以支撑当下存在的物质的或文化的资源，因此现在总是受制于过去。这种生活真实究竟是什么？怎么样？我想它就像康德的“物自体”一样是不可知的。

历史真实的另一层意思就是我们要讨论的历史叙事中的真实性问题。人们往往不知不觉地将一种被普遍认可的历史叙事等同于前面所说的生活真实，而忽略其“叙事性”。实际上，历史叙事不过是历史学家对那个生活真实的“物自体”表面呈现出来的一些“材料”进行梳理而已。是这种梳理使那些本来杂乱无章的、无序的材料变成有条不紊的、可以理解的生活现象。任何一个实际的历史过程在没有经过史学家的整理之前都是一团千头万绪的乱麻，史学家的本领就在于将那些看上去互不关联、纷纭繁复的材料用某种逻辑贯穿起来，以满足人们的接受能力和习惯。正是在这个意义上，历史真实与艺术真实似乎是殊途而同归了。

艺术真实就是文学叙事中的真实性问题。一般说来文学家的创作也不是纯粹的面壁虚构，而是对他所见所闻的人和事进行重新塑造。这就意味着，文学叙事亦如历史叙事一样，也是面对杂乱无章的生活材料进行梳理从而使之有序化。史学家和文学家所面对的都是那个深不可测、无边无际、瞬息万变的“生活物自体”。它们都是从这个物自体的表面寻找一些材料，然后根据人们的接受能力与习惯把这些材料梳理成可以理解的现象。当然二者也是有区别的，那就是历史叙事要求人物、地点、时间、环境都是真实的，而文学叙事一般则是虚构的。二者都需要借助于想象，只不过历史叙事只能在一定的时空和人物范围中进行想象，文学叙事则有更大的想象空间。二者的区别是量上的。历史题材的文学创作与一般的文学创作的差异在于它受到了来自历史叙事的限制，因此大大缩小了想象的空间。也正是由于这个原因，人们往往用对于历史叙事的评价标准来考量历史题材文学作品。而从另一个角度看，这更加说明历史真实与文学真实之间并不存在根本性差异。

那么我们明白了历史真实与艺术真实这种相近性有什么意义呢？在我看来，其意义就在于提醒我们转换思考问题的角度，从而在更深的层面上讨论问题。

（2）上面的讨论提醒我们转换思考问题的角度，这句话的意思是：从传统的思维方式出发，人们在谈论历史真实和艺术真实时都是将叙事与生活的关系作为关注视角的，从亚里斯多德到巴尔扎克、别林斯基都是如此。我们则认为问题的关键并不在此，而是在于历史叙事和文学叙事与它们的接受者之间的关系上。换句话说，是人们的思维方式和价值观念，而不是，至少不仅仅是叙事与生活真实的契合程度决定着真实性问题。亚里斯多德在他的《诗学》中提出“诗比历史更真实”的著名论断，这一最早提出的关于历史真实与艺术真实之关系问题的观点一直为人们所信从，以为是揭示了真理。但按照我们的思考方式来看，这种观点只不过是古希腊哲人们普遍遵循的思维方式的产物而已。古希腊的本体论哲学有一种基本的思维方式：认为在可见的、表面的、感性的现象背后有一个普遍的、不可见的、深层的东西存在着，或者说在“多”的背后总有一个“一”存在着，在“虚假”背后隐含着“真实”，在“个别”背后隐含着“一般”。在这种思维方式看来，历史不过是记录了实然的、个别的、具体的、表面的现象而已，距离真实的存在甚远；诗则借助于想象和虚构而超越了个别的、表面的现象而及于或然性和普遍性，因此离真实更近。在这种思维方式下，现实主义的文学叙事与历史叙事最为接近，因此在诸种文学流派中唯有现实主义特别强调真实性问题。在这里，历史叙事与文学叙事的共同理想是揭示生活的真相，二者都是西方传统的那种“追问真相”的思维方式的产物，其与 19 世纪的科学主义有着同样的思想来源，因此最容易相互影响。然而什么才是生活的真相呢？这又是一个与思维方式密切相关的问题。在20世纪以来经过现象学、存在主义、哲学阐释学、以至于后现代主义思潮渐次形成的新的思维方式看来，以往那种在可见的现象背后寻找真相的传统思维是误入歧途了，表面的、个别的、差异性的、片段的、阶段性的存在才是更加真实的。因此现代派以来的文学叙事再也不去试图揭示生活的本质或者普遍规律了，而在后现代语境中产生的新的历史哲学也注意到历史叙事与文学叙事的相通性，不再把揭示普遍的历史规律作为历史叙事的首要任务。

那么这是不是意味着真实性问题是一个伪问题呢？当然不是。无论历史叙事还是文学叙事都存在着真实与虚假的问题，只不过这种真实性不应该仅仅被理解为叙事与生活之间的契合程度，而更应该被理解为在特定思维方式与价值观念的基础上，人们对一种叙事的认可程度。这里既有叙事本身的原因，也有接受者的主观方面的原因。因此，真实性不是一个恒久不变的范畴，而是一个历史性范畴：在不同历史语境中，人们对真实性的评价标准是不一样的。这种新的思考方式是对客观主义或科学主义思维的超越——这正是一个世纪以来许多思想深刻的人文学者努力的方向。

（3）那么这种对于真实性问题的新的理解对于我们的历史题材创作以及相关的评价有什么启示呢？我们以为主要有下列几项：

其一，历史题材创作应该充分尊重历史叙事，就像一般的文学创作要充分尊重生活素材一样。既然历史题材创作是以历史叙事而不是直接的生活素材为自己的题材，那就应该在充分了解历史叙事的基础上再进行创作。这样才能获得真实性。如果将一知半解、支离破碎的历史知识草率地演绎成文学作品，就难免给人以虚假之感了。历史题材的创作有义务接受来自历史叙事的限制，即不可以在历史常识以及基本历史脉络上与历史叙事相左，否则就难免出现“硬伤”了。

其二，历史题材创作的真实性绝不仅仅来自于对于历史叙事的尊重，而更是来自于对现实生活经验的尊重。历史叙事基本上都是对一些比较重要的事件的记述，而且主要关注的是事件的来龙去脉。文学叙事则要描写人情事理，要将人和事写得“活起来”。如何才能“活起来”？主要靠作家建立在生活经验基础上的艺术想象。因此，一个作家在了解了大的历史脉络、掌握了一般的历史材料的情况下，最重要的是调动自己的现实生活经验来进行想象和虚构。因此缺乏现实生活经验的作家不仅不会写出好的非历史题材作品，也完全不可能写出好的历史题材作品。作家在具体人物设置、情节安排特别是细节描写等方面完全有自己虚构的权利，而且只有在这些方面描写成功了，才会给人以真实感。而这些方面是否能够描写成功，完全靠作家的现实生活经验。要知道这里的真实与否不是由历史学家而是由广大接受者确定的，而接受者不是根据历史叙事而是根据生活经验来判断的。史书上没有记载的人物、事件、场面在创作中都可以根据文学叙事的需要来设置，否则诸如“诸葛亮舌战群儒”、“三气周瑜”、“桃园结义”这样脍炙人口的文学故事就都不能出现了。

其三，历史题材创作必须摆脱历史叙事所包含的陈腐观念而注入现代意识。历史题材创作所凭借的历史文本大都是古人或前人书写的，其中往往浸透着许多陈腐的观念，而且也往往会因此而影响到对人和事的选择与描述。这些都是文学家们应该认识到并自觉地在创作中予以矫正的。凡是优秀的历史文学作品，都必然表达出最先进的思想意识。如果为了所谓真实性而不敢用现代标准来评价历史人物与事件，简单地认同前人成说，那是不可能写出好作品的。

第十二章

历史剧创作问题论争的考察

历史真实与艺术真实的有机统一，是历史剧及其他类型的历史题材文艺作品创作中带有根本意义的问题。这个问题直接关系到这些艺术作品的质量优劣和命运兴衰，因而备受古今学者的重视。他们的探索与论争给我们留下了富有启发意义的思考。

一、中国古代历史剧真实性与艺术性关系的论述

中国的戏剧文化源远流长、博大精深，不仅拥有数量繁多、千姿百态的剧种剧目，而且涌现出许多才华横溢、各具特色的剧作家、理论家，留下大量包括论述历史剧在内的精彩的剧论、曲论。他们尤其看重历史剧特有的以史为鉴垂戒后人的社会教化意义，称其警世作用不在《春秋》之下。明代学者冯梦龙说：

> 传奇之衮钺，何减《春秋》笔哉！世人勿但以故事阅传奇，直把作一具青铜，朝夕照自家面孔可矣。[①]

著名史剧《桃花扇》的作者孔尚任则把史剧视为挽救世道人心的重要手段，说：

① 冯梦龙：《〈酒家佣〉叙》，《酒家佣》明末墨憨斋刊本。

传奇虽小道，凡诗、赋、词、曲、四六、小说家，无体不备。至于摹写须眉，点染景物，乃兼画苑矣。其旨趣实本于三百篇，而义则《春秋》，用笔行文，又《左》、《国》、太史公也。于以警世易俗，赞圣道而辅王化，最近且切。今之乐犹古之乐，岂不信哉?①

在孔尚任看来，史剧不仅综合了诗、赋、词、曲、四六、小说家等多种艺术形式，集各家之长，而且一本圣人创作《诗经》、《春秋》的深奥旨趣比一般正经正史的说教更具感染力，可在“警世易俗”方面发挥更大的作用，“赞圣道而辅王化”，是他对史剧社会教化功能的高度概括。近人陈独秀更是对戏曲的教化作用津津乐道，甚至形象地喻称戏园为实施教化的“大学堂”，演员为教育天下人的“大教师”。他说：

戏曲者，普天下人类所最乐睹、最乐闻者也，易入人之脑蒂，易触人之感情。故不入戏园则已而，苟其入之，则人之思想权未有不握于演戏曲者之手矣。使人观之，不能自主，忽而乐，忽而哀，忽而喜，忽而悲，忽而手舞足蹈，忽而涕泗滂沱，虽些少之时间，而其思想之千变万化，有不可思议者也。故观《长坂坡》、《恶虎村》，即生英雄之气概；观《烧骨计》、《红梅阁》，即动哀怨之心肠；观《文昭关》、《武十回》，即起报仇之观念；观《卖胭脂》、《荡湖船》，即长淫欲之邪思；其他神仙鬼怪、富贵荣华之剧，皆足以移人之性情。由是观之，戏园者，实普天下人之大学堂也；优伶者，实普天下人之大教师也。②

历史剧既然如此重要，那么，历史剧的创作自然是一件非常严肃且有意义的事情，而一部好的历史剧首先取决于是否具有较高艺术质量的剧本。因为剧本是戏剧艺术创作的基础，如果这个基础不牢固，那么，建立在这一基础之上的戏剧艺术殿堂必然会有坍塌之虞。历史剧不同于一般的戏剧，是专门表现历史题材的艺术品种。历史剧既以描写历史画卷为其特长，自然离不开人们对历史及历史规律的认识和把握，不可避免地受到历史真实的制约。然而，历史剧毕竟属于艺术的范围，不是历史真实简单的、直观的反映，要受艺术规律、艺术创作法则的支配，体现艺术的真实性。一部好的历史剧应该正确地体现历史真实与艺术真实的有机统一，这也是鉴别历史剧优劣成败的准绳。那么，如何

① 孔尚任：《桃花扇小引》，《桃花扇》康熙四十七年刻本。

② 三爱（陈独秀）：《论戏曲》，载《安徽俗话报》1904 年第 11 期。

才能做到历史真实与艺术真实的有机统一，则是古往今来所有从事历史剧创作的作家所关心的问题，也是迄今为止艺术界、学术界悬而未决，亟待继续深入探索的重要课题。

关于“历史真实与艺术真实的统一”问题，我国古代戏剧理论家早就做过探讨，留下许多名篇佳作。例如，汤显祖的《临川四梦》与《玉茗堂集》、冯梦龙的《太霞曲语》、吕天成的《曲品》、王骥德的《曲律》、张琦的《衡曲尘谈》、凌蒙初的《谭曲杂札》、李渔的《闲情偶寄》、孔尚任的《桃花扇小引》、李调元的《雨村曲话》、焦循的《花部农谭》等，都是探索戏剧艺术发展规律的经典之作，其中不乏大量关于直面历史题材创作方面的论述。

王骥德、孔尚任、焦循等人主张历史剧创作应该遵守符合史实的原则，偏重于强调历史的真实性。王骥德认为，戏剧之道应以“贵实”为出发点，正确把握“实”与“虚”的关系是其难点。他说：

> 剧戏之道，出之贵实，而用之贵虚。《明珠》、《浣纱》、《红拂》、《玉合》，以实而用实者也；《还魂》、“二梦”，以虚而用实者也。以实而用实也易，以虚而用实也难。①

孔尚任认为，历史剧之所以能够发挥巨大的社会教化功能，完全在于其生动而真实地展现了历史上那些惊心动魄的“人”和“事”。他说：

> 场上歌舞，局外指点，知三百年之基业，堕于何人？败于何事？消于何年？歇于何地？不犹令观者感慨涕零，亦可惩创人心，为末世之一救矣。②

他认为，传奇不仅要重“奇”，还要讲“实”，即历史真实。他创作的《桃花扇》以追求历史真实为宗旨，“朝政得失，文人聚散，皆确考时地，全无假借。至于儿女钟情，宾客解嘲，虽稍有点染，亦非乌有子虚之比。”③ 也就是说，基本史实不违真实，具体细节虚构渲染。《桃花扇》成功的重要原因，就在于其体现了历史剧必须讲求历史真实的创作原则，这也是其为时人青睐的点睛之笔。清人刘中柱赞叹说，《桃花扇》“一部传奇，描写五十年前遗事，君臣将相，儿

① 王骥德：《曲律·杂论第三十九上》，载秦学人、侯作卿编著：《中国古典编剧理论资料汇辑》，中国戏剧出版社1984年版，第162页。

② 孔尚任：《桃花扇小引》，《桃花扇》康熙四十七年刻本。

③ 孔尚任：《桃花扇凡例》，载秦学人、侯作卿编著：《中国古典编剧理论资料汇辑》，第312页。

女友朋，无不人人活现，遂成天地间最有关系文章”。[①]

与王骥德、孔尚任等人的看法相反，洪九畴、徐复祚等人则认为，杂剧、小说应该是“虚实相半”，不能“事事考实”，因为“戏”不等于“史”。洪九畴认为，历史剧可以“随意上下，任笔挥洒”，不必受史实的限制；而写现实题材却应注重纪实。他说：

> 金［元］以旋，多称引往事，托寓昔人，借他酒杯，浇我垒块，自可随意上下，任笔挥洒，以故剧曲勘诸史传，往往不合。若今时用当世手笔谱当前情事，正如布帛菽粟，随人辨识，稍一语非是，一毫非真，便与其人其事相远，群起而攻其伪其谀，宜矣。故传近事与昔人，其难易相去正不啻十倍也……所谓以当世手笔写当前情事，正复与其人其事不甚相远，洵足以信今而传后矣。[②]

徐复祚认为，传奇不过是“寓言”而已，观众欣赏的是剧中优美动人的曲词，而非情节人事真实与否，剧作者不必刻意追求剧中人与事的真实性。他说：

> 要之，传奇皆是寓言，未有无所为者，正不必求其人与事以实之也。即今《琵琶》之传，岂传其事与人哉？传其词耳。[③]

大致而言，在我国戏曲史上，围绕着历史真实与艺术真实关系的问题形成了两种不同的看法：一种注重历史真实，另一种则突出艺术真实，双方各持一端。其实，这两种看法并不截然对立，完全相互排斥，一些提倡者也很注意从对方的思考中吸取有益的成分，修正己见中的偏颇。

二、近代以来历史剧问题的三次重要的论争

自鸦片战争以来，中国社会发生了翻天覆地的变化。随着近代新文化的形成，中国戏剧界及戏剧理论也几经沧桑，出现了前所未有的更新局面。尽管如

① 料错道人（刘中柱）：《桃花扇跋语》，《桃花扇》康熙四十七年刻本。

② 洪九畴：《三社记题辞》，载吴毓华编著：《中国古代戏曲序跋集》，中国戏剧出版社 1990 年版，第 265 页。

③ 徐复祚：《曲论》，载秦学人、侯作卿编著：《中国古典编剧理论资料汇辑》，第 116 页。

此，人们对于历史真实与艺术真实关系问题的探索与讨论依然兴致未减。如果从“五四”新文化运动算起，中国文艺界关于史剧创作问题展开的影响较大的争论主要有三次，即20世纪40年代初期的争论、60年代初的争论、80年代改革开放以后的反思与争论。

1. 20世纪40年代初期的争论

20世纪40年代初期，正值中华民族全力抵抗日本帝国主义野蛮侵略的峥嵘岁月。为了鼓舞国民的爱国士气，郭沫若创作了《屈原》、《虎符》、《南冠草》等历史剧，上演后产生了轰动性的效应，也引发了一场关于历史剧创作问题的争论。一些报刊媒体纷纷发表文章，其中讨论的一个重要问题就是历史真实与艺术真实的关系问题。

1942年10月《戏剧春秋》杂志社举办了“历史剧问题座谈会”，把这一讨论推向了高潮。随着讨论的深入开展，在当时的报刊上集中发表了一批成果①。这些文章发表在全民族抗战的政治背景下，紧密结合现实斗争的形势要求，对于发展历史剧的一系列重要问题，诸如把握正确的历史观、如何把握历史真实性、史剧与史学的区别、历史真实与艺术真实的统一等问题，展开了热烈的讨论，新见迭出，见仁见智。有人认为，既是历史剧就应该忠于历史事实，不能任意虚构，如蔡楚生、邵荃麟等人强调历史真实的重要性。邵荃麟主张“写历史剧就老老实实只写历史”。② 有人认为，写历史剧无非借历史事实来影射现在，因而，对史剧剧本可以做不必要的穿凿。茅盾和柳亚子都主张历史剧可以虚构。茅盾说：“我们不必完全依照史实，但将历史加倍发挥也是可能的。”③柳亚子认为历史剧有两种创作方法：一是“为了历史而写戏剧的”，二是“为了戏剧而剪裁历史的”，④ 强调了艺术虚构的作用。还有人根本否认有所谓历史剧，以为作家取材历史仅为表现自己的思想感情的一种方式，因而，作家对于史料可以任意取舍，不必顾及历史真实。郭沫若在《新华日报》、《戏剧月刊》等报刊上发表多篇文章阐述己见，称剧作家的任务是在“把握历史的精神而不必为历史的事实

---

① 40年代初，参与和反映当时讨论的代表性文章有：欧阳凡海：《论历史剧》，载《新华日报》（重庆）1941年12月7日；章罂：《从〈棠棣之花〉谈到评历史剧》，载《新华日报》（重庆）1941年12月7日；郭沫若：《我怎样写〈棠棣之花〉》，载《新华日报》（重庆）1941年12月14日；郭沫若：《我怎样写五幕史剧〈屈原〉》，载《屈原》附录，1942年1月；朱肇洛：《论史剧》，载《中国文艺》1942年第5期；郭沫若：《〈虎符〉后话》，载《虎符》附录，1942年2月；柳亚子：《杂谈历史剧》，载《戏剧春秋》1942年第4期；田汉、蔡楚生、胡风、茅盾等：《历史剧问题座谈》，载《戏剧春秋》1942年第4期；周钢鸣：《关于历史剧的创作问题》，载《戏剧春秋》1942年第4期；郭沫若：《历史·史剧·现实》，载《戏剧月报》1943年第4期；刘念渠：《论历史剧》，载《戏剧月报》1943年第4期等。

②③ 田汉、蔡楚生、胡风、茅盾等：《历史剧问题座谈》，载《戏剧春秋》1942年第4期。

④ 柳亚子：《杂谈历史剧》，载《戏剧春秋》1942年第4期。

所束缚”,[1] 认为史剧与史学的区别在于,“历史研究是‘实事求是’,史剧创作是‘失事求似’;史学家是发掘历史的精神,史剧家是发展历史的精神”。[2] 郭沫若的艺术成就及其史剧创作观点产生了深远的影响。

2. 20世纪50、60年代的深入研讨

新中国成立以后,文学艺术发展的大环境发生了根本性的变化,然而,在文艺界一部分人中,存在着“革命热情有余,科学态度不足”的偏颇。这种偏颇直接影响到历史剧的编创质量,使一些作品带有反历史主义的偏差,在文艺界引起了争论。

1951年有人改编了《新大名府》、《新天河配》、《新白兔记》等剧本,为配合政治宣传而采取了简单化的创作手段,让古人喊出现代人的口号,结果损害了作品的艺术效果。另外,在上海、福州、北京等地的一些剧团根据郭沫若的《虎符》改编上演越剧、闽剧《信陵公子》和京剧《窃符救赵》,出现了把信陵君抗秦救赵不伦不类地比拟为抗美援朝的问题。针对这些偏颇,部分文艺界人士提出异议,批评历史剧改编中的上述问题。郭沫若在《福建日报》撰文指出,信陵君“窃符救赵”是一种爱国行为,值得称颂,但是,“秦始皇统一了中国是他对于历史有贡献的地方”,对他“应该有一个公平合理的批判的看法”,“不可全面来否定”。秦攻赵与美国发动侵朝战争是完全不同的两回事,把信陵君抗秦救赵比拟为今天的抗美援朝,“是不伦不类,是反历史主义的做法”。[3] 艾青批评《新天河配》的剧本里“老黄牛竟唱了鲁迅的诗‘横眉冷对千夫指,俯首甘为孺子牛’……剧情里也贯穿了和平鸽和鸱枭之争,用以影射目前的国际关系”。[4] 郭沫若、艾青等人主张尊重艺术创作规律,反对用简单化、公式化和反历史主义的做法进行史剧创作的意见,得到多数人的赞成。这些中肯的批评,为周扬在第一届全国戏曲观摩演出大会所作的总结报告中所肯定。

20世纪60年代初,文艺界、学术界围绕历史剧创作问题掀起了热烈讨论。郭沫若编写了为曹操翻案的历史剧《蔡文姬》,引起了人们对于历史剧创作问题的关注。1960年12月吴晗发表《谈历史剧》,阐述了自己关于编写历史剧的一些观点,引发了不同意见的讨论。支持吴晗观点的有朱寨、吴白陶、沈起炜等人,而李希凡、王子野、高端洛、乌强等学者则持反对意见。在不长的时间里,论辩双方在《文汇报》、《戏剧报》、《文学评论》、《光明日报》、《中国青年报》

① 郭沫若:《我怎样写〈棠棣之花〉》,载《新华日报》(重庆)1941年12月14日。
② 郭沫若:《历史·史剧·现实》,载《戏剧月报》1943年第4期。
③ 郭沫若:《由〈虎符〉说到悲剧精神》,载《福建日报》1951年8月4日。
④ 艾青:《谈“牛郎织女”》,载《人民日报》1951年8月31日。

等报刊接连发表了大量的文章。[1] 一些出版社还出版了有关这一问题讨论的论文集和学术专著。茅盾于1961年撰写了《关于历史和历史剧》一书，系统地阐明了作者关于历史剧创作问题的主张，不仅深化了对这个问题的探讨，而且也展示了作者在新中国成立后在文艺理论批评方面取得的新成果。

在讨论中，争论比较激烈的问题是“历史剧是艺术，还是历史”，围绕这一问题形成了两种不同的观点：一种观点以吴晗为代表，认为“历史剧是艺术，也是历史”；另一种观点以李希凡为代表，认为“历史剧是艺术，不是历史”。

吴晗在《谈历史剧》等文章中以史学家的眼光，对何为历史剧做了明确的说明，认为历史剧必须有历史根据，人物、事实都要受史实的约束，历史剧与历史既有联系又有区别；历史剧作家必须在不违反时代真实性的原则下进行创作，“在这个原则下，剧作家有充分的虚构的自由，创造故事，加以渲染、夸张、突出、集中，使之达到艺术上完整的要求”。[2] 针对反驳者所说“历史剧是艺术，不是历史”的观点，他提出“历史剧是艺术，也是历史”的观点，指出：“要问一个问题：历史剧是艺术，不错；但不是历史，又是什么？既然不是历史，那又为什么要叫历史剧呢?”他认为，把中国通史中的重大事件写成历史剧，“观众看了，知识就增加了，等于学了一部中国通史”。[3]

李希凡等人本着艺术家的理念，认为吴晗“历史剧是艺术，也是历史”的观点混淆了科学与艺术的界限；历史剧固然可以传播一些历史知识，但其无论如何不能代替历史，因为它们是属于两个完全不同的文化领域。他认为，吴晗关于历史剧与故事剧的划分、说明并不科学，应该从题材意义上解释“历史剧”一词。历史剧的特征是：“它的题材是和重大的历史斗争、历史运动密切相关的”，“必须符合这个特定历史时期的历史生活、历史精神的本质真实”。他强调艺术

---

① 60年代初，参与和反映当时讨论的主要论文有：吴晗：《谈历史剧》，载《文汇报》1960年12月25日；吴晗：《论历史剧》，载《文学评论》1961年第3期；张玺：《关于历史剧的真实性问题》，载《解放日报》1961年4月1日；吴晗：《再谈历史剧》，载《文汇报》1961年5月3日；吴白陶：《谈历史剧的正名问题》，载《江海学刊》1961年第5期；吴晗：《怎样看历史剧》，载《中国青年报》1961年9月6日；李希凡：《“史实”和“虚构”——漫谈历史剧创作中的历史真实和艺术真实的统一》，载《戏剧报》1962年第2期；李希凡：《答吴晗同志——〈说争论〉读后》，载《光明日报》1962年4月7日；吴晗：《并非争论的“争论”》，载《光明日报》1962年4月28日；王子野：《历史剧是艺术，不是历史》，载《光明日报》1962年5月8日；吴晗：《历史剧是艺术，也是历史》，载《戏剧报》1962年第6期；李希：《“历史知识”及其他——再致吴晗同志》，载《戏剧报》1962年第6期；高端洛：《历史剧和传统剧的区别》，载《上海戏剧》1961年第6期；朱寨：《关于历史剧问题的争论》，载《文学评论》1962年第5期；李希凡：《“历史知识”及其他》，载《戏剧报》1962年第6期；乌强：《关于历史剧的创作方法》，载《戏剧报》1962年第9期；李希凡：《历史剧问题的再商榷——答朱寨同志》，载《文学评论》1963年第1期等。

② 吴晗：《谈历史剧》，载《文汇报》1960年12月25日。

③ 吴晗：《历史剧是艺术，也是历史》，载《戏剧报》1962年第6期。

虚构，认为“可以在历史真实的基础上，以虚构的人物和故事为情节线索”，“取材于真人真事的历史剧，应当尽量地符合基本的史实，但也必须允许虚构”。[1]“艺术的虚构，在任何品种的艺术里，都是它区别其他科学意识形态的特征，可以说没有虚构也就没有艺术，这个特征也决不能由于历史剧而废除”。[2]与吴晗的说法相较，李希凡等人对历史剧的界定比较宽泛，把那些认为只要是“忠实于历史生活、历史精神的本质真实”[3]的古代戏剧，诸如《杨门女将》一类“人物没有根据，事实没有根据”的古装戏都划为历史剧的范畴。在关于历史真实和艺术真实关系的问题上，吴晗、李希凡等人的两种意见表面看来没有分歧，都承认历史和艺术真实必须有机统一的原则，但在如何统一的问题上存有不同，是“实多虚少”，还是“虚多实少”，依然是各唱各调。

这次争论的双方都本着“百家争鸣”的精神，摆事实，讲道理，就一些重要问题进行了讨论、研究，深化了人们对于历史剧创作的重要意义及其规律性的认识，取得了一定的收获。然而，这次讨论还是留下一些问题值得人们深思，其中就包括“历史真实与艺术真实统一”的问题。

3. 20 世纪 80 年代以后的新探索

党的十一届三中全会以后，我国进入全面进行社会主义现代化建设的新时期。由于贯彻了党的“双百”方针，文艺园地一派繁荣，各种题材的艺术作品犹如涛翻浪涌，涌现出大量历史小说、历史戏剧和历史题材影视作品。历史小说如凌力的《暮鼓晨钟》、《星星草》，二月河的《落霞三部曲》——《康熙大帝》、《雍正皇帝》、《乾隆皇帝》，唐浩明的《曾国藩》、《张之洞》等。历史戏剧如郭宏启的《司马迁》（京剧），颜海平的《秦王李世民》（话剧），戴英禄、梁波的《贞观盛世》（京剧）、《廉吏于成龙》，陈亚先的《曹操与杨修》（京剧）等。历史题材电影如《火烧圆明园》、《垂帘听政》、《鸦片战争》、《西楚霸王》等；电视剧如《努尔哈赤》、《康熙王朝》、《雍正王朝》、《孝庄秘史》、《康熙微服私访记》、《皇太子秘史》、《铁齿铜牙纪晓岚》、《李卫当官》、《宰相刘罗锅》、《还珠格格》、《太平天国》等，不一而足。大量优秀革命历史题材的影视作品更是令人目不暇接，如《孙中山》、《开天辟地》、《周恩来》、《长征》、《西安事变》、《陈毅出山》、《血战台儿庄》、《辽沈战役》、《淮海战役》、《平津战役》等，都受到广大观众的好评。在新时期丰富多彩的艺术实践的基础上，20 世纪 80 年代以来对于历史题材艺术创作的探索首先体现在对这一时期艺术创作经验

---

① 李希凡：《历史剧问题的再商榷——答朱寨同志》，载《文学评论》1963 年第 1 期。

②③ 李希凡：《“史实”和“虚构”——漫谈历史剧创作中的历史真实与艺术真实的统一》，载《戏剧报》1962 年第 2 期。

的总结方面。参与讨论的学者人数众多，发表的文章难以计数，[1] 其规模和影响均超过以往。

讨论中，既有人继续深入阐发以往吴晗、李希凡等人的观点，也有人另辟蹊径，大胆提出新见。如北淮主张把历史剧分为“历史化的历史剧”和“非历史化的历史剧”两类，[2] 试图在把握历史剧基本概念的问题上有所更新。“历史真实与艺术真实相统一”依然是讨论的热门话题，论者各抒己见，歧见迭出。

余秋雨在20世纪80年代初曾就历史剧创作问题做过阐述，并就如何遵循“历史真实”原则提出了七条建议：

> 一、著名历史事件的大纲节目一般不能虚构；二、历史上实际存在的重要人物的基本面貌一般不能虚构，当他们成为剧中主角时更应慎重；三、历史的顺序不能颠倒，特定的时代面目、历史气氛、社会环境须力求真实；四、剧中纯属虚构部分的内容，即所谓“假人假事”，要符合充分的历史可能性；五、“真人假事”，其事除了要符合历史的可能性外，还应符合“真人”的性格发展逻辑；六、“假人真事”，即虚构一个人物来承担历史上真有过的事件，必须让这个“假人”的性格与这件事具有内在的统一性；七、对于剧中非虚构的部分，即“真人真事”的处所，不要对其中有历史价值的关节任意改动。[3]

他的主张具有较强的可操作性，因而得到不少人的赞同。

20世纪90年代以后，随着港台古装电视剧《戏说乾隆》的播放，“戏说”史剧风靡一时，历史剧创作在观念上、方法上都发生了重要的变化，出现了一些

① 20世纪80年代以来，参与历史剧创作问题讨论的较有代表性的文章有：余秋雨：《历史剧简论》，载《文艺研究》1980年第6期；北淮：《历史剧的历史化和非历史化》，载《戏剧艺术》1981年第1期；曹立平：《评历史剧创造中的反历史主义倾向》，载《戏剧艺术》1981年第1期；鲁丹：《新编历史剧的历史与艺术真实》，载《新闻与写作》1994年第10、11期；胡应明：《摭谈历史真实与艺术真实》，载《剧本》1995年第8期；石一宁：《历史还是艺术》，载《文艺报》1999年3月25日；肖桂林：《史实与虚构——浅议历史电视剧》，载《中国电视》2000年第1期；樊力平：《历史剧可以不尊重历史吗?》，载《当代电视》2002年第4期；沈渭滨：《关于历史和历史剧的思考》，载《南京师范大学学报》2002年第1期；蔡建梅：《历史的权威在历史题材电视剧中的丧失》，载《电视研究》2002年第11期；王一川：《皇风帝雨吹野史——我看中国电视剧的后历史现象》，载《电影艺术》2003年第1期；王昕：《历史剧的再现、表现与戏说》，载《文艺报》2003年6月12日；温朝霞：《当代历史题材影视剧的文化批判》，载《暨南大学学报》2004年第3期；卫厚生：《历史剧创作要坚持唯物史观指导》，载《中国广播电视学刊》2004年第8期；范志忠：《历史题材影视剧创作的审美悖论》，载《当代电视》2005年第2期；李春青：《谈谈关于历史题材作品的评价标准问题》，载《人文杂志》2005年第5期等。

② 北淮：《历史剧的历史化和非历史化》，载《戏剧艺术》1981年第1期。

③ 余秋雨：《历史剧简论》，载《文艺研究》1980年第6期。

趣味低俗、粗制滥造的历史题材的影视作品，再度引发了关于历史剧创作问题的争论。一方面，人们对“现在的多数历史剧中，充斥着英雄史观、权谋文化”①的状况忧心忡忡，对历史剧创作中的“前现代”现象提出质疑②；另一方面，舆论界对历史剧创作问题，诸如应该树立怎样的文化观念、如何坚持正确的历史观、权谋文化观念对历史剧的渗透与对观众心理的危害、史剧创作如何处理历史真实与艺术真实的辩证关系、历史人物形象如何塑造等，展开深入的讨论、争论与反思。这些讨论、争论反映出时下历史剧创作的现状与社会需求之间的明显差距和人们向往真正体现真、善、美的好作品的诉求。

综上所述，历史剧是一种特殊的艺术形式，说其“特殊”主要指创作题材方面的特殊，即以历史生活为其创作题材。这是它与其他艺术形式所不同的地方。然而，历史剧在本质上属于艺术的范畴，又不能与历史及历史学混为一谈。因此，对于历史剧艺术质量的一个基本要求就是必须做到历史真实与艺术真实的有机统一。所谓历史真实是指作品所描写对象的时代背景、历史脉络、主要人物的性格逻辑等基本问题不能违背历史实际，即主要历史人物、事件，均于史有据，真实可信。然而，历史剧从其本质上来说是艺术而非历史教科书，要求其作品在追求历史真实的同时，还要达到艺术真实的标准。艺术真实来源于客观存在的现实生活，是经过作家以分析、选择、提炼、概括等手段加工所达到的一种更高级的艺术境界。毛泽东说：“作为观念形态的文艺作品，都是一定的社会生活在人类头脑中的反映的产物。”③马克思主义经典作家一贯重视文艺要真实地反映社会生活，强调离开社会生活的源泉，就不可能有文学艺术的生命力。在历史的与现实的社会生活中存在着蕴存文学艺术原料的矿藏，但这仅仅是粗糙的、出于自然状态般的生活原始素材。文艺反映社会生活，绝不是对这些自然形态的素材进行消极的摹写、摄制，而是进行积极能动的创造性的加工，才能达到艺术真实的境界。只有体现了艺术真实的文艺作品，才能反映比普通的实际生活更高级、更集中、更典型的艺术内容。

① 王春瑜：《历史剧：历史的无奈》，载《光明日报》2003年11月19日。

② 王蒙：《〈三国演义〉里的“前现代”》，载《读书》1995年第2期。

③ 毛泽东：《在延安文艺座谈会上的讲话》，载《毛泽东选集》第3卷，人民出版社1991年版，第860页。

中　篇

中国当代历史题材文学的创作与改编

从新中国成立到改革开放三十多年以来，承续了现代文学历史题材文学创作的传统，又出现了一批历史题材的文学创作和影视剧作品。20世纪五六十年代出现了电影《林则徐》、《甲午风云》等，郭沫若的话剧《蔡文姬》和《武则天》以历史“翻案”性的艺术构思，浓墨重彩地歌颂“了不起的历史人物”开创新时代的“政治才干”、“文治武功”，以及其所向无敌、“天下归心”的精神魅力。曹禺的话剧《胆剑篇》，也注目于弱小国家举国上下同心同德、卧薪尝胆、奋发图强，从而战胜强敌、开创伟业的精神。田汉创作历史剧《文成公主》，表现了唐蕃团结、民族亲好的盛世期待。1978年以来的改革开放时期，首先涌现的姚雪垠的《李自成》、徐兴业的《金瓯缺》、凌力的《星星草》、蒋和森的《风萧萧》、杨书案的《九月菊》、鲍昌的《庚子风云》、顾汶光的《天国恨》、李晴的《天国兴亡录》等，90年代以来出现的各类历史题材的作品更多，为历史人物“翻案”的，展现“盛世”气象的，赞美文臣武将的，将红色历史经典重新改编的，“戏说”历史的，如一个个浪潮涌到读者、观众的眼前，让人有目不暇接之感。这里确有新的审美创造，但也存在不少问题。本篇将重点剖析改革开放三十多年以来的历史题材的创作与改编，同时也将涉及对17年历史文学的评价。

第十三章

历史题材文学的现代性追求

从1976年年底《李自成》第二卷出版（第一卷修订本也同时出版）算起，新时期历史小说已经走过30多年的历史。作为20世纪八九十年代文学的重镇，历史小说本身就是一部蕴含丰富的跨世纪文化启示录。一方面，随着中国社会由传统向现代转型步履的加快，历史小说无论从价值取向、思维观念和艺术审美等都发生深刻的嬗变，日益鲜明地呈现出现代性的特征；另一方面，作为中国传统文化最深沉固至的表现和与之具有特殊精神连接的"这一个"文类，历史小说在现代性展现过程中又不失时机地对"再造中华文明"作出了自己的回应，顽强地搏动着本土民族的节律。历史小说创作的这一状况，是派生它现代性特别丰赡也特别复杂的缘由。同时，也启迪我们对其现代性的评价研究不能简单极端地与"西方性"画等号，而应该融入民族性的丰富内涵。

何为现代性？这当然是一个充满歧义的概念。我们赞同美国学者阿历克斯·英格尔斯的观点，将它解释为"代表我们这个历史时代特色的一种'文明的形式'，一种'精神状态'"。[①] 现代性的前提和基础是现代化的物质文明与经济指标。恰恰是在这些方面，西方较之我们具有明显的优势，这就使现代性在他们笔下常常有意无意地被诠解为"西方性"的代名词，流露出了浓重的"西方中心论"的思想。这样的现代性是很成问题的，它不仅脱离了我们本民族的文化传统，使现代性的借鉴成为一种纯粹的无"根"嫁接，而且嫁接本身也将蜕变成一种单维线性的活动，无法体现它应该具有的丰富复杂、宽

① ［美］阿历克斯·英格尔斯：《人的现代化》，四川人民出版社1985年版，第18页。

阔开放的内涵。更不要说对西方现代性所造成的种种弊端，超前而有效地进行防范与克服了。

正是在这里，历史小说创作才彰显出它独特的价值。因为历史小说虽然写的是过去的历史生活，但它却与传统历史文化具有难以切割的精神联系。从某种意义上说，历史小说就是“文化寻根小说”或“文化寻祖小说”。这种文化“寻根”或“寻祖”，就事论事地讲，它仿佛是远遁现实的钩沉索隐，与我们所说的现代性背道而驰；但从当代中国文化文学的总体建设来说，由于它把历史之维植入小说，立足于民族“根”性基础上进行创化，这在客观上是可对上述所说的现代性陷阱——即“现代性等于西方性”起到一定的调节纠偏作用。特别是在当下西方后现代主义与商品主义的双重夹击，人们普遍滋生精神无家可归的迷茫失落漂泊的情况下，这种调节纠偏就更具有特殊的意义，它至少给他们失衡的心态以某种抚慰，满足他们暂时的浅层或深层的精神需要。为什么新时期三十多年来包括历史小说在内的所有历史题材文学一直盛行不衰，深受读者的广泛欢迎，有的成为图书市场的畅销书？除了思想开放环境带来的重评历史可能性与必要性外，在很大程度上就可归因于此。或许受线性思维的影响，有些同志直到今天还对历史文学怀有偏见，言谈之间，每每多有排贬，仿佛进行这方面创作就是观念陈旧落后，与时代精神相悖。这种观点看似倡导现实题材，挺现代的，其实不然。它的问题主要就在于将现代性不适当地简单化、单维化了，抽去了其与民族文化同构合一的丰富内涵，将历史与现实在意义链条上的整体关系完全割断。

在了解了历史文学之于现代性的特殊功能价值之后，我们就可以更带现实合理性、更具体确切地探讨它在整个三十多年来的创作状况及其走向了。显然，这是一种较为宏观的文学思潮或文学现象的研究。论题的中心拟围绕思想艺术发展的基本轨迹展开，力图通过这方面的归纳、梳理和总结，为历史文学在新世纪的构建提供有益的借鉴。需要指出，中国的历史文学通常是指以一定历史真实为基础加工创造的这类作品而言，它与历史真实往往具有“异质同构”的特殊关系。最近一些年来，在新的文学观、史学观特别是在西方“新历史主义”的浸渗影响下，时人开始把文本叙述只有“虚”的历史形态而无“实”的历史依据的虚构性作品也包括进来，并冠之以“新历史小说”名称，这就使原本比较复杂的问题愈显复杂。本书为了避免歧义和论述方便，分别在不同场合使用不同的概念，并将它们连同“革命历史小说”一起归属到“历史题材小说”这一整体概念上来。

一、历史题材文学精神价值的现代性

20世纪70年代末，随着轰动社会的《李自成》前两卷的出版发行，新时期历史小说揭开了它雄伟的发展序幕。与之相应的，对民族政治历史的反思，不期而然地成为广大历史文学作家的普遍自觉。翻检当年出版的一批程度不等地打上时代烙印的长篇历史小说，如姚雪垠的《李自成》、徐兴业的《金瓯缺》、凌力的《星星草》、蒋和森的《风萧萧》、杨书案的《九月菊》、鲍昌的《庚子风云》、顾汶光的《天国恨》、李晴的《天国兴亡录》等，我们便会深切地感受到作者胸臆中那份浓浓的政治情结，其文本叙事写得最投入、最感人也最具深度的不是农民起义或反抗外侮的题材内容；恰恰相反，而是揭示封建主义君权独裁、摧残人性的那部分文字。正因此，这就使新时期历史小说从它诞生的那天起，就与反封建的新启蒙思潮契节相符，并成为这场新启蒙运动的重要组成部分。而反封建，恰恰正是新时期包括历史小说在内的整体文学走向现代性的起点。所以，难怪作家吴越后来在一篇题为《历史小说与反封建》的笔谈文章中，不仅公开声言“每一个从事于编写或创作历史小说的人，都应该在自己的作品中把反封建这个主题放在第一位”，甚至进而认定“一部历史小说，如果反映不出这个主题来，就不是优秀的历史小说，就是没有完成一个有觉悟的作家所肩负的任务。”① 后来，有些人在回顾这段文学史时，对此多有贬斥，似乎写政治就是公式化和概念化，这是片面的。其实，在思想大解放时代，知识分子对社会政治表现热切关心之情可以理解，也不乏积极的意义，更何况中国历史本来就是一部高度政治化的封建史。所以即使从求真角度讲，历史小说作家也不应在文本中排拒对政治的描写。过分地非政治或反政治，将政治排斥在文学之外，往往招致作品的浅显和单薄。90年代以后，为数相当的“新历史小说”从局部看颇有意味，而就整体观照却往往缺乏深厚的思想艺术内涵，显得比较单薄，很重要的原因就在于此。可见，问题不在于文学表现了政治或抒写了政治激情，而是在于如何表现政治或书写政治激情，即是否将它纳入正确的审美形式，按照美的规律造型，是否体现了作者的主体能动性。

当然，这是今天的认识，粉碎“四人帮”初那个历史时期，人们并不这么看，也不可能这么看。这是文学与政治高度结盟的时代，也是作家政治激情高扬

① 载《文艺报》1986年6月21日。

的时代。“政治化”的结果，它也使得社会历史全部的丰富性往往被抽象为一种两极对立的简单形式。于是，这些卷帙浩繁的作品大多思想价值和艺术取向趋向单一，其文本构造很难跳出农民/地主、革命/反革命、前进/倒退、真/假、美/丑这样二元对立项的格局。人物的区分也是泾渭分明的，忠/奸、善/恶、神圣/荒唐、高尚/渺小，判然有别。所有的人事描写都呼应“阶级斗争和人民群众是推动历史前进的唯一动力”的经典话语，而很少甚至不敢旁涉非阶级性的、纯人性方面的内容。即是说这是国家的、民族的、阶级的、神性的话语，而不是个人性的或大众通俗性的话语。反映在题材选择上，基本都局限于暴力革命范围，阶级的、民族的战争或斗争受到高度的推崇而成为当时作家创作的普遍体式。这种现象的出现，既与刚刚粉碎“四人帮”时社会文化处于戒备紧张的现实境遇相吻合，同时更有其现实的政治意识形态的内在原因。

在上述此类历史小说中，比较特殊的是任光椿的《戊戌喋血记》。在这部60万字的长篇小说中，作者一反传统惯见的思维做法，热情歌颂了以谭嗣同为首的自上而下的资产阶级改良主义，将它视为是爱国主义的义烈豪举；相反，则把自下而上的农民起义——义和团运动作为戊戌维新的陪衬，对其非理性、反文明的暴力行为给予笔裹毫霜的严厉批判，这在历史小说中是不乏突破性意义的。在同时出版的周熙的《一百零三天》中，我们也同样窥见类似的创作意向。不过也要实事求是地指出，这一类小说尽管在精神内核上有创意，但它主要还是政治进步性意义而不是文化开放性意义的创意。故其文本中的戊戌变法及其谭嗣同形象的描写，也明显具有两极对立的特征，以至政治激情化的叙事程式潜移默化地取代了文化冲突，遮蔽了文学的审美原则。这一点，对照稍后的《白门柳》就不难可见，就是与同时期的《李自成》也没有太大的差别。从这里，我们可以得到这样的启示：新时期文学的现代性如同社会的现代性一样，首先是以政治进步性为先声的，它并不排斥政治；但如果过分黏滞于政治，把历史小说狭义为泛政治的一种文本创作，那么就会造成对艺术审美的严重阻遏。

也许正是在这一定位问题上把握不准，所以在这次高潮过后，历史小说很快就陷入沉寂。而在此时，现实题材小说创作经过一段蕴酿积蓄之后迅速赶上，相比之下，历史题材小说领域反差太大。到底如何在原有基础上求得新的发展，将现代性再推进一步，这个问题尖锐地摆到了历史小说作家的面前。

变革的推动力，主要来自历史小说界的内部。1984 年、1986 年，花城出版社和中国作协分别在广州、湖北黄冈召开“历史题材小说研讨会”（花城出版社还同时在 1984 年独家创办了《历史文学》刊物），便显示了历史文学圈子内的作家、评论家要求突破创新的强烈呼声。尽管此时大多数作家尚未形成明晰的创作思路，他们更多的只是不满而不是构建，但是，那些对文学与历史有深刻理解的新锐作家，却在时代精神的感召下切切实实地进行着思考和探索。在两次讨论会上，顾汶光都提出对《李自成》、《金瓯缺》创作模式“超越突破”的问题（顾汶光此一观点，以后整理成文章《驱策千古，以为我用》，刊于《文艺报》1986年6月21日），这其实寄寓了作家对历史小说模式化的不满，要求革新的殷切之情。随着政治意识形态逐渐淡出，思考在进展，过去被历史小说所遮蔽的非政治性内容逐渐浮出水面，慢慢地，革命历史小说（如黎汝清的《皖南事变》）、新历史小说（如莫言的《红高粱》）也开始出现了，呈现了一个多元发展的好兆头。另一方面，受波及整个人文各学科“文化热”的影响和“观念创新”的驱动，历史小说在整体上又明显表现了由一般政治历史反思向文化历史反思转换的趋向。愈来愈多的作家特别是后起的青年作家突破过去惯见的单一模式，自觉采用宏观大文化视角，笔力所及中华上下五千年历史以及由此凝结而成的内隐和外显的观念系统，包括物质文化、制度文化、社会潜文化等方方面面。这就因此而给作品在思维层次和艺术向度上带来了两大新的变化：一是描写对象开始广泛地扩大到知识分子、统治阶级内部矛盾等各个方面；二是艺术重心已不再满足阶级论、农民革命动力说的概括和反映，而是更倾心对朝代兴亡、文化人格、心理结构、人性冲突的穿透和自审，从中来体现历史本身所具有的丰富复杂的存在及其表现形态。

表征这一时期历史小说现代性的精神价值，用来举例的作品自然可以报出几部，如凌力的《少年天子》、顾汶光的《大渡魂》等。但在这之中，刘斯奋的《白门柳》似乎更具代表性，更值得我们引起重视。这倒不尽是这三卷本的长篇历史小说在1997年获得了第四届茅盾文学奖，更主要的则是它领时代风气于先（这恐怕与作者所在的岭南文化的开放性有关），早在80年代初中期整个社会文化尚处在主流政治意识形态严格框范的情况下，根据对历史的认识，按照艺术规律，在其作品中率先进行了既文化又审美的尝试。不同于《李自成》虽有崇祯等复杂的人物描写，但总体思路还没有超逸阶级论的框架，《白门柳》却从具体的人物形象到小说整体构架都突破了单一正统的阶级论模式。站在现代的文化立场回眸明末清初这段王朝更替的历史，作者敏锐地发现：真正体现人类思想和社会进步的，既不是爱新觉罗氏的入主中原，也不是功败垂成的李自成农民起义，而是以黄宗羲为代表的我国早期民主思想的诞生。这种不以阶级定性而以历史进步为标识的精神取向，使作品对东林、复社名士群体知识分子的描写有效地避开了是非曲直、忠奸正邪的评判模式，而具有独到的新意和深度。于是，我们看到，即使像钱谦益这样一个历来被视为十恶不赦的“民族叛徒”，也成为一个活生生的人，一个形象生动、具有多层立体的文化符号。更不要说柳如是、董小宛、冒辟疆、黄宗羲这些名妓名士，他们的悲欢离合远远超出了阶级论的框范而充盈了丰富的文化信息，包括地处商品经济相对发达的江南地区的文化信息。反映到具体的人事描写中，就是尽力避免过多的道德情感的介入，将着眼点从道德判断转到认识历史和文化的丰富性，让具有文化之美的客观历史本身说话。这是一种典型的、自然也充分体现今天时代精神的现实主义的历史小说创作观。

《白门柳》除外，本阶段还值得一提的是王伯阳的《苦海》。与侧重从传统文化那里寻找可资借鉴的思想艺术之源的《白门柳》不同，它承续三四十年代施蛰存、冯至的做法，在精神价值上明显取法于西方非理性主义、存在主义，以及弗洛伊德精神分析学，并以此观点重新解释和处理民族英雄郑成功，在身上抉发了与英雄、伟岸、崇高、理性、完整、完美等一类截然相抵的鄙琐、阴暗、丑陋、荒诞、孤独、本能欲望。这样一种人学观或人论观与西方非理性主义、存在主义对人的理解是颇为一致的，而同新时期以政治理性、人文理性为核心的新启蒙主义主潮则相去甚远。公平地说，《苦海》在思想内涵的圆润丰满上不及《白门柳》，作品中的中西人文、人论的融合也存在着不少不尽如人意之处，但它的意义价值却不在《白门柳》之下，至少为当下历史小说精神向度由传统向现代转型展示了不同于《白门柳》的另一条新路：这就是大胆地走近西方，从它们那里寻找异质的思想文化资源。

如果说80年代中期是历史小说从政治性向文化性转换的过渡期，那么80年代后期、90年代以来，它则进入了更加丰富驳杂也更为混沌无序的多元复合期。在这10年左右的时间，像《苦海》那样立足于西方现代精神价值立场（主要是现代派的非理性精神价值立场）的作品仍间或有之，如赵玫的《高阳公主》、苏童的《武则天》等。但为数更多、影响更大并始终占据主导地位的，还是对本土民族性精神文化包括革命传统精神文化的阐扬的一大批作品，如杨书案的《孔子》等“文化历史小说系列”、唐浩明的《曾国藩》、韩静霆的《孙武》、权延赤的《走下神坛的毛泽东》等“领袖传记系列”。80年代后期新写实小说、先锋实验小说、寻根小说开始发生转向汇集，加上后现代主义和新历史主义的登堂入室，对历史题材小说的发展及其现代性走向，起着重要的影响，使之呈现前所未有的纷繁庞杂的风貌。尽管存在主义伴随商业物质主义价值观念的发育堂而皇之地进入了社会文化，进入了历史小说文本尤其是年轻作者创作的历史题材小说文本；但这仅仅是一个方面，它并不能取代启蒙主义固有的理性原则和民族情感。不仅不能取代，在相当长的时间内，存在主义与以民族理性为本位的启蒙主义事实上是共存的，而且即使在90年代标“新”立“后”的语境中，历史小说在价值层面上，仍顽强地表现了古为今用“启蒙”的目的和功能，其现代性中注入了颇浓的民族传统内涵。因此，这就造成了此一阶段历史小说精神取向特别丰赡也特别矛盾复杂的特殊景观：一方面，是西方后现代主义、新历史主义有关的非主流、非理性、非功利的价值观，有关人类爱欲是历史文明“动力”的认知观，有关种族记忆、集体无意识对民族心理结构的影响的文化观等，在这里大行其道，产生了深刻的辐射作用。

另一方面，与之对应的是，因上述两方面挑战激发的新保守主义反而形成了有利于历史小说发展的背景。出于对西方殖民文化和文化殖民的警觉，也是为了使历史小说的现代性接上民族文化这根精神血脉，不仅是一般的精英作家，就是主流意识形态也大力关心支持有关这方面的创作。于是，我们看到，在90年代，才有那么多的作家置身历史小说领域，且文本中的民族内涵明显凸显，以至成为左右现代性的主导精神力量。特别是传统型的历史小说文体更是如此，对传统文化认同与批判兼得、以认同为主，已成为普遍的主题模式，历史温情迅速弥漫开来。这与80年代初中期的历史题材相比，不说是截然不同，起码也是大相径庭，与国内兴起的“国学热”是一致的。此种情形，正好迎合了余英时有关文化“激进”、“保守”的基本判断：“在一个要求变革的时代，‘激进’往往成为主导的价值……相反的，在一个要求安定的时代，‘保守’常常是思想的主调”。①

现在要对80年代后期以来历史小说的现代性作出科学的描述和评价还为时尚早，不过，从总体上看，我们认为它至少有以下几点新的动向值得引起注意：

（1）受“国学热”和海外“新儒学”的影响，创作了一批以文化名人为主体的传记体长篇传记文学。如杨书案的《炎黄》、《孔子》、《老子》、《庄子》、《孙子》，曲春礼的《孔子传》、《孟子传》、《孔尚任传》，唐浩明的《曾国藩》、《杨度》，穆陶的《林则徐》等，希望通过文化溯源增强中华民族的自信心，用名人先哲的伦理精神和人格魅力来教育后代，用中国传统文化的历时性辉煌来对抗西方文化的共时性威胁，将人物史传的叙事巧妙地转化为现实民族本位文化的支撑和承传。

（2）受历史和现实生活的催化，或基于意识形态与伦理道德规范性的考虑，注目于晚近的党史、军史、共和国史，首次不约而同地将视野投向毛泽东等一批刚离我们不久的领袖人物，题材下移，力图将历史与现实、阶级性与人性、爱国主义与个人主义连接起来。通过对那段刚逝去的创世纪辉煌历史以及那些创世纪伟人的回忆，以说服和引导读者认同现实秩序和自我的社会位置。如周而复的《长城万里图》，王火的《战争和人》，李尔重的《新战争与和平》，黎汝清的《湘江之战》、《碧血黄沙》，邓贤的《大国之魂》、《日落东方》，石永言的《遵义会议纪实》、陈敦德的《毛泽东、尼克松在1972》，权延赤的《走下神坛的毛泽东》、《走下圣坛的周恩来》，毛毛的《我的父亲邓小平》等。

---

① 余英时：《钱穆与中国文化》，上海远东出版社1994年版，第216页。

（3）从莫言的《红高粱》开始，到苏童的《妻妾成群》、《米》，刘震云的《故乡天下黄花》、《温故一九四二》，叶兆言的《追月楼》、《半边营》，余华的《古典爱情》，格非的《敌人》，刘恒的《苍河白日梦》等为数众多一批“新历史小说”，它们选材与“寻根小说”相似，但却割断了与“寻根小说”的精神联系，不再将匡时救世、重塑民族魂魄作为自己不能承受之重的使命；而是袭用后现代主义、新历史主义的某些理论，在随意、无奈乃至颓唐的叙事中，将历史由过去庄重严肃的阶级或阶级斗争层面转向到世俗卑琐的纯人性、纯生存、纯生命的层面，从而对上述两种以政治/伦理、文化/人格为本位叙事模式的颠覆与消解。

（4）受商品经济和市民趣味的影响，抓住历史的某些碎片泡沫如风流天子、风流女皇、太监宫女、和尚尼姑等宫闱寺院秘史艳闻编织故事，进行戏说艳谈，强化突出它的感官刺激功能，排除历史意识，割断与现实生存的真实性联系，把历史小说简化转化为演绎享乐主义和个人主义价值观，迎合大众口味和商业规则的纯文本游戏。街头书亭书摊上出售的所谓的大众通俗文学杂志，内中不少的历史小说就是属于这种情形。

上述种种不同的创作走向，其实反映了作家对政治/文化/商品的不同选择。它们的共时并存，甚至在一个文本中既矛盾又统一地共时并存两种或两种以上不同的创作倾向、两套或两套以上不同的价值体系，从一个侧面反映了当下中国社会转型之际文学文化现代性的“众声喧哗”的复杂景观。

二、历史题材文学真实形态与文体形式的现代性

新时期最初几年中国文化的重要使命是拨乱反正，恢复历史本真。与整个精神思想领域变革的进程相联系，真实形态上的现实主义还原与文体形式上的史诗构建，就成了20世纪七八十年代之交当代中国历史小说的两大显著艺术特征。对历史真实的执著追求，对鸿篇巨制的倾心向往一直是这一阶段最普泛的创作意向。刚从是非颠倒的“文革”中走出来的人们，对“知真伪”有一种近乎本能的特殊敏感，他们首先祈望在小说中正本清源，恢复和重建真实的观念。那时候，大家谈论最多的话题就是“还历史以本来面目”，使用频率最高的术语就是“历史真实与艺术真实的统一”，对真实性尤其是历史真实性的追求被提到了历史小说创作的突出重要的地位，还原式的历史化叙事自然而然地被奉为“正宗”乃至最好的叙述方式。无论是文坛宿将萧军、姚雪垠、端木蕻良，还是后起新秀

凌力、冯骥才、顾汶光，他们彼此的叙事个性和风格虽有所不同，但在“忠于历史”这点上却都有着惊人的相似或一致之处，包括颇具浪漫传奇特色的杨书案也不例外。特别是徐兴业、蒋和森、鲍昌等一些精通文史的学者型作家，更是将这方面的描写推向极致，甚至连诸如银子和制钱的比价变化、皇帝案头上放些什么器物、京城戒严由那个衙门出布告等一类细枝末节也爬罗剔抉，悉按史载。这是典型的现实主义真实观。所以，难怪此时创作的作品“史”的含量很高，内中人事描写经得起“史”的检验，以至重“史”轻“诗”，将“忠于历史真实”与否当作品评历史小说的最高标准。这种情况与当时社会上倡导的解放思想、实事求是的思想潮流是十分吻合的，它也反映了作者很强的理性自信心，即认为历史真实不但可以确认，而且通过理性之光的烛照可以确凿无误地进行还原。他们自信掌握着过去历史的所有密码，是以往历史的知情者；还原历史、演绎历史的激情使他们超然于今天并不存在的想象性的历史，而把自我视为无所不能、无往而不胜的“上帝”，视为历史和现实最可信赖的忠实的代言人。

不仅如此，由于主体理性和激情的高扬，加上政治历史反思创作心理的驱动和传统美学观的影响，作家们在进行历史还原叙述时，都不约而同地把目光投向有关阶级斗争、民族斗争的大历史：如陈胜、吴广、黄巢、李自成、洪秀全等农民起义，郑成功、戚继光、义和团等抗御运动。他们不仅选择大历史的题材内容，而且采用大历史的文体形式进行写作，往往一部作品写的就是一个时代社会的整体、全貌和全过程。这就造成了七八十年代历史小说领域史诗空前发达的盛况，大多数的作品都是多卷本、巨构型、全景式、大容量的。它们充分发挥长篇小说囊括整个时代、包罗广阔无垠社会生活的优势，用无所不知的第三人称全知视角和多种多样的表现手法，在时间的纵轴上和空间的关系上给历史主义写作提供了足以驰骋的广阔余地。据笔者不完全统计，在 1977～1982 年间出版的 20 部左右的历史长篇中，仅多卷本的就有姚雪垠的《李自成》、徐兴业的《金瓯缺》、凌力的《星星草》、杨书案的《九月菊》、蒋和森的《风萧萧》、鲍昌的《庚子风云》、顾汶光的《天国恨》、李晴的《天国兴亡录》等 15 部之多，声言要写三、五卷，最终只写了一、二卷的也不在少数。在这方面，最突出的要数《李自成》，它以皇皇五大卷、三百万言的惊人篇幅，全面地再现了三百年前明末清初那场天崩地裂的农民运动，仿佛把当时业已逝去的包括政治、经济、军事、地域、民俗等在内的整个“现实关系”重新拷贝。像 90 年代那样采用小长篇主要是短中篇体式的，在那时是很少见的，多数作家甚至不愿写。可以这样说吧，历史真实与史诗形式，或者说历史真实加上史诗形式，这不仅是构成七八十年代历史小说现代性走向的两大基本存在，同时也成为衡量其价值标准的主要依据。

作为一个过程或实践形式，历史还原显示了一代作家对长期以来历史文学领域中反历史主义流弊的痛疾之情，这里的意义自不待言。因为曾几何时，历史在我们这里完全成为政治意识形态的简单比附，“客观性”被政治需要所取代，以至于在“文革”期间出现了所谓的“儒法斗争”、林彪领导南昌起义并上井冈山与毛泽东会师等荒谬之说。在此情况下，这些历史小说普遍运用历史还原的叙述，这对于清除历史躯体上的斑斑污迹，为我们解除极“左”政治的压力，整肃创作环境，促使叙事从政治化、准政治化向历史化转换，无疑具有重要的历史意义和现实意义。历史小说创作当然不是简单的返古求真，它的目标远不止于此；但无论如何，求真毕竟是它创作的基点和不可或缺的一个重要环节，只有立足于“真实”两字，作家才能腾挪跳宕地展开艺术创造，将历史审美对象化为富有意味的“第二自然”。而历史，作为一种本体存在，它是有客观性、质定性的，并不因后人的贬褒臧否而改变自身；更何况此期描写的从秦末农民起义到晚近的辛亥革命，从秦始皇造万里长城到康、梁、谭的戊戌变法等重大历史，都曾藏污纳垢，有的甚至被篡改得面目全非。因此，广大作家将他们的良知和社会责任化为了对既往历史刊谬纠偏式的真实还原，就显得十分必要和必然。我们应该看到，在当时政治化色彩颇浓、思想观念还相当封闭的环境中，要进行这样的历史还原是很不容易的，它还有不少主客观方面的诸因素限制着作家。但唯其如此，它才难能可贵，显得更有意义，虽然它只是初步的，并且着眼点较多地落在史学或准史学真实的层面上。但有没有这种还原是大不一样的，它至少为此后及现在的《少年天子》（凌力）、《白门柳》（刘斯奋）、《曾国藩》（唐浩明）等历史小说更真实更廓大的艺术描写奠定了基础，提供了宝贵的经验。

如果说历史还原的现代性的成就主要是从反映论上强调突出历史小说与历史之间的特殊姻缘联系，以历史的权威性和客观写实性正本清源，消解着庸俗虚假的历史观，向我们确证着返回历史、恢复其自我本真的重要和必要；那么史诗文体的现代性的意义则在于在构成形态上反映体现了作家的立体多元和整体意识，它以开阔的艺术视野和从容不迫的大家风度，将长篇历史小说的宏伟叙事推进到一个全新的境界。史诗作为人类童年时期文学艺术的一种极致化表现，原指“叙述伟大的历史事件，歌颂英雄的丰功伟绩”的古代长篇叙事诗，从某种意义上，可以视为一个民族文化历史传统的一种隐喻；而现代意义上的史诗则是那些吞吐百川、涵容万象的鸿篇巨制的特指性称谓，它既是文体，同时还带有某种美学标准性的概念含义。以此衡之，我国的《三国演义》、《水浒传》便堪可称得上是这样的宏伟佳构。然而，由于它以演正史为鹄的，过分看重情节的完整性，又生发出结构与情节相互纠结的线性组合方式，所以虽大开大阖、极尽波谲云诡，但叙事的思维和触角的空间并不大，有关的生活化、审美内化方面的内容却遭到了不应有的排拒。作为一个过程或实践形式，此期历史小说文体形式现代性的意义，恰恰就体现在这里。当姚雪垠、端木蕻良、徐兴业、凌力、任光椿、蒋和森、杨书案、顾汶光等作家不仅用鸿篇巨制而且用现代开放开阔的文类特征和美学原则，对特定的历史生活进行高屋建瓴的全景式俯瞰，他们实际上是用自己颇深厚的文化素养和阔宽的艺术胸襟，将包括历史小说在内的整个长篇小说叙事由简单狭隘有效地推向丰富复杂，从而初步具备了现代长篇的文体特征和美学品格。

不过，应该清醒地认识到，七八十年代历史小说的叙事是一种社会历史和强势意识形态的叙事。过分的历史崇拜和史诗情结，它也导致作家的历史还原、史诗构建带有明显的理性虚妄和空疏朴拙，使他们在获取很大成就的同时付出了相当的艺术代价。这样，其所“大历史”的还原往往缺乏灵性和美感，无形之中滤去了不少历史本身所固有的丰富事实和丰厚的文化蕴涵，史学价值高于艺术价值。任光椿就是这个原因，才致使其《戊戌喋血记》后创作的《辛亥风云录》出现了令人遗憾的审美逆转。另外，过分强调尊重历史、依傍历史，同时还必然诱使作家严格按照时间的一维性进行叙述，这在一定程度上也造成了史诗文体形式的单调和呆板，其文本描写看似头尾呼应、因果相连，严密完整得不容置疑、无可挑剔；但人物和情节活动的余地并不大，外在的物象时空与内在的心理时空形成很大的错位，思想情感上的因果逻辑关系并未得到合情合理的展现。这就不能不使其现代性大打折扣。及此也可以解释：为什么像姚雪垠那样具有深厚文史功底、思想艺术造诣相当高的一代大家，其《李自成》的创作从宏观的框架、主旨到微观的细节、场面，内中都夹杂着不少明显的疵弊，包括不适当地拔高了李自成、高夫人，未能达到它应该达到的理想之境。显然，固有历史观、文体观而导致的思维艺术结构的凝固或半凝固，是其问题的症结所在。

当然，从文学发展史的高度看，上述现象的出现也不足为奇，这也许是历史小说文体形式走向现代性过程中的无法绕过的一个环节。重要的是，当文学的列车驶进80年代中期以后，我们看到了在王伯阳、赵玫、苏童、叶兆言、格非、北村、方方、余华、刘震云、刘恒、李晓、廉声等一批后起的年轻或较年轻作家那里，此一情况发生了根本变化。不同的文化背景和不同的知识结构，使他们对历史小说的文体形式作出了不同于以往的全新选择和处理。特别是“新历史主义”有关“存在的历史”就是作者“修辞想象”和“边缘话语”拼合产物的理念，不仅为他们对以往史诗文体的质疑和挑战找到了理论基础，同时也为其文学创作对历史的介入活动中的自由虚构、奇思遐想提供了合法性依据。正因此，他们大胆地打破了传统史诗的宏伟叙事，有意将“大历史”的庄严叙述变成了更小规模的家族甚至个人“野史”、“稗史”、“秘史”的随意调侃式的表达，仿真性的写实纪实变成了虚拟性的荒诞、变形、寓言、象征，“历史”明显地个人化、主观化、散文化了。像《苦海》、《高阳公主》对郑成功、高阳公主的孤独、神秘、琐屑、幽暗的内心体验和狂热暧昧性心理的描写，像《大年》（格非）、《罂粟之家》（苏童）对农民豹子、陈茂与地主丁伯高、刘老侠之间围绕“性”纠葛而展开的暴力、死亡、饥饿、性冲动的揭示，都明显具有这样的特点。

特别值得指出的是这批作品，有不少已由过去几乎清一色的第三人称叙述而转向了对历史题材小说来说十分犯忌的第一人称叙述。大家知道，为使作家获得创作自由，也为给作品的描写增加历史感和权威性，以往的历史小说从《三国演义》到《李自成》基本上都采用第三人称的全知全能的隐身叙事。因为按照传统叙事学的观点来看，叙述人的“不在场”似乎意味着客观公正。然而，有趣的是，从 1986 年莫言的《红高粱》开始，到后来的乔良、洪峰、苏童、格非、刘震云、余华，几乎半数的“新历史小说”作家却放弃了“客观”风格而让第一人称“我”直接登台亮相。他们采用或回忆（如《灵旗》）、或寻访（如《青黄》）、或引证史料（如《温故一九四二》）、或与第三人称交错并置（如《枫杨树乡村》）等多种方式，更喜欢、更熟练地以叙述主体身份频频在小说中抛头露面。他们这种集体性的努力，可能会对作品文体形式生动连贯的叙述带来一定的伤害；但作者与叙述人的合二为一，作者（叙述人）公然出场，却使它因此平添了一种独特的或抒情或伤感的韵味，叙事间隙的情绪性增多了。更为重要的是，作家作为叙述人自由穿梭于历史与当下，它可以摆脱现实客观时空的拘囿，而以一种主观性时空构架大大强化了叙述对象与现实的精神连接。共时与历时的交织，古今、主客界限的模糊，反而增强了小说的内在弹性和活力，使之获得了极大的叙述自由和空灵。由上可知，历史小说在走出了《李自成》、《金瓯缺》等传统的宏观“大历史”的叙事阶段，而进入了《苦海》尤其是《红高粱》、《温故一九四二》等个人化、主观化、散文化的叙事阶段之后，它的包括史诗体式在内的艺术创造已日益明显地产生了现代性的质变，与当下先锋文学思潮不可分割地联系在一起。有的作家（如苏童、格非、余华等）和作品（如《苦海》、《高阳公主》、《红高粱》、《温故一九四二》等），本身就是先锋派或先锋派的代表作。他（它）们的成就和局限，都直接肇数于先锋派，从先锋派本体特征那里找到解释。

说到 20 世纪八九十年代的史诗追求，我们还不能不提及凌力、刘斯奋、唐浩明、二月河等一批中年作家的长篇历史小说。从艺术观念的开放性和文体形式的创新性角度来看，他们也许不及上述的这些“新历史小说”作家；但是就其整体的思想艺术成就和综合水平而言，我认为他们则是高于“新历史小说”之上的，并且在文体的形态、叙事和技巧等方面的确也作出了为传统文体所没有的新贡献，取得了相当不俗的实绩。如二月河的“落霞系列”在史诗体式的大众化、通俗化方面进行了成功的尝试，如采用章回体形式，评书口吻表达，融历史、情爱、武侠、推理等小说因素于一炉。杨书案的《孔子》等“文化历史小说”将人物、故事、心理描写三位一体地糅合在一起，在历史叙事上致力于追求一种浪漫传奇和诗情画意的效果。而王顺镇的《竹林七贤》、《长河落日》则在探寻传统禅理诗性与现代西方形式上思辨交融的同时，还特别进行了立体交叉网络结构的尝试。凡此种种，它就使这批作品较好地避免了“新历史小说”过于随意虚化、小气无质的弊病，显得凝重厚实，内涵丰沛。史诗是多样化的，它当然不是“大历史”的简单复现而可作无限丰富的创造，包括到“亚历史”、“小历史”、“边缘历史”乃至“历史的碎片泡沫”那里寻找艺术资源和通道。但反过来，倘若以此就决然割断史诗与“大历史”之间的联系，认定史诗就是要消解颠覆“大历史”，并进而将这种消解和颠覆视为现代史诗创作获取成功的前提，那就不敢苟同了。这批中年历史小说作家用他们的艺术实践向我们证实了这一点。从这个意义上讲，上述这些“新历史小说”的一味个人化、主观化、散文化的写作就值得反思。毫无疑问，作为一种文体，“新历史小说”与传统的史诗一样，都自有其存在的必要和合理的价值，它是现代多元复合语境中的一种独特的体式。但它却不能取代包括史诗在内的其他历史题材小说，更不应被强调和夸饰到了不恰当的地步。对于它们，我们与其将其纳入一种价值评判的体系中作贬褒臧否的定性，还不如呼吁彼此携手合作，互渗互融。未来历史小说的艺术创作及其史诗构建，也许就在它们之间富有意味的、不断的整合和重构之中。

以上讲的个人化、主观化、散文化叙事，它毫无疑问构成了世纪之交历史小说耀眼的景观，在急速推进历史小说真实形态和文体形式由传统向现代的质向突破方面发挥了前所未有的重要作用。但是尽管如此，我仍要说，我们不宜也不应对它的成就和价值作过分的张扬。这倒不仅是这批“新”字号的创作理论本身有缺陷，实践上迄今也拿不出可跟《李自成》、《少年天子》、《白门柳》等传统式历史小说媲美的优秀杰作，且最近几年由于刻意肢解历史主流结构、过于虚化随意化而陷入了某种困境；更主要的是从20世纪八九十年代以来历史小说总体格局来看，它仅仅是一个方面、一个构成要素，不能代表和反映通俗历史小说、革命历史小说特别是传统型历史小说在这些方面所取得的成就。事实上，在一个多元复合的环境中，任何类型的文学都是相辅相成的，它们各有各的存在必要和价值；而传统型的历史小说，原先就有新历史小说所没有的悠久传统、文化积累和颇具实力的严谨创作队伍，在这几种文体中就显得更突出。故二十年期间，当一大批年轻作家挟西方“新历史主义”之威在文坛上踌躇满志之时，凌力、杨书案、刘斯奋、唐浩明、二月河、吴因易、韩静霆、颜廷瑞、王顺镇、马昭等一批年龄在五六十岁左右的中年作家不仅不为所动，一直孜孜不倦地在长篇历史小说领域探索着既传统又现代的真实形态和审美方式，而且在秉承《李自成》、《金瓯缺》的现实主义历史还原叙述的基础上又有新的拓展，先后创作了《少年天子》、《倾国倾城》、《暮鼓晨钟》、《白门柳》、《孔子》、《康熙皇帝》、《雍正皇帝》、《乾隆皇帝》、《孙武》、《唐宫八部》、《庄妃》、《汴京风骚》、《竹林七贤》、《长河落日》、《林则徐》等一批长篇作品。他们一方面突破先前现实主义还原的封闭狭窄，放开眼光，博取众长，广泛借鉴古今中外包括新历史主义在内的各种表现形式与技巧以充盈自己，使笔下的历史和文体真正成为一个丰富开放的生命体系；另一方面突破原有的历史定见或阶级论、本质论的描写模式，致力于用新的观点对有关历史人事进行翻案，做足翻案这篇文章，从而达到对历史富有创意的还原，真正把历史叙事历史化。

此种意向的作品很多。前者如杨书案的《孔子》等“文化历史小说”、王顺镇的《长河落日》、《竹林七贤》：它们一个将人物、故事、心理描写三位一体地糅合在一起，艺术描写追求浪漫传奇和诗情画意的效果，语言上的白描与感觉的相得益彰，表明了作者有一种将新的艺术审美与传统现实主义精神相结合的能力；一个在民族冲突和社会斗争的大框架中赋予以轮回历史观的寓意指向，中国儒道释传统文化独特的禅理诗性与西方现代文化的形式上思辨的结合，而情节设置破除主人公贯穿到底，而代之以立体交叉桥式的网络结构，以及对战争、暴力、权力、死亡的高度关注、对复仇主题的刻意强化渲染，则同作家开放开阔的思维艺术观念和自由主义、民间立场的价值取向契节相符。后者如唐浩明的《曾国藩》、《杨度》，二月河的《雍正皇帝》等“清帝系列”：它们一个站在精英文化的立场，以高强的理性思维、严谨的创作态度和务实的艺术描写，着重从文化和人格诸方面对曾国藩、杨度这两个有争议的历史人物作出了重新评价；一个则以民间（民本）文化为本位，采取历史判断与道德判断相结合并以历史判断为主的叙述方式，再辅之以民间化的人物（如邬思道、乔引娣）、民间化的欣赏习惯和趣味（如章回体、评书口吻、注意故事的传奇性、引进大量的野史轶闻），从国家同构的角度为历来恶名昭著的雍正进行了艺术翻案。

综观这些长篇历史小说，应该承认，它们的综合水平自不及《李自成》，尤其是在整体把握历史生活方面，明显缺乏姚雪垠那样雍容大度、吞吐风云的风范。但开放的现实主义的历史化叙述：如用历史合力论取代阶级论、本质论，既注重“大历史”基本构架的框范，又注意吸纳“亚历史”、“小历史”的细致描摹，也使它们除却了《李自成》中不少非历史、非审美的“硬伤”，显得大而充实、真而丰满、杂而有趣；同时也较好地避免了新历史小说过于虚化、无质、小气的通病。就对社会思潮和时代情绪的冲击作用这点而论，传统型历史小说也许不如探索性的新历史小说，但它在内在的思想艺术质量上则往往要超过新历史小说。这也说明现实主义至今仍有不衰的生命力，说明上述的历史化还原和史诗文体的创作不仅没有过时，只要驾驭得当，按照历史小说的审美规律和时代精神进行创作，它照样可以获取巨大的成功。《少年天子》、《白门柳》、《张居正》荣膺第三、四、六届茅盾文学奖以及《曾国藩》、《雍正皇帝》等书的一版再版甚至屡屡出现盗版，备受学界和读者的广泛欢迎，就从一个侧面证实了这一点。如果不是怀着偏见，而是实事求是地评估世纪之交的历史小说创作，那么应当说：新历史小说的勃兴为整个历史小说领域由传统向现代的质变、速变提供了广阔的天地，起到了强烈刺激作用；但是真正标志这一时期文学创作实绩，代表这一时期文学真实形态和文体形式现代性最高成就的却不是新历史小说，而是传统型的长篇历史小说。由此看来，对前些年历史题材评论中的有关的现实主义真实观和文体观的批评，我们是不妨可以再反思的。

三、历史题材文学的现代性及未来发展之路

历史小说发展到今天，实属不易。它虽有曲折，但总的来看，不仅思想艺术起点较高，而且其现代性的演进一直比较平稳，在整体上始终居于一个较高位的水平。这种情况在其他题材的文学创作中似不多见，就是放在“五四”以来的历史小说发展史上，也是绝无仅有的。往远处说，甚至可以看做是自明代中叶（这是产生《三国演义》的时代）以来中国历史小说的又一次高潮。不过，话又说回来，唯其思想艺术起点和整体水平都较高，要想进一步提升，难度自然也就大了，这在事实上亦对未来历史小说的创作和发展提出了新的挑战。在一个上下几千年、纵横几万里，《三国演义》和《水浒传》妇幼皆知、广为流行的国度里，人们没有理由不对未来历史小说寄予很高的期盼。更何况，自《李自成》迄今为止，历史小说自身也存在着鱼目混珠、良莠相存的现象，现代性历时演进过程出现了不少问题。特别是进入20世纪90年代以后，在西方后现代、海外新儒学、国内商业实利和影视文化的多重影响、挤压、诱导下，其内部构成的“四大板块”或曰子系统又遇到了诸多新情况，产生了诸多新问题，处境不容乐观：传统型的历史小说虽成绩卓著，推出了一批力作，但因观念和手法比较守成而出现了某种危机；新历史小说则由于没有把握住观念与历史、文本与存在之间关系，过于放纵虚构而随心所欲进行“反历史”的叙事策略，已陷入了日趋艰难的困境，甚至出现开始衰变的迹象；革命历史小说为政治意识形态逻辑所驱，加上主客之间又缺少必要的距离观照，自20世纪八九十年代之交的“领袖传记

文学热”之后，至今未见有新的起色；而通俗历史小说在推进“历史民主化”的同时，因游戏历史、消遣历史过甚又往往身不由己地滑向平庸肤浅。因此，在充分肯定、接受既往现代性创作成就的基础上，如何总结经验教训，寻找归纳未来的方面、方向和可能性，提出自己建设性、预见性的构想，就刻不容缓地摆到了每个评论研究工作者的面前。无论怎样，建立在对现状洞察基础上的清醒忧患总比盲目乐观要好。

那么，对于历史小说来说，它未来的现代性之路到底在哪里呢？又该在什么方面需要寻求新的突破？根据已有的实践，再参酌中外作家的创作经验，我认为关键是要把握处理好以下三个矛盾关系：

（1）历史小说的现代性追求与历史哲学之间的矛盾。因为任何文学现代性的后面都要有一种深邃的历史哲学作为创作背景和根基，失去了历史哲学，文学的境界易于褊狭，如同没有钢筋的混凝土一样，是不能铸成坚实的建材成品，更不要说搭建万丈高楼了。从艺术对象化角度来看，历史题材之所以不同于现实题材给人以特别丰厚深刻之感，具有一种无可置辩的权威性和说服力，很重要的原因就在于它经受时间的反复冶炼，其本身已容涵了超越时空的丰富沉潜的历史哲理。恰恰是在这个问题上，它成了当下历史小说创作普遍致命的“通病”。如果把历史哲学比作钙质，而这种钙质的实质就是被黑格尔称之为“高远的旨趣”，即我们通常所说的带有普遍性、超越性、永久性的人类的类性；那么应该说除少数的作品如颜廷瑞的《庄妃》、黎汝清的《皖南事变》以外，大多作家的创作患有明显的“钙质贫乏症”。这种情况，不仅表现在早期的一批描写农民起义的历史政治化或曰政治历史化的作品之中，而且也表现在八九十年代其他诸多作家所创作的题材、主题、文体、形式迥异的诸多作品之中。如80年代后期至90年代初冒出的《毛泽东生活录》、《走下神坛的毛泽东》等为数众多的领袖传记文学，它们专注于领袖传主常人化、个人化生活故事的叙述，虽使作品因此有血肉真情而颇令人耳目一新；但仅仅将眼光停留在传主吃喝拉撒这类“经验历史”的层次，从单纯的私生活、私道德角度落笔，而不是站在富有理性的时代高度，用“以小见大”的方式去发掘其中蕴含贯通古今的深刻内涵，寓历史哲学于生活化的故事之中，其最终结果实际上还是吞噬了作品的血肉真情。时间一过，很快就被历史淘汰，真正可读耐读的，几乎很难找到。

新历史小说相比之下似乎好些，特别是像格非的《敌人》、莫言的《丰乳肥臀》等长篇作品，它们有关种族、家族、个人历史兴衰无常、恩仇扭结、因果报应的隐喻性叙述，颇具穿越历史时空而代代相因的丰富内涵。但由于过分的幻化、虚化非主流、非中心、非本质，致使原有的文化构思在很大程度上落空。这是非常令人惋惜的。从这里我们不难可知历史哲学之于历史题材小说现代性的特殊姻缘关系，它绝不是我们强加给它的外在“他者”，而是带有本体构成的功能价值，是历史题材小说不可或缺的重要组成部分。从形态和范畴上看，它高于“经验的历史”、“反思的历史”（黑格尔也就是因此，在他的《历史哲学》中将“哲学的历史”称之为历史叙述的第三阶段，即最高阶段）。从创作论和叙事学角度看，它可为文学文本提供一个沟通协调古今的主体骨架，对防止和避免历史小说现代性误入实用主义陷阱能起到有效的保障作用。古往今来，高层次的历史题材如莎士比亚、歌德、巴尔扎克、雨果、托尔斯泰、罗贯中、施耐庵的作品都是这样，它往往既立足于有限时空又超越于有限时空，赋予作品以恒定价值的普遍性、哲理性内涵。正因此，这些作品才成为全人类的共同财富。21 世纪是更加开放的世纪，历史的经验和未来的现实，都昭示我们作家要高度重视并在文本中切实强化历史哲学意识。

（2）历史小说的现代性追求与作家主体精神力量之间的矛盾。任何理想历史题材创作和现代性的实施，最终都是通过创作主体的人来完成。因此，作家主体本身的精神质量和素质问题对历史小说就具有同步对应的深刻影响。古人云：“有第一等襟抱，第一等学识，斯有第一等真诗。”古罗马的文艺理论家朗格纳斯也指出：“伟大作品是伟大灵魂的回声。”这说明在东西方迥异的文学传统中，作家主体的精神质量都被提升到至关重要的位置。以此观照当下的历史小说创作，我们看到不少作家在这方面是有明显欠缺的。这倒不是说他们没有主体精神，而是说受主客观因素的影响制约，创造主体显得苍白无力甚至在精神价值维度上产生了迷失偏至，难以承担现代性的艺术使命，托起历史的深邃凝重主题和人性的丰富复杂。就一般的革命历史小说尤其是早期的历史小说创作而言，由于过多拘囿于意识形态和历史本身，强调与主流政治的同构合一，作家对历史的叙述往往一概被纳入“阶级斗争为纲”、“人民是推动历史前进的唯一动力”的理论模式之中，其主体性的表现受到政治历史的严格规范不仅显得十分有限，而且简单封闭，缺少沉潜丰厚的艺术魅力。不过它们用挚爱之情讴歌的爱国主义、英雄主义这些崇高的精神审美价值，今天仍然是很闪光动人的。作家们大都也心悦诚服地信奉这套理论。所以，尽管写出来的东西有明显的缺陷，但写的过程中不能不承认有一股气势和力量，有一种内在的感人力量。而这一点，却恰恰是许多新历史小说作家在对历史自由言说中竭力拒绝介入文本的。他们不再相信这套理论，但又树不起更好的主体历史意识。于是就将题材对象放在文化或人性的框子里随意展开，有的甚至以丑为美，嗜痂成癖，津津乐道于形而下的欲望化历史和权力游戏的叙述，只有消解而没有构建，表现了浓重的虚无与媚俗倾向。因此，观念进步了，落墨反不如从前那样具有感人的气势和力量了。

这样的精神境界当然不可能产生出好的作品，它实则反映了作家主体精神力量的贫白和自信力的孱弱。粗鄙的文本，从根本上说还是粗鄙的主体所致。再进一步，就是粗鄙化的人物（所谓非英雄化）和粗鄙化的欲望（主要是性和暴力）描写，又何尝不是粗鄙化的主体所致。表现形式虽有所不同但本质并无二致的，是史诗文体的消解而代之以散文短制式作品的大量出现。这种现象普遍弥漫于文坛，固然自有其深刻的必然性和积极意义，但它确也从一个侧面反映和折射了作家主体思想还没有找到可以凝聚整合的支点，与作家内在精神状态之“散”是一致的。为什么现在的历史小说普遍显出一股“小家子气”，他们外在“自由”了，但内在的底气反而不足，历史颓败和虚无主义思想不能自抑，主要原因就在这里。正是缘于此，我认为未来历史小说的现代性首先有赖于作家主体精神的强健，提高作家自身素质问题比什么都显得重要。否则，一切的努力都没有实在价值，我们拿什么去重构历史，与时代进行能动的对话呢？恐怕只能是以虚无对待虚无，以迷茫对待迷茫。

（3）历史小说的现代性与历史规范之间的矛盾。历史小说作为融历史与艺术于一炉的特殊的艺术品种，在将历史转化为艺术的过程中往往不可避免地要涉及与历史规范的关系处理问题。当然，这里所说的“历史规范”要因文而异，不可一概而论。如新历史小说与传统型历史小说、革命历史小说就有所不同。前者由于取材于子虚乌有的稗史、野史、民间史，“历史规范”的弹性和可塑性就颇大；后者以真人真事为基础进行创化，它一般则要求作家在“基本事实、基本是非”方面尊重历史，与固有的原型对象保持“异质同构”的关系，不能作漫无边际的虚构创造。对历史的过分随意，常常要招致作品创造的“艺术形象”与已然在人们认知结构中“历史心理图像”的抵触，从而由此及彼，造成接受者思想情感上的严重阻遏以致损及作品整体的接受效果。这方面，以往的历史小说和革命历史小说是有颇多的教训可以汲取的。不过，对当下及未来的历史小说来说，这似乎不是最主要的，最主要也是最具难度的还是内在的规范，即情理真实或曰“内在可能性”（莱辛语）的规范。因为就历史小说和革命历史小说而言，虽然它的基本框架乃至结论往往来自历史，带有某种“社会公理”的性质，但这毕竟是史学范畴的事。历史的真实并不等于艺术的真实，从前者到后者，它起码经历了将历史真实心理化（心灵化）再进而审美心理化这样两个阶段，[①] 其性质已发生了根本的变化。而艺术的心理化，用王朝闻的话来说是需要“尽情合理”的，自成一个相对完满封闭的另一个世界，它不能只讲外在的史实规范而不讲内在的情理规范。否则，即使字字句句有出处，那么也有可能变真为假，

① 参见吴秀明：《论历史真实与作家的主体意识》，载《齐鲁学刊》1990年第2期。

使人们拒绝接受。这也就是亚里士多德在《诗学》中所说的“合情合理的不可能总比不合情合理的可能较好”的用意所在吧。正是在这个问题上，我们不无遗憾地指出，有不少作家是缺乏理性自觉的。他们有关的人事描写虽大多于史有据，经得起历史的检验；但由于放松或忽略了对隐藏在历史深处和细部的种种玄机、奥秘、人物行为的动机、心理的掘发，只重结果而不重过程本身，特别是不重视过程本身展现时事物彼此之间的“内在联系”，结果不仅造成了作品虽真犹假的虚妄感，而且致使文本和形象描写也显得简单粗糙，缺乏丰富复杂的意蕴和曲折动人的艺术魅力。

以武则天的题材为例。武则天从才人到女皇，她的一生可谓历经坎坷，费尽心机，不知杀了多少人，也曾用过不少酷吏。所有这些，都构成了错综复杂的因果关系。武则天为何杀人？杀人与她的精神及权力之间有何联系？北村的《武则天》从武则天的生存环境与性格落笔，写她最初的杀人是出于求生存斗争的需要。权力稳固后动辄杀人，残暴成性，反觉得四处都是敌人，于是像一只多疑的狐狸，“把一些并不存心反对她的人硬拉到她的反对的位置上，然后在这个位置上把他除掉。”而“残暴”的结果，则反而加速了她晚年的精神危机，使她变得格外的敏感、恐惧和孤独。薛怀义、张宗昌、张易之等不过是她企图救治自我精神危机的一剂并不有效的特殊的药剂而已。如是描写，就为武则天的所谓“残暴”乃至“淫荡”找到了较合理的心理依据，它比之前从男尊女卑角度对她进行口诛笔伐自然更富有人性的内涵和历史的况味。相反，有的作品只是将眼光盯着武则天杀人的事实，急迫地把笔触指向历史的最后结果，避而不写其心理动机，仿佛她的杀人是性之所使，这就无疑将历史和武则天简单化了。它可能合乎外在的历史规范，但却不合乎内在的情理规范。就像20年前曹禺笔下的王昭君（《王昭君》）一样，把她的离乡背井、远适沙漠写成“笑嘻嘻”地如同旅游一般轻松惬意，这在情理上是说不过去的，至少是违反了艺术描写的可然律、必然律的原则。针对如上的这种状况，为此，我们作家在进行创作时，有必要在真实的内化审美化方面引起高度的重视，投放更多的心力。只有这样，历史小说才能真正有效地走出历史的樊篱回归到文学本位，获取恒久的艺术价值。高明的作家一般并不斤斤计较于史实，而是以“写人”与“写情”为中介，把外在的历史规范审美对象化为人物思想情感、精神心理上的真实。所以，冷冰冰的历史在他们笔下变成了温煦可人的艺术，原来的历史“他律”经审美机制的氤氲，不期而然地化为了作家发自内心需要的“自律”。人们在谈历史小说及其现代性时，往往对其真实的缺失多有批评和不满，其实，最大的失真还是内在情理的失真而不是外在史实的失真。

看到了问题，就预示着未来创作的走向。为了提高现有历史小说真实性的层次和境界，以求得它与现代性的协调发展，关键是看作家面对历史“恪守其所禁，纵横其所许”的能力，并将这种能力由表及里地推进到作为历史主体人的精神灵魂的深层。如果说对未来历史小说及其现代性有什么期待的话，我的最大希望是想看到在特定历史环境中人的精神的流程、人的灵魂的颤动和人性的裂变。

第十四章

历史题材文学的民族本土立场

历史题材文学的蓬勃发展，既与中华民族传统联系最为密切，又紧贴着时代的思想脉搏跳动，构成了当代文学创作中的重要一极，几乎就是一部探寻、思索现代民族认同建构的文化启示录。面对全球化语境下西方文化的强势压迫，从反封建启蒙到思想解放，从新历史瓦解宏大叙事转向日常民间的小历史，从多元文化价值的汲取到“新”的“史诗性”重构，历史文学确实肩负着寻找民族传统之根，梳理、承继并打通传统文化的精神命脉，为当下社会核心价值的建构提供积极而丰赡的有效资源，并在此基础上寻求现代民族认同。生生不息的五千年文明中涵蕴的民族之魂何在，如何从传统历史中获得精神支撑与价值确立，传统文化如何通过现代性转换获得新的生机，追寻并坚持民族的本土立场，已经成为我们时代的重大课题。作家们也正是从重塑民族辉煌的焦虑与渴望出发，以文学的深刻反省方式来书写历史本质内涵，以丰富多彩的创作实践完成并正在完成着重寻历史之根，重铸民族之魂的根本任务。正是从这个意义上来讲，历史文学天然地承担着弘扬传统文化，树立民族自尊与自信，探索文化转型、甦生之途的特殊使命，拥有着其他题材文学所没有的特殊价值，与我们这个时代的深刻变革息息相通。

当代中国历史小说日益明显地呈现出虚实分化的两极发展态势：一方面是苏童、叶兆言、刘震云等一批青年作家挟借“新历史”之名，创作了《一九三四年的逃亡》、《故乡面和花朵》、《夜泊秦淮》等一大批旨在颠覆旧有的革命历史观，表达个人化、欲望化历史观念的子虚乌有式的新历史小说；另一方面是凌力、唐浩明、二月河等一批年龄稍大的中年作家运用较为传统的历史还原手法，创作了《梦断关河》、《曾国藩》、《雍正皇帝》等旨在历史写真，具备信史品格的长篇作品。耐人寻味的是，这一虚一实的两种写作，都选择了相近或相似的历史年代。前者往往以晚清与民国为题材对象，后者则大多把注意力聚集于明清。从大的时间跨度考察，明末至近代是中国封建社会的末世，也是传统文化不可挽回地走向衰败并进行艰难痛苦的现代转型之际。而与此同时，西方文明却处于资本主义上升期，日渐强盛。此消彼长，自诩为天朝的中国相对西方国家而言，成为停滞的帝国，与世界先进行列的距离越来越远。这是几个世纪以来的创痛，因而末世情结，包含了作家们对中国传统和西方文化的无限眷恋和批判的矛盾复杂的心态。鉴往知今，作家们不约而同地选择这一时段，正是为了传达他们在全球化语境中，对民族文化身份的焦虑和重塑民族辉煌的渴望。虽然不能武断地说，近些年来历史小说创作就是在应对全球化这一策略的引领下趋于繁荣，但用文学叙事的方式反思历史，以期达成民族的自我认同，的确已成为许多历史小说写作的“集体无意识”。就这个意义上而言，我们认为全球化不仅仅是历史小说一个潜在的写作背景，它已内在地渗透到作家的创作机制之中，成为他们反思历史、叙述历史时铭心刻骨的肌理与血肉。

一、本土立场与最后辉煌的温情回眸

明清是中国封建社会发展到鼎盛和烂熟的时期，但在烈火烹油、鲜花似锦的内里却蕴藏着呼啦啦大厦将倾的深刻危机。与“盛唐”不同，在这一完整的长时段的历史时期里，世界格局发生了前所未有的重大变化，原来后进的西方经过工业革命之后迅速崛起，并对包括中华民族在内的第三世界国家进行殖民扩张。于是，中华民族不得不在痛苦、屈辱和无奈之中开始转型的同时，也被极大地激发了杰姆逊所说的“民族焦虑”。特别是作为民族代表的知识分子，更是站在时代的前沿，以精神与心灵的全部力量，在方生未死之间探索民族文化的新生之路与转型之途。20 世纪 90 年代以来关于明清的历史书写也不例外，不同的是，这种本土民族文化自我认同增添了更多的反思成分，被有意识地纳入与异域民族平等对话交流的理性框架中进行审思。这样，历史小说的明清叙事，也就自然成为与西方文化的“他者对峙的中国的文化危机的寓言”。作品中所深寓的民族文化思考自然也就成为“被殖民者/殖民者对峙的整个视野”① 的思考，从而获得更

① ［加］谢少波：《抵抗的文化政治学》，中国社会科学出版社 1999 年版，第 135 页。

为广阔的视角和更为深邃的文化观照力量。

凌力的《梦断关河》、"百年辉煌"系列，唐浩明的《曾国藩》、《旷代逸才》、《张之洞》，二月河的《雍正皇帝》等"落霞"系列，熊召政的《张居正》，刘斯奋的《白门柳》，蔡敦祺的《林则徐》都把目光落在明清时期凝聚着优秀民族精神的人与事之上，尤其将笔力集中于中国封建文化的最后辉煌阶段。借着对最后辉煌的温情回眸，作家们"把蕴含在封建王朝内质中与人类社会发展不和谐的因素、民间百姓罹遇的苦难、优秀传统文化等提炼凝聚成为鲜活可感的艺术形象，借助文学的形式，向世人展示了华夏文化的魅力和生命力"。[①] 煌煌十三大卷的"落霞"系列，以颇为恢宏的气势和巨大的艺术容量写出了最后一个封建王朝走向衰落前的最后辉煌。二月河选择具有雄才大略和拯世责任的康熙、雍正、乾隆等封建帝王为表现对象。在这三个封建帝王身上承传与阐扬的是优秀的汉文化传统。他们以一介独夫，为天下谋划，不惜背负"恶与孤独"，其间蕴藏的人格力量，正是外儒内法的政治权谋文化传统所能迸发的积极能量。作品以野史、民间史、神话传说等与正史相融的叙说方式，展开了以王朝图治为核心的民间、市井、官场、朝廷等全景式社会扫描。诗词歌赋、琴棋书画、神道妖鬼时时嵌入质实的史实叙说之中，把施政大略转化为生动的人事纠葛，以此建立自己对本土文化的审美和意义的重构。"我写这书主观意识是灌注我血液中的两样东西：一是爱国，二是华夏文明中我认为美的文化遗产。我们现在太需要这两点了，我想借满族人初入关时那种虎虎生气，振作一下有些萎靡的精神。"[②] 这分明流露了二月河的浓浓的民族本土立场。

熊召政的《张居正》则以明王朝中叶的万历新政始末为题材，同样集中笔力写张居正在历史漩涡中挽狂澜于既倒的巨大的个人作用。在中国的传统历史叙事中，本来就有着帝王将相的描写传统。但经过革命历史叙事对人民作用的强调，加上20世纪90年代以来新历史小说的兴起，对宏大叙事的解构以及对小历史小人物的重新关注等多重因素，今天的帝王将相题材，其实早就冲破了原来的英雄崇拜格局，而是指向民族精英的文化人格塑造。在明君或贤相的身上，凝聚的是传统文化的菁华力量。张居正不避物议，外拒清流，是对传统文化中自标清高、空疏无用的纠正；其务实耐烦的精神又是对好高骛远式的激进改革的纠偏。正因此，万历新政才成为明王朝的一剂救命良方，而使它的气脉又延续多年。"不以道德论英雄，应为苍生谋福祉"，[③] 这是作家创作《张居正》的历史观，

---

① 刘克：《全球化语境下的本土化生存——二月河清帝系列小说论略》，载《当代文坛》2003年第5期。

② 二月河：《二月河作者自选集》，河南文艺出版社1999年版，第239～240页。

③ 熊召政：《闲话历史真实》，载《理论与创作》2003年第1期。

也是小说审视历史人物与事件时的一个文化视角。作品中所展现的绚烂的封建落霞，是封建王朝最后的回光返照。其间的人与事，是封建文化在大厦将倾之前的最后一搏。作家集中笔力写它的美丽和辉煌，同样也显露了他潜意识深处的本土文化反抗。

但这又毕竟只是最后的一搏了。这最后一搏，固然绚烂多姿，却有着不容忽视的内在缺陷。封建文化具备强大的体制惰性：权谋文化虽然充当着驱动历史演进的重要政治力量，但它却无法抹去其自身抑制民主、摧残人性的落后因素。尤其是以今日的全球化的宏大视角重新审视这段“落霞”时光，我们会发现，在作家们津津乐道的康乾盛世的同时，西方文化正以前所未有的开放态势蓬勃兴起，中西方的差距就是在这个时间段被迅速拉大的。回避这个问题，而孤立地描写所谓的煌煌盛世，这是一种封闭短视，甚至还暗含了某种“天朝心态”。实际上，明中叶的万历新政之后，经济的繁荣紧接带来的却是腐朽颓败的晚明习气；康乾盛世之后，却是中国传统社会在西方文化冲击下的土崩瓦解。这里的根本原因之一就在于“落霞”式的改革，往往寄托在强有力的英雄人物身上，专制独裁体制的命运掌握在操舵手的个人素养与能力之上，无法获得正常的政策延续性。退一步说，专制体制还无法保证这样的强力意志的出现，无法保证杰出英才顺利走上历史权力舞台。因为在传统明哲保身的文化惯性之下，优游不迫、漠不关心的政治态度，才是一般官僚最常见的人生观。如雍正、张居正那样对权力的眷恋、对经济的重视，就会被视为“苛政”、“俗吏”。雍正之所以背负骂名、居正夺情之所以引起如此大的波澜，就在于他们对实际政务的热衷和对可以保证他们大政顺利执行的权力的热衷。无论是雍正还是居正，都无法保证身后之事。不仅他们的改革难以为继，甚至无法避免死后身名的被诋毁和守旧势力的卷土重来。权势，是他们“成也萧何、败也萧何”的情结所在。尽管作家对描写对象充满了深切的同情，历史理性却无法替他们解决“荣辱兴衰转瞬间”的“权势”循环悲剧，无法抹去他们“天涯孤旅、古道悲风”的命运。

从统治阶层的角度出发，“落霞”的辉煌中产生的是英雄人物的个人力量无法延续的悲剧。而下降到社会民众层面，这种悲剧则是封建专制文化对现代民主萌芽的压抑，使得社会经济的繁荣富强和初始现代意义上商业工业无法走上持续发展的正轨。相当多的史料表明，在明末，我国已经产生资本主义经济的萌芽。在苏州及江南地区的纺织工业蔚为壮观。在对 15 世纪末与 16 世纪初的全球经济的考察中，学者们更进一步发现，自地理大发现始的经济全球化趋势中，晚明出人意外地充当着经济强势力量。[①] 繁荣上的海上贸易交通，大力促进了太湖流域

① 樊树志：《“全球化”视野下的晚明》，载《复旦大学学报》2003 年第 1 期。

的经济发展。而正是在中国南方地区，“海面和陆地犬牙交错，形成一种溺谷型海岸……在这一地带，海上的旅行和冒险推动着中国资本主义的发展。中国资本主义只是在逃脱国内的监督和约束时，才能充分施展其才能。”① 而这些民间经济力量问题，和资本主义及现代民主的无法正常生长等相互关涉的问题，却在反映这一时代的历史小说中被民族本土立场有意无意地遮掩了。《雍正皇帝》采取的是缺席策略，《张居正》中写到海上走私问题，也写到了以何心隐等为代表的民主萌芽的私学兴起的问题，但前者被处理成产生于权力交易中的腐败，后者则被认为是世道人心的毁灭力量。恰恰是对这一问题缺乏更深入的思考，使作家们对本土文化的崇扬失之片面。何以西方语境下的经济的正常发展，演变为官商勾结的腐败？何以西方话语下的个性与自由，走上猖狂放荡的邪途？基于这些问题来考察专制体制的劣根性，对剔除传统文化的负面因素，重建本土文化有着不可小视的意义。在此高度上审视封建文化的最后辉煌，才获得更为宽宏的全球视角。

二、全球化语境与盛世情结的再审视

在作家们大力书写这末世辉煌的同时，不得不面临这样一个沉重的问题：五千年的辉煌文明何以在近代西方文明的冲击下一败涂地？前述强健坚韧的民族力量为何无法挽救中华文化末世衰竭的命运？恐怕单纯的肯定与讴歌远不能为民族命运指出一条康庄大道。文化自信力如果盲目尊大为文化自恋，并且沉浸在这种自恋心态里，就无疑堕入了曾在晚清中西文化冲突中显现的痼疾——某种难以自拔的“天朝心态”。中华民族近代以来的由盛而衰，“天朝心态”应负相当大的责任。由此进一步深究文化冲突语境下煌煌“天朝”的本质、危机、崩溃之种种根源，成为关系到民族命运的重大命题。

这样，历史文学如果仅停留在恋古、崇古与歌功颂德上，就回避了对盛衰之理的深究，也就是对民族命运的问题悬置不问。中华文化五千年岿然不倒，肯定有可资汲取的价值建构钙质；而在近代中西冲突中节节败走，肯定存在了重大问题。这才是真正的重大问题。对此讳莫如深，历史题材文学的正面价值建构将再次成为盲目封闭自大“天朝心态”类同物，无法进入现代文化的生长结构。历史的必然要求将文化的自我批判、自我反思与自我解剖推到了创作实践的前台。

① 布罗代尔：《15 至 18 世纪的物质文明、经济和资本主义》，三联书店 1993 年版，第 64 页。

从20世纪50年代的《林则徐》、到90年代的《鸦片战争》，再到世纪之交凌力的新作《梦断关河》，不约而同地聚焦于近代中西冲突的历史转折关头。但表现的重点却发生了微妙的转移。与《林则徐》单纯的爱国主题仅仅激发人们的民族感情不同，《鸦片战争》将殖民主义与中华民族的矛盾深化为积极向外扩张的西方资本主义工业文明与一个闭关自守的东方封建主义的农业文明之间的矛盾，并在两种力量的较量中，不无悲壮地指出，成败的关键因素在于文明的先进与落后。历史理性的清醒批判告诉我们，仅有爱国的激情远不能拯救中国由盛而衰的命运。《梦断关河》进一步发展了这一传统文化批判的主题，将现代理性批判与民族情感依赖并置在中西冲突的背景下，极大地丰富了历史题材文学的艺术内涵和思想深度。小说充满历史辩证法地描写了镇江都统海龄一方面率全体满兵以死殉国，另一方面出于民族封闭与仇视的心理大量屠戮平民。类似这样展现道德与价值、历史与现实、爱国激情与封闭落后等复杂纠葛矛盾的原生态历史真实的描写，在小说中比比皆是。凭借西方强势文化的参照视角，《梦断关河》获得了自身文化体制之外的清醒认识与批判力量。从《火烧圆明园》到今天的纪录片《圆明园》，同样显示出从狭隘的爱国主义向文化冲突视角下反思传统的主题深化。我们有理由相信文化的冲突、对话、交流、融合，已经成为今后历史文学创作新的生长点。摆脱尊崇五千年文化、四大发明、汉唐盛世等种种僵化封闭的“天朝心态”，打通中西、古今间的文化对峙，探索世界格局下的民族命途，才真正开始了尽管不无痛苦却又异常重要的对传统文化的自我反思。唯其如此，传统文化的菁华才能在中/西、传统/现代的冲突下再次激活，为当下价值建构提供有效成分。中华民族的盛世重现、辉煌再造才成为可能。历史文学关注近代中西冲突的作品，也因此获得了不寻常的历史悲剧质地和深刻的忧患意识。

可以说传统文化的菁华与它的消极面紧密地纠结在一起，这使我们在书写历史时充满了历史道德、情感与现代理想批判间的紧张冲突。历史文学也因之而充满了辩证的、全面的、立体的、富有活力和弹性张力的价值建构。从近代冲突背景下士大夫精英们回天无力、内外交困的悲剧命运，到现代民族文化成长中的壮怀激烈，历史文学以严肃的思考突破了简单的价值二元对立和历史的单维度状态。面对这一沉重的话题，更多的思考还停留在思想史、历史学的层面。《天朝的崩溃》、《戊戌变法史事考》、《苦命天子》、《圆明园》、《大国崛起》等史学专论与历史纪实，或如《东京审判》亦较多纪录色彩。随着思想史、历史学上的突破探索，我们有理由期待中西冲突视野下的历史文学书写取得更具艺术水准与文化境界的实绩。

剖析中华文化从创世——盛世——末世的精神内核，也就能勾勒并预测出中华民族从哪里来、向何处去的发展轨迹。从末世由盛而衰的命运转折入手，借助西文现代文明的参照力量，我们才能清醒地认识到末世文化衰落的历史必然性，盛世文化中已经孕育的内在危机，创世源头活力中可资接继的文化气脉。也许是体裁的差异，小说在文化反思上做得较为扎实，而以《雍正王朝》开启的王朝颂歌型影视作品，则以褒摹盛世为鹄的，不惜歪曲隐瞒历史劣根，大大降低了历史文学的品格。《汉武大帝》、《大明王朝》、《卧薪尝胆》、《贞观长歌》、《夜宴》、《黄金甲》等一部比一部气势恢宏，场面壮观，却未曾自觉地贯彻现代中西文化冲突的视角，来反思如此煌煌盛世，何以在近代即行崩溃？不回答这个问题，历史盛世的根基就大大削弱，英雄人物也大大缺乏可信度。影视作品过于迎合消费文化市场的需求，缺乏高文化内涵的思考，没有深层次的沉思况味。作品大多要什么给什么，权谋、凶杀、色情，一味满足观看欲望和老旧传统的精神意淫。作品恰恰遗忘了历史文学的真正价值：以文学的方式寻找历史本质。取代了人民群众成为历史主角的帝王将相，个个君圣臣贤；朝代更迭，尽是汉唐盛世。缺乏以西方文明为参照系的现代人文理念审视，颂歌型历史文学秉承就仍是古典主义的封闭的创作观念。现代性的文化反思无法进入传统的内在肌理。圣主贤臣们则塑造成完美无缺的古典英雄形象，被过分夸大了个人的历史作用。从农民起义到帝王将相的转变，在完成阶级论向文化观的过渡的同时，并不能抛弃以唯物史观为基石的历史本质主义创作方法。马恩反复表明，即使是帝王将相等杰出人物，使他们拥有推动历史更强大的力量的原因乃是历史的必然要求和本质意志。“每一个社会时代都需要有自己的伟大人物，如果没有这样的人物，它就要把他们创造出来。”[①] 英雄之伟大，在于他完成了历史赋予的使命。写英雄而没有站在对时代本质的深刻理解的基础上，也就无法写出“历史人物的动机背后并且构成历史的真正的最后动力的动力”，也即“与其说是个别人物、即使是非常杰出的人物的动机，不如说是使广大群众、使整个的民族，并且在每一民族中间又是使整个阶级行动起来的动机；而且也不是短暂的爆发和转瞬即逝的火光，而是持久的、引起重大历史变迁的行动。”[②] 建立在消费动机下的历史影视，应当努力克服享受、娱乐、消遣的生物性要求，避免把历史和时代精神简单化的做法，而应进一步追求对历史本质的表现，以现代思维理性的成熟态度把握历史精髓：塑造英雄、描写盛世，以全息式的立体全面再现，剖析出每个人物、每个时代背后的精华与糟粕，使之进入当下的积极价值建构。恐怕有必要调整历史文学的结构，去除那些蝇营狗苟于宫女太监间的媚俗打闹、一味匍匐在“圣君”脚下三呼万岁的盲目尊崇，那些以娱乐消遣为目的的庸俗之作。而应大力倡导发展的、

① 《马克思恩格斯选集》第 1 卷，人民出版社 1995 年版，第 432 页。
② 《马克思恩格斯选集》第 4 卷，人民出版社 1995 年版，第 249 页。

理性的、以文化的自我反思与传统的现代转汇为严肃主题的优秀历史影视作品。影视作品不应以体裁为借口拒绝思考，影像同样可以承载思想。历史剧激发的网上热评表明，观众并非一味"有什么吃什么"的被动消费。在古装戏充斥荧屏的今天，他们仍然在思考被消费主义冲昏头脑的编导们不曾思考的种种复杂的历史价值观念。这也提醒我们的历史影视创作者们，只有真正担当起历史反思责任，深入剖析传统的优秀作品，才能占领市场，也才能真正融入历史文学的核心价值建构过程。

作为传统文化的最后阶段，明清史事集中了民族矛盾、近代殖民中西冲突，与当下语境中传统/现代转换的重大课题，达成了历史与现实的映照比拟关系。然而，也正是由于这种映照比拟关系，使得明清史事的书写充满了重重悖论，牵涉到复杂的历史价值判断与影射性的实用主义判断。甚至由于明清的历史时空相去不远，书写历史就不仅仅是文学上的映照与比拟，更是近代历史遗留问题的直接下延，关系到我们现实语境中台湾问题、日本问题等。央视热播的《施琅大将军》引发的激进民族情绪与抗敌御侮的强硬态度形成了复杂纠葛的态势。电视剧《施琅大将军》以清朝康熙皇帝收复台湾的史实为背景，围绕着是否起用施琅为平定台湾主帅，平台战略如何付诸实现等一系列事件，展开了跌宕起伏的故事情节。网上热评主要集中在将施琅定义美化为统一台湾的英雄与施琅反复降清的"贰臣"身份之间的矛盾。从人物评价出发，又引发了对清政府武力收复台湾的性质判断问题，平台究竟属于统一大业还是明清之间民族对抗的延续？有人认为，为历史上的民族败类翻案，"是一个大是大非的严肃问题，含糊不得，也马虎不得，我们只能以历史主义的态度而绝不能以实用主义的态度对待历史问题。"用施琅平台来比附今日的台湾问题，主观上出于为政治服务的意图，但前者"是明清两个帝国的对抗，后者是反对分裂祖国的斗争，纯粹是国内的政治问题。"① 倡议此剧的陈明对上述观点这样辩解道："历史是生长的……民族是建构的……一方面承认'非我族类其心必异'的智慧，一方面汉族的血缘纯粹性最低的事实也必须承认尊重并以肯定接受的胸怀处之。文化是开放的则以前面这两点为基础。"② 有人也以封建民族政权形态与现代化发生以来国家政权形态的差别为由，指出汉族历史上三次异族入侵与近现代西方殖民入侵间的性质差异。③ 纷争迭起的现象表明，我们对历史的价值判断已经陷入了一个混乱虚无的

① 《厦门大学教授猛烈批评央视〈大英雄施琅〉》，http：//ent. daqi. com/bbs/05/61502697. html，2006 - 4 - 10。

② 《陈明就〈施琅大将军〉答〈新快报〉记者问》，http：//www. ccforum. org. cn/archiver/？tid - 42343. html，2006 - 4 - 10。

③ 参见网友水西在 http：//ent. daqi. com/bbs/05/62112034. html 上的跟帖，2006 - 4 - 10。

状态。

应该指出，在坚持开放的民族观、历史观的同时，民族大义的界限不能模糊，对历史的文学书写，翻案也好、美化也好，不能超出历史价值底线。强调民族的融合开放，不能滑入投降主义的误区。我们应该理性地区分历史价值判断与历史效果判断，避免历史实用主义。施琅不是不能写，而是怎么写的问题。历史地来看，清政府平台后为强化民族统治实行的“迁界禁海”政策抑制了台湾的发展，也毁灭了中国的海洋经济，闭关锁国，以至近代《马关条约》割让台湾，正是以夷夏之分对台湾毁地卖地传统政策的延续。[①] 清朝平台问题的历史评价引发的民族情绪，实际上关系到对清政府的整体评价问题。对清宫题材的美化与偏爱，虽出自对本土文明最后辉煌的留恋，实际上，我们完全没有必要总是选择清政府做留恋本土传统的历史比照对象。清朝前期残酷的民族镇压、中期封闭的封建专制，末期腐朽的卖国苟安的历史事实不容抹杀。就民族矛盾而言，我们应以开放的民族观肯定它早期清明的开国气象。但以现代性眼光视之，不论明清，腐朽的官僚统治、醉生梦死的士大夫、残酷的经济压迫、思想专制都同属于封建文化的落后部分。清政府更是在民族压迫的基础上加重了封建专制，在近代史上现出对内镇压、对外卖国的一切专制政权的本质面貌。施琅平台，仍是封建统治与阶级压迫的一部分。他平台后一时成为台湾、福建最大的地主，台湾田产大半成为“施侯租田园”，收的租子叫做“施侯大租”，这种情形一直延续到日本侵占台湾。因此，重要的问题不在于明清满汉民族矛盾，而是怎样从传统文化的封建专制主义转到现代民主民生问题上来。电视剧《施琅大将军》不正确的现实比附，反而抹杀了郑氏政权汉家正统的地位，成为“台独分子”的口实。与其用一个充满民族悖论的施琅来显示统一祖国的强大决心，为什么不强化优美强大的汉文化传统，形成“衣冠文物，犹在中原”的文化向心力？否定施琅贪官污吏、民族叛徒的一面，一味称颂，实有过分依附政治之嫌，更重要的是降低了现代民主审视的高度。比之《张之洞》，虽然也有浓厚的传统情结，但还是能如实写出晚清革命风起云涌的现实，写张之洞清醒地看到这些从事改良或革命的封建王朝叛逆，才是中国命运严肃的思考者与积极的行动者，赏识与遗憾的矛盾心理不言而喻。而张之洞洋务运动的实绩——汉阳造的新军武器，更打响了辛亥革命的第一枪，成为封建王朝的掘墓者。小说中传统与现代的纠葛情态，实现了对传统文化现代转型最丰赡的文学表现。施琅并非不可以写，但不能随意乱贴政治标签，模糊历史是非价值判断。文学是人的文学，如果能还原人性的复杂面，写他在历

① 《满清\中国\台湾》，联合早报网 http://www.zaobao.com/special/forum/pages3/forum_tw060406d.html，2006-4-10。

史关头的选择，辩证地认识他的历史作用，而不是歪曲历史真相，才能获得更大的可信度和艺术感染力。其实，就施琅题材而言，正是由于人物在价值理性与实用理性上的错位，才有着文学书写的巨大空间，可惜由于主创人员缺乏现代反省意识，从简单的政治比附出发，一味拔高美化，这反而给传统文化的书写抹上了一道难以消除的封建残余阴影。历史文学创作中出现的种种激烈争端表明，用现代性重审传统文化的急迫性，澄清混乱不堪的历史观、文化观，还原历史价值立场的必要性。在以本土立场应对全球化语境的时候，我们绝不能以偏激的情感判断取代清醒的历史理性批判，更不能对盛世历史原型作急功近利的不正确比附，而忽略传统盛世背后隐藏的巨大危机。这显然不利于我们对自身文化传统的正确定位，也不利于传统文化在全球化语境下真正激发起转型的力量，以扬弃的方式实现现代性甦生。

三、文化冲突与转型自救的悲剧写真

应该说，末世辉煌也好、盛世情结也好，都是在全球化浪潮的巨大冲击力下的一种本土文化退守的应对策略。本土情结其实是相当理想化的，现实语境中的文化冲突远不是简单的退守便能解决的。而作为一种独特的小说艺术，为了应对西方文化的压迫，也是立足于对历史的真切的生命体验，不少历史小说都选择了与当代转型期有着相似心理文化结构的明清代际裂变为表现对象。因为这段民族矛盾、文化冲突异常激烈的历史，与当前的现实课题脉息相通，相当合适地成为作家们表达现实思考的历史时空。明清之际中国传统文化在异族文化或西方文化冲击下的被迫转型，正与当下“全球化”激发起来的民族身份认同取得了积极的应和关系。

明清叙事的代际裂变有两个代表性的时间段：一是明清鼎革，二是近代转型。《白门柳》、《倾城倾国》、《少年天子》表现的是前者，《曾国藩》、《旷代逸才》、《张之洞》等则反映的是后者。实际上，从异族文化入侵的角度来看，两者有很大的相似性。清兵入关，雉发令一下，酷烈的民族矛盾造成的扬州十日、嘉定、江阴屠城的血泪阴影与近代史上枪炮下的民族屈辱如出一辙。刘斯奋的《白门柳》写明清鼎革，其超出同类题材的地方，在于通过对现实文化转型期中的现代民主自由话题的关注，使旧有的《桃花扇》主题有了崭新的开拓。在《白门柳》谱写的历史文化长卷中，知识分子的历史命运和心路历程被格外凸显出来。小说特意择选的这些明末士人，他们把传统的忠君死义当做高悬于顶的达摩克利斯之剑，但对人生的眷恋和对尘俗人性的自然要求，又使他们陷入两难境地不能自拔。方以智从李自成手中逃出后名士做派的大转变，黄宗羲卷入南唐实际政务后对明王朝的彻底失望，冒襄逃难途中的家国矛盾。这是传统文化遭到异质文化冲击后产生的深刻危机在知识分子身上的痛苦裂变。一方面，民族气节要求他们死难，另一方面，清王朝入关后的虎虎生气与清廉政治又同旧王朝的糜烂形成鲜明对比，使他们酿生解构封建纲常的某种现代民主思想萌芽。作家笔下的人物之所以能清醒地看到狭隘民族立场的负面价值，其原因正在于作家自觉的现代意识观照：站在全球化背景下重新审视这个历史时段传达出的文化冲突，并从这场前现代化的文化冲突中发掘出传统文化走到末路时产生的转型可能性与必要性。跳出了民族矛盾与朝代兴衰更替循环，中国传统文化如何产生真正意义上代际裂变？如何使现代西方话语中的民主自由凭借“代际裂变”的文化交融力量，以健康的方式生长在民族文化的土壤上？这正是现实要求作家回答的，而小说也正借着历史中这段时空的描写，以凝聚理性思考的艺术感性形式回答了这一问题。

然而，明清鼎革与近代转型虽然有着民族文化心理上的相似处，但满清入关与近代殖民化毕竟不可同日而语。对满清，传统知识分子仍旧可以保持着高度的文化优越感，军事上的优势抵不过天朝文物的傲慢自大。满清入关后的迅速汉化说明了中国文化的溶解力量，也使文化危机得以缓解。但近代殖民化历程一俟启动，传统文化却再也不能保持它的“天朝”心态了。这次的异质文化迥异于历史上多次发生的异族入侵，它从民族冲突上升到种族冲突，从军事优势上升到现代文化对封建传统文化的全面对峙。于是，《曾国藩》、《旷代逸才》、《张之洞》等作品，便着力描写曾国藩、杨度、张之洞在西方文化与传统桎梏间的挣扎，写他们以积极的人生历程回应着他们身处的时代，仍逃不脱悲剧性的失败命运。这种失败不是个人的失败，而是代表了传统文化在西方文化前的全面退却。作家以巨大的同情写他们“知其不可为而为之”的个人奋斗，以此弘扬历史人物身上儒家济世的精神力量。因而，虽败走却犹发人深思。曾国藩可以成功地维护被太平天国冲击了的儒家传统，却在标志着中外文化冲突的天津教案中内愧神明、外惭清议；张之洞的渐进式改革如搅动一塘搅不动的稠水，其文化自救失败正是当代知识分子深刻的文化忧患的写照。作家们对这些历史人事的选择，也反映了历史小说从政治爱国主题向文化反省主题转换的创作走向。

按照史家的观点，中国近代殖民化实际上也就是全球化在19世纪到20世纪初的“初级阶段”① 启动。这一阶段是以欧洲实现对全世界的统治为实质内容

① 王斯德：《世界通史》前言，华东师大出版社2001年版。

的。西方现代文化以凌厉的攻势袭击了包括中国在内的东方文化，成就了他们19世纪的辉煌。但与西方人眼里全球化的胜利不同，东方视角下的这场全球化却充满血泪与耻辱。由于代际裂变、文化鼎革，这种状况迫使一些知识分子滑出了旧有的政治体制之外，或是游移在体制崩坏的间隙睁眼看世界。《白门柳》中的黄宗羲、《张之洞》中的张之洞就是站在这种体制的空白点上，展现了独立思考的文化人格。作家写他们在"天崩地解"的社会巨变中，从举兵抗清到著述民主思想，从以清流立身到办洋务运动，孜孜以求地思考和实践"中体西用"这样一个时代课题。这里既交织了小说主人公深沉矛盾的探索与思考，也是小说创作者借历史人物，来传达文化冲突语境下的民族自尊与文化自救主题。当然，也有一些知识分子试图在旧体制内修修补补，寻找出路。如唐浩明笔下的另外两个人物：《曾国藩》中的王闿运和《旷代逸才》中的杨度，他们热衷传统的帝王术而拒绝现代变革，结果一生穷途末路，扮演悲剧的角色。这说明传统文化不经过彻底的涤除与转换，是不可能成为建设性的文化因子的。王闿运、杨度的道路，是近代知识分子探索国家自新之途的曲折艰难的道路，他们面临的挑战，是"传统的书院文化面临的挑战"，他们悲剧性的失败，恰是"中华文化的历史命运。"① 由此，唐浩明的文化批判，也就指向了更为深刻的体制原因；当然在这之间他也隐隐地流露出对传统文化不由自主的情感依恋，从而使同情与理解成为小说叙述的基调。其实岂止是唐浩明，几乎所有的当下历史小说创作的软肋都源于这种理性批判与情感依赖的矛盾状态。小说家们之所以留恋明清，以及影视文学中层出不穷的清宫戏，很大程度上是因为对末世辉煌、传统文化挥之不去的"天朝"情结。客观上来讲，也源于这个时代所产生的中西文化冲突中的精英人物，大多是继承了传统文化的菁华，拥有理想人格，并在其时其地建功立业，作出了卓绝精彩的历史表演，这是很容易触发我们的民族情感的。而相对而言，近代的民主转型，除了陈军的《北大之父——蔡元培》和唐浩明的《旷代逸才》之外，写得不多，成功的就更少。这里分析起来，自然有可以理解的客观因素：如题材有较强的意识形态性，古今关系处理难度较大，对纷繁复杂的近代人事把握不准等，但同时恐怕也与恋古的民族文化思维惯性不无有关。不少作家还是抱着传统因袭的"历史"观从事创作，没有真正树立起"近代"意识，更没充分认识它在中西古今文化冲突和转换中的特殊意义。这说明，面对全球化的新语境，历史小说特别是传统历史小说确实需要在自身的内在文化结构方面进行调整，应该以更为开放的视角与胸襟应对西方文化对本土文化的挑战。割断对传统的温情留恋也许是痛苦的，但它却是文化新生的必要前提。以文化批判的视野烛

① 胡良桂：《晚清政坛上的精魂——唐浩明长篇历史小说论》，载《文学评论》2003年第6期。

照近代史事，探索民主新生的道路，将为近代民主题材带来新的创作活力。

四、文化整合与人类大同的浪漫构想

从某种意义上，19世纪西方的殖民扩张，与当下基于文化趋同态势下的“全球化”，乃是工业大生产后发起的两轮异形同质的人类文明的冲突与整合过程。与赤裸血腥的殖民掠夺不同，今日的“文化”全球化更隐蔽，也更危险。历史书写中的明清末世，恰是第一轮“全球化”的全面启动；而书写历史的今日，则是又一轮“全球化”的开端。站在开端，以文化整合的包容与大度来追忆过去，作家对民族文化身份的体认焦虑往往籍借对明清历史的理想浪漫的文学书写来获得缓释。凌力的“百年辉煌”系列与她的新作《梦断关河》正是在这样的体认下来完成她浪漫美好的大同构想的。

《倾城倾国》、《少年天子》、《暮鼓晨钟》反映的是清王朝初入关到巩固其统治的近百年的历史。皇太极、布木布泰（即后来的庄太后）、福临与玄烨祖孙三代人，以“敬天法祖、勤政爱民”为座右铭，乱世求治，努力实现中国传统文化长期提倡和颂扬的仁政，开创了清代前期百年多的和平与繁荣的盛世局面。他们求治过程中交织难解的亲汉改革派与满族守旧势力的权力争斗背后，是满汉民族的文化冲突。而这种文化冲突，说到底正是“传统的党同伐异的种族观念和族群认同”在作祟。“许多最极端的‘我群’、‘他群’之分别，主要是建立在主观的文化和生活方式的差异上。人类历史上最重要的敌对关系并未发生于生物性的种族差异上，而是在文化、政治和经济的冲突方面。生物的种族差异只是附属的原因，甚至可能还是文化差异的结果。”① 在守旧的满大臣眼里，汉文化的精致优美是奢侈糜烂的亡国之征。简亲王济度在目睹两个前明宰相的子孙手无缚鸡之力，陷入穷困潦倒中后，越发认定顺治皇帝的学习前明制度、尊崇儒教、重视文士、渐习汉俗，分明是要把满洲子孙送上前明败落的老路。以鳌拜为首的四辅臣，恢复满洲旧制、大肆镇压汉官，抵制玄烨亲政，也都出于维护崇武尚力的淳厚祖风的目的。济度、鳌拜，后宫里的康妃、谨贵人，能以大义凛然的姿态谋逆、劝谏甚至加害皇四子乃至皇帝本人，都不是为自身争权，不是出于个人恩怨，而是为了满清旧制和祖宗家风。因此，凌力在描写福临、玄烨的政治事业，

① 叶舒宪：《人类学与文学——知识全球化、跨文化生存与本土再阐释》，载《文学评论》2002年第4期。

在写其对立面济度谋乱、鳌拜擅权之时，跳出了权谋文化的陈旧视角，而将之置于民族矛盾的视角下加以审视。双方的对立与争斗都出于各自的文化理念，是满汉一体的民族融合理想与颟顸守旧的民族仇视心理之间的矛盾冲突。这种新与旧的冲突，实则根源于民族文化自身采取的开放或封闭的不同姿态。

在传统的满汉民族文化冲突之上，凌力还有意在小说中凸显了独特的“第三视角”。这“第三视角”来自贯穿三部曲始终、联结亲汉亲满两派矛盾斗争的一个重要人物——汤若望。汤若望作为西方文化的先行者，本身出于传教的目的来到中国，以宗教的“仁爱”对满汉两民族施以不分彼此的关怀。但以汤若望宗教的平等博爱和西方文化第三只眼的独立视角，却依然免不了对满、汉两族文化差异的价值判断。满族的杀戮是嗜血的鸷鹰，关闭了他们自己通向上帝的大门；汉族文化的精致优雅和悠远流长的道德教化，却对汤若望充满了吸引力。正是汤若望始终弘扬汉文化的成熟魅力，亲近汉官，才以“仁爱”劝导福临、玄烨采用汉制、施行仁政，从而遭到满族贵戚的忌恨，成为亲汉派与守旧派争斗的砝码，成为其间拉锯交锋的牺牲品。以汤若望的视角观之，满汉两族矛盾其实是专制愚昧与文明民主之间的本质冲突。满大臣的血腥武力征服是野蛮落后的，他们视民命如草芥，视杀戮为寻常。而以福临为首的具有民本思想的君臣，则把国计民生视为巩固统治的圭臬，从而奠定开创了繁荣富强的康乾盛世。传统的民族文化冲突就这样被置换为专制愚昧与文明民主的对立冲突。小说还进一步描写被鳌拜、杨光先等残酷迫害了的汤若望，面对西方天主教、欧洲科学的被镇压，以一个神职人员的身份却发出了对教会迫害哥白尼、布鲁诺日心说的质疑。这种质疑连接了历史的链条，把对专制愚昧的拷问引进自己的内心，从而有力地跳出了狭隘的自身文化圈子，获得了广博的人类学视野，从而实现了真正意义上的“博爱”。汤若望临死前的深思抑或忏悔，揭示了人类文明史上一代又一代的科学、文明与愚昧、野蛮的冲突。小说正是籍此把民族矛盾置放入更加开放的话语环境中，从而赋予传统的满汉民族冲突以基于现代文明高度之上的价值重审。事实上，满族被强大文明的汉文化同化融合的同时，汉文化本身也发生着裂变。“当中心文化发生合理化和失去创造力的时候，往往有一些形质特异的、创造力充溢的边缘文化或民间文化崛起，……在文化调整和重构中焕发出新的生命力……生机蓬勃的边缘文化的救济和补充，给它输入了一种充满活力的新鲜血液。”[①] 凌力之所以能用充满激赏的笔调描绘满族兴起到入关统治的“百年辉煌”，其原因正在于开放开阔的民族观使她能不囿于夷夏之分，对汉文化加以冷

---

① 杨义：《中国文学的文化地图及其动力原理》，《重绘中国文学地图——杨义学术讲演集》，中国社会科学出版社 2003 年版，第 93 ~ 94 页。

静的批判，对满清王朝给中华文明灌注的新的生机加以历史的肯定。作家借书中人物的对话发出“大明骨、大金肉”的民族新生构想。清王朝的崛起，赋予僵化保守的汉文化以新的生机，将在烂熟的汉文明骨架上生出丰硕强健的筋肉、滚热跳荡的血脉，从而诞生文化整合下的宁馨儿。她着意塑造的乌云珠、费耀色、冰月、孙幼蘩等交融了满汉或者中西不同文明菁华的优秀人物，都成为凌力浪漫而有力的文学书写，也恰是作家文化整合理想的形象显现。“百年辉煌”是各民族文化发生碰撞的时期，凌力对满族上升时期奋发图强，开创太平盛世的努力加以如实颂扬，对文化碰撞下产生文化新质肌理的可能性与现实性加以描绘，体现了作家对民族文化冲突一以贯之的关注与重视，从而与那些庸俗的清宫题材戏划开了严格的界限，表现了迥异的美学形态与思想追求。

明清易代间的满汉民族冲突与以鸦片战争为开端的中西文化冲突有着某种应和与相似，因此，历史小说作家们面对文化全球化的新语境，重新审视近代鼎革，探索其时复杂人事背后的历史内蕴，也同样是对民族冲突与融合的严肃思考。凌力的《梦断关河》正是这样的力作。小说一方面坚守正义的民族立场，绝不回避这场战争的殖民侵略性质。另一方面，小说以如椽之笔，鞭辟入里地写出清王朝的腐朽昏愦才是战争失败的根本原因：陈旧战争方式在摧枯拉朽的西洋火力之下不堪一击。作者在歌颂葛云飞、彭松年等人的民族气节表的同时也指出以陈旧的孙子兵法式传统战争方式来应付抵御现代战争，是他们必然失败的根本原因。因此，在剧烈的民族冲突背后，实际蕴藏着现代化的必然要求。《梦断关河》对鸦片战争的言说，才不同于以往单纯歌颂爱国主义的《林则徐》、《火烧圆明园》和一些描写义和团的小说、电影，不再把二元对立的侵略与反侵略视作价值判断的底线，跳出了政治意识形态的框架，跳出了民族正义感的狭隘视野，简单的道德评判为开放理性的审视取代，战争的胜负原因被归结到文化内里机制的腐烂上。这样的观察方式是凌力关注民族文化冲突创作的必然发展结果，又是在20世纪90年代以来全球化语境影响下获得的自身文化体制之外的清醒认识与批判力量。较之《曾国藩》中对西方强势文化冲突的表现，凌力笔下的人物、事件显得更有生机与血肉。唐浩明在描写曾国藩晚年对天津教案举措失当蒙羞含垢的史实时，仍然局限于传统文化之内，不能提出建设性的文化重审视角。而凌力从“百年辉煌”到《梦断关河》，构成了完整的“凌力系列”，则把长期以来对民族文化冲突的思考，推进到中西文化冲突的层面，文化冲突的内涵与外延都在扩大，又同时都涉及到汉民族文化自身汲取异文化菁华更新重构的问题，表现了作家对文化问题严肃而自觉的探索。

更值得注意的是，小说还塑造了英国军医亨利的形象。他赞美向往东方文化，对由自己祖国发动的这场战争的正义性充满了怀疑。他与自幼相识的童年伙伴天寿冲破了民族偏见，相爱而终成眷属。通过这一人物事件的虚构，作家传达了她对全人类的人道主义同情。异国恋情与“百年辉煌”系列中的异族恋情遥相呼应，借助人类最美好的感情——爱情，理想化地勾勒了突破民族、种族偏见的人类大同图景。只不过，这种把开放性的人类文化整合理想，模式化地寄托在异文化恋情上，不免显得有些过于纤弱与理想化，少了些深邃凝重的历史气魄。英国医生亨利的形象其实是“百年辉煌”中汤若望、荷兰教官可莱亚等人物形象系列的延续。他们身为西方人，却醉心华夏文明。如果说福临、玄烨等满族统治阶级对汉文化的向往认同是低位文化对高位文化的自然倾慕的话，西方文化作为高位文化对处于低位的汉文化认同则有意无意地表明了汉民族在承认自身弱势的同时，却仍然坚守着文化上的优越心理。跨国（族）恋情也好，文化倾慕也好，有把文化整合的理想过于浪漫化的危险倾向。这大概就是福临、玄烨等少年天子被描写得过于理想化的根本原因所在。历史和现实证明，文化征服、民族冲突从来都是血泪斑斑的胜利者颂歌。不论是处于低位的满族，还是强大的西方文化，作家刻意描写其对华夏文明的醉心与倾慕，未尝不是出于隐秘的本土情节和天朝大国心态。19 世纪发轫的殖民式全球化更是以第三世界国家被掠夺欺凌为特征的，过于强调冲突中的友爱成分，虽出自女性作家的温情理想，却有着遮蔽 20 世纪 90 年代以来“文化”全球化背后的危险的可能。把本民族在全球文化分配中获得平衡的希望，寄托在如汤若望、亨利医生这极少数人的友爱，寄托在强势文化的施舍与爱心之上，显然是作家某种程度上善良而浪漫的理想。历史小说在以文学书写表达浪漫构想的同时，应该更加冷峻地把历史真相还原到 19 至 20 世纪残酷的文化生存竞争语境中。第三世界的文化崛起必须始终依靠自身的强大与抗争，才能赢得平等交流对话的机会。文化整合的浪漫构想才有可能不仅仅是文学世界的营构，而变成生活的现实。

五、新的精神资源：民间价值的确立

如果上述对传统文化的褒扬与批判都更多地关注帝王将相等杰出人物，那么历史文学在本土立场中寻求到的新的精神资源则是掩盖在帝王将相的高大庙堂阴影下的民间。这与原来在阶级论视角下写农民起义不同。阶级论下写农民起义，主要创作倾向是将农民起义领袖神化，写人民群众的革命力量，使农民起义叙事符合历史的必然发展规律，因而仍然是宏大叙事的组成部分。这实际上是以单一的革命民间遮蔽了“藏污纳垢”的丰富民间。民间革命的自觉性、成熟性常有过分拔高之嫌。真正将视角从国家、民族的叙述主题上挪移至日常民间，从“大历史”转向“小历史”，才真正走向了日常叙事。

在中国传统文化中的民本思想也曾着眼民间，但那是一种自上而下的政治文化精英对民间的外在关怀。从“大历史”走向“小历史”的日常民间，才第一次将民间日常自发的生机与活力，民间应对苦难的自我调适与坚韧，展现到历史书写中来。民间不再是统治者、知识者关怀的对象，而上升为历史的主体。历史中默默无闻的小人物，他们的日常生活，是“大历史”所不屑一顾的，从未进入视野。受新历史主义思潮与新历史小说创作实践的影响，呼应着文学中日常叙事、日常美学观念的兴起及文学底层意识的日渐上扬，“小历史”的日常民间逐渐进入历史的舞台。历史曾经只是帝王将相的家谱，曾经只是印证农民起义推动历史发展的革命图解，如今又成为卷土重来的帝王将相的英雄颂歌。而“小历史”恰恰将这些重大历史统统推远成为背景，改朝换代敌不过天长日久的温暖度日；在宏大叙事的单一色调下，通过民间细部的涂抹修饰，历史才现出鲜活颜色与丰富层次。回到民间主体本位，“大历史”与“小历史”交相穿插，虚构小人物进入历史视线，历史的生命正是由这许许多多鲜活独立的生命组成。宗族史、家族史、村落史、家庭史乃至个人的命运史、心灵史、性爱史和欲望史，丰富了历史的多元状态，也将历史向民间还原。“小历史”的繁荣反过来也为“大历史”的叙述提供了关爱个体生命、尊重底层民众的新的价值观念。这不仅造成历史小说文体结构发生重要的变化，虚实相生，摇曳多姿，同时也关系到一个重大的历史观问题：谁是历史的主体？写那么平凡的人，不那么美好的人，将民间普通人视为历史的主体，将国家的历史、民族的历史进一步推进到人的历史，实际上扩大了历史文学的书写范围，繁荣了历史文学的艺术手法，最终扩大了历史的整体观念。民间为历史文学核心价值提供了更为广袤的营养土壤。《活着》面对苦难的人性坚韧与温情，《丰乳肥臀》中永恒而强大的母性力量，《檀香刑》中泼辣鲜活的猫腔，无一不是讲述面对苦难时的坚韧执著、刻苦耐劳；面向反抗时的自由生命意志等民间精神原则。民间自由粗犷的生命力量是对矫揉造作的庙堂文化的反拨，民间的坚韧执著则是将普通人的喜怒哀乐，将他们应对苦难的生存方式都一一珍视。而这些不同于庙堂的民间精神原则确实对传统文化的精致烦琐，对文明推进造成的生命委顿“种的退化”颇具纠偏之力。近日的“重述神话”系列已推出苏童的《碧奴》、叶兆言的《后羿》，更把民间历史上溯至文化创世期的原始神话。与原始神话的短小简单的情节不同，“重述”加入了复杂的现代感受，实际把原始神话内蕴的民间价值尺度理想化，以此来批判、反抗现实生活的萎靡不振。碧奴之哭、嫦娥之泪，都是现代文明的讨伐者。这说明，民间历史从来都不是纯然的民间，尽管民间已成主体，经由知识分子追述的民间却仍旧不停地贯穿着知识分子对现代西方文明的隐忧，以现代意识反思中华民族的源头与去向。这也带来了“小历史”书写中存在的诸多缺陷：刻意以“小历史”瓦解“大历史”，宣扬历史的解构与虚无；一味渲染“小历史”的情爱金钱、风花雪月，带来价值的迷惘与困惑。甚至一些严肃作品也因刻意与“大历史”的对立，造成民间精神的过分美化与过度扭曲。

如果换一种眼光看民间，面对苦难的坚韧执著，很可能是与狭隘封闭保守的民间超稳态结构联系在一起的。这种超稳态结构要比封建文化的政治结构更长期、更牢固隐性地影响着国民的精神与心灵。民间的自由强力，也很可能流于盲动的暴力倾向。《檀香刑》就是一个典型文本，以孙丙、钱丁、赵甲三人间的民间、知识分子与政权间的象征隐喻，如实展现了野蛮封闭与坚韧执著矛盾胶着的民间。当知识分子试图用“小历史”来解构政治性的“大历史”，并引发历史观的诸多争议时，可能并没有意识到“小历史”完全没有必要用与“大历史”的刻意对抗来取得自己的主体地位。对抗，可能仅仅出于知识分子的主观臆想。由此刻意对抗，民间逸出了历史的真实轨道，丰富纯然的民间状态成为另一种观念的图解。从文化学的角度分析，民间亚文化以保守性为前提，几千年中国的变革何以从来都举步维艰，恐怕与民间汪洋大海般的小农经济有着不可分割的联系。亚文化自成系统，又与主流文化对接。只看到民间对抗主文化的一面，没有看到两者结盟的一面。甚至进一步分析，知识分子用来对抗主文化的民间，那些土匪妓女、流氓官绅构成正面角色的所谓“民间历史”，与百年来数千年来英勇壮烈的争自由求独立的事件与民族英雄的正统历史，除了形式的对立之外，在核心价值上并没有提供新的东西，只是分处于二元对立思维的两头。他们共同的封闭保守的思维方式，一起构成了传统文化根深蒂固的精神内核。民间主体仍旧压抑在知识分子叙述之下。翻来倒去的历史英雄形象，传达的仍旧是刻意的“小历史”、“大历史”对抗。有必要从现代文明高度，对民间文化加以理性辨析。

走向民间在当代历史文学创作实践中，还大量出现了现代转型背景下的家族历史题材。有的作品还将历史时空一直延伸到当下，让传统家族文化经受即时发生的文化消解与精神解构危机的考验，现实与历史发生剧烈的化合作用，文本的思想内涵与文学意义也就特别丰赡而深刻。从社会历史的重大人物与事件转移到个体家族祖先源流的追溯，是瓦解宏大“史诗”的“小说时代”向个体价值的倾斜与侧重。另外，对中国“家国同构”的传统而言，家族文化是国家与民族、政权更迭与民间日常各种矛盾的焦点。国家传统文化的整体性崩溃，与封建传统大家族的土崩瓦解有着精神实质上的关联。

有意味的是，秉承五四启蒙精神的现代文学不断书写“长宜子孙”的旧

"家"覆灭，在20世纪90年代以来的家族小说中却还原反写家族的起源、承传，将在《激流三部曲》、《财主底儿女们》里摧毁了的旧家传统重新聚合起来，着力描写凝聚一个家族的核心精神，以此复活深广丰厚的民间传统。对家族文化的书写，是民间历史最集中的反映。而从五四到当下对家族态度的翻转，一方面是革命话语翻转的必然延伸，另一方面又与当下文化语境息息相关。大家族是在现代工业文明兴起之后才走向没落与瓦解的。一个家族的形成，首先要具备聚居于一地的地理条件，通过几代人的生活建设奠定家族的物质根基，而家族精神核心的形成与传承也就融于这种生活建设的过程之中。因此，家族文化与农业文明、与早期家族工商业息息相关。在现代大工业取代原始工商业，摧毁农业文明以后，人口的流动迁徙大密度高频率地发生，失去了传统家族聚居的可能条件，资本产业化的现代体制，又失去了家族精神凭借生产活动承继的可能性。家族企业向现代企业转化，使传统的家族精神转化为现代企业文化。个体血缘性、家族根性被冰冷机械的资本体制拆解了，几代同堂的大型家族为单代小家庭单元取代，家族观念日渐淡泊。唯有家族寻祖，才能看清个体生命的来处与去路，才能将平面漂浮的现代人维系在深厚的民间大地，为缺乏意义与深度的现代生存获取精神解释。张炜的《古船》既以现实主义的真实笔触展现洼狸镇的历史变迁与抱朴见素兄弟试图以现代转型的努力重建家族辉煌的过程，又以夸张变形的魔幻现实主义揭开赵四爷为代表的家族内部桎梏腐朽的封建因素的真实面貌。小说以不凡的文学成就开启了当代家族"新史诗"的创作潮流，并奠定了其在早期家族历史小说中的代表作地位。《古船》一作已经显露出后来民间家族文化描写的薄弱环节，如更长于对家族传统性一面的刻画，对家族文化的现代转型流于平面的观念性说明。隋抱朴在小屋中研读《共产党宣言》与隋氏家族毫无实质性精神联系，不过是以某种现代精神代表的方式成为作家创作意图的牵强附会的陈说。

也正是由于现代工业文化的驱动，家族小说中的家族实质上已经不再是《家》、《财主底儿女们》那样的封建地主家庭。读书做官、买地致富是封建士大夫家族的传统发家方式。而20世纪90年代的家族小说，如成一的《白银谷》、李亦的《药铺林》、邓九刚的《大盛魁商号》、张涛的《窑地》、王旭烽的《茶人三部曲》以及包括如《大宅门》、《大染坊》、《五月槐花香》、《首富》等家族题材影视作品，其发家方式不是票号、商铺的商业流通就是织染、制茶、烧窑等工业生产，既与大众发家致富的社会心理渴望达成同构，又整体上暗合重视经济发展的改革开放语境。近代工商家族的形成，实际上是民间社会现代转型中的重要主体。生产的进步是历史前进的根本推动力。近代工商家族的发家过程，凝聚了民间社会传统生产向现代工业转型的全部矛盾与动力。如果说五四启蒙文化要完成封建的课题，因而封建家族自然成为关注对象。那么，面向现代转型的当下文化语境，当然要选择近代工商家族作为描写的主角。而工商家族形成本身，也同时冲击了传统士、农、工、商的四民结构，促成了封建社会阶层的瓦解。从这个意义上来讲，写近代工商家族的历史，实际上是在描写传统文化中民间下层社会发生的现代转型。它与传统文化中王朝国家上层主体的现代转型相互呼应，完整地拼合成传统社会上下两个层面的裂变过程。当然，其他类型的家族小说也有，如《白鹿原》的封建家族、《家族》的知识分子家族，但它们没有构成大量作品蜂拥而至的创作热点。这一取材指向的形成，与当下社会从政治中心到经济中心的转变有直接的呼应关系。

例如，随着市场经济的兴起，民间商业文化日渐成为写作热点。小说《白银谷》、电视《乔家大院》、话剧《立秋》不约而同地选择了晋商这一表现对象。作品写民间晋商文化并没有站在与“大历史”主流刻意对立的角度，而是尽可能地勾勒出广阔的历史背景，以展现历史的总体风貌和基本事实；晋商身上优秀的传统商业精神、人文精神，诸如诚信敬业、同舟共济、以商救国、以商富民、胸怀天下、忠诚侠义等优秀品格，都正确地表现了历史事件和历史人物的主要性质和特征。因而这部晋商的小历史成为长期忽视的晋文化的历史，在表现历史本质潮流的基础上丰富了民间历史的价值内涵。获得茅盾文学奖提名的小说《白银谷》与获得惊人票房的话剧《立秋》更进一步描写晋商的没落期，写他们在近代中西冲突下故步自封，难图变革终于失去制度转型的机会，不可避免地走向衰落的过程。在否定晋商制度封闭保守的同时，作品并没有否定晋商文化的积极精神承传。主人公们在历史转折关头，弃小我，成大我，不惜倾家荡产，也要维护传统的信义原则，以道德极端理想化成就了一曲排斥抗拒现代文明的历史悲歌。古典英雄悲剧在精神人格上的高大，警醒着现代人格的萎缩；古典英雄在历史情境前的悲剧选择，则提示着传统民间文化同样处于批判与反省的焦点。抛开“小历史”对抗性，民间才真正成为历史的主体，显示出历史杂芜丰厚的立面，与“大历史”一起共同汇聚成历史宏大叙事的真实画卷。

民间家族文化，沉淀了最为浓厚的封建因素。一方面，它以家族精神凝聚了传统文化中的元气，以家族的血缘承继为失去精神家园的“小说时代”提供了史诗性的传统根柢，另一方面，它沉甸甸的封建因袭，都脱不了封建保守的家族企业桎梏，难以发生真正的向现代社会体制的转换，在20世纪的现代转型中难免陷入危机走向末路。家族文化所塑造的男性功业神话，又以个体生命幸福为代价，其间包含对现代人性的漠视与绞杀，也不仅是个体的悲剧，更是民间家族文化本身难以产生现代转型的封建性根源所在。大量家族小说的书写多偏于功业神话，形成了一定叙事套路，几成审美疲劳。作家在90年代文化语境下，恢复对家族文化的肯定性描写，去蔽革命必须走出并推翻旧家族的简单思维，剥离舍利取义的片面性，在读者的阅读期待下，恢复以财富为美德的日常义利观，以血缘族谱的形式书写优美的传统家族承传，的确替当代历史文学增添了新的价值因素。但是对家族文化过分美化、肯定，对五四启蒙文化已然发现的家族文化中封建消极因素有意的忽略，缺乏冷静的谛视，是不利于对传统历史的现代性重审的。

第十五章

当代历史题材文学创作中的“盛世情结”

当代中国六十年的历史文学创作存在两个题材热点，即农民起义题材和帝王将相题材。“盛世情结”、“盛世叙事”等概念，以及“百年辉煌”、“大唐”、“大汉”、“大清”、“大秦”、“大帝”之类的概括，就是随帝王将相题材创作的逐渐盛行，于20世纪90年代开始传播、在新世纪的文化语境中流行起来的。我们怎样来看待90年代以来出现的这种“盛世情结”呢？这就是本章要回答的问题。

一、“盛世情结”类创作的时代嬗变与表现形态

“盛世”是一个历史学概念。在中国几千年封建社会的历史上，时代变迁最重要的标志，表现为王朝更迭，由此形成了中国社会一乱一治、治乱交替的规律性现象。所谓“治世”、“乱世”、“升平之世”、“盛世”、“末世”等，就是中国历史文化研究中基于这种规律性现象所形成的一些概念。“盛世”往往指“国家从大乱走向大治，在较长时间内保持繁荣和稳定的一个时期”，其条件和标志主要包括“国家统一、经济繁荣、政治稳定、国力强大、文化昌盛等等”。[①] 严格意义上说，中国历史上公认的盛世，只有从“文景之治”到武帝鼎盛的西汉盛

① 戴逸：《盛世的沉沦》，2002年3月21日。

世、从“贞观之治”到“开元全盛”的大唐盛世和清代的“康雍乾盛世”，此外还有周代的“成康之治”、明代的“仁宣之治”等。而且，每个盛世的后期都会积聚起日益严重的社会矛盾，从而导致新一轮乱世的出现。由于中国封建王朝皇位世袭、“家天下”的政治制度，这种一治一乱、一盛一衰的历史怪圈始终没有被摆脱，因此，从王朝历史的角度看，历史文学创作只能或者描述、讴歌和呼唤走向“天下大治”、国力强盛状态的“盛世”，或者批判“天下大乱”、处于“改朝换代”状态的“末世”。与此同时，“盛世”还有一种较为宽泛的理解，就是对一个历史阶段社会安定发展、可能走向繁荣昌盛状态的价值指认和心理期待。历史各朝各代的王公大臣奉承皇上为“盛世明君”，往往就是基于这种宽泛意义上的理解。当代历史文学创作中“盛世叙事”和“盛世情结”中的“盛世”，较为贴切的是作宽泛的理解。

当代历史文学的“盛世叙事”并不是到20世纪90年代后才出现的。新中国成立初十七年的历史文学创作，就已经明显地展示出这种创作倾向。当时的历史文学创作，一方面对应于现代中国的阶级斗争思维和人民革命特征，不断出现一些反映王朝“末世”、“乱世”社会状态的作品，这些作品或者讴歌农民起义和农民战争，或者表现爱国爱民的历史进步人物，并力图按唯物主义观点揭示出历史发展的规律。电影《宋景诗》、长篇小说《李自成》皆以歌颂农民起义英雄为己任，电影《林则徐》、《甲午风云》等，则着重表现内忧外患的末世状态中民族英雄的情操与品格。另一方面，不少现代文学史上即名满天下的老作家应和新中国的开国气象，表现出关注和呼唤升平“盛世”的创作心态。郭沫若的话剧《蔡文姬》和《武则天》以历史“翻案”性的艺术构思，浓墨重彩地歌颂“了不起的历史人物”① 开创新时代的“政治才干”、“文治武功”，及其所向无敌、“天下归心”的精神魅力。曹禺的话剧《胆剑篇》，也注目于弱小国家举国上下同心同德、卧薪尝胆、奋发图强，从而战胜强敌、开创伟业的精神。田汉创作历史剧《文成公主》，表现了唐蕃团结、民族亲好的盛世期待。陈翔鹤的短篇小说《陶渊明写〈挽歌〉》、《广陵散》和黄秋耘的《杜子美还乡》、《鲁亮侪摘印》等，则曲折地抒发了“盛世遗才”的落寞、愤激与自矜。这些作品从不同的侧面，鲜明地表现出一种以功业草创而开元奋发、盛世可期的历史认知为价值基点的创作精神倾向，其实是当代历史文学创作“盛世情结”的形成与初步发展。

“文革”结束后，广大作家怀着被压抑已久的激情，和“文革”中乃至“文革”前即已有的准备，创作并发表了大量的长篇历史小说。但当时作家们精神

① 郭沫若：《蔡文姬·序》，文物出版社1959年版。

关注的焦点，主要是农民起义和农民战争题材，其中表现陈胜、吴广起义的，有刘亚洲的《陈胜》；讴歌黄巢起义的，有杨书案的《九月菊》、蒋和森的《风萧萧》和《黄梅雨》、郭灿东的《黄巢》；展开李自成起义历史画卷的，有姚雪垠的长篇巨制《李自成》；太平天国起义题材的，有凌力的《星星草》，顾汶光、顾朴光的《天国恨》，顾汶光的《大渡河》、李晴的《天国兴亡录》；等等。这类作品在80年代前期蔚为壮观，使中国封建社会几乎所有的重大农民起义历史，都得到了文学上的反映。此外，还有表现抗御外侮主题的作品如徐兴业的《金瓯缺》，冯骥才、李定兴的《义和拳》和《神灯》，鲍昌的《庚子风云》，以及任光椿的《戊戌喋血记》、周熙的《一百零三天》，等等。总的看来，这一时期的历史文学作品所表现的，基本上是中国封建时代各个王朝的"末世"、"乱世"。

20世纪80年代中期以后，随着整个社会以经济为中心、转到现代化建设的轨道，阶级斗争的历史哲学风光不再，农民起义题材的历史小说逐渐淡出了作家和读者的视野。与此同时，随着凌力的《少年天子》、唐浩明的《曾国藩》、二月河的《康熙大帝》和《雍正皇帝》等功力深厚、影响较大的巨制的先后出现，到90年代后，历史文学创作者的审美重心逐渐转移到了从政治文化角度对帝王将相和王朝历史的思考与表现，探究和讴歌封建王朝的"盛世"，逐步成为一种理性自觉，历史文学创作的"盛世情结"，就以成熟的形态从各个不同方面全面地铺展开来。

"情结"是荣格心理学的一个概念。荣格认为，人的心灵的基本结构，包括意识、个人无意识和集体无意识三个层次，在个体生命体验最深处的，是其中间环节个人无意识。"个人无意识的内容主要是由带感情色彩的情结所组成"①。对现代人来说，"情结"则主要是由社会的、人为的原因所造成的创伤性体验及其心理积淀。由这种体验和积淀导致的"典型情境"，将作为经验"由于不断重复而被深深地镂刻在我们的心理结构之中"②，生成种种"原型"，成为"联想的凝聚"，"就像磁石一样，这种情绪具有巨大的引力，它从无意识、从那个我们一无所知的黑暗王国吸取内容；它也从外部世界吸取各种印象，当这些印象进入自我并与自我发生联系，它们就成为意识"③，从而导致精神兴奋点和思维定势的形成。而且，这种心理定势还构成一种价值预设，一种"观念的天赋可能性。这种可能甚至限制了最大胆的幻想，它把我们的幻想活动保持在一定的范围内"④。一旦进入审美活动，围绕"情结"形成的精神兴奋点和思维定势就自然

① 荣格：《集体无意识的原型》，《荣格文集》，改革出版社1997年版，第40页。
② 荣格：《荣格文集》卷9，第48页。转引自《荣格心理学入门》，三联书店1987年版，第44～45页。
③ 荣格：《分析心理学》，上海译文出版社1992年版，第7页。
④ 荣格：《论分析心理学与诗歌的关系》，《荣格文集》，改革出版社1997年版，第225页。

而然地表现出来。

当代历史文学的“盛世情结”，正是一种民族集体记忆的结晶。历史上的“盛世”经过中华民族世代的追求和向往，已经成为了一种心理与情感体验的“原型”和“典型情境”，并由于近代以来一百多年殷切期待而始终难以实现的创伤性体验，凝结成了民族心理“痛点”与“情结”。新中国成立初期清新明朗的开国气象和新时期以来改革开放、民族复兴历史进程的触发，则使对于中华民族“盛世”这种“典型情境”的领悟与传达，成为历史文学创作中“普遍一致的和反复发生的无意识”的“本能过程”①，构成其中“联想的凝聚”、思维定势和价值预设。新中国成立初期的一批历史剧其实是这种心理“情结”的崭露头角，而90年代以来的帝王将相题材历史文学创作则堪称“盛世情结”的集中爆发和全面表现。

当代历史文学的“盛世情结”类叙事，可概括为以“盛世开创”为题材进行写实型描述，和以“盛世追求”为价值指向进行审美思维两大创作类型。

历史文学创作中直接以王朝历史“盛世开创”为题材、属于典型的“盛世叙事”的，主要有以下两个方面的作品。

（1）以盛世主宰者为叙事核心，全面展开和集中描写封建王朝的某个辉煌时期，着力描写其改革与兴盛、繁荣与富强的复杂历史过程。代表性作品是二月河以多卷本形式反映“康乾盛世”的“落霞”系列长篇小说《康熙大帝》、《雍正皇帝》、《乾隆皇帝》，以及同名长篇电视连续剧。二月河“落霞系列”的创作始于1985年，延续到1999年，“二月河热”的出现，则在90年代中期以后。这时，他的小说还先后被改编成了电视连续剧，其中《雍正王朝》在中央电视台一套热播，最高收视率达到16.71%；《康熙王朝》在中央电视台八套播出，最高收视率达到16.1%；《乾隆皇帝》也在各省级主要电视台的晚间黄金时间陆续播出。这些电视剧在海外市场同样大创收视佳绩：《雍正皇帝》在台湾卫视中文台创下连续六次重播的纪录，在香港亚视台播出时，使亚视多年来第一次收视率与无线台持平；而《康熙王朝》在台湾一播出就打破了此前大陆电视剧的最高收视纪录。小说和电视剧相互呼应、推波助澜，使“二月河”热的高潮持续了相当长一段时间。此外，孙皓辉的多卷本长篇小说《大秦帝国》、刘恩铭的《努尔哈赤传奇》，长篇电视连续剧《汉武大帝》、《贞观长歌》、《贞观之治》、《成吉思汗》、《秦始皇》，电影《英雄》等，也都引起了巨大反响。

（2）以历史上某位著名的改革、变法人物为主人公，着力描写开创盛世、中兴王朝的变革过程和盛世形成的前因后果。“文革”前十七年的《蔡文姬》、

① 荣格：《本能与无意识》，《荣格文集》，改革出版社1997年版，第3页。

《武则天》、《胆剑篇》、《文成公主》等，主要属于这类作品。80年代后期以来的代表性作品，则有凌力“百年辉煌”系列的《少年天子》、《晨钟暮鼓》，熊召政的《张居正》和颜廷瑞的《汴京风骚》等。不同于“文革”前十七年作品着力表现生机勃勃的开国气象，新时期以来的这类作品的共同精神指向，是着力叙说中华民族历史上的风云人物和辉煌时期壮观表象背后的隐曲与艰难，着力展示杰出历史人物艰窘的生存状态和坚韧的人生品质，从中显示民族历史文化的深邃、复杂和盛世开创的艰难、崇高。《暮鼓晨钟》和《少年天子》以历史进程、文明样态契合美好人情人性为盛世形成条件的思想路线，《张居正》对权谋合理性及相关体制所依据的民族文化血缘根基的体认，颜廷瑞的《庄妃》和《汴京风骚》对于专制文化氛围扭曲高尚人格的慨叹，胡月伟的《万历王朝》对社会结构性弊端所导致的历史灾难的剖析，以及电视连续剧《一代廉吏于成龙》、《大明王朝》，等等实际上都是在深刻地思考民族腾飞、盛世来临的艰难与复杂。这类作品往往以其题旨深邃、内蕴厚重、艺术精湛，获得文学界内部较为一致的高度好评。《少年天子》和《张居正》均获得长篇小说“茅盾文学奖”，《汴京风骚》则获得了首届“姚雪垠长篇历史小说奖”。

以“盛世追求”为价值指向进行创作的根本特征在于，虽然作品不以叙写中国历史上的盛世时代本身为审美目标，但作者体现出强烈的对于民族振兴、国家强盛的向往和对于传统的“升平盛世”的认同，并将其作为内在的思想线索贯穿于文本的历史认知之中。这类曲折表现创作主体“盛世情结”的作品，也包括两种类型。

其一，描写封建王朝的乱世或末世，创作中却以挽救危局、避免王朝和民族覆灭命运的历史人物为主人公，并表现出高度认同和赞赏的思想特征。代表性作品有唐浩明的《曾国藩》、《杨度》、《张之洞》，电影《鸦片战争》、电视连续剧《走向共和》等。《曾国藩》和《张之洞》描述的都是中国封建社会王朝末世的朝廷重臣，虽然他们费尽心力创建的辉煌功业最后都化为乌有，曾国藩为自己“吏治和自强之梦的破灭”痛苦不已，张之洞临终前慨叹“一生的心血都白费了”，但作者对于历史人物始终不渝地追求王朝振兴、国家强盛的文化人格，却始终持高度认同和赞赏的态度，对于他们在变幻莫测的历史洪流中为建功立业真诚、悲苦却迭遭误解的生命形态，则表现出深切的体谅与同情。其中贯穿着一种深沉的向往和追求民族“盛世”的精神心理和创作立场。在末世题材的历史文学作品中，新中国成立初十七年的电影《甲午风云》、《林则徐》等主要体现的是一种批判性的革命文化立场，缺乏“盛世情结”的表现，而新时期以来的长篇小说《林则徐》，电视连续剧《台湾巡抚刘铭传》、《施琅大将军》，电影《鸦片战争》等同类题材作品，却体现出鲜明的追求“盛世”而难得的创作心理和价值立场，“盛世情结”也就由此显示出来。

其二，以某些在“野史”、“外传”、“民间”具有丰富传说基础的历史人物为叙事中心，采用“戏说”的方法，编写“升平”之世“皇家”内外的世相风情、人生百态故事。比较典型的作品有电视剧《宰相刘罗锅》、《康熙微服私访记》、《铁齿铜牙纪晓岚》等。其他大量良莠不齐、褒贬不一的“清宫戏”，也可包括在内。这些作品往往将名士风流和正直智慧同时赋予作为主人公的君王或大臣，在亦庄亦谐、不乏调侃的叙说中，既表现他们同各种腐败、黑暗现象玩弄权术和权威的斗智斗勇，又展示他们的艳情逸事、世俗魅力，一种君主开明、大臣正直、时势氛围总体清明的价值指认，则笼罩于文本的艺术境界之中。这种“盛世叙事”从更开阔、宽泛的意义上，丰富了历史文学创作“盛世情结”的内涵。

就这样，“文革”前十七年主要在历史剧领域呈现“盛世情结”。20 世纪 80 年代后期以来全面形成了围绕“盛世情结”的创作高潮：短时期内作品大量涌现，从长篇小说到电影、电视剧各种叙事文体全面“开花”，而且大多数作品帙卷浩大，以多卷本小说或长篇电视连续剧的形式出现，力图形成一种史诗的风范与气势。由创作题材到审美路线、再到心理倾向和价值立场，一种关于中华民族历史发展的“盛世情结”，就在历史文学创作中以相当成熟的审美形态表现出来。

二、“盛世情结”“雅、颂”审美定位的文化代言意识

当代作家的历史文学创作形成“盛世情结”，主要原因在于创作主体的精神站位选择，而这种围绕“盛世情结”的历史叙事形成巨大影响，关键则在于创作主体精神与时代心理氛围达成了适时、有效的对接。

中国的文学创作在精神文化站位选择方面，自古以来就存在着“代言”和“立言”两种传统。儒家文化的“立德、立功、立言”标准，把“立言”作为一种重要的人生目标和理想。司马迁撰写《史记》“究天人之际，通古今之变，成一家之言”的宏伟创作意图，指称的就是“立言”。但在中国文化及其各具体思想领域的基本框架与原则确立之后，文学与文化创造更为重要的则是“载道”、“代言”的传统，即所谓“代圣贤立言”，做“圣贤”思想的代言人。延伸到具体的创作中，“代言”演变形成的范围更为广泛，除了以作品的主题意蕴从精神上“代圣贤立言”之外，甚至出现了一种假托他人身份和口吻言情叙事、

“代人立言”的作品，直接被称为“代言体”。在李白的诗歌中，就有不少代“弃妇”、“思妇”抒写情感历程，表达对远人思念、对爱情渴望、对负心人怨愤和对自由企盼的“代言体”诗歌。在中国的现代思想文化和文学史上，也同时具有具体内涵已经发生巨大改变的“代言”与“立言”两种精神价值立场，“立言”主要指以西方的思想文化理论为基础，建构和传达自我的“现代意识”与生命感悟，反抗和挑战传统文化与时代主流政治意识形态的创作，“代言”则主要是指以当今时代和民族历史的主流文化作为对客观世界认知的价值和情感立场而进行的创作。

当代中国的“盛世情结”类历史叙事所表现出来的，基本上是一种从民族历史文化角度传达时代趋势与底蕴的“代言”意识，其中具体表现为“当代政治意识形态代言人”和“传统政治文化代言者”的两种姿态。新中国成立初十七年的历史文学创作者更强调“古为今用”，体现的是“当代政治意识形态代言人”的精神姿态。郭沫若的《蔡文姬》、田汉的《关汉卿》、曹禺的《胆剑篇》等作品把笔触伸到历史领域，目的都在于以古鉴今、古为今用，具体表现为用当代政治意识形态的立场和眼光观察历史，评判历史人物和历史事件，其中显示出鲜明地迎合“时代精神”的“代言”性审美倾向。《蔡文姬》对曹操的“翻案”，就与毛泽东类似的历史兴趣和对相关历史问题的观点密不可分，曹操形象也有明显的“理想化”、“现代化”色彩，至于作品中为体现“民族团结”所加上的有关匈汉一家的对白，则更是过度迎合“时代精神”而出现的“蛇足”。《胆剑篇》创作的直接目的，在于“鼓舞人民的斗志”，为了体现人民群众是创造历史的英雄的观点，作品甚至将过多的优点集中于苦成身上，力图使他成为人民群众的智慧、胆略和力量的化身，以至显得牵强附会，削弱了人物形象自身的现实性与生动性。90年代后“盛世情结”类叙事的历史文学创作主体，则体现出精神站位从当代主流意识形态立场向中国传统的政治文化立场和历史观转换、挪移的倾向。相对于当代政治意识形态，他们力图摈除阶级分析思想观念的遮蔽，从历史文化事实出发，客观地、全方位地还原历史真相，似乎属于“立言”者姿态。但从中国传统文化的价值立场和历史观角度来看，他们虽然也有超越性的现代认知蕴涵其中，总体上却处于从属状态，表现出“传统政治文化代言者”的精神姿态。比如，唐浩明的《曾国藩》表现文化和王朝衰变期传统儒家文化“托命之人”建功立业的悲苦与崇高，《杨度》显示在政治文化和意识形态的风云变幻中，传统文化造就的时势弄潮儿生命价值的沉浮，《张之洞》探讨中国儒家文化的功名型文化人格在中华民族大变局中的具体历史形态及其悲剧性命运，其中就明显地表现出一种力图阐述和弘扬中国传统主流文化的精神视野和价值立场。

“盛世情结”类叙事的“代言人”姿态落实到具体的审美原则和审美路径上，则表现出对于中国文学创作“雅”、“颂”传统的继承。

中国文学的开山之作《诗经》，建构了“风、雅、颂”的审美传统。《毛诗序》云：“以一国之事，系一人之本，谓之风；言天下之事，形四方之风，谓之雅。雅者，正也，言王政之所由废兴也。政有小大，故有小雅焉，有大雅焉。颂者，美盛德之形容，以其成功告于神明者也。”郑玄注释《周礼》则指出：“雅，正也，言今之正者以为后世法。”近人钱穆《读诗经》着重从时代变迁角度来阐述这个问题：“窃谓诗之正变，若就诗体言，则美者其正而刺者其变，……诗之先起，本为颂美先德，故美者诗之正也。及其后，时移世易，诗之所为作者变，而刺多于颂，故曰诗之变。”① 由《诗经》开创的文学的“雅、颂”传统，一直为历代国家文化及其代言者姿态的创作所重视。唐“开元盛世”时期的唐玄宗及名相张说、张九龄，都注重将“雅颂文学”与文治结合，倡德行礼教立国，恢复“雅颂”审美传统。汉唐文学都存在大量的“雅颂”之作，排除所有的此类作品，甚至难以构成雄浑的“汉唐气象”。而伟大诗人李白的《古风》，也曾直陈对“大雅久不作”、“正声何微茫”的不满，希望“我志在删述，垂辉映千秋”。其《古风》五十九首积极发掘《诗经》以来的审美传统中借“雅正”之声诱人向善、树理想批判现实的深意，继承传统的咏史、咏怀、感遇诗的写法，论述自己的生平抱负和唐玄宗后期复杂动乱的政治文化，其实是从中华民族文明积淀的角度正面显示“大雅正声”审美原则的典型代表。从历史发展和文明传承的高度来看，一个有数千年历史的民族，确实不能只有否定与揭露，只有“风”、“刺”，而没有正面的精神文明的积累与传承，大时代更需要有大手笔来画龙点睛，因此“雅、颂”之声实际上是具有充分的历史合理性的。至于阿谀逢迎之声假借“雅、颂”之名，则属“播下的是龙种，收获的是跳蚤”的异化、变质现象，其实是另外一回事，我们“倒洗澡水连孩子一起倒掉”。也正因为如此，在中国作家的精神心理建构中，做时代和民族的代言人，书写国家文化的“颂歌”和“大雅正声”，始终是一种根深蒂固的创作立场。

当代历史文学创作的“盛世情结”，正是中华文化这种“雅、颂”审美原则的精神传承和具体表现。作家们往往以认同国家文化的价值立场，正面表现国家强弱、兴衰的客观情势，着重剖析和赞颂在既定历史条件下执政的帝王将相等杰出人物的丰富性格、复杂命运和价值状态，并努力揭示其中的历史文化内在机缘和演变特征，由此，文化代言者的精神站位得到了具体的落实。

这种审美原则，首先是许多历史文学创作者的思想自觉。电视剧导演胡玫就

① 钱穆：《读诗经》，《中国学术思想史论丛》（一），台湾东大图书有限公司1976年版，第120页。

谈到，拍摄《雍正王朝》和《汉武大帝》“这样历史题材的作品，我是在呼唤一种盛世情怀。”“就是要让中国文化在世界文明史上显现其应有的地位和价值。”[①]熊召政谈到《张居正》的创作时也说：“我写作这本书的目的不是跟着市场走，而是出于我的强烈的忧患意识”[②]。唐浩明甚至把历史人物的事业和自我的人生追求融为了一体：“我在自己四十岁写曾国藩的时候，有一种强烈的建功立业的抱负和心态，所以写曾国藩写得酣畅淋漓。”[③] 甚至连新中国成立初期受到严厉批判的电影《武训传》，解放后继续摄制的动因，也在于主人公是劳动人民“文化翻身的一面旗帜”[④]、有助于“迎接文化建设的高潮”[⑤]。在诸多类似的表述之中，一种或者“美盛德之形容”、或者“言王政之所由兴废”、“以为后世法”的精神姿态表露无遗。

创作实际情况也正是这样。郭沫若的话剧《蔡文姬》和《武则天》大力渲染天下初定、生机蓬勃的氛围，讴歌主人公开创新时代的“文治武功”，和一个时代“天下归心”、歌舞升平的“太平景象”，目的就是要和新中国成立初的时代景象相映衬，“美盛德之形容”。二月河的《康熙皇帝》、《雍正皇帝》和《乾隆皇帝》紧紧围绕帝王主人公表现当时的政治活动及其文化、心理基础，叙事策略已在某种程度上接近国家神话的性质，甚至显示出一种代帝王言的叙事效果，实际上就是希望能“言王政之所由兴废”。唐浩明的《张之洞》择取中国在民族患难中从传统向现代艰难转型历程的枢纽型、代表性人物，表现他们为民族历史进程劳心劳力的所作所为和崇高人格，目的也在于“以为后世法”。一种“颂”或“大雅正声”的审美品格，在他们的作品中都相当鲜明地显示出来。

更进一步看，新中国成立初十七年和90年代后历史文学的“雅、颂”审美特征又有着内在的差异。50年代历史文学创作的“盛世”呼唤，主要是一种对于革命成功、政权在握的欢呼与历史转型开创新世界的展望，更多“美盛德之形容”的“颂”的特色。90年代以来的创作，则更多“言王政之所由废兴也”、“言今之正者以为后世法”的“大雅正声”审美价值倾向，这种因“时移世易”而“刺多于颂”的审美倾向，实质上是共和国自身所经历的复杂坎坷的历史进程在文化艺术领域的反映与表现。正因为如此，50年代的作品洋溢着新中国成立初期乐观、刚健、明朗的气息，90年代以来历史文学“盛世情结”的表现，就不仅仅是“盛世叙事”，而包括对国家盛衰、强弱等不同历史时期的描述与思

① 马智：《胡玫：我在呼唤一种盛世情怀》，载《大众电影》2005年第19期。
② 周百义、熊召政：《关于历史小说〈张居正〉的对话》，载《出版科学》2002年第2期。
③ 夏义生、唐浩明：《在历史与现实之间——唐浩明访谈录》，载《理论与创作》2003年第6期。
④ 董渭川：《由教育观点评〈武训传〉》，载《光明日报》1951年2月28日。
⑤ 孙瑜：《编导〈武训传〉记》，载《光明日报》1951年2月28日。

考，而且不管哪类题材，作品中都充满了对于执政的艰难与复杂、盛世的庄严与崇高的深刻品味。从《曾国藩》到《张居正》、从《少年天子》到《雍正皇帝》普遍的悲剧结尾，就是"刺多于颂"的审美精神在一个细部的具体表现。但不管怎样，"盛世情结"叙事的创作主体，都表现出一种民族和时代主流文化代言人的精神姿态和价值立场。

历史文学"盛世情结"这种"雅、颂"审美原则定位的"文化代言"，在两个历史时期都形成巨大影响，则在于这类创作适时出现，成功地实现了与时代文化心理某些核心问题的有效"对接"。

很多历史文学作家都注重自我心理的"盛世情结"与时代心理氛围的对接。新中国成立初期历史文学创作的"翻案"、"古为今用"意识，甚至思维重心都在于"今"，过度地强化以至出现了《新天河配》、《新牛郎织女》等创作的庸俗化倾向。90 年代以来的"盛世情结"类叙事也有这种自觉地与时代对接的思想意识。刘和平谈到电视剧《雍正王朝》的改编时表示："把历史题材当现代题材写，把现代题材当历史题材写，这可以说已经成为我的一个创作原则"，在具体操作层面，就是"通过艺术再现一个民族千百年来共同的精神流脉"，使"现代人看这部戏能感觉到强烈的现实感，但又谁也不能说它不是历史剧，即是发生在那个历史背景下的人和事"①。胡玫导演《雍正皇帝》和《汉武大帝》，对于两者与时代精神需求进行"对接"的细微之处，都把握得相当准确，她表示："当年的'雍正'只是对于强者力量的呼唤，对秩序和盛世的企盼，而今天的'汉武大帝'，则直接展现强者的力量和盛世现实。我们以此来呼唤现代中国的崛起和民族的复兴。"② 唐浩明创作历史小说也是如此："曾国藩、杨度和张之洞都生活在社会大变革的特殊年代。……首先我选择的人物都是中国近代史人物，我不想选择那么久远的年代，那样共振共鸣会差一些；我选择的历史背景和我们现在的历史背景也有某些相近——'洋务运动'本身也是试图使中国与世界接轨，其中心目的是富国富民，与当今的改革开放也有类似之处。"③

这种历史与现实"对接"的合理之处在于，特定的时代形势往往会产生特定的精神状态，进而形成对于与这种精神状态相适应的文学艺术的需求，而历史对于现实而言，体现为一种被储蓄的文化资本，如果创作主体能够进行恰当的选择性开掘，使历史资源与时代需求形成有效和成功的对接，而且超越"古为今用"的实用主义审美倾向，创作就能拥有巨大的现实影响和启示力量。新时期以来历史文学"盛世叙事"审美效应的演变就是如此。20 世纪 80 年代也曾经出

① 阎玉清：《〈雍正王朝〉编剧刘和平访谈录》，载《中国电视》1999 年第 11 期。
② 马智：《胡玫：我在呼唤一种盛世情怀》，载《大众电影》2005 年第 19 期。
③ 程文平：《〈曾国藩〉作者唐浩明透露封笔意向》，载《解放日报》2001 年 9 月 2 日。

现过长篇小说《唐宫八部》和电视连续剧《唐明皇》等“盛世叙事”类作品，但两者并没有产生社会或文化思潮性质的巨大影响。只有在进行对接的时代心理基础相当充分的90年代后，历史文学创作者恰当地开掘中华民族历史所储备的“盛世”文化资源，才形成了良好的审美接受效应。

“盛世”之所以在新中国成立初期和20世纪90年代后分别被选择为与现实对接的历史文化对象，关键在于中国的政治情势由革命文化向执政文化、建设文化的转换。

近现代中国的坎坷历史、艰难奋斗与总体趋势，酝酿了全民在困苦体验中向往中华民族盛世状态的总体心理诉求。中华人民共和国成立并全面进入社会主义建设时期之后，中国作家和广大民众一样，自然萌发出“时间开始了”、升平盛世即将来临的心理预期，20世纪50年代中期“大跃进”的社会氛围，更将这种心理感受推向了一个新的高度，所以，在50年代末的经济苦难时期，历史文学创作“开创盛世”的“颂歌”倾向反而强势登场，出现了诸如《蔡文姬》、《胆剑篇》之类的作品。但由于指导思想失误等诸多的复杂因素，社会主义建设历程历经坎坷与挫折，甚至形成了“文革”这样全局性的动乱。新时期以来，中国进入健全发展的建设状态，中华民族的振兴又显示出切切实实的可能性，人们对于“盛世中国”的期盼以及由此产生的对于中华民族盛世历史的眷恋与反顾，就又一次蔚然成风。文化心理积淀往往是一种“因痛苦而追寻而探求而行动而激扬而积极运转”的“积极的痛苦”，而文学则成为“这种积极的痛苦的表现，是升华，是挥发，也是虚拟的实现，是调节，是补偿和慰安”，能使这种“积极的痛苦”得到“仅仅从现实生活中不可能全部得到的满足”①。“盛世情结”类历史文学创作对于建设文化、执政文化的历史反思与文化探索，则使现实获得了思想文化层面的更具体的参照。由此，历史文学所表现的民族盛世的辉煌景观、王朝改革图治的历史画卷、盛世的来龙去脉与规律得失，以及其中显示的民族文化的正负面特征，就都成为了时代认知需求中可以雅俗共赏的文化资源。

20世纪90年代特别是新世纪以来历史文学“盛世情结”类创作形成热潮，还有更为具体的内在原因。首先，中国经过近三十年专心一意的建设和发展，已经形成了政治开明、经济振兴、社会活跃、思想自由、国际地位提高的大好局面，中华民族伟大复兴、“盛世”来临的前景显得可望可期，这样，回顾和讴歌民族历史上的“盛世”以作为时代现实的映衬和参照，就成为各方面均能认同和欢迎的文化行为。但是，当今中国由于社会的深刻转型，又处于一个问题复杂、矛盾尖锐、弊端丛生的历史状态，公众对各种现实弊端拥有义愤而又不便言

① 王蒙：《文学三元》，《王蒙学术文化随笔》，中国青年出版社1996年版，第192~193页。

说和缺乏应对之策时，以托古鉴今的方式，借往昔历史的重构编织现实生活的网络，来形成一种替代性的宣泄与满足，就是顺理成章的事情，这又使“盛世情结”类叙事对于传统“盛世”内在复杂性的揭示，获得了广泛的接受空间。另外，改革开放的全面展开和全球化时代的来临，也加深了民族自我体认的精神需求。中国作为后发达国家学习先进国家，全面融入全球化的人类历史文化状态，首先需要在新的起点上重新理解和认识民族的自我特征，只有在此基础上形成自己的文明理念，学习、融入和超越才有可能沿着正确、快捷的路径进行。而全球化时代的西方话语霸权，往往会压抑或掩盖后发达国家及其人民的真实处境，偷换乃至取消他们面临的真实问题，中国其实也面对着同样的情况。中华民族自身历史的盛世，则可为本土文化对此的抵抗提供可靠的精神资源。不管是意在融入还是着眼抵抗，回溯民族辉煌时代的历史，达成民族自我认同，都是表达重塑民族辉煌愿望的有效途径。所有这一切，也加强了“盛世情结”由心理积淀向理性自觉的转化。正因为新时期以来的中国逐渐积累出如此深广的对接基础，历史文学的“盛世情结”类叙事作为一种立足“雅、颂”审美原则的“文化代言”才得以持续发展。从《少年天子》呼唤体制改革、文明进化以使国家走向强盛开始，到二月河的“落霞系列”作品直接探讨盛世形成的波澜壮阔的历程、《曾国藩》深沉反思国家中兴的复杂与艰难，直到新世纪的《贞观长歌》、《汉武大帝》等正面展开汉唐盛世的史诗性画卷，历史文学的“盛世情结”类叙事随时势发展一步步走向高潮，终于蔚为壮观。

三、“盛世情结”庙堂本位立场的历史文化认知

在经历了20世纪中国与世界文化的沧桑巨变之后，历史文学的“盛世情结”类叙事正面解读中华民族历史上的辉煌时期、“盛世图景”，并以此为基础传达民族文化心理的“盛世向往”，这对于长期以来局限于一个时代内部各种意识形态之间的是是非非的文学状况，无疑是一种有力的超越。但在现代意识充分成长，已经进入多元化、全球化状态的当今时代，重新以顺应式的审美路向展开王朝历史的画卷，这种思维路向又与时代理性形成了巨大的错位。因此，具体探究“盛世情结”类叙事的思想文化特征，并从时代理性的高度对其进行剖析与评判，就成为我们进一步研究所无法避免的重要问题。

“盛世情结”类历史叙事的文本往往都是动辄几大卷上百万字、或者几十集的长篇巨制，属于典型的“宏大叙事”，其中体现出鲜明的史诗建构意识，作者

往往从历史文化全方位还原的创作意图出发，将王朝历史的嬗变图景、体制内涵、历史潜规则，以及开创这种历史的关键人物的政治智慧、文化人格和人生命运等，全盘展开并予以探究阐释。《曾国藩》、《张之洞》、《张居正》等作品描述朝廷重臣的戡乱、治理与改革、中兴，多层次、多侧面地展开了其中错综复杂的矛盾纠葛，并在叙事过程中寄寓了深沉的创业艰难、盛世难求的慨叹。二月河小说的要旨是讴歌盛世明君的雄才大略与辉煌功业，但几乎每部作品的开头，都是描述一个朝廷重要人物深入民间却碰到了类似黑社会环境的惊险遭遇，而且这种境遇的构成与朝廷盘根错节的复杂人际关系和事关社稷全局的重大政治问题，均有密不可分的关联。在情节进一步展开的过程中，作者往往将圣主能臣江山社稷本位、百姓苍生至上的执政伦理，置于朝堂气象、政治智慧与宫闱秘闻、江湖奇事乃至君王心术、官场潜规则的网络之中进行艺术编织。这种创作构思自然有作者以传奇性情节引人入胜的主观意图在内，但更为重要的，是其中显示着一种从盛世阴影出发透视和驾驭历史文化复杂全局的辩证眼光。电视剧《贞观长歌》、《汉武大帝》、《大秦帝国》等，所展开的都是一个王朝的整幅历史画卷。可以说，这种认同性的全方位还原，已经成为“盛世情结”类历史题材叙事基本的审美视野和精神路向。

以这样的历史文化整体图景为基础，“盛世情结”类历史叙事表现出明显的“人杰”敬仰意识和事功至上的价值取向。这类作品审美观照的核心，大都是帝王将相中的佼佼者、身处特定制度和文化规范却创造了辉煌政治功业的历史杰出人物，在具体描述过程中，作者往往着意将他们视为“人杰”，强化他们在“一个人”的意义上呕心沥血、历尽艰辛为朝廷、为社稷苍生建立功勋的人生境况，由此显示他们的崇高人格、表达创作主体心目中的认同、敬佩与艳羡心理，一种事功至上的审美价值眼光，就由此形成。《曾国藩》就是个相当典型的例证。作品描述了曾国藩从墨绖出山、艰难创业，到功成名就、持盈保泰，直至瞻前顾后、求田问舍的人生，展现了他历尽艰难争成就，费尽心机保成就，直至为成就所累的整个奋斗历程，挖掘出他从刚健昂扬到深沉老练，直至苦闷萎缩的心灵状态，层次极为丰富地刻画出一个传统儒家文化人生格局中事业有成却悲苦兼尝的“圣者”形象，揭示了文化传统与时代条件错位的历史环境中功名追求者从奋发张扬到没落萎缩的悲剧命运，从功名文化人格的角度来刻画事功奋斗者、官场跋涉者的人物形象，成为作品思想意识的根本特征。其他诸如《张居正》、《汴京风骚》、《雍正皇帝》等对主人公张居正、王安石、雍正形象的刻画，遵循的又何尝不是这一由艰难备尝到功勋非凡直至悲苦难抑的思路？

于是，在总体精神文化立场上，不管是展现“盛世开创”的复杂图景、还是揭示“盛世追求”的艰难历程，历史文学的“盛世情结”类叙事，都体现出鲜明的庙堂文化立场和国家功利意识。《蔡文姬》敷演“文姬归汉”的故事，目的是在于衬托和颂扬曹操“外定武功，内兴文学”的国家功业及由此生成的人格魅力；《胆剑篇》以国家复兴大业为价值基点，来阐释属于不同社会阶级的君臣和民众卧薪尝胆、戮力同心、自强不息的思想根源。二月河的“落霞系列”作品铺陈开创了中国历史上“康乾盛世”的有为君主及其帝王心术，君国同一、功利至上的思维路向昭然若揭。《张之洞》以功名文化人格在中华民族大变局中的历史形态及其悲剧性命运为关注重心，运“正史之笔”，述“廊庙之音”①，也明显地体现出从国家、民族的高度考察历史文化、评判人生世事的庙堂文化立场。《张居正》描绘“治世能臣”张居正建立国家功业的艰难历程，揭示处于社会核心位置的“权相”的命运、功业、人格模式及其悲剧的文化根基，同样是基于一种国家功利立场。《少年天子》探讨顺治人性生成与人格构成的内涵其实颇富现代的个体生命意识，但作者的深层用意，却是要在这种个体人格及其命运与文明样式变革的国家功利之间，构成一种相辅相成、映衬共生的历史认知效果。甚至连《康熙微服私访记》这样“戏说”形态的作品，也表现出鲜明的江山、社稷意识和治世掌故色彩。众多的作品，均体现出鲜明的以朝廷国家、社稷苍生的实际利益为本进行功利追求的“经世”、“治世”眼光。

在当代中国的历史文学创作中，先后出现了革命文化主导的农民起义题材作品、个体生命本位立场的“新历史小说”和都市大众文化范畴的“戏说”审美形态，其精神文化基础对应着20世纪中国文化知识分子个体本位的现代性、革命文化阶级本位的人民性和90年代以来方才较为盛行的都市文化的世俗性。“盛世情结”类历史叙事则转换思想视野和价值立场，在还原历史全部复杂性的基础上，推崇创建国家功业为人生的意义与价值之所在；以古今政治文化的异质同构性为思维框架，探讨民族走向盛世的执政文化、建设文化；并由此出发，试图遵循执政者的文化方向，建构一种体现国家文化的审美境界。在一个文化多元甚至人言言殊、而民族共同理想与追求客观存在的历史时代，在普世价值获得广泛关注而文化国别性同样客观存在的文化状态中，也许只有国家文化境界方可成为一个民族的普遍利益和价值共识的代表，所以，如果真能成功地实现一种“创造性的转换”，历史文学创作的这种“盛世情结”类叙事在思想文化层面无疑具有历史与文化的充分合理性。

但是，历史文学“盛世情结”类叙事所依赖的，毕竟是封建时代的王朝历史和人治文化，所以，如果缺乏充分的辩证思维眼光，过分拘囿于表现对象的“世界结构”与“价值范式”，就有可能导致时代理性处于悬置状态的诸多思想

① 刘起林：《正史之笔　廊庙之音》，载《文艺报》2004年4月16日。

偏失与价值误区。事实上，“盛世情结”类历史叙事也确实存在这种思想偏失与价值误区，具体表现在以下几个方面。

从政治文化视野看，“盛世情结”类叙事因过分推崇“人杰”意识、事功本位的价值立场，故存在着以下局限：

首先，创作者往往以事功伦理评判来代替历史文化评判，过分夸大主人公聪明才智、喜怒哀乐的能量，过分拔高主人公事功追求的个体道德境界。电视剧《雍正王朝》就大大削弱对主人公阴狠、刻薄的性格侧面的表现，将雍正写成了一个“爱民第一”、“勤政第一”、无私无畏的贤明皇帝，甚至引起了原著作者二月河的不满。《暮鼓晨钟》则用仁政思想来阐释康熙，赋予他以“博爱、平等、自由”的基督教思想，将他写成了一个“耶稣”、“圣人”。《汉武大帝》甚至将主人公美化成了“你燃烧自己，温暖大地，任自己成为灰烬”的无私奉献的人格典范。而且，似乎只要有了开明的皇帝和几个效力的臣子，万里江山就会海晏河清。这种基于人杰意识和事功立场的价值判断，显然制约和局限了作品对历史文化内涵的公正把握。

其次，作者在致力于展示历史复杂性的时候，往往将历史人物应对各种“潜规则”所体现的政治道德的杂质和人性的负值，也转化为具有认识价值和启迪意义的历史智慧来看待，并对这种负值以私德与公益的区分给予认同和悲悯，由此将主人公人格崇高化、将在人治体制和个体强力基础上运作的中国式执政文化悲壮化。《曾国藩》推崇曾国藩的儒家文化功名人格，以至津津乐道于他的阳儒阴法、后来又兼用“黄老之术”的官场权谋，并用曾国藩所持守的文化信条、治世手段丰富与变化之后才获得功业的更大建树，来为这种政治文化负值辩解。《雍正皇帝》充满体谅地理解雍正剪除异己、杀戮群臣、猜忌刻薄的行为，思想基点也在于按照人治文化的“潜规则”，严刑峻法和阴暗心理均是利益所在、情势所迫，不得已而为之。《张居正》同样表现出以国家功业和“为苍生谋福祉”，来替代对于主人公个人私德和政治韬略的价值两面性进行具体剖析的思想倾向。

再次，这些作品不约而同地表现出一种贬低知识分子精神道德、以中国传统文化的“政统”贬低和抑制“道统”的审美文化特征。在电视剧《雍正王朝》中，雍正推行“士绅一体当官一体纳粮”的新政，但全国的读书人包括清官李绂，都因为自己的私利受损而拼命反对，雍正反倒是在文化较低的清官田文镜和大字不识的清官李卫的协助下恩威并施，才终于控制局面、获得了成功。《乾隆王朝》中的御史钱峰虽然廉洁奉公、关心国事，却于真正的时政要务一无所知，也缺乏最基本的政治智慧，一心只追求死谏的名声，直到最后被和珅劝得自尽，仍然对国家毫无事功层面的功效。《张居正》则直接对张居正为事功追求“用循吏不用清流”的官员任用原则，表示了高度的认同与赞赏。

如果超越政治文化视野，从多元价值均已显示出其精神文化合理性的当今时代的思想理性高度看，“盛世情结”类历史叙事则显示出更深层次的思想偏失与精神局限。

首先，“盛世情结”类叙事普遍存在着以功业追求排斥人性人情、以文化人格压抑自然人格的现象，其中表现出一种对个体生命的自由与价值相对漠视的思想倾向。这类作品的主人公的功业创建，基本属于在具有巨大局限的体制格局内“戴着镣铐跳舞”，他们遵从这种体制规范的本身，就潜藏着精神妥协、人格独立性匮乏的个体生命意义缺失。而且，他们往往处于一个危机驱动型的社会历史时期，在矛盾和困难重重的人生境遇中，他们人格的崇高，基本上是从幽暗的价值体系里生发、在个体生命自由被扭曲的状态中形成的。人类自然只能在既成的历史条件下生存和前行，任何人都不可能超越历史的局限性，但问题在于，如果创作主体对这种历史局限性缺乏充分的警惕与批判，反而以主人公无奈中的选择为寻找到了切实可行的路径的政治智慧、以人格的萎缩为生命的崇高，那就不能不说是一种犬儒主义的精神倾向，其实已经丧失了生命意义的庄严性了。《张居正》的主人公谨守“为政不难，不得罪于巨室”的信条，对于自己与李太后、太监冯保的“铁三角”关系沾沾自喜。窥视首辅相位时期，他韬光养晦、步步为营，串通冯保、笼络李太后，用的是“暗劲”；掌握权位之后处理政敌、“京察”、减免田赋、更改税制等杀伐决断，他雄心铁腕而又乘时顺势、谋而后动，运筹帷幄、游刃有余地运用着“强力”；权势与功业达于顶峰时，无论是“夺情事件”还是“回乡奔丧”，举手投足皆于雍容庄严、八面威风之中，透露出专权率性、唯我独尊和不动声色的蛮横。综观张居正的功业追求过程，其实一直处于自我妥协和要求他人妥协的状态中，而作者则以其运用各种手段终于获得了成功，而对其所有手段本身也大加赞赏，用效果至上的原则来掩盖和代替对于过程进行评判的实用主义价值倾向，就明显地暴露出来。《曾国藩》的主人公曾国藩追求功名永垂不朽和“三立完人”的境界，是中国传统文化所能达到的最高人生理想，但这一理想的实现，不可能撇开君国至上的体制文化规范。而清末的君国不仅不能代表正义和真理，甚至连其本阶级自身的整体利益也不能代表，结果，曾国藩的追求就不能不具有极大的盲目性、自私性，并因历史正义性的匮乏导致人生价值的最终失落。他对“天津教案”按照慈禧太后的旨意妥协处理，最终落入“外愧清议、内疚神明”的境地，就是典型的例证。这种对历史不规范处和人性污秽面展示有余而批判力度不足的精神偏失，一方面显示出创作者对生命个体竭尽心机为追求自我价值的人生态度的尊重，相对于集体本位、个体生命价值被漠视的时代，是一种历史的进步；但另一方面，其中又恰恰潜藏着一种传统文化建功立业意识至上、缺乏对生命终极意义的反思所导致的创作迷误。

其次，“盛世情结”类叙事显示出一种遵从庙堂文化的强势立场与强者哲学、弱势视野和底层本位意识匮乏的思想偏失。《曾国藩》和《雍正皇帝》不约而同强调了“治乱世需用重典”的治世方法。《曾国藩》以基本认同的态度表现“曾剃头”为长沙治安冤杀林明光的事件。这确实符合许多“盛世情结”叙事类作品所认同的国家功利原则。因为“用重典”就是要把不一定杀的杀掉、不一定抓的抓起来，其内在的思想逻辑是，用“恶”来作为维护整体利益的必要手段，是在具体问题上“行霹雳手段”，而从总体目标层面“显菩萨心肠”，其实是一种更高层次的善。所以，杀林明光从个体生命来说是一种残忍，而从整体利益的角度来看，则在于原则本身的严酷性。作家没有过多地描写林明光及其家庭所遭受的痛苦，而是把善恶评价转化为一种审美观照，使读者在阅读时反而惊羡于曾国藩的铁腕雄风、庄严气象，一种对弱者个体生命价值的漠视，一种对庙堂功利立场背后的“血酬定律”[①]的宽宥，就于此充分地显示出来。再从“盛世情结”类叙事大量存在却似乎无关紧要的风俗描写来看。在唐浩明的作品中，风俗民情往往只是作为展示历史人物性情的逸闻趣事来处理。二月河作品大量的风俗描写，则采用传奇笔法，把它们当做复杂诡异的世态万象来看待，结果在表现作品主题方面，反而时有“旁逸斜出”、喧宾夺主之嫌。这一切其实正是创作主体遵循体制文化立场、民间本位意识匮乏的表现。实际上，如果对庙堂文化的强势立场与强者逻辑有所超越，对于历史复杂性的剖析与展示反而更能增添另外的侧面，由此显示出纯粹体制文化所不可能具有的独特深度。凌力的《梦断关河》与《北方佳人》以处于弱势状态的女性为观察视角，国家的动荡、危机带给普通百姓的灾难，就更为充分而惊心动魄地表现了出来。王梓夫的《漕运码头》着意挖掘漕运码头的独特民俗所包含的民间辛酸，也使得朝廷腐败、国家灾难的后果展现得更为丰富深沉。这一切都是创作主体摆脱了庙堂文化的强势立场与强者逻辑所获得的审美效果。

再次，“盛世情结”类叙事大都乐意用世俗化的眼光来解读宫廷朝堂生态与王侯将相的人生形态，但是，不少作品世俗化地窥视和解读朝堂的眼光所显示出的，却往往是都市文化世俗性的负面特征。《张居正》浓墨重彩地描述张居正与玉娘的“外室小妾”关系和“红颜知己”感受，就与时下中国都市文学中盛行的言情、武侠的叙事模式，有着明显的文化心理关联。《大秦帝国》缺乏节制地大肆渲染战争中种种杀戮的血腥、残忍与成功，则表现出对文明程度低下的暴力文化倾向、丛林生存法则批判意识的匮乏。众多作品对展示宫廷秘史、朝堂权谋的热衷，也潜藏着与芸芸众生逐利、享乐、趋炎附势的生活状态与价值心理的精

① 吴思：《血酬定律：中国历史中的生存游戏》，工人出版社2003年版。

神一致性。

总的看来，“盛世情结”类历史叙事形成创作热潮，具有充分的时代文化需求的必然性与合理性，但其中也存在着诸多的思想偏失与精神局限。出现这种审美状态的关键，在于“盛世情结”类叙事的创作主体在历史的复杂性之中湮没了思想的穿透力，往往以社会体制理性代替了人本理性，未能真正登上时代思想理性的制高点。作者没能登上时代所能提供的历史理性的制高点，人类正义、历史正义层面惊心动魄的警醒与豁然开朗的启示，就变得相对的薄弱，读者由作品审美境界获得的感悟，也就在历史理性的门槛前止步甚至逆转了方向。由此看来，在当今中国的多元文化语境中，只有以充分的时代理性，在多元文化优势融合、互补、升华的基础上，来建构盛世文化和国家文化的思想境界，方可达到历史文学创作的崇高境界，而这仍然需要我们时代的历史文学创作者进行艰苦的努力。

第十六章

历史题材文学中的人民群众评价问题

在延安以来的主流文学里，“人民性”是一个始终被强调却又一直处于纠结状态的词汇。历史文学尤甚。人民当家做主的国家政权赋予了人民形象在文学中的崇高地位。依靠阶级斗争金线的指引，历史文学以《逼上梁山》（1943 年）为开端，《李自成》（1963 年）为巅峰，颠覆帝王将相史并重新构筑人民自己的历史。新时期之后，伴随阶级斗争被打入另册，历史题材文学中的“人民”形象似乎亦就从此消逝了踪影。廷争剑影与宫闱情史将君臣才子再次扶上舞台中心，新历史演绎的权谋情仇则用个人私欲消解了宏大的人民叙事。“人性复归”成为它们超越此前历史题材文学的充分理由。没有了人民的历史书写却拥有了“人性魅力”，这不得不是一件颇值深思的事情。十七年无限神化的人民形象有悖人性，的确需要矫正，但若由此就将本能、感性等自然属性视作人性全部，而折去了人民性，是否太过？与人民革命如影随形的暴力，因其破坏作用遭遇千夫所指，波及人民战争也被诟病，然而，难道改良就能改到皇帝自动下台，人民当家做主？摘去了阶级敌人帽子的帝王将相摇身变为明君清官，他们是改革的动力，是创建盛世的主体，载其前行的人民哪里去了？当权力斗争被当做人性真实，当官商勾结被视为理所当然，人民的地位何在？利益何在？话语权何在？

一、“人民性”的确立

（一）重读“人民”

尽管以梁启超为首的历史学家从败落的王朝统治中得出了“一个民族的历史应当是全体国民的历史”的新论，但无法就国民如何被织入历史脉络，车出历史向前的轮痕给出明晰之解。遍是帝王将相的正史与遍布才子佳人的野史织就五千年长幅画锦，其上鲜见“民”之踪迹。偶有，则多为暴乱争战改朝换代之际，成者，“民”之首领改头换面，由社会最底层的奴隶、黎庶摇身一变，变作名垂青史的开国君主；败者，立以寇盗论之，罪状历历，罄竹难书，成为遗臭万年的匪首罪魁。成王败寇，说的就是个别“民”的升降历程。尽管“民”以“众萌”之态被拒于“天地之性最贵者”的“人”的行列之外，“人”与“民”的组词与“氓”、“百姓”、“黔首”并称，与君臣相对，以卑贱论之，但人民推动历史的巨大作用却是帝王百官这些“牧民者”无法企及也无法忽视的。“利民以利君”，已成为王朝统治者与以维护君权为使命的儒学思想家的共识。战国时期，孟子将“民贵君轻”作为执政原则，“民为贵，社稷次之，君为轻。是故得乎丘民而为天子，得乎天子为诸侯，得乎诸侯为大夫”。（《孟子·尽心下》）《荀子·哀公》篇也以水与舟的比喻生动形象地告诫执政者处处为民的道理，“君者，舟也；庶人者，水也。水则载舟，水则覆舟，君以此思危，则危将焉而不至矣?”汉代贾谊作《过秦论》，以秦末农民战争为例，一语点明秦朝灭亡的原因在于“仁义不施，而攻守之势异也”。然而，传统民本思想以重民、安民、仁民、富民、听民、用民、信民为手段，达巩固王朝统治之目的，“利民以利君”的大前提决定了君王爱民以图享国永年，与民众拥君以图太平安心的矛盾无可调合。翦伯赞曾用“让步说”来概括农民战争结束后，新统治者短时期内实行“休养生息”、“轻徭薄赋”等方式缓和君民矛盾的短期政策，而一旦“让步”停止，矛盾必定激化，战争再次爆发。历史便不断上演这“一朝天子一朝臣”的“兴亡周期率”，循环往复，自成封闭式的圆。如何跳出这个圆，创造出经久不衰的太平盛世，传统民本思想已画地为牢。

19世纪末20世纪初的西学东渐下，近代西方资产阶级思想如君主立宪、三权分立及人民主权等理论极大地影响了中国学者，使他们以重新解读“人民”

为开端，寻求国家兴盛之道。孙中山领导的辛亥革命，就是一场易“以君主社稷为本位”为“以人民为主体”的现代民主政治运动。如孙中山所言，“专制国以君主为主体，人民皆其奴隶，共和国以人民为主体”，因而，“中华民国者，人民之国也。君政时代则大权独揽于一人，今则主权属于国民之主体，是四万万人民即今之皇帝也，国中之百官，上而总统，下而巡差，皆人民之公仆也”。[①]尽管孙中山已经充分认识到人民的重要性，并赋予“人民”一词以“权利”、“义务”等近代政治内容，使之告别了懵懂与奴役的旧时代，成为拥有权力、发表政见、参与事务的新主体，但由于孙中山将“人民”的核心力量确定为资产阶级和小资产阶级，致使辛亥革命未能获得真正的“人民”主体，即“占全国人口百分之九十的工农劳动群众”的广泛支持而最终走向了失败。吸取辛亥革命失败教训后的毛泽东，借鉴马克思阶级斗争学说确立新的“人民”主体，并以之为基建构起以人民民主专政为政权形式的现代民族国家。在这个全新的国家构成里，以工农为核心的“人民”被推到了前所未有的高度，毛泽东甚至借用“上帝”一词来形容“人民”的崇高地位，要求所有的工作干部，包括他自己，“都是人民的勤务员，我们所做的一切，都是为人民服务”。[②] 将人民群众作为推动历史的主体，毛泽东充分肯定人民群众的历史作用，强调“只有人民，才是创造世界历史的动力”，[③] 并以铜墙铁壁譬喻“人民”，指出“千百万真心实意地拥护革命的人民群众”才是“真正的铜墙铁壁，什么力量也打不破的，完全打不破的”。[④]

以“人民”为主导力量的历史动力史观，彻底颠覆了统治中国数千年的帝王主体时代。改写历史以破坏、消除过往记忆，将人民形象从群寇贼盗翻转为治世英雄，成为革命政党唤起民众自我觉悟和自我意识，完成无产阶级自我启蒙的重要任务。阶级斗争作为解决如何看待人民群众在历史上的巨大作用的方法，成为历史书写的一条金线。以阶级斗争铺展历史图谱，采经济利益的损与盈为轴，自原始社会解体以来的历史被划分为两大阶级的对抗史：压迫阶级与被压迫阶级。马克思用“人民群众”这一词汇来概括所有的被压迫阶级，并将历史活动看作是“群众的事业”，活动的过程，则是人民群众与压迫阶级不断斗争的过程。作为阶级斗争中的正义一方，人民必将同非人民的反动阶级展开艰苦卓绝的斗争，夺取最后的胜利，实现“以每个人的全面而自由的发展

① 孙中山：《建国方略·孙文学说》，中山大学历史系孙中山研究室等编：《孙中山全集》第 6 卷，中华书局 1985 年版，第 211 页。

② 毛泽东：《一九四五年的任务》，载《解放日报》1944 年 12 月 16 日。

③ 毛泽东：《论联合政府》，《毛泽东选集》第 3 卷，人民出版社 1966 年版，第 980 页。

④ 毛泽东：《关心群众生活，注意工作方法》，《毛泽东选集》第 1 卷，人民出版社 1966 年版，第 125 页。

为基本原则"[1] 的共产主义社会，这便是马克思历史发展观的线性模式。

以"一切社会历史都是阶级斗争史"为纲展开的历史叙事，所担负的重任就是要将推动历史的人之类别，从帝王将相挪移到人民群众。农民作为中国千年宗法制社会的绝对主体，自然成为最受关注的书写对象。同时，为共产党领导的农民革命正名，是以人民为主体改写历史的初衷之一。因而，农民战争作为最具时代感，也最能体现人民性的历史文学题材，一直备受关注。20 世纪二三十年代，以茅盾的《大泽乡》为代表，一批重评秦末农民运动的历史小说集中出现（包括《陈胜吴广》（孟超）、《夥涉为王》（宋云彬）、《陈胜王》（陆费逵）以及《陈胜起义》（廖沫沙）等，将被《史通》贬为"社稷靡闻"的猖狂"群盗"[2] 的秦末农民运动，经马克思主义阶级斗争学说的阐释，变成了推动历史前进的主导力量，显露出作者强烈的欲溯至源头改写社会历史发展的企图。将背负着"流贼"骂名的农民军首领改头换面为推动历史的革命英雄，是这批历史小说在人民形象构筑方面的开拓性贡献。之后，从 40 年代的《闯王进京》，到 60 年代的《李自成》，再到 80 年代初期的《星星草》、《天国恨》、《九月菊》、《长安恨》等作，几乎所有恶名于史的农民军首领，都以人民利益代言人与人民力量的集中体现者形象屹立于历史文本中，彻底颠覆了以帝王将相为主体的历史书写，从而与马克思人民动力历史观相吻合。

相对于上述史书有载的农战首领，绝大多数参与农民战争的农民在历史中没有名字，没有事迹，但并非就此说明他们不是历史的创造者，没有推动历史。恰恰相反，正是这些无名的普通个体才是人民真正的主体构成，是最当之无愧的历史创造者。当然，比起改写甚至颠覆史书这类"原料加工"式创作，普通人民形象的创造，更是一个无中生有的艰巨工程。但这样的"无米之炊"，对历史文学创作家来说，既是充满挑战，也提供了相当大的创作空间。早在延安时代，虚构历史中普通群众个体形象的尝试就已开始。《逼上梁山》中的农民李铁、李老及店小二等，就通过逃荒斥官、指点林冲等情节凸显了个体民众鲜明的历史主人公意识。随后，历史剧《卧薪尝胆》、《淝水之战》及历史小说《李自成》、《庚子风云》、《莽秀才造反记》等，都成功地塑造了大批历史中不存在的农民将领、兵士及百姓，他们的出现不仅大大丰满了人民形象，而且拉近了大众读者与文本之间的距离，通过对历史中人民力量的感同身受，使他们真切地意识到自己的创造者身份和主观能动作用。而这，是历史文学创作期望影响民众的最高目标。

---

① ［德］马克思：《资本论》第 3 卷，中共中央马克思恩格斯列宁斯大林著作编译局译，《马克思恩格斯全集》第 46 卷，人民出版社 2003 年版，第 104 页。

② 刘知几：《史通笺注》，张振佩笺注，贵州人民出版社 1985 年版，第 45 页。

（二）“还历史与民”的误区

20世纪二三十年代的农战史小说通过书写主体视角的改变将历史还与人民，其影响只在书写者也即知识分子圈内，并没有对现实中的人民产生多少实质性影响；而到了40年代，伴随《讲话》精神的确立，让人民相信自己才是历史的创造者，成为“将历史还与人民”的重要任务。要进入群众，首先就必须采用群众读惯看惯的文学样式。于是，具有“中国老百姓所喜闻乐见的中国作风和中国气派”① 的传统历史剧踏上了长达二十余年的改革历程。戏改目的很简单，就是要民众从将帝王将相踩在脚下的亲身感受中，体验到新生的国家政权的历史存在与自己的阶级归属，开始思考时代赋予本阶级的历史使命。以1943年的《逼上梁山》为开端，历史剧的主题定格在了“创造历史的群众运动”之上。从1943年到1966年，历史剧改编作为历史题材文学创作的绝对主力，历经两次大讨论、数次政治批示，倾尽大批文史学者经年心血，然而事实却并未如他们所愿起到了教化民众的作用，观众的冷淡反而使这些开创了历史新生面的新作陷入了“无用武之地”的尴尬境地。原因何在？集中而言有三点：“人民”定义的窄化，形式的庸俗化、模式化以及“人民性”的过于政治化。

将“人民”与“农民”对等，加之阶级斗争的战时需要，自史书中所能撷取的题材被限定在了农民战争，由此，大量传统剧作被删削，自然减低了群众的观看欲望。而过于迫切地投入演出产生效应的急躁心理，使改编者来不及在艺术形式上下更多的工夫来吸引观众。于是，为了“戳破美帝国主义这只纸老虎”，就从舞台上方降下一只纸剪的老虎之类的闹剧一再上演，标语口号也不经加工地就由老旦或小生脱口而出，一成不变的“官逼民反”简直在考验老百姓的耐性……再生动的内容，经这样的舞台艺术一折腾，都会趣味全无。与传承千年、精致绝伦的原剧相比，取舍显见。作为国家政权下的时代任务，将人民群众推上历史舞台，并让民众自我觉醒，意识到自己是历史的创造者本身并不存在任何疑义，错就错在窄化“人民”范围，急躁冒进不顾艺术效果，导致观众兴味索然。而人民性书写的最大问题，还在于过分政治化，为体现农民的历史创造者身份刻意拔高、美化农民形象，忽略了他们身上的一些藏污纳垢的东西。尽管毛泽东始终强调农民战争的历史推动作用，将以农民为主体的人民群众视作历史发展的根本动力，但这并不意味着他对农民自身的历史局限

① 毛泽东：《中国共产党在民族战争中的地位》，《毛泽东选集》第2卷，人民出版社1966年版，第500页。

没有清醒认识。相反，靠发动农民起家的毛泽东，比任何领导者都清楚农民不利于革命建设的落后一面。早在创建井冈山革命根据地时期，他就对革命队伍内农民出身的成员存在的家族色彩、狭隘地方主义等进行了严肃批评。正是因为看到了农民身上存在着根深蒂固的绝对平均主义、服膺天命、自私自利等守旧、落后的思想，毛泽东才在发动农民革命的过程中坚持向农民灌输革命的道理，在引导农民走向社会主义建设道路的途中不断向他们宣传先进的世界观，把改造农民作为一项常抓不懈的重要任务。然而，尽管毛泽东明确意识到农民思想观念的历史局限并指明了改造方向，但手握笔杆的知识分子却显然无法像革命导师那样将教诲如春风般播撒到农民心田。同为需要改造的对象，农民却是知识分子洗心革面的目标，一面要向“下里巴人”学习，一面又要教育他们，谈何容易？农民化如赵树理者，亦只能在《锻炼锻炼》中小心翼翼地讽刺一二，何况他人？我们以饱受争议的《李自成》农民形象为例来探讨这一问题。

作为当代文学史上第一部以史诗笔法描绘农民战争的历史长篇，《李自成》的评价基本处于两个极端。从十七年的一部“无愧于我们伟大时代的文学巨著”（严家炎语）到80年代中后期被人称为所谓“伪浪漫主义猖獗时代”[①] 的产物，褒贬竟然如此悬殊，若仅以谁对谁错作为小说的最终定评显然过于简单。十七年的鲜花，有相当一部分是送给农民形象的史诗性塑造。上至领导者如李自成的颠覆式书写，下至王长顺等普通士卒的群体虚构，《李自成》全方位重构了这支农民军队，从而几近完美地实践了毛泽东关于“农民革命才是历史发展的真正动力”的理论学说。然而，80年代中期的棍棒，也是源于农民形象。违反真实，歪曲人性，强调“人的主体性”的论者以此为由，指责李自成、刘宗敏等农民将领形象塑造灵肉分离，不切实际。的确，被革命英雄光环笼罩的李自成及其部属，乃至整个大顺军形象塑造都有拔高、纯化等“现代化”的斧凿痕迹，前两卷尤甚。但如若仅用情爱权欲等自然人性为标准，指斥李自成农民军形象塑造得不够真实，显然也是对农民真实问题的另一种遮蔽。事实上，从第三卷开始，作者就已有意插入李自成与张献忠、罗汝才之间的权力斗争、为吞袁营不惜牺牲慧梅等情节展露李自成人性复杂的一面，第四、五卷中的纳窦妃动男女情，疑忌之心杀李岩等体现得更为明显。因而，问题不在于人性是否得到了真实表现，而在于沿袭千年的中国农民固有的狭隘、守旧、迷信等阴暗面并没有得到真正的揭示、批判。这些积存于农民身上的缺点也是人性的一部分，与情爱、权欲等自然人性相比，它们作为中国封建社会小农文化体系的特有产物，属于人的社会性。写李自成农民起义，姚雪垠未尝没有考虑过这些问题，在《李自成》第一卷前

① 刘再复：《近十年的文学精神与文学道路》，载《人民文学》1988年第2期。

言中，他就针对封建社会人民群众中存在的各种各样的迷信思想、宿命论等愚昧、落后观念提出了批评，并指出洪秀全将“一种从殖民主义者传来的基督教的迷信和礼拜仪式加以改装，改为他的宗教”，是一种“欺已欺人”的行为，但并没有就此深入揭出农民的局限性问题，而是打着“批林批孔”的旗号，将这一本质问题轻轻巧巧地回避过去。

70年代末80年代初，循《李自成》足迹而起的大批农战史小说如《星星草》、《陈胜》、《义和拳》等，都未能跳出仰视的写作视角，理性审思农民革命的破坏性因素及农民自身的阶级局限性。从这一方面而言，鲍昌的《庚子风云》具有独特的价值意义。作者在肯定阎老福、王德成为首的农民群众英勇抗暴斗争精神的同时，也大胆地将批判之笔指向他们保守、顽固、愚昧的阶级历史局限。这种对农民运动褒贬交织、美讽并存的“春秋笔法”，打破了对农民革命及农民形象进步、崇高、神圣的一维评价，真实地写出了宗法社会里农民人性褊狭、落后的一面。对农民消极落后的直视，也“加深了我们对当今改革时代要进行封建因袭重担的认识和理解”。[①] 除《庚子风云》外，巴人的《莽秀才造反记》、李晴的《天京之变》等，都力图反出美化甚至神化农民形象的陈规窠臼，将中国社会历史下农民的民族惰性和痼疾充分暴露出来。这类农民形象及历史的重塑，与新时期之初启蒙话语占据主导地位的时代背景不无关联。揭去阶级斗争的理想、正义光环，将人道主义视角引入农民战争的历史观照，农民革命野蛮、残忍的破坏性暴露无遗。阅读上述历史小说，让我们既赞叹与土地搏斗的生命历史中奔放勇猛、不屈不挠的坚强人性，也为陈旧保守的生产方式与伦理纲常束缚下麻木无知、苟安盲从的忍从而叹息，更为在嗜杀兽性的发泄中享受生命快感的野性、放纵的破坏力量所震惊。诚如《莽秀才造反记》的一位评者所言，“它对历史小说中现实主义精神的深化和发展主要在于将历史运动中的社会性因素和人性因素结合起来，使现实生活的变动与精神结构、文化心理的变迁构成一种互动关系”，“从而让小说在历史叙述中获得了深层次的精神与文化内涵”。[②] 如若以此笔法，以肯定农民革命为基础，同时兼评其破坏性、落后性的一面，曾经偏向过高、过激的人民性书写应该能得到较好修正，朝向更合理的方向发展。遗憾的是，这些历史书写仅是昙花一现，随即被迅速淹没在一浪接一浪的帝王才子历史中。

---

① 吴秀明：《关于〈庚子风云〉的通信》，载《当代作家评论》1985年第6期。

② 权绘锦：《历史叙述中的启蒙话语与文化反思——论巴人的〈莽秀才造反记〉》，载《重庆社会科学》2005年第5期。

二、人民性：新时期历史与人性的共同缺失

新时期以来的历史文学无论艺术技巧还是人物形象塑造都远远超过十七年，却除了被借用来表现人民力量的帝王将相、才子佳人外，真正的人民形象不是被压抑至无，就是成为被知识分子启蒙、救赎的对象，以展现其知识精英的人文关怀。以人民为根本到底表现在哪里？遍寻不到。何故？20 世纪 70 年代末再次出现的“农民战争破坏论”，启蒙话语下以纯人性取代阶级性、淡化人民性，以及人民的实际主体——农民的失语现象日趋严重都是值得考虑的因素。

（一）重思“农民战争破坏论”

承继 20 世纪上半叶以战争剿灭人口等为由斥责农民革命破坏生产力、阻碍历史发展的论调，新时期以来，吸收了西方思想的“农民战争破坏论”，一是通过西欧与中国社会历史的比照，把农民战争归咎为造成中国封建社会长期延续的根源；[①] 二是以西方人道主义为衡量标准，强调自由、平等、博爱，将暴力定义为反人性或人性中本质丑恶的一面，由此否定以革命暴力起家且为主要特色的农民革命。如果说创作于 80 年代初期的《庚子风云》、《莽秀才造反记》等历史小说对农民革命的一些暴力行为，如挖铁路、砍电杆、宣扬迷信、盲目排外等，是基于对十七年间过于神化的革命历史的纠偏，那么，自 90 年代初起，越来越多的知识分子则是明确地以暴力为由拒绝革命。刘再复、李泽厚在境外出版《告别革命》对谈录，批评中国自辛亥革命以来一直进行的暴力革命之路；自承基督信仰的刘小枫也以倾心于温和的英国革命的方式暗传其对暴力的排拒。在一片保守主义风潮中，知识分子崇尚激进社会变革的热情不再。

的确，我们不能否认，农民革命有其野蛮、混乱、破坏性的一面，但亦不可因此就全盘否定农民革命的历史作用。农民并非天生的好斗者，历次农民战争的爆发莫不发生在饿殍遍野、民不聊生的境地之下，官逼民反是农民战争的根本导因。若仅以“温良恭俭让”就能解决暴政引发的各种社会问题，人民何以宁舍其躯换个门庭？要么饿死，要么战死，正是因为没有第三种方案可供选择，民众

① 刘昶：《试论中国封建社会长期延续的原因》，载《上海师范大学学报》1980 年第 4 期。

才在被逼无奈之下选择了后者，以暴易暴，战争爆发。如果说连“官逼民反”的暴力革命都以反人性之名严加斥责，欲除之而后快，那是否就意味着人民只能龟缩在统治者的暴力压迫之下任其宰割才算正理？卢梭把“绞杀或废除暴君为结局的起义行动”看作“与暴君前一日任意处理臣民生命财产的行为是同样合法的”，暴力既然可以支持暴君的统治，同样也可以推翻他的统治。[①] 人民通过暴力革命推翻暴力统治，获得暂时的生存空间。诚然，因阶级历史局限，农民革命无法自觉反对皇权主义，不可能自己跳出“一朝天子一朝臣”的循环圈，但历史证明，每当一个封建王朝由盛入衰，吏治腐败，土地高度集中，社会生产力遭到极大破坏时，仅凭统治阶级内部有识之士如唐代“二王八司马”、宋代王安石、明代张居正等政治家的改革措施，虽可延缓却并不能扭转其行将崩溃的颓势，只有借助农民战争或打击旧王朝，加剧统治阶级内部矛盾，迫使其作出政策性调整；或建立新王朝，采取轻徭薄赋、兴修水利等让步性措施，促进生产力发展。[②] 然而，80 年代以来的传统历史题材文学恰恰是舍珠抱椟，无视农民及农民战争推动历史的巨大作用，却把仅为没落政权拖长了一点苟延残喘时间的改革将相们当作了历史的第一创造者。

以凌力的《少年天子》为开端，传统历史题材中的帝王将相书写占据了历史文学不止半壁江山。仔细观之，这些帝王将相大多可归为以下几类：开国皇帝（如《少年天子》、《康熙大帝》、《暮鼓晨钟》、《秦娥忆》等）；盛世皇帝（如《雍正皇帝》、《乾隆皇帝》、《武则天》、《刘秀》等）；治世能臣（如《曾国藩》、《林则徐》、《张之洞》、《张居正》、《倾国倾城》、《王安石》、《张廷玉》等）。重书的帝王将相史中，我们看到的君王个个励精图治，智慧过人；臣工人人雄才大略，气度非凡。如胤禛历经数年清查库银，处置贪官，发展经济生产，大获民心，也因此在康熙心目中的地位不断上升，终握神器成就大业（《雍正皇帝》）；排解满汉仇怨只为与民生息，顺治的锐意进取，康熙的仁政布施，展示的都是改革家的气魄与气度（《少年天子》、《暮鼓晨钟》）；为振作朝纲，拯救国势之倾颓以御外围虎狼强敌，王安石为民请命，以雷霆之势大展变法新篇章，垂青史册（《汴京风骚》）；还有整饬吏治，整肃教育，革新税赋，延揽济世贤才，拯朱明王朝于将颓，造万历时期为明史最富时代的治世能臣张居正（《张居正》）；以及“抚晋兴革”、新政新学，谈笑之间办贪官，甘冒风险任贤才的张之洞（《张之洞》；才华卓绝，于清末民初政治舞台上几度大显身手，指点江山的杨度（《杨度》）……这些有为君王、铁腕宰相的形象，皆为发展生产、顺应人

① ［法］卢梭：《论人类不平等的起源和基础》，李常山译，商务印书馆 1962 年版，第 146 页。

② 苏双碧：《实事求是评价农民战争的历史作用》，载《人民论坛》2004 年第 1 期。

民群众历史需求而大放异彩。昔日为描绘“明末农民阶级和腐朽的封建统治阶级之间这场生死大搏斗”① 而勾画的真实宽广的历史背景，变作了历史人物精神风貌和个性特征的展台。《康熙大帝》中满清初定中原，政局不稳，内忧外患的时代风云，映托出康熙奋发向上的朝气与勇武睿智的精神人格；《曾国藩》里声势浩大的太平天国起义、政治社会的剧变与中西文化冲突的历史漩涡中，挺立出曾国藩这样一位治世之能臣；《张居正》中波澜壮阔的社会生活画面，如对明朝万历年间官制、民居生活等的描绘，皆为展现张居正气魄雄伟的改革家气度及非凡的手腕、智慧所设。

这些治世明君和贤相能臣们为我们勾勒出了一幅幅盛世图画，图画里的人民百姓安居乐业，一派歌舞升平之景，纵有以权谋私，仗势欺人或是恃强凌弱等不公事件发生，也很快被微服私访的皇帝或是明察秋毫的清官摆平。这些“青天”人物形象的塑造不但轻松地将阶级对立下的帝王将相与人民群众的界限抹除，还很容易让读者或观众“入戏”，从对其中社会现象任意的嬉笑怒骂中解除对现实的焦虑和紧张。而圣君贤相们身上的一些污点，如曾国藩对太平天国运动的狡诈诛杀，雍正当权后的多疑嗜杀，也都被当做人性真实一面的自然流露，受到一致好评。对于李煜、崇祯等君主的亡国，也与人民的拥弃无关，只因君王个性不济。如《倾国倾城》写明亡之因，将账算在了崇祯猜忌、刻薄，貌似精明实则昏庸的无能德行上；杨书案的《李后主浮生记》，亦将后唐亡国归咎于李煜的个性柔懦，敌不过赵匡胤的刚烈勇猛。照此理论，是否只要皇帝开明睿智、宵衣旰食，就一定能使国家的长治久安呢？我们难以从史书中找到相反案例，因为历朝换代之时，史书总要按照当朝统治者的意愿重新修订一遍，而对新统治者的歌功颂德必然是建立在对败亡者的辱骂清算之上的。历史书写不过是个“任人打扮的小姑娘”，这点早已为人熟知，而我们的历史文学创作就从这些为开国统治者修订的史书中拣出了几位开国君王们的英雄事迹，加上些情争权夺等欲望作为调味剂，就成了让读者们开怀畅吃的大餐了。当读者津津有味地痴迷于宫闱剑影与后庭霓裳之时，不知不觉就将这些有为或失德的君相视作主宰历史的英雄或罪人，却忘了载君王之舟行进的真正动力——人民。再怎样有为的君臣，都不可能凭借一己之力扭转乾坤，改朝换代，他们的睿智与聪敏，源于对民心的俘获；一句“苛政猛于虎也”，道出了人心向背的缘由。失民心者失天下，此语针对的是执政者，却显明了人民历史创造者的身份、地位及力量。

---

① 严家炎：《〈李自成〉初探》，上海文艺出版社编：《关于长篇历史小说〈李自成〉》，上海文艺出版社1981年版，第169页。

（二）被淡化的人民性与农民的实际失语

如果说传统历史题材是以帝王将相为主体的方式淡化了人民性，新历史小说则是以纯人性取代阶级性，从而消解了人民性。曾以高大伟岸之身构筑了无产阶级新中国政权建立史的平民百姓再次担任了编织历史的主体重任，只不过此次织就的，不再是国家而是家国历史；平民百姓的队伍也不再由清一色的农民组成，土匪、小贩、杂役、退役士兵，卖米的、挑糕的、担水的、抬轿的，尽入瓠中。乔良的《灵旗》以一位参加过红军后又参加过国民党民团的老兵青果老爹为视角叙述湘江之战，叙述者的身份本身就是对激战双方区别、差异的淡化与消解，超越了阶级界限，抹去了正义与非正义色彩的战争场景真实而酷烈，在血与火的拼搏中感受到的只有"心灵的震颤以及半个世纪历史的年轮"，正如王愿坚所说，"人，带出了含血带肉的历史；历史的光辉又熔铸了人的血肉之躯"。[①] 莫言的《红高粱》中，"我奶奶"和那一群流窜于高密土地上的土匪们用酒神式的生命狂欢在拆解传统文化的同时，重构了属于他们每个人自己的民族寓言；而《白鹿原》的渭北高原上浸润着儒家文化与伦理道德的白嘉轩形象，以中国封建宗法制度下最后一个族长的身份构筑了整个无序年代的"民族秘史"。这些取材于历史，却又摒弃了具有重大历史意义的革命、政治事件的新历史小说，完全抛开了大众、时代与社会。它有意放大个人私史，强调身体欲望，以此对抗政治意识形态，从而与十七年革命意识形态下的历史小说形成鲜明的"公、私"二元对立。将人类爱欲作为历史文明"动力"的历史观，顺理成章地取代了以阶级斗争或生产力为动力的马克思主义历史观，贯穿于新历史小说的创作中。受存在主义意识形态影响的人性书写，在赤裸的自然状态下重新思考伦理、情爱、命运等人的存在问题，复杂的政治、经济关系被抽象为对食物、肉体的攫取与占有，食与色浓墨重彩地盖住了一切。苏童的"枫杨树乡村系列"里，权力被具化为对散发着清香的米与腰肢绵软的女人的占有（《米》）；农民与地主的阶级差异，显现在陈茂常常腹饥却性欲旺盛，而地主刘老侠钱财满库却颓了性能力的身体对比上（《罂粟之家》）；阶级话语下的女性受压迫史，到了《妻妾成群》中铺展成了陈家大宅姨太太们的情欲悲剧；烽火连天的历史硝烟，只是为了南京士绅小户的情色冲突而设（叶兆言："夜泊秦淮"系列）；一场铺天盖地的饥荒，便是对 1942 年风云变化的最佳诠释（刘震云：《温故一九四二》）……

---

① 王愿坚：《文学，走向历史深处——喜读〈灵旗〉等三部写长征的中篇小说》，载《文艺报》1986 年 11 月 8 日。

而当这种以人道主义、人性与爱欲建立起超越阶级、社会和历史的道德体系的文化启蒙思想成为历史文学创作的主导时，农民战争的评价也就被悄然改写。我们可以通过发表于《收获》2006年第4期的新历史小说《车厢峡》与姚雪垠的《李自成》的对比一探端倪。

在《李自成》中，李自成极力将自己融入集体的队伍，他衣着简朴，与士兵们同甘共苦，同他们打成一片，他的力量在群体的力量中实现，他的自由也因集体的解放而获得。而《车厢峡》里的李自成，却是一个无视士兵死活的寇贼首领。攻城略地并非为人民夺取政权，而是体验自我膨胀的快感，这种快感就像“被托在云端”，“身上的每一处毛孔都在收缩，瞳孔也在收缩”。在死伤无数士兵终于到达河南界内后，作者如此描绘了李自成的感受：“仿佛没有成功，却来到了世界的尽头，正处在死去以后的状态里”，并进一步发出“人死以后，面对的无非是荒凉和孤独”① 的感慨。与其说这是农民起义首领李自成的感慨，不如说是作者借李自成之口发出自己对生存与死亡、对命运的看法，寄托的是知识分子形而上的哲学思考。起义只是为不苟且地活着，将个人自由最大化，因此，为人民造福，让人民安居乐业这些从来不是《车厢峡》里的李自成考虑的内容。相反，“就算天下都安居乐业，我（李自成）也会拒绝安居乐业的”，因为在李自成看来，安居乐业“无非是守着一个女人过日子”罢了。

如果说新历史小说《车厢峡》是以个人生存层面的哲学思考，消解了农民战争推动历史的革命价值和历史意义，选取李自成兵败避居夹山传说而成的传统历史小说《夹山暮钟》，则是以权力争斗为视角切入的方式，抹除了《李自成》中赋予这段农民起义史的民本色彩。《夹山暮钟》里，张献忠、李自成与南明王朝欲联手抗清，为的是从清军手里夺回被占有的权力，而联手竟未成功，并非因清军势力强大，却是三方势力彼此陷于猜忌之中，害怕他方坐大，己方现有权力失手。战败后的李自成，面对兵士的死伤，终于醒悟到权力之争的终谛并非谁坐天下，作者的写作立场由此可见。与李自成起义的农民战争史相比，太平天国诸王争战而导致亡国的历史显然更能激起写权争推动历史的作家们的兴趣。新时期以来，同取《太平天国》为名的长篇历史小说就有三部（分别为［日］陈舜臣，作家出版社1985年版；张京民，中国社会出版社2000年版；张笑天，漓江出版社2000年版），且都把焦点锁在了权力之争上。东王杨秀清假称“天父”下凡迫洪秀全退位，北王韦昌辉为占据天国第一把交椅无所不用其极，以及洪秀全为稳固自己的王位而处心积虑，明里权力制衡，暗里借刀杀人，种种权术玩弄，权力斗争在这几部小说中均被大肆渲染。白烨将这种嗜权夺欲的行为看作是“文

① 李冯：《车厢峡》，载《收获》2006年第4期。

化劣根性上的殊途同归”，指出“这种像是艺术的讽刺的同一悲剧，不幸正是真真切切的历史真实”。[①]

无论生存上的哲学思索，还是权谋运作的严肃批判，都是将人性锁定为自然性一维的思考。将欲望推为人性的第一展现，在80年代中期之前主要是受启蒙话语中的人道主义影响，之后则与汹涌而至的商品大潮不无联系了。当马克思主义历史观不再被解读成阶级斗争历史，而是将生产力作为推动历史进程的第一动力，当发展生产力被视为现今政策规划的第一要务，以促进消费为名的欲望放开就是自然与必然的了。借还原人性为名，大张帝王将相、才子佳人的权欲、物欲以及情欲成为历史文学创作的兴奋点，膨胀到极致，几乎填塞了历史书写的每一边缝。过度的欲望泛滥让人文学者尤其是历史学者感到了深深的恐慌，不少论者将矛头指向了“消费”一词，将消费定责为放任欲望的罪魁祸首，并由此将“消费”、“欲望”、“物质”以及其他相关词汇抛入虚无粗鄙、得过且过、低俗丑陋的行伍中，与“理想”、“崇高”、“永恒”等词汇分隔为“形而下”和“形而上”的二元对立，踩在脚底，唾弃不已。然而，我们是否应该清醒地分析一下这样的二元对立是否过于武断、简单，甚至粗暴？消费并不是马克思主义所力图限制的对象，相反，以生产力为历史动力的马克思主义，鼓励发展诸种乐趣，并尽情享受这些乐趣。只不过人的追求并不是简单的填塞食物和满足性欲，这些都是马斯洛需要层次理论中最低级的需要，当下历史文学的弊端并不在于鼓励消费张扬欲望，而在于对人类是经济人的刻意强调，将幸福与功利联系起来，把快乐等同于避免痛苦，采用边沁的享乐主义哲学，认为所有的快乐和痛苦都能够在简单的量化刻度尺上量化出来，而不考虑快乐的质量。真正的快乐是建立在能够在公共领域取得成就，对社会有所贡献的基础上的。“红色经典”的可贵之处，就在于它能带给我们理想主义的激情，而这种激情所产生的快乐与满足只有当人处于社会人的状态下才能体验、感受得到。一旦自然性完全支配了人的欲望、行动，“他人即地狱”的天条开启，沉沦在生命最底层的领悟如何升华？在快意拆解集体主义、公共话语所构想的“和谐”、“统一”时，我们是否还应检视一下满地碎屑？

毕竟在人的全面发展中，人的多种要求之间是对立统一的，失却其中的任何一样，人性表达都将不再完整。无论是以兴社批资为名，扬阶级人性抑自然人性，还是以人道主义为名反其道而行之，都没有准确理解马克思人性说的本质内涵。马克思将“人的一般本性”界定为“人的自我异化的扬弃，对人的本质的

① 白烨：《历史的借镜》，张京民：《太平天国·序》，中国社会出版社2000年版，第3页。

真正占有，是人向自身、社会的人的复归”[①] 若仅以原欲与人性对等，将一切社会关系与社会规范都看作对人性的压抑，则是把人性视作了自然人而忽视了其作为社会人的一面。在马克思看来，人只有进入社会，经过社会化的过程，摆脱纯粹的原欲支配状态，才能成为真正意义上的人。毛泽东继承了马克思人性论，并将其融入自己的文艺构想。1942 年发表的《在延安文艺座谈会上的讲话》里，毛泽东强调“在阶级社会里就是只有带着阶级性的人性，而没有什么超阶级的人性”，号召作家写出“无产阶级的人性，人民大众的人性”。尽管毛泽东否认超阶级人性的存在，把阶级性等同于社会性，窄化了社会性指向，但他所提出的“各个阶级有各个阶级的美，各个阶级也有共同美”的美学理论，却是对人性普适一面的肯定。[②] 只不过新中国成立至“文革”时期对阶级斗争的错误估计，将阶级性极端化为人性而非社会性全部，加之将文艺直接捆绑于政治，以及延续了战时急功近利惯性思维等诸多因素，致使文学出现了将人民形象美化、神化，艺术形式粗糙、庸俗等弊病。然这一时期，农民作为人民主体，切切实实成为了历史叙述的中心，这点无论如何也是值得肯定的。我们应该不会忘记 1960 年第一次拿到选民证的溥仪所说过的一段话：“我第四次当上了‘皇帝’——我和我的六亿五千万同胞一起，成了自己祖国的主人。”[③] 从皇帝到人民，溥仪人性观的转变用翻天覆地形容绝不为过，而这，也是主宰历史的主体从帝王将相彻底移交给人民群众最有力的见证。新时期以来尤其是 80 年代中期之后的历史文学，不仅没能以理性眼光重新审视历史，合理写出以农民为主体的人民群众的历史功绩与历史局限，反而或以帝王将相取代农民主体，或放大纯人性即自然人性等方式挤压无产阶级人性中的人民性内涵。当历史没有了人民，当个人欲望消解了集体话语，我们的历史究竟在为谁书写？

三、反“人民性”的忧思与“人民性”的重构

（一）权资合谋下的“人民性”忧思

也许我们的目光过多集中在了帝王将相这些形象魁伟的人物身上，是该挪移开来，考察一下他们身边的人了。不难发现，在这些权力执掌者周围经常会活跃

① ［德］马克思：《1844 年经济学哲学手稿》，刘丕坤译，人民出版社 1985 年版，第 77 页。

② 何其芳：《毛泽东之歌》，《何其芳文集》第 3 卷，人民文学出版社 1983 年版，第 76 页。

③ 爱新觉罗·溥仪：《中国人的骄傲》，《我的前半生·序》，群众出版社 2007 年版，第 3 页。

着一种人的身影：官商。如《张居正》中靠介入宫廷斗争发家致富的布衣平民邵大侠；《乾隆皇帝》里在乾隆庇护下垄断漕运生意的青帮；《张之洞》里同获张彪、黎元洪与张之洞三者青眼，从而成功创办了水电公司的宋炜臣（《张之洞》）等；他们也不时会以主人公的身份穿梭于历史时空之中，向读者传授积累资本的权力法门。借助张之洞的一纸荐书，乔致庸终于如愿以偿地成功进军“票号”业（《乔家大院》）；过度依赖官吏，使被誉为“人硬、货硬、脾气硬”的秦商最终走向末路（《安吴商妇》）；还有展示晋商命运的《白银谷》，以陶瓷商人为商战主角的《中国瓷商》，彰显徽州茶商精神的《茶，魁》等，尽管商家时代各异，属地纷杂，但发财之道却是殊途同归：权资结合。以最高权力执掌者——帝王为中心形成一个大的权力辐射圈，在这一大权力圈中又包含大小不等的其他权力圈，而每个权力圈都是资本的吸附体，权力与资本结合进行掠夺的社会资源重新分配方式，建构起这些“特殊利益集团”。而官、商结合的生财之道，在历史文学家、剧作家的笔下似乎既合情又合理。以《乔家大院》为例，作者不遗余力地盛赞了乔致庸这位商业奇才。他胸怀大志，为了实现货通天下、汇通天下的梦想拼尽一生。打通东南四省之一的广东“票号”业，必须要取得当地官府的支持，而手续费是不可少的。看到此节时，观者往往会感动于乔致庸的理想精神，同情他不愿屈从官府却又不得不屈从的两难处境。认同了乔致庸的致富之道，也就顺理成章地接受了“特殊利益集团”的利益获得方式，尤其当这一致富路线被裹上商文化的外衣大肆宣传之后。同样，《大宅门》里以“女中豪杰”形象出现的白二奶奶，之所以能力挽狂澜，治家兴业，就在于她抓住了一点：打通官府。靠着将大把票子花在给太监买外宅、买姨太太等贿赂手段，白二奶奶终于获得了官府的支持，重振家业。然而，当我们随编导的思路叹服着白二奶奶的精明能干时，是否也该警惕一下，这条振家之道到底在向观众宣传一种怎样的价值观？而这样的价值观又会对将权力腐败列为官场最大问题之一的当下社会产生怎样的影响？

重义轻利的精神传统使中国古代社会长久以来一直保持重农抑商的生产格局，因此，地位低下的商人从不见于史书经传。商人史自新时期以来崛起于历史文本，与改革开放以经济建设为中心的发展方针不无关系。重述商人历史，将商人作为劳动者的一分子，承认商人推动历史的地位与作用，是上述历史小说的突出贡献；而将权资结合合理化、常态化的书写，则是历史文本对现实通过权力掠夺资本方式形成的“特殊利益集团”利益的维护。维护的另一面，是对另一部分人，即普通民众利益的损害。相关历史文本显然都有意无意地回避了这一问题。我们看到了大商人商场征战的艰辛与磨难，看到了大小官僚以权谋利的险恶与丑陋，却看不到处于底层的小伙计的跑腿生涯，看不到街边卖饼的小生意人的尘烟脸色。当政治与经济的相互影响变成个人之间的利益互享被视作理所当然，当这种理所当然随读者的阅读进入他们的思维运转，对于现实生活中屡屡发生的腐败行为自然也就熟视、麻木甚至艳羡了。《李自成》这部历史小说能历经新中国两代领导人之手，为他们共同推崇，除却人民动力说的史诗性书写外，更重要的，是《李自成》以史为镜，能引起对执政团体中官僚腐败之风的警惕，而这，才是真正实现人民当家做主的最大障碍。

道德不修、与民为敌，是致使李自成最终无法脱离贼寇修成“正果”的原因所在，大而概之，也是封建时代统治者失国失政的终因。1944 年 3 月，郭沫若在重庆《新华日报》上发表《甲申三百年祭》。这篇长达一万多字的史学论文之所以为毛泽东等共产党领导人所重视，并被指定为延安“整风”学习文件，并不在于这段历史是农民英雄创造的，而在于这段历史所总结出的经验教训对中国共产党人的警醒作用。文章将李自成进京后的失败归因于首领骄奢淫逸思想的滋生，一个令人心惊的“祭”字，触动了毛泽东对革命胜利时期共产党人滑入腐败的担心。这种担心，随新生政权的孕育而滋生，伴其从雏形到壮大而迅速增长。从井冈山时期到中共中央进驻延安之前，人民性问题主要集中于如何发动人民，展开革命斗争，赋予农民革命正义性，提高人民的革命能动性，成为历史文学书写的重心。《大泽乡》、《戊卒之变》、《新堰》、《突围》等农战小说，无不从颠覆历史入手，将唤醒革命大众的抗争意识作为第一要义。而到了延安时期，无产阶级革命政权已渐趋稳固并走向新的发展天地，这一时期在历朝历代农民战争中都是个关键时期，李自成起义、太平天国农民运动都是在即将胜利的时候，因执政团体的骄奢腐败而功亏一篑。因此，这两段历史尤受毛泽东关注。30 年代初，陕人李宝忠以李自成起义为题材写成长篇历史小说《永昌演义》（又名《李自成演义》），毛泽东不仅亲阅批复，解放后还特意安排李宝忠工作，使其专事修改该著；郭沫若的《甲申三百年祭》作为“整风”文件散发全党学习后，毛泽东还写信给郭沫若，希望他能“经过大手笔写一篇太平军经验，会是很有益的”。[①] 姚雪垠写《李自成》，从十七年到“文革”平安无事，可说全赖毛泽东保护。如此倾心关注，悉心看顾，全因熟谙中国历史的毛泽东比任何其他党的领导者都更清楚地认识到，执政团体内部的官僚腐败比起任何破坏活动都更容易导致人民民主成为一句空言，所以他才会不惜一切地数次发动自上而下的群众运动，采取群众检举、党政机关审查、个人自查等多种方式揭发、惩治腐败行为。推高《甲申三百年祭》，保护《李自成》，都是为让执政的共产党人从中吸取经验教训，明白权力是人民赋予的，权力腐败是实现人民当家做主的严重障碍。背

① 毛泽东：《致郭沫若》，见《毛泽东书信选集》，人民出版社 1983 年版，第 241 页。

离人民的根本利益，最后走向的就是与李自成同样的失败结局。

在以经济发展为中心的改革开放和平时代，于20世纪末终于出齐五卷的《李自成》也许能带给我们更多的警示意义。1981年出版的第三卷中，李自成队伍迅速壮大，疏离百姓、显示王者威风的心理也逐步凸显，但真正急转直下讲述李自成进京惨败的，还是在最后两卷中。尽管李自成最终落败是历史合力的结果，但就李自成军队自身而言，未能使百姓过上安定的日子，与民休养生息是其败亡的终因。只顾向前的东征大军加重了生产的破坏、城乡的凋敝，进京后大顺军拷打掠财，闹得人心惶惶，使李自成及其军队从百姓夹道欢迎到逃避不及。经历了"文革"动乱后的中国，处于百废俱兴之机，《李自成》作为一个反面教例，应该来说还是具有一定积极意义的。从文本中警惕权力腐败、发展生产等主题内容看，《李自成》的政治学价值无论在哪个时代，都值得重视，尤其在对外开放和对内搞活经济政策双管齐下促发展的新时期乃至当下时代。也正因于此，在指出了《李自成》第二卷艺术水平不足的同时，邓小平仍给了作者很大鼓励，希望他继续写下去。

遗憾的是，随《李自成》的逐渐被冷落甚至被遗忘，人民性书写在历史叙事中变得暧昧不明。绝大部分历史小说都关注生产力的发展这一国计民生的大问题，如二月河"清帝系列"中，康熙、雍正、乾隆三位皇帝均对漕运非常重视；唐浩明更是一语点明《张之洞》的现实意义就在于"张之洞进行的是发展生产力的变革"①，然而，也正是借帝王将相的改革之功而将他们的特权享受视作理所当然。披上宫廷文化、历史风情外衣后，特权阶层的奢华生活被悄然合情合理化。几乎每一部涉及帝王的小说，作家都不厌其烦地向我们描述着宫廷器物的精致高贵，皇家饮食的珍奇美味；而再有为再清廉的将相，锦衣玉食的铺陈同样也是少不了的：张居正家中"端的是天上宫阙瑶池气象"的山翁听雨楼，岂是一般人所能拥有？能够喝上冯公公特意观照送来的人奶，也是非权相无法拥有的特殊待遇（《张居正》）；"才子般的绵绵情致"一语，忽略了曾国藩把湘妃竹从君山连土运至江宁动用的大量人力物力，从而完整了其清廉的形象（《曾国藩》）。即便谴责贪官，状描其奢华淫逸却带迷恋之意。我们不妨来看《张之洞》中对民愤极大的贪官葆庚烟室的描写：深红色雕花大床，松软舒坦的特制新疆毛毯，梨木镶贝烟几，西洋进口大穿衣镜，无不显露出烟室的豪华气派。王松安的一句"会享福"，道出的怕不只是王的心理，更有读者甚至作者无意识的赞叹。打着还原历史现场、发掘民族文化旗号，这些历史文本暗示的却是"有权才能享福"的硬道理，于是，当《李自成》随着阶级斗争远去之后，在历史的叙述中，特

① 尚晓岚：《唐浩明：〈曾国藩〉之后走进〈张之洞〉》，http：//www.csonline.com.cn。

权阶层便从古到今都有了享受高他人数等的理由。

倘若艺术水平不高的作品也就罢了，然而，从群众的阅读反映可看出，新时期以来，由帝王将相、商业精英所代言的历史书写，受欢迎度远远超过了十七年被删削涂改得七零八落的历史文学，即使有人拿《李自成》当年的热销盛况来作比较，也马上会有一些声音高喊："那是因为那个时候我们无书可读!"一句"无书可读"，消匿了那些曾感动过一代人的文字所产生的巨大力量；而凭借受欢迎程度的增加，也就将80年代之后的历史文学确定地摆在了十七年历史文学之上。不可否认，相比十七年说教式、过于理性的历史书写，新时期历史文学还原历史的感性细节，如日常化的生活描写，情爱、权争等人性"私"领域的展现，将居高临下的历史下降到读者身边，以贴近读者心灵的方式叙述，自然也就获得了读者的喜爱和欢迎。况且，这些载于史册的人物对于作者来说，所需要的只是一个再加工的过程，比起颠覆式甚至子虚乌有的"人民"形象建构，相对要容易许多。无论以历史知识还是人性表达为标准，其真实程度可说都远远超过此前政治挂帅的历史文学。难怪无论读者或是批评家们，都禁不住高声欢呼"历史真实又回到我们身边了!"然而，这个所谓的历史真实带给我们的却是一幅巨大幻象，它在获得了读者青睐的同时，又将隐含的为利益不择手段的思想灌输到读者脑中，这才是最令人担忧的。当我们都在为曾在十七年至"文革"期间因阶级因素遭到不公正评价的帝王将相被平反而欢呼雀跃时，谁在意了那根正苗红一辈的历史忽被抛入高空，忽又无人理睬的离奇命运？我们随作者的妙笔沉羡于特权阶层豪华讲究的生活时，不仅淡化了谴责与批判力度，恐怕还促成了一旦坐上这个位置，立刻以同样甚至更多的方式来享受的心理。

（二）重构人民主体的现状及展望

综观新中国成立以来的历史文学，下个从一个误区走向另一个误区的结论想必也不为过。新时期以前历史文学的人性书写犯下的以阶级性统概社会性、遮蔽自然性的错误，新时期之后的历史书写以近乎极端的方式反方向填补。其结果导致的，并不仅仅只是文学走入以自然性代人性书写的误区，更以重新解构历史的方式，将人民的历史主体作用消弭殆尽，从而触动了政治的神经。肯定人民群众的历史地位，保障人民当家做主的权益，是人民民主专政国家政体的立国之本及政党的立党之基。因而，还原人民群众历史创造者的地位，乃是当务之急。同时，肯定人民的历史推动力并不意味着必须回到十七年历史文学的老路，唯农民战争是从，唯阶级斗争是从。人民群众并非只在改朝换代时，才能以暴力形式、生命代价来推动历史，和平时代的历史更是由他们创造。

到目前为止，以人民动力历史观考察历史的文学书写多局限于农民战争，完成的是寇盗贼匪的荷锄暴民向改天换地的革命英雄的颠覆式转变。然而，当摆脱了阶级斗争历史观束缚的历史书写拥有了更大的空间，在以生产力为推动力的新历史观的指导下足以创造出更为生动活泼、真实丰富的人民历史时，却以“写真实”为由头，放大了圣君贤相、才子佳人的历史作用，而遮蔽了人民的历史主观能动性。诚然，为被阶级斗争妖魔化的帝王将相祛魅的确需要，从史书中追寻君臣名士的足迹的书写方式，在一些斤斤计较于历史真实的学者那里也容易过关，但并不代表这些人物就能代表历史，推动历史。历史的真正主体永远只能是人民，他们才是推动历史的实际力量。在中国五千年悠远绵长的历史文明中，人民的主观能动作用不仅体现在改朝换代，更体现在和平时期对工、农、商、科、文、教等诸多方面的推动发展。固然青史留名的君王才子居多，但也不乏对生产力作出巨大贡献的人民大众，譬如活字印刷的发明者毕昇，发明造纸术的蔡伦，缫丝纺织的先行者黄道婆，鬼斧神工的木匠鲁班等，均是推动生产力巨大发展的历史创造者。他们的光芒丝毫不亚于那些权力的执掌者们，甚至从整个历史看，远远超过了他们。遗憾的是，除却不久前出版的《李时珍》外，绝大多数被载入《后汉书》、《南村辍耕录》、《梦溪笔谈》等封建文史资料的人民代表，却被当代历史文学所忽略遗忘。当历史中的帝王将相借助历史小说、电视剧的讲述，血肉丰满地进入民众视野之时，这些历史的真正创造者们，却只能在中学历史教科书中，作为一个个知识点，出现在历史教师的讲台上，再现于历史考试的卷面上。我想，我们有必要让这些身着布衣的中华骄子通过文学的艺术加工，真实生动地呈现在读者面前，感动他们，骄傲他们，增强他们的主体意识，带给他们前进的动力。

近年来，不少热播的历史电视剧已经开始将各行各业的劳动人民代表推上历史舞台。如《大国医》、革命历史剧《大工匠》等，都是以普通民众为主人公，贯注于对其精湛技艺的书写，并在凸显这些技能才学之时，不忘展现人物正气、善良的美好精神品质。以《大工匠》为例，这部电视剧以50年代两位拥有高超锻钢技术才能的钢铁厂工人为主角，热情讴歌了劳动人民精湛的劳动技艺，正直、认真的劳动品德。以突出普通民众个体生产力主体地位的方式，将人民作为历史创造者鲜明地推至观众面前。虽然这些电视剧都为吸引观众兴趣而注入了不少情爱纠葛的情节，但无碍于主体精神的传达，从另一角度而言，也可看作是真实、丰富了人性。这里尤其要提到的是近两年商业历史剧的变化。尽管官商剧依然流行，但不少提倡真才实干，颂扬奋斗拼搏精神的商史剧已悄然出现。在2008年的开年大戏《闯关东》里，主人公朱开山凭借自己的踏实苦干，用汗水打下了自己的一番事业，他有着宽阔的胸襟，主动与竞争对手潘五爷修好，又有着强烈的爱国情怀，为不让日本人占领煤矿毅然挺身而出夺取采矿权。朱开山的商人形象自播出后就好评如潮，正如一篇评论所说的，在朱开山身上，我们看到了闯关东人与命运抗争的豪迈气魄，“正因为中华民族有了这样不屈不挠和勇于奋斗不懈的民族精神，中华民族才有了今天这样的好时光，……才激励中华民族在新的伟大征程中，努力实现中华民族的伟大复兴！”[①] 同样，近期播出的《走西口》等以经商为题材的历史剧，也着力突出主人公的克勤克俭、诚信不欺及开拓进取的创业精神。这种精神对于昏然于靠权捞钱的商场、官场中人无疑是一记催醒针。尤其是《走西口》，“突破了晋商题材对‘大院巨贾’的神化讲述而聚焦于底层人物的艰苦打拼；超越了晋商‘商道’的功利审美层面而上升到了‘儒道’的文化审美层面；颠覆了‘商人重利轻别离’的陈规窠臼而潜入了个体生命重情守义的精神内里”。[②]

在小说文本方面，迟子建的《伪满洲国》可说是一部真正以人民为主体的力作。将历史作为日常叙事背景，《伪满洲国》较为成功地接续了20世纪30年代李劼人以日常生活展现历史人生的“大河小说”手法，这种创作手法曾在“十七年”中因被赋予了太多的政治行为而被过于圣化、神化，从而失却了日常生活本应有的特性（如《李自成》中对李自成、高秀英夫妻如同志的生活书写）。凌力的《梦断关河》也将普通人的日常生活作为历史书写对象，以小人物展现大历史，但由于过于注重才子佳人爱情故事的铺展，致使鸦片战争的历史只起到布景作用，并没有使历史的思考得以提升。《伪满洲国》的进步之处就在于将这些土匪、商贩、妓女、农夫们的生老病死、得意失意都投射到历史的幕布之中，让读者在看似按部就班过日子的场景中，强烈地体验到将人生放至那段混乱历史中的伤痛无奈与欢欣振奋。由看似琐碎、零杂的社会日常生活、家庭私生活筑就的历史却并没有失去其宏大的内涵，反而因庸常见独特，从而获得了别具一格的美学意义。阶级斗争金线下的历史小说，总是将人民塑成战斗的姿态挺立起历史创造者的雕像，高大神勇却遥远模糊；过分重视自然性的历史书写，人民又变成了低俗庸陋的私利个体；只有以日常化的人性重构的人民形象，才是切切实实地活在文本中的历史主人公。历史的日常化书写，让每一个个体都变得触手可及，温暖而真实。进入新世纪以来，这种书写方式越来越为作家们关注和采用，放眼于时代历史，落笔于日常生活，在悲欢离合中透视时代的本质特征，历史便在这人生的变迁中前行。在肯定上述文本的同时，我们也期待着能有更多从底层人民中挖掘历史推动者形象的佳作出现，将历史创造者的民众形象推向更深入。

---

① 沈宏胜：《〈闯关东〉成功证明了什么》，http：//www.china.com.cn。

② 薛晋文：《晋商的绝唱，生命的礼赞——评电视剧〈走西口〉》，载《文艺报》2009年2月12日。

第十七章

历史题材创作中的“戏说”问题

历史题材的“戏说”现象开始于1990年香港演员、台湾地区编剧的42集电视连续剧《戏说乾隆》的制作及其1992~1993年间在大陆的播出，从那时开始，学术界就不断地研究和争论这个问题。“戏说”历史现象还在蔓延，我们如何来把握这个问题，值得研究。

一、历史题材“戏说”的概念与文本现实

近20年来的“戏说”历史现象作出了种种批评。这些批评显示出以下特点：

首先，从作品出现时间的角度看，批评者对“戏说”这一概念主要运用于20世纪90年代后的历史题材创作和改编领域。但实际上“戏说”这种现象在整个现当代文学史上绵延不断，从二三十年代鲁迅自陈“陷入了油滑”[①] 的《故事新编》，到40年代“古为今用”的历史剧如阳翰笙的《天国春秋》、阿英的三大“南明史剧”、欧阳予倩的《李秀成之死》等，50年代郭沫若强调“不必为历史的事实所束缚”[②]、而应当“失事求似”的“翻案”作品《武则天》、《蔡文姬》，

① 鲁迅：《〈故事新编〉序言》，见《二十世纪中国小说理论资料》第3卷，北京大学出版社1997年版，第401页。

② 郭沫若：《我怎样写〈棠棣之花〉》，见《郭沫若选集》第3卷（上），四川人民出版社1979年版，第141页。

直到80年代魏明伦打破时空界限、古今中外融为一体的“荒诞川剧”《潘金莲》，和同时期以解构“红色记忆”为创作旨归的某些“新历史小说”，再到新世纪红柯同样解构乃至亵渎三国英雄、“为愚人而歌”[①] 的长篇小说《阿斗》和宋安华世俗化解说楚汉之争的《秦时明月汉时关》等，以及网络流行的各种“穿越”、“架空”类历史小说，历史题材的“戏说”现象其实一直存在。

其次，从概念内涵演变的角度看，“戏说”最初应用于《戏说乾隆》、《宰相刘罗锅》、《还珠格格》等古代历史题材作品，只是强调它们表现出的诙谐、“游戏”的娱乐化审美形态。但随后应用于对“戏说红色经典”的批评时，这一概念已加上了“游戏”之外的“戏谑”、“戏弄”乃至“戏侮”等不恭、亵渎的含义。到了网络“恶搞”的“戏说”形态，创作者和批评者双方，都已承认这种以“戏说”为基础的“搞笑”包含着道德上“恶”的意味。

再其次，从文类、体裁的角度看，影视剧领域的《宰相刘罗锅》、《康熙微服私访记》、《还珠格格》、《铁齿铜牙纪晓岚》等自觉采用“戏说”语态的文本，固然招致了主流评论的激烈争论，《康熙王朝》、《雍正王朝》、《贞观长歌》、《天下粮仓》、《大明宫词》等以“正剧”形态出现的作品，仅仅因为人物形象、人物关系、故事情节包括服装道具等方面存在与史实不符之处，有时也被指认为“戏说”，而且受到比“戏说”语态作品更为严厉的批评。但是，以小说体裁对历史进行仿拟和解构的作品，从二三十年代鲁迅的《故事新编》到新世纪红柯的《阿斗》，虽然明显使用诙谐、调侃的“戏说”笔调，“戏说”与否却始终没有作为对它们进行评价的正面视角。

最后，从作品所涉及历史时间的角度看，在对于古代历史题材和现代历史题材作品的讨论中，批评者的态度存在着巨大的差异。比如根据“作品本事”[②] 改编的作品中，现代历史题材的文本，从小说版《沙家浜》到电视连续剧《林海雪原》和《红色娘子军》这样以“正剧”形态改编“红色经典”的作品，因为添加了某些“情爱”、“低俗”的人物关系和故事情节，背离了原著的审美品质，即被批评为“戏说”和“亵渎”，虽然作品问世后受众反响平平，却引起轩然大波，并在相关“事件”中出现了法律和行政手段。电视剧《阿Q的故事》的播出和网络视频《潘冬子参赛记》的出现，也都引起轩然大波。但更大幅度地“戏说”古典文学名著的电影《大话西游》、电视剧《春光灿烂猪八戒》，反而获得了奇迹般轰动的受众效应。

由此我们可以发现，历史题材“戏说”概念的基本内涵，是指创作者缺乏

---

① 红柯：《为愚人而歌》，载《当代·长篇小说选刊》2008年第2期。

② 孙书磊：《中国古代历史剧研究》，南京师范大学出版社2004年版，第49页。

对民族历史与文化的尊重、敬畏意识，为一己的创作意图随意草率地处理史料，从而导致文本既在内容方面背离了史料记载，又在审美风格方面消解了民族历史的庄严品质。“戏说”概念的内部，又包括了狭义和广义两个方面。狭义的“戏说”主要指审美形态层面，就是创作者随意“附会历史题材，虚构一些有趣或发笑的情节进行创作或讲述”①，以达到世俗性娱乐的目的；广义的“戏说”则主要指审美意识层面，就是指创作者缺乏对历史尊重与敬畏意识本身。因此，探讨“戏说”问题，也必须把审美形态和审美意识两个方面区分开来予以条分缕析，方可贴切而具有针对性。

二、历史题材“戏说”形态的审美品质与文化基础

中国是一个史官文化异常发达、史学传统源远流长的国家，唐宋时期白话小说兴起后，出现了以历史为题材的“讲史”小说，在此基础上逐步积累，产生了《三国演义》为代表的大量历史演义文学作品。几乎与此同时，古代的小说理论家就对历史小说与历史记载之间的“虚”、“实”成分问题产生了分歧。或者认为，历史小说应当“羽翼信史而不违”②，作者所能做的不过是“补正史之所未赅”③、通俗化敷演而已，而且必须“言虽俗而不失其正，义虽浅而不失其理”④。相应的代表性作品是《三国志通俗演义》、“列国”系列小说、《西汉演义》等。或者认为，“凡为小说及杂剧戏文，须是虚实相半，方为游戏三昧之笔”⑤，“苟事事皆虚，则过于诞妄，而无以服考古之心；事事皆实，则失于平庸，而无以动一时之听”⑥。举证的作品是《飞燕外传》、《天宝遗事》等小说和《琵琶》、《西厢》等戏曲作品。而在古代历史剧创作领域，则有“文人历史剧”和“艺人历史剧”两种创作传统。文人历史剧或者追求“以曲为史”、借史化民，或者有意“误读”历史以寄寓情思；“艺人历史剧”讲究“事”“艺”中心、“理”为外缘，以追求娱众为目的，对“故事”中“故”的精确性则并不

① 中国社会科学院语言研究所词典编辑室编：《现代汉语词典》，商务印书馆2005年版，第1462页。
② 修髯子：《三国志通俗演义引》，见黄霖、韩同文选注《中国历代小说论著选》，江西人民出版社2000年版，第115页。
③ 陈继儒：《叙列国志》，见齐裕焜著：《中国历史小说通史》，江苏教育出版社2000年版，第6页。
④ 甄伟：《西汉通俗演义序》，见齐裕焜著：《中国历史小说通史》，江苏教育出版社2000年版，第6页。
⑤ 谢肇制：《五杂俎》，见齐裕焜著：《中国历史小说通史》，江苏教育出版社2000年版，第7页。
⑥ 金风：《说岳全传序》，见齐裕焜著：《中国历史小说通史》，江苏教育出版社2000年版，第7页。

在乎①。综合看来，中国古代的历史题材叙事，即已有小说中“羽翼信史”、戏曲中“以曲为史”的“依史”类创作，小说中“虚实相半”、戏曲中“借史寓思”的“拟史”类创作，和“艺人历史剧”的“事、艺中心”、娱人至上的“似史”类创作这样三种审美和叙事形态。

中国现代文学中的历史题材创作，短篇小说类从鲁迅的《故事新编》到郁达夫的《采石矶》，从茅盾的《大泽乡》、郑振铎的《桂公堂》到施蛰存的《石秀》、冯至的《伍子胥》，戏剧类从郭沫若的《三个叛逆的女性》、《屈原》到欧阳予倩的《潘金莲》、阳翰笙的《李秀成之死》、阿英的《南明遗恨》，等等，包括李劼人的《死水微澜》、谷斯范的《新桃花扇》等长篇历史小说，其实都是以现代意识和当下功利立场解读历史的精神、“虚实相半”、“借史寓思”的“拟史”、“写意”之作。“十七年”文学的《陶渊明写挽歌》、《杜子美还乡》等短篇小说，和《蔡文姬》、《武则天》、《关汉卿》、《胆剑篇》乃至《天河配》等戏剧作品，以及大量的革命历史题材作品，从审美形态角度来看，也属于这一类型。立意“羽翼信史”、“以曲为史”的“工笔”写实型创作，则从姚雪垠的《李自成》开始。新时期以来，《金瓯缺》、《少年天子》、《曾国藩》、《雍正皇帝》直到《张居正》等作品，承接了《李自成》的审美传统和创作道路；“新历史小说”创作思潮中的作品，则继承了现代文学知识分子“现代性”视角的创作传统。可以说，从现代新文学诞生到90年代中国多元文化语境形成之前，中国古代的“艺人历史剧”创作形态一直未曾出现。

在90年代以来中国的多元化文化语境中，国家意识形态文化、知识分子精英文化和都市大众文化虽然互相交融和渗透，但总体看来呈三足鼎立之势。在历史题材创作领域，也出现了相应的审美表现形态。与国家意识形态相适应，形成了传统历史题材“依史”即依托史料记载还原王朝重大历史进程的写实型长篇历史小说、“正说”语态的历史题材影视剧和重大革命历史题材文学艺术作品；与文人自我拟构“借史寓思”、表现历史精神的审美传统相呼应，出现了“百年反思”题材小说、“宅院”题材电视剧创作的热潮。90年代以来主要出现在影视剧领域和网络媒体的历史题材“戏说”类叙事，则是现代都市大众文化的产物，与古代应和平民百姓审美需求的“艺人历史剧”的创作方法和审美形态，存在着极大的相似性，甚至可以说是承接了这一创作传统。不管是真人假事类的《宰相刘罗锅》、《康熙微服私访记》，还是假人假事类的《还珠格格》，或者“作品本事”的《春光灿烂猪八戒》、《武林外传》与《林海雪原》、《红色娘子军》，包括实际上是借鉴和模仿美国好莱坞“大片”的各种网络“穿越”、“架

---

① 孙书磊：《中国古代历史剧研究》，南京师范大学出版社2004年版，第162、179、235、349页。

空”小说，都是一种现代都市大众文化的娱乐化“似史”拟构。

娱乐化“似史”拟构的历史题材影视剧引起了评论界和学术界的激烈争论，而且，因为对这种现代“艺人历史剧”缺乏在多元文化语境中的准确定位，争论中还出现了无的放矢、张冠李戴乃至借题发挥、指桑骂槐的现象。

赞赏者大致是认为，历史题材“戏说剧”突破了严守正史记载的传统“正剧”的表现手法和讲述观念，按照现代都市大众的审美趣味组织情节，在娱乐和搞笑中表现出丰富的想象力和强烈的世俗化倾向，其中既蕴藏着后现代文化的“戏仿”原则，又包含着一种文化多元社会自由自在的都市世俗精神。而且，“戏说”文本所具有的幽默、调侃、嘲弄乃至无厘头搞笑的叙事风格，正是当今时代特定社会群体娱乐化生活态度的写照，有助于当代人缓解生活的压力，也不会对社会的整体道德与文化秩序产生实际的破坏性。因此应予充分的肯定。这类立论还往往以历史题材“戏说剧”中出类拔萃之作的高收视率作为事实支撑。

批评者则认为，“戏说”语态的历史题材拟构实际上传达的是一种历史沉重面欠缺、历史理性匮乏的审美境界，对普通百姓了解历史本相和民族文化将会形成误导；而且，这种虚拟性文化想象背后所隐藏的，是从世界本来秩序层面加以认同的奴才主义和皇权思想；作品中对于尔虞我诈、打情卖俏之类阴暗、暧昧、低俗内容的渲染，还降低了人性的品位，导致了人文精神的消解；对于名著、经典的闹剧化改编，则使原著深刻的精神内涵和令人警醒的批判力量变成了庸俗、油滑与逗乐，实际上是糟蹋了民族文化的精华。

其实，历史题材“戏说剧”是一种大众文化范畴的现代“艺人历史剧”，是历史叙事的民间、野史形态与现代影视传媒的审美娱乐化倾向相交织的产物，所以“事”、“艺”中心而“理”、“故”淡薄乃其本性。赞赏者认为它具有文化突破意义，从当代中国由文化一体化向多元化转型的角度看尚有一定合理性，而认为其蕴藏着现代的自由民主精神之类，则属缺乏中华民族文化整体视野的无的放矢；批评者认为其误导历史、宣扬皇权、趣味低俗，实际上是用“依史教化”类的国家意识形态叙事和“借史寓思”类的知识分子精英叙事的标准，来评判和要求这种现代“艺人历史剧”了，实在堪称“张冠李戴”；而由仅仅属于多元文化语境中一种大众文化现象的现代“艺人历史剧”，提升转换到对于当今中国整个社会文化状况的评析考辨，则或者是借题发挥、指桑骂槐，或者属偷换命题、逻辑混乱。

那么，为什么历史题材“戏说剧”审美形态能够为当今社会的广大受众所喜闻乐见？它们又到底能对大众精神心理建构和民族文化发展产生怎样的影响呢？

历史题材“戏说剧”的审美魅力主要蕴藏于这样一种审美机制之中：一方

面，它是"大众在文化工业的产品与日常生活的交界面上创造出来的"①；另一方面，其中却又往往蕴藏着深厚的民族、民间心理文化的积淀。由此，它显示出以下方面的特性：

首先，历史题材"戏说剧"涉及本民族众人瞩目的历史，"家珍"本身就能因民族情感的积淀而唤起受众的重视心理和亲切感；选择王公贵族、才子佳人、宫廷朝堂的生活来予以展示，则更唤起了受众长期积储的艳羡心理和窥探欲望。较为成功的历史题材"戏说剧"所叙述的内容，还往往不仅有正史的记载，而且有丰富的野史和民间传说的揣测性描述，也就是说，其中具有深厚的民间文化和平民审美趣味的积累，这就既构成了"事"的丰富性、民间性，又具备了"艺"的广泛共鸣的基础。比如，按中国平民百姓的想象，宰相刘墉既然出身名门又有个滑稽可笑的罗锅，就可能既具乃父刘统勋正直清廉的大臣风范，又有多才多艺的家学渊源，还会有因自我心理调节生成的诙谐多智乃至玩世不恭的本领；纪晓岚既然世称"第一才子"，自然才华横溢而又风流倜傥，具有高雅不羁的名士风度；康乾二帝既然创造了一个盛世王朝，就不可能毫不关心民生疾苦，但身为"普天之下莫非王土"的太平君主，一旦走出宫廷，则拈花惹草又能处处留情，才是其本性所致的正常现象。所有这一切，实际上已经在虚实相生的基础上构成了关于历史人物审美想象的心理定势，形成了一种对于相关历史人物及其故事的创作母题、情节模式和主题原型的预设。一旦依据这种大众文化层面的"前文本"进行变化敷演，那么，无论其具体故事情节与细节如何荒诞不经，只要不脱离这个原型范畴，受众就都会有消遣式接受的心理基础。

其次，"艺人历史剧"往往注重"以偶然与直接体验的方式观照历史，在此基础上对历史进行开放性的假定，很容易使剧中的人和事贴近平民观众"，使观众"走进一个因自由假定而忽明忽暗的历史"②；再借助现代文化工业技术鲜活、华美的制作，更使受众能进入一种贴近日常生活的亦真亦幻的感性化审美状态，从而产生强烈的审美快感。"戏说剧"多半具有生动机智的故事情节、波澜起伏的人生状态、强烈明快的人物情感，这种生活本身的丰富性、灵动性，及其背后着意渲染的人的日常本能、欲望、需求和激情，往往使受众的人性需求和人生感慨在一种貌似有"文化"、深层次的状态中得到释放，一种似乎内涵丰富地消遣式娱乐的心理放松需求，由此得以完成。比如，《还珠格格》反复嬉笑打闹、灵性洋溢的快乐生存画卷，《康熙微服私访记》不断拈花惹草的暧昧情调和清贪除黑的世相描述，《宰相刘罗锅》、《铁齿铜牙纪晓岚》一波接一波的斗智故事和奚

① ［美］约翰·费斯克：《理解大众文化》，王晓珏、宋伟杰译，中央编译出版社 2001 年版，第 25 页。
② 孙书磊：《中国古代历史剧研究》，南京师范大学出版社 2004 年版，第 223 页。

落语态，就容易使受众在眼花缭乱之中，迷惑于披有历史情味面纱的世俗魅力，进而收到“情迷五色”而皆大欢喜的观赏效果。

再其次，作为一种“艺人历史剧”，“戏说剧”既符合普通百姓的集体记忆与想象，往往还注重平民愿望的展示与满足。《宰相刘罗锅》、《康熙微服私访记》、《铁齿铜牙纪晓岚》等作品对“市井空间非常人物”人生故事的演绎，就蕴涵着现代平民崇尚英雄尊重才智、上明下贤平等融洽、除暴安良世道清平的社会理想追求；而《还珠格格》等着重表现宫廷“非常空间平常人物”的作品，则隐含着现代都市平民渴望既能自由快乐地家长里短、又能集万千荣耀、宠爱和奇遇于在一身的个体人生向往。这类“戏说”审美形态的作品，多半以一种约定俗成、古今公理式的历史认知和价值评判，使受众在世俗层面的广泛认同中，获得符合自我心理定势的对人生世态的解读。这正是“艺人历史剧”审美日常性和民间性有机交融的产物。

所以，历史题材“戏说剧”作为一种文化形态，实际上既“能够用人道的、符合人们意愿的方式实现现代化，同时又保持与往昔、传统的平衡”①，具有广泛的适应性。“广义的文化概念首先并不应区分较高和较低、较好和较坏的社会生活秩序及生活意义”②，我们对历史题材的“戏说”审美形态，也不能一概而论予以否定。

在当代中国的文化语境中，历史题材“戏说剧”对于大众精神心理建构和民族文化发展的影响，具体包含着同样由其大众文化特性所导致的两个方面。

首先，“戏说剧”所追求的只是一种娱乐文化的消费型的审美快感，要求它具有深刻的历史理性实乃缘木求鱼之举，换句话说，“戏说剧”并不会对受众真正历史理性的建构形成巨大的影响与威胁。这是因为，“大众文化之形成，永远是对宰制力量的反应，并永远不会成为宰制力量的一部分。”③“戏说剧”的内容虽然是对封建时代的历史话语及其所对应的文化的反应，但“戏说”本身，就包含着对这种文化符码系统的游戏化、非功利化的态度，因而无论赞赏还是批判，都不可能构成文本的核心价值内涵。“艺人历史剧”以“娱众”为审美追求，受众在此所期待的，不过是一种娱乐化的审美快感，本来就没打算从审美活动中探求历史的既成秩序及由此生成的训诫。结果，“戏说剧”的叙事策略，就表现出将帝王将相、才子佳人背负的文化权力意味抽空后当做普通符码使用的特征，这种普通符码的指称系统，混淆和干扰了对象实际的价值指称系统，使历史话语及其背负的意识形态与世界秩序内涵，退居了并非至关重要的地位，而“娱众”之“众”即都市民众所具有的市井趣味和民间道德，则因创作者的审美追求而加入进来，成为了另

① ［德］彼得·科斯洛夫斯基：《后现代文化·中文版前言》，毛怡红译，中央编译出版社2006年版。

② ［德］彼得·科斯洛夫斯基：《后现代文化》，毛怡红译，中央编译出版社2006年版，第10页。

③ ［美］约翰·费斯克：《理解大众文化》，王晓珏、宋伟杰译，中央编译出版社2001年版，第45页。

一套文本价值系统。“只要两套代码，即作为滑稽模仿对象的文本代码和进行模仿者的代码同时在场，就有两种意义”①，文本就自然地生成了一种反讽和间离的效果。这就像市井小民可能会津津乐道隔壁富贵人家令人艳羡的生活，却一般不会亦步亦趋、东施效颦地学习和模仿一样。因此可以说，“戏说剧”非历史的想象，不可能具有重大的意识形态灌输作用。新世纪以来，宫廷“戏说剧”比90年代更为泛滥，但民众的皇权思想、奴才意识却并没有因此变得更为严重，时代风尚反而更为开放、自主乃至“新新人类”化，甚至连“戏说剧”里那些俊男靓女的形象、做派，也随民众想象、兴趣的变化而不断发生着适应时尚的嬗变，就是“戏说剧”意识形态建构功能软弱乏力的明显例证。

其次，从另一方面看，“戏说剧”作为“艺人历史剧”审美形态，说到底不过是一种大众娱乐文化，放到整个民族文化的全局来看，也就是其中以复制和移植为核心特征、以日常化和娱乐化为价值旨归的部分。因为仅仅以满足受众快感型、娱乐性的审美需求为目的，而“既有的观念、形象援用起来省时、省力”，创作者就表现出一种“创作的惰性”②，不愿形成真正的创造性、批判性和自我意识形态，文本也就相应地表现出情节拟构类型化、审美追求约定俗成性的文化特征，存在着“理”单薄、“故”粗疏的弊端。但民族文化的重大发展，需要艺术以审美的方式独特深刻地关注人的生存状态，使受众在审美过程中，体验和反思真正的“人”而不仅仅是自我当下既成状态中的精神生存境界。所以，“戏说剧”作为一种审美形态的内在和谐，仅仅是一种“艺人历史剧”、一种大众文化自身的和谐，不是从多元文化全局出发所建构起来的价值和谐，因而无法成为决定我们时代文化全局性价值根基的部分。从现实状况看，当今时代大众文化的消费主义倾向，也确实为“戏说剧”设计了“欲望化”、“低俗化”等一个个的文化陷阱，导致了其中大量粗制滥造的作品中人文精神的陨落和审美格调的低下，这不仅不能对民族文化的历史性发展起到真正有力的推动作用，而且以“量”的充斥降低了我们时代民族文化的境界。

三、历史题材“戏说”意识的颠覆指向与价值分野

如果说作为审美形态的“戏说”主要是在中性的意义上被使用，那么，作为审美意识和创作精神的“戏说”，主要是指创作者以“游戏”、“戏谑”乃至“戏侮”

---

① 王先霈、王又平主编：《文学批评术语词典》，上海文艺出版社1999年版，第213页。

② 孙书磊：《中国古代历史剧研究》，南京师范大学出版社2004年版，第223、224页。

的姿态对待史料记载，缺乏对于民族历史文化的尊重与敬畏态度，颠覆了历史记载乃至史实本身具有的合法性与权威性，概念所表达的基本上是一种贬义。“红色经典不容戏说”、“历史不容亵渎”等断语，甚至常常被用作义正词严的批评性论文的标题，就是明显的例证。其实，当前从审美意识角度有关“戏说”态度的批评，存在着滥用概念的现象，作为审美意识的“戏说”，同样具有内在的复杂性。那么，到底哪些内涵才是历史题材创作“戏说”意识的较为客观和确切的标准呢？对这个问题只能在分门别类、条分缕析的基础上逐步推断，所得的结论方才可能切中肯綮。

“戏说”审美意识对历史所进行的颠覆，首先是一种“知识性颠覆”。这种“知识性颠覆”既包括知识性误差即近年俗称的“硬伤”，也包括史实描述不符合史料记载的现象。在当今的文学研究界，“依史”类历史文学作品不能出现知识性颠覆似乎已成共识。二月河的《雍正皇帝》就因被发现“在古体诗词的运用和某些故事的设计上露出些许破绽”①，形成了“硬伤”，而在激烈的竞争中与“茅盾文学奖”失之交臂。熊召政的《张居正》，则因为某些人物形象及相关事迹与史实不符，被指责为“大量内容陷于滥造，悖逆历史，厚诬了多位古人，也粉饰了明代改革巨匠张居正”②。电视连续剧《康熙王朝》更因为史实性误差，被指责为存在“‘正史戏说’的问题，引来不少争议，弄得沸沸扬扬，是是非非”③。“红色经典”改编作品，则几乎部部都因存在与原著“作品本事”不符的“硬伤”而被指责为“戏说”。

实际上，古今中外的历史文学作品很少跟史料记载亦步亦趋、“无一处无来历”者。清史专家冯佐哲仔细考究后认为，在90年代直到2004年简直泛滥成灾的电视剧“清宫戏”之中，只有《一代廉吏于成龙》可进入谨守“历史真实”的狭义历史剧之列④。当代历史文学公认的典范之作《李自成》，从刘宗敏、李岩等人物的形象、事迹，到谷城会等重大史实，均存在大量的虚构、移植之处⑤，“潼关南原大战”作为小说第一卷浓墨重彩地描述的重要单元，连作者本人也公开表示：“根据我的研究，根本没有发生过这次战争。但在写小说的时候，我从完成小说的艺术使命着眼，采用了这个传说”⑥，就是说，作者明知于

① 胡平：《我所经历的第四届茅盾文学奖评奖》，载《小说评论》1998年第1期。

② 马振方：《厚诬与粉饰不可取——说历史小说〈张居正〉》，载《文学评论》2003年第6期。

③ 吴明：《〈康熙王朝〉“硬伤”何其多——访中国社会科学院历史所研究员、清史专家冯佐哲》，载《北京档案》2002年第1期。

④ 冯佐哲：《清史与戏说影视剧·前言》，台海出版社2004年版。

⑤ 茅盾：关于长篇历史小说《李自成》，《关于长篇小说〈李自成〉》，上海文艺出版社1979年版，第178～185页。

⑥ 姚雪垠：《〈李自成〉第一卷前言》，《关于长篇小说〈李自成〉》，上海文艺出版社1979年版，第269页。

史无据却仍然“自觉”地在向壁虚构。中国古代历史文学的巅峰之作《三国演义》，也是“七实三虚”，桃园结义、草船借箭、三气周瑜、关羽不近女色等情节，均属“小说家言”，地理知识、人物年龄之类的“硬伤”也不少见。而从创作思想上最为努力地要使“其事核而详，语俚而显”① 的《东周列国志》，恰恰并不是中国文学史上最为优秀的历史文学作品。

所以，是否存在某些包括史实“硬伤”的知识性颠覆问题，其实并不是评价历史文学作品唯一的、甚至也不是核心的标准。一方面，文学创作为了充分“戏剧化”、完成“艺术使命”，完全可以叙述历史上“可能发生的事情”，因为历史题材创作实际上是事实正义原则和审美正义原则这样的双重原则在同时起作用。《李自成》和《三国演义》的虚构情节能被广大读者所接受和津津乐道，就是典型的例证。另一方面，即使是某些知识性“硬伤”，实际上也并不会构成对作品质量的致命伤害。《三国演义》存在人物年龄、地理知识之类的误差，从整部作品来看不过是“白璧微瑕”，历时性集体创作导致出现这种误差，更不能说是古人是在“集体戏说”；而《雍正皇帝》在参评“茅盾文学奖”多年后的今天看来，个别地方的“诗词格律”问题，并没有真正严重地损伤作品在广大读者心目中的声誉；《张居正》成功获得第六届“茅盾文学奖”，也说明某些知识性颠覆在对于作品的价值判断中处于何种位置，实际上在文学研究界已经形成了相当程度的共识。因为历史文学作品毕竟不是历史学著作，即使号称“羽翼信实”的“演义”，终极目的也不仅仅是为了通俗化地介绍历史知识，所以不能把文学和历史学混为一谈，拿史料完全准确为最高标准的历史学学科准则来“跨学科”地要求文学创作。也就是说，仅仅的知识性颠覆，并没有构成缺乏对历史尊重与敬畏态度的审美意识的“戏说”性。

当然，这样的判断不等于说“硬伤”有理，不等于说史实性、知识性误差，以及由此表现出的创作者史学修养的欠缺，竟是一件值得称道的事情。文学作品毕竟也是一种文化产品和知识形态，“硬伤”之类形而下的缺失，必将影响到形而上的整体艺术境界的和谐与完美，“白璧微瑕”也是“瑕”。所以，从精益求精的角度看，这类现象自然应予避免。事实上，态度严谨的历史文学创作者对于批评者所指出的史实误差，往往都能诚恳接受并想方设法地加以改正。

不过，如果作品的史实误差与偏离涉及作者对历史的轻慢之心，问题就发生了质的变化。比如对于长篇历史小说《张居正》，单纯指出文本描述与史实存在差异，涉及的是“知识性颠覆”的问题，是作品应该精益求精的问题。但当把

① 陈继儒：《叙列国志》，见齐裕焜著：《中国历史小说通史》，江苏教育出版社2000年版，第6页。

作品对于史实的增删、挪移、虚构，提升到是否“厚诬历史人物”① 的高度，就成为了作者是否具有对历史尊重和敬畏精神的原则问题。实际上，批评者在这里进行判断的逻辑基点已经发生了变化，史实偏差与否，已经转换成为对“前人”是否尊重的伦理情感态度问题，也就是说，批评者已经把文本描述与历史事实背离的“知识性颠覆”，提升到了作者对历史文化的“情感性颠覆”的高度了。批评者实质上是把古人作为“人”乃至作为“前辈”来看待，由此从伦理情感的高度出发，虔敬地不允许对他们出现哪怕一丝一毫的轻藐和亵渎，并把文学性叙述的误差与改变，当作了这种轻藐和亵渎的具体表现。对具体文本的是是非非细加分辨，不是本文立意重点关注的方向，但很显然，如果历史题材创作的知识性颠覆确实达到了对历史进行伦理情感性颠覆的程度，就已经表现出属于人文道德负面状态的特征，关于作者存在“戏说”审美意识的批评和否定性判断，总体上就能够成立了。因为对古人、对于历史文化的庄严和尊重态度，乃是一种基本的人类伦理情感。尤其是当作者从大众文化消费快感所隐含的人性负面和阴暗面出发，对历史文化中公认庄严崇高的事物进行“以小人之心，度君子之腹”式的、恶意亵渎性的解构时，效果就更是如此。对“戏说”审美形态的作品，广大受众包括情感品质严肃的受众，其实观赏时应该大都是能够津津有味的，但观赏完之后却仍然心怀反感，原因就在这里。在20世纪30年代，夏衍的《赛金花》和宋之的《武则天》曾受到茅盾的批评，原因也在于，两剧的创作意图不是营造观众审美的历史感，而是刻意去追求现代生活中的“低级趣味”，比如《赛金花》渲染“秀才摇头摆尾背文章和俘官磕响头”②，《武则天》强化剧中人物“掌颊、拔须、搽粉”③ 等，就是如此，以致作品的审美意味在观众的笑声中“完全变了质”。这样对民族历史进行嬉皮笑脸式的滑稽改写，虽然满足了人们一时的快感型审美趣味，但违背了“正当”与“善”这两个伦理学的基本概念，从长远看将不利于传统文化及其价值观的传承，不利于民族文化的建设性发展。

有关“红色经典”改编的争论，根源也在于此。当代文学中的“红色经典”虽然只是一种虚构的文学作品，文本中却凝结了当代中国从普通民众感情到国家意识形态均有直接精神血缘关系的“前辈”用鲜血凝成的正面价值，当改编违背了这种正面价值，表现出对其轻慢乃至亵渎的情感态度时，受众的反感就是自然而然的事情。小说版《沙家浜》之所以受到各方面的审美批判和政治、道德层面的愤怒与追究，根源就在于作者将原著中美好的“军民鱼水情”，改编成了

① 马振方：《厚诬与粉饰不可取——说历史小说〈张居正〉》，载《文学评论》2003年第6期。
② 茅盾：《读〈赛金花〉》，载《中流》半月刊第1卷第8期，1936年12月30日。
③ 茅盾：《关于〈武则天〉》，载《中流》半月刊第2卷第9期，1937年7月20日。

作品人物一女三男之间不无丑陋的暧昧关系，是以人性欲望为核心，从恶俗的人性、人情揣测与想象出发，来解构现代革命亲历者心目中神圣的“红色记忆”，以致形成了亵渎其中蕴藏的庄严崇高情感的客观效果，体现出一种道德虚无主义和个体欲望至上的价值眼光。电视剧《林海雪原》、《红色娘子军》从本身来看，无非是增加了一些轻薄庸俗的爱情戏，增添了一些言情成分，在当前爱情故事泛滥荧屏的影视剧语境中似乎并无大错，即使在革命历史题材作品中，这类描述也比比皆是。但因为十七年时期的小说《林海雪原》、电影《红色娘子军》的广泛影响，已经使公众形成了心理情感的定势，因此，对它们进行庸俗化改编所引起的公众反感和政治意识形态愤怒，才变得格外强烈。所谓“红色记忆不容戏说”、“不可亵渎”，批评者所着眼的，已不仅仅是改编本与原著内容存在多大偏差的知识性判断，而是以当代中国政治文化积淀下来的关于“红色经典”应当怎样复述的情感和审美定势为基础，来判定这种改编是否侮辱和亵渎了当代中国人的庄严感情，是否冲击了国家正义的文化伦理原则，是否破坏了“经典”作品建立在“爱国”这一崇高人情基础上的美感。

而且，在古代历史题材和革命历史题材的文学作品之间，受众的反应程度出现差异，现代题材的作品违背受众心理和情感的定势时，遭到的否定性反映往往会更为强烈，所针对的也正是这种“情感性颠覆”的情形。广大受众对于《大话西游》、《春光灿烂猪八戒》和《林海雪原》、《红色娘子军》的不同反映，心理实质就在于此。这里所显示的，实际上正是由中国传统文化“以血缘为基础”的“亲亲尊尊”、“爱有差等”[①] 的心理原则所导致的“情有浓淡”、“远疏近亲”的伦理情感特征。由此也反过来表明，“戏说”一旦达到“情感性颠覆”的程度必将招致否定性反映，确实具有深远的民族心理文化基础。

在历史题材创作的“知识性颠覆”和“情感性颠覆”的基础上，还有一类更值得关注的“精神性颠覆”现象。“精神性颠覆”包括两种情况：一种是为了“戏剧化”、将历史审美体验化所造成的，实际是因为艺术观念和历史观念的差异所导致的，这类颠覆的价值基础是“艺术真实”原则，往往能被较为广泛的理解和认同。另外一种则是由于对历史本身的认识、判断或理解、感悟不同所导致的。《三国演义》将曹操描述为“大奸臣”，而《蔡文姬》将曹操翻案为“了不起的历史人物”[②]，两部作品都致力于探求历史人物的形象真相，却将同一历史人物描述成了完全不同的面貌，这就属于历史认识、判断角度不同导致的“精神性颠覆”。“五四”以后的现代史剧创作不拘于历史达到了空前绝后的自由

① 李泽厚：《孔子再评价》，《中国古代思想史》，人民出版社 1986 年版，第 16、18、31 页。
② 郭沫若：《蔡文姬·序》，《蔡文姬》，文物出版社 1959 年版。

状态，郭沫若的《三个叛逆的女性》、欧阳予倩的《潘金莲》、王独清的《杨贵妃之死》与《貂蝉》、熊佛西的《卧薪尝胆》、顾一樵的《荆轲》与《项羽》、李伯颜的《宋江》、林语堂的《子见子南》等大量作品，都只是把历史当做创作者传达现代文明意识的一种借助题材，来重新阐释历史的当代性意义，达到社会启蒙的思想目的，各种历史形象在他们的某些创作中发生巨大变化，则是由理解感悟不同而导致认识判断产生差异的结果。80 年代的“新历史小说”，也是因作者“文革”体验和西方思想文化观念启示所共同凝成的感悟，而使得文本对“革命”面貌的描述与十七年时期的革命历史题材作品大相径庭。在这类“精神性颠覆”的创作中，作者往往是立意以时代理性和个体感悟所提供的新型历史认知为基础，来对历史进行重新阐释和定位，“精神性颠覆”既然形成，“知识性颠覆”和“情感性颠覆”也相伴而至或已经蕴涵于其中。郭沫若创作历史剧《武则天》，甚至直接主张“翻案何妨傅粉多”[①]，就是相当极端而典型的例证。但在这种情况下，即使作品中的历史面貌与史料记载显示的历史形象定位产生了巨大的差异，受众也往往会从历史认知、真理探索的角度出发，不以“戏说”名之。这是因为，人的生命感悟和自由意志冲决道德主体的桎梏，具有人类历史与文化发展的充分合理性，在事实正义的原则之上，还存在一个真理正义和精神创造至上的文化原则。“吾爱吾师，吾更爱真理”，即为这种价值和心理态度的最好注脚。虽然这类创作的内部同样良莠不齐，但总的看来，审美境界属于黑格尔所说历史叙述“经验的历史”、“反思的历史”和“哲学的历史”三个阶段之认识、“反思的历史”或感悟、“哲学的历史”，“往往既立足于有限时空又超越于有限时空，赋予作品以恒定价值的普遍性、哲理性内涵”[②]，代表着历史题材创作的较高境界。

而且，从元散曲《高祖还乡》到鲁迅小说《故事新编》，作品均采用明显的“戏说”语态，诙谐调侃的笔调、无中生有的细节，均自觉地表现出审美精神的“油滑”和对历史的“大不敬”色彩，其实与 90 年代以来的审美形态类“戏说”并无二致，但由于其中具有真正的人文意识和批判精神，包含着真正重大而独特的创作主体历史认知，具有深厚的“精神性颠覆”的价值基础，所以长期以来学界对它们也少有“戏说”之责。《故事新编》的“油滑”能不断得到研究者的辩护，原因不仅仅在于作者是“鲁迅”，而在于文本整体境界中确实灌注了对于民族历史文化能压倒“油滑”之气的庄严而深邃的思考。同理，电视剧《大明宫词》的主旨是关于“爱情与权力、权力与人性”的

① 转引自王庆生主编：《中国当代文学》第 2 卷，上海文艺出版社 1989 年版，第 60 页。
② 吴秀明：《中国当代长篇历史小说的文化阐释》，文化艺术出版社 2007 年版，第 315 页。

深度探求，对历史事实的一定改动和艺术虚构，是服从于文本主题和艺术风格之所需。电视剧《天下粮仓》虽因采用史料“唯我所用”的方法而造成了与史实的相当距离，但文本意蕴则表达了创作者关于“国计民生”的人文追求和精英趣味。由此，这两部作品也与“戏说剧”拉开了距离。即使是“戏说”审美形态的作品，能在大众文化领域被接受的关键，也在于它拥有“戏剧化”和“游戏性”两种大众娱乐文化的精神原则作为审美基础，所以虽然从伦理情感角度看有其别扭之处，但更进一步的、观念层面的合理性，又达成了对这种别扭情感相当程度的消解。

由此看来，在审美意识层面，“戏说”的概念其实不能滥用。不管是“依史”、“拟史”还是“似史”形态的历史题材创作，如果偏离史实是因为创作者的历史知识和修养有所不逮，那就只能算一种知识性颠覆，谈不上是对待历史情感和伦理态度的“戏说”；“借史寓思”类创作往往正是要以创作者独特的思想理性和历史认知为基础拟构历史图景，来表达对历史进行情感批判和观念颠覆的价值内涵，实际上已经以理性认知超越了“戏说”；“‘事’、‘艺’中心”的“艺人历史剧”创作目的本不在传播史实，而在“娱人”，但这“娱人”作为一种审美文化原则，同样具有一定程度的合理性，也不能一概抹杀。所以，只有历史题材创作存在知识性颠覆，而且是以对历史轻慢乃至亵渎的“情感性颠覆”为心理基点时，才是审美意识层面应当遭到否定的“戏说”。换句话说，判断历史题材创作“戏说”审美意识的存在，需要具备以下几个紧密联系的条件：一是创作与改编确实偏离史实；二是显示出藐视人类和民族文化尊严与权威的“戏拟”乃至“恶搞”的叙事立场；三是情感方面带有亵渎乃至侮辱的意味，显示出伦理品质的恶德；四是文本中的创造性历史认知匮乏。对于“戏说”审美意识这内在的价值分野，我们必须具体化、细致化，作较为科学的、具有学理基础的判断，才有可能形成。

四、历史题材叙事伦理：“戏说”问题的思想文化实质

历史题材创作的“戏说”现象及其相关讨论所隐含的，实质上是一个历史题材的叙事伦理问题。

在社会层面上，伦理通常指人与人相处的各种道德准则。叙事伦理学则“从一个人曾经怎样和可能怎样的生命感觉来摸索生命的应然”，它往往“讲述个人经历的生命故事，通过个人经历的叙事提出关于生命感觉的问题，营构具体

的道德意识和伦理诉求”[①]。历史题材创作也是如此，不同的审美形态背后，实际上隐含着不同的“生命感觉”和“伦理构想”。具体说来，“羽翼信史”、“以曲为史”的“依史”类创作，往往着意于对所叙述的历史及其内在生命感觉庄严的认同性还原，“虚实相半”、“以史寓思”的“拟史”类创作，则注重对历史的批判性解构与重构，它们共同地以“正说”的语态出现，所关注的主要是历史正反两方面的认知、教化功能和悲剧性的崇高美学品格。艺人“似史”类创作叙事伦理的核心，则是以“历史”“娱人”，通过各种“事”、“艺”手段，发挥和扩张“历史”这一可叙事客体所拥有的“娱人”功能，认知、教化的功能则退居了次要地位。关于历史题材“戏说”的争论，正是由这种叙事伦理的差异所导致的。

20世纪的中国在长时间内，是国家权力支持的政治意识形态文化和知识分子为主体的现代性文化占据主导地位，存留于中国民间社会的民间文化形态则处于被遮蔽状态，或者仅仅作为前两种文化扩大影响的工具与手段。在文学领域，“自晚清开始的中国文学现代性的建构中，通俗文学一直是作为新文学的‘他者’存在的”[②]。具体到历史题材创作，也是“依史”和“拟史”类创作发达，而“似史”类的“艺人性”创作则缺乏合法发展的空间。虽然“在新文学中被‘批倒批臭’的传统通俗小说在50年代穿上‘革命’的外衣死灰复燃，甚至几成燎原之势”[③]，但当时整个“通俗文艺和通俗文艺作家在社会上受人轻视，在文学领域内，没有一席之地”[④]。进而影响到历史文学批评理论，叙事伦理原则也大多依存于“依史”和“拟史”类创作，少见以“似史”类、“艺人性”审美原则为价值本位的探讨，更少将“依史”、“拟史”、“似史”三类创作纳入整体学术视野的深入思考。由此，“历史真实与艺术真实是否高度融合”的审美考察、“现代性”与“国家意识形态性”内涵的精神考察、“高雅文化与通俗文化”简单归类的文化考察，就成为了历史文学批评的主流话语。对于历史题材创作以“娱人”为目标、注重“事”、“艺”的叙事伦理，批评者则或者以“小资产阶级情调”、“低级趣味”为名予以排斥与遮蔽；或者以追求“中国作风”、“中国气派”为由将其工具化，纳入通过“雅俗共赏”的方式更生动地宣传“雅文化”的阐释思路之中。

我们不妨以对于“十七年”时期文学中著名的“革命通俗小说”《林海雪

① 刘小枫：《沉重的肉身·引子》，上海人民出版社1999年版。

② 李扬：《〈林海雪原〉：革命通俗小说的经典》，见唐小兵编《再解读：大众文艺与意识形态》（增订版），北京大学出版社2007年版，第128页。

③ 李扬：《〈林海雪原〉：革命通俗小说的经典》，见唐小兵编《再解读：大众文艺与意识形态》（增订版），北京大学出版社2007年版，第129页。

④ 木杲：《通俗文艺作家的呼声》，载《文艺报》1957年第10期。

原》、《铁道游击队》、《烈火金刚》的批评为例，来说明这个问题。这些小说出版之后，主流批评家大多是着眼于“人民所进行的长期而艰巨的斗争，并不缺乏富有传奇性的机智、勇敢和惊险的故事”，因而作品的“故事虽然是传奇性的，但也是真实的”①，来对作品予以肯定；对这些小说为更好地“娱人”而注重“事”、“艺”的创作特征，往往仅从“艺”的角度，因为其“采用中国传统的优良的表现方法”②，“容易收到普及的效果，它们已经占领了大部分过去泛滥着黄色书刊和旧式侦探小说的阵地”③，而加以赞赏。但是，许多批评者不约而同地对作品中“事”的内容表示不满。《烈火金刚》作为一个“写英雄的说部”对于“民族形式”的追求受到赞赏，与此同时，又“由于过分追求故事性，惊险的情节，新英雄的传奇色彩以及草莽英雄的那种气质，因此多少影响了作品的思想意义。不能使听众受到更深刻的教育”④，受到了批评和指责。《林海雪原》对于白茹形象及相关爱情生活的描写，则被普遍指责为“格调轻浮而又缺乏美感”⑤，批评者甚至猜测“在实际生活中，小分队恐怕也不会有白茹这样性格的人物，也不可能产生这样的一种爱情”，作者“是把主观的幻想和并不健康的感情趣味加在作品里的。所以无论情调、气氛、语言和描写方法都与全书的格调大相径庭”⑥。其实，不管生活中是否确有其人、其事，《烈火金刚》“追求故事性，惊险的情节”，《林海雪原》的言情成分，恰恰是“艺人”式创作注重世俗性“事”、“艺”的具体表现，对这些现象的指责，可见批评者思想视野缺乏“艺人”式创作的审美维度所导致的遮蔽。这样一来，“充分发挥旧评书的特长，尽力吸收评书里有益的部分；而又不落入旧评书的窠臼，使旧形式为新内容服务而不受到它的限制”⑦，就成为了当时对于文艺创作“民族形式”进行研究的共同思路。因为这些革命历史题材作品的主观意图，确实是希望以民族形式和民族风格，来讴歌新的革命英雄主义、赞颂毛泽东军事思想、表现革命胜利的历史必然性，所以，当时从“革命内容”与“民族风格”相结合的批评思路来考察，也有其历史的合理性。但是，本应作为共时性不同审美路径来辨析的“艺人”式创作与“文人”式创作的差异，却被转换成了历时性的“旧形式”与“新内容”的差别，由此就导致文化视野的缺失，使“艺人”式叙事伦理遭到了排斥

---

① 吕哲：《读〈铁道游击队〉》，载《文艺报》1954年16号。

② 招明：《评〈铁道游击队〉》，载《文艺报》1954年5月号。

③ 冯牧、黄昭彦：《新时代生活的画卷——略谈十年来长篇小说的丰收》，载《文艺报》1959年第19期。

④ 依而：《小说的民族形式、评书和〈烈火金刚〉》，载《人民文学》1958年第12期。

⑤ 李希凡：《关于〈林海雪原〉的评价问题》，载《北京日报》1961年8月3日。

⑥ 侯金镜：《一部引人入胜的长篇小说——读〈林海雪原〉》，载《文艺报》1958年第3期。

⑦ 依而：《小说的民族形式、评书和〈烈火金刚〉》，载《人民文学》1958年第12期。

与遮蔽。

90年代后，都市大众文化兴起，“事”、“艺”中心的“艺人”类创作蓬勃发展，历史题材创作格局的巨变强烈地吸引了研究者的眼光，而研究者的批评视野和审美伦理观念却长期因袭，未能及时地拓展和转换，批评理路与对象的审美重心发生错位，历史题材“戏说”审美形态遭到从“历史正剧”创作原则角度的批评，也就在情理之中。

问题的另外一方面是，在历史题材“戏说”形态“事”、“艺”中心、“娱人”为本的叙事伦理中，显示出一种价值两面性，这种“双刃剑”式的精神价值特征的负面，又为历史题材“正说”话语的持守者提供了可资批判的目标。

首先，历史题材“戏说”形态在文化诉求方面遵循一种“低位原则”。这种“低位原则”的核心是受众接受的广泛度与共鸣度。因而在审美路径选择上，着意于世俗化的悟性和戏仿的方式，文本的精神境界以社会底线原则为满足；甚至竭力迎合教育水平和精神期待较低的社会群落的需求，以此谋求大众以较低弱的心理和精神前提条件接受其产品。虽然在中国社会转型过程的时代文化语境中，这种叙事伦理以其时尚性和异质性，表现出一种反抗既成文化权力和传播新型文化价值的、富于审美活力的姿态；但是，它不同于传统历史“演义”文本的“普及”性审美诉求，并不追求某种意识形态层面的稳健理性支撑，而且往往过度张扬反对文化崇拜的精神姿态，以致最终可能形成一种反智主义的精神倾向，结果自然难以具有“意识到事物本来就有它自身的精神形态，并且……试图向这种精神形态‘积极靠拢’”的“思想的灵活性”，难以将公众导向一种人类经验累积和文化创造的价值实质不受损害的、具有精神难度的审美境界，最终难以充分形成“促使那些本身是现实的东西完全展开”的“文化培育”①、教化的功能。

其次，历史题材“戏说”形态在感受生命方面遵循一种“快乐原则”。“戏说”形态不管在关于“生命感觉”的“曾经”、“可能”还是“应然”方面，都着重在迎合富足者无所用心的休闲生活的文化消费需求，因此往往以展示生命日常快乐的可能性状态为叙事重心，来对历史进行自由的解读与演绎，而文本本身也只是一种构成日常娱乐的工具。由此，“戏说”文本所包含的审美智慧，往往只是生命原初意义上的灵性而非智性，更非蕴涵着理性的感性形态，最终的审美效应则是一种消费性的审美快感，而非启悟性的精神愉悦。比如在《还珠格格》之中，封建宫廷俨然一个自由快乐、充满人情温馨的太平世界，皇帝是嬉笑怒骂、平凡可亲如市井俚民的凡夫俗子，俊男靓女率性地编织着情爱至上、江湖义

① ［德］彼得·科斯洛夫斯基：《后现代文化》，毛怡红译，中央编译出版社2006年版，第6~7页。

气的青春童话，一切仅此而已。从精神文化角度看，这种叙事对人性、欲望、人的“本我”的满足盲目推崇，而对人格、人品、“超我”境界和时代文明品质则相对漠视。这类叙事无保留地视普通百姓为积极快乐的追求者，全盘信任他们的判断的合理性，即使其中表现的是人性的低俗品质、负面特质与卑污内涵，也往往用理解与重视日常的意义、普通百姓的趣味以及人性复杂性的姿态，不分精华与糟粕地、无条件地顺从和信赖，并以社会“休闲时代”的“快乐原则”来加以解释与合理化。因为并不充分注重历史的实在性，结果，“这种崭新美感模式的产生，却正是历史特性在我们这个时代逐渐消退的最大症状。我们仿佛不能再正面地体察到现代与过去之间的历史关系。不能再具体地经验历史（特性）了”①，以致在所难免地表现出一种生命境界“去社会化”和生命理念“抽象化”的内涵特征，甚至时代基本的理性价值观念，也随其“娱乐化”倾向而成为被戏谑、调侃、嘲讽和撕裂的对象。由此表现出一种伦理品格方面日常人情练达、圆滑而精神风骨匮乏的局限。

再其次，历史题材“戏说”形态在创作动机方面遵循的是一种资本逻辑、商业原则。简单地说，无利不起早，想方设法地“娱人”就是为了“多赚钱”。虽然尊重资本逻辑和商业原则本身并没有错，但在产业观念主导、利益博弈至上和真正的艺术创造之间，却往往难以“鱼和熊掌”兼得。实际上，我们如果把小说和影视剧创作都包括在内来观察就可以发现，“戏说”审美形态具有“先锋戏说”与“大众戏说”两种情形。主要存在于小说之中的“先锋戏说”，是从反思历史的文化态度出发，同时包含着认知历史的“真实冲动”和进行艺术创造的“审美冲动”，而“大众戏说”则是从消费历史的文化态度出发，只是一种以日常快感、快适伦理为核心的“消费、娱乐冲动”。其中的关键在于，商业原则至上所需要的对大众的适应，以及普通百姓本身的审美“低位”状态，可以使“大众戏说”可以保持“创作的惰性”，不必从精神到审美都艰难地向“先锋戏说”靠拢。结果是，文化创造中引入商业原则就走向了事情的反面。尤其等而下之的是，当前不少这类文化产品的操纵者，还往往利用人性的低俗、污秽品质，以种种商业和文化相结合的精明策略来蛊惑人心，以实现其商业、经济乃至文化利益的专制与独裁。这就更成为了整个“戏说”形态受到诟病的论据。

历史题材创作的“戏说”审美意识，恰恰就是由“戏说”审美形态叙事伦理的负面特征所组合而成。所以，对“戏说剧”审美形态负面特征的批评，就与对“戏说”审美意识的批评混杂到了一起。而且，因为“戏说”审美意识的表层内涵仅在于违背史实，如果批评者未能超越表象深入思考“戏说”概念复

① 詹姆逊：《晚期资本主义的文化逻辑》，北京三联书店 1997 年版。

杂的具体内涵，那么，当历史题材创作仅仅出现违背史实的现象时，遭受“池鱼之殃”，均被不加分析地指责为“戏说”，也就成为了顺理成章的事情。

由此看来，我们要改变历史题材“戏说”类叙事的现状，必须具备一种从时代文化全局视野出发的文化自觉。所谓“文化自觉”，“是指生活在一定文化中的人对其文化有‘自知之明’，并对其发展历程和未来有充分的认识。”[①] 这也就是说，我们应当超越当下语境“依史”、“拟史”、“似史”每类历史题材创作具体叙事伦理所造成的思想局限与价值盲区，通过文化反省，深入认识各类文化以往发展的局限和未来发展的必然趋势，获得对于具有古今通理性的审美境界、价值内涵的理解和把握，在此基础上，再清醒地意识到自身的文化创造可能性，并努力付诸实践。从“戏说”类历史题材创作来看，这种文化自觉应当包含以下几个方面：首先，需要细化把握历史题材叙事伦理正反两方面的特征，改变目前大量文本内容生产的文化境界“低位”状态，确立与民族文化雄健发展相适应和匹配的价值高位目标。其次，虽然历史题材电视剧的繁荣和发展需要再现文本、表现文本和戏仿文本的多元互渗，但“唯乐不可以为伪”，就是说，不能以消费型的审美快感代替精神的原创性、违背审美文化探究和慨叹世道人心的初衷，不能以人的琐碎的日常需求掩盖了人的自由意志所需要的精神终极需求。再其次，必须坚守历史题材创作的独特性。虽然在艺术创作中对历史题材进行加工改造，根本目的并非是复述历史本身，但“不管作家保留还是分割历史，只有复制历史情味，他的创作活动才能获得成功”[②]，否则，创作劳动就只是一种生活游戏，而算不上是真正意义的审美创造。在此基础上，我们才能以民族文化的全局视野和时代文化的整体意识，打破各类历史题材创作表面上和谐、自足的叙事伦理，寻求到对多元文化相关性的辩证处理方式与历史题材创作精神价值有效提升的路径，寻求到社会文化发展在各种文化权力之间动态、良性地平衡的规律，由此进一步形成历史题材叙事具有时代适应性的新型伦理原则，促使精神价值含量稀薄的“亚文化”、负面文化向优良文化的方向发展，从而真正圆满地实现文化商业效应与社会主流价值观的成功嫁接，形成多元文化和谐发展、优势融合的历史题材良性审美生态。

① 费孝通：《反思、对话、文化自觉》，载《北京大学学报》1997年第3期。

② ［印度］泰戈尔：《历史小说》，倪培耕译，《20世纪世界小说理论经典》（上），吕六同编，华夏出版社1995年版，第11页。

第十八章

历史题材文学中历史人物的“翻案”现象

在20世纪八九十年代兴起的历史文学大潮中，历史人物的“翻案”无疑是一个引人注目的突出现象。尤其是近二十年来，更是愈演愈烈，呈弥漫扩大之势。先是杨书案的《孔子》、刘恩铭的《努尔哈赤》、颜廷瑞的《庄妃》、凌力的《倾国倾城》、《梦断关河》、唐浩明的《曾国藩》、《旷代逸才》、《张之洞》、二月河的《康熙皇帝》、《雍正皇帝》、《乾隆皇帝》、赵玫的《高阳公主》、《武则天》、《上官婉儿》、张建伟的《大清王朝的最后变革》等历史长篇；紧接着是《李鸿章》、《魏忠贤》、《刘伯温》、《左宗棠》、《彭玉麟》以及数量可观的以武则天为题材对象的人物传记；最后是根据《雍正皇帝》、《康熙皇帝》改编的《雍正王朝》、《康熙王朝》以及《荆轲刺秦王》、《秦颂》、《走向共和》等电视连续剧。它们与“戏说风”彼此掺杂，构成一个看似矛盾抵牾实则相反相成、互为影响的新的文化景观，从侧面反映了当下历史文学在多种文化和主义的碰撞冲击之下，处于怎样一种复杂的解构——建构的生存状态。

一、两种不同的“翻案”

在讲“翻案”之前，拟有必要对它的概念内涵作一界定。所谓翻案，是针对传统的结论而言的，它是对传统结论的一种颠覆性或否定性的艺术处理。用郭沫若的话来说，就是站在今天的立场，“推翻历史的成案，对于既成事实加以新的解释，新的阐发。”① 这也是历史小说不同于现实题材文学的独特之处。因为客观的“历史的本体”是不变的，也不会改变；但主观的“历史的认识”是要变的，甚至可能产生惊人的变化。特别是在目前“一切都翻了个”的这样一个文化转型的环境中，作家以怀疑和批判的精神，打破种种既定的历史圭臬，对传统教科书的某些定论及其观念体系采取“翻案”式的写作姿态，这很正常，也可以理解。从某种程度上，它恰恰表明了我们历史题材作家强烈的当代意识、执著的求真信念和大胆的创新精神，并把这一切化为能充分凸显作家现时创造主体的话语重构活动之中。

当然，以上所说比较笼统。倘若具体细析，我们以为当前历史人物的翻案，又可分为两种不同的情况。

一种可称为“历史化的翻案”。比较典型的如唐浩明的《曾国藩》、《旷代逸才》、《张之洞》、二月河的《康熙皇帝》、《雍正皇帝》、《乾隆皇帝》。它们虽然赋予曾国藩、杨度、张之洞、雍正、康熙、乾隆这些历史人物以迥异于传统的“圣君贤相”的新面目，某些写法甚至颇有些惊世骇俗的感觉；但这并不是空穴来风，也不是简单地说反话、唱反调，而是建立在历史真实的基础之上。他们往往也是抱着严谨求实的创作态度来进行翻案的。因此，其所改写的人物一般都有较强的历史真实感。如唐浩明笔下的曾国藩，作家将这个曾经在相当长的一段时期内被定性为汉奸、卖国贼、刽子手翻新为中国传统文化的精英和近代史上的悲剧人物，循守的就是这样一种历史化的创作原则：“既是文学创作，就免不了虚构。（但）小说中所写的大事都是真的。如曾国藩守制期间奉旨办团练，湘勇建立之初与湖南官场和绿营不和，靖港惨败，曾国藩投水自杀，武昌、汉阳同日攻下，在江西受到困乏……”② 因而史的内涵和要素在形象之中得到了突出强调，甚至史的刊谬剔抉也成为作家进入创作的必不可少的前提（唐浩明曾受命编辑《曾国藩全集》，研读了有关曾国藩的几千万字史料）。相应的，他的反叛式的描写处理就变成了对自己苦心探研的历史“本事”的一种形象化诠释。显然，这也是他的现实主义理性历史观的圆满体现。

同样道理，是二月河对雍正在夺嫡、杀兄、屠弟、诛功臣等问题上竭力给予理解和辨析，以致变否定性叙事为肯定性叙事。除了艺术创新之外，也明显具有求索历史真实的意向，它的“细节是虚构的，重大的历史事件（则）是真的”③。为

---

① 郭沫若：《我怎样写〈棠棣之花〉》，《中国现代作家谈创作经验》，山东人民出版社 1980 年版，第 52 页。

② 唐浩明：《〈曾国藩〉创作琐谈》，载《文学评论》1993 年第 6 期。

③ 转引自卫庶：《文学真实与历史真实——访二月河》，载《社会科学论坛》1999 年第 2 期。

此，作家不仅在创作之前化费大量工夫深入历史，广泛搜集并甄别有关史料；而且在具体的艺术转化过程中不期而然地采用现实主义方法，“在历史的真实和艺术之间，（我）尽量做到两者的结合”①，从而为全书的思想艺术翻案带来为一般作品所没有的双向真实的效应。其他如《旷代逸才》中的杨度，《白门柳》中的钱谦益、柳如是，《倾国倾城》中的孙元化，《努尔哈赤》中的努尔哈赤，《高阳公主》中的高阳公主，包括2003年上半年在中央电视台热播并受到批评的电视连续剧《走向共和》中的李鸿章、慈禧、袁世凯，也都有类似的情况。应该说，这种叛逆文化姿态的写作在中国现阶段的历史文学中是比较普遍并且具有相当的市场。它几乎成为“创新”乃至“时尚”的代名词，已经并正在深刻地浸渗影响着我们历史小说的整体面貌和创作走向。当然，不必讳言，这之中的确也存在有悖于历史小说创作规律的随意拔高或贬损历史人物的不良倾向，有的问题还比较突出。如《走向共和》在为李鸿章、慈禧、袁世凯等翻案时夸饰失度，过于理想化，这就造成了另一种失真。

另一种可称之为与“非历史化的翻案”。它突出表现在苏童、叶兆言、刘震云、格非、刘恒、李晓等年轻或较年轻作家的新历史小说的写作上。他们有的是基于元典的历史事实的支撑，如苏童的《紫檀木球》（又名《武则天》）、潘军的《重瞳——项羽自叙》；但更多的则是“无中生有”的，是作家对长期以来被遮蔽的近现代民间史、家族史和边缘革命史的奇思遐想的结果，如乔良的《灵旗》、叶兆言的《追月楼》、刘恒的《苍河白日梦》等。这批作品虽然与历史化的翻案几乎同时出现在80年代后期，但由于本质上是先锋或实验写作，故带有明显的后现代式的模仿和拼凑的特征。而后现代，则是以“断裂”历史为前提的。因此，其翻案就较唐浩明、二月河等中年作家走得更远，也更为彻底：它不仅对传统定论来了个釜底抽薪的颠覆，同时也对中年作家带有正本清源性质的历史化的翻案进行革命性的消解。中年作家的翻案是建立在历史是可以认知的基础之上，存在着是非善恶、真假美丑之分。他们的创作就是想拨乱反正，将历史重新还给历史。而这些年轻作家则坚持认为历史是子虚乌有的（格非在其处女作《追忆乌攸先生》中，就利用“乌攸”——即“乌有”的谐音这个人名，表达了对历史还原的怀疑和否定），它只是一种单纯的语言事实，甚至是“骗子”、“婊子”。因此，历史文学创作就没有必要也不可能求得所谓的历史真实，而只能作“修辞想象”乃至文字合成才有实在的意义。这就使其翻案的历史明显个人化、主观化了：它由过去的单数“大历史”的庄严叙述，变成了现在的众多复数“小历史”的随意调侃；由过去的表现历史之真、人文之真变成了现在的

① 转引自卫庶：《文学真实与历史真实——访二月河》，载《社会科学论坛》1999年第2期。

表现生命之真、生存之真。如格非的《大年》、苏童的《罂粟之家》所写的农民豹子、陈茂与地主丁伯高、刘老侠之间围绕“性”纠葛展开的暴力、死亡、饥饿、性意识冲突等，就明显具有这样的特征。它与其是对“历史”的翻案，不如说是借一段“旧事”为由头，对以往千篇一律的“阶级对抗”的经典叙事框架的一次充满快意的大胆出格的改写。

不仅如此，由于这些新历史小说的主观随意性，也由于作者非理性主观因素（如神秘主义、历史不可知论等）的强烈介入和参与，它在如此这般颠覆“历史”的同时，还身不由己地颠覆了“自我”。既然历史本身是虚佞或虚无的，那么对它的任何解构就没有必要也无意义，甚至连历史文学文体亦可以取消。翻案的结果连翻案者自身也被取消否定了，成为一种荒诞悖谬的存在，这大概是新历史小说作家没有想到的。

说到这里，有必要对《戏说乾隆》、《康熙微服私访记》、《铁齿铜牙纪晓岚》等“戏说历史”和赵玫的描写“唐宫女性”的三部长篇历史小说《高阳公主》、《武则天》、《上官婉儿》以及李少红导演的电视剧《大明宫词》略述一二，以进一步拓宽上述问题探讨的容量，使我们的研究具有更强的现实针对性。

一般来讲，“戏说历史”也不妨可称之为非历史化的翻案，它具有非历史化翻案的一些基本特征。并且在反抗沉重的历史传统的压迫，表现当代人尤其是年轻人“超我”的文化力量，以获取一份轻松与平等之感，具有积极的意义。但是，也正因为它停留在戏谑、戏仿的层次，以娱乐搞笑为目的，而没有将笔触伸向历史和人的里层深处；因此这些“戏说”犹如参天大厦墙脚处的涂鸦，是难以真正撼动传统的历史定论和经典化的文本。戏谑、戏仿一结束，作品也就失去了意义。它恐怕无力构成对传统经典的颠覆或消解，读者和观众（也许毫无历史知识的少年儿童除外）一般也不会对它所“戏说”的“历史”太顶真。与此不同，倒是《高阳公主》、《武则天》、《上官婉儿》、《大明宫词》等，虽然虚构的成分很大甚至超过“戏说历史”（如历史上的太平公主与武攸嗣、王维根本没有关系，而《大明宫词》则将他们分别写成太平公主的后继丈夫和情人；历史上的太平公主秉承乃母武则天，擅于弄权，而《大明宫词》则将她写成一个冰清玉洁、多情善感的美丽女性）；但女性主义的立场和诗化的方式，使它们这一着重“从一个女人的角度”去表现“权力与爱情、权力与人性”的翻案，不仅在文本意蕴上达到了相当的思想深度，而且显示了对“男权历史崇拜”的批判力度。所以，同样是非历史化的翻案，它与“戏说历史”大相径庭，作用于读者和观众的感受也不一样。这里的关键，主要不在于虚实含量的多少，而是在于彼此进入历史和表现历史的层次境界、目的旨趣和历史观的差异。

二、"翻案"的思维认知辨析

当前历史文学中历史人物的"翻案"风的出现意味深长。它也许相当复杂，存在的问题也不少（如有明显的人为炒作成分和追逐时尚的倾向）。但从文学与时代的关系角度考察、从历史小说自身发展的角度观照，则自有其深刻的必然性。它是文化转型的精神气候之在文学中的一个折光反映，是历史小说作家历史观大变革的一个生动写照。

大家知道，20世纪七八十年代之交，在姚雪垠的《李自成》的影响之下，当代中国文坛曾奇迹般地涌现出徐兴业的《金瓯缺》、凌力的《星星草》、蒋和森的《风萧萧》等一批长篇历史小说。他们以充满政治激情的叙事，热烈讴歌农民起义，愤怒鞭笞封建主义思想，与当时反封建的新启蒙契节相符，在社会上产生了很大的反响。从艺术上看，也取得了相当高的成就。然而综观这些风格各异的作品，我们可以发现它们的历史观其实是一致的。这就是悉以阶级划线，所有的人事描写都呼应"农民的起义和农民的战争才是历史发展的真正动力"的经典论断，将无限丰富复杂的历史有意无意地被简化为一部阶级斗争史。其实，农民与地主，或者说起义与镇压，他们彼此的矛盾关系十分复杂。就拿大家非常熟悉的太平天国来说吧，冯友兰先生就指出："时人称许太平天国，贬骂曾国藩，可是从中国近代史的主题来说，洪秀全要学习并搬到中国的，是以小农平均主义为基础的西方中世纪神权政治。中国当时需要的是西方的近代化，所以洪秀全的理想若真实现，中国就要倒退。这样一来，自然就把它的对立面曾国藩提高了。不过曾推行一套以政代工的方针违背了西方近代化以商代工的自然道路，又延迟了近代化。"① 可见情况之复杂。遗憾的是，由于历史观方面的原因，在当时不仅没有认识，相反将其纳入"革命与反革命"的两极对立模式中作褒贬臧否的价值评判，从而致使包括《李自成》在内的这些史诗规模的作品大多思想价值和艺术趋向比较单一，老辈作家深厚的文史功底也不能有效地转化为艺术创造力。这是当代文学的一大损失。

正是在这样的情形之下，唐浩明、二月河等这批中年作家采用大文化或大人文的视角，对此进行翻案式的描写，其意义就不言而喻的了。显然，这里所说的翻案，它不是一般意义上的艺术创新，而是对长期以来形成的封闭狭隘的阶级

① 转引自范鹏：《回归自我成正果——晚年冯友兰》，载《读者文摘》2002年第5期。

论、本质论的超越和突破。它表现了在新的全球化语境中（这也是西方强势文化咄咄逼人地侵蚀民族本土文化），人们对传统文化承传及其重建的殷切之情。于是，与《李自成》等不同，他们抑农民暴力革命而扬勘乱治世的封建英杰人物，开启了一个以“圣君贤相”为中心的新的创作流潮。这里，主角的易位和主题的变迁，其实隐含着这样一种历史观的大变化：“历史不再只是由农民起义和农民战争推动的，而是由农民群众和‘圣君贤相’共同创造的，后者的作用甚至被认为更显著。”① 这与恩格斯所说的“历史合力论”大致是吻合的，与世纪之交盛行的新保守主义文化思潮也具有某种内在的精神连接。当然，也许是与知识结构和思维定势有关，这些中年作家更倾向于把否定性的翻案视作是一种绝对理性的活动。他们一边在成功地颠覆着政治理性的虚妄，一边又在有意无意地制造着新的文化或人文理性的虚妄；似乎觉得理性可以包打天下，无往而不胜。这就造成了思想艺术的某种新的偏至。站在这样的层次角度来看苏童、叶兆言、刘震云、格非、刘恒、李晓等年轻作家的新历史小说写作，我们便对他们固有的意义价值具有更深切的理解和认识。尽管他们的综合水平不及《李自成》、《曾国藩》、《雍正皇帝》、《梦断关河》，尤其是在整体把握历史生活方面，颇明显缺乏姚雪垠、凌力、唐浩明、二月河那样的气度和胸襟。但不同的文化背景和不同的文化资源，使他们具有了不同于以往的全新的历史观和价值观。这就不仅为他们超越传统僵硬的理性框范提供了基础，同时也为自己按照现实主观生存体验和非本质的偶然性原则重写历史提供了合法性依据。从而将历史题材小说很快就推进到了先锋的境地，使它从此结束了在当代文学中慢一节拍的滞后状态，具备了当下最前沿的思想艺术品格。

在这里，我们似乎已触及到了历史文学创作的一个人人无法逾越的定律：历史文学犹如环环相扣的一个链条，包括老中青在内的每代作家都是这链条当中的一个环节。他们每一代都作出了自己的创造和贡献，也都留下了自己的不足和遗憾。由此才组成一部代代相续又不断发展的完整的文学史。我们上面所说的历史文学翻案及其有关的历史观，是可以而且应该纳入这样的链条之中进行考察。也只有纳入这样的链条之中进行考察，才有可能对他们彼此作为较为客观公正的评价。在这里，我们还触及到了历史文学创作中的一个令人尴尬的悖论：那些文史功底深厚的作家，由于观念的僵滞，往往难以超越固有历史凝固书写形式对自身的“压迫”。这时丰富的历史知识反而成为一种负担，不能转化为活的浑融的生命整体。而那些历史知识并不丰富甚至相对贫乏的作家，因为摆脱了具有超强意识形态性的本真历史的约束，从中注入了自身独特的生命体验和生存憬悟，反而

① 雷达：《关于历史小说的历史观》，载《文艺报》2003年10月21日。

赋予僵硬而冰冷的历史以温暖鲜活的人性内涵，显得魅力无穷。对此，我们或许感到有些迷惑，但也可以藉此对以往的历史文学创作尤其是中老年作家擅长的历史化的翻案进行深刻的反思。它至少提醒我们：历史翻案自然以一定的历史知识为前提，尤其是历史化的翻案更是如此。但一旦进入创作的堂奥，就应将历史知识抛开，按照美的规律造型。记得五十年前著名戏剧家焦菊隐曾称道郭沫若的历史剧创作，"是以历史学家作准备，革命诗人作构思，最后以戏剧家去落笔"。我们的翻案也应像郭老一样，将历史学家及其历史知识限制在"准备"阶段，而在"构思"和"落笔"时，则希望更多展示作家的功能，不希望过多展示历史学家渊博的知识。

不过，我们也要清醒看到，凡事都有两面性。作家的叛逆性写作固然可以急捷地推进当代历史文学创作，但同时也把其中潜存的矛盾和问题很快暴露出来。根据福科"知识考古学"的观点，"历史"和"文学"作为一种"知识"的存在尽管是平等的，不存在等级制意义上的价值评判；但就具体的实践而言，这种知识的存在从来也没有摆脱权力的干预和压制，都身不由己地被纳入一种权力关系中进行解读。也就是说，我们恢复了一部分被遮蔽了的历史真实，同时在恢复这些历史真实的过程中，客观上形成了对另一部分历史真实的遮蔽。按照这一解释，我认为上述翻案不仅在方法论甚至在本体论上都不妨质疑，它只有相对的合理性，而没有绝对的完美性；其充满历史温情和挚爱的大量的有关帝王将相的描写，也存在着难以掩饰的缺憾。它在一定程度上反映了我们作家对阶级斗争和民间意识的一种排斥心理，表露了他们对底层民众的苦难和底层民众反抗封建压迫的正义要求的一种不应有的忽视，或者说表露了他们对阶级斗争和"农民革命动力说"矫枉过正后的一种新偏见。是的，"中国农民革命确实存在种种问题，但这和封建历史和民族文化密切相关。中国知识分子也难以摆脱传统的巨大束缚。因此，我们绝不能因为中国农民的历史局限而忽视他们的反抗封建压迫的动力。如果连这种'官逼民反'的反抗也没有，如果受尽屈辱的老百姓只是逆来顺受，中国历史不是会更加沉重和悲哀。"① 再进一步，如果连这种反抗都要用所谓的"精英文化立场"加以解构或调侃，那么我们历史文学的人文精神又在哪里？它到底是比《水浒》前进了还是倒退了呢？

严格地讲，历史是一条包纳百川的河流，在这里，主潮与支流、大波与细澜融汇成一个不可分割的整体。中国的历史更是一条超巨型的浩浩荡荡的长江或黄河，它无疑具有更大的包容性和吞吐量。我们希望读到能充分展示中华大历史、

① 李运抟：《从"农民革命戏"到"帝王将相戏"——对新时期古史题材小说历史意识的反思》，载《文艺报》2002年8月20日。

大文化本真风貌神韵的历史文学，从中发掘具有原创性的精神钙质和创造过程。从这个意义上，我觉得历史文学仅是翻案是不够的，它同时还需要融合。真正优秀的历史文学，也不是简单的翻案所能概括的，它应该兼容并包地涵盖更加丰富立体的历史内容。就像唐浩明笔下的曾国藩一样，呈现“很复杂”的个性和内涵；创作之前，他也许怀有强烈的翻案动机，但一俟进入艺术实践的世界，就按照历史主义典型化原则进行超越式的全面整体的把握。就此而论，说《曾国藩》等是翻案之作似乎不大准确，至少失之简单。然而，正是这种既翻案又超翻案的描写，它才使作家有关曾国藩形象的塑造跳出了非此即彼的二元对立的思维模式，显得别具新意和深度。

三、“翻案”的艺术审美衡估

以上所说的翻案，主要还停留在一般的思维认知层面。它与我们讲的历史文学翻案当然有重要关系，但在价值向度上则具有明显的质的区别。因为历史文学虽不能像一般虚构性文学那样作可塑性很强的自由驰骋，纵笔放达。尤其是旨在翻案的这些作品，它往往选择彰明昭著的重大历史事件或重要历史人物作为题材对象，就更要尊重历史“基本事实、基本是非”的规范，即所谓的“大事不虚，小事不拘”，不可作倏忽意兴的向壁虚构。但是，历史文学毕竟是文学而不是历史，它与历史只是保持“异质同构”而不是“同质同构”的关系。也就是说，它对历史的尊重虽然在关系和形态方面与史家呈现某种“同构”的相通或一致，但在目的、功能和手段上则有着“异质”的根本区别。就其实质而言，仍然属于文学的范畴，它应该极大地调动和开发作家艺术创造力的潜能。

事实表明，真正的历史文学的翻案，它不仅体现一个作家对历史的深刻怀疑和批判精神，而且还体现他丰沛的文学想象力和艺术创造力。即使在翻案时所得的结论与史家相同，达到了真正所谓的“历史还原”，但由于上述的“异质同构”的原因，仍可开拓出属于自我的全新的审美世界，而成为一种独特的诗性的存在。凌力的《梦断关河》之所以在同类的鸦片战争题材中显得卓尔不凡，其中原因之一就是打破传统历史教科书的“侵略与反侵略”的模式，通过梨园世家几个年轻戏子的视角，生动地展示那个时代的历史悲剧。在这里，众所周知的血与火的内容被作家巧妙地虚化为作品的背景，正面呈现在我们面前的是普通下层民众多姿多彩的心史和情史。而正是在这种鲜活灵动的平民化、人性化的叙述过程中，却使得它从人们耳熟能详的历史中获得了异常独特的审美发现。

遗憾的是，这种充溢着艺术创造力的优秀之作并不是很多。占据我们创作主流的，依然是那些满足于对历史表象进行简单复制或对历史定论进行简单颠覆的作品。不少作家总是对过往的历史保持着高度的依赖性，并将艺术旨趣放在对所谓的历史本真的写实纪实上。这就导致了艺术想象力的匮乏，使其有关的翻案不期而然地蜕变为一种平面单维的历史叙事，而未能成为真正意义上的颠覆性或否定性的审美表达。即便是像唐浩明这样的优秀作家，他在用历史现实主义事理逻辑对曾国藩、杨度、张之洞进行重新编码，也表现了颇明显的重史轻诗倾向，故艺术描写未免质胜于文，显得厚重有余而灵性不足，史学价值高于文学价值。其他如杨书案的《孔子》、刘恩铭的《努尔哈赤》等也都有类似的情况。当然，作为多元历史文学格局中的一种审美追求，这些作品同样有其存在的合理性；它对固有历史的积极的投入姿态以及由此给作品平添的历史质感，也自有其独到的价值，并且得到了不少读者的喜爱。但是，必须看到，这些作品毕竟在相当程度上是与艺术的自由秉性和创造精神相抵牾，而自觉不自觉地返回到“以史为本”的传统老路，它并没有走向真正的文体独立。更为主要的是由此及彼，严重地窒扼了作家的艺术想象力和审美创造力，使原本的历史与文学的“双语写作”变成现在的历史的“单声独白”。这显然是对历史小说艺术品质的很大伤害。从渊源上看，恐怕与根深蒂固的传统的“实录”观念影响有关；而从思维上看，则恐怕与我们长期以来将历史小说对真实的求取视作是绝对理性活动的认知有关。其实，严格地讲，历史小说的真实性只有相对独特的意义。从历史的真实到文本的真实，它一般都经历“将历史真实心理化再进而审美心理化”[①] 这样两个阶段，其间主观化的因素是十分明显的；它可以而且应该融入作家独出机杼的创造，融入他对历史和现实的充满诗意的向往。这也是历史小说真实性的魅力之所在，是我们衡量一部作品艺术价值和品位的重要标准。而恰恰在这个问题上，上述诸多作品无论在认识还是在实践上都出现了偏差。所以，它就不能不影响乃至损及世纪之交的历史小说的整体格局和水平，使其思想与艺术之间程度不同地出现了错位。这有必要引起我们的重视。

新历史小说相比之下，在艺术创造力方面较前面这些中年作家有超越。它第一次将先锋的超验想象和先锋的超常思维带进历史文学创作领域，使历史叙事的审美话语在想象中得到了独特而有效的激活，而真正成为一种充满艺术智性的可能性叙事。于是，其所构造的文本历史顺理成章地打破了森严有序的逻辑因果链的束缚，呈现出了前所未有的开放性和主观化、感性化的特征。在这方面，苏童的长篇小说《我的帝王生涯》是颇具代表性的。他所描写的燮国国王端白荣辱

① 吴秀明：《论历史真实与作家的主体意识》，载《齐鲁学刊》1990 年第 2 期。

沉浮的一生纯系虚构，并无任何的历史依据，作家也无意于为历史上曾经真实存在的某一帝王作还原式的复现。但正因它是虚构的，所以作家可以打破旧的历史神化的羁绊，并富有意味地以第一人称“我”作体验和叙事视角，巧妙地将李煜、崇祯、光绪、宣统等末代皇帝的精神心理以及历代宫廷斗争、刀光剑影、骄奢淫逸、变幻无定等种种景象纳入文本之中。一切都显得那样的真切细腻而又挥洒自如，它让我们以现代人的意识，具体而微地体味中国权力文化中心对人性的可怕窒扼和扭曲。而这，则往往是传统的历史文学所欠缺的，是它们艺术创造力极易折翅的地方。

另外像李冯的《孔子》、商略的《子贡出马》、朱文颖的《重瞳》、张伟的《东巡》等一批与新历史小说同根异枝、近年来颇为时尚的《新故事新编》，也明显具有类似的创作意向。它们在鲁迅《故事新编》的基础上，揉进了后现代及当下“大话西游”的许多超越时空和幻化神奇等叙事要素，又进一步把新历史小说刚建立起来的历史艺术世界推向“另类”式的荒诞和怪异。如商略的《子贡出马》，一干历史上的圣贤人物都有了现代的身份标识。孔子是私立学校的校长，开的必修课是《礼》、《乐》、《诗》、《书》、《易》、《春秋》，七十二弟子修不到学分要补考；子贡出使各国，住的是五星级宾馆，在包厢里吃海鲜；勾践卧薪尝胆，睡的是云丝被，尝的是绿豆糕。所有史载的历史及其典故，包括《论语》中孔子师徒的谈话，子贡出使的战略部署和吴越两国的斗智斗勇，都被改写成了现代人所熟悉并身体力行着的日常经验。当然，与新历史小说一样，由于过分随意和缺少必要的艺术节制，它也反过来严重戕害了这些作家强劲的艺术原创能力，致使在经历近十年创作的今天没有留下可与《白门柳》、《梦断关河》、《曾国藩》、《雍正皇帝》等堪比的佳作。这也是当代中国先锋实验文学的一个难以逃遁的宿命。

顺便还要提及赵玫的《高阳公主》、《武则天》、《上官婉儿》和李少红导演的电视剧《大明宫词》以及大量的“戏说历史”等，它们在历史的“艺术化”和“创造力”方面所作的探索同样值得重视。特别是赵玫、李少红两位女性作家创作的作品，那充满浪漫“诗说”建立起的可能性世界也许离真正的历史相距甚远，但它所蕴涵的超越庸常的历史认知和大众经验，让历史之真内化为心灵之真和人性之真的审美倾向，对如何进一步丰富激活作家的想象力，提升当下历史文学的艺术品格，无疑是有启迪的。即便是“戏说历史”，我们在指出它的过分的商业诉求和世俗化倾向给历史文化正常承传带来消极影响的同时，也要对其具有“狂欢”和“自娱”性质的大众化的合理想象给予一定的认同。无论怎么说，娱乐消遣虽不是历史文学的目的，但也是它题中的应有之意。我们不能因为祛污除垢，就将脏水和婴儿一起倒掉。

那么，现实和未来的历史文学到底怎么发展？它在创作和翻案的过程中到底怎样寻求和开发艺术创造力的潜能？这当然比较复杂，但从目前的状况来看，主要可从以下三个方面或方向进行扩容和拓展。

第一，在空间上，不但要重视宏观的大历史，同时也要关注微观的小历史，让艺术创造力和审美热情伸向政治生活之外并与之相连接的日常生活。不能把眼光过多停留在重大历史事件及其帝王将相等显赫的历史权贵人物之上，将历史文学中的历史写成非艺术非现代的历史事件史和帝王将相史，尤其是帝王将相的权力斗争史。须知，“日常生活”虽不是历史的全部，但它却是历史本体的一个不可或缺的重要组成部分，这里既包括名不见经传的平民百姓的“世俗化”的生存状态，同时也包括远离史家所谓的“本质”或“规律”的感性具体的生活。正是这些被传统史家弃之如履的世俗化的感性生活，它蕴涵着对感性之学的文学来讲十分弥足珍贵的丰富复杂的艺术美质。所以，史家在此搁笔之处，恰恰应成为作家落笔的地方。只有充分地扩展这方面的生活内容，才能使历史文学创作有效地被纳入艺术审美化的轨道，而显得血肉丰盈、婀娜多姿。这也是古典名著《红楼梦》以及李劼人的《大波》、巴人的《莽秀才造反记》、鲍昌的《庚子风云》等现当代历史小说（同时也应该包括新历史小说）留给我们的一条宝贵的艺术经验，是我们衡量一个历史文学作家审美感悟和体验能力的重要方面。

第二，在思维上，不但要重视“常态”的经验写作，同时也要关注“非常态”的超验写作，将艺术审美智性拓展到超逸客观实在的抽象世界或幻象世界。落实到具体的文本创作上来，就是打破亚里士多德所说的可然律必然律原则，把艺术描写推向荒诞和变形。这就需要借鉴现代主义、超现实主义等有关的创作方法和思维理念，做好“超俗性”——从内容到形式的“超俗性”这篇文章，不能用现实主义一把标尺包打天下。当然，“非常态”的超验写作尽管随意荒诞，带有明显的反经验反逻辑的特点；但它并非随心所欲，无所规约，而是竭力按照整体性和自为性的艺术规律进行运作。[①] 因此，在艺术上能给人产生一种如置身哈哈镜面前的似真犹幻、似幻犹真的奇特美感。鲁迅的《故事新编》、卡夫卡的《万里长城建造时》、马尔克斯的《百年孤独》、西格斯的《旅途邂逅》，以及前面提到的李冯、商略、朱文颖、张想、木木等的“新故事新编”，在这方面已作了成功或有益的探索。我们现在需要做的，是在继承前人和时贤的基础上，如何进一步出新和提高。

第三，在文体上，不但要在历史文学本体自身进行艺术革新，同时也要向其他文体特别是向武侠文学、科幻文学和侦探文学寻求借鉴，进行跨文体的融合。

① 吴秀明：《论历史文学独特的语言媒介系统》，载《文艺理论研究》2003 年第 2 期。

因为中国的《庄子》和上古神话的想象力传统——这是中国文学有别于史传传统的一个最具艺术创造力和想象力的传统，它较多体现在武侠文学这种边缘的文体之中并在那里得到较为充分的继承和发展；而现代的想象和幻想包括它上天入地的奇思异想的能力，也包括它运用现代心理学和逻辑推理在想象的空间里制造悬念及营造扑朔迷离的故事的能力等，则更多体现在现代科幻文学和侦探文学这种新型的文体之中。事实上，现在也有作家在进行尝试，如易生的《宋元英雄传》就有意识地融进了不少武侠文体的要素，被人称为“史侠小说”，阿越的《新宋》则在叙述北宋王安石变法之时，富有意味地引入了一位21世纪的大学生，被名为“历史幻想小说”。而这，恰恰是我们历史文学所欠缺的。故有必要放开眼光，也放下“架子”，在保持历史文学审美属性的基础上，尽可能从武侠文学、科幻文学和侦探文学那里吸收更多的艺术资源，以丰富和充实自己。

第十九章

红色经典剧的改编问题

自从有了“革命历史题材”的文学创作之后，也就有了对这种题材的改编。而在“十七年”和“文革”之中，此种题材的改编可谓主流。所以，大凡有影响的革命历史题材大都在这一时期被改编成了电影、戏剧等艺术形式。崔永元于2004年制作并播出的《电影传奇》涉及200多部老电影，即可印证当年革命历史题材被改编的盛况。

然而，红色经典剧的改编却是一个新现象，此现象出现于20世纪90年代，在新世纪又遇到了一系列问题。这些问题包括：“革命历史题材”转换成“红色经典”之后，其含义发生了怎样的变化，其中隐藏着历史题材再生产的何种策略？红色经典剧的改编本身存在着怎样的问题，这些问题如何使那些原来被人遗忘的问题浮出了水面？在对红色经典剧的观赏与消费活动中，什么人对红色经典剧的改编耿耿于怀，究竟谁在守护红色经典？对这些问题的思考与回答构成了本部分的主要内容。

一、“红色经典”形成的历史语境

关于“红色经典”，已有一些学者作出过明确界定。比如，孟繁华认为：“红色经典，是指1942年以来，在《延安文艺座谈会上的讲话》指导下，文学艺术工作者创作的具有民族风格、民族做派、为工农兵喜闻乐见的作品。”[1] 刘

---

① 孟繁华：《众神狂欢——当代中国的文化冲突问题》，今日中国出版社1997年版，第80页。

康指出："红色经典是指革命题材的文艺作品，也是中国近半个世纪的文化生产，是革命文化领导权（或文化霸权）建构的核心部分。"① 洪子诚也有如下说法："'红色经典'指的是约定俗成的，群众公认的，岁月久远的，影响较大的，描写革命历史和英雄人物的经典作品。"② 从这些定义中可以看出，"革命历史题材"应该是"红色经典"的主要义项；而在宽泛的意义上衡量这些定义，也不应该会有多大问题。

但事实上，这些定义均忽略了一个重要内容，即红色经典之说是在什么时候出现的，它出现的历史语境究竟是什么。稍作回顾我们便可发现，从 1942 年延安《讲话》发表一直到 20 世纪 80 年代，"革命历史题材"之说虽广为人知，但这一时期并无"红色经典"一说。那么红色经典之说莫非出现于 20 世纪 90 年代？

为了弄清楚这一问题，我们不妨首先来面对一组数据。查"中国期刊网"（即中国期刊全文数据库，查找时间为 2009 年 3 月 25 日），以"红色经典"为"主题""精确"查找"文史哲"目录之后所获得的数据如下：1996 ~ 2009 年，共计 734 条（即有 734 篇文章含有"红色经典"一词）。此 734 条信息中，有 672 条出现在 2004 ~ 2009 年（也就是说，1996 ~ 2003 年中，只有 62 篇文章涉及"红色经典"，而 1996 年只有 1 篇）。以"红色经典"为"篇名""精确"查找，又有如下数据：1997 ~ 2009 年共计 260 条，其中 1997 ~ 2003 年 11 篇，2004 ~ 2009 年 249 篇。此两种查找方式均显示，在 1996 年以前，并无红色经典的相关记录。

这些数据表明，红色经典作为一个热点话题是近几年的事情，而作为一种说法的提出，红色经典很可能是出现在 1996 年。因为据相关报道，这一年发生了几件重要的事情：第一，因纪念红军长征胜利 60 周年，由中宣部主办、中央电视台承办的大型文艺演出赴延安慰问革命老区人民，由此掀起了全国范围的送戏、送文艺、送文化下乡、下厂矿的高潮。而描写红军长征的影视节目如《长征岁月》、《不朽的史诗——长征》等几乎天天与观众见面。第二，也正是在这一纪念氛围中，8 月份，一次名为《红岩魂——白公馆渣滓洞革命先烈斗争事迹展览》火暴京城。第三，依然是借助于这一氛围，革命歌舞的重演活动开始在北京等地走俏：8 月 6 ~ 10 日，上海芭蕾舞团在北京"北展剧场"演出《白毛女》，盛况空前；8 月 30 日 ~9 月 3 日，北京展览馆剧场上演"20 世纪华人经典作品"《长征组歌 · 红军不怕远征难》，再度引起轰动。9 月 8 日，北京音乐厅推出大型音乐舞蹈史诗《东方红》；9 月中旬，中国芭蕾舞团推出芭蕾舞剧《红色

① 刘康：《在全球化时代"再造红色经典"》，载《中国比较文学》2003 年第 1 期。

② 洪子诚：《中国当代文学史》，北京大学出版社 1999 年版，第 107 页。

娘子军》；10月，革命京剧现代戏《沙家浜》在北京与大学生及戏剧观众见面，并出访台湾地区。与此同时，媒体开始用红色经典来称谓上述演出："整整一个夏天，红色经典火暴京城。""'红色经典'红透京、津、沪、穗等地"。① 于是，"红色经典"作为一个固定称谓得以诞生。

现在看来，革命历史题材改头换面为红色经典而再度诞生，其契机虽然与主流文化所渲染的纪念氛围密切相关，但这只是其中的一个因素，另一个值得注意的因素是市场运作。比如，来自"重庆歌乐山革命纪念馆"的经验总结指出，《红岩魂》展览从1988年创办到1996年在北京打响，再到后来成为红色旅游产业研究开发的"品牌"，全部是市场运作成功的结果。该总结的开头部分是这样强调市场的重要性的："红岩蕴藏着丰富的革命历史文化资源，在市场经济的条件下要使这种革命传统教育为主、政治规定性极强的革命文化具有吸引力，以争取更多的旅游者，就必须要进入市场。革命纪念馆只有转变'等靠要'的计划观念，树立经营的市场观念，才能对手中的文化资源进行经营。革命纪念馆如果不能盘活手中的文化资源，就会出现'功能萎缩'。因此革命纪念馆要认识市场、开拓市场、占有市场。"② 再比如，《白毛女》、《红色娘子军》、《长征组歌》的主办单位之一是中国艺术研究院北京启明演出公司，据此公司总经理、"红色经典"系列演出总策划和艺术总监芦黎明讲，公司对《白毛女》在上海、武汉的演出以及《长征组歌》在广州的演出情况做了周密调查、精心策划和细心核算，才决心在北京推出系列演出活动。如果说红色经典有问世的契机，"这个契机却是建筑在市场上的"。③ 而此后一系列红色经典剧的改编活动，也无不与市场驱动有关。来自1997年的一篇报道指出，由于1996年出现了红色经典热，"精明的影视剧作家们敏感地捕捉了这一信息，并对此产生了浓厚兴趣。他们深感这一传统题材的精神力量之恢宏，创作热情油然而生。继不久前20集电视连续剧《青春之歌》投拍后，最近，千呼万唤的25集连续剧《红岩》也在北京正式开机。据悉，还有一批五六十年代涌现的'红色经典'题材作品正在加紧酝酿中。"④ 这也就是说，由于红色经典的策划演出在1996年开了个好头，所以激发了影视制作者的改编热情。他们通过打红色经典这张牌，想在当今电视剧生产

① 以上资料参见陈咏莹：《革命歌舞再热京城》，载《团结》1996年第5期；《'96中国戏剧十大新闻》，载《上海戏剧》1997年第1期；孟固：《"1996——北京文坛"座谈会纪要》，载《北京社会科学》1997年第1期。

② 厉华：《市场经济条件下革命历史博物馆的发展之路——从〈红岩魂〉看革命纪念馆的管理与创新》，http://philosophy.cass.cn/org/zxin/whzxin/lbs/05/0511.htm。

③ 转引自孟繁华：《众神狂欢——当代中国的文化冲突问题》，今日中国出版社1997年版，第85～86页。

④ 曾亚波：《"红色经典"热起来》，载《电影评介》1997年第6期。

的残酷竞争中赢得市场份额。《烈火金刚》的剧本改编者徐兵指出："红色经典的优势在于它们的名字观众熟悉，拍这样的作品比新创作的风险低。"[①] 此话一针见血，可谓道破了红色经典剧改编热的天机。而深谙影视剧制作内幕的崔永元更是看得清楚，他认为红色经典剧改编热的本质"基本上就是挣钱和出名！""不要担心这样的理解太简单，实际上很多人的动机本来就如此简单。""新东西出不来，就利用别人的怀旧情绪，我理解众多的'红色经典'就是在这种状况下出笼的。'红色经典'早就深入人心，用商业语言表达，就是市场认知度高，消费者众多，前期宣传进行了好几十年。"[②]

于是有必要指出，虽然有的学者早已明确说明，"红色经典"这个概念本身对"经典"这个词是一种嘲讽和解构，红色经典改编热的"思潮本身是一批自恋的创作人员、评论家和文化市场的从业人员的不正常心态造成的，也包括那些没把这些道理看清楚的人，一起造出来一个'红色经典'的概念来"，[③] 但这显然是遵循艺术规律的逻辑思考问题的结果。从艺术逻辑出发，红色经典之说显然经不住推敲，然而如此来考虑问题却又显得书生气十足。因为作为一个概念，红色经典从它诞生的那一天起就是与文化产业的创意、市场运作、产品营销策略等联系在一起的，它虽然毫无疑问地指涉着五六十年代"革命历史题材"的创作之物，但在新的历史语境中，却更像一种广告意象，也更是一种商业品牌。既然是商业品牌，是否尊重历史真实、是否忠实于原著等并不是它首先需要考虑的事情，它需要首先考虑的是能否增加收看的百分点、是否有盈利空间。实际上，这也是任何大众文化生产需要遵循的商业逻辑。

然而，恰恰在这里，作为红色经典再生产的大众文化与主流文化发生了冲突。当然，冲突之前，首先是一种合作。如前所述，红色经典之说虽然并非官方命名，但实际上却获得了主流文化的认可。之所以如此，关键在于革命历史题材的作品是主流文化的一笔宝贵资源。20 世纪 80 年代，由于种种原因，这笔资源基本上处于封存状态；20 世纪 90 年代，随着市场化的进程，这笔资源有了起封和翻新再造的机会，而这一机会的来临又归因于主流文化对大众文化的宽容与支持，这种宽容和支持最终被凝固成"大力发展文化产业"的意识形态话语而在一定程度上变成了一种政府律令。于是，在 90 年代以来的历史语境下，我们可以把红色经典剧改编热理解成大众文化与主流文化之间所做成的一笔交易：大众文化租用主流文化的资源以求利润最大化，它获得了商业价值，同时也获得了安

① 刘江华、于静：《电视剧重拍红色经典：误读原著、误会观众、误解市场》，载《北京青年报》2004 年 3 月 14 日。

② 陈一鸣：《崔永元：在"红色经典"前》，载《南方周末》2004 年 5 月 6 日。

③ 陈思和：《我不赞成"红色经典"这个提法》，载《南方周末》2004 年 5 月 6 日。

全生产的“政治正确性”；主流文化把资源出租给大众文化则是为了获得意识形态的剩余价值——当社会转型需要一种与之成龙配套的新意识形态话语时，意识形态生产机制并不能马上提供出一套行之有效的东西，于是在特殊年代里被意识形态国家机器生产出来的旧话语（比如理想主义、英雄主义、革命的现实主义与革命的浪漫主义等）就成了一种补偿物和替代品。在此意义上，我们并不能完全同意以下说法：“红色经典无疑是中国向现代民族国家转型过程中的重要文化遗产和符号资本。国家机器自然会努力把这部分符号资本纳入民族国家的新文化传统，并予以博物馆化。所谓博物馆化，是指把某一文化文本与社会现实剥离，置放于一个安全的距离中，予以审美和学理的欣赏和反思，并标以‘传统’、‘经典’的标签来教育后代和昭示世界，旨意在塑造民族国家的文化认同和意识形态。”① 国家机器也许有把红色经典博物馆化的意图，但是当它把红色经典交给大众文化时，却是在做着一件“去博物馆化”的事情。因为后来的种种冲突，其实都起因于“去博物馆化”的进程使红色经典失去了一种安全的距离。

冲突主要出现在2004年。伴随着《林海雪原》的热播以及随之引来的诸多争议，同时也伴随着《红色娘子军》要拍成“青春偶像剧”的先期报道，国家广电总局在一个多月的时间里连续出台两个《通知》，准备上马的许多红色经典剧被紧急叫停。而之所以这样做，主要是要杜绝“戏说”红色经典的现象。至此为止，主流文化与大众文化的和谐合作关系宣布结束，取而代之的是前者对后者的高度警惕和提防。形成这种局面很容易给人造成一种假象，以为这是大众文化有意在与主流文化作对，而实际情况却并非如此。因为从电视剧生产的角度看，增加“感情戏”和“人性化”处理方案的所谓“戏说”，其实是遵循着大众文化生产的商业逻辑所作出的必然选择。只不过如此一来，却又恰恰闯了主流文化所设置的那条底线，于是，两者的冲突也就变得在所难免。而且，值得注意的是，由于大众文化与主流文化的相互牵制，红色经典的再生产一直就是一个矛盾的统一体：当大众文化把红色经典作为其生产的主要素材时，它的种种处理方式其实是在“祛魅”——相对于电影、戏剧的精粹来说，电视剧的注水稀释以及由此形成的拖沓冗长是祛魅；相对于当年的“神化”模式来说，现在的“人性化”处理方案是祛魅；相对于当年的计划模式来说，现在这种完全商业化的制作/发行模式也是一种祛魅。如此一来，红色经典就不得不被移植到一个新的语境中而失去了种种保护的可能。然而，从追求意识形态剩余价值的方面考虑，主流文化却希望能让红色经典“返魅”，即恢复或修复红色经典的诸多功能，让曾经失语的革命话语重新说话，进而通过中老年人的怀旧心理和业已形成的

① 刘康：《在全球化时代“再造红色经典”》，载《中国比较文学》2003年第1期。

情感模式，使民众与主流意识形态建立起一种象征性的联系。大众文化客观上在祛魅，主流文化主观上想返魅，红色经典的再生产就被这两股拉力撕扯着，陷入一种左右为难的困境。如果说在《通知》出台之前，两股拉力还能保持一定的平衡，那么《通知》的出台，则意味着加大了满足主流文化需要的砝码，大众文化的生产几乎失去了拓展的空间。后来审查通过并获准播放的红色经典剧表明，它们虽然最大限度地满足了主流文化的要求，却大都成了反应平平之作，收视率也连续走低。这意味着祛魅的收敛之日，很可能也是返魅的终结之时。

由此可以看出，1996 年以来所出现的红色经典概念首先是一种商业命名，然后才经过了主流文化的确认。主流文化的确认一方面承认了商业命名的正确性，一方面却试图模糊许多论证环节而让原来所有的革命历史题材之作获得一种经典的合法性，而这种合法性最终又转换成一种政治正确性，使红色经典偷越了价值判断的防线而变成了有的学者所谓的“保护措施”。[①] 这样一来，主流文化与大众文化在红色经典再生产上的合作与冲突就都变得不难理解。只不过如此一来，又使许多问题变得更加复杂了。

二、红色经典剧改编的困境

自从有了红色经典的称谓之后，红色经典剧的改编问题就一直牵动着政府主管部门、影视编导者、观众等方面的敏感神经，故较重要的红色经典剧都能引起一些讨论或争论。至 2004 年，被国家广电总局批准立项的红色经典剧目共有 45 部，它们是：《野火春风斗古城》、《霓虹灯下的哨兵》、《雷锋》、《冰山上的来客》、《北风吹》、《烈火金刚》、《红旗谱》、《林海雪原》、《苦菜花》、《红色娘子军》、《迎春花》、《家春秋》、《没有共产党就没有新中国》、《少年英雄王二小》、《红嫂》、《三家巷》、《双枪李向阳》、《双枪老太婆》、《地道战》、《敌后武工队》、《一江春水向东流》、《阿庆嫂》、《红灯记》、《嘎子》、《永不消逝的电波》、《子夜》、《战斗的青春》、《刑场上的婚礼》、《花儿为什么这样红》、《闪闪的红星》、《节振国》、《沙家浜》、《小兵张嘎》、《这里的黎明静悄悄》、《51 号

① 陈冲指出：“‘红色经典’本身就是一个悖论。至少从实践的意义上看，它与其说是一种价值评价，不如是一种保护措施，比如不被恣意胡乱‘改编’，不被‘恶搞’等等。但是，真正的经典并不需要诸如此类的‘保护’，因为既是经典，必然经受过上百年、几百年时间的检验，它的经典性是撼不动的。”陈冲：《恶搞与红色经典》，载《文学自由谈》2006 年第 4 期。

兵站》、《鸡毛信》、《铁道游击队》、《邱少云》、《保密局的枪声》、《杨靖宇》、《牛虻》等。① 在这些公布的剧目中，大部分作品应该符合关于“红色经典”的定义，但把《红灯记》、《沙家浜》、《红色娘子军》、《闪闪的红星》等作品看作红色经典却是值得商榷的。然而，由于种种原因，此方面的问题并没有得到充分讨论。2006年5月以来，随着30集红色经典电视剧《沙家浜》在各地电视台的陆续播放，与红色经典剧改编相关的诸问题又一次获得了呈现机会。因此，以下我们将以《沙家浜》为例进行思考，借以说明红色经典剧改编的困境。

在《沙家浜》没有被改编成电视剧之前，《沙家浜》是以革命现代京剧的艺术样式而留在中老年观众的记忆当中的。而作为八个样板戏之一，《沙家浜》虽然在艺术表现形式上有可圈可点之处，《智斗》一场戏也受到了人们的喜爱，但总体而言，样板戏《沙家浜》却是“三突出”、“高大全”和“红光亮”的产物，是政治审美化过程中所生产出来的“畸形儿”。在这一问题上，从头至尾参加了革命现代京剧《沙家浜》生产过程的汪曾祺应该最有发言权，他说：“我以为从总体上看，‘样板戏’无功可录，罪莫大焉。不说这是‘四人帮’反党夺权的工具（没有那么直接），也不说‘八亿人民八出戏’，把中国搞成了文化沙漠（这个责任不能由‘样板戏’承担），只就‘样板戏’的创作方法来看，可以说：其来有因，遗祸无穷。”② 我们认为，此说乃持平之论，值得后来者三思。那么，面对这样一个先天存在缺陷的文本，电视剧《沙家浜》该如何改编呢？

经历了小说《沙家浜》被批判（2003年），电视剧《林海雪原》遭唾骂（2004年），国家广电总局出台改编红色经典电视剧的相关规定（2004年），《红旗谱》、《苦菜花》、《红色娘子军》等剧或反应平平或遭到质疑（2004～2005年）等一系列事件之后，再来改编红色经典剧《沙家浜》无疑会面临极大的压力，也会承担巨大的风险。《沙家浜》在各地电视台播出获得成功后，制片方的许多说法都耐人寻味。编剧高景文说：“首先有一点是坚持的，改编红色经典绝对百分之百忠实于原著，这是从以往改编的教训中得来的。所以我们是绝对忠实于原著的。”“我们确定的原则是不戏说，不搞笑。”③ 出品人之一的朱洪坦言创作之初的压力特别大，“那段时间红色经典改编剧总是遭到观众的骂声和媒体的批评，在这种舆论环境下，《沙家浜》是冒着很大的风险去拍摄的，能否得到观众认可，能否收回投资都是需要考虑的问题，因此，我们当初给《沙家浜》定

① 赵文侠、黄敬怡：《45部“红色经典”批准立项》，原载《北京日报》2004年7月23日，http://www.china.com.cn/chinese/2004/Jul/617972.htm。

② 汪曾祺：《关于“样板戏”》，《汪曾祺全集》第4卷，北京师范大学出版社1998年版，第325～326页。

③ 陈璐、孟园园：《〈沙家浜〉：红色经典的幕后传奇》，http://www.njnews.cn/v/ca780943.htm。

下的目标就是'老同志有回忆、年轻人会了解'。现在有好反响和高收视，我们就没什么遗憾了。"[①] 而据导演沈星浩的说法：为了重现经典，剧中演员的服装完全拷贝了京剧版中的戏装。[②]与此同时，许多媒体也关注着《沙家浜》的拍摄。一家媒体事后这样报道："每部'红色经典'出炉，人们最关心的总是'是否忠于原著'。对此，'阿庆嫂'的扮演者许晴肯定地说，电视剧版《沙家浜》没有戏说红色经典，阿庆嫂的精力也全用在'智斗'上，而拍摄期间人们不断揣测的'阿庆嫂跟郭建光到底有没有谈恋爱'问题，如今也真相大白，两人只有战友情，完全没有男女私情。"[③]

"完全没有男女私情"的《沙家浜》也许会让媒体感到失望，但是对于拍摄者来说，出此上策，却是选择了一套安全而又稳妥的拍摄方案。因为任何一家打算拍摄红色经典剧的生产商都会明白，他们必须既能在主流意识形态设置的种种关卡面前顺利过关，同时又能获取巨大的商业回报，这才是电视剧生产的一条光明大道。同时，生产商显然也懂得如下道理：现如今，红色经典剧的生产既不是一项政治任务，也不是一种冲击禁区的先锋艺术，它只不过是一种可以赚钱盈利的大众文化产品。选中红色经典作为改编与拍摄对象，是因为当下复杂而又微妙的现实语境可以使红色经典成为一种有利可图的宝贵资源。资源可以开发、再生产并最终为我所用，却不能浪费。在此境况下，与主流意识形态叫板，与许多有着革命情结的观众叫劲，显然是一种不明智的行为，也是对资源与商机的极大浪费。

然而，不戏说、不搞笑、百分之百地忠实于原著、好反响和高收视，是不是也意味着这样一个事实：《沙家浜》在让"二老"（老干部和老百姓）满意或基本满意的同时也遮蔽了更大的问题？为了能充分地呈现这一问题，让我们从电视剧的可改编性说起。

并不是任何作品都可以改编成电视剧的。仅就红色经典而言，那些越是具有民间传奇色彩的作品，可改编性就越高。否则，它就会面临意想不到的困难。以这个尺度来衡量革命样板戏（如果它们也能算作红色经典的话）的改编问题，有的可改编性高一些（如《智取威虎山》），有的可改编性低一些（如《红灯记》），有的则完全没有可改编性（如《海港》、《龙江颂》）。依我之见，《沙家浜》居于可改编与不可改编之间。

为什么说它具有可改编性呢？因为革命现代京剧虽然对《沙家浜》做了重大改动，但它毕竟保留了阿庆嫂的故事线。而阿庆嫂的"眼观六路，耳听八方，

---

①② 陈璐、孟园园：《〈沙家浜〉：红色经典的幕后传奇》，http：//www.njnews.cn/v/ca780943.htm。

③ 赵斌：《新〈沙家浜〉各地收视率飘红　红色经典拒绝暧昧》，http：//news.16dao.com/20060704/xw_269232.htm。

胆大心细，遇事不慌”（样板戏中刁德一台词）和双重身份（江湖中人和组织中人）使阿庆嫂以及与其相关的故事具有了民间传奇色彩。事过40年之后，大部分过来人只记住了《沙家浜》中的《智斗》一场，而《智斗》中又只有三人对唱被各种晚会反复演唱，这一事实足以表明，人们感兴趣的既是三人的道魔斗法，也是阿庆嫂的“江湖义气”。汪曾祺说，《沙家浜》修改期间，“垒起七星灶”等大段唱词差点被江青砍掉，原因无他，因为江青认为那是“江湖口”，阿庆嫂、胡传魁等人的“江湖口太多了”。[①] 江青的判断是准确的，而政治话语对民间话语的警觉以及唯恐后者冲淡或破坏前者也由此可见一斑。另一个有意思的例子是，当年黄子平插队海南岛深山农场，看完《智取威虎山》后与农友们回家，农友们已记不得那些豪情激荡的大段革命唱腔，反倒将“天王盖地虎，宝塔镇河妖”之类的土匪黑话大声吆喝。[②] 由此可知，样板戏的精髓是在何处，观众的兴奋点又在哪里。

那么，为什么又说它不具有可改编性呢？这主要是针对郭建光的故事线而言的。样板戏中，虽然增加了郭建光与伤病员的戏份，却主要是通过唱腔（第二场与第五场）、舞蹈动作（第五场）和武打（最后三场）表现出来的，而几无故事可言。如果说京剧中的这一条线还能通过种种艺术手法支撑起场面的话，那么，去掉这些艺术包装，留给郭建光的就只有一些空洞、干涩的豪言壮语了。与阿庆嫂的那条故事线相比，这条线不具有生成故事情节的基本元素。

然而，编导却说，电视剧要百分之百地忠实于原著。如此一来，问题便进一步变得复杂起来，因为人们马上就会追问：你所绝对忠实的原著究竟是哪个原著？根据我们的统计，在电视剧之前，《沙家浜》及其相关文本已有五个。[③] 电视剧版的《沙家浜》对第一文本只字不提，这意味着最原始的原著根本不在编导者的视野之内。电视剧的片头倒是打出一行字幕：“本剧取材于上海沪剧院文牧先生执笔创作的沪剧《芦荡火种》”，但种种迹象表明，这只是出于一种策略上的考虑，实际上电视剧与沪剧版的原著并无关系（文牧的后人与电视剧制作方打开官司后，高景文一不留神说了实话：“官司目前是老板的事。你要问我的

---

① 汪曾祺：《关于〈沙家浜〉》，《汪曾祺全集》第5卷，北京师范大学出版社1998年版，第241页。

② 黄子平：《“灰阑”中的叙述》，上海文艺出版社2001年版，第68～69页。

③ 此五个文本分别是崔左夫的纪实文学《血染着的姓名——36个伤病员斗争纪实》（1957年，第一文本），文牧根据第一文本执笔写就的现代沪剧《芦荡火种》（起初命名为《碧水红旗》，上海人民沪剧团于1960年11月27日首次演出，第二文本），汪曾祺等人根据第二文本改编的京剧现代戏《芦荡火种》（第一稿名为《地下联络员》，第二稿恢复为《芦荡火种》，北京京剧团排演此剧，并参加了1964年的“京剧现代戏观摩演出大会”，第三文本），在第三文本基础上经过反复演出、修改、锤炼的革命现代京剧《沙家浜》（1970年5月定本，并发表于当年的《红旗》杂志上，第四文本），薛荣创作并引起广泛争议的小说《沙家浜》（《江南》2003年第1期，第五文本）。

话，我没看过《芦荡火种》，只看过《沙家浜》，他告我有什么道理？要告的话先告北京京剧院。据我所知，故事是很多人凑在一起搞的，文牧只是执笔。”①）。那么，与京剧版的《芦荡火种》呢？依然没有关系。证据之一是电视剧版的结局依然突出的是武装斗争的重要性，这不是第三文本的路数。当然，它更不可能与小说版的《沙家浜》有什么瓜葛了，第五文本对于电视剧的改编来说只具有警戒意义，它提醒编导注意这样一个事实：只要你胆敢戏说、恶搞，只会出现后果很严重、损失很惨重的结局。

如此说来，电视剧的编导是把革命现代京剧《沙家浜》作为原著了？是的。电视剧中的主题歌《春来沙家浜》嵌入了“垒起七星灶，铜壶煮三江，摆开八仙桌，招待十六方”的唱词和曲调，片尾歌《十八棵青松》是对《要学那泰山顶上一青松》的完全挪用，主人公的相貌、身材与着装也力求与样板戏中的扮演者神似（如郭建光的扮演者任程伟像谭元寿一样高大英武，胡传魁的扮演者刘金山像周和桐一样方头愣脑、五大三粗，陈道明更是把一张样板戏的影碟带到现场，为的是反复琢磨刁德一扮演者马长礼的神态动作，《智斗》一场戏中许晴因穿一件紫色小褂拍摄而不得不推倒重来，因为样板戏中阿庆嫂的扮演者洪雪飞穿的是那种蓝色印花图案的上衣）。为了唤醒人们的历史记忆，第 22 集和第 27 集完全克隆了样板戏中《智斗》（第四场）和《斥敌》（第七场）中的细节与台词，甚至不惜把原唱段中的戏文转换成电视剧中的台词，或以画外音的形式直接把京剧唱段搬到电视剧中，让它承担叙事的功能（如胡传魁向刁德一介绍阿庆嫂是他的救命恩人时，剧中响起了“想当初老子的队伍才开张……”的京剧唱段），凡此种种，都在提醒样板戏的《沙家浜》作为原著的合法性；显然，编导所谓的忠实于原著就是要忠实于样板戏的原著。

从营销策略的层面考虑，这样的选择是无可指摘的，因为在“八亿人民八出戏”的年代里，样板戏已把戏中主要人物的扮相、舞台造型、唱腔唱段等以非常形式植入人们的记忆之中。所谓“老同志有回忆”，就是要唤醒 40 岁以上者的记忆，让当年的政治/文化符号成为今日商业大众文化的市场卖点。但问题是，若要忠实于原著，不光是要忠实于那些耳熟能详的政治/文化符号，还得忠实于原著的主题思想和布局结构；更准确地说，是要忠实于原著中有着重大缺陷的主题思想和布局结构。在样板戏中，郭建光的戏主题思想突出故事情节淡薄或许还能藏拙，但是，把两个小时的京戏抻成 30 集的电视连续剧，且两条故事线依然是平起平坐，该如何解决这一理论难题呢？

---

① 张守刚：《高景文：〈沙家浜〉没“戏说”》，http：//www.bjd.com.cn/xwzx/whyl/jj/200605/t20060529_17126.htm。

编导显然也意识到了这一问题的严重性，高景文说：“写郭建光的戏最难了！在样板戏中，他是高大全的形象。京剧中最精彩的智斗和他基本没有关系，部队进了芦苇荡他开始有戏，但光坚守芦苇荡，也没多少戏。当时我就苦思冥想，到底怎么写郭建光，让他更幽默一点、更平民一点。比如不是工作的时候，他也跟小王开玩笑，给老马穿衣服；他说话有点夸夸其谈，但打仗的时候很能打；小凌死的时候，他有大段的革命性讲话，这在当时的历史情景下，是合理的，不是硬凑。”① 从这段表白中可以看出，编剧非常努力，也希望问题能够得到妥善解决，但实际效果却依然差强人意。以郭建光为中心的故事线倒是让原来那些处于匿名状态或被郭建光巨大身影遮蔽掉的伤病员走到了台前，甚至还在革命队伍中增加了一个不断犯点小错误的国民党老兵马喜财，以此作为生成故事情节的基本元素，但一方面，“养伤无故事”（治伤、疗伤、打针、吃药确实没有什么故事性可言）的套路已然限定这些“元素”无法有多大作为；另一方面，靠在原来的主题思想上做文章并以此衍生出来的一些故事依然是“主题先行”的产物，这样的故事显然无法摆脱“假大空”的嫌疑。拿高景文认为表现得“很到位”的一场戏来说，沙四龙跟老马练枪走火，误伤新四军战士小王，沙奶奶便用家法把儿子打得遍体鳞伤。郭建光闻知此事与战士雨中下跪求情，沙奶奶大为感动。沙四龙受伤之躯需要上药，但他知道新四军缺少药品，便拒绝了郭建光的好意。这场戏拍得非常煽情，也确实有一些艺术效果，但是它的目的却是为了演绎样板戏中那个“军民鱼水情”的主题。在样板戏中，“军民鱼水情”主要是通过《你待同志亲如一家》的唱段表现出来的，当然显得空洞；电视剧不过是把这个空洞的主题充实了一下而已。一样的“主题先行”，区别只在于前者是原创性的，后者是继发性的，新瓶装旧酒，换汤不换药，如此而已。

更耐人寻味的是，为了忠实于原著，在郭建光这条故事线上，编导照搬了样板戏中那些借助于特殊创作法所生产出来的革命/政治话语，却违背了历史真实。试举一例，样板戏中第五场《坚持》中，有如下台词和唱段：

班　长　指导员你看，这芦根、鸡头米不是可以吃吗？

郭建光　是可以吃呀！同志们，只要我们大家动脑筋想办法，天大的困难也能克服！毛主席教导我们：**往往有这种情形，有利的情况和主动的恢复，产生于“再坚持一下”的努力之中**。同志们！

① 张守刚：《高景文：〈沙家浜〉没“戏说”》，http：//www. bjd. com. cn/xwzx/whyl/jj/200605/t20060529_17126. htm。

（唱）【西皮散板】

困难吓不倒英雄汉，
红军的传统代代传。
毛主席教导记心上，
坚持斗争，胜利在明天。

同志们！（纵身跃上土台）这芦苇荡就是前方，就是战场，我们要等候上级的命令，坚持到胜利！

众战士　对！我们要等待命令，不怕困难，坚持到胜利！[①]

在电视剧的第24集中，郭建光与阿庆嫂和叶排长一起坐在一条船上，有如下对话：

郭建光　我们的处境怕是会越来越严峻，我们的战斗力其实极其薄弱。我们目前的情况是，国民党和日本鬼子一样，同时把枪口对准了我们。既要面对日本人的枪口，又要背对国民党的枪口，可以说我们正处在一个极其被动又非常危险的战略困境里。但是我记下了这样一段论述：往往有这种情形，有利的情况和主动的恢复，产生于再坚持一下的努力之中。

叶排长　太好了，这是谁说的？

郭建光　毛主席。

毛主席语录是“文化大革命”的产物，也是那个年代非常流行的政治话语。据有的学者研究，样板戏中直接引用或间接糅入的毛主席语录、毛主席诗词不计其数。毛主席语录作为政论语体大量进入文艺语体当中，“文艺语体就会显得负载过重，出现吸收困难，消解乏力，两种语体的风格特征发生冲突等一系列问题。而且最终会导致文艺语体自身规律失控，危及到文艺语体本位的地位问题”。[②] 以此观点加以衡量，我们就会发现，样板戏《沙家浜》中的毛主席语录已经使它与其他的文艺语体发生了冲突，电视剧中却又把它原封不动地拿来并两次使用（第28集郭建光又重复了一次）。为什么编导要如此处理？不得而知。能够推测的依然是忠实于原著的改编精神在起作用。当然，编导也许会说，虽然是挪用，毕竟还是有些不同。样板戏中郭建光通过“呼告”，从而使毛主席语录

① 《革命现代京剧——沙家浜》，人民出版社1970年版，第42页。

② 祝克懿：《语言学视野中的“样板戏”》，河南大学出版社2004年版，第307页。

得以呈现。而当扮演者说到“毛主席教导我们”的台词时，表情多云转晴，两眼放光，声音也变得高亢有力。电视剧中的郭建光却是平静地叙述出这段文字的，且让叶排长成为话托儿，以避免直言其好的生硬。但是，这样处理不过是让样板戏中“高八度”的叙述变成了电视剧中的普通叙述。如此“降调”，只是淡化了原话语的情绪色彩，其精神实质区别不大。

值得一提的是，样板戏中郭建光的这段“呼告”起因于“芦根可以吃”的铺垫，但样板戏中的这个细节却是违背历史真实的。芦根当然可以吃，现拔现吃，口感不让冰淇淋。可是据《血染着的姓名》记录，“夏光等领导同志却坚决阻止战士拔芦根，因为这密密匝匝的芦苇是天然的屏障，芦苇越多，日伪军要想寻找新四军战士就越困难，如果天天去拔，芦苇逐渐稀疏，那就等于自己把目标暴露在敌人面前了，那当然使不得”。[①] 样板戏为了表现新四军战士的“坚持”而枉顾历史事实，今天看来已是离奇；电视剧却也原封不动地挪用了这一细节，并由郭建光上升到“粮食”的高度做了进一步的发挥和阐释（第28集），[②] 更是会给后人留下笑柄。忠实于原著甚至要忠实于原著中的错误，如此书写出来的革命历史究竟是可信还是可疑，确实令人深长思之。

如果与以阿庆嫂为中心形成的故事做一对比，郭建光的故事线更是显得局促贫乏。如前所述，样板戏中，阿庆嫂的故事线本来就充满了民间传奇色彩；电视剧中，编导在这条故事线的基础上一方面深化了主人公的故事（如阿庆嫂、胡传魁、刁德一的戏份均增加了许多），另一方面或让样板戏中已死的人物活了过来（如刁老太爷），或让原来只有很少几句台词的人大出风头（如刁小三、邹寅生等），或是根据需要造出了一些可以生成故事情节的人物（如先当土匪后进保安队最终归顺新四军的蒋福顺，怪腔怪调说着一口中国话的日本军官小野，总是慌慌张张向刁老太爷禀报、奴性十足的刁管家），如此一来，便使本来就具有传奇色彩的故事情节变得跌宕起伏了。再加上对反派角色的脸谱化和丑化（比如刁小三的分头和甩发动作，小野脱去军帽之后那个滑稽的发型），对这条故事线

① 蒋星煜：《我所知道的〈沙家浜〉事件》，载《检察风云》2003年第22期。

② 电视剧中这一细节的对话如下：林大根：“指导员，指导员，指导员。”郭建光：“怎么了?”林大根：“你看这芦根不是可以吃吗?”郭建光：“这芦根当然是可以啊。大根，好样的，好样的。”……郭建光：“同志们，这是什么?”众战士：“芦苇根。”郭建光：“不，这是粮食。这是大根同志在我们最需要的时候找到的粮食。同志们，我要为林大根同志请功。功就在于他能在最困难的时候，表现出最积极的战斗精神。如果我们每一个人都有这样一种战斗精神，天大的困难我们都是可以克服的。我想起了一句话，同志们！‘往往有这种情形，有利的情况和主动的恢复，产生于再坚持一下的努力之中。’”林大根：“指导员，这是谁说的?”郭建光：“想想看。”林大根：“你！”郭建光：“我？只有身经百战的人才可能说出这句话来。”众战士：“那是谁呀？说，告诉我们吧。”郭建光：“毛主席！”众战士：“毛主席?!”郭建光：“是的，毛主席。毛主席是我们的领袖。他什么仗没打过，什么样的困难没经历过？坚持再坚持一下，一定是他在经历了无数次战斗和艰难困苦以后，总结出来的经验之论。”

中部分故事的戏说和搞笑处理（如小野告邹寅生黑田做过脑神经切除手术，小野那句“兔子不吃窝边草”的台词等——必须承认，在这条故事线上，编导有戏说和搞笑之嫌。但因为戏说和搞笑的对象是反面人物，审查制度不会计较，革命观众也会觉得大快人心），最终使这条故事线呈现出了光彩。高景文说：“胡传魁太好处理了，我不敢太放开写，怕抢戏。当时就怕‘正不压邪’。你看，陈道明、刘金山、程前……演的全是反面角色，磁场都在反角那边。”① 在这个问题上编剧可谓说了句大实话。实在说来，如果抛开政治因素不谈，样板戏中的磁场本来就在反角一方；电视剧虽依然想象样板戏那样保持两条线的均衡，但种种设计和相关处理却是进一步加大了反角一方磁场的能量。观众之所以去看这部电视连续剧，很大程度上看的也是反角的戏。于是，电视剧版的《沙家浜》终于出现了一种有趣的景观：正角个个长得英武漂亮，一与反角相比却马上变得黯然失色（许晴打造出来的阿庆嫂因其江湖气不足亦无法与几位反角争辉，这既是因为演技，更是因为编导囿其改编理念不敢在正角那里造次所致）；反角个个扮得歪瓜裂枣，一与正角相比却全部变得熠熠生辉。与此同时，两条故事线戏份的大体相当并不能说明什么问题，因为不怕不识货，就怕货比货，两条线往那儿一放，孰优孰劣，孰好孰赖，无须细想，一望便知。

通过以上分析，我们似可以形成如下认识：《沙家浜》作为红色经典，它的合法性本来应该受到质疑，但是如今人们却有意无意地省略或者忽略了这个前提。既然不在谈论这个前提，我们就只好面对经过当代人阐释、理解并转换成另一种艺术形式的红色经典剧了。然而，就是在这部据说改编得比较成功的《沙家浜》里，我们依然发现了它所存在的致命问题。这些问题不是因为戏说带来的新问题，而恰恰还是原来的那些老问题——因为忠实于原著使得老问题有了“借尸还魂”的机会。而这些老问题也明白无误地表征着红色经典在由革命群众文化（比如样板戏）转换为商业大众文化（比如电视剧）过程中的尴尬处境：主流意识形态本来想借助于大众文化的新形式缅怀流金岁月，温习红色记忆，但是革命话语的政治性过剩文学性匮乏却对这种缅怀和温习构成了一种消解；大众文化制作商本来是想通过红色经典的改编达到其商业目的，但审查制度的限制、观众的质疑却又很难使他们甩开膀子，迈开大步。结果，不但影响了收益，而且还使他们淡忘了需要开发的娱乐元素和游戏精神。而电视剧《沙家浜》的成功只是表明，编导者明修栈道、暗度陈仓的工夫如何了得——他们通过忠实于原著的承诺对老干部和老同志有了一个妥善交代，实际上却是要打造“老蒋、

① 张守刚：《高景文：〈沙家浜〉没“戏说”》，http：//www.bjd.com.cn/xwzx/whyl/jj/200605/t20060529_17126.htm。

鬼子、青洪帮”（样板戏中胡传魁唱词）的江湖传奇。他们只是有意无意地暴露了那些隐藏得很深的问题，却并不打算对那些问题做出解决（事实上他们也无法解决）。而那些问题，显然将会成为未来红色经典剧改编继续尴尬的主要因素。

三、谁在守护“红色经典”

在红色经典剧的生产中存在着如上问题，那么在其消费中又存在着怎样的问题呢？下面，我们将以 2004 年因“红色经典”改编热而引发了一起文化事件为例，进一步分析观众在其中扮演着什么角色，起着怎样的作用。

在进入这个问题之前，让我们对这起事件稍作回顾。2004 年 3 月 4 日，随着电视连续剧《林海雪原》在北京台第二套节目中的播出，质疑、批评的声音遂开始出现。4 月 9 日，国家广电总局向各省、自治区、直辖市广播电视局（厅）、中央电视台、中国教育电视台、解放军总政艺术局、中直有关单位发出《关于认真对待“红色经典”改编电视剧有关问题的通知》，《通知》指出，一些电视剧制作单位将《林海雪原》、《红色娘子军》、《红岩》、《小兵张嘎》、《红日》、《红旗谱》、《烈火金刚》等“红色经典”改编为同名电视剧，有的电视剧播出引起了许多观众的议论，甚至不满和批评。在列举了观众不满和批评的声音之后，《通知》强调：“各省级广播影视管理部门要加强对‘红色经典’剧目的审查把关工作，要求有关影视制作单位在改编‘红色经典’时，必须尊重原著的核心精神，尊重人民群众已经形成的认知定位和心理期待，绝不允许对‘红色经典’进行低俗描写、杜撰亵渎，确保‘红色经典’电视剧创作生产的健康发展。”[①] 5 月 23 日，借纪念毛泽东《在延安文艺座谈会上的讲话》发表 62 周年之机，中国文联、中国剧协、中国影协、中国视协联合举办“‘红色经典’改编创作座谈会”，可看作是对《通知》的回应、阐发与解读。据与会者曾庆瑞讲，大家在会上达成了如下共识：“‘红色经典’是以中国共产党领导下的全国人民的国内革命战争和民族解放战争为题材的一批文学艺术作品，包括小说、诗歌、散文、戏剧、电影、音乐、舞蹈、美术、摄影等方面的作品。”另一方面，作为专家的曾庆瑞也为这起事件做出了如下定性：“一些‘红色经典’的电视剧

① 《关于认真对待“红色经典”改编电视剧有关问题的通知》，http：//www.people.com.cn/GB/14677/22114/33943/33945/2523858.html。

改编实质上就是对‘红色经典’原著的后现代式的解构”。[①] 5月25日，国家广电总局进一步向有关制作单位发出《关于“红色经典”改编电视剧审查管理的通知》，《通知》指出：为切实加强对“红色经典”改编电视剧的审查管理，根据目前各有关机构对于“红色经典”改编、播出电视剧的实际情况，经研究决定，全国所有电视剧制作机构制作的以“红色经典”（即曾在全国引起较大反响的革命历史题材文学名著）改编的电视剧，经省级审查机构初审后均报送国家广电总局电视剧审查委员会终审，并由国家广电总局电视剧审查委员会出具审查意见，颁发《电视剧发行许可证》。如有违反者，将严肃处理。[②] 两个《通知》均来自政府主管部门，显然代表着官方的声音；而从两个《通知》的措辞中亦可以见出，一种威严的同时也是我们所熟悉的官方话语最终已落实为严格的审查制度，开始对“红色经典”电视剧的制作进行着强有力的干预。

两个《通知》显然给电视剧制作者带来了极大的压力，于是有的人喊冤（如《林海雪原》导演李文歧），[③] 有的人又通过媒体加以澄清（如《红色娘子军》制片人周游和编剧之一郭小东均说该片没问题，经得起审查）。[④] 在这种紧张的气氛中，中央电视台文艺中心影视部于6月中旬举行了“《小兵张嘎》与红色经典改编研讨会”，声称“红色经典”只要改得好，就不会被封杀。而作为《通知》下发之后第一部由国家广电总局审查通过的“红色经典”，《小兵张嘎》亦于当年7月份在央视黄金档播出。[⑤] 这可以看作是审查机制运作起来并为好的改编放行的信号。而据媒体报道，《小兵张嘎》播出后，果然得到了观众的好评。有网友甚至把改编成功的原因归结为它的“无情”与“不美”：“它没有去赶时髦，虽然翻拍，虽然改编，虽然加戏，但是没有让它变色。归根到底它还是红色，并且红得很纯正。没有一丝杂质。一百分钟的电影变成了二十集的电视剧，故事肯定增加了，但是没有胡编，时间肯定长了，但是不感拖沓。还有一个需要提出的关键，它也没有像其他的翻拍的‘红色经典’那样，搞‘前卫’，在故事中添加爱情戏。电视剧《小兵张嘎》中纯正得‘无情’。电视剧《小兵张嘎》的成功除了它的‘无情’，还在于它的‘不美’。多数翻拍‘红色经典’，

---

① 曾庆瑞：《透视“改编”的误区——我看“红色经典”电视剧的改编》，载《当代电视》2004年第7期。

② 《关于“红色经典”改编电视剧审查管理的通知》，http://www.chinasarft.gov.cn/manage/publishfile/103/2123.html。

③ 顾小萍、邢虹：《〈林海雪原〉导演喊冤：我们没糟蹋“红色经典”》，原载《南京日报》，http://www.chinanews.com.cn/n/2004-04-29/26/431481.html.

④ 赵楠楠：《改编剧未播遭质疑〈红色娘子军〉自信没有问题》，原载《京华时报》，http://ent.tom.com/1030/1565/2004423-76495.html。

⑤ 刘江华：《〈小兵张嘎〉通过审查　央视为优秀红色经典放行》，载《北京青年报》2004年6月22日。

除了让画面更漂亮、更唯美之外，还要力求让演员也更漂亮、更靓丽，干脆让那些革命年代的‘土八路’也走上了青春、偶像的路线，显得不伦不类。可是，新《小兵张嘎》的很多演员比以前土气的电影里的演员还要土，还要丑。无论是嘎子、英子，还是老钟叔，都比电影版丑得多，但是也更加真实，毕竟‘红色经典’不是‘红楼梦’。”[①] 以“红得很纯正”、“无情”和“不美”来定位这部电视剧并从中寻找观众喜爱的原因，显然是非常准确的，这也意味着“尊重人民群众已经形成的认知定位和心理期待”的《通知》精神已落到实处。

2004 年 9 月，随着《红旗谱》在央视一套的播出，此剧一方面得到了文艺部门官员的首肯（比如李准就认为此剧是目前改编得比较成功的一部作品[②]），一方面据说也“受到广大观众的一致好评”。[③] 如此说来，困扰人们的“改编”诸问题似乎已得到妥善解决。12 月 18 日，《文艺研究》在京召开“‘红色经典’改编问题”研讨会，来自中国社会科学院、北京大学等机构的 20 位学者就“红色经典”的形成、“红色经典”与革命传统、“红色经典”的历史意义、“红色经典”的当代语境等问题进行了深入讨论。与此同时，在中国传媒大学苗棣教授的主持下，《当代电影》在 2004 年第 6 期集中刊发了 4 篇探讨“红色经典”改编问题的文章，这意味着“红色经典”已经进入专家学者的思考之中，他们已不得不在学理的层面作出反思。至此，这起事件才算暂时画上了句号。

表面上看，无名的观众在这起事件中是缺席者，但无论是否定还是肯定“红色经典”的改编，其实都借用了观众的名义。比如在第一个《通知》中就有如下表述：“一些观众认为，有的根据‘红色经典’改编拍摄的电视剧存在着‘误读原著、误会群众、误解市场’的问题。”[④] 也就是说，当《通知》形成了“人为地扩大作品容量，稀释作品内容，影响了作品的完整性、严肃性和经典性”等判断时，观众的反应和声音是其做出判断的前提。既然如此，我们就有必要追问，接受“红色经典”电视剧的观众是怎样的观众？他们在这起事件中究竟发出了怎样的声音？

种种迹象表明，众多编导者之所以青睐“红色经典”改编，在于投拍这样的电视剧有着较小的风险投资。因为不管“红色经典”的说法成立与否，以小说、电影等形式出现的革命历史题材作品都切切实实地影响了几代人。从理论上

① 孔丙乙：《〈小兵张嘎〉：无情、不美?》，http：//www. cctv. com/news/entertainment/20040813/101196. shtml。

② 高小立：《改编“红色经典”应遵循三个原则》，载《文艺报》2004 年 9 月 16 日。

③ 王维国：《从〈红旗谱〉的成功谈红色经典改编的尺度》，http：//hbrb. hebeidaily. com. cn/20041020/ca423404. htm。

④ 《关于认真对待“红色经典”改编电视剧有关问题的通知》，http：//www. people. com. cn/GB/14677/22114/33943/33945/2523858. html。

说，他们应该是改编之后的电视剧的潜在观众。这就意味着吸引中老年观众、争取青年观众可以成为大部分“红色经典”电视剧的基本营销策略。然而，从实际的收视情况看，问题也恰恰出在这里。以《林海雪原》为例，有调查显示，60岁以上的观众并不接受电视版的杨子荣，认为还是旧的好；50岁左右的观众认为与他们看过的小说和样板戏出入很大，怀旧怀得莫名其妙；三四十岁左右的观众更多是看演员的笑话，看导演如何“穿帮”，他们对电视剧本身已兴趣不大；20岁左右的观众要不不看，即使看两眼也看不明白。[①] 如此说来，编导者并没有达到他们的预期目的。而事实上，这部电视剧也正是伴随着观众的指责和唾骂而完成其播放的。北京的观众刘女士认为：“看了前几集我是非常愤怒的，以前无论在小说、电影、样板戏里，杨子荣都是智慧、英勇、有魅力的英雄形象，怎么被电视剧里安排成伙夫了，还往别人饭里下巴豆。我看到报纸上导演说希望杨子荣不是天生的英雄，要有些小毛病，还搞对象。可是，你弄得再热闹观众不接受也是胡来，再怎么拍也没有原来的好了，当时人的思想境界和现在的人可不一样。”[②]哈尔滨观众王大爷说：“现在播的《林海雪原》都把杨子荣糟蹋成什么样了，那么一个英雄人物，都让他们演成土匪了。就说前两天放的那集吧，因为一点儿小事，剧中的杨子荣竟然给战友的饭里下泻药，这叫什么事呀？听说杨子荣的养子要告他们，那就对了，要不然我都想告他们。”[③] 南京观众则普遍认为，该剧无法与当年的电影版进行比较。而“老是烧饭”的杨子荣更被南京观众戏称为“二杆子”。[④]

由此看来，《林海雪原》剧的播出激起了广大观众的义愤应该是一个不争的事实。但是，为什么那么多的观众会产生这种义愤呢？什么样的观众会产生这种义愤呢？显然，这是我们应该继续追问的问题。

在采访中，一些观众特别提到了当年的“红色经典”对他们的影响。56岁的北京观众林先生认为：“对我们来说，这种东西拍得再好也好不过原来的样板戏和电影。我们这代人基本上都看过小说、样板戏和电影，小说经过电影得到升华，尤其是土匪互相对黑话特别精彩，样板戏也一样，维护突出杨子荣高大的英雄形象，大家都比较认可。好多经典台词大家都倒背如流，几乎就没有不知道的。”[⑤]41岁的崔永元也承认，他自己不敢轻易看翻拍过的“红色经典”，看电视看到那些镜头就赶紧换频道。为什么呢？因为“看到自己熟悉的形象被改得面目全非，看

---

①②⑤ 《〈林海雪原〉收视调查显示：红色经典新编难》，http：//news. sina. com. cn/o/2004 - 03 - 11/17172025115s. shtml。

③ 《〈林海雪原〉哈尔滨播出惹争议：人物全变味了》，http：//www. hlj. xinhua. org/news_zt/anews. asp?pictitle = 1052。

④ 南南：《电视剧〈林海雪原〉让观众“倒胃口”》，http：//www. hlj. xinhua. org/news_zt/anews. asp?pictitle = 1036。

到自己为之流泪的情感被戏弄，我会本能地拒斥。”① 而对于这一问题，北京大学艺术系教授彭吉象说得更加清楚：“我们这代人是看着《林海雪原》的小说，听着样板戏，看着以前的电影长大的。在我们心目中已经有了一个印象：就是杨子荣应该是这个样子。所以，王洛勇来演我总觉得有点别扭。”② 这也就是说，在接受电视剧的文本之前，许多观众（尤其是中老年观众）已经接受过以小说、电影、样板戏等形式生产出来的“前文本”。这样的文本催生过他们的情感，固定了他们心目中的人物形象。而所有这些东西既制造了他们的接近电视剧的接受障碍，也很容易激发他们对电视剧的逆反心理。

由此看来，当今那些抵触、指责“红色经典”电视剧的观众，实际上是在一个特殊的年代里被“红色经典”建构过的接受主体。很大程度上，正是他们代表着民间的声音，并在一个新的历史语境中与官方声音不可思议地汇合在一起。但是，要想说清这一问题，我们又需要对历史稍作回顾。

从延安《讲话》开始，国家主流意识形态的建设工程便开始启动；新中国成立之后相当长的一段时间里，这种建设工程又开始政策化和常规化，所谓的“红色经典”也就被源源不断地制造出来。在这一过程中，作家、艺术家的任务便是或主动或被动地投入到一种被认可的文化生产中，以自己的作品为主流意识形态的合法化提供种种美学依据。黄子平指出：“这些作品在既定意识形态的规限内讲述既定的历史题材，以达成既定的意识形态目的：它们承担了将刚刚过去的‘革命历史’经典化的功能，讲述革命的起源神话、英雄传奇和终极承诺，以此维系当代国人的大希望与大恐惧，证明当代现实的合理性，通过全国范围内的讲述与阅读实践，建构国人在这革命所建立的新秩序中的主体意识。”③ 而用王德威的话说：“历史写作不单是一种将经验组织成形的方法，同时也是一种‘赋予形式’的过程，而这种过程必定具有达成意识形态、甚至原型政治的功用。”④ 因此，“红色经典”从它诞生的那一天起就承担了一种非常隆重的功能，它要通过某种程度的虚构叙述为那段在普通人看来是无法把握的历史“赋形”，历史借助于美学形式的讲述因此而获得了某种秩序。

然而，仅仅使历史获得某种秩序感是远远不够的，更为关键的是得让人们相信这种历史的真实可靠。这时候，如何使普通的读者、观众变成不但信奉其历史，而且能从中受到教育的“革命群众”，就成了意识形态工程中的一项重要内容。于是我们看到，“红色经典”的小说出现之后，它们“通常被迅速改编为电

① 陈一鸣：《崔永元：在“红色经典”前》，载《都市文摘》2004 年第 8 期。
② 李文歧、彭吉象等：《经典改编四人谈》，载《中国电视》2004 年第 9 期。
③ 黄子平：《“灰阑”中的叙述》，上海文艺出版社 2001 年版，第 2 页。
④ 王德威：《想象中国的方法》，三联书店 1998 年版，第 299 页。

影、话剧、舞剧、歌剧、戏曲、连环图画，乃至进入中小学语文课本。人物形象、情节、对白台词无不家喻户晓，深入日常语言之中”。① 而从实际的接受情况看，由于小说的大量印刷，戏曲（尤其是革命样板戏）的不断演出和电影的反复播放，“红色经典”确实已深入人心。作家余华说，他把那个时代的所有作品都读了一遍，“从《东方红》到革命现代京剧，我熟悉了那些旋律里的每一个角落，我甚至能够看到里面的灰尘和阳光照耀着的情景”。② 崔永元也坦陈他七八岁时就有一晚上跟着一部“红色经典”电影看三遍的经历。③ 由此可见，在非常的年代里，“红色经典”确实以非常的形式植入了人们的记忆。

现在看来，以小说出现的“红色经典”既已纳入到国家意识形态的生产中，同时，以电影、样板戏等改编形式出现的“红色经典”又成为阿尔都塞（Louis Althusser）所谓的“意识形态国家机器”进一步编码的产品。④ 而由于与小说相比，电影与样板戏等形式在贯彻“两结合”、“三突出”、“高大全”的方针政策时更善于营造视听效果，更具有人物造型功能，也更容易把形象视觉化，所以，人们现在留存在记忆中的英雄人物很大程度上是影像化了的人物，人们对“红色经典”所生发出来的肯定性情感很大程度也是一种异化了的情感。另外，由于“意识形态国家机器”对“红色经典”的强制性推广与传播，由于接受者在那个特殊的年代里所身处的“信息穷人”的位置，霍尔所谓的“协商式”和“对抗式”的解码方式其实是不存在的。接受者所能采取的只能是一种“支配—霸权式立场”（dominant-hegemonic position）。而这种解码方式意味着观众不但认同于编码者的“专业性符码”，而且还要采取和编码者相一致的立场。而这种立场正是代表官方或国家利益的“意识形态机器”的立场。⑤ 通过“意识形态国家机器”，个体就这样被“询唤”（interpellation）成了主体。

如果把阿尔都塞的“询唤”说稍作发挥，我们就会发现，个体被“询唤”为主体的过程其实就是个体的自我意识被阉割的过程，也是新型的“历史主体”被确认的过程。当普通的观众终于变成了“革命群众”，他们也就拥有了与主流意识形态相一致的思想、信念、精神风貌和想象历史的方式。而“红色经典”则成为他们“政治无意识”中的一块圣洁的领地，成为他们怀旧的由头、契机和重要场所。对于政府相关部门来说，戏说“红色经典”也许只是商业意识形

---

① 黄子平：《“灰阑”中的叙述》，上海文艺出版社 2001 年版，第 2 页。

② 转引自侯洪、张斌：《“红色经典”：界说、改编及传播》，载《当代电影》2004 年第 6 期。

③ 陈一鸣：《崔永元：在“红色经典”前》，载《都市文摘》2004 年第 8 期。

④ 参见［法］阿尔都塞：《意识形态和意识形态国家机器》，孟登迎译，见陈越编：《哲学与政治：阿尔都塞读本》，吉林人民出版社 2003 年版，第 320～375 页。

⑤ See Stuart Hall, “Encoding, Decoding,” in Simon During, ed., *The Cultural Studies Reader*, London and New York: Routledge, 1993, pp. 100–101.

态对政治意识形态的冒犯，而对于被“红色经典”喂养大的观众来说，却意味着是对他们情感的一次严重伤害。

因此，当许多观众认为《林海雪原》玷污了他们心目中的英雄人物形象时，我相信这是肺腑之言。然而，吊诡的是，审查制度的出台很大程度上还不是来自于政府主管部门的警觉，而是观众的呼声让其意识到问题的严重性。比如，国家广播电视总局电视剧管理司王卫平告诉记者：“《通知》诞生的直接原因是《林海雪原》风波。”① 这也就意味着，当《林海雪原》刚刚播出就引来骂声一片时，观众的声音强化了政府主管部门的嗅觉并让他们提高了警惕。而《通知》的出台不过是“顺乎民意”的必然结果。这样，更让人不可思议的事情也就发生了：在一些理论家（比如巴赫金）的想象中，民间对立于官方，或者说民间存在着一种对抗性的力量。然而在这起事件中，我们看到的却完全是一种相反的图景——正是民间的声音充当了“红色经典”的守护神。这种声音充满了朴素的正义感和道德感，因此也就具有了一种撼动人心的力量。然而，它最终却是充当了官方话语的引子，或者说它最终也被纳入到官方话语的叙述之中，成了官方话语的一种证词。于是，民间最终成为官方的合作者，民间的自发行为也终于使官方做出了一种“理性”的选择。

通过以上分析，关键的问题已大体清楚。然而，通过这起事件，我们依然有必要对如下问题进行深思。

第一，有人指出：《林海雪原》的“批评主体不仅仅是学院派批评家和相关专业人士，更可喜的是，广大观众的批评也纷纷见诸于各大报纸、网络、杂志，充分证明了‘红色经典’在民间土壤已生了根发了芽，是不能任人‘宰割’、随意‘解构’的，还表明了大众的文艺消费中理性成分正在增加”。② 这种判断其实是有问题的。因为真实的情况是，经过“意识形态国家机器”的长期整合之后，所谓的民间已经变形走样。而以观众和民间的名义并不能证明“红色经典”的魅力，只能说明经过改造的民间和经过整合的观众有一种集体的“政治无意识”。这种无意识恰恰是非理性的，观众的批判只不过是以一种政治非理性在对付一种商业非理性。

第二，之所以说观众（包括一些专家学者）的批判是政治非理性主义在作祟，是因为声讨“红色经典”改编热的过程中普遍形成了这样一种思维定势：由于当今的改编存在着“戏说”、“无情不成戏”等倾向，所以它们无疑是次品、赝品或坏东西，这样就反证了过去的改编是真品、精品或好作品。或者是由于当

① 参见陈冲：《杂谈“红色经典”》，载《文学自由谈》2004 年第 4 期。

② 熊文泉：《“红色经典”艺术生产的内在机理分析——以作品〈林海雪原〉的生成、改编为例》，载《当代电影》2004 年第 6 期。

今的改编有可能把“红色经典”变成“桃色经典”，所以以前的作品就成了不容置疑的好作品。这样的思路实际上是非常荒诞的。众所周知，革命历史题材小说产生的年代正是国家意识形态向文艺领域大面积渗透的年代，为了体现革命现实主义和革命浪漫主义相结合的创作方法，作家在写作过程中不得不进行反复修改，有时甚至是迫于某种舆论压力而被迫作出的修改。这就意味着“一度创作”的作品虽然符合国家意识形态的要求（在这个意义它们可能是“精品”），但是用艺术的尺度衡量，它们离伟大的文学还有不小的距离。而后来的“二度创作”（电影、样板戏等）虽然精益求精，但那里显然已贯穿了“三突出”、“高大全”的改编思路。与原作相比，它们更成了等而下之的作品。如今的电视剧改编固然问题不少，但是这些“三度创作”的产品与“二度创作”和“一度创作”相比，不过是“百步”和“五十步”的关系，而绝不是次品和精品的关系。弄清楚这一点，我们就会发现许多批判既无新意也无学理，它们不过是用政治思维/话语笑话商业思维/话语，如此而已。

第三，必须意识到，20世纪五六十年代以电影、样板戏等形式改编的“红色经典”作品是一种政治群众文化，当今以电视剧改编的“红色经典”是一种商业大众文化。前者生产出了它的接受主体——革命群众，后者则想以文化消费时代的阅听人为其接受对象。但实际上，真正对“红色经典”感兴趣的依然是当年读过小说、看过电影和样板戏的读者或观众。而尽管时代已经发生了巨大变化，他们其实并没有“与时俱进”，他们身上还或多或少地残留着一些“革命”情结。这样，以这种情结支撑起来的接受心理就与作为大众文化的“红色经典”形成了种种错位。所以，表面上看，这起事件是电视剧生产商与官方的冲突，实际上却是生产商与“革命群众”的冲突。只要“革命群众”人还在，把“红色经典”做成大众文化产品就会具有极大的风险。因为即使有一天取消了审查制度，生产商还必须想办法穿越过“革命群众”这道天然的保护屏障，如此才有可能抵达成功的彼岸。这也正是《林海雪原》惨遭唾骂的根本原因。

第二十章

当代历史题材文学的生产与消费

严格说来，历史题材的生产与消费并非老问题，而是一个新问题。因为在计划经济时代，虽然也有历史题材的热销与广播电台的热播（比如姚雪垠的《李自成》），但其生产与消费方式往往比较单一。只是随着改革开放的进程与市场经济的再度启动（1992 年以来），历史题材的生产与消费才进入到一个鼎盛时代。历史题材电视剧的制作与热播（如《戏说乾隆》、《康熙王朝》等），历史小说的畅销（如二月河的“帝王系列”作品、熊召政的《张居正》等），历史类电视节目收视率的居高不下（如《百家讲坛》推出的阎崇年、易中天等人的系列讲座），历史类畅销书的制作与流传（如吴思的《血酬定律——中国历史中的生存游戏》、阎崇年的《正说清朝十二帝》等），都在表明如下事实：历史题材的生产与消费已进入到一个全面、迅速、互动、见效快、收益高的时期。

为了把历史题材生产与消费中的复杂性呈现得更加清楚，我们将选择2006～2009 年十分走红的《明朝那些事儿》（下面简称《明朝》）作一个案分析。

一、“好看”的秘密：取消深度模式

思考《明朝》的生产元素，我们可以从两方面入手：内部元素和外部元素。前者主要涉及作者的写法问题，而后者则涉及 BBS 论坛、博客、粉丝与书商。

当熟读明史的当年明月准备撰写《明朝》的时候，写法问题显然是他考虑的首要问题。在《明朝》的一开篇，作者在写法问题上便开宗明义：“这篇文章我构思了六个月左右，主要讲述的是从 1344 年到 1644 年这三百年间关于明的一些事情，以史料为基础，以年代和具体人物为主线，并加入了小说的写法和对人物的心理分析，以及对当时政治经济制度的一些评价……虽然用了很多流行文学的描写手法和表现方式，但文中绝大部分的历史事件和人物，甚至人物的对话都是有史料来源的……我写文章有个习惯，由于早年读了太多学究书，所以很痛恨那些故作高深的文章，其实历史本身很精彩，所有的历史都可以写得很好看，我希望自己也能做到。其实我也不知道自己写的算什么体裁，不是小说，不是史书，但在我看来，体裁似乎并不重要。我想写的，是一部可以在轻松中了解历史的书，一部好看的历史。”①

可以看出，这篇“引子”除了交代作者的写作动机、资料来源等问题外，更重要的是交代写法。而小说笔法、流行文学的描写手法和表现方式，如何使历史写得“好看”，则是我们理解当年明月写法问题的关键词。不过，为了说清楚《明朝》的写法，我们需要把它与一些相关历史题材的著作稍作比较。

当年明月说《明朝》“不是小说，不是史书”，这意味着我们既不能把它看作《史记》、《明实录》、《明通鉴》之类的历史书，也不能把它看作《李自成》、《张居正》之类的文学作品。当然，它也既不是吴晗的《明史简述》、《朱元璋传》或黄仁宇的《万历十五年》等之类的研究性著作，也不是《大话西游》（周星驰）、《悟空传》（今何在）、《沙僧日记》（林长治）等专以解构原著为目的的影视作品和网络作品。《明朝》是一个“四不像”，我们几乎无法确定它的写作谱系。但事实上，它与以上所述的各种文本并非毫无关系。

可以从“文学性”的概念入手来思考《明朝》与上述相关文本的关系。按照雅各布森（Roman Jakobosn）的说法，所谓文学性“即那种使特定作品成为文学作品的东西”。② 显然，在俄国形式主义批评家看来，文学性便是文学的本质特征，是文学文本区别于其他文本的独特性。不过，如果我们不再拘泥于俄国形式主义的文学理念（仅从文学形式尤其是文学语言入手），文学性便可宽泛地理解为包括文学语言、叙事方式、描写手法等在内的一种文学笔法。而时至今日，我们也不得不承认，文学性不光是确认文学本质特征的基本元素，它也构成了我们理解许多非文学、泛文学、亚文学文本的重要入口。

以此思路再来打量《明朝》，我们便可发现充溢其中的种种文学性元素。然

---

① 当年明月：《明朝那些事儿》第一部，中国友谊出版公司 2006 年版，第 1 页。以下凡引《明朝那些事儿》中的各部文字，只在第一次作详细注释，再次出现时将采用文中夹注，只标明第 × 部，第 × 页。

② 转引自周小仪：《文学性》，见赵一凡等主编：《西方文论关键词》，外语教学与研究出版社 2006 年版，第 592 页。

而，这种元素与以往进入历史文本的文学性元素并不完全相同。比如，司马迁的《史记》曾被鲁迅评论道："虽背《春秋》之义，固不失为史家之绝唱，无韵之《离骚》矣。惟不拘于史法，不囿于字句，发于情，肆于心而为文，故能如茅坤所言：'读游侠传即欲轻生，读屈原，贾谊即欲流涕，读庄周，鲁仲连传即欲遗世，读石建传即欲俯躬，读信陵，平原君传即欲养士'也。"① 这里所谓的"无韵之《离骚》"，便可看作文学性的体现；而鲁迅所引茅坤所言，则是文学性作用于读者之后所产生的种种效果。而李长之在分析《史记》的"艺术形式律则"时则归纳出统一律、内外和谐律、对照律、对称律、上升律、奇兵律、减轻律等形式规律，论述《史记》的"语调之美"时又梳理出圆浑、韵致、唱叹、疏荡淡远、沈酣、畅足等语调类型。② 因此，我们可以说《史记》中的端庄、大气、和谐、雄健、情动于中等构成了它的叙事风格和抒情风格，而所谓的文学性也正是潜藏在这种风格之中。这是一种中国古典文学中所特有的文学性，而这种文学性又构成了中国古典文学的基础。

再比如，《万历十五年》也是一本渗透着文学性的学术研究著作。此书自1982年出版以来畅销不衰，很大程度上便是得益于它的写法。有论者指出：《万历十五年》"潜在的叙事结构就是具有小说性的叙事模式，即以一个个人物为中心，明代万历年间的历史在作者的文本结构中被组接为一个个故事性叙事，作者以清丽的文笔把一桩桩历史事件围绕着一个历史人物作为故事，叙述得娓娓动听。"③ 不过，虽然《万历十五年》中有文学性或小说性，但它毕竟是一部明朝的断代史研究。因此，它的叙事与描写均服从于论述的需要，也服从于作者"大历史"观之方法论的需要。因为有"论"的统领，"叙"与"描"便不可能花哨，而是显得中规中矩。如果我们把这种叙事看作文学性叙事，显然它借用的是严肃文学的笔法，或者更准确地说，它使用的是传统现实主义的文学笔法：精细、准确、客观、冷静同时又内敛、节制。

然而，无论是《史记》中那种古典文学的笔法还是《万历十五年》中那种严肃文学的笔法，基本上已被《明朝》中那种"好看"的笔法取代了。在第一部第一章的一开篇，当年明月是以如下方式进入叙述过程的：

> 我们从一份档案开始
>
> 姓名：朱元璋

---

① 《鲁迅全集》第9卷，人民文学出版社2005年版，第435页。

② 参见李长之：《司马迁之人格与风格》，三联书店1984年版，第231~255、284~286页。

③ 杨乃乔：《文学性的叙事与通俗化的经典——论黄仁宇〈万历十五年〉的书写策略》，载《学术月刊》2007年第12期。

别名（外号）：朱重八、朱国瑞

性别：男

民族：汉

血型：?

学历：无文凭，秀才举人进士统统的不是，后曾自学过

职业：皇帝

家庭出身：（至少三代）贫农

生卒：1328～1398年

最喜欢的颜色：黄色（这个好像没得选）

社会关系：父亲：朱五四农民

母亲：陈氏农民（不好意思，史书中好像没有她的名字）

座右铭：你的就是我的，我的还是我的

主要经历：

1328～1344年　放牛

1344～1347年　做和尚，主要工作是出去讨饭（这个……）

1347～1352年　做和尚，主要工作是撞钟

1352～1368年　造反（这个猛）

1368～1398年　主要工作是做皇帝

这样一种写法其实为整个的《明朝》奠定了一个叙述基调。从此往后，戏仿、戏说、反讽、征引、调侃、挪用、庄词谐用、今词古用等就成了《明朝》的主要叙述手法。那么，如何为这种手法定性呢？又如何为整个《明朝》的写作定位呢？作者通过相关的笔法与写作策略，究竟让《明朝》形成了怎样的叙事效果？

首先，作者本人承认，《明朝》中使用了“很多流行文学的描写手法和表现方式”，我们不妨把《明朝》中的文学笔法大体上看做一种流行文学笔法。流行文学类型繁多，其相应的写作亦有固定的套路与程式。但我们不得不承认的一个事实是，自从戏说类的影视剧、爆笑网文、搞笑手机短信等兴起之后，种种引人发笑的叙事文本开始大量繁殖，而搞笑叙事、喜剧模式也成为当今时代的重要叙事类型。朱大可曾把这种叙事命名为“大话美学”，并以《大话西游》为例指出，大话美学的要素包括“幻想、反讽、荒谬、夸张、顽童化、时空错位和经典戏拟，其中包含了文化颠覆、低俗的市井趣味和感伤主义等各种混乱矛盾的要素”。① 现

① 参见朱大可：《“0年代”：大话革命与小资复兴》，载《二十一世纪》2001年12月号。

在看来，这种定位并非没有道理。而这种大话美学显然也影响到了流行文学的写作，也在很大程度上改写了流行文学笔法的借鉴方式。以往的流行文学常常是从严肃文学那里借用笔法，并对其进行软化处理；而新近的流行文学除了严肃文学的笔法来源外，更多是从影视剧、电视节目、网络文学等方面借用其叙事技法、描写手法和写作笔法。这样，流行文学也就确实具有了许多当下的“流行”元素。

由此观之，我们便可把《明朝》中的流行文学笔法看作是杂糅和镶嵌了当今多种流行元素的笔法。而这种笔法又造成了一种“轻”的叙事效果。卡尔维诺（Italo Calvino）在谈到“轻”时指出：“我的工作方法往往涉及减去重量。我努力消除重量，有时是消除人的重量，有时是消除天体的重量，有时是消除城市的重量；我尤其努力消除故事结构的重量和语言的重量。”① 当年明月当然无法与卡尔维诺相提并论，但他借助于流行文学笔法却同样消除了重量，从而让叙述和语言进入到了一种“轻”的状态。我们可以把这种“轻”理解为轻松、轻快、轻盈，而这种“轻”又带来了阅读的身心松弛。当读者在好看、好玩、微笑、大笑中完成自己的阅读时，作者也就达到了自己的写作目的（历史可以写得好看）。

其次，我们也可以把《明朝》看作是后现代主义写作策略的一次具体实践。当年明月不知道自己写出的《明朝》算什么体裁，如果换到后现代主义的层面进行思考，这种既非小说也非史书的写作正是一种“反体裁”或“无体裁”的后现代式写作。② 反体裁可以带来一种写作上的解放感，它造就了作者的自由出没与灵活机动。于是，当当年明月能够在《明朝》中轻松自如地穿行于各种文本之间、随心所欲地挪用各种有助于自己叙述的语辞时，他其实在不经意间已使用到了后现代主义的写作模式。

当然，更需要进行分析的是《明朝》中的后现代主义写作技法。当作者使用到戏仿、征引、反讽等写作手法时，这已是一种很明显的后现代主义技法，而戏说、今词古用等手法又显示出一种大话美学的特征，它们可被看作一种具有中国特色的后现代技法。后现代主义技法可以制造出多种叙述效果，但具体到《明朝》，我以为有两种效果更值得注意：其一是游戏化；其二是取消深度模式。

如前所述，以往的历史文本，无论是正史还是具有某种文学性的历史研究著作，其叙述的主基调都显得庄重沉稳。而古典文学与严肃文学笔法的运用主要增添的是张弛有度的叙述节奏而并非主要让叙述变得轻快流动。于是，这样的历史

---

① ［意］伊塔洛·卡尔维诺：《新千年文学备忘录》，黄灿然译，译林出版社 2009 年版，第 1 页。

② 参见［美］查尔斯·纽曼：《后现代主义写作模式》，米佳燕译，见王岳川、尚水编：《后现代主义文化与美学》，北京大学出版社 1992 年版，第 337 ~ 339 页。

文本具有可读性却并不一定具有趣味性。然而，历史事实经过当年明月的重新叙述后，却一下子变得令人捧腹。究其原因，主要是因为他动用了反讽、戏仿、古词今用等叙事技法；而整体的叙述效果又呈现出一种游戏色彩。由此可见，后现代主义技法是很容易把叙述的故事变成一种语言游戏的。同时，被语言游戏重新包装过的历史显然已不再具有其严肃性，而是呈现出一种滑稽和荒诞。虽然历史本身有其滑稽和荒诞之处，但这种游戏化的叙述却也在很大程度上把这种滑稽与荒诞给放大了。

另一方面，我们也在《明朝》中看到了一种深度模式的消解或取消。有多种多样的深度模式，具体到历史文本的叙述，我们可以说正是当下和过去、今人与古人所形成的时间距离造就出一种历史感或历史意识，这种历史感或历史意识又形成一种历史观，它们一起作用于所叙之事，从而让历史文本具有了一种深度模式。当年明月虽然在《明朝》动用了多种后现代主义的写法技法，但他显然也是想让其叙述具有一种深度模式的。他在全书的《后记》中写道："因为看的历史比较多，所以我这个人比较有历史感，当然，这是文明的说法，粗点讲，就是悲观……每一个人，他的飞黄腾达和他的没落，对他本人而言，是几十年，而对我而言，只有几页，前一页他很牛，后一页就尿了。王朝也是如此。"（第七部，第 312 ~ 313 页）这种"历史感"其实就是一种深度模式，而作者在其写作中也想把他业已形成的历史观渗透其中。但问题是，当他过分追求"好看"的叙事效果而频频使用后现代主义的技法时，这种技法又对《明朝》的历史感和历史观构成了一种消解。为什么会出现这种情况呢？

这就不得不谈到后现代主义技法所形成的那种"杀伤"效果。可以说，《明朝》多种技法的使用除了让历史变得好看外，还一个重要的功能也值得一提：对历史的再语境化。作者在叙述中大量借用当代话语，这其实是在话语层面为古人古事建构了一个当代场景。于是朱元璋们便开始了他们的位移：从几百年前的历史语境中移置到当下的现实生活中。这种语境的再造显然有助于当代人对历史的理解，因为它迅速接通了人们的当下经验。但是这样一来，它也弱化甚至消除了时间距离，造成了一种后现代主义式的时空压缩。而时空压缩的后果是取消了历史的"景深"：历史如同傻瓜相机拍出的照片，它被挤压在当代的平面上，失去了本该有的厚度与深度。因此，尽管《明朝》是被许多人看好的一部作品，它也在一定程度上落实了作者的历史观，但我们依然不得不承认，它最终形成的是一种平面化的叙事效果，而这种效果显然与后现代主义技法的使用不无关系。

从以上的分析可以看出，流行文学笔法与流行元素的使用造成了"轻"的叙事效果，后现代主义写作策略又在很大程度上取消了深度模式，也把所叙之事变成了语言游戏。对于《明朝》来说，所有这一切又意味着什么呢？我们能够意识到的答案只有一个：去沉重化。历史本来是非常沉重的，征战、讨伐、杀戮、阴谋、明争暗斗、尔虞我诈、白骨露于野、千里无鸡鸣、一将功成万骨枯等，这是历史内容的沉重；历史文本化之后又存在于那些厚厚的典籍之中，常人轻易不敢接触，这是历史形式的沉重。当年明月或许正是意识到了这一点，才刻意动用多种叙事手法，想方设法去减轻历史的重量。毛佩琦在《明朝》的序中说：当年明月“还不想把它叫做‘明史’，或许因为那样会显得过于沉重，或许因为那样会被读者误认为又是一本‘学究书’。因此，他把它命名为《明朝那些事儿》，而且在事的后面又特意加了‘儿’化。这题目，读者一看就有一种解放感、亲近感。其实作者首先解放了自己。”[①] 这还只是对《明朝》书名的分析，便已经揭示出当年明月的写作意图。而这样一个“儿化”的书名（在这里，儿化的功能之一是把原来的“宏大叙事”变成了“微小叙事”，其意也是在减轻叙述的重量）又与书中的叙事笔法与写作策略相配合，一起完成了去沉重化的叙述任务，历史因此变得“轻松”起来了。

于是，《明朝》所谓“好看”，其秘密正在于它以化重为轻、化难为易、化陈腐典籍为话语奇观等方式制造出一种名副其实的“悦”读“笑”果。从一般的意义上说，它的好看当然有助于人们对《明朝》三百年历史的了解；但它无疑也迎合了时代的阅读风尚与欣赏旨趣，并让人们在轻松愉悦的状态中完成了对那段历史的消费。它以其机智、幽默、妙趣横生的表述给读者带来了笑声，但它在许多时候也陷入到“将屠户的凶残，使大家化为一笑，收场大吉”[②] 的叙述效果里。因此，我们固然要肯定《明朝》的正面价值，但其负面意义也不容低估。

二、生产元素：BBS、博客、粉丝与书商

进一步思考《明朝》的生产元素，我们必须提到 BBS 论坛、博客、粉丝与书商。

《明朝》虽然是一次“无体裁”的写作，但我们依然可以在宽泛的意义上把它看作网络文学。这不仅是因为《明朝》中有那么多的文学元素和文学笔法，更因为它的写作、阅读与传播从始至终主要是借助于网络这个巨大的平台进行的。极端一点说，没有网络就没有《明朝》。因此，把网络看作《明朝》的生产

① 毛佩琦：《轻松读历史——〈明朝那些事儿〉序》，见当年明月：《明朝那些事儿》第一部，中国友谊出版公司 2006 年版。

② 鲁迅：《南腔北调集·“论语一年”》，《鲁迅全集》第四卷，人民文学出版社 2005 年版，第 582 页。

元素应该是题中应有之意。

现在看来，无论当年的“明月门”事件给当年明月带来了怎样的影响，他最初把“煮酒论史”BBS论坛作为《明朝》的连载之地都是一个正确的选择。在“明月门”事件之前，“煮酒论史”是国内门户网站中一个著名的论坛，喜欢历史、热衷于讨论历史问题的网友大都会在此论坛驻足观光，此论坛也因此聚集起较高的人气。当年明月说：“我从小喜欢历史，之前也做过斑竹，写过二十多万字的东西。”① 这说明他作为喜欢历史的资深网友，对于“煮酒论史”是非常熟悉的。而之所以选择这个论坛让自己以当年明月的身份登场亮相，很可能他相中的正是此论坛的人气。他在论坛上能够找到同道与知音，也能够通过这一交往平台更好地展示自己的才华。当然，做过版主的他也更应该明白，BBS并非一个风平浪静、一团和气的世界，而是一个险恶的江湖。质疑、争论，乃至板砖、掐架等常常是BBS的常态。②

不过话说回来，BBS尽管凶险，但一个写手、尤其是一个男性写手要想在网上快速地出名成腕，在BBS作文发帖往往会成为他们最佳选择。“中青论坛”的版主李方谈到男性与女性在网上的成名方式时曾如此对BBS与博客作出过区分：

> 男的出名跟女的是很不一样的。男的，必须站在一块很大的空场上，在无法预知下一个对手和下一块板砖拍来的方向的情况下，他久经考验了，他成名了。你能想象吗，他每天守着个博客，跟往田字格里描大字似的，号称是在写博客，而且他居然成名了！要是真的这样也可以成名，而弃去BBS里的百炼成钢，我只能认为没天理了。或者你再想想，当BBS成为一个江湖，多少豪客乘势而起，多少血泪铸就传奇，那么，博客又是什么呢？我觉得，它那种相对封闭的话语模式，恰好像一个厌倦了江湖的人的归田园居，种半亩小麦，种两畦菜蔬，呵呵，聊以卒岁。这样的生活，精致、自我，惟独欠缺BBS江湖的残酷与恣肆。BBS可以培养出它的顶尖杀手，但是博客不能。说句不中听的话，博客只能培养出东方不败。③

这种“男人玩BBS，女人玩博客”的区分虽有些偏激，却也在很大程度上

① 当年明月：《［历史随笔］说明并感谢，就此结束》，http：//www. tianya. cn/publicforum/content/no05/1/38670. shtml。

② 作者说过，当他在网上写出那20多万字的东西后，“当时也有出版商找我出版，但就是由于有人掐架，我一怒之下，把我的所有文稿全部打印出来，然后烧掉了”。可见，作者对BBS的性质是有所体会和认识的。参见当年明月：《［历史随笔］说明并感谢，就此结束》，http：//www. tianya. cn/publicforum/content/no05/1/38670. shtml。

③ 李方：《女孩的天堂》，载《视野》2007年第3期。

道出了事实的真相。当年明月决定写《明朝》的时间正是国内的博客风生水起、如火如荼的时候，但他并没有选择博客而是选择了 BBS 作为《明朝》的发表阵地，此举就颇耐人寻味。于是，BBS 之于他，既可以让其文字迅速走向喜欢历史的更多知音，也可让其写作快速地声名远播。果然，他那种“好看”的写法既赢得了超常的点击，也给他带来了众多的粉丝。而在《明朝》的帖子初遇麻烦时（2006 年 4 月 28 日），作者也信誓旦旦地表示：“请大家放心，我哪里也不去，不管如何，我答应大家的事情一定做到，我会在天涯把文章写完，现在只等待问题解决。在下如不写完，对不起诸位的厚意。必与此帖同进退，万死不辞。”① 这既是对网友、粉丝的郑重承诺，同时也可看作作者在 BBS 上“百炼成钢”的潜意识期待。然而不幸的是，他遭遇了“明月门”事件。

“明月门”事件让当年明月离开了“天涯”的 BBS 而选择了“新浪”博客，但促使其“搬家”的主要并非作者本人，而是书商沈浩波。有资料表明，当《明朝》帖子大火之后，沈浩波便凭借其职业敏感意识到《明朝》成书之后的商业价值。于是他于 2006 年 5 月南下广州与当年明月签下出版协议。但紧随其后的“明月门”事件让沈浩波意识到了问题的严重性。报道指出：

> 听到这事，沈浩波的脑子一下就乱了。再这样闹下去，作者没办法继续写作，作品随时可能夭折。沈浩波考虑了很久，结论是“搬家”，并选定了新浪博客，因为在博客，博主自己能够控制访客的评论，可以删除恶意辱骂。5 月 23 日，《明朝那些事儿》“搬家”到新浪博客。
>
> 《明朝那些事儿》迫于压力“搬家”到新浪博客，在无形中走了一步妙棋。2006 年，博客在中国刚刚兴起，是最受关注的新媒体，借着这股东风，《明朝那些事儿》的点击率扶摇直上。沈浩波还在新浪博客首页上策划了一系列专题，力推《明朝那些事儿》。②

从上面的报道可以看出，在《明朝》的生产中，书商沈浩波的作用不可低估。这一问题后面详述，这里单说《明朝》从 BBS 到博客的转换之旅。“明月门”事件虽然在一定程度上影响到了作者的写作，但这一事件不但唤起了网民的同情，唤醒了粉丝保卫“明月”的决心，也大大提升了作者与其《明朝》的知名度。从某种意义上说，它比刻意为之的任何炒作都更具有效果。而经过 BBS 的历练之后，作者已经获得了他在网上必具的文化资本：人气与名气；书商也已

---

① 当年明月：《［历史随笔］罕见情况郑重声明：关于（明朝的那些事儿）出现罕见情况的个人说明》，http：//www. tianya. cn/publicforum/content/no05/1/37404. shtml。

② 王雨佳：《沈浩波：一半是文人，一半是商人》，载《新财经》2008 年第 10 期。

经预收了《明朝》的第一桶金。

有了这一前期铺垫，《明朝》在“新浪”博客的点击率直线上升已毫无悬念。而更重要的是，不断攀高的点击与不断挺进的排名把当年明月送进了名人的行列。众所周知，自从2005年后半年各大网站打起博客的主意后，就开始了博客资源争夺战。争夺的结果是，“新浪”因拉更多的名人入伙而成为“名人博客”的聚集地，“搜狐”则成为“草根博客”的大本营。“明月门”事件之初，“明矾”们主动在“搜狐”为当年明月开建博客，这或许更符合作者“草根写史第一人”（沈浩波后来为当年明月量身定做的广告语）的身份。但当年明月或他背后的书商并没有选择“搜狐”，而是选择了“新浪”。而由于“新浪”博客名人众多，掐架不断（如发生在2006年3月的“韩白之争”），那里的博客也就更具有新闻效应与轰动效应，也更容易吸引众多看客的目光。因此，无论从哪方面看，把博客开在“新浪”都更有利于《明朝》的阅读与传播。与此同时，当年明月也通过自己的写作改变了自己的身份，他由“草根”变成了“名人”，成了与“新浪”博客排行榜中数一数二的徐静蕾、韩寒平起平坐的人物。对于当年明月来说，这种身份的改变意义重大，因为他的博客也获得了众多名人博客才有的那种“展示价值”。[①]

在《明朝》的生产中，BBS与博客的推动自然举足轻重，而网民尤其是粉丝的参与也同样不可忽视。现在看来，这种参与首先是让作者有了不断写下去的勇气和决心。“明月门”事件初露端倪时，作者曾这样动情地写道：“我还记得三月十日的那个夜晚，在孤灯下，我写下了自己的第一篇文章，由于第二天就要出差五天，我写完后就离开了，我当时认为此文可能会掉到十几页后，而五天后我回来时，居然在第三页找到了我的文章，而且萧斑竹已经加了精华，我认真的看了每一个回复，五天共有十七个，那时我刚下飞机，正是这些鼓励使我感动，我便提笔继续写了下去，因为我相信，只要认真地去写，认真的努力，是会有人喜欢历史，爱看历史的。于是我以每天三篇的速度不断更新，而大家的鼓励和关注也越来越多，从每天几百到几千，再到几万，是大家与我一同成长。我毫不讳言地说，确实有很多出版社和出版公司找过我，其中不乏全国第一流的出版社和出版公司，但正如我在文章中所说一样，除不可抗力如战争、地震、自然灾害等，我一定在这里写下去，因为正是这里给我提供了交流平台。”[②] 或许正是网友与粉丝的鼓励、关注与捍卫（“明月门”事件）让作者感到意义重大，以至于当他写到“新浪”并已开始成书时，他也依然“坚持把未出版的部分免费发

① 参见赵勇：《博客写作与展示价值——以名人博客为例》，载《天津社会科学》2009年第4期。

② 当年明月：《[历史随笔] 感激并愤怒！就明朝的那些事儿感谢大家的支持及解答某些人的疑问》，http://www.tianya.cn/publicforum/content/no05/1/38563.shtml。

表”，即使每年带来的版税损失可达七位数也在所不惜（第七部《后记》，第311页），显然，作者是以这种方式在回报网友与粉丝对他的厚爱。

当然，更值得注意的是粉丝所参与的对文本的生产。有人在分析当年明月的粉丝团体“明矾”时指出：“据我所知，明矾至少有两个含义：（1）明月的fans，也有网友认为是明朝的fans。（2）明矾晶莹剔透，放入水中有净化作用，喻fans洁身自好，跟明月间的关系是君子之交淡如水。能够起明矾这样一个名字我还是很佩服的，比较明矾跟玉米、凉粉等名字的区别，细心的人也会发现有所不同。这个对很多人鼓吹的，明矾是一群没有头脑、盲目崇拜的小朋友的言论是一个有力的反驳。”① 这里的解读是要表明，当年明月之粉丝的文化素质不可小觑，单是一个命名（明矾）便已经显示出足够的文化含量。而验之于《明朝》的早期跟帖，此种说法并非无稽之谈。比如，当作者写出“我根据其战船的规模估计出了一个大概数字，他的战船有大小两种，大的可以装三千人，小的装两千人，而他此次出征的战船有两百多艘，那么人数大约在四十万到六十万之间”后，马上有网友问道：“一艘船装3千人???? 来源可靠吗，都赶上航空母舰啦!!!”（恶魔般英俊的面容，2006－3－23，14:59:55）还有网友说道：“楼主好文章。下官有一事不明，还请赐教：韩成鄱阳湖代主而死，感人度直追朱文正，不下张子明，楼主为啥不写呢？没有特写给个远景也行啊。”（奉旨军机处打帘，2006－3－26，23:29:58）也有网友建议：“楼主要写到洪都保卫战了～～期待～～虽然对你写的那些故事早已经烂熟于胸～～但是还是很希望看到楼主写出洪都保卫战的气势～～这是我认为的元末战争的最亮点～虽然后来鄱阳湖水战规模巨大～在中国水战史上具有很高的地位～但是最让我觉得惊心动魄荡气回肠的，还是死守洪都的故事～”（慈洵，2006－3－22，15:57:41）② 类似这样的帖子不可胜数。这说明起码在“煮酒论史”论坛上，来读《明朝》的大都是略知明史甚至熟读明史的高级读者，由他们来组成“明矾”，固然也会有粉丝们的一般举动和言语（比如跟帖中出现喜欢此帖的“顶”、“狂顶”等字样）但更重要的是除了鼓励之外，他们还有用自己历史知识武装起来的质疑、商榷、建议等。也就是说，这样的粉丝不光是被动的读者，他们已具有了与作者讨论问题、分析问题甚至解决问题的能力。面对这样的读者，作者自然不敢怠慢，他需要澄清质疑，回答问题，吸收合理化建议（而看到当年明月的回帖，我们发现他也正是这样做的）。在这个意义上，我们可以把明矾们看作《明朝》文本生产的一部分。费斯克（John Fiske）指出：粉丝尤其具有生产力，这种生产力从三方面体现出来：符号

① 观海卢云远：《“明月门”事件引发天涯暴力倒版运动》，http://club.news.tom.com/item_82_2558_0_8.html。

② 参见《其他回复集［2］》，http://blog.sina.com.cn/s/blog_49861fd5010003ma.html。

生产力、声明生产力和文本生产力。文本生产力并不只局限于新的文本生产，"它还参与到原始文本的建构当中，从而将商业化叙事或表演转化为大众文化。粉丝都具有积极的参与性。身着球队衣服的球迷们和穿戴举止都像乐队的摇滚乐听众们，都已成为表演的一部分了"。① 当年明月的粉丝亦可作如是观。"明矾"虽然不能像"玉米"或"凉粉"那样走进李宇春或张靓颖的演出现场，去为他（她）们的偶像捧场，从而使自己成为演出的一部分，但实际上，BBS或博客也是一个硕大的舞台，而他们的跟帖便是他们与其偶像的互动形式。他们的鼓励生产出了作者的自信，他们的质疑、商榷、驳难、建议又让文本变得更可信、更结实也更丰满了。于是我们甚至可以说，是当年明月与其粉丝共同完成了《明朝》的生产。

除了参与《明朝》的生产之外，传播这部作品也成为明矾们的一件重要工作。百度贴吧的"当年明月吧"中有一篇调查类的帖子：《大家都是怎么喜欢上〈明朝那些事儿〉的?》，从大量跟帖中可以看出，虽然由于如今传播渠道的广泛，一些人是通过电视节目（如《文化中国》）、报纸杂志（如《青年文摘》）等介绍而接近《明朝》的，但更多的人则是通过口口相传的方式（父向子、夫向妻、朋友向朋友、同学向同学的推荐）获得了有关《明朝》的信息，从而成了它的忠实读者。② 如此看来，在《明朝》的传播链上，粉丝或准粉丝应该是重要的一环，正是他们造成了那种一传十、十传百的局面。

这种传播局面不但壮大了明矾的队伍，而且更重要的是造就了一种所谓的"群选经典"。有学者指出：相对于传统的经典生产方式（通过"比较"与"连接"），群选经典是通过投票、点击、购买、阅读观看、媒体介绍、聚积人气等进行的，"因此，群选的经典更新，实是连接、连接、再连接。主要是在横组合轴上的粘连操作。"③ 而在《明朝》的生产中，粉丝的所作所为（如点击、发帖、倒版、建贴吧、广为传播等）实为"群选经典化"过程中的一个主要环节。从某种意义上说，正是明矾铸就了《明朝》的通俗经典神话。

接下来，我们需要分析书商在《明朝》生产中的作用了。由于《明朝》走下网络之后的一系列策划、宣传、出版、发行等均与书商沈浩波关系密切，这里有必要对沈浩波略作介绍。

在2001年以前，沈浩波是以坚持"民间立场"、倡导"下半身"写作的"先锋"诗人而在诗歌界乃至整个文坛赢得名气的。作为一个"心藏大恶"的诗人，沈浩波当时曾有"我觉得我自己/正在通往牛逼的路上一路狂奔"的诗句流

① ［美］约翰·费斯克：《粉都的文化经济》，陆道夫译，见陶东风、杨玲主编：《粉丝文化读本》，北京大学出版社2009年版，第9～12页。

② 参见《大家都是怎么喜欢上〈明朝那些事儿〉的?》，http://tieba.baidu.com/f?kz=311556983。

③ 赵毅衡：《两种经典更新与符号双轴位移》，载《文艺研究》2007年第12期。

传，后来也有诗集《一把好乳》（网络版）行世。[①] 2001 年，大学毕业不久（1999 年毕业于北京师范大学中文系）的他辞去《中国图书商报》记者一职，注册“北京磨铁文化发展有限公司”（以下简称“磨铁”），开始了自己的书商生涯。作为书商，沈浩波捞到的第一桶金是出版春树的小说《北京娃娃》，其后他又推出了青春小说《草样年华》、玄幻武侠小说《诛仙》、悬疑小说《盗墓笔记》、白话历史读物《明朝那些事儿》和《百家讲坛》主讲人袁腾飞的讲课内容《历史是个什么玩意儿》等。这些图书面世之后都很火暴，甚至成了超级畅销书。与此同时，沈浩波的公司也越开越大，生意越做越火。据最新报道，磨铁的出版码洋近年呈高速增长之势：2005 年，3 600 万元；2006 年，7 800 万元；2007 年，2.2 亿元；2008 年，3.7 亿元；2009 年则有望突破 5 亿元。这种巨大的商业成就如今已得到业内的认可。2009 年 11 月 27 日，被称为“中国设计业奥斯卡”的“光华龙腾奖”年度创意产业峰会把四座奖杯颁给了沈浩波与他的磨铁，它们分别是：创意产业领军人物奖（沈浩波）、创意产业领军企业奖（磨铁图书）、最具创意产品奖（《明朝那些事儿》）、创意产业高成长企业 100 强（磨铁图书）。2010 年 1 月 2 日，由同济大学文化批评研究所联合《怀尧访谈录》发起的“2008～2009 年度中国出版机构暨文学刊物 10 强”评选结果出炉，在出版机构 10 强的评选中，磨铁得票最多，位居第一。[②]

取得如此骄人的成绩，自然与沈浩波的图书制作理念与营销策略有关。做书商之前，沈浩波是《中国图书商报》的记者，媒体从业的经历既让他积累了较广的人脉资源，也让他初通了“宣传”的重要性。2002 年，在带着春树签名售书的活动中，一个偶然事件让他琢磨出一个重要的营销模式：通过制造新闻效应可以拉动图书销量。[③] 从此往后，出版之前的大规模造势便成为其主要的宣传策略。从 2003 年开始，沈浩波意识到网络文学所蕴藏的巨大商机，于是在互联网上“捡漏”便成为其获取出版资源的主要手段。[④] 事实上，他后来推出并使其大红大紫的图书也大都来自于网络。对于自己的做书心态、理念与营销策略，沈浩

---

① 此诗集参见：http://www.wenxue2000.com/ybhr.htm，需要说明的是，笔者在一些网上书店（如当当网、万圣书园）、中国国家图书馆和部分高校图书馆查询，均未查到此诗集的正式出版物。

② 参见王雨佳：《沈浩波：一半是文人，一半是商人》，载《新财经》2008 年第 10 期。杨雅莲：《沈浩波：像卖电器一样卖图书》，载《中国新闻出版报》2009 年 12 月 4 日。张晶：《沈浩波：诗人出版商》，载《经济观察报》2009 年 12 月 25 日。胡晓：《中国文学期刊十强评比揭晓　郭敬明打败巴金评委发飙》，载《华西都市报》2010 年 1 月 2 日。

③ 这个偶然事件是沈浩波陪春树逛街，春树看中并买下一个红色肚兜。沈浩波开玩笑说：“你明天就穿这肚兜去签名吧。”作风大胆的春树果然穿着肚兜去了售书现场，顿时让现场沸腾起来。当地几乎所有的媒体都报道了这件事情，《北京娃娃》也因此火了起来。参见王雨佳：《沈浩波：一半是文人，一半是商人》，载《新财经》2008 年第 10 期。

④ 参见张晶：《沈浩波：诗人出版商》，载《经济观察报》2009 年 12 月 25 日。

波曾有过如此总结：2005 年以前，他主要是以文人心态做书卖书。而从 2005 年开始，他意识到出版是一个产业，书是产品，他是一个文人，但更是一个商人。① 或许正是有了这种出版心态与出版理念的转变，他才有了“学会把书当成鞋来卖”，“像卖电器一样卖图书”等惊人语录。② 沈浩波精于“捡漏”，善于造势，擅长营销，业绩巨大，以至于有网友借用“魔兽争霸”的游戏把他命名为“死亡骑士沈浩波”。③ 这虽然是借助于游戏的游戏之言，却也在很大程度上形象地描绘出沈浩波及其磨铁的实力、威力、战斗力与市场竞争力。

明乎此，我们便可明白沈浩波及其磨铁为了推出当年明月和《明朝》花费了多少心思。“明月门”事件时，有人认为百万点击率确实有造假之嫌，而幕后推手很可能就是沈浩波，因为这是“书商为了大卖新书的一种低成本炒作手段。”④ 后来，这件事情不了了之，而点击率是否造假、沈浩波是否幕后推手也成了一个未解之谜。但在“明月门”事件之前，沈浩波已与当年明月签订出版协议却是事实。这就意味着无论发生什么事情，书商已与作者捆在一起，他们必须风雨同舟，共渡难关。《明朝》“搬家”至“新浪”，对于作者来说不过是有了一个相对安静的网络写作环境，对于书商来说则意味着增大了实现商业价值的机会。2006 年 9 月，随着《明朝》第一部的面世，沈浩波也对当年明月进行了全方位的包装。正如他在推出《北京娃娃》时要同时推出“残酷青春”、推出《诛仙》时要同时推出“奇幻武侠”的新概念一样（这些新概念正如商业品牌的标签，也是沈浩波宣传策划的一个重要内容），《明朝》出版之时，也同样有一连串的新概念为其鸣锣开道并保驾护航。比如，当年明月被称为“草根写史第一人”、“通俗写史第一人”和“心灵历史开创者”，《明朝》则被命名为“迄今为止唯一全本白话正说明朝大历史”和“流行文化经典”。与此同时，《广州日报》、《三联生活周刊》等平面媒体开始了大规模的报道，不少电视台也把当年明月当做访谈对象。虽然关于《明朝》如何宣传策划方面的报道少之又少，但考虑到沈浩波当年小本经营时，曾为捧红春树亲自撰写书评和宣传稿，不停地打电话联系媒体，⑤ 我们便可以想象，当沈浩波变得强大起来之后，磨铁为把《明朝》打响进行了怎样的宣传攻势。而这样的攻势实际上持续了整整三年。

---

① 参见王雨佳：《沈浩波：一半是文人，一半是商人》，载《新财经》2008 年第 10 期。

② 参见杨雅莲：《沈浩波：像卖电器一样卖图书》，载《中国新闻出版报》2009 年 12 月 4 日。周南焱：《磨铁创始人沈浩波：学会把书当成鞋来卖》，原载《北京日报》，http://book.sina.com.cn/news/c/2009-11-30/1135263302.shtml。

③ 《书商间的魔兽争霸》，http://blog.sina.com.cn/s/blog_49c8645e0100do92.html#comment1。

④ 参见马军、田雨峰：《〈明朝那些事儿〉“百万点击率”造假内情》，原载《青年周末》，http://book.sohu.com/20070320/n248834540.shtml。

⑤ 参见王雨佳：《沈浩波：一半是文人，一半是商人》，载《新财经》2008 年第 10 期。

由此我们便可以思考书商在《明朝》生产乃至整个畅销书生产中的作用。诗人或作家往往具有超常的感受力与判断力，尤其是在一个飞速变换的时代，他们常常能及时地捕捉到时代的流行情绪。此种才能用于写作之中，他们便是先锋诗人（是真先锋还是伪先锋姑且不论）；用于图书出版之中，他们又很容易成为成功的书商。诗人出身的沈浩波自然有这样的敏感。历史题材类的图书本来就处在不断升温的过程之中，而2006年前后《百家讲坛》的火暴与推波助澜，更使普通读者有了一种心系历史的阅读欲望。沈浩波力推《明朝》固然因为当年明月写得“好看”，但更重要的是经过媒体的先期渲染，已经形成了一种民众读史的时代氛围。沈浩波巧借东风，很大程度上是迎合了读者业已形成的集体无意识心理。于是有了《明朝》的惊人销量。

通过以上分析，我们已看到BBS论坛、博客、粉丝与书商在《明朝》生产中的巨大作用。概而言之，新媒体时代的到来已经在很大程度上改变了传统文学的生产方式。传统作家的成名当然也要靠作品说话，但更需要通过文学编辑、文学名刊、文学评论家、文学大奖等“权威人士”或“权威机构”的认可，他们的成名通常会经历一个漫长的文化资本的积累过程。而网络写手的成名则主要通过BBS论坛与博客的“展示”。在此生产中，点击率既会帮助读者赢得知名度，也会吸引书商的目光。因掐架而起的网络事件又会形成新闻轰动效应并使“眼球经济”落到实处。而粉丝作为费斯克所谓的“过度的读者”，他们不但传播与再生产着偶像的文学产品，同时也是其产品最具消费力的购买者。所有这些，都为书商的后期宣传与营销铺平了道路。而书商的介入，既是对网络写手存在合理性的追认，也是对其商业价值的进一步固定。这又为书商可持续性的商业开发奠定了基础。这样，网络写手从“触网”到成名就绕过了原来的那些“权威”，从而也减少了传统文学生产的诸多环节。这种生产形成的结果是：写手的成名速度“快”（他们通常不需要积累文化资本，往往一夜扬名），作品的文学含量“轻”（让人“沉重”是此类文学的敌人，所以“好看”才大行其道），读者的阅读效果“浅”（这里并不否认《明朝》在其局部的引人深思之处，但它对“浅阅读”时代特征的迎合又在很大程度上削弱了它的深刻性），产品的流行周期“短”（鲍曼指出：“在今天，是商品令人难以想象的流通、成熟、倾销和更替的速度——而不是商品的经久耐用和持久的可靠性——给业主带来利润。”[①] 文学商品亦可作如是观），书商与作者捞钱的势头“猛”（当年明月与沈浩波的例子此处不赘，另一例子亦可说明问题：《藏地密码》的作者何马以440万元的版税在“2008年中国作家富豪榜”上排名第八，成为当年“作家富豪榜”上最大一匹

① ［英］齐格蒙特·鲍曼：《流动的现代性》，欧阳景根译，上海三联书店2002年版，第20页。

"黑马"。知情人士透露：连《藏地密码》的编辑也因此小说大赚一笔，买上了宝马。书商吴又也透露：这部系列小说给公司带来了超过千万元的收益。至于440万元的版税，这对何马来说并不是太大的一笔钱，"他的资产有上亿元吧"[①])。而这种生产特征最终也延伸到消费层面，并让文学消费具有了与之成龙配套的诸多特点。

三、"悦读笑果"：消费快感与娱乐经济

厘清了《明朝》的生产元素，我们便可转换到它的消费层面。

从一般的意义上看，《明朝》的生产与消费是符合马克思的经典论述的。马克思指出："生产直接是消费，消费直接是生产。每一方直接是它的对方。可是同时在两者之间存在着一种中介运动。生产中介着消费，它创造出消费的材料，没有生产，消费就没有对象。但是消费也中介着生产，因为正是消费替产品创造了主体，产品对这个主体才是产品。产品在消费中才得到最后完成。"[②] 以此论述来打量《明朝》，我们便会发现其生产与消费也正好形成了一种互动关系。但问题是，马克思的论述还不足以解释为什么《明朝》能够形成如此巨大的阅读奇观与销售奇迹。而若要回答这个问题，我们有必要深入到历史题材生产与消费的历史语境之中。

考察当代中国近三十年左右的文化演变过程，我们会发现从总体上存在着一个从精英/高雅文化向大众/消费文化的变迁轨迹。大体而言，20世纪80年代是精英文化独领风骚，而20世纪90年代以来，大众消费文化则逐渐走向历史的前台。[③] 关于消费文化，费瑟斯通（Mike Featherstone）曾经指出："消费文化的一个重要特征就是，商品、产品和体验可供人们消费、维持、规划和梦想，但是，对一般大众而言，能够消费的范围是不同的。消费绝不仅仅是为满足特定需要的商品使用价值的消费。相反，通过广告、大众传媒和商品展陈技巧，消费文化动摇了原来商品的使用或产品意义的观念，并赋予其新的影像与记号，全面激发人们广泛的感觉联想和欲望。"同时，"遵循享乐主义，追逐眼前的快感，培养自

---

① 参见《作家富豪榜最大的黑马是何马，连编辑都靠他买了宝马》，http：//club. news. tom. com/item_82_50156_0_1. html。

② ［德］马克思：《〈政治经济学批判〉导言》，《马克思恩格斯选集》第1卷，人民出版社1995年版，第9页。

③ 参见赵勇：《大众媒介与文化变迁：中国当代媒介文化的散点透视》，北京大学出版社2010年版，第20～40页。

我表现的生活方式，发展自恋和自私的人格类型，这一切，都是消费文化所强调的内容”。① 这一论述也大体适用于我们所谈的消费文化。

把历史题材的生产与消费代入到精英文化与大众消费文化的变迁轨道上，我们便会发现其中的一些秘密。在精英文化时代，历史题材的生产主体无疑都是精英人物，他们或者是长期研究某一历史领域的专家学者，或者是对某段历史经过长时间材料准备才敢动手写作的作家。这种生产的突出特点是“慢”（如吴晗“写《朱元璋传》，前后经过二十年，写了四次”。② 黄仁宇的《万历十五年》“从计划撰写到杀青定稿，历时七年”③）。这种慢既意味着写作的严谨，也意味着精英文化往往遵循着“慢工出细活”的生产逻辑。而在其生产中，真实性则是精英文化首先遵循的原则。这种原则既造就了历史研究结果的真实可信（所有的推断、结论都建立在历史材料的甄别分析之上），也形成了历史文学作品的真实感人（通过历史真实上升到艺术真实）。与此生产特点相对应，历史题材的消费也形成了它最重要的特点：耐看。就像一件手艺精良的消费品经久耐用一样，这样的精雕细刻之作也经久耐读。它既可以让一个读者反复读，也可让不同年代的读者不断读。而由于这样的历史文本中往往蕴涵着作者严肃的思考，所以读史并非轻松愉快之事，它需要读者全身心的投入。而一旦读懂读透，读者总会有大收获。在此意义上，培根所谓的“读史使人明智”的功能也就真正落到了实处。

然而，在大众文化甚嚣尘上的时代，历史题材的生产与消费也发生了前所未有的变化。第一，生产主体变了。历史题材的生产者不一定再是学有专长的学者和作家，而是具有编剧能力的导演和小说家（如《英雄》的导演张艺谋和编剧李冯），擅长演讲的教师（如《百家讲坛》的纪连海与易中天等），在网上 BBS 论坛活跃的草根写手（如当年明月与赫连勃勃大王等）。第二，生产方式变了。如果说原来的生产主要是文字产品或由文字到影像，如今的生产则是影像化的文字或从影像到文字。比如，因《百家讲坛》而迅速蹿红的主讲人，其文字产品也会很快走向图书市场。影视同期书则从另一个方面演示着从影像到文字的生产过程。第三，生产周期变了。在历史题材的生产中，像黄仁宇、吴晗那种十年、二十年磨一剑的作品已几近消失，充斥于市场中的大都是匆忙之作。它们能否成为长时段的常销书已不重要，重要的是能够成为短时间内流行的畅销书。第四，生产原则变了。如今的历史题材生产遵循快乐原则而不遵循或少遵循真实性原

① ［英］迈克·费瑟斯通：《消费文化与后现代主义》，刘精明译，译林出版社 2000 年版，第 165～166、165 页。

② 吴晗：《朱元璋传·自序》，百花文艺出版社 2000 年版，第 1 页。

③ ［美］黄仁宇：《万历十五年·自序》，中华书局 1982 年版，第 1 页。

则，于是戏说、搞笑成为历史题材生产的流行色。这意味着不能逗人发笑的历史题材将无法拥有市场。历史题材经过如此生产之后，也形成了与之成龙配套的消费特征：好看。而这种好看经过千百万受众的认可之后，如今差不多已成为我们这个时代的美学原则。在这种美学霸权面前，一切不好看的文本将失去存在的合理性。

《明朝》便是诞生在这样一个历史文化的语境之中。与这个时期出现的同类文化产品相比，虽然它更尊重史实，并非戏说胡说之作，许多读者也能从中受益，并能给人带来一些启迪，但我们也不得不指出如下事实：《明朝》依然是一件标准的大众消费文化产品。只不过由于它的巨大成功，其消费文化特征很大程度上已被遮蔽。因此，祛魅便成为我们必须做的一件事情。

在一次访谈中，朱军曾问当年明月："你有没有想过你的文字为什么会那么迅速地被读者所接受和喜欢。"当年明月答："我觉得很有戏剧性啊，因为现在所谓国学热、历史热嘛。大家希望以一种愉悦的方式去了解过去的事情，但问题是，当代人又比较懒，你别说文言文，你不学那个，你就是翻成白话二十四史、二十五史他也不看。但是呢，他们偏偏又喜欢看这个东西，所以说用合适的方式把它表达出来，然后呢可能还要加入一些自己对历史的看法和情感，这样的话我觉得可能会比较受欢迎。"① 这里所谓"愉悦的方式"、"合适的方式"我在前面已做过分析，兹不赘述。但当年明月所说的"当代人比较懒"无意中也指出了当代读者的一个接受状态：由于种种原因，当代人没能力或没时间接受那些具有深度模式的历史，历史只有经过改写从而变得有趣之后才能进入他们的视野。

于是，我们可以把"比较懒"的当代读者看作《明朝》的目标受众。进一步追问，这种受众又具有怎样的年龄构成，在他们身上又体现着怎样的消费文化的接受特征呢？在"当年明月吧"中有一个《喜欢〈明朝那些事儿〉的都多大了》的帖子，此帖自2008年3月27日发至网上之后，在近两年的时间里吸引了近600人自报家门。根据笔者对此帖的统计，喜欢《明朝》的分别是："90后"（18岁以下）共计366人；"80后"（19~28岁）共计157人；"70后"（29~38岁）共计47人；"60后"（39~48岁）共计15人。"50后"（49~58岁）共计3人。② 而在此帖的跟帖中，有人在报出自己的出生时间（1983年）后还进一步说明："我同事80后看的最多，70后的一般，60后的基本不知道，知道了也

① 《艺术人生当年明月专访全文字记录》，http://tieba.baidu.com/f?kz=694497632。

② 笔者统计的最晚跟帖的时间是2009年12月20日。此帖有两年跨度，但我的统计忽略了这个跨度，而以发帖的2008年作为时间节点，并根据网友上报的年龄或出生日期，分别把他们放到"90后"~"50后"的阵营之中。参见《喜欢〈明朝那些事儿〉的都多大了》，http://tieba.baidu.com/f?kz=345612622。

是偶尔翻一下。”这个说法与我的统计结果基本吻合。同时，考虑到这个帖子是喜欢《明朝》的网友和粉丝自发形成的调查，所以自报的年龄应该无弄虚作假的必要。

虽然这个调查不一定能反映出《明朝》阅读的全部状况（比如年龄较大的读者很可能读过后也喜欢，但他们不一定会通过“当年明月吧”中的帖子来体现），但显然也能看出某种阅读走势：“80后”与“90后”既是《明朝》阅读的主力军，也是最喜欢最推崇《明朝》与当年明月的读者。这样，我们便可把《明朝》的目标受众进一步定位于青少年读者。换句话说，出生于1979年的当年明月实际上是在为他的同龄人和低于他年龄的人写作的。

这就需要分析“80后”乃至“90后”一代人的接受特点。在当代中国，新媒体是从20世纪90年代开始大规模进入国人的生活的，这也正是“80后”、“90后”幼年、童年、少年与青年时期的生长环境。而大面积与电视、电影、电脑、电子游戏、网络等新媒体为伍，他们的阅读方式、感觉方式、思维方式、情感表达方式等已经发生了一些变化。作为“屏幕人”（screenager）[①] 或“网络人”（virtual man），[②] 他们对图像化与游戏化的世界极为敏感，热衷于种种轻巧、有趣的表达（《Q版语文》曾在中小学读者中风靡一时便可说明一些问题），对大话式的网络语言非常熟悉。与此同时，他们又大都憎恶沉重、笨重的文本，一切传统的、没有充分被游戏化的语言和故事常常会被他们拒之门外。有研究表明：经过网络阅读的熏陶之后，人们既失去了阅读大部头文学作品（如《战争与和平》）的兴趣，也失去了专注与沉思的能力，因为思维总是呈现一种“碎读”（staccato）状态。[③] 对于这一代人的精神特征，陶东风曾概括为“道德真空中长大的游戏机一代”。[④] 这一价值判断虽然有些严厉，但用以指认“80后”、“90后”的思维、感觉与阅读状况，却是大体可以成立的。

《明朝》的表达方式正好适应了“80后”、“90后”的思维、感觉与阅读特点。由于《明朝》是充分故事化、悬疑化、语言游戏化之后的历史，这就最大限度地诱发了青少年读者的好奇心与阅读欲。进入到阅读过程之后，他们发现《明朝》有一种意想不到的“悦读笑果”，于是《明朝》便与青少年读者已被网络与影像塑造的速读、碎读、悦读和浅阅读迅速接通，阅读快感也油然而生。在

---

① 参见［美］史蒂文·约翰逊：《坏事变好事——大众文化让我们变得更聪明》，苑爱玲译，中信出版社2006年版，第79页。

② 参见［美］希利斯·米勒：《潇洒活一回：从“纸张人”到“网络人”》，宁一中、易艳萍译，载《中华读书报》2004年5月19日。

③ See Nicholas Carr，Is Google Making Us Stupid？http：//www. theatlantic. com/doc/200807/google，译文参见康慨：《Google是否让我们越变越傻》，载《中华读书报》2008年6月25日。

④ 陶东风：《游戏机一代的架空世界——“玄幻文学”引发的思考》，载《文艺争鸣》2007年第4期。

当年明月博客推出的《评论精选集》中，其中一集便以《阅读的快感》为题。有网友说："这次好不容易才听到来自非学院派的智者对过去的那些事情娓娓道来，语言幽默、诙谐、话里有话，让你闭卷后思索良久，每次阅读都变成一次愉快的脑力游戏和精神的饕餮大餐的享受……感谢当年明月——感谢他三年来为大家付出的辛勤劳动和带给我的难以忘怀的阅读快感!!!"[①] 这种快感显然既非亚里士多德论述的"借以引起怜悯与恐惧来使这情感得到陶冶"的悲剧快感，[②] 也非罗兰·巴特（Roland Barthes）所信奉的那种具有片刻纵欲色彩的快感。[③] 另一方面，如果把《明朝》放至智性叙事的谱系中加以思考（比如我们可以想一想米兰·昆德拉、戴维·洛奇或中国作家王小波的作品），这种快感又显得不够分量。如此说来，这种阅读快感究竟是一种怎样的快感呢？

我们倾向于把这种快感看作审美快感与消费快感的综合物。按照美学研究者的说法："审美快乐不仅多来自视、听等高级感官的感受，而且还要从这种感受一直贯穿到心理结构的各个不同层次（如情感、想象、理解），这种贯通性会使整个意识活跃起来，多种心理因素发生自由的相互作用，产生出一种既轻松自由、又深沉博大的快乐体验。"[④] 经历过种种快感体验之后，受众往往会获得情感、道德、认识等方面的增值。而消费快感提供给受众的常常只是情绪反应而非情感反应，是生理欲望的满足，而非心理水平的提升。或者正如弗洛姆所言："消费在本质上仅仅是对人为的刺激所激起的怪诞的满足"，消费的结果是"我曾消费过这个或那个，但在我内心中什么也没起变化，留下的一切只是对曾干过的事情的记忆。"[⑤] 以此理论思考《明朝》之于受众的接受效果，我们便发现相当一部分读者确实从阅读中获得了某种快感，借助于这种快感阅读，受众固然也获得了一些历史知识，甚至在哈哈大笑中释放了某种负面情绪，但是它终究不能形成博大深沉的快感体验。而时代的阅读状况、游戏化的阅读状态等，又把这种阅读变成了一种消遣式阅读或消费式阅读。这种阅读与无聊时翻阅通俗武侠小说、侦探小说等没有本质区别。而消费式阅读自然也只能收获消费式快感：在阅读的当下我开怀大笑，但这种情绪体验来去匆匆，转瞬即逝，它在我心里边没有留存下更多的东西。

另外，从受众的角度看，我们也需要注意"80后"、"90后"一代人业已形

---

① 《评论精选集［130］——阅读的快感》，http：//blog. sina. com. cn/s/blog_49861fd50100cpdq. html。

② ［古希腊］亚里士多德：《诗学》，罗念生译，人民文学出版社1962年版，第19页。

③ 参见［美］弗雷德里克·詹姆逊：《快感：文化与政治》，王逢振等译，中国社会科学出版社1998年版，第140页。

④ 滕守尧：《审美心理描述》，中国社会科学出版社1985年版，第305～306页。

⑤ ［美］弗洛姆：《资本主义的异化问题》，见《异化问题》（下），文化艺术出版社1986年版，第52～53页。

成的消费趣味与消费能力。张颐武在把“80后”界定为“尿不湿一代”后指出：“‘尿不湿一代’现在已经开始长大了，他们已经显示了一个物质开始丰裕起来的社会里的新的青少年的趣味。他们现在已经成了文化消费的主力。由于成长在中国可以说最丰裕的时代，没有过去的悲情和重负，他们的感情和情绪就没有那么多沉重，又有中国近二十年高速经济成长带来的财富的物质基础。这些青少年成了中国现代以来最敢于消费的一代。他们的趣味和爱好现在主导了文化消费的走向。他们买书，韩寒和郭敬明就变成图书市场的主导力量；他们玩游戏，陈天桥就成了IT首富；他们崇拜偶像，周杰伦、F4就成了超级明星。这种力量的展现使得他们可以在文化的趣味上充分地炫耀自己的高度的丰富性和高度的游戏性。他们一面有其生涩的成长的烦恼，一面却也是一股无法阻挡的支配创意性的文化产业发展的力量。”① 如果我们承认此说具有相当程度的合理性，这就意味着《明朝》也正是借助于作为消费主力的青少年而成就其辉煌的。那么，具体到《明朝》，究竟是什么样的消费趣味决定了它的生产并让它获得了巨大成功？

答案很可能是青少年读者通过电子游戏熏陶而成的娱乐心理。玩游戏既让人上瘾也让人快乐，这已不需要论证。而对游戏多有褒奖之辞的约翰逊（Steven Johnson）甚至还归纳出一个游戏与小说、音乐非常不同的特征：“小说可以激活人的想象力，音乐富有强大的感染力，但游戏却逼迫你做决定、做选择、权衡轻重。”② 这是玩游戏带来快乐的重要原因之一。喜欢玩游戏的当年明月不一定知道这个道理，但他确实把玩游戏的思维方式带入到了《明朝》的写作之中。于是在《明朝》中，个人的荣辱、官位的升降、战争的胜负、朝代的兴衰等，全部隐含着一个“做决定、做选择、权衡轻重”的隐性结构。这就非常符合青少年读者接受心理。或者毋宁说，正是因为揣摩过青少年的读者接受心理，作者让《明朝》具有了一种游戏式的隐性结构。而由于作为文本的《明朝》与青少年的接受心理具有了某种同构性，因此他们也就获得了类似于玩游戏似的巨大快感。

但是也必须指出，在一个消费主义意识形态、享乐主义精神气质主宰一切的时代，《明朝》的生产与消费也变成了一种奇观文化，进而变成了“娱乐经济”的一部分。凯尔纳（Douglas Kellner）指出：“在奇观文化中，商业与娱乐结合，产生了所谓‘娱乐经济’的繁荣……‘娱乐性’已经成为当代工商业最重要的因素之一。通过经济的娱乐化，影视作品、主题公园、电子游戏、赌场等娱乐形

① 张颐武：《新世纪文学：跨出新文学之后的思考》，载《文艺争鸣》2005年第4期。

② ［美］史蒂文·约翰逊：《坏事变好事——大众文化让我们变得更聪明》，苑爱玲译，中信出版社2006年版，第21页。

式已经成为美国经济的重要产业。"[①] 而一旦把《明朝》定位成"娱乐经济"，那种好看的写法、游戏化的隐性结构、"轻松读历史"的诱惑，书商的高调宣传与炒作、青少年读者的"悦读笑果"等便全部有了着落。概而言之，在大众文化与消费文化的不断熏染下，当下业已形成了"娱乐至死"的时代氛围，而受众不断增长着的娱乐需求又不断刺激着娱乐产业的扩大再生产。《明朝》既是这一时代氛围的产物，同时它又最大限度地满足了受众（尤其是青少年读者）的娱乐需要，因此它获得了巨大的成功。这一事实表明，在一切都有可能被娱乐化的时代，历史题材最终变成一种娱乐化叙事进而变成人们的消费对象也就变得在所难免。而它所形成的生产与消费奇观，不过是折射出我们这个时代的一种特殊的精神症候，如此而已。

① ［美］道格拉斯·凯尔纳：《媒体奇观——当代美国社会文化透视》，史安斌译，清华大学出版社 2003 年版，第 4 页。

下 篇

中外历史题材文学的历史传统与经验

历史作为一种人类的记忆，是文学家所珍惜的。中国如此，世界各国也是如此。不论是中国古代和现代的作家，还是外国的作家，都以历史为题材创作了许多文学作品，从而形成了历史题材文学的传统，留下了许多经验与教训。这些传统与经验对于我们今天的历史题材的文学创作、欣赏和批评，无疑是十分珍贵的。因为它像一面镜子，可以照见今天的历史题材创作中存在的问题。本篇既选取了中国古代、现代的历史文学创作加以总结性的分析，也选取了俄国和英国历史文学创作的一些片段加以理论性的探讨，虽然这不是系统的，但我们无疑可以从中吸取养分。

第二十一章

中国古代史传文学的传统与经验

中国古代的传记文学有着悠久的历史，经历了不同的发展阶段和产生了不同体类。吴纳的《文章辩体序》将“传”分为列传、小传、杂传、外传。徐师曾将“传”分为史传、家传、托传、假传。《四库全书总目》则分为圣贤、名人、总录、杂录、别录五类。当代学者韩兆琦则将其分为史传、散传、类传、杂传。

在上述传记文学的不同体类中，史传文学是最重要的类型。所谓史传文学，是指史书中那些兼有历史与文学的双重特质的人物传记。史传文学的形成与演变直接决定了我国古代传记文学的格局。虽然早在先秦的历史散文中，我们就已经可以看到比较成熟的写人、记事的手法，但史传文学的确立与发展还是在西汉，其成熟与辉煌的标志是司马迁所著的《史记》。司马迁不仅确立了纪传体的体例，更成功地运用了一系列的叙事手法，确立了史传文学的艺术尺度。鲁迅称赞《史记》是“史家之绝唱，无韵之离骚”。这是对《史记》的文学价值与史学价值的高度评价。至此以后直到初唐，史传文学都处于繁荣发展的阶段，并且沿袭着司马迁将文史熔为一炉的传统。中国古代所有著名的史传文学几乎都出现在这一时期内，如班固的《汉书》，陈寿的《三国志》，范晔的《后汉书》，沈约的《宋书》，李延寿的《南史》、《北史》等。

史传文学以其兼具历史与文学双重特质的特点，毋庸置疑地成为中国古代传记文学的代表，同时，它的出现早于历史小说和历史剧，所以也是我们探讨中国古代历史文学创作时最先关注的文学体类。中国古代史传文学的传统与经验，概言之就是：究天人之际、通古今之变、成一家之言的创作主旨；文质相称的文学诉求和以文运事的叙事手法。可以说，中国古代史传文学的传统与经验对于今天的历史文学创作有重要的启示与借鉴意义。

一、中国古代史传文学的创作主旨

我国的史传文学肇端于《史记》，而后代史书基本沿袭了它的体例与精神。《史记》的创作主旨直接影响了我国古代的史传文学，具有很高的典范性。它以后的史传与《史记》有着很多继承性与一致性。它们继承并发扬了《史记》的体例与笔法，都是史家个人天才的创造，都肩负着传写中国历史的责任，都承载着继承中华文化精神的使命。因此，考察中国史传文学的创作主旨必然要以《史记》作为出发点与归宿点。司马迁在《报任安书》中所说的“究天人之际，通古今之变，成一家之言”[①] 这句话，不仅高度地概括了《史记》的创作主旨，也一语道破了两千年来中国史传文学的传统。

（一）“究天人之际”——史传文学的哲学主旨

我国古代哲学的核心问题，是关于天、人关系的探讨。天，指“天道”；人，指“人事”。天、人关系的探讨，就等同对人与自然的关系的终极追问。作为中华文化载体的史传文学，也必然要进行“究天人之际”的思考。也就是说，我国的史传文学在终极的哲学层面上进行着人与社会、人与自然的哲学思辨，在我国的史传文学中这一点体现在两方面：理性精神的高扬和人、事核心的突出。“际”，《说文》解释为：“际，壁会也”。这里可引申为交会、沟通之意。因此“究天人之际”这句话的意思就是说要探究天地、神人间的交会点，并沟通天地、神人间的关系。这种目的似乎与史书相去甚远，然而在司马迁那里，“究天人之际”有着特定的历史语境。

在汉代，“天人感应”学说是十分盛行的。最明显的例子便是“独尊儒术”的董仲舒，他的《春秋繁露》就体现了“天人感应”的思想。这种学说源于远古时期的巫文化，是古人试图对天、人关系作出解释的一种尝试。这种学说认为人与天之间存在着一种潜在的神秘因果关系。人类个体命运的差异，以及人类整体同自然界的关系似乎与天有着某种联系。世间所发生的事情，似乎都要由天来

① 司马迁：《报任安书》，《古文观止》，中华书局1978年版，第226页。

决定、判别，即天既可以孕育人类，又可以惩戒人类。司马迁是董仲舒的学生，这种学说对他的影响自然很大。在司马迁那里，天人感应的复杂关系被归结为天/神的世界与地/人的世界间既彼此感应，又非感应的两种情况。在《史记》中，我们可以看到很多这样的例子。比如，司马迁认为王朝的兴衰更替与当时的天象是有关的。《天官书》中就有这样的记载：

> 略以春秋二百四十二年之间，日蚀三十六，彗星三见，宋襄公时星陨如雨。天子微，诸侯力政，五伯代兴，更为主命，自是之后，众暴寡，大并小。秦、楚、吴、越，夷狄也，为彊伯。田氏篡齐，三家分晋，并为战国。争于攻取，兵革更起，城邑数屠，因以饥馑疾疫焦苦，臣主共忧患，其察禨祥候星气尤急。
>
> 秦始皇之时，十五年彗星四见，久者八十日，长或竟天。其后秦遂以兵灭六王，并中国，外攘四夷，死人如乱麻，因以张楚并起，三十年之间兵相骀藉，不可胜数。自蚩尤以来，未尝若斯也。
>
> 项羽救钜鹿，枉矢西流，山东遂合从诸侯，西坑秦人，诛屠咸阳。

我们随意撷取的这几则，都是司马迁对于人事与天象间关系的解释。再如《龟策列传》叙述从事占卜的人物，以及记载武帝封禅之类应和天、人关系的事件，这都说明在司马迁看来，天、人之间确实存在着感应关系：天象凶，人事就凶；天象吉，人事也吉。

另一方面，司马迁又没有完全用天、人关系来解释世界，揭示历史。对于一些人物的命运与历史事件，司马迁又强烈地质疑了“天道”的存在。在《伯夷列传》中，司马迁就对“天道无亲，常与善人”的观点予以质疑，并强烈谴责了“天道”的是非：

> 若伯夷、叔齐，可谓善人者非邪？积仁絜行如此而饿死！且七十子之徒，仲尼独荐颜渊为好学。然回也屡空，糟糠不厌，而卒蚤夭。天之报施善人，其何如哉？盗蹠日杀不辜，肝人之肉，暴戾恣睢，聚党数千人横行天下，竟以寿终。是遵何德哉？此其尤大彰明较著者也。若至近世，操行不轨，专犯忌讳，而终身逸乐，富厚累世不绝。或择地而蹈之，时然后出言，行不由径，非公正不发愤，而遇祸灾者，不可胜数也。余甚惑焉，傥所谓天道，是邪非邪？①

① 司马迁：《史记》，中华书局 1982 年版，第 2124～2125 页。

文中司马迁“甚惑焉”，表示了对“天道”的怀疑与质问。在天人感应不能对人物命运与历史事件进行解说时，司马迁大胆的批判“天道”，体现了他的理性精神。

通过上面的分析，我们可以看出“究天人之际”实际上是史家对历史事件、人物命运的一种思考。这种思考的目的在于揭示历史运行、演变的规律。尽管史家受到历史背景、文化背景的影响，他们没有能够恰当地揭示规律，自身的理论也存在着二元对立的冲突，但司马迁对“天人感应”的解释实际是在高扬一种理性的精神。司马迁将“究天人之际”放在第一的位置，意味着他注重对客观世界与真理的求索。因此，我们可以将“究天人之际”理解为对历史运行规律的理性思考与求索。这种精神为历代史家所推崇，成为我国古代史学的理性脉络。当史家高扬理性大旗时，“天”不再是狭隘意义上的“天道”，而变为自然、历史的客观事实。所谓“究天人之际”的“际”，则象征着理性的求索行为。在天与人的哲学关系层面，“究天人之际”一句更加突出了“人”的重要地位。

故而在我国的史传文学中，无处不在凸显着一个大大的“人”字。史家对人的强调，也奠定了中国史传文学以人物作为记述对象和核心的宗旨，即传主是传记文学选材和构思的核心。与宏大的历史叙事相比，史传更侧重从个人的视角、眼界去叙述历史、书写历史。因此传主是史传文学内容的核心，史传文学更专注于那些关乎历史事件进程和人物命运的历史细节。

中国史传文学以人物作为记述的对象和核心的宗旨，表现为纪传体体例的开创与沿袭。首先，《史记》以人为核心的思想，是继承了先秦历史散文的叙事传统和发扬了古代史学观点的结果。中国的史学就是要突出人，反映人事。钱穆就曾指出：以人为核心的历史意识，是中国历史最伟大之处。而以“人”为核心的史学精神并非肇端于司马迁，它与中国以人为中心，注重现实人事的伦理型文化精神息息相关。早在先秦时，史家就开始关注人在历史进程中的作用：

> 吾闻之，国将兴，听于民；将亡，听于神。神聪明正直而壹者也，依人而行。
> ——《左传·庄公三十二年》

> 是阴阳之事，非吉凶所生也。吉凶由人。 ——《左传·僖公十六年》

> 国之兴也，视民如伤，是其福也；其亡也，以民为土芥，是其祸也。
> ——《左传·哀公元年》

在这些历史叙事中，史家开始形成一种以人为核心的历史叙事的意识。《左传》尽管是一部编年体史书，但其中却不乏性格鲜明的、形象生动的人物。这就说明在史家的历史叙事中，人渐渐在天地、阴阳中凸显出来，成为历史和人事的关键。这种思想在汉代得以延续，董仲舒的《春秋繁露》中就在此强调了以人为本位的伦理原则。在论及阴阳五行、宇宙“十端”时，他指出：“天、地、阴、阳、木、火、土、金、水九，与人而十者，天之数毕也。”[①] 在这种文化传统的影响下，司马迁尤其重视人物在历史进程中的地位与作用。他修史，为的是“述往事，思来者”[②]、“切近世，极人变”。在《楚元王世家》中，司马迁就指出：“国之将兴，必有祯祥，君子用而小人退。国之将亡，贤人隐，乱臣贵。”并且他赞同“安危在出令，存亡在所任”[③]。不难看出，他所提出的“究天人之际”，其本质就是将人树立为历史运行的主宰。在这样的思想基础下，司马迁开创了五体，其中本纪、世家、列传均为以人物为中心记述历史的体例。

其次，《汉书》、《后汉书》对史传文学体例的完善，是对司马迁以“人”为核心的史学观的继承与发展。从体裁形式看，《史记》中的本纪记载帝王、皇后的行迹，世家记载诸侯和大臣，而列传则分为两类：一方面，司马迁为有重要作用的人物单独立传，如：《伯夷列传》、《李斯列传》、《乐毅列传》等。另一方面，司马迁将品格和行为相近、相似的一类人合列于一传中，如：《游侠列传》、《滑稽列传》、《佞幸列传》、《白起王翦列传》。继司马迁后，班固对史传的体例作了进一步的规范，一方面保留了本纪的体例——记述帝、后的一生。同时，他将世家与列传合而为一，简化了司马迁复杂的分类。而在每一列传的人物选择中，班固或为某人单独做传，或将形迹相似的人物以类相从，继承了《史记》中列传的分类方法。《后汉书》则将列传的体例进一步发展，以血缘为纽带组织人物，合为一传。至于陈寿的《三国志》则索性舍去书表，只做本纪、传。在纪传体的体例中，人物的生平得以摆脱编年的束缚，完整而连贯地呈现出来，所谓“包举一生而为之传”[④]。这样，人们对历史的理解就不再是某年某月发生某事的机械认识，而是展现一个人物一生的变迁，人们对于历史事件的分析与判断就会跳出几个时间前因后果的分析，而是在几个历史人物间的比较与解读。

再其次，从叙事的内容来看，我国的史传文学收录了形形色色、不同阶层的人物，较为全面地呈现了逝去的历史，肯定了不同人物的对历史发展的重要作用。在论及纪传体时，翦伯赞指出：“所谓纪传体的历史学方法，就是以人物为主体的历史学方法。这种方法是将每一个他认为足以特征某一历史时代的历史人

---

① 董仲舒：《春秋繁露·天地阴阳》，明刻本。
② 司马迁：《报任安书》，《古文观止》，中华书局 1978 年版，第 226 页。
③ 司马迁：《史记》，中华书局 1982 年版，第 1990 页。
④ 章学诚：《文史通义·内篇·传记》，中华书局 1985 年版，第 154 页。

物的事迹，归纳到他自己的名字下面，替他写成一篇传记。这些人物传记，分开来看，每一篇都可以独立，合起来看，又可显示某一历史时代的全部的社会内容。"① 在司马迁的笔下，既有皇帝、皇后、大臣、将军，也不乏荆轲之类的刺客，淳于髡之流的俳优，以及平民、妇女、商人、方士，甚至是少数民族的首领、农民起义的领袖，全方面地反映出社会的方方面面。

总之，作为史传文学的肇端，司马迁发扬了先秦的叙事传统，高扬理性精神，创立以人为核心的史学传统。经过班固、范晔等人的继承与完善，这一传统为历代史家所继承发扬。在史传文学的发展中，理性精神与以"人"为核心的精神一直两相呼应、相得益彰，影响着后世史家的立言根本。欧阳修在《新五代史·伶官传序》中指出"盛衰之理，虽曰天命，岂非人事哉"②，就正是二者相互结合的结果。由此可见，理性精神和以"人"为核心的精神构成了我国史传文学的哲学主旨。

（二）"通古今之变"——史传文学的历史学主旨

作为历史文献的载体，史传文学是对历史的再现，诚如今人所说，历史学的目的在于追求已逝的往事的真相。所以，史传叙事的基本功能就是记载历史事件，探寻往事的真相，揭示历史运行的规律。我国史传文学的历史学主旨集中表现为求变、求真两个方面。

从史学角度看，中国史传文学的叙事主旨在于展现"古今之变"。司马迁在《史记·太史公自序》中写道："罔罗天下放失旧闻，王迹所兴，原始察终，见盛观衰。"在《报任安书》中，他也说："为十表，本纪十二，书八章，世家三十，列传七十，凡百三十篇，亦欲以究天人之际，通古今之变，成一家之言。"③ 在司马迁的观念中，叙史在察"变"。在始与终、盛与衰的二元对立中，司马迁突出的是一个"变"字。所以，我们看到司马迁作史传并未一味简单地呈现事实，或者简单地以一字进行褒贬；通过叙事，他要发掘历史的变化，在通变中考察古今，在通变中求索历史的规律。

司马迁对"古今之变"的考察，首先表现为从大处把握历史的发展变化。他将中国社会的历史分为春秋、战国、秦楚、汉代四段，并且对每一段历史时期的特点进行分析概括。时势的变迁集中地表现在十表中。而在纪传中，这种变迁

① 吴泽主编：《中国史学史论集》（一），上海人民出版社 1980 年版，第 107 页。
② 欧阳修：《新五代史》，中华书局 1974 年版，第 399 页。
③ 司马迁：《报任安书》，《古文观止》，中华书局 1978 年版，第 226 页。

则间接地体现于对某一帝王诸侯家族谱系的叙述中。如《秦本纪》与《秦始皇本纪》尽管各有侧重——前者主要叙述秦朝建立以前秦国的兴衰更替，而后者侧重于叙述始皇嬴政的谱系，以及秦朝建立并覆灭的过程——但实际上都难免在战国与秦楚两个阶段略有交叉。而对同一家族在不同历史阶段的叙述，也可以表现出时势的变迁。

其次，司马迁尤其重视分析家国的兴亡成败，总结规律。在《秦始皇本纪》中，司马迁详细地叙述了秦朝由盛而衰的过程，并征引贾谊的《过秦论》批评秦朝的覆灭在于“仁义不施，攻守之势异也”。在《外戚列传》中，他认为“自古受命帝王及继体守文之君，非独内德茂也，盖亦有外戚之助焉”①。并举例说：“夏之兴也以涂山，而桀之放也以末喜。殷之兴也以有娀，纣之杀也嬖妲己。周之兴也以姜原及大任，而幽王之禽也淫於褒姒”②，指出家国的兴亡成败与夫妇人伦、婚姻外戚间的关系。

再其次，司马迁也考察了历史人物命运的变化及其原因，通过记述人物一生的行状而求索人生意志与命运的关系。一部《史记》就是一出出英雄人物的悲剧。在修史的过程中，司马迁融入了很多自我的思想感情与意志。在质疑天道的同时，他也在思考意志与命运的关系。如在《淮阴侯列传》中，司马迁一面热情地记述了韩信神奇又可悲的一生，歌颂了他为汉室江山取得的卓越战功，同时也批评韩信不“学道谦让”、“伐其功”、“矜其能”，最终招致了他“夷灭宗族”的悲惨结局。又如在《李斯列传》中，司马迁记述了一个积极进取、以才学求荣利的士人形象——李斯。作品中，李斯有一个文人的气质与理想：天下平治，生活安逸。同时，他又不甘于清苦的生活而追求能臣的权利与荣耀。他凭借自己的能力与机遇博得秦王的赏识与认可，位极人臣。然而，为达到目的，他不择手段，甚至失去为人臣的忠烈品格，勾结奸臣伪造诏书。一方面，李斯以为“人之贤不肖譬如鼠矣，在所自处耳！”“诟莫大於卑贱，而悲莫甚於穷困。久处卑贱之位，困苦之地，非世而恶利，自讬於无为，此非士之情也。”③ 另一方面，他又“不务明政以补主上之缺，持爵禄之重，阿顺苟合，严威酷刑，听高邪说，废適立庶。”④ 李斯行为终于招致了他“国丧身诛，本同末异。”司马迁的叙事体现了他对李斯这一悲剧性人物的同情与批判，思索了李斯一生由盛转衰的原因。

研究者大都认为，《史记》中的“变”主要为时势之变、兴亡之变、成败之变、穷达之变等四种类型。这几乎囊括了历史发展中的一切变化。而司马迁这种深刻而全面的“通变”观也成为历代史家修史的目的。《史记》之后的史书也多

①② 班固：《汉书》，中华书局 1962 年版，第 3933 页。
③ 司马迁：《史记》，中华书局 1982 年版，第 2539 页。
④ 同上，第 2563 页。

重视在“变”中寻求历史的规律。如《新五代史·伶官传序》所载：

> 原庄宗之所以得天下，与其所以失之者，可以知之矣。世言晋王之将终也，以三矢赐庄宗而告之曰：“梁，吾仇也，燕王吾所立，契丹与吾约为兄弟，而皆背晋以归梁。此三者，吾遗恨也。与尔三矢，尔其无忘乃父之志！”庄宗受而藏之于庙。其后用兵，则遣从事以一少牢告庙，请其矢，盛以锦囊，负而前驱，及凯旋而纳之。方其系燕父子以组，函梁君臣之首，入于太庙，还矢先王而告以成功，其意气之盛，可谓壮哉！及仇雠已灭，天下已定，一夫夜呼，乱者四应，苍皇东出，未及见贼而士卒离散，君臣相顾，不知所归，至于誓天断发，泣下沾襟，何其衰也！岂得之难而失之易欤？抑本其成败之迹而皆自于人欤？《书》曰：“满招损，谦得益。”忧劳可以兴国，逸豫可以亡身，自然之理也。故方其盛也，举天下之豪杰莫能与之争；及其衰也，数十伶人困之，而身死国灭，为天下笑。夫祸患常积于忽微，而智勇多困于所溺，岂独伶人也哉！①

作品记述了“庄宗之所以得天下，与其所以失之者”的成败之变。作者看来，兴亡所系在乎人事，而导致成败之变的直接原因在于为“数十伶人困”，而终极的原因则在于“忧劳可以兴国，逸豫可以亡身”的自然之理。

对古今之变的呈现，对历史规律的揭示，都要以对历史真实的再现为前提，因此，史传文学的另一个史学主旨就是秉笔直书的实录精神。班固在《汉书·司马迁传》中写道：

> “然自刘向、扬雄博极群书，皆称迁有良史之材，服其善序事理，辨而不华，质而不俚，其文直，其事核，不虚美，不隐恶，故谓之实录。”②

称赞司马迁的秉笔直书、善恶必书。而在《史通》中，刘知几也说：

> 至若齐史之书崔弑，马迁之述汉非，韦昭仗正于吴朝，崔浩犯讳于魏国，或身膏斧钺，取笑当时；或书填坑窖，无闻后代。夫世事如此，而责史臣不能申其强项之风，励其匪躬之节，盖亦难矣。③

---

① 欧阳修：《新五代史》，中华书局1974年版，第399页。
② 班固：《汉书》，中华书局1962年版，第2738页。
③ 刘知几：《史通》，清刻本。

章学诚在《文史通义》中也说：

盖欲为良史者，当慎辨於天人之际，尽其天而不益以人也。尽其天而不益以人，虽未能至，苟允知之，亦足以称著述者之心术矣。①

可见，从班马到刘知几，再到章学诚，实录的精神是被奉为史家“德行”的问题加以看待，历代的史家都十分注重直书与实录的问题，即：能否真实、客观地反映现实。在具体的史传文学中，实录就是指能否客观、全面地记述事实，能否全面、公允地记载人物的行事。不难发现，优秀的史传文学都是具备这种实录精神的作品，其中尤以司马迁的《史记》为首。

在《史记》中，司马迁的实录精神突出地体现在对刘邦、项羽这两个人物的记述中。刘邦是汉王朝的开国皇帝，但司马迁并没有因此而隐掉他不光彩的行为。司马迁对刘邦丑陋一面的揭露主要分散于其他列传中。如《项羽本纪》中记载：

当此时，彭越数反梁地，绝楚粮食，项王患之。为高俎，置太公其上，告汉王曰：“今不急下，吾烹太公。”汉王曰：“吾与项羽俱北面受命怀王，曰‘约为兄弟’，吾翁即若翁，必欲烹而翁，则幸分我一桮羹。”②

又如《淮阴侯列传》中言刘邦的狡诈：

汉四年，遂皆降平齐。使人言汉王曰：“齐伪诈多变，反覆之国也，南边楚，不为假王以镇之，其势不定。愿为假王便。”当是时，楚方急围汉王於荥阳，韩信使者至，发书，汉王大怒，骂曰：“吾困於此，旦暮望若来佐我，乃欲自立为王！”张良、陈平蹑汉王足，因附耳语曰：“汉方不利，宁能禁信之王乎？不如因而立，善遇之，使自为守。不然，变生。”汉王亦悟，因复骂曰：“大丈夫定诸侯，即为真王耳，何以假为！”乃遣张良往立信为齐王。③

刘邦由大怒到“悟”，到“复骂”，显示出他的狡诈。而当天下已定时，刘邦则想方设法地降低韩信的爵位，并最终将韩信除掉。司马迁的这些描述刻画出

① 章学诚：《文史通义》，中华书局 1985 年版，第 220 页。
② 司马迁：《史记》，中华书局 1982 年版，第 327 ~ 328 页。
③ 同上，第 2621 页。

刘邦奸诈、狠毒的性格。至于《高祖本纪》，虽是司马迁着重记述刘邦开国及安定天下功勋的篇章，但其中也不乏讽刺之笔，如在记述刘邦早年看相的一段经历时有这样的文字：

> 老父曰："乡者夫人婴儿皆似君，君相贵不可言。"高祖乃谢曰："诚如父言，不敢忘德。"及高祖贵，遂不知老父处。①

刘邦刚说过"不敢忘德"，司马迁紧接着就写道"及高祖贵，遂不知老父处"，其贬义可知。

同样，司马迁对于他所赞颂的项羽，也没有遮掩其暴虐的本性。司马迁极其平淡地写项羽"于是楚军夜击阬秦卒二十余万人新安城南"，看似轻轻一笔却写出项羽的暴虐。而写项羽"引兵西屠咸阳，杀秦降王子婴，烧秦宫室，火三月不灭；收其货宝妇女而东"，更是毫无保留地揭露了项羽的贪婪、残暴。

总之，司马迁以其出色的胆识与公允的评价在《史记》中对实录精神为后人作出完美注脚，并树立了史传文学最为难能的品格范本。后世史家少有超越，不过也不乏秉笔直书的佳作，如沈约的《宋书》就是为后人称道的作品。

（三）"成一家之言"——史传文学的主体意识

在文史一体的时代，史家通过创作往往希望达到一些个人的目的。所以史家修史，最直接的目的与动力往往不是记述历史、揭示规律，而是要立言，成立自己一家的学说。司马迁在《史记》中多次提到写作的目的之一在于"成一家之言"。近年来，学者们对此也给予了很多关注，指出《史记》从体例到思想，都体现了与先秦诸子文章一脉相承的特征。所以说，两汉、魏晋时期的史书与其将之归于"史部"，倒不如说它们更像是"子书"，成为史家立说扬名的载体。在史传文学中，史家"成一家之言"的这种主体意识，主要体现为自我身份的认同和鲜明的政治倾向两方面。

在我国的史传文学中，史家的这种主体意识受到政治、道德、学术等多方面的影响，决定了史官复杂的修史动机。因此，它是影响史传叙事主旨的直接因素。

史家的主体意识根源于源远流长的史官传统。《文心雕龙·史传》中说：

① 司马迁：《史记》，中华书局1982年版，第346页。

轩辕之世，史有苍颉，主文之职，其来久矣。《曲礼》曰："史载笔。"史者，使也。执笔左右，使之记也。古者左史记事者，右史记言者。①

尽管轩辕的时代已经很难考证，但这足以说明我国很早就有"史"这一职位。最早的"史"臣是仓颉，而对这一职责的描述则是"主文之职"，"史者，使也。执笔左右，使之记也。古者左史记事者，右史记言者。"尽管其中有不足征信的地方，但依旧可以让我们了解中国早期的"史"臣的概念与职责：在于记载言行（公文）和大事件。

远古"史"臣的概念尽管模糊，却对后世史家修史影响莫大，成为他们修史的先决条件。司马迁在《太史公自序》中写道：

太史公执迁手而泣曰："余先周室之太史也。自上世尝显功名於虞夏，典天官事。后世中衰，绝於予乎？汝复为太史，则续吾祖矣。……余死，汝必为太史；为太史，无忘吾所欲论著矣。……余为太史而弗论载，废天下之史文，余甚惧焉，汝其念哉！"迁俯首流涕曰："小子不敏，请悉论先人所次旧闻，弗敢阙。"②

"且余尝掌其官，废明圣盛德不载，灭功臣世家贤大夫之业不述，堕先人所言，罪莫大焉。"③

文中，无论是司马谈临终的遗言，还是司马迁当仁不让的决心，都显示出了司马氏父子写《史记》时舍我其谁的自信心与责任感。而信心与责任则来源于他们家族绵长的史官传统与两人史官的身份。史官的身份，成为史家修史的"资格证书"。而身为史官，却"废天下之史文"乃是史家之罪。这种在其位、谋其政的思想让史家修史有了天然而不可违背的理由——既是祖宗世代相传的事业，又是国家承认的官员，其专业性与权威性自不言而喻——对我国史传文学的影响很大。且不说唐以后被政府垄断的官修史书，"前四史"中修《汉书》的班固是东汉的兰台令史，修《三国志》的陈寿尽管不是史官，但书中却常出现"臣曰"的字样，这也从另一个角度说明了史官传统的影响。

不过，司马迁等史家的史官又与不同于远古仓颉的"史"，关键就在于司马迁等人所具备的主体意识。史传叙事中的主体意识体现在史家修史的个人目的。史家的叙事往往是要借历史而言说，建构自我的思想，发表独特的学说。从目的

① 刘勰：《文心雕龙·史传》，人民文学出版社1958年版，第283页。

② 司马迁：《史记》，中华书局1982年版，第3295页。

③ 同上，第3299页。

来看，司马迁要继孔子之后“绍明世，正易传，继春秋，本诗书礼乐”①。作品中司马迁以寓论断于序事的言说方式表达自己对历史的独特见解。后人评价他“其是非颇缪于圣人，论大道而先黄、老而后六经，序游侠则退处士而进奸雄，述货殖则崇势利而羞贱贫”②，“实录无隐之旨，博雅弘辩之才，爱奇反经之尤”③。这都说明司马迁继承先秦诸子的传统，在作品中大胆的阐述了自己对历史、对世界的看法，而“成一家之言”。班固做《汉书》是要“综其行事，旁贯《五经》，上下洽通”，也是要借历史叙事而言说一家观点。《后汉书》评价他“文赡而事详”，“博物洽闻”无疑是对其成就的最大肯定。除却学术目的外，史家的个人目的还包括骋文显才的目的，这点上面已作分析，此处不再赘述。

这种主体意识一方面赋予史家“独立之思想，自由之灵魂”，可以帮助史家“成一家之言”。而另一面也会受到政治、道德观念的影响，从而使史传叙事具有更加复杂的主旨。后代史家的修史，并不同于远古单纯的记事，而是要通过史料的剪裁与叙事，抒发自我对历史的看法，使文章具有丰富的时代价值。这就必然导致了史官叙事与政治的联姻，使史传叙事具备政治功能。

史传文学的政治功能体现在尊正统与教风化。尊正统是指对史家身处王朝的褒扬，对封建正统的维护。司马迁说：“臣下百官力诵圣德，犹不能宣尽其意。……且余尝掌其官，废明圣盛德不载，灭功臣世家贤大夫之业不述，堕先人所言，罪莫大焉。”班固也说：“故虽尧，舜之盛，必有典谟之篇，然后扬名于后世”，所谓“巍巍乎其有成功，焕乎其有文章也!”他评价《史记》的创作是“史臣乃追述功德”。而《文心雕龙》中形容《史记》“子长继志，甄序帝勣”，又说《汉书》“宗经矩圣之典，端绪丰赡之功”。这些都是史家颂扬政治的自觉意识。与此同时，史传文学还更强调劝诫功能。一方面，史家强调史传对国家兴废的“资治”功效，所谓“表征盛衰，殷鉴兴废”。同时，也很强调其正人伦、修风化的道德干涉作用。司马迁评价《春秋》这部书“上明三王之道，下辨人事之纪，别嫌疑，明是非，定犹豫，善善恶恶，贤贤贱不肖，存亡国，继绝世，补敝起废，王道之大者也”。而他所写的《史记》正是一部“绍明世，正易传，继春秋”的作品，其意图显而易见。

史传文学的政治功能还体现在史家的政治立场上。司马迁说：“二十八宿环北辰，三十辐共一毂，运行无穷，辅拂股肱之臣配焉，忠信行道，以奉主上，作三十世家”，就是按照封建的正统思想对文章体例进行安排。天子入本纪，表示天下之主。诸侯贵族是天子的辅臣，入“世家”。《汉书》将诸侯贵族放入列传

① 司马迁：《史记》，中华书局1982年版，第3296页。

② 班固：《汉书》，中华书局1962年版，第2737页。

③ 刘勰：《文心雕龙·史传》，人民文学出版社1958年版，第284页。

一体，是由于汉代大一统的政治需要。而列传也是先皇室宗亲，再是各等臣子。皇室宗亲虽无“世家”之名，但作用与“世家”相同。因此，史传的体例安排都是为顺应当时的政治形势，体现封建等级秩序的。“正统”还体现在对前朝政权的评价上。西晋代魏而统一天下，因此，陈寿的《三国志》便以魏为正统。曹魏为本纪，而蜀、吴只能进入列传。但陈寿对蜀、吴历史的记载还是比较公允的。而对于南北对峙的政权而言，史传的政治倾向更加明显。北魏、北齐是北朝的正统，而南朝的《宋书》等则斥之为“索虏”；同样，刘宋、萧齐诸朝在南朝被视为正统，而北朝的《魏书》等则斥之为“岛夷”。

出于对政治形势的顺应，史家在叙事史往往还会“尊贤隐讳”[①]。刘知几说：“肇有人伦，是称家国。父父子子，君君臣臣，亲疏既辨，等差有别。盖‘子为父隐，直在其中’，《论语》之顺也；略外别内，掩恶扬善，《春秋》之义也。自兹已降，率由旧章。史氏有事涉君亲，必言多隐讳，虽直道不足，而名教存焉。”[②] 陈寿的《三国志》就对司马家族的种种逆行加以遮掩。司马师废曹芳，陈寿不言司马师的逼迫而说曹芳不孝、废令乃太后旨意等等，皆是为当权者隐讳，所以赵翼说《三国志》多“回护”。

史传文学的主体意识还常常体现在史家对历史事件或人物的直接抒情与评判之中。史传中的“太史公曰”、“君子曰”、“臣曰”、“论”、“赞”、“序”等体例正是史家主体意识的直接流露，具有历史评价与道德评判的双重作用。如《史记·孔子世家》：

> 太史公曰：诗有之：“高山仰止，景行行止。”虽不能至，然心乡往之。余读孔氏书，想见其为人。適鲁，观仲尼庙堂车服礼器，诸生以时习礼其家，余祗回留之不能去云。天下君王至于贤人众矣，当时则荣，没则已焉。孔子布衣，传十余世，学者宗之。自天子王侯，中国言六艺者折中於夫子，可谓至圣矣！[③]

司马迁以第一人称直接介入叙事，陈述了写作《孔子世家》的动机、经历，补述了人物的品行、影响，并直接对孔子进行了公允、客观的评价。在这种史家主体意识的表达中，史家不仅可以实现史传的诗学目的，还可以用来抒发自我的一家之言。

再如班固《汉书·司马迁传》：

---

① 刘勰：《文心雕龙·史传》，人民文学出版社 1958 年版，第 287 页。

② 刘知几：《史通·曲笔》，清刻本。

③ 司马迁：《史记》，中华书局 1982 年版，第 1947 页。

故司马迁据《左氏》、《国语》，采《世本》、《战国策》，述《楚汉春秋》，接其后事，讫于天汉。其言秦、汉，详矣。至于采经摭传，分散数家之事，甚多疏略，或有抵梧。亦其涉猎者广博，贯穿经传，驰骋古今，上下数千载间，斯以勤矣。又，其是非颇缪于圣人，论大道而先黄、老而后六经，序游侠则退处士而进奸雄，述货殖则崇势利而羞贱贫，此其所蔽也。然自刘向、扬雄博极群书，皆称迁有良史之材，服其善序事理，辨而不华，质而不俚，其文直，其事核，不虚美，不隐恶，故谓之实录。乌呼！以迁之博物洽闻，而不能以知自全，既陷极刑，幽而发愤，书亦信矣。迹其所以自伤悼，《小雅》巷伯之伦。夫唯《大雅》"既明且哲，能保其身"，难矣哉！①

班固在论赞中将客观地历史评价与自我的抒情融为一体。他站在正统经学的角度，对司马迁"先黄、老而后六经，序游侠则退处士而进奸雄，述货殖则崇势利而羞贱贫"表示了不满，肯定了《史记》的实录精神。同时，班固也表现出了对司马迁身陷腐刑的遗憾与同情，对"明哲保身"的深深慨叹。

总之，中国的史传文学并不是对事实简单的记述，而是包含史家在叙事中一定程度的自我融入，这包括思想、立场和情感的融入。史家的这种主观性行为不仅没有削弱史传的可信度，而且增强了史传作为文学作品的表现力与感染力。

二、中国古代史传文学文质相称的文学诉求

史传之成为文学，更主要的还在于它具有诸多的文学元素。这种文学元素较多地体现为文质相称的文学诉求和以文运事的叙事方法。

"文胜质则史，质胜文则野"的观点对中国文学影响很大。文，指修饰。质，指朴素。我国古代的传记文学，一直都在围绕文与质的关系左右摇摆。总的来说，我国古代的传记文学在语言方面是文质相称的，具有很高的艺术成就和欣赏价值。

在理论方面，古人笃信"言而无文，传之不远"，十分重视行文的辞采。以史传为例，从春秋到六朝，"文胜质则史"的文史观一直延续着，没有根本的改变。而在唐代主张文史相通的观点自不必说，就是主张"文史异辙"的刘知几，也不认为史传可以不讲文采。他不主张"矜炫文采"，反对的是"浮词"和"烦

① 班固：《汉书》，中华书局1962年版，第2737～2738页。

芜”，但史家也绝不能“知史不知文”。可见，刘知几也是讲求语言的。

从文体来看，古代的传记文学在文体上属于散文，而诗文是中国文学中的正统。因此，这些传记的创作在古代是很受关注的，作家的态度也比较严肃、认真。著名的传记文学作家也都是文章的大家。司马迁是“文章西汉两司马”之一，代表了西汉文的最高成就。唐宋时期的韩愈、柳宗元、欧阳修更是古文运动的领袖。这些因素都决定了传记文学在语言方面的成就。从具体作品来看，优秀的史传、杂传不仅是重要的历史文献，更是文学史上的不朽篇章。《史记》中的《项羽本纪》、《李斯列传》、韩愈的《柳子厚墓志铭》、欧阳修的《陇冈阡表》都是文学史、散文史的里程碑。可见，传记文学在语言上文质相称的成就是其重要的特征。

史传叙事一般的都很功利的，尤其以前四史为甚。古人认为，文章是经国之大业，不朽之盛事。那时的人们将文章的不朽、精神的流传看作为一种生命的延续。史传的创作也是如此，史家修史其对于文学方面的追求往往是作为政治目的、个人目的的一种条件。司马迁就说过：“身遭腐刑而隐忍苟活者，恐没世而文采不表于后世也”①。可以说，史家修史本来没有考虑在文学方面取得怎样的成就，而为了使作品为世人所知、乃至流传于世，不得不考虑作品的可读性。因此，史传的文学的文学诉求在一定程度上就是史家对史传作品可读性的期望。而这种期望主要体现在语言和叙事两方面。

史家对作品语言的追求伴随着有关“文质之变”的争论而不断变化。而这种语言风格的争论又是伴随着对文史关系的探讨而进行的。先秦时期，文史具有很高的一致性。孔孟认为既是史官必有文采；既是史籍，必然“文胜”、“辞多”、“繁于文采”。因此，史家必然要重视史学语言的文学性。汉魏时期，以司马迁为首的史家提倡“文质相称”。六朝时期，“文胜质则史”的文史观一直延续，并愈演愈烈。史传叙事越来越繁冗，其文字越来越缛丽。沈约、萧子显、魏收等人就是炫耀文采的主要代表。刘知几批评当时的文风“世重文藻，词宗丽淫”②，“大抵皆华多于实，理少于文，鼓其雄辞，夸其俪事”③，“编字不只，捶句皆双，修短取均，奇偶相配”④，史书竟成了驰骋文采的骈文作品。总之，在文史混沌的时期，史家无不重视文采。修史的过程也就是展现才思、驰骋文采的过程。因而史传的文学性首先体现在语言的文学性上。

以前四史的史传文学为例，其语言风格因时代与作者的不同而各有差异。

① 司马迁：《报任安书》，《古文观止》，中华书局1978年版，第225页。
② 刘知几：《史通·覈才》，清刻本。
③ 刘知几：《史通·论赞》，清刻本。
④ 刘知几：《史通·叙事》，清刻本。

《史记》追求“文质相称”，所谓“善述序事理，辩而不华，质而不野”。《汉书》的语言追求简洁儒雅，在继承司马迁的基础上，更加注重语言的中正之美。范晔评价说：“固文赡而事详，若固之序事，不激诡，不抑抗，赡而不秽，详而有体，使读之者娓娓而不厌，信哉其能成名也”①。刘知几也赞他“言皆精练，事甚赅密”②。《后汉书》、《三国志》崇尚简约，往往在简单的字句中融入对人物恰当评价。可以说，每部史书的语言风格都呼应着时代的文风与思潮，是一代文学观的直接体现者。

史传叙事的可读性还体现在历史叙事的原则与技法。以怎样的原则呈现历史，是史家进行历史叙事最重要的问题。我国的史传并不是纯客观的叙述，而是以“虚实相生”为原则对史料进行加工。钱钟书在论及诗与史的关系时曾提出“史蕴诗心”的观点。文史的亲密关系，决定了历史叙事在适度的情况下进行虚构的可能性。因而，史传文学在对历史的场景进行呈现时，往往虚构人物的情态、语言、动作。史家试图构造一个真实、完整的氛围，让读者有身临其境之感。历史叙事与虚构叙事看似是一对矛盾的概念，但我国的史家却在其中找到了一种平衡。

客观的历史叙事只能勾勒事件发展的线索，进而只能在读者的头脑中构建一个粗框的历史框架。而对于细节的描写，由于缺乏客观的记录作为证据，因而无法实现。而虚构则恰好可以弥补纯客观叙事这方面的缺陷。吴晗曾说：“小说中有历史，历史中有小说”。由于历史终要由语言呈现，因而纯粹的客观便不可能。所以，对于现实与虚构，史家终于寻找到二者的关连点：在历史的框架下通过合理的想象，进行适度的虚构，完成对历史细节的描述。所以史传中的叙事并非一味的虚构，乃是虚实相生辩证组合。读者的对历史叙事中虚构的接受也正基于这点。因此，文质相称的另一层含义是虚实相生。

中国古代传记文学的艺术成就是写人的艺术，写人艺术的关键又是对人物、事件虚实关系的把握。所有的历史题材的作品都存在着历史真实与艺术真实的讨论。而近些年西方的新历史主义理论的兴起，更是将历史本身也推倒了人们审视的目光之下。传记文学文学、历史的双重属性，决定了在创作过程中虚实把握的重要。我国古代的传记文学是对历史真实与艺术虚构的成功融合，做到了虚实相生。

刘勰在评论史传叙述人物是“伟其事”、“详其迹”③。这是古代史传文学记叙述的根本与方法。一方面，古代传记文学以历史中真实的“事”、“迹”为依

① 范晔：《后汉书》，中华书局1965年版，第1386页。

② 刘知几：《史通·叙事》，清刻本。

③ 刘勰：《文心雕龙·史传》，人民文学出版社1958年版，第287页。

据，为根本。这包括传主本身的经历、行为，传主所处的社会、环境的状况，以及与传主发生关系的人物的经历、行为。传记文学的作者关注的是真切切的事实，而不做虚妄的想象。所写之事，必是历史上真实存在，而不是任意的虚构。在真实的基础上，作者进而对人物和事件进行合理的想象，加工润色，即所谓："史家追叙真人真事，每须遥体人情，悬想事势，设身局中，潜心腔内，忖之度之，以揣以摩，庶几入情合理。盖与小说、院本之臆造人物、虚构境地，不尽同而可相通；记言特其一端。"①

传记文学对虚实关系把握，成就了较高的写人艺术，塑造了一批鲜活的人物形象。斋藤正谦评价《史记》："子长同叙智者，子房有子房风姿，陈平有陈平风姿；同叙勇者，廉颇有廉颇面目，樊哙有樊哙面目；同叙刺客，豫让之与专诸，聂政之与荆轲，才出一语，乃觉口气各不同。《高祖本纪》见宽仁之气动于纸上，《项羽本纪》觉喑噁叱咤来薄人。读一部《史记》，如直接当时人，亲睹其事，亲闻其语，使人乍喜乍愕，乍惧乍泣，不能自止，是子长叙事入神处。"（《史记会注考证》）《史记》中的这些人物，无一不是震撼人心流传千古的形象。

三、中国古代史传文学以文运事的叙事方法

以《史记》为首的史传文学，之所以具有很高的艺术价值，还在于史笔与文笔的融合。我国向来讲求史传创作的笔法。前人论及史传创作时，往往用"以文运事"来概括以《史记》为代表的史传文学的叙事方法，并以此作为"史才"之一来衡量和要求后世的史家。史传文学的叙事方法，就是在史笔与文笔融合的基础上，具体呈现出历史图景与人物，即所谓"以文运事"是也。

（一）史传之为叙事

历史与叙事总是不能等量齐观的。前者强调对事实的真实记述，而后者则侧重于虚构性的"说故事"。但纪传体史书又具有特殊性，它不同于编年体史书简单的将时间与事件相累加，表现出一种线形的、可延续的记录，而更加侧重于对某一时段的事件的叙述。具体来说，纪传体史书所展现的是一定时空范围之内的

① 钱钟书：《管锥编》，中华书局1986年版，第166页。

事件。同时，在这段时空范围内，史家以人物的一言一行作为叙事单位，通过人物不断的“复现”来展开事件。

就作品而言，《左传》是我国最早具有叙事性的史书。《文心雕龙》说“乃原始要终，创为传体。传者，转也；转受经旨，以授于后”，是对这一点的肯定。同时，书中解释传，为“转”之意，即《左传》作为一个载体，承载《春秋》的微言大义并授予后人。从这个角度看，《左传》已经不再是一部等同于《春秋》的史书，而是一部转授《春秋》旨意的“史传”，成为一种具有新的文体。所以刘勰说它：“实圣文之羽翮，记籍之冠冕也”①。而从具体的文段来看，《左传》作为史传的发端，其别于《春秋》有二：一为有限的时空，一为场景的虚构。

首先，《左传》对《春秋》的转授与注解是以年月为单位的。《春秋》记事，只是以年月为线索将事件串联起来，而《左传》则根据《春秋》每以年月的事件加以注解。如：《左传·庄公十年》：

【经】十年春王正月，公败齐师于长勺。

【传】十年春，齐师伐我。公将战，曹刿请见。其乡人曰：“肉食者谋之，又何间焉。”刿曰：“肉食者鄙，未能远谋。”乃入见。问何以战。公曰：“衣食所安，弗敢专也，必以分人。”对曰：“小惠未遍，民弗从也。”公曰：“牺牲玉帛，弗敢加也，必以信。”对曰：“小信未孚，神弗福也。”公曰：“小大之狱，虽不能察，必以情。”对曰：“忠之属也，可以一战，战则请从。”

公与之乘。战于长勺。公将鼓之。刿曰；“未可。”齐人三鼓，刿曰：“可矣。”齐师败绩。公将驰之。刿曰：“未可。”下，视其辙，登，轼而望之，曰：“可矣。”遂逐齐师。

既克，公问其故。对曰：“夫战，勇气也，一鼓作气，再而衰，三而竭。彼竭我盈，故克之。夫大国难测也，惧有伏焉。吾视其辙乱，望其旗靡，故逐之。”②

《春秋》的记载呈现出了历史变化发展的线索，呈现出线性的形态。其事件是历史脉络的一点、一个瞬间，需要与前后的事件顺序相连才能展现完整的图景。而《左传》则单就其中一点，铺陈成文，演绎故事。《左传》的时间显然局

① 刘勰：《文心雕龙·史传》，人民文学出版社 1958 年版，第 284 页。
② 杨伯峻：《春秋左传注》，中华书局 1990 年版，第 182 ~ 183 页。

限于“庄公十年春”与“长勺”这两个有限、具体的时空范围内。其故事可以单独成文，展现了一幅完整的叙事图景。

其次，《左传》所讲述的事件具有虚构性。还以《庄公十年》的引文为例，尽管《左传》对历史事件结果的记述忠于了《春秋》的旨意，但其中曹刿与庄公的对话、战争中曹刿指挥的语言以及“下，视其辙，登，轼而望之”的动作，都绝非可靠，完全史家根据历史的背景与事件的情形虚构而得的。如钱钟书所说：“史家追述真人事实，每需遥体人情，悬想事势，舍身居中，潜心腔内，忖之度之，庶几入情合理。盖与小说、院本之臆造人物、虚构境地，不尽同而可相同；记言特其一端”①。

然而，《左传》不是真正意义的史传，因为《左传》的叙事是以《春秋》作为框架的。因此，《左传》尽管在讲故事，但终究只是零散的片段，是服务于《春秋》的结构安排的。所以《左传》是一部具有叙事性的史书，其作者在创作时运用了一定的叙事手法，使其成为史传文学的滥觞。

纪传体的史书则完全是叙事性的作品了。从前四史的叙述内容来看，《史记》“述陶唐以来，至于麟止”②，而《汉书》等三部断代史史书更是将一个朝代从历史进程中分离出来，形成一个较为独立、完整的时空。在这个大的时空内，每一篇纪、传又都是以一个人物的命运作为线索的有限时空。在叙述中，史家通过人物的不断复现，展现了人物命运的变化，历史社会的发展。因此，纪传体的出现，确立了史传文学作为最早的叙事文学的形态。而史家在对历史故事的叙事中，则有意识的运用各种手法控制时间与空间，以展示他们笔下的历史图景。

（二）叙事时间的把握

进行历史叙事的首要问题，是史家如何将立体化的故事时间转化为线性的叙事时间。由于文字阅读活动的线性特征，史家必然要应用一些手段来对历史时间改造变形，来保证叙事的立体感、真实感。具体来说，主要有两条途径：控制叙事时间的速度、调节叙事时间的顺序。

先说控制叙事时间的速度。史家在叙事中十分重视对叙事时间的把握，这首先体现在对叙事时间速度的控制。所谓叙事时间速度，乃是由历史时间的长度和叙事文本的长度相比较而成立的，历史时间越长而文本长度越短，叙事时间速度

---

① 钱钟书：《管锥编》，中华书局1999年版，第166页。

② 司马迁：《史记》，中华书局1982年版，第3300页。

……其后百六十有七年而吴有专诸之事……其后七十馀年而晋有豫让之事……其后四十馀年而轵有聂政之事……其后二百二十馀年秦有荆轲之事……①

司马迁以这种“搭天桥法”将五百年间的刺客合为一传。同时，这种方法也起到时间标示的作用，增强了历史叙事的纵深感。在这里顺叙能够呈现出准确的直线性，有助于形成连贯紧凑的情节与清晰易懂的故事线索，符合历史叙事力求准确、清晰的要求，也符合中国人的传统审美趣味。

然而，顺叙又不可避免地具有叙事单调的缺陷，不利于表现复杂纷繁的历史图景。因此，史传叙事往往需要打破自然时序的倒叙、插叙、补叙等时序来穿插、组织情节。

插叙是史传叙事常用来补充事件背景、人物经历的方法。插叙的出现往往伴随着一些标志性的词语，如：“初”、“当是时”、“是时”。以《三国志·魏书·武帝纪》为例，文中有多处插叙，如：

是岁，孙策受袁术使渡江，数年间遂有江东。

是岁，长安乱，天子东迁，败于曹阳，渡河幸安邑。

初，公为兖州，以东平毕谌为别驾。张邈之叛也，邈劫谌母弟妻子；公谢遣之，曰：“卿老母在彼，可去。”谌顿首无二心，公嘉之，为之流涕。既出，遂亡归。及布破，谌生得，众为谌惧，公曰：“夫人孝於其亲者，岂不亦忠於君乎！吾所求也。”以为鲁相。②

这几段或介绍其他势力的行动、情况，或介绍某一人物的背景故事，都是游离于叙述曹操生平这条主线之外的情节。然而，要全面、真实地反映曹操的一生，史家就必然要展现出三国时期诸侯割据、烽火连天的局面。相对于顺叙的直线性，插叙恰好可以完成补充叙述的任务。在叙述曹操生平之中，适当间入诸侯的行踪、人物的经历，可以使平板单调的时序变得立体，营造出更加真实的历史氛围。

总之，我国的史传文学以自然时间为顺序的直线式和其他时间顺序的变线式混合运用共同构成立体式的叙事，尤其是倒叙、插叙手法，极大地拓展了叙事的空间范围，同时也将作者对历史的分析、对历史人物的评价或直接或间接地表现

① 司马迁：《史记》，中华书局 1982 年版，第 2515～2538 页。
② 陈寿：《三国志·魏书》，中华书局 1982 年版，第 1～55 页。

了出来。

（三）叙事场景的呈现

史家在呈现叙事场景时，往往会运用控制叙事视角的技巧。在前四史中，史家在叙事时主要采取第三人称的全知视角。如《三国志·魏书·武帝纪第一》中对于“白马之围”战役的叙述：

> 二月，绍遣郭图、淳于琼、颜良攻东郡太守刘延于白马，绍引兵至黎阳，将渡河。夏四月，公北救延。荀攸说公曰：“今兵少不敌，分其势乃可。公到延津，若将渡兵向其后者，绍必西应之，然后轻兵袭白马，掩其不备，颜良可禽也。”公从之。绍闻兵渡，即分兵西应之。公乃引军兼行趣白马，未至十馀里，良大惊，来逆战。使张辽、关羽前登，击破，斩良。遂解白马围，徙其民，循河而西。绍於是渡河追公军，至延津南。公勒兵驻营南阪下，使登垒望之，曰；“可五六百骑。”有顷，复白：“骑稍多，步兵不可胜数。”公曰：“勿复白。”乃令骑解鞍放马。是时，白马辎重就道。诸将以为敌骑多，不如还保营。荀攸曰：“此所以饵敌，如何去之！”绍骑将文丑与刘备将五六千骑前后至。诸将复白：“可上马。”公曰：“未也。”有顷，骑至稍多，或分趣辎重。公曰：“可矣。”乃皆上马。时骑不满六百，遂纵兵击，大破之，斩丑。良、丑皆绍名将也，再战，悉禽，绍军大震。公还军官渡。绍进保阳武。关羽亡归刘备。①

在这种视角的叙事中，史家抽身与时间之外，以全知者的身份陈述历史事件。对于“白马之围”这场战役，陈寿一方面叙述曹军阵营中荀攸献计解白马之围；另一面写袁绍中计，颜良被斩。通过全知视角的叙事，陈寿将参战的各支部队交代得清清楚楚，让读者感觉史家似乎既在曹营之中，又在袁绍的队里，正所谓：“瞩高聚远，以类相并，大有浮山越海而会罗山之观。”② 这样的叙事，可以让史家自由地展现历史人物外在世界、人物本身的语言行动和人物的内心世界，向读者展现出全景式的历史事件。

同时，第三人称全知视角有利于史家展示历史人物完整的人生轨迹。还以上面为例，陈寿在史传中既写到曹操早年起事的经历，又叙述了他破袁绍、破吕

---

① 陈寿：《三国志·蜀书》，中华书局1982年版，第19页。

② 钱钟书：《管锥编》，中华书局1996年版，第309页。

布、统一北方，以及赤壁之战、兵败华容等一系列的战役。陈寿运用全知视角，独立于叙述的世界之上，曹操生平的一举一动、一言一行都逃不出他的眼睛。这样的叙事不仅可以便于史家展示历史人物一生完整的经历与命运，同时也可以全面地记述人物的行迹，体现了史家的实录精神。

史家置身事外增强了历史叙事的客观性，这有利于史家冲破主体认识的有限性，在历史叙事中进行合理的想象。在“白马之围”战役中，荀攸献策的语言，以及曹操在战场上临阵指挥时的动作和语言（如“勒兵驻营南阪下，使登垒望之，曰：‘可五六百骑。’有顷，复白：‘骑稍多，步兵不可胜数。’公曰：‘勿复白。’乃令骑解鞍放马”），显然是史家的想象之词。这样的场面史家无法身临现场，便只能“遥体人情，悬想时势，设身局中，潜心腔内，忖之度之，以揣以摩”。而这正是基于全知视角的功能：作家是全知全能的，可以洞悉事件的全局与细节、现状与趋势。也正因如此，史家才能在历史叙事中融入文学叙事的虚构成分。

相对于全知视角的运用，史家在进行局部细节的历史叙事时往往采用限知视角。主要有两种情况：代述角色隐衷的限知视角和以史家口吻出现的第一人称限知视角。限知视角不仅有利于对史实进行多角度的陈述，而且还可以实现史家思想与情感的自我融入。

代述角色隐衷的限知视角则主要应用于具体事件的叙事。全知视角的无所不能，有时也会给事件的叙事带来不真实的感觉。例如用第三人称全知视角转述人物的语言，在某些情形下就不如给人物以生命，让人物说话，通过人物的口，透过人物的视角来发表对某一事件的看法。如《三国志·蜀书·诸葛亮传》中写道：

> 先主至於夏口，亮曰：“事急矣，请奉命求救于孙将军。”时权拥军在柴桑，观望成败，亮说权曰：“海内大乱，将军起兵据有江东，刘豫州亦收众汉南，与曹操并争天下。今操芟夷大难，略已平矣，遂破荆州，威震四海。英雄无所用武，故豫州遁逃至此。将军量力而处之：若能以吴、越之众与中国抗衡，不如早与之绝；若不能当，何不案兵束甲，北面而事之！今将军外托服从之名，而内怀犹豫之计，事急而不断，祸至无日矣！”权曰：“苟如君言，刘豫州何不遂事之乎？”亮曰：“田横，齐之壮士耳，犹守义不辱，况刘豫州王室之胄，英才盖世，众士慕仰，若水之归海，若事之不济，此乃天也，安能复为之下乎！”权勃然曰：“吾不能举全吴之地，十万之众，受制於人。吾计决矣！非刘豫州莫可以当曹操者，然豫州新败之后，安能抗此难乎？”亮曰：“豫州军虽败於长阪，今战士还者及关羽水军精甲万人，

刘琦合江夏战士亦不下万人。曹操之众，远来疲弊，闻追豫州，轻骑一日一夜行三百馀里，此所谓‘强弩之末，势不能穿鲁缟’者也。故兵法忌之，曰‘必蹶上将军’。且北方之人，不习水战；又荆州之民附操者，偪兵势耳，非心服也。今将军诚能命猛将统兵数万，与豫州协规同力，破操军必矣。操军破，必北还，如此则荆、吴之势强，鼎足之形成矣。成败之机，在於今日。”权大悦，即遣周瑜、程普、鲁肃等水军三万，随亮诣先主，并力拒曹公。①

史传所记述的历史是赤壁之战前，诸葛亮说服孙权孙刘联合、共拒曹兵的场景。在对话中，全知视角转换为以角色身份出现的限知视角。史家借诸葛亮之口陈述了战前的局势以及各方的利害关系，而通过孙权的语言以及“勃然”等情态则描摹出游说场景的紧张、东吴政权对这场战争的犹豫态度，从而更加凸显了诸葛亮的雄辩之才。通过这样的叙事，历史人物得到表白的机会走上叙事的舞台，变得有血有肉，更加真实可信。再如《史记·廉蔺列传》中，司马迁借廉颇之口说：“我为赵将，有攻城野战之大功，而蔺相如徒以口舌为劳，而位居我上；且相如素贱人，吾羞，不忍为之下”，生动准确地揭示廉颇内心的心理活动：既肯定蔺相如的功绩，又对其爵位高于自己而不满。这样隐微、细腻的心理，全知的第一视角固然难以表现，通过限制视角则很到位地表现了人物的心理，完成了叙事的人物。

代述角色隐衷的限知视角也可以表现作者对历史时间的隐衷，即史家往往借用历史人物之口，说出自己不便说出的话。如《史记·淮阴侯列传》中司马迁借韩信之口评价项羽：

项王喑噁叱咤，千人皆废，然不能任属贤将，此特匹夫之勇耳。项王见人恭敬慈爱，言语呕呕，人有疾病，涕泣分食饮，至使人有功当封爵者，印刓敝，忍不能予，此所谓妇人之仁也。项王虽霸天下而臣诸侯，不居关中而都彭城。有背义帝之约，而以亲爱王，诸侯不平。诸侯之见项王迁逐义帝置江南，亦皆归逐其主而自王善地。项王所过无不残灭者，天下多怨，百姓不亲附，特劫於威彊耳。名虽为霸，实失天下心。故曰其彊易弱。②

为了更全面客观地反映人物，又不影响对一个人物主要形迹的表现，司马迁

① 陈寿：《三国志·蜀书》，中华书局 1982 年版，第 519 页。
② 司马迁：《史记》，中华书局 1982 年版，第 2612 页。

便在其他的列传中，借助某些角色的限知视角的叙述来“互现”人物。因此，司马迁在本纪中更多地对项羽进行正面描写，赞扬他的英雄气概和盖世功业。而对于项羽“匹夫之勇”、“妇人之仁”一类的缺点，则通过韩信之口说出。这样既保证了人物的完整性，又很符合故事的情景，使读者观来真实自然。

除了上述视角的选取，史家在叙事时更多地会将集中视角灵活转换，并集中运用于呈现某一个场景。多角度、立体化的叙事视角运用可以更加真实、生动地再现某一段历史。在前四史中，令人称道的故事往往都是多视角综合运用的典范。例如《史记·项羽本纪》中关于鸿门宴故事的叙述：

> 范增数目项王，举所佩玉玦以示之者三，项王默然不应。范增起，出召项庄，谓曰：“君王为人不忍，若入前为寿。寿毕，请以剑舞，因击沛公於坐，杀之。不者，若属皆且为所虏。”庄则入为寿，寿毕，曰：“君王与沛公饮，军中无以为乐，请以剑舞。”项王曰：“诺。”项庄拔剑起舞，项伯亦拔剑起舞，常以身翼蔽沛公，庄不得击。於是张良至军门，见樊哙。樊哙曰：“今日之事何如？”良曰：“甚急。今者项庄拔剑舞，其意常在沛公也。”哙曰：“此迫矣，臣请入，与之同命。”哙即带剑拥盾入军门。交戟之卫士欲止不内，樊哙侧其盾以撞，卫士仆地，哙遂入，披帷西向立，瞋目视项王，头发上指，目眦尽裂。①

在叙事中，司马迁运了大量的人物语言来营造宴会上一触即发、兵戎相见的紧张局势。我们可将上面一段叙事分化为以下几个层次：（1）范增暗示项羽，安排项庄舞剑刺刘邦；（2）项庄舞剑；（3）项伯舞剑翼蔽刘邦；（4）张良出营招樊哙；（5）樊哙闯营。在上述这些层次中，限知视角在不同人物之间转换，展示着不同人物的行动、心理活动。同时，叙事者全知视角的焦点则伴随着限知视角的变化而移动。司马迁在叙述的语言中灵活地转换视角，运用全知视角对上述人物的视角加以整合，并进行一定的叙述（如：“项伯亦拔剑起舞，常以身翼蔽沛公”、“於是张良至军门，见樊哙”之类）。这样司马迁便通过全知视角串联起故事情节。经过上述一系列的视角转换，一幅完整、全面的鸿门宴场景便呈现在读者面前。

多视角的转换与综合，是史家进行历史叙事式的常用手法。在这种叙事过程中，史家既可以聚焦到每一个人物身上，多角度地呈现叙事图景，又可以满足读者对无所不见的全知叙事的需求，从而达到了宏观叙事与具体人物塑造的统一。这些成为我国史传叙事手法中的秘诀。

① 司马迁：《史记》，中华书局1982年版，第312～313页。

第二十二章

中国古代历史小说的传统与经验

中国古代史传文学的传统与经验也为历史小说的创作繁荣奠定了坚实的基础。我们这里所说的历史小说，主要是指长篇历史演义类小说。与史传文学一脉传承的是历史小说也同样具有兼具历史与文学双重特质的特点。在本质上，一切历史小说也都是变相反映现实的“现实小说”，是历史小说家们运用文学艺术手段对纷繁复杂的历史存在的一种重构和解释。它以历史事实为基础，但又呈现出一定的偏离历史事实的倾向，具有对历史内容的“现代阐释”的特性，并在叙事策略上表现出“以史为经”的原则及小说化手法。这些就是中国古代历史小说的重要传统与经验之所在。

一、中国古代历史小说演绎历史内容的三要素

历史小说，究其实质不过是小说家们对历史作出的“演绎”，即运用文学手段对纷繁复杂的历史存在的一种重构和解释。它以历史事实为基础，但又呈现出相当程度的偏离历史事实的倾向，在历史真实和艺术真实之间左右摇摆，而这个左右摇摆的过程，也是小说家们舞文弄墨、施展其非凡叙事才能的过程。在正史、野史、民间传说与个人想象之间究竟作怎样的增删取舍及其增删取舍的成功与否，也就成为衡量一部历史小说价值的重要尺度。抛开小说叙事不谈，当我们把历史小说放到历史与时代的维度上加以衡量时，我们会发现，历史小说的创作

者其实并没有超脱时代，他们的小说创作，无论主旨、内容、结构乃至语言都打上了鲜明的时代烙印。克罗齐说，一切历史都是当代史。我们也完全可以说，一切历史小说也都是变相反映现实的“现实小说”，因此历史小说对历史的“演绎”也就自然而然地成为历史小说家们对历史的一种“现代阐释”，历史意蕴、时代取向、人文情怀是构成其主要内容的三大要素。这是中国古代历史小说的重要传统与经验，也是历史小说创作的灵魂所在。

（一）“画到神情飘没处，更无真象有真魂”——历史小说的历史意蕴

历史小说作为既通俗又形象的历史性和文学性相统一的读物，在向广大民众传播和普及历史知识和进行人文教化的同时，始终洋溢着浓厚的历史意蕴，即一种强烈的历史韵味和历史精神。

首先，小说家对待历史的态度是严肃的。罗贯中创作《三国演义》，“考诸国史，自汉灵帝中平元年，终于晋太康元年之事，留心损益，目之曰《三国志通俗演义》。文不甚深，言不甚俗，事纪其实，亦庶几乎史。”① “是可谓羽翼信史而不违者矣”②；冯梦龙改编《新列国志》时，其创作原则是“本诸《左》、《史》，旁及诸书，考核甚详，搜罗极富，虽敷衍不无增添，形容不无润色，而大要不敢尽违其实。”③ 这种“庶几乎史”、“大要不敢尽违其实”的观念，一直是历史小说的优良传统。尽管历史小说在叙事方式上不尽相同（有的按鉴演义，有的因文生事），但他们对待历史的态度都是严肃的，都以接近历史之真面目为创作的宗旨，或者说，他们创作历史小说时所怀抱的更多不是“小说”，而是“历史”。虽说有的小说家对此一点强调过甚而忽视了历史小说的艺术特征，但从对待历史的态度上来说，无疑是可取的。

其次，历史小说家的历史感悟是凝重的。在中国古代历史小说家的创作理念里，有着一脉相传的历史情结，他们总是试图以小说来寄托他们的历史感悟。人世有代谢，往来成古今。今人和古人，在其深层精神上，具有毋庸置疑的相通性，这正是小说家可以借助历史题材作品寄托精神的现实基础。这种挥之不去的历史情结，必然要内化到历史小说的创作中去。无论是《三国演义》、《水浒

---

① 庸愚子：《三国志通俗演义序》，人民文学出版社 1975 年影印明嘉靖本。

② 修髯子：《三国志通俗演义引》，人民文学出版社 1975 年影印明嘉靖本。

③ 可观道人：《新列国志序》，丁锡根编：《中国历代小说序跋集》，人民文学出版社 1996 年版，第 865 页。

传》，还是《隋炀帝艳史》、《梼杌闲评》，在进行小说叙事时，都有着或明或暗地总结历史规律的意图。比如《三国演义》通行本开篇的那阕词中“是非成败转头空，青山依旧在，几度夕阳红”的短短十几个字，就将上千年的历史浓缩地概括了出来，显示出一种深沉的历史观。这首词作虽非《三国演义》的原作者罗贯中所作，但却较好地表达出小说作者所意识到的历代封建王朝，其兴也勃焉，其亡也忽焉，却都没有跳出治乱兴衰、合久必分、分久必合的历史周期率。“古今多少事，都付笑谈中”，一声饱含着历史意味的慨叹，激起了当时和后世无数读者的共鸣。阅读《三国演义》时，我们也仿佛置身于风云变幻的三国时代，通过小说展示的生活场景和各色人物，触摸到了历史的脉搏——由小说家充满历史情味的叙述所揭示的“历史真相”。古有“老不看三国”的说法，大概就是因为老年人痛苦的心灵再也无法承受那份浓浓的历史的苍凉。直到今天，各个年龄层次的人们仍然对《三国演义》兴味无穷，一个重要的原因就是它那丰富而深刻的思想内涵仍然保持着强大的吸引力，在新的历史条件下不断给人以心灵的滋养。政治家可以从中借鉴治国之理，军事家可以从中领悟用兵之道，企业家可以从中提取竞争之法，一般人也可从中吸取人生智慧。这种与时俱新的历史内涵和凝重的历史感悟，正是《三国演义》等优秀历史小说深入人心的魅力所在。

再其次，历史小说对历史内容的反思是深刻的。小说家在以史为依，总结规律的同时，还对历史进行了深刻反思。以《三国演义》为代表的很多优秀历史小说都包含着深切的现实关怀和清醒的历史反思意识。在《三国演义》中，作者罗贯中既没有一般发思古之幽情，也非一味猎奇，追逐子虚乌有，而是对深刻反思着治乱兴衰的历史经验。“其在创作意图的鲜明性、史识的先进性以及创作心态的开放性上，都远远高于侪辈，故其作品舒卷自如，洋溢着一股豪迈之气，达到了一种庄严而崇高的境界。”[①] 作者超越了局部的、暂时的正义和非正义，超越了文明与愚昧的简单判断，力求把握历史运行的某种内在精神。作品透露出这样一种历史观念，即历史小说要反映历史本质的真实。在明清其他历史小说中，冯梦龙写作《新列国志》，也有总结历史经验之意，虽不及罗贯中，但其反思历史的自觉精神和强烈爱憎则是一般无二的。齐东野人作《隋炀帝艳史》，铺写隋炀帝的风流佚事，斥责隋炀帝“一十三年富贵，换了百千万载臭名”，也带着总结隋朝灭亡教训的意图。这种历史反思意识，正是小说家们大胆改造历史叙事的内在动因。诚如钱中文先生所说，“这里所说的历史感、历史意味，并不仅仅是指史实的真实，环境的渲染，细节的正确，而是指一种独特的历史的感受，它既是历史的，包含着我们民族昨天、过去的思虑的积淀，同时又是发展的，包

① 参见沈伯俊：《三国演义与其他历史演义小说的比较》，载《明清小说研究》1999年第2期。

含着今天的反思与自我认知的意绪，这是我国的悠长历史传统与现代意识的反思融合而成的一种进取的历史精神。”①

可见，历史意蕴的确是历史小说对历史进行演绎的重要内容之一，这是历史的真精神之所在。所谓“画到神情飘没处，更无真象有真魂”（郑燮：《绝句二十一首·黄慎》），正道出历史小说的这种历史意蕴。这种历史意蕴使得历史小说获得了几千年延续不绝、历久弥新的强大生命力。它提示我们：历史小说创作者在大胆地发挥艺术想象力和创造力、充分运用各种艺术表现方式、在小说情节的历史化以及历史事件的小说化过程中，还要以“历史意蕴”的酿造为目标。只有这样，我们才能创作出思想丰饶、艺术独到的历史小说佳作。

（二）稗官既写前朝史，还唱新翻杨柳枝——历史小说的时代取向

超越历史意蕴的是时代取向，因为任何时代都有自己的文化选择。罗贯中等优秀的中国古代历史小说家并没有简单地做史籍的“传声筒”，一味拘泥于“正史”的结论或传统的价值尺度，而是面对历史表现出鲜明的时代取向。这种时代取向是由时代意识决定的，即历史小说家们以当代人的立场、眼光重新审视历史，发掘历史精神，表达当代人的情绪与当代人的历史感受。因此，他们也常常将历史叙事的视点对准当代，以小说的方式表达和书写自己对身处的时代和刚刚完成之历史的感受，自觉地肩负着“究天人之际、通古今之变”的历史叙事责任。

其一，历史小说家的历史认识受到时代的制约。任何一个作家，都不可能完全超脱他自己所处的时代，他的思想在一定程度上是时代赋予的。正如莱斯利·怀特所说：“个人在做什么，信仰、思维和感觉什么，这不由个人，而由文化环境决定。精神只是文化的一种反射，只有通过思考文化，才能使人类意识成为可以理解的东西”。② 明清时期的诸多历史小说作家，一般都矻矻于借历史人事向读者灌输封建伦理道德，表现出高度的道德自觉性和社会责任感。但这种自觉性和责任感的产生，显然又与作家所处的文学传统和时代文化环境的影响密不可分，为时代意识形态所左右。“话须通俗方传远，语必关风始动人”③，“以上古隐奥之文章，为今日分明之议论”④，“曰忠曰孝，贯穿经史于稠人广众之中”⑤，

① 钱中文：《历史题材创作、史识与史观》，载《文学评论》2004 年第 3 期。
② 莱斯利·怀特：《文化的科学》，山东人民出版社 1988 年版，第 178 页。
③ 佚名：《京本通俗小说·冯玉梅团圆》，江苏古籍出版社 1991 年版，第 86 页。
④ 罗烨：《醉翁谈录·舌耕叙引》，古典文学出版社 1957 年版，第 1 页。
⑤ 杨维桢：《送朱女士桂英演史序》，《东维子文集》卷六，四部丛刊本。

"说不要诸圣经，徒劳搜泛采，朝记千事，暮博千物，其于仲尼之道如何也?"①等创作理念的提出，反映的就是当时时代的舆论要求。生活在教化气息如此浓郁的时代氛围之中，小说作家难免要受到这种时代思潮的影响。罗贯中创作《三国演义》，对"忠义"之士（如关羽和诸葛亮等）的高度肯定与赞扬，对"奸诈"人物（如曹操、吕布）的否定与批评，正是时代思潮的反映。而从演义小说到英雄传奇的转变，以至于明代出现了大量的英雄传奇，也是和明代的尚奇风气密不可分。进入清代，士林风气与学术潮流发生显著变化，其突出表现就是由空返实。这一学风转变影响到了思想文化的各个领域，《三国演义》也概莫能外。这时，罗贯中早已不在人世，但为了适合时代人心，毛宗岗通过评注的方式对小说进行了二次创作。在毛评本《三国演义》中，毛氏反复强调《三国演义》的历史真实性，将崇刘贬曹视为三国时代的历史本质真实，对刘氏集团人物，尤其是关羽性格的不断净化、美化，甚至将罗本中出自史传的夷、虏、胡、越等字眼删改得荡然无存，② 这既是清代黜虚崇实学风影响的结果，也是时代政治高压下的产物，这之中又一次验证了历史小说不能脱离时代而独立存在。

其二，优秀的历史小说具有表现现实的自觉意识。随着历史小说创作的逐渐成熟，小说家开始不甘心仅仅做史家的注释者和演绎者，更不情愿耐心等待史家把大量史料删定编纂成史书以后才开始自己的创作；他们要施展自己独立的才能，争得自己反映现实重大题材的权利和主体地位。这种自觉意识的突出表现就是本朝小说和时事小说的出现。反映明代社会政治生活的《英烈传》和《续英烈传》都是明人的作品。③《王阳明先生出身靖难录》成书于崇祯初，写的是嘉靖初年事，所写之事与作家生活的年代，相距甚短。到了明清之际，更出现了一批时事小说，④ 如抨击魏忠贤乱政的《警世阴阳梦》和《魏忠贤小说斥奸书》，只用了创纪录的半年时间就写成并出版了。可见，在历史和现实盘根错节的纠缠之中，小说家们针对现实的指向是非常明确的。无论他们怎样标榜"据事直陈"，"羽翼信史而不违"，我们都不难从小说中寻绎到现实的影子。章炳麟《洪秀全演义序》中将历史小说与时代的关系一语道破："根据旧史，观其会通，察

---

① 杨维桢：《说郛序》，黄霖、韩同文编：《中国历代小说论著选》（上），江西人民出版社 1982 年版，第 83 页。

② 宁希元：《毛本三国演义指谬》，《三国演义论文集》，中华书局 1991 年版，第 122 ~ 123 页。

③ 《英烈传》成书于嘉靖十六年（1537 年）后，写的是洪武三十六年（1383 年）以前事；又有《续英烈传》，成书于万历年间（1573 ~ 1619 年），写的是正统五年（1440 年）以前的事。

④ 就所取材料的来源看，本朝小说和时事小说都不是据史书敷衍的，但仍可将归于历史小说一类，理由有三：一是，时事小说采用了与历史小说相同的文体；二是，时事小说具有与历史小说相同的品格，贯串了相同的精神；三是，时事小说所写虽然是当代的"时事"，但以后人的眼光看，它所记录的同样是"史上大事"。

其情伪，推己意以明古人之用心，而附之以街谈巷议，亦使唤田家妇子知有秦汉至今帝王师相之业……"[1] 这"推己意以明古人之用心"，正是对历史小说皈依于时代精神的形象说明。

其三，历史小说是艺术地表现历史内涵，其艺术手法的运用决定了其必然要体现时代的审美趣味。历史小说家为了扩大作品的流布和宣传效果，就必须要满足广大受众的审美期待。我们不妨以明代为例加以说明。明代随着商品经济的发展，世俗化的倾向日益加强，整个社会激荡着一种"世俗之趣"。这反映到历史小说的创作中，就是小说作品通俗性的加强和对下里巴人阅读品位的满足。这时的小说家们，不但不讳言小说形式上的"俗"，还以此为据点，称颂"通俗"在普及历史文化方面的独特功能。庸愚子说："史"虽"雅"，"然史之文，理微义奥……故往往舍而不之顾者，由其不通乎众人"[2]；修髯子也认为通俗演义能使天下之人"入耳而通其事，因事而悟其义，因义而兴乎感"，比起"事详而文古，义微而旨深，非通儒夙学，展卷间，鲜不便思囤睡"[3] 的"史氏所志"来，具有无可替代的优势；甄伟则从读者接受的角度谈到了"通俗"对于历史小说的重要性，"俗不可通，则义不必演矣，义不必演，则此书亦不必作矣"[4]，点明了"通俗"乃小说的生命力所在。诸多说法小异大同，都旨在说明历史小说在生动性、通俗性、普及性等方面优于正史。这也就为小说的"俗"披上"合法"的外衣提供了理论依据。除了在表现形式上公然承认小说的野生状态，理直气壮地为"俗"正名，在小说内容上，小说家们也是竭尽全力向大众审美情趣靠拢。一个非常明显的例子就是历史小说中大都掺杂了一定的"怪"、"力"、"乱"、"神"的成分。这无疑是明清时期"三教合一"思潮为普通百姓所接受又反作用于历史小说的结果。大众审美情趣除了刻意好奇之外，还对传统的封建节义观念有着强烈的认同。这一点也毫不例外地被历史小说家吸纳进来。《三国演义》对关羽形象的刻画、《水浒传》对宋江"忠义"观念的推崇，都是大众审美情趣制约历史小说创作的重要表征。总之，历史小说和其他通俗文学一样，其内在的审美趣味也是时代赋予的。

当然，历史小说家受时代意识决定的时代取向，在推动了历史小说发展的同时，也带来了一定的消极影响。明清两代，封建专制主义的君权恶性膨胀，在意识形态领域占据统治地位的理学，或明或暗地束缚着历史小说作者的思想，牵制

---

① 丁锡根编：《中国历代小说序跋集》，人民文学出版社 1996 年版，第 1058 页。

② 庸愚子：《三国志通俗演义序》，人民文学出版社 1975 年影印明嘉靖本。

③ 修髯子：《三国志通俗演义引》，人民文学出版社 1975 年影印明嘉靖本。

④ 甄伟：《西汉通俗演义序》，丁锡根编：《中国历代小说序跋集》，人民文学出版社 1996 年版，第 878 页。

着他们的创作心态，使得一些小说家缺乏俯瞰历史的雄伟气魄和独立自信的批判精神，这就在总体上影响了历史小说在思想内容上的成就。

（三）好景采撷诗句里，别愁驱入小说中——历史小说的人文情怀

如果说超越历史意蕴的是时代取向，那么使时代取向鲜活感人的则是人文情怀。无古不成今，鉴古以识今。历史有惊人的相似之处。借古人酒杯浇自己胸中之垒块，以此寄志兴怀，这也是历代小说作家的一个传统。正如茅盾所说，大部分历史小说的写作者，都是"借古事的躯壳，来激发现代之所应憎与应爱"①。明清两代的历史小说作家虽然注重借演绎历史来向读者传播历史知识，并自觉地依傍史书来推阐史书大义以发挥其劝惩教化的教育功能，但他们在编撰小说时，仍然要抒其情、寓其志、泄其愤。② 即便是打着传播史实旗号，主要采用辑缀史实的手法来编撰演义的书贾作家，在依史演义的过程中，往往也会给自己留下一点空隙，以寄托其人生抱负或政治感慨，这是一种源自于文化传统的人文情怀。

余邵鱼《题全像列国志引》就说："骚人墨客沉郁草莽，故对酒长歌，逸兴每飞云汉，而摸虱谈古，壮心动涉江湖，是以往往有所托而作焉。"③ 至于带有明显的抒愤寄志动机来从事创作的历史小说作家，更是不乏其人。例如，罗贯中作《三国演义》，除了欲以通俗谕人、以忠义劝人之外，显然还欲寄托其"图王"之志难以施展的政治襟抱和对历史兴亡的反思。我们从他对蜀汉与曹魏大相轩轾的态度中，不难看出其对僭位乱政、残暴不仁者的憎恨和鞭挞，对圣君贤相及其建立之德政的赞美和向往；而从他对仁君德政最终被邪恶势力毁灭的沉重叙述中，亦不难体会其悲哀、怅惘等种种悲情。而酉阳野史作《续编三国志》则更是为了泄愤取快，其在作品"引言"中即明言："今是书之编，无过欲泄愤一时，取快千载，以显后关赵诸位忠良也。其思欲显耀奇忠，非借刘汉则不能以显扬后世，以泄万世苍生之大愤。"吕熊作《女仙外史》，也出于此等目的。他曾自云："尝读《明史》，至逊国靖难之际，不禁泫然流涕。故夫忠臣义士与孝子烈媛，湮灭无闻者，思所以表彰之；其奸邪叛逆者，思所以黜罚之，以自释其胸怀哽噎。"④ 另外，像熊大木作《北宋志传》、纪振伦作《杨家府演义》、邹元

---

① 茅盾：《〈玄武门之变〉序》，《茅盾全集》（二十一），人民文学出版社 1991 年版，第 283 页。

② 相关论述可参看纪德君《论历史演义小说的创作动机》一文。本文下面论述所引证的材料对纪文多有借鉴，特此说明。其文载《社会科学辑刊》2004 年第 2 期。

③ 丁锡根编：《中国历史小说序跋集》，人民文学出版社 1996 年版，第 861 页。

④ 刘廷玑：《在园品题》，《女仙外史》卷下，百花文艺出版社 1985 年版，第 1110 页。

标作《岳武穆王精忠传》等，其间也流露了对明中后期国势的隐忧，对英雄良将的景仰以及对民众忠勇之气的呼唤。

至于时事小说作家，其抒发政治激愤的情绪就更为强烈。长安道人国清即出于对阉党的切齿仇恨、对国泰政清的向往，写了《警世阴阳梦》，小说“详志其可羞可鄙、可畏可恨、可痛可怜情事，演作阴阳二梦，并摹其图像以发诸丑”①，将祸国乱政的魏忠贤钉在历史的耻辱柱上，让他死后备尝地狱之苦，以泄胸中积愤。吴越草莽臣亦在《魏忠贤小说斥奸书》中自序其立言之意云：“终以在草莽，不获出一言暴其（指魏忠贤——抄注）奸，良有隐恨。唯次其奸状，传之海隅，以易称功颂德者之口……俾奸谀之徒缩舌，知奸之不可为，则犹之持一疏而叩阙下也。”② 在小说中，他对魏忠贤谋忠乱政的种种恶行，做了淋漓尽致的揭露和痛斥，而对“神于除奸”的崇祯，则极尽赞美之情，坚信皇明中兴之日必将到来。明亡后，又有佚名氏难遏亡国之痛、胸中之愤，写下《梼杌闲评》，作品“深极哀痛，血透纸背”，故有人谓“其源出于太史公诸传”③。稍后，又有江左樵子作《樵史通俗演义》，作品“激楚感慨，恻然有变徵之音”④。至于陆云龙，则痛感于抗清将领毛文龙功高被戮，“犹获诟詈之声”，故本着“铄金之口，能死豪杰于舌端，而如椽之笔，亦能生忠贞于毫下”⑤ 的信念，写下了《辽海丹忠录》，旌扬文龙之功，为其鸣冤雪恨。清军破关南下后，对江南抗清民众血腥屠戮，七峰樵道人目击“尸横遍地”、“天愁地惨”的血淋淋惨状，挥泪写下了乱世悲歌《七峰遗编》，“以存当时悲歌慷慨、屈辱投降之诸多史实，隐寓褒贬，以昭示来兹”⑥。而西吴懒道人、蓬蒿子、松滋山人，则把满腔怨愤发泄到最终摧毁明王朝三百年基业的李自成身上，分别写下了《剿闯小史》、《新世弘勋》和《铁冠图》。

不难看出，借历史小说来泄愤写志以表现出的人文情怀，实为中国古代历史小说家的又一创作传统。这一传统，就其产生的现实根源来看，仍然与作者所处的具体的时代环境密切相关。他们的创作动机含有特定的时代内容，是一种现世情怀，所以在某种程度上，他们的郁愤也可视为一种时代的郁愤。唯其如此，这种郁愤的抒泄，才有着鲜明的现实针对性和极强的情感驱动力。这种针对性和驱

① 元九：《警世阴阳梦醒言》，丁锡根编：《中国历史小说序跋集》，人民文学出版社 1996 年版，第 1028 页。

② 丁锡根编：《中国历史小说序跋集》，人民文学出版社 1996 年版，第 1024 页。

③ 天生：《中国历代小说史论》，黄霖、韩同文编：《中国历代小说论著选》，江西人民出版社 1985 年版，第 83 页。

④ 孙楷第：《戏曲小说书录解题》，人民文学出版社 1990 年版，第 98 页。

⑤ 丁锡根编：《中国历史小说序跋集》，人民文学出版社 1996 年版，第 1029 页。

⑥ 阿英：《小说三谈》，上海古籍出版社 1979 年版，第 14 页。

动力促使小说作者在创作时自然而然地侧重于自我情感的抒解，而不太拘泥于历史材料的真实，有时难免要牵引史实以就己意，对史实进行不同程度的改易、增损、夸张和渲染。这样一来，虽然使作品的信实程度有所降低，但却使得历史小说的思想性和艺术性大大提高，增强了作品的感染力。

从根本上说，历史小说家在历史小说中以情感寄托的方式表现出来的人文情怀，在本质上是对历史的一种人性注入。这种人性注入，使我们走进了“历史”，也使历史活在了“现代”。历史中的一切人与事原本都只是短暂的存在，而人性是延续的、永恒的。因此，在有着人性注入的历史小说中，历史内容也由此有了鲜活的灵魂，一切人物和事件原本不过是宇宙中的一瞬而已，但历史小说却把这一瞬变成为一种永恒。

总之，历史意蕴、时代取向、人文情怀等构成了中国古代历史小说“演绎”历史，并对历史进行“现代阐释”的三大要素。在古代，历史小说的创作不可能真正独立于历史，也没有走出历史的附庸地位，但是，优秀的历史小说家们并没有放弃对历史内涵的发掘，没有忘记对社会现实的关注，而是一直站在现实的立场上能动地发展历史精神。童庆炳先生在《历史题材创作三向度》一文中指出历史题材创作应遵循历史、艺术、时代三个向度，创作真实、好看、有意味的优秀作品。当我们以这一标准来衡量中国古代优秀的历史小说时，也是完全相合的。我们认为，用时代的眼光去观照历史，对历史内容进行现代阐释，就是要将历史意蕴、时代取向、人文情怀这三个方面融为一体，这是中国古代历史小说创作的灵魂，也是古代历史小说的一个重要传统与经验。

二、中国古代历史小说“以史为经”的叙事原则

中国古代的历史小说兼具历史与文学的双重特质。历史小说的历史特质，决定了其“以史为经”的叙事基本原则。历史小说所要演义的故事，无论源自“正史”还是“小说”，对小说家来说都是既定的叙事单元，并不需要太多的虚构，他们所要做的，只是借助一定的叙事手法和适当想象将这些叙事单元连贯起来而已。因此，“以史为经”的叙事基本原则自然成为中国古代历史小说在叙事策略方面的传统与经验之一。

中国古代小说理论不够发达，能够给小说家提供精神支持和实际指导的，只有史学家的著作以及小说评点家们总结出的一些零星的理论。历史小说成就的高低，完全取决于小说作家的自身素养和创作能力。他们在创作时绝大多数情况下

都是摸着石头过河，并没有自觉地运用什么叙事理论。他们唯一追求的目标，就是如何把一件历史故事叙述得雅俗共赏，滴水不漏，详略得当，换句话说，就是如何把史传本事、野史传说以及作家想象完美无缺地结合起来。他们既想遵循历史的原貌以取信读者，又想保持小说的生动以吸引读者，还念念不忘用史书的微言大义来教化读者，这就使得历史小说无法像英雄传奇那样随心所欲，不能像侠义公案那样悬念迭出，不能像世情小说那样细腻地描摹生活，更不能像神魔小说那样天马行空地胡编乱造。以历史事实为依托，对历史材料加以改造和取舍也就成了历史小说固定的叙事模式。一般而言，历史小说“以史为经”对历史材料的铺排取舍有以下几种表现形式：

（一）按鉴演义

历史小说绝大多数都采用了这样的模式。所谓按鉴演义，是指按《资治通鉴》和《资治通鉴纲目》的时间顺序来铺排历史人事。历史小说网罗一代或数代史事，“事义周悉”，但由于这些事件、史实分散在若干个人物的传记里，这就使本来完整的历史事件和史实，一下子被分割成若干个碎片，使人很难把握一个事件的概貌和各个事件之间的相互联系。这是纪传体史书的弊端，有鉴于此，司马光才“删削冗长，举撮机要”，而为《资治通鉴》一书。《资治通鉴》的出现，为历史小说是历史小说的创作提供了极大的便利。因为按鉴演义，不仅易于反映历朝的兴衰治乱之迹，把同一单位时间内里里外外的大事一一开载明白，而且也易致“理尽一言，语无重复”之效，所以颇为历史小说的作者青睐。何况从年经事纬的时空安排，按年叙述的结构方式，以战争描写为重心，以“嘉善矜恶”为旨归的叙事旨趣诸方面来看，按鉴演义都有利于铺排规模宏大、首尾完整的长篇历史小说。至于朱熹在《通鉴》基础上编写而成的《纲目》则更为最初的通俗小说家们“依样画葫芦”地编写长篇历史小说提供了极大的可能性。因为它的叙事格式是先立事“纲”，以撮括史事之大要，用大字醒目地标出，再以“节目疏之于下”，用小字低一格来书写，对史事进行具体的记述。这样，全书便显得纲举目张、雁行有序、简明扼要、通俗易懂，极便于小说家们有选择地按“纲”、“节”、“目”理顺故事的脉络，自然而然地形成长篇历史小说的规模。所以，郑振铎曾十分精当地指出：“在小说艺术未臻完美之前，长篇著作是很难着手的，只有跟了历史的自然演进的事实写去，才可得到了长篇。”①

① 郑振铎：《中国小说的分类及其演化的趋势》，《郑振铎文集》第七卷，人民文学出版社 1988 年版，第 114 页。

（二）羽翼不违

明代张尚德在《三国志通俗演义引》中高度评价《三国演义》“是可谓羽翼信史而不违者矣”[1]，其意谓：《三国演义》文笔通俗浅显，又与真实的历史不相违背，能够让读者了解历史。所谓“羽翼信史”，是明代一些人对历史题材文学创作的主张，即文学作品要尽量忠于正史所载，在著述方面可以适当地修饰、渲染，但不能窜改、捏造、歪曲历史，也不要虚构人物和历史事件。这样，文学作品就成了“信史”的解说词或者补充材料——即所谓的“羽翼”。

“羽翼信史而不违”是明代中叶后文学评论家所认同的历史小说的最高境界，也是诸多历史小说作者的创作原则。不妨以羽翼不违的代表作《东周列国志》为例，分析历史小说的这一特点。《东周列国志》（又称《新列国志》）最突出的特点就是据史实录，其编写原则为“事取其详，文撮其略”。其资料来源“本诸左史，旁及诸书”[2] 以《左传》、《国语》、《史记》为主，参以《孔子家语》、《公羊传》、《谷梁传》、《晋乘》等史籍，“凡列国大故，一一备载”。同时，涉及的人物、地名、古制都“考核甚祥，搜罗极富”[3]，力求事之有源，言之有据，基本上达到了“羽翼信史而不违”的境界。

当然，所谓的“羽翼信史不违”并不是事无巨细都要与历史本事相同，而主要指的是对历史产生了较大影响的历史事件。严格说来，《三国演义》也并不全然符合张尚德们的标准，其中改编杜撰虚构的故事情节相当多。清代著名学者章学诚说它是“七分实事，三分虚构”。冯梦龙在小说中虽“大要不敢尽违其实”，但细节上也是“敷演不无增添，形容不无润色”，充分展现了其杰出的组织素材的能力和深厚的叙述描摹功力，方才取得了“描写摹神处能令人击节起舞，即平铺直叙中，总属血脉筋节”的艺术效果。可见，“羽翼信史而不违”不过是一个模糊的概括，它在相当大的程度上指的是历史上的大事，即史书重点描写的事实在小说中也重点加以描写。如官渡之战、赤壁之战是三国历史上的著名战役，因此《三国演义》对此作了重点描写。战国时期一些具有经典意义的故事，如郑庄公掘地见母、卫懿公好鹤亡国、二桃杀三士等，也是《东周列国志》重点描写的对象。有些历史小说更是借鉴了史书大事本末体的写法，直接把历史上的大事作为其敷演的对象。如《征播奏捷传》演义播州杨应龙之叛被平定的

---

① 修髯子：《三国志通俗演义引》，丁锡根编：《中国历代小说序跋集》，人民文学出版社 1996 年版，第 888 页。

②③ 可观道人：《新列国志叙》，丁锡根编：《中国历代小说序跋集》，人民文学出版社 1996 年版，第 865 页。

故事，《戚南塘剿平倭寇志传》演义戚继光抗倭的故事都是如此。

（三）添枝减叶

在历史大事的主干上，做一些添枝减叶的修补工作，使得历史故事更加生动完整，是历史小说创作的应有之意。只是这样的修补工作，仍然呈现出以史为经的特点。

首先是对史籍的补充。陈继儒《叙列国传》中曾称历史小说为“宇宙间一大账簿”，指出虽“野修无系朝常，巷议难参国是，而循名稽实，亦足补经史之所未赅”。熊大木在《新刊大宋演义中兴英烈传序》也指出历史小说足以补“稗官野史实记正史之未备。”可见，历史小说的作者在有意无意间，是有把其创作的小说作为正史的补充的“企图”的。因此，小说家在对一些事件的描写叙述中，史书所略者则详之，史书所详者则略之。如《三国演义》中极力渲染的“三顾茅庐”一事，作为史家的陈寿为了精简笔墨，在《三国志·诸葛亮传》中只用了“由是先主遂诣亮，凡三往，乃见”几个字。但在“皆排比陈寿《三国志》及裴松之注，间亦仍采平话，又加推演而作之”[①] 的《三国演义》中，却成了最全书最重要的关目，不惜以浓墨重彩加以敷写，使之成为传诵千古的佳话。可见，利用史书文字的空白驰骋想象，正是历史小说作家常用的手法。

其次是对史籍的改动。余象斗《题列国志》中认为史书记载的史实比较分散、杂乱，历史小说则可以将史记“条之以理，演之以文，编之以序”，把历史条理化。可见，改动史籍的顺序，使历史故事更有条理，更加一贯，也是历史小说作者创作过程中的一个重要工作。此外，历史小说的作者大都对历史有所敬畏，再加上历史小说“信而有征”的文体制约，使得他们一般不愿在叙事时无中生有地盖空中楼阁，他们更愿意采用移花接木的手法，将史籍上或小说中记载的人、事按照自己的创作意图进行天衣无缝地嫁接。如《三国演义》中怒鞭督邮的描写就是移刘备以就张飞，既强化了张飞的勇悍性格，又维护了刘备的“仁君”形象，可谓一举两得。但这样的移星换斗，变换的仍然是历史典籍的素材。

再有就是对史籍的修正，反弹琵琶。历史小说作者的历史意识和历史判断有时和史籍并不一致，他们并不完全以史书的是非左右自己的判断，而是颇有主见，并按自己的主见对史料进行取舍。历史小说的出现本就源自于人们对史书的不满意和不满足。不满意于史书行文的隐奥而力求通俗，不满足于史书内容的缺

① 鲁迅：《中国小说史略》，东方出版社 1996 年版，第 100～101 页。

漏而力求圆满，正是历史小说创作发生的动因之一。正如欧阳健在《历史小说论纲》中所说，“随着时间的推移和社会的进步，人们对历史事变会有更多的发现，也会赋予它更多新的解释，从而导致对史书的永不满足，并不断产生重新演说历史的创作冲动，于是便有了创造将史书和小说重新融汇起来的新文体的要求。”① 因此，对于史籍中矛盾的、可疑的情节，历史小说的作者往往会和稗官野史相印证，再参之以自己的理论推理，厘清事件的来龙去脉，然后笔之于作品中。

总之，历史小说的使命，原本是要反映那已经逝去的历史事变，但这种事变是小说家注定无法直接体验的，他所能处置的材料只能是前人的书面记录，亦即经过史家取舍抑扬过了的“史实”。和史家一样，小说家所做的主要工作无非也是取舍，即从史书文本中选取对他有用的材料，而把他认为不重要的材料抛弃掉。按鉴演义、羽翼不违和添枝减叶，正是历史小说在叙事中以史为经的重要表征。

三、中国古代历史小说的小说化叙事手法

中国古代的历史小说兼具历史与文学的双重特质，是历史的文学化。金圣叹在《读第五才子书法》中评论道：“某尝道《水浒》胜似《史记》，人都不肯信。殊不知某却不是乱说，其实《史记》是以文运事，《水浒》是因文生事。以文运事，是先有事生成如此如此，却要算计出一篇文字来，虽是史公高才，也毕竟是吃苦事。因文生事即不然，只是顺着笔性去，削高补低都由我。”这里，金圣叹提出了“以文运事”和“因文生事”来指称《史记》和《水浒》的不同叙事方法，是非常精当的。其实，历史小说的文学特质，决定了历史小说的作者在创作过程中，确实在“以史为经”的同时，也呈现出“以文运事”的叙事特点。所不同的是，历史小说的“以文运事”较历史典籍的“以文运事”有更多的小说手法，体现出历史小说在叙事上“虚实参半”的文学特质。换言之就是，虽然“以史为经”的限制给历史小说戴上了终不得脱的金箍，但在优秀的小说家那里，仍然发挥了他们天才的创造能力，运用小说家丰富的叙事技巧，创造出了精彩的历史小说篇章，使历史小说超越历史叙事的局限而成为名副其实的文学艺术。具体来说，历史小说家在演绎历史时

① 欧阳健：《历史小说论纲》，载《厦门教育学院学报》2003 年第 1 期。

惯用的小说化手法有如下几种：

（一）添丝补锦，移针匀绣——倒叙

此语出自毛宗岗《读三国志法》，他在批读《三国演义》时云："《三国》一书，有添丝补锦、移针匀绣之妙。凡叙事之法，此篇所阙者补之于彼篇，上卷所多者匀之于下卷，不但使前文不拖沓，而亦使后文不寂寞；不但使前事无遗漏，而又使后事增渲染，此史家之妙品也。如吕布取曹豹之女本在未夺徐州之前，却于困下邳时叙之；管宁割席分坐本在华歆未仕之前，却于破壁取后时叙之；吴夫人梦月本在将生孙策之前，却于临终遗命时叙之；武侯求黄氏为配本在未出草庐之前，却诸葛瞻死难时叙之。诸如此类，亦指不胜屈。"这种"此篇所阙者补之于彼篇，上卷所多者匀之于下卷"的方法其实是一种常见的倒装叙事，并不为《三国演义》所独有，在其他历史小说中也屡见不鲜，只不过罗贯中的技巧更高明罢了。

在历史小说中，演义时间和历史时间移位变形的倒叙手法是很常见的。尽管在一些重大事件、著名战役、主要人物之生卒等事实上，小说家所记年月与正史记载大多相符，给人貌似历史的真实幻觉。但正如纪德君所指出的，这只不过是"作者用以加强叙述信实性的一种策略"，只要对照史书一读，即可随时发现演义叙事时间对历史时间的种种参差变位。冯梦龙在《新列国志凡例》中曾批评说"旧志叙事，或前后颠倒，不可胜举。"[①] 这正从反面说明了叙事时间和本事时间的前后不一致是非常普遍的。事实上，这种不一致是不可避免的。叙事人为了追求情节的连贯性与完整性，势必要将本来在时间上犬牙交错的众多事情分割开来，移前挪后，进行重新缀合。如《三国演义》写杨修被杀之后，叙事人一连回述了六个故事，揭示其因，这样就使本不易在顺序中安插的一些琐事串成了一体，集中地表现了杨修的恃才放旷与不识时务。再如《东国列国志》第六十五回，始叙周灵王二十三年（实为二十四年）齐国崔杼杀君，继以是年吴王诸樊伐楚，承以卫人二易其君，而转叙卫晋结怨、晋楚盟约、卫国内讧，才又接续崔杼乱政后的情况。这就将本来是立体化的故事时间转换成了一种轮流接替的线性时间。非如是，则叙事人很难措其手足。所以，有丰富创作经验的晚清历史小说家吴沃尧曾说："其叙事处或稍有参差先后者，取顺笔势，不得已也。"[②] 可

① 冯梦龙：《新列国志·凡例》，江苏古籍出版社1993年版，第3页。

② 吴沃尧：《两晋演义》第一回回评，《中国近代小说大系·西晋演义》，江西人民出版社1988年版，第571页。

见，叙事时间和历史时间的不相对应，是小说叙事的客观需要。它对于情节之转换过接与前后之关联照应等，都起到了不可忽视的作用。

（二）花开数朵，各表一枝——插叙

当情节线索发生了交叉，叙事人无法将它们同时叙出时，这时他便常会采用花开两朵，各表一枝的方式，先叙一事，再叙另一事。如《北史演义》第七卷写胡后荒淫失政，导致六镇叛乱，叙事人即先叙破六韩拔陵一处反形，再叙他处第三十五～三十六卷写高欢征讨刘蠡升与高澄私通郑娥。这两件事本同时发生，叙事人则先叙高澄私通，次叙高欢征讨，再叙高澄受责，章法井然，一丝不紊。

有时，叙事人为了使行文节奏不致单一、滞闷，在龙争虎斗、雷轰电激的战争场景之间又别出心裁地穿插了一些花明草媚、温柔旖旎的场景，以舒其气而杀其势。对此，毛宗岗曾对《三国演义》作过生动的描述和揭示。他说："《三国》一书，有笙箫夹鼓、琴瑟间钟之妙。如正叙黄巾扰乱，忽有何后、董后两宫争论一段文字；正叙傕、汜猖狂，忽有吕布送女、严氏恋夫一段文字；正叙冀州厮杀，忽有袁谭失妻、曹丕纳妇一段文字；正叙赤壁鏖兵，忽有曹操欲取二乔一段文字……诸如此类，不一而足。人但知《三国》之文是叙龙争虎斗之事，而不知为凤为鸾，为莺为燕，篇中有应接不暇者。令人于干戈队里，时见红裙；旌旗影中，常睹粉黛，殆以豪士传与美人传合为一书矣。"① 这种插叙的手法，在其他演义小说中，也所在多有，不再赘述。

（三）看去皆似闲文，其实一一为后半部张本——预叙

历史演义还常用预叙来处理故事时间，表达某种叙事题旨。这种预叙分三种类型：一种是寓言式预叙。如《梼杌闲评》楔子写朱工部治水，火焚蛇穴，导致妖蛇投胎报复就是将整个故事的结局率先提破。因此，它们对于整个故事情节有一种先声夺人的控摄权，体现了作者对所叙历史人事的一种认识和把握。有时，这种预叙则穿插于故事情节之中，以异兆、占卜、相命、谶语等方式出现。如《南宋志传》写崔庆寿、韩素梅、王奇、赵思忠等数见赵匡胤头现金龙、红光闪闪；苗光异卜算赵之命相贵不可言，但此去有二十日血光之灾；郭威将死，其本相黄龙一现于澶州城下兴风作浪，遭赵箭射。二现于汴京戏龙楼内露牙展

① 毛宗岗：《读三国志法》，丁锡根编：《中国历代小说序跋集》，人民文学出版社 1996 年版，第 928 页。

爪，为赵棒击，等等，都是寓言式的预述。又如《北史演义》第七卷写高欢与尉景等入沃野田猎遇仙妇指点前程；第二十七卷写乙弗氏梦高欢、宇文泰将要豆剖魏之江山，宇文泰算命，姚金花梦金龙据腹等，也都是将后来发生之事提前暗示一番。至于大将将死，必有先兆，在演义中更是屡见不鲜。这些寓言式预述所寓含的旨义，无非就是天命有归、天道无常等宿命或命定观念，其目的自然是为了强调天命在国家兴亡、人事变幻上的不可抗拒，借以巩固某种道德天条的力量和权威。这种命定论，在今天看来无疑是荒谬的，但是它以预述方式出现在小说开头或行文之中，也承担着一定的叙事功能，即它可以提示故事的来源及衍变的脉络，操纵着情节的发展，以及预设情节之走向等。如许宝善在评点该书时即指出，这些预述"看去皆似闲文，其实一一为后半部张本。前后关锁，极灵极幻，实为行文三昧。"① 作者在小说凡例中亦称，"书中叙梦兆，叙卜筮，似属闲文，然皆为后事埋根，此文家草蛇灰线法也。"②

一种指点评论式预述。例如《隋史遗文》第三回：上天自要兴唐灭隋，自藏下一干亡杨广的杀手，辅李渊的功臣。不惟在沙场上一刀一枪，开他的基业，还在无心遇合处，救他的阽危。这英雄是谁？姓秦名琼，字叔宝……。《樵史演义》第五回：从此朝朝商量，夜夜算计恰好有汪文言一件事，他们肯轻轻的放过那些正人君子么？《梼杌闲评》第二十一回：这就是他日害东林的祸基，亦是天道要一班阉奴来颠倒社稷此是后话。这类预述往往在后文都有具体的叙述以为回应，因此它们自然也就有了控摄叙事线索，突出叙事主旨的功能。

还有一种是提示性预叙。这种预叙多在演义小说每回的结尾，用以提示下回所叙的内容。如《西汉通俗演义》第八十二回末：张良遂起身向韩信、李左车前秘密道了数句言语，使诸将心志懈怠，八千子弟自然离散，但不知其言还是如何，下回便见。《北史演义》第十七卷末："那知大恶既盈，显报将至。管教：掀天事业俄成梦，盖世威权化作灰。且待下回分剖。"这种预述式结尾，几成一种定式。

总起来看，预述在演义中频繁出现，从叙事意图上讲，主要是为了表现一种宿命或命定的历史意识，以裨于劝惩教化；从叙事效果上讲，这些预叙则通过回答故事的结局将如何及下一步将发生什么，满足了部分缺乏耐心的读者的好奇心，同时也制造了一种新的悬念：这一结局是如何取得的？下一步将怎样发生？这种悬念自然是要由顺叙来解决，因此读者借助预叙又增强了对顺叙的兴趣；再

① 杜纲：《北史演义》第二十七卷卷末评，上海古籍出版社1990年影印本。

② 杜纲：《北史演义·凡例》，《北史演义》卷首，上海古籍出版社1990年影印本。

从叙事功能上讲，这些预叙不仅具有提摄、遥控叙事线索的作用，并且还常能帮助叙事人解决令其挠头的分叉问题，迅速处理掉那些无关大局的故事线索、事件或人物，使顺叙专注于最重要的内容。例如《大宋中兴演义》的叙事人用几句话即打发了抗金失败而退隐的姚平仲（第三则）及出使金国的洪皓的结局（第二十五则），这就像削去了树干上的枝杈，从而使主干更显突出了。于此也可看出，预叙虽是对故事时间的一种变位，但有时它反倒会在一定程度上加强叙述的线性。这大概也是历史演义常用预述的一个原因。

（四）冷淡处提掇得有家数，热闹处敷演得越长久——详略

南宋人罗烨在《醉翁谈录·小说开辟》曾这样评价当时的讲史平话："讲论处不滞搭，不絮烦；敷演处有规模，有收拾；冷淡处提掇得有家数，热闹处敷演得越长久。"这样的特点在历史小说中也得到了很好的继承，形成了缓急相间、张弛有致的叙事节奏。总的来说，演义小说家一般采取两种笔法来控制叙事节奏：一种是轻描淡写的概述；另一种是浓墨重彩的场景描写。

先说概述，概述一般用来走马观花扫视那些不值得花费多少篇幅的故事时间区域，因此出现在此区域内的事件相对来说也就比较稀疏例如演义小说的开头，通常都要以极简短的概述来溯源。如《西汉通俗演义》从战国时赵国虏秦皇孙异人说起，纵掠84年历史，然后才进入本题。这种追本溯源式的概叙，不仅可以理顺历史的脉络，避免起局突兀，收场匆忙，保持叙事链条的完整性，而且还使叙述稳稳地锚定在了历史语境上，从而增强了叙述的历史感和信实性。除此而外，概述则常用作正文中场景之前的铺垫或两个场景之间的过渡，所谓冷淡处提掇得有家数。如《西汉通俗演义》第十回写刘邦起事，先概述秦朝君昏臣佞，导致烽烟四起；次约叙刘邦出生及壮年行迹，接着是一段场景（刘邦娶妻），这以后又是约叙（刘邦送徒夫至骊山），接场景（芒砀山斩蛇），再接约叙（四方归附），再接场景（袭杀沛令）因此，叙事就显得张弛有致，波澜起伏。

与概述相对，场景在演义中一般则多用于一些能见出作者叙事旨趣的戏剧性情节关目，所谓热闹处敷演得越长久。但是就现存演义对热闹处敷演的效果来看，这些所谓的热闹处，却多半并不成功。其所以如此，盖因叙事者为了突出其心目中的英雄，或为了以戏剧性取悦读者，过于频繁地描写了一个又一个的战争场面，诸如攻城劫寨、出奇设伏、争锋厮杀、布阵斗法等，大同小异，令人望而

生厌！所以毛宗岗说："每见他书所纪劫寨之事，不过'杀入寨中，并无一人，情知中计，望后便走'等语耳，层层叠叠，数见不鲜。"① 又说：每到遇伏兵处，便是一声炮响，一彪军出，文法旧矣。② 李卓吾也指摘《三国演义》场景描写之陋处，说："读《三国演义》到此等去处，真如嚼蜡，淡然无味阵法兵机，都是说了又说，无异今日秀才文字也。"③ 又说："读演义至此，惟有打盹而已何也？只因前面都已说过，不过改换姓名，重叠敷衍云耳，真可厌也。"④ 可见，在详略关系的处理上，即场景、概述的交替运用方面，要做到相得益彰，还是很不容易的。但也并非一无是处，如《北史演义》在运用场景、调配文武场次方面，就有别具匠心之处。"书中大小数十余战，或斗智，或角力，移形换步，各各不同。"⑤ 而重笔渲染者，则唯有败拔陵、破葛荣，以及沙苑、邙山、玉壁等数战而已，且"每写一番苦争恶战，死亡交迫，阅者方惊魂动魄，忽接入闺房燕昵，儿女情长琐事以间之，浓淡相配，断续无痕，总不使行文有一直笔。"⑥ "高氏妃嫔，娄妃以德著，桐花以才著，尔朱后、郑娥以色著，故不嫌详悉。余皆备员，可了即了，以省闲笔。"⑦详略得法，"使读者于悲壮激越的旋律中时而能听到舒缓悠扬的协奏，有效地避免了大部分演义滥用战争场景而导致的刚柔不济、张弛失调的窒息感和僵硬感，增强了演义的抒情意蕴和审美娱乐功能。"⑧

（五）史上大事，即无发挥，一涉细故，便多增饰——渲染

演义小说在叙事上还呈现出一个大致相同的特点，即笔墨多半集中在那些取材于平话和传说、传奇色彩和市井气息比较浓的部分。如《残唐五代史演义》共六十回，可写李存孝极富传奇色彩的英雄业绩就占了二十六回，这是全书叙速最慢也最精彩的部分；《西汉通俗演义》写韩信弃楚投汉、筑坛拜将、暗度陈仓、悉定三秦等经历，在史书中不过寥寥数句，约两个月的时间，但演义却整整

① 《三国演义》第九十三回总评，陈曦钟等辑校：《三国演义会评本》，北京大学出版社1986年版，第1134页。

② 《三国演义》第九十九回夹评，陈曦钟等辑校：《三国演义会评本》，北京大学出版社1986年版，第1209页。

③ 《三国演义》第一百一十回回末评，陈曦钟等辑校：《三国演义会评本》，北京大学出版社1986年版，第1347页。

④ 《三国演义》第一百一十二回回末评，陈曦钟等辑校：《三国演义会评本》，北京大学出版社1986年版，第1367页。

⑤⑥⑦ 杜纲：《北史演义·凡例》，《北史演义》卷首，上海古籍出版社1990年影印本。

⑧ 纪德君：《明清历史小说艺术论》，北京师范大学出版社2000年版，第151页。

敷演了二十个回目；《南宋志传》写赵匡胤在市井民间济困扶危、行侠仗义等传奇故事，不见于史书，显系据民间传说敷演，但这部分却用了十个回目，占全书的五分之一。《梼杌闲评》也是如此，将叙事集中在魏忠贤入宫前的一段颠沛流离的生涯上，试图从人物生活的社会时代环境及其命运播迁中揭示人物由善转恶的种种矛盾动因。至于其他的一些历史演义，其平话、传说色彩浓的部分，也都会占用叙事人相当多的笔墨。这几乎成了一条规律，以至于鲁迅在评论《五代史平话》时说："全书叙述，繁简颇不同，大抵史上大事，即无发挥，一涉细故，便多增饰，状以骈丽，证以诗歌，又杂浑词，以博笑噱。"① 这一特点，几乎在所有的历史小说中都如此。之所以会如此，大概是因讲史、传说乃市人揣摩古人古事，勇于变古之所为，故以讲史、传说为基础的叙述，就自然要比一味泥史尚实的叙述更多描绘、皴染的成分。

对历史"细故"的渲染将枯燥无味的历史事件变得生动活泼起来，刺激了读者的阅读兴趣，拓展了历史小说的审美空间。以《三国》中的当阳之战为例，据历史记载，这场战斗的胜利者是曹操，惨败者是刘备，刘备只在败逃中获得了局部自卫性的小胜。这对于有着严重尊刘贬曹倾向的叙事人来说，无疑是一件令人沮丧的事。为了冲淡这一历史事实所引发的不良叙事效果，他便在叙事的时间节奏上巧做文章：一方面只是蜻蜓点水、意到笔随地匆匆勾勒刘备走新野、弃樊城、败当阳、奔夏口等大败，另一方面则精雕细刻、极尽夸张地徐徐描绘了赵子龙单骑救主、张翼德大闹长板桥等大败中的小胜；而从叙事的情调上看，他则以高度同情的笔调虚写了大败，同时又以热烈兴奋的心情实写了小胜。从叙事的色彩上看，他也是淡抹轻写了大败，浓描重绘了小胜，从而构成了一幅淡抹浓描相映生辉的战争风云图，使小胜在大败这个背景的烘托下显得格外灿烂夺目，而刘备部下虎胆英雄神勇无敌的战斗雄姿，也因此变得更加光芒四射，其整体效果，则在读者印象中把大败淹没在小胜之中，好像最后胜利的还是刘备这一方。由此可见，客观的历史事件经过叙事人主观的简化压缩和拉长延宕的"渲染"之后，就产生了与历史事件本身价值大相径庭的另一种价值——审美价值，这种历史价值与文学审美价值错位的现象，正是历史小说不同于正史而别具情味的魅力所在。

历史小说"以文运事"的叙事策略已如上述，通过这些叙事策略，我们不仅可以看出叙事人对所叙历史人事的理解把握、轻重权衡和审美评价，而且还可以从叙事人对历史材料的成功调度中获得种种有益的艺术启迪。诸如"横云断岭，横桥锁溪、添丝补锦，移针匀绣、隔年下种，先时伏著、急脉缓受，忙中偷闲、笙箫夹鼓，琴瑟间钟"等叙事技巧，都为后世的小说创作提供了值得借鉴的经验。

---

① 鲁迅：《中国小说史略》，东方出版社 1996 年版，第 85 页。

第二十三章

中国古代历史剧的传统与经验

同中国古代历史小说一样，历史剧的创作传统与艺术经验对于今天的历史题材创作也具有积极而宝贵的借鉴意义。中国古代历史剧的创作传统与中国文学的人文精神是一脉相传的，其创作经验则可以从历史剧的伦理教化、虚实处理、尚奇倾向、寓言精神等四个方面作出概括和总结。

一、中国古代历史剧的构成特征

中国古代历史剧的题材内容主要集中在政治、军事、外交等重大历史事件方面，而公案剧、社会剧、伦理剧、爱情剧等有的虽然依托于重大历史事件的宏阔背景，但是它们与历史剧仍有着本质的区别。要言之，中国古代历史剧需具备以下几个基本的构成特征：

第一，就剧作的题材内容而言，以中国古代历史（公元1911年清王朝灭亡之前）上真实存在的历史人物为主角，以这些人物所从事的政治、军事、外交等重大历史活动为主要描写对象，人物形象及其历史活动应有相关的文献依据（包括正史、野史、小说、诗歌、散文以及民间传说）。

第二，就剧作的叙事特征而言，应有较为丰富、曲折的故事情节，展示境界开阔、生动的历史场面和社会生活场景，具备反映社会历史内容的广度和深度。那些戏剧情节过于简单，故事性较弱，场景单一，境界狭小，旨在借助古代历史人物书写男女之情或抒发一己牢骚，对封建家庭伦理道德和因果报应观念进行说教的作品，不可归入历史剧的范畴。

第三，就剧作的精神内涵和审美特征而言，中国古代历史剧通过对历史材料进行的剪裁、变形、加工，能够给观众和读者提供审视历史、政治和社会的独特艺术视角；能够通过多样化的艺术手段和审美风格从多种角度展示重要历史人物和重大历史事件的历史风貌，营造出历史剧作品独特的"历史感"；一定程度上表现出作者以历史观念、政治观念为核心的复杂思想意识；构建历史剧作独特的历史和文化的启示意义，引发欣赏者对历史与现实的反思。

基于上述对中国古代历史剧的界定，本章拟简略地考察元、明、清三代历史剧的创作传统，并就伦理教化、虚实处理、尚奇倾向、寓言精神四个方面，概要地总结中国古代历史剧的创作经验。

二、中国古代历史剧的创作传统

在元杂剧中，历史题材剧作的创作数量之大、题材之广、质量之高都值得特别关注。根据不完全统计，元杂剧中的历史题材剧作大约在280种左右（含存、佚、残三部分，包括元代及元明间作品），约占迄今可知元杂剧总数的五分之二，①这个惊人的数量使得历史题材剧作成为元杂剧诸题材中最重要的组成部分之一。

根据题材内容与主题旨趣的不同，元代历史剧可以大略分为以下几种类型：一是"帝妃爱情型"，即透过帝王爱情悲欢的书写，表达人情在冷酷的政治历史面前的无奈，如白朴的《梧桐雨》、马致远的《汉宫秋》等；二是"发迹变泰型"，即运用轻松活泼、富于生活气息的笔调，展示出身平民的帝王将相发迹变泰的传奇经历，如罗贯中的《风云会》等；三是"军事斗争型"，即通过精心结撰的排场和慷慨昂扬的激情，描写风起云涌的动荡年代里不同政治集团的龙争虎斗，如关汉卿的《单刀会》等；四是"忠奸斗争型"，即运用悲壮雄浑、畅快淋漓、风驰电掣的笔调，斥奸骂佞，快意恩仇，如纪君祥的《赵氏孤儿》等；五是"英雄悲剧型"，即运用悲凉惨痛的笔调，描摹英雄末路的悲哀与无奈，引发人们的深深叹息和思索，如关汉卿的《西蜀梦》等；六是"伦理道德型"，即满怀对历史先贤的敬意，用沉稳庄重的笔法，展示作家对儒家正统道德规范的追求和向往，如杨梓的《霍光鬼谏》等；七是"文人参政型"，即通过作家痛切的

① 傅惜华：《元代杂剧全目》，作家出版社1957年版，著录元代杂剧剧目737种。

人生体验，展示失意文人在得志与落魄、进取与退隐、希望与失望之间的痛苦徘徊，以及他们在历史和社会中的茫然无从和艰难抉择，如郑光祖的《王粲登楼》、宫大用的《范张鸡黍》等。此外，尚有一批数量可观的“水浒戏”，以鲜明活现、亲切粗豪的草莽英雄形象和行侠仗义、替天行道的传奇事迹，揭示元代社会酝酿于下层民众之中对黑暗现实的强烈不满情绪，如康进之的《李逵负荆》等。

当然，许多形形色色的历史剧作品在内容和精神内涵上往往是相通的，这些历史剧展示的是历史人物身处风口浪尖之上的生存状况和生命历程，他们的行为和活动为我们营造出一种历史的沧桑感，可以引发我们对历史的认识和反思，激起我们思考个人在漫长历史进程、广阔的社会环境中的自我定位和自我抉择。元代历史剧的杰作之所以富于跨越数百年而毫不退色的艺术魅力，就是因为作家是用心在写作，“摹写其胸中之感想，与时代之情状，而真挚之理，与秀杰之气，时流露于其间”。[①] 尤其是元前期杂剧作家大多是饱受历史和现实残酷玩弄的落魄文人，他们的痛切感受和生命体验极为深刻，于是在作品的字里行间就会流露出这种感受和体验，剧作中的主人公往往成为他们的代言人，嬉笑怒骂，畅快淋漓，从而为历史剧赋予分外深刻的含义。

明初统治者严苛的文化政策对整个明代戏剧尤其是历史剧的创作造成了极其深远而复杂的多面影响。洪武三十年（1397 年）五月刊本《御制大明律》云：“凡乐人扮做杂剧戏文，不许妆扮历代帝王后妃、忠臣烈士、先圣先贤神像，违者杖一百；官民之家，容令妆扮者与同罪。其神仙道扮，及义夫节妇，孝子顺孙，劝人为善者，不在禁限。”[②] 对敢于收藏“亵渎帝王圣贤之词曲驾头杂剧”的人士，明成祖朱棣居然下旨“全家杀了”[③]，这条残酷的法令无疑几乎断绝了历史剧的创作。而明初统治者对于劝人为善、“孝子顺孙”、“义夫节妇”之类作品的推崇无疑大大强化了明代前期历史剧创作中的正统伦理意识，如周礼改编的《东窗记》、王济改编的《连环记》、沈采改编的《千金记》，以及姚茂良创作的《双忠记》等。这种意识还深深地渗透到整个明代的历史剧创作之中。

嘉靖初年（1522 年始）到万历十四年（1586 年），处于生长期的传奇显示出了勃勃生机，[④] 明代历史剧的创作在这个时期获得了重大突破。一系列极富开创性的作品裹挟着文人创作的激情、深刻的历史思索和鲜明的政治意识，步入历史剧的舞台。代表作有张凤翼的《红拂记》、《灌园记》、《窃符记》等，李开先

① 王国维：《宋元戏曲史·元剧之文章》，复旦大学出版社 2004 年版，第 177 页。

② 王利器：《元明清三代禁毁小说戏曲史料》，上海古籍出版社 1981 年版，第 13 页。

③ 顾起元：《客座赘语》卷十《国初榜文》，转引自王利器：《元明清三代禁毁小说戏曲史料》，上海古籍出版社 1981 年版，第 14 页。

④ 关于明清传奇的分期问题，详见郭英德：《明清传奇史》，江苏古籍出版社 2001 年版，第 8～18 页。

的《宝剑记》、梁辰鱼的《浣纱记》、无名氏的《鸣凤记》等。

从万历十五年（1587年）开始，传奇创作进入了勃兴期，历史剧代表作有沈璟的《义侠记》、卜世臣的《冬青记》、汪廷讷的《义烈记》、徐复祚的《霄光记》、屠隆的《彩毫记》、佘翘的《量江记》、陈汝元的《金莲记》、吴世美的《惊鸿记》、陈与郊的《麒麟罽》、无名氏的《八义记》、无名氏的《精忠记》等。这个时期的历史剧与生长期相比增加了新的题材，最突出的表现是以文人型政治家为主角的传记体历史剧数量增加，传统的文人剧开始沾染浓厚的政治色彩，成为历史剧中别具特色的一个类别。

在明亡前的二十余年间，内忧外患，政局动荡，历史剧创作呈现出了鲜明的时代特征，大量的时事剧应运而生，今日尚存的有《喜逢春》（清啸生）、《磨忠记》（范世彦）、《清忠谱》（李玉）、《回春记》（朱葵心）等。

依据明代传奇历史剧的主要内容和创作意图，我们可以把明代历史剧大致分为六种类型：（1）忠奸斗争型，主要描写朝堂上以忠臣为代表的正义力量与以权奸为代表的邪恶力量展开的激烈斗争，如《鸣凤记》、《磨忠记》；（2）英雄传奇型，主要描写英雄人物建功立业、发迹变泰的传奇式经历，如《千金记》、《水浒记》；（3）个人传记型，以历史人物一生主要经历为中心敷演其毕生政治遭遇及历史功绩，如《望云记》、《金莲记》；（4）军事斗争型，主要描写不同政治集团之间为争夺政治利益而开展的军事、外交斗争，如《草庐记》、《古城记》；（5）国家兴亡型，主要描写国家的兴衰治乱，表达作者对历史兴亡的见解与看法，如《浣纱记》、《崖山烈》；（6）帝妃爱情型，以帝王和后妃爱情为主线贯穿政治军事斗争，如《和戎记》、《惊鸿记》等。一般而言，不同类型的历史剧呈现出不同的审美风范，显示出历史剧作家对复杂的历史题材的不同理解与阐释，也显示出作家改造历史题材技巧上的差异。

明清易代之际，以职业戏曲家李玉为首的"苏州派"作家群热衷于创作表现忠奸斗争的历史剧，如丘园的《党人碑》、朱素臣的《朝阳凤》、盛际时的《人中龙》等，表现出对现实政治斗争的高度关注。苏州派剧作家还通过对历史上朝代更迭与汉民族抗御外侮的描写影射明清易代的天翻地覆、风云变色，寄托深沉的家国兴亡之痛，传达出恢复山河、一雪国耻的潜在愿望，如李玉的《千钟戮》和《牛头山》、朱佐朝的《血影石》和《夺秋魁》、张大复的《如是观》等。以著名文人吴伟业为代表的遗民作家在历史剧创作中呈现出不同的风格。吴伟业在传奇《秣陵春》和杂剧《临春阁》、《通天台》中发出了遗民幽微而婉曲的心灵吟唱，表达了在"出处两难"的艰难抉择中内心的痛苦与彷徨。丁耀亢的《赤松游》和《表忠记》（全名《新编杨椒山表忠蚺蛇胆》），也表达了易代之际文人的复杂情绪和矛盾感受。

康熙年间，中国古代历史剧收获了洪昇的《长生殿》和孔尚任的《桃花扇》两部杰作，“超越了遗民剧的矩范，宏阔而深入地思考明清易代所昭示的社会哲理，使文人传奇的文化内涵得以向深层掘进”①。

乾隆、嘉庆年间，传奇创作进入余势期，历史剧创作也因思想趋向保守、内容趋向贫乏而走向了衰落。众多极力宣扬忠孝节义，鼓吹伦理道德，意主教化的历史剧作品出现。如夏纶的《新曲六种》明确标明分别为“褒忠”（《无瑕璧》）、“阐孝”（《杏花村》）、“表节”（《瑞筠图》）、“劝义”（《广寒梯》）、“补恨”（《南阳乐》）、“式好”（《花萼吟》）而作，其中的《无瑕璧》、《南阳乐》均为历史题材。而蒋士铨的《冬青树》、《桂林霜》，董榕的《芝龛记》，瞿颉的《元圭记》等，则沾染了浓厚的史家色彩，表现出鲜明的史传意识。

嘉庆、道光之后，历史剧创作在道德教化的陈腐之音中，在对历史依据的斤斤计较中，在文人们自我陶醉式的书斋写作中，逐步削减了自身的生命力。此期的传奇历史剧作品主要有：黄燮清的《帝女花》、陈烺的《蜀锦袍》和《海虬记》、朱绍颐的《红羊劫》、郑由熙的《雾中人》和《木樨香》等。

到清王朝灭亡前夕，伴随着戏曲改良运动的兴起，产生了大量的历史剧作品。其中有借歌颂古代英雄人物事迹，鼓舞革命斗志的剧作，如吴梅的《风洞山》、刘翌叔的《孤臣泪》、浴日生的《海国英雄记》等；有描写当代政治斗争，宣扬民主革命的时事剧，如吴梅的《血花飞》、萧山湘灵子的《轩亭冤》、梁启超的《劫灰梦》、欧阳巨源与旅生合著的《维新梦》等；有借外国资产阶级革命故事，宣扬资产阶级革命和民主、自由、平等思想，借以振奋民族精神的外国历史剧，如梁启超的《新罗马传奇》等。但这些剧作多为案头之作，极少搬演，更多的成为时代的战鼓和革命的号角。

值得一提的是，有清一代，统治者均喜好戏曲演出，宫廷演剧十分兴盛，历史题材作品也经常在内廷上演，乾隆帝“命庄恪亲王谱蜀、汉《三国志》典故，谓之《鼎峙春秋》。又谱宋政和间梁山诸盗及宋、金交兵，徽、钦北狩诸事，谓之《忠义璇图》”。② 此后，宫廷演剧多有选自历史剧的折子戏。③

三、中国古代历史剧的创作经验

中国古代历史剧的创作经验，可以从历史剧的伦理教化、虚实处理、尚奇倾

① 郭英德：《明清传奇史》，江苏古籍出版社 2001 年版，第 429 页。
② 昭梿：《啸亭杂录》，中华书局 1980 年版，第 378 页。
③ 详见朱家溍、丁汝芹：《清内廷演剧始末考》，中国书店 2007 年版。

向、寓言精神等四个方面作出概括和总结。

（一）中国古代历史剧的伦理观念

元代历史剧表现出作家鲜明的伦理观念，对于这一点，同时代戏曲家与后代戏曲家都有明确的认识。如周德清《中原音韵·自序》云：

> 自关、白、马、郑一新制作，韵共守自然之音，字能通天下之语，字畅语俊，韵促音调，观其所述，曰忠，曰孝，有补于世。①

夏庭芝《青楼集志》云：

> 院本大率不过谑浪调笑，杂剧则不然，君臣如《伊尹扶汤》、《比干剖腹》，母子如《伯瑜泣杖》、《剪发待宾》，夫妇如《杀狗劝夫》、《磨刀谏妇》，兄弟如《田真泣树》、《赵礼让肥》，朋友如《管鲍分金》、《范张鸡黍》，皆可以厚人伦、美风化，又非唐之“传奇”、宋之“戏文”、金之“院本”所可同日而语矣。②

李开先《改定元贤传奇后序》对元杂剧也有极为类似的评价：

> 传奇凡十二科……要之激劝人心，感移风化，非徒作，非苟作，非无益而作之者……今所选传奇，取其辞意高古，音调协和，与人心风教俱有激劝感移之功。③

李开先的戏曲编选标准，既浸透着他自身的伦理道德观念，也表明了元杂剧作品自身固有的伦理道德意向。

中国古代文人从来浸淫着这种“厚人伦、美风化”的正统教化观念，不仅是这种观念虔诚的鼓吹者，也是这种观念忠实的实践者。在元代历史剧作品中，剧作家对传统的道德观念有所怀疑，有所彷徨，甚至有所颠覆，但是最终传统的道德价值观念仍是他们的唯一选择和皈依。而且，在元代黑暗、混乱的社会历史

① 周德清：《中原音韵》卷首，《中国古典戏曲论著集成》（一），中国戏剧出版社 1959 年版，第 175 页。

② 夏庭芝：《青楼集》卷首，《中国古典戏曲论著集成》（二），中国戏剧出版社 1959 年版，第 7 页。

③ 李开先：《闲居集》卷五，《李开先全集》，文化艺术出版社 2004 年版，第 462 页。

条件下，文人重建传统道德价值观念的向往和追求显得更加迫切和真挚。钟嗣成曾满怀热情地表白自己的观点：

独不知天地开辟，亘古及今，自有不死之鬼在，何则？圣贤之君臣，忠孝之士子，小善大功，著在方册者，日月炳焕，山川流峙，及乎千万劫无穷已，是则虽鬼而不鬼者也。①

因此在元代历史剧中，作家塑造了一系列性格鲜明的道德人格，通过善与恶、美与丑的强烈对比和激烈冲突，表达鲜明的道德判断和价值取向，进而达到教化世人的目的。在《赵氏孤儿》中，纪君祥高度赞扬了义薄云天、赴汤蹈火的程婴、公孙杵臼，批判了专横跋扈、奸诈狠毒的屠岸贾；在《汉宫秋》中，马致远歌颂了深明大义、爱国忘身的王昭君，鄙弃了背叛国家、图谋私利的毛延寿；在《霍光鬼谏》中，杨梓塑造了霍光忠心耿耿的老臣形象，同时也刻画了霍山、霍禹这两个野心勃勃的叛臣形象……总体看来，尽管这些人物形象气质特征或性格特征并不是个性化的，而是类型化的，但类型化的人物形象具有更为鲜明的文化特性，更为突出的道德表征，足以将直接、激烈的戏剧冲突引向深入和持久，给观众和读者留下直观而深刻的印象，这就有利于戏剧教化功能的发挥。

如果说在元代相对自由的思想氛围中，历史剧“厚人伦、美风化”的观念更多地出于作家自发的道德责任感，那么明代历史剧创作中封建伦理道德观念的空前统一与强化则受到了更多外部原因的深刻影响。明代初年统治者采取的一系列政治措施确立了程朱理学在社会思想领域的绝对权威，充盈着道学气的道德说教开始从幕后走向前台，堂而皇之地占据中国古代戏剧舞台，元代历史剧中对“真善美”充满人性化的追求开始被“忠孝节义”的僵化图解侵蚀，元代历史剧的鲜活与奔放在明代历史剧中也转化为庄重与深沉。

历史剧的取材大多是重要的历史事件和重大的军事政治斗争，剧作主人公大多是以王侯将相、英雄豪杰为代表的重要历史人物，剧作的内容大多描写这些历史人物可歌可泣的忠义行为、彪炳史册的非凡功业和流芳百世的高风亮节，而所有这些都无法摆脱源远流长的伦理道德观念。先秦以来，《春秋》经典隐寓褒贬和垂诫来世的叙事功能不仅成为中国历代写史遵循不易的准则，而且积淀为历代文人传承不绝的历史道德意识。因此，以阐扬忠孝节义为天职，以惩劝世道人心为本务，这种艺术趋向一直绵延于整个明代乃至清代的历史剧创作中。明初贵族

① 钟嗣成：《录鬼簿》卷首，《中国古典戏曲论著集成》（二），中国戏剧出版社 1959 年版，第 101 页。

戏剧家朱有燉云：

> 尝谓仁义之道在天地间，人人皆具此心，但以物欲交蔽，而有不善存焉……予乃戏作偷儿传奇一帙……虽为佐樽而设，然亦可使人知彼下愚无赖之徒，尚能知仁义忠顺之一端耳。①

明中期《双忠记》的作者姚茂良直接表白自己的创作意图：

> 典故新奇，事无虚妄，使人观听不舍，闾阎之内，男子效共才良，闺门之内，女子慕其贞烈，将见四海同风，咸尊君亲上之俗，岂小补哉？②

明朝后期，马权奇《二胥记题词》称：

> 天下忠孝节义之事，何一非情之所为？故天下之大忠孝人，必天下之大有情人也……今读《二胥记》词，则壮气岳立，须髯戟张，觉吴市之后，秦庭之哭，两人英魂浩魄，至今犹为不死。③

但是，从上面的序言我们可以看出，此时的历史剧作家们已经开始注意情与理的调和，将“忠孝”和“情”互相生发，为冷冰冰的伦理教化蒙上一层温情脉脉的面纱。在充分注重情理矛盾调和之余，明代历史剧的作家们对建立于戏剧艺术感染力基础上的教化功能有了更为深入、明确的理性认识：

> 古人往矣，吾取古事，丽今声，华衮其贤者，粉墨其慝者，奏之场上，令观者藉为劝惩兴起，甚或扼腕裂眦，涕泗交下而不能已，此方为有关世教文字。④
>
> 今度曲当场，使奸夫、淫妇、强徒、暴吏种种之情形意态，宛然毕陈；而热心烈胆之夫，必且号呼流涕、搔首瞋目，思得一当以自逞、即肝脑涂地而弗顾者，以之风世岂不溥哉？……先生诸传奇，命意皆主风世，曷尽梓

① 朱有燉：《黑旋风仗义疏财传奇引》，见吴毓华：《中国古代戏曲序跋集》，中国戏剧出版社 1990 年版，第 35 页。

② 姚茂良：《双忠记》第一出，《古本戏曲丛刊初集》，商务印书馆 1954 年版，影印明富春堂刊本。

③ 孟称舜：《二胥记》卷首，见孟称舜著，朱颖辉辑校：《孟称舜集》，中华书局 2005 年版，附录二，第 619～620 页。

④ 王骥德：《曲律·杂论第三十九下》，《中国古典戏曲论著集成》（四），中国戏剧出版社 1959 年版，第 160 页。

行，以啖蔗境何如。[1]

从明代传奇历史剧所塑造的一系列成功的艺术形象来看，满腔忠义却被逼上梁山的林冲（《宝剑记》）、忠君爱国却惨遭屠戮的杨继盛（《鸣凤记》）、赤胆忠心却被逼自刎的伍子胥（《浣纱记》）、功勋累累却蒙冤惨死的岳飞（《精忠记》）、辛苦遭逢却赤心不改的文天祥（《崖山烈》）……他们悲壮的事迹足以令人动容，他们无一不是封建伦理的崇高典范，他们身上也无一例外地闪耀着封建社会忠臣良将优秀品质的光芒，而所有这些，才是明代历史剧作家们眼中最为宝贵的东西。

清朝统治者大力推重儒家学说，并以之为官方意识形态，流风所及，剧作家们几乎异口同声标榜"忠孝节义"。连李渔这种畅写儿女风情的作家也不忘大谈"道学"，在《闲情偶寄·词曲部·结构第一·戒讽刺》中说：

> 窃怪传奇一书，昔人以代木铎，因愚夫愚妇识字知书者少，劝使为善，诫使勿恶，其道无由，故设此种文词，借优人说法，与大众齐听，谓善者如此收场，不善者如此结果，使人知所趋避。是药人寿世之方，救苦弭灾之具也。[2]

顺治、康熙年间，《合剑记》、《蚺蛇胆》乃至《长生殿》、《桃花扇》诸作，于戏剧之教化观念亦无一免俗，他们无一不醉心于戏剧作品有补风化、惩创人心的现实功用。如刘键邦的《合剑记》第一出《表略》明言："近日张筵演戏，多尚艳曲淫辞，这本彭南宫忠烈传奇，生气凛凛，更有孝侄义士报仇雪恨，大振纲常。"[3] 洪昇在《长生殿》中明确标举"看臣忠子孝，总由情至。"[4] 但是《长生殿》中的"情"，"不是浸透感性欲望的少男少女之情，而是'但果有精诚不散，终成连理'的夫妻伦理之情。"[5] 正是这种伦理意味勾连着《长生殿》中雷海清、郭子仪等忠臣烈士忠于大唐王朝的壮举，从而达到了褒忠扬孝、"垂戒来世"的目的。[6] 孔尚任也坚信："传奇虽小道，……于以警世易俗，赞圣道而辅王化，最近且切……《桃花扇》一剧，皆南朝新事，父老犹有存者。场上歌舞，

---

① 吕天成：《义侠记序》，吴毓华：《中国古代戏曲序跋集》，中国戏剧出版社 1990 年版，第 118～119 页。

② 李渔：《闲情偶寄》卷一，《中国古典戏曲论著集成》（七），中国戏剧出版社 1959 年版，第 11 页。

③ 刘键邦：《合剑记》，《古本戏曲丛刊五集》，上海古籍出版社 1986 年版，影印清初刻本。

④ 洪昇：《长生殿》第一出《传概》，人民文学出版社 1983 年版，第 1 页。

⑤ 郭英德：《明清传奇史》，江苏古籍出版社 2001 年版，第 454 页。

⑥ 洪昇：《长生殿自序》，《长生殿》，人民文学出版社 1983 年版，第 1 页。

局外指点，知三百年之基业，隳于何人，败于何事？消于何年？歇于何地？不独令观者感慨涕零，亦可惩创人心，为末世之一救矣。”①

在传奇创作进入余势期之后，历史剧创作中的伦理教化观更为鲜明。如董榕《芝龛记》以长达六十出的篇幅详叙明末女将秦良玉、沈云英守土报国的事迹，并穿插明末重大政治、历史事件，“以良史之笔，写忠勇之心”（蜗寄居士评语）②，“表纯忠奇孝，照耀义娥”（首出《开宗》）。③蒋士铨的《桂林霜》传奇则选择了清初忠臣马雄镇一家在“三藩之乱”中满门忠义，杀身报国，力抗叛臣吴三桂的事迹加以敷演。

清代戏剧理论家力图将伦理教化当作戏剧作品的当然责任，将戏剧作品与儒家经典等量齐观，以提升戏剧的文学地位。李调元说：

> 孔子曰：“诗可以兴，可以观，可以群，可以怨。”今举贤奸忠佞，理乱兴亡，搬演于笙歌鼓吹之场，男男妇妇，善善恶恶，使人触目而惩戒生焉，岂不亦可兴、可观、可群、可怨乎？④

同时，他们也以“达乎情而止乎礼义”、“乐而不淫，哀而不伤”的儒家文艺观为戏曲创作张目：

> 夫曲之为道也，达乎情而止乎礼义者也。凡人之心坏，必由于无情，而惨刻不衷之祸，因之而作。若夫忠臣、孝子、义夫、节妇，触物兴怀，如怨如慕，而曲生焉，出于绵渺，则入人心脾；出于激切，则发人猛省。故情长、情短，莫不于曲寓之。人而有情，则士爱其缘，女守其介，知其则而止乎礼义，而风醇俗美；人而无情，则士不爱其缘，女不守其介，不知其则而放乎礼义，而风不淳，俗不美。故夫曲者，正鼓吹之盛事也。彼瑶台、玉砌，不过雪月之套辞；芳草、轻烟，亦只郊原之泛句，岂足以语于情之正乎？⑤

戏剧家们将戏曲作品的教化功能等同于儒家经典，强调戏曲作品具有崇高的思想品格和广泛的文化功能，这正是对戏曲伦理观的极端表述。

---

① 孔尚任：《桃花扇小引》，《桃花扇》，人民文学出版社 1959 年版，第 1 页。
②③ 董榕：《芝龛记》，清光绪十五年（1889）刻本。
④ 李调元：《剧话序》，《中国古典戏曲论著集成》（八），中国戏剧出版社 1959 年版，第 35 页。
⑤ 李调元：《雨村曲话序》，《中国古典戏曲论著集成》（八），中国戏剧出版社 1959 年版，第 5 页。

（二）中国古代历史剧的虚实处理

“虚实之辨”贯穿着中国古代文学发展的整个生命历程。“虚”和“实”在中国古典美学中大概具备两种内涵：第一，作为艺术形象中的虚实关系，“实”是指艺术作品中了然可感的直接形象，而“虚”是指由直接形象所引发经由想象、联想所获得的间接形象，这是中国古代诗论、画论和书法理论的重要审美原则；第二，指艺术表现中的“虚构”和“真实”关系，这种关系主要体现在小说、戏剧等叙事艺术中。[①] 本文所指的“虚实之辨”指后者。从创作实际来看，“虚构”与“真实”这两个范畴是相互交融的，呈现出彼此消长的状况。人们往往根据一部历史剧作品的内容和比较可信的历史记载的异同来评判它的虚实程度，而以这种判断作为评判文学艺术作品优劣的标准是值得商榷的，这里不拟深论。[②]

虚构与真实的关系体现在戏剧创作中，主要指“剧作家的‘主观表现’与‘客体真实’的关系问题”[③]，落实到元代历史剧的叙事观念，我们可以从以下两个层面加以认识。

首先，在主观表现与客观对象、客观事理的关系方面，元代历史剧往往过于强调主观抒情性，而相对忽视客观对象、客观事理。甚至可以说，执著于主观表现而不以客观对象、客观事理为羁绊，这正是元代历史剧作家最为突出的创作个性，也是元代历史剧最为深永的艺术魅力。明代著名戏剧理论家王骥德对此津津乐道，他不但对元杂剧“曲中用事每不拘时代先后”这一违背“客观事理”的现象采取了开明的谅解态度，而且把这种行为与王维“牡丹、芙蓉、莲花同画一景”，“雪里芭蕉”的精妙艺术境界相提并论，认为这种自由的主观表现非“俗子”可解，“不可易与人道也”[④]。元杂剧作家这种超脱而自由的创作状态成就了一大批不合“客观事理”却极富艺术感染力的天马行空式的历史剧作品。在这些作品中，历史上的英雄具有扛鼎千钧的超人力量（如无名氏《十七国临潼斗宝》中的伍子胥），具有鬼神难测的超凡智慧（如无名氏《两军师隔江斗智》中的诸葛亮），其中趣味的确不可“恒以理相格”。

其次，在元代历史剧中，虚构与真实的关系还突出地表现为主观表现作用下的艺术虚构和历史真实之间的关系。历史剧创作取材于历史记载并加以艺术改

---

① 谭帆、陆炜：《中国古典戏剧理论史》，华东师范大学出版社 2005 年版，第 150 页。

② 郭英德：《明清传奇戏曲文体研究》，商务印书馆 2004 年版，第 274～281 页。

③ 谭帆、陆炜：《中国古典戏剧理论史》，华东师范大学出版社 2005 年版，第 151 页。

④ 王骥德：《曲律·杂论第三十九上》，《中国古代戏曲论著集成》（四），中国戏剧出版社 1959 年版，第 147～148 页。

造，这个改造的过程就是主观表现的过程："惟语取易解，不以鄙俗为嫌，事贵翻空，不以谬悠为讳"①。元代历史剧作家在创作中对历史材料进行了一系列大胆的处理，包括对历史记载的选择和扬弃、回避和填充、剥离和附会、缩略与夸张等等，都遵循着作家主观表现的意愿。在摆脱了历史记载的束缚之后，元代历史剧塑造出的人物形象饱含激情、神采飞扬，呈现出的历史风貌庄谐皆具、蕴藉深远，展示出的审美风格洒脱自然、奔放酣畅。剧作家的主观表现在元杂剧历史剧中还显示为强烈的抒情倾向，可以说元代历史剧（尤其是前期作品）的故事情节不过是作家主体情感的载体，历史剧的叙事在实质上是服务于作家主体抒情的。当然，元代历史剧如此鲜明的抒情倾向并没有改变其自身作为叙事文学的属性，易言之，这种强烈的抒情倾向恰恰是贯穿元代历史剧叙事观念和叙事策略的灵魂，是被事实所证明的出色的叙事手段。由此可见，在元代历史剧作家那里，主观表现是第一位的，而历史真实显然从属于主观表现的需要，对艺术虚构的肯定和追求远远超过了恪守历史记载和历史真实的兴趣。

相对于元代，明代历史剧作品对历史题材的虚实处理体现出较为复杂的观念，总体而言，从前期到后期大致发生了一个从"有意驾虚"（承认艺术虚构）到"若良史焉"（重视史实依据）的转化过程。但是，这个转化过程只是就作品总体倾向而言，一方面并不能涵盖所有作家作品的创作观念，另一方面大多数历史剧作家对艺术虚构并没有采取完全否定的态度，而是体现出较为宽容的艺术眼光。

明前期的历史剧创作继承了元代历史剧"事贵翻空，不以谬悠为讳"的开放心态，从一开始就保留了鲜明的虚构意识，如洪九畴云：

> 夫传记之作，盖以信今而传后也，其间或以人传，或以事传。而宫调之叶，律音之谐，则在作者之明腔识谱，以为传播之浅深。金人以旋多称引往事，托寓昔人，借他酒杯，浇我垒块，自可随意上下，任笔挥洒，以故剧曲勘诸史传往往不合。②

此时出现的大批历史剧大多为宋元戏文旧作改编后的作品，所以较多保留了这些作品原有的创作形态。例如周礼在宋元阙名戏文《秦太师东窗事犯》的基础上改编而成的《东窗记》，"剧中情节多采诸野史杂传及民间传说，与正史多不合……剧云钦赐岳飞玉带、锦旗，为秦桧所匿，史则载岳飞亲受精忠旗。剧叙岳飞单骑独

① 王国维：《曲录自序》，《王国维戏曲论文集》，中国戏剧出版社 1984 年版，第 252 页。

② 洪九畴：《三社记题辞》，吴毓华：《中国古代戏曲序跋集》，中国戏剧出版社 1990 年版，第 265 ~ 266 页。

归，后欲屈招，恐二子领兵报怨，遂招之同入狱，史传无此事”①。经过对史传记载的改变，作者通过隐匿玉带锦旗一事突出了秦桧嫉贤妒能的奸臣本质，通过岳飞招子赴死的惨烈行为表彰岳飞对君王的耿耿忠心，从艺术上取得了更加震撼人心的效果。

与上述诸剧的创作观念不同，部分文人的改编和创作体现出对史实的尊重态度。祁彪佳评论徐叔回《八义记》时，说：

传赵武事者有《报冤记》、又有《接缨记》，此则以《八义记》名。记中以程婴为赵朔友，以唆犬在宣孟侍宴之际，以韩厥生武而不死于武，以成灵寿之功，皆本于史传，与时本稍异。②

姚茂良独立创作的《双忠记》更明显地体现出了尊重历史记载的倾向：

……幽怀无可托，搜寻传记，考究忠良，偶见睢阳故事，意惨情伤，便把根由始末，都编作律吕宫商，双忠传天长地久，节操凛冰霜……事无虚妄，使人观听不舍……③

他依据《新唐书》和《旧唐书》的相关记载，基本从实地叙写了安史之乱中张巡、许远死守城池、杀身取义的悲壮故事。阙名的《鸣凤记》是著名的时事剧，所演多系实录，当采自朝廷邸报并依据亲身见闻而作，被吕天成评为：“纪诸事甚悉，令人有手刃贼嵩之意。”④ 范世彦为时事剧《磨忠记》作序云：

且秽恶万状，载于诸名公奏疏者，睹之令人毛发都竖……是编也，举忠贤之恶，一一暴白，岂能尽罄其概，不过欲令天下村夫厘妇白叟黄童睹其事，极口痛骂忠贤，愈以显扬圣德如日。⑤

由此可见，他对史料的采集也是较为审慎的。这种尚实的观念一直延续到明末，冯梦龙《墨憨斋新订精忠记传奇叙》云：

---

① 郭英德：《明清传奇综录》，河北教育出版社 1997 年版，第 12 页。

② 祁彪佳：《远山堂曲品》，《中国古典戏曲论著集成》（六），中国戏剧出版社 1959 年版，第 67 页。

③ 姚茂良：《双忠记》第一出，《古本戏曲丛刊初集》，商务印书馆 1954 年版，影印明富春堂刊本。

④ 吕天成：《曲品》卷下，《中国古典戏曲论著集成》（六），中国戏剧出版社 1959 年版，第 249 页。

⑤ 范世彦：《磨忠记序》，吴毓华：《中国古代戏曲序跋集》，中国戏剧出版社 1990 年版，第 256 ~ 257 页。

旧有《精忠记》，俚而失实，识者恨之。从正史本传，参以汤阴庙记事实，编成新剧，名曰《精忠旗》。①

他对《精忠记》的改编以“正史本传”和“庙记”为本，力图改变旧作“俚而失实”的状况。清初大文学家吴伟业在为李玉之《清忠谱》作序时云：

……李子玄玉所作《清忠谱》最晚出，独以文肃与公相映发，而事俱按实，其言亦雅训；虽云填词，目之信史可也。②

可见，在明末清初知识分子心目中，对历史事实的尊重程度和忠实程度乃是评价一部历史剧成功与否的重要标准，历史剧作品的社会历史价值受到了空前的重视。

但是，事实上有明一代主张建立于史实基础上的适度虚构的声音一直没有停止，对于适度的艺术虚构，许多剧作家一直保持着较为宽容的态度。早在李开先创作《宝剑记》时，就说：“诛谗佞，表忠良，提真托假振纲常。”③ 这一观点逐步得到了历史剧作家们的普遍赞同，虚实之间出现了调和的趋势，这种趋势更符合历史剧创作的实际，成为历史剧最为重要的叙事观念。王骥德从古今戏剧创作虚实处理对比的角度，表达了自己的观点：

古戏不论事实。亦不论理之有无可否，于古人事多损益缘饰之，然尚存梗概。稍后就实，多本古史传杂说，略施丹垩，不欲脱空杜撰。迩始有捏造无影响之事以欺妇人、小儿者，然类皆优人及里巷小人所为，大雅之士亦不屑也。④

他又说：“剧戏之道，出之贵实，而用之贵虚。”⑤ 他的观点对历史剧创作的启示是：艺术虚构是成功的历史剧创作不可或缺的要素，但是，这种虚构要建立在尊重史实（尤其对于重大历史题材的相关史实）的基础上，不能轻易伤其筋

---

① 冯梦龙：《墨憨斋新订精忠记传奇》卷首，冯梦龙著，魏同贤主编：《冯梦龙全集》，江苏古籍出版社 1993 年版，第十二册，第 367 页。

② 吴伟业：《清忠谱序》，李玉撰，陈古虞、陈多、马圣贵点校：《李玉戏曲集》，上海古籍出版社 2004 年版，附录，第 1790 ~ 1791 页。

③ 李开先：《宝剑记》第一出，李开先著、卜键笺校：《李开先全集》，文化艺术出版社 2004 年版，第 931 页。

④ 王骥德：《曲律 · 杂论第三十九上》，《中国古代戏曲论著集成》（四），中国戏剧出版社 1959 年版，第 147 页。

⑤ 同前注，第 154 页。

骨，加以改窜，因为历史剧作为一种特殊的戏剧类别，要求作家的创作具备一定的审慎性和严肃性，要兼顾剧作的社会影响，将艺术虚构控制在适度的范围之内。

就总体而言，“尚实”倾向是清代历史剧创作中题材处理方面的主体倾向，而由《天宝曲史》开端，《桃花扇》成功实践，《芝龛记》等大批剧作推波助澜的“曲史观”则成为这种“尚实”倾向的代表。

孙郁为《天宝曲史》作《凡例》云：“是集俱遵正史，稍参外传，编次成帙，并不敢窃附臆见，期存曲史本意云尔。”① 为使作品内容与“曲史”名实相符，孙氏自称依据正史、外传，不敢杂主观臆见，可见所谓“曲史”的真实性要以是否符合正史杂传所载作为衡量标准。而沈珩《〈天宝曲史〉题词》则将《天宝曲史》与杜甫“诗史”相提并论，② 在他看来孙郁之曲与杜甫之诗仅是体裁不同，二者内在精神相似，均与以《史记》为代表的史家精神血脉相通。

真正在创作实践中将“曲史观”的精神发挥到极致的作品乃是孔尚任的《桃花扇》，《桃花扇凡例》说：“朝政得失，文人聚散，皆确考时地，全无假借。至于儿女钟情，宾客解嘲，虽稍有点染，亦非乌有子虚之比。”③ 作者甚至在各出之前标明事件发生的年月，且在剧前作《桃花扇考据》，列出数十种剧作依据的历史资料，给读者一种“信史”之感。这种创作观念颇为后人推崇，如郑忠训盛赞：“其文其事其人并堪千古，作传奇观可也，作正史读亦可也。”④ 近代曲学大师吴梅也说：“其中虽科诨亦有所本。观其自述本末，及历记考据各条，语语可作信史。自有传奇以来，能细按年月确考时地者，实自东塘为始，传奇之尊，遂得与诗文同其声价矣。”⑤

《桃花扇》之后出现的《冬青树》、《桂林霜》、《芝龛记》等作品依傍史书、摹写史实较《桃花扇》有过之而无不及，但其艺术成就与《桃花扇》却根本无法同日而语。杨恩寿讥评《芝龛记》：“考据家不可言诗，更不可度曲。论者谓‘轶《桃花扇》而上’，则非蒙所敢知也。”⑥ 一针见血，可谓的评。

当然，在清代，对历史剧作品的艺术虚构从正面加以肯定甚至推崇的声音同样存在，与“曲史观”交相唱和。清初吴伟业为《杂剧三集》作序云：

---

① 孙郁：《天宝曲史》卷首，《古本戏曲丛刊三集》，文学书籍刊行社 1957 年版，影印孙氏原稿本。

② 沈珩：《〈天宝曲史〉题词》，《古本戏曲丛刊三集》，文学书籍刊行社 1957 年版，影印孙氏原稿本。

③ 孔尚任：《桃花扇凡例》，《桃花扇》，人民文学出版社 1959 年版，第 11 页。

④ 郑忠训：《瘗云岩序》，吴毓华：《中国古代戏曲序跋集》，中国戏剧出版社 1990 年版，第 553 页。

⑤ 吴梅：《中国戏曲概论》卷下《清代传奇》，《吴梅戏曲论文集》，中国戏剧出版社 1983 年版，第 180～181 页。

⑥ 杨恩寿：《词余丛话·原文》，《中国古典戏曲论著集成》（九），中国戏剧出版社 1959 年版，第 247 页。

世路悠悠，人生如梦，终身颠倒，何假何真？若其当场演剧，谓假似真，谓真实假，真假之间，禅家三昧，惟晓人可与言之……①

范希哲在为己作《双锤记》所作小序中以一种开放自信的心态充分肯定了历史剧创作中的虚构倾向：

每读迁史至博浪沙椎击一节，未尝不掩卷而叹。何也？惜其将此一种莫大奇功、掀天豪举，竟失传操椎壮士之姓名……偶于稗史中有《逢人笑》小说内载琉球国力士称王一段，则云操椎之人为陈大力。余见而点首叫快，曰：我之向来不服肝肠，今日有人道破，何不借此作题，留一击椎人之面目，为天下畅。《双锤记》之出，盖为此也。……击椎之人，定非凡品，其灵自在紫微玉楼中，三岛九洲外，倘一旦神游至此，见此形容，当必笑而指之曰：昔日姓名肖貌出处行藏，全不类是何物，狂夫唐突前辈英雄若此！吾则应之曰：傀儡场中，邯郸道上，说乌有先生，作蕉鹿大梦者，自古至今，不知几亿万万。②

作者道破了戏剧创作的天机：艺术虚构正是戏剧创作的不二法门。

艺术虚构的观念在历史剧中的极端表现是出于“补恨”目的，尽翻史实，颠倒剧作结局的创作倾向，张大复的《如是观》和夏纶的《南阳乐》堪称此类剧作的代表。《如是观》一改南宋抗金名将岳飞功败垂成、被冤身死的悲惨结局，而以其生擒兀术，收复汴京，迎还徽、钦二帝为结，纯系作者虚构，作者自称：“论传奇可拘假真？借此聊将冤恨伸。”③《南阳乐》令原本禳星失败的诸葛亮得以延寿，原本三国之中灭亡最早的蜀汉政权一统天下，原本亡国后不屈而死的刘谌登基称帝，对历史事实的颠倒与《如是观》相较有过之而无不及。

清代著名戏曲理论家李渔对于戏剧创作中虚实处理的问题颇有见地，对于历史剧的创作具有重要的启发和指导意义：

传奇所用之事，或古或今，有虚有实，随人拈取。古者，书籍所载，古人现成之事也；今者，耳目传闻，当时仅见之事也；实者，就事敷陈，不假造作，有根有据之谓也；虚者，空中楼阁，随意构成，无影无形之谓也。人谓“古事多实，近事多虚。”予曰：“不然。传奇无实，大半皆寓言耳。欲

① 吴伟业：《杂剧三集序》，《吴梅村全集》，上海古籍出版社 1990 年版，第 1211 ~ 1212 页。
② 吴毓华：《中国古代戏曲序跋集》，中国戏剧出版社 1990 年版，第 333 ~ 334 页。
③ 张大复：《如是观》第三十出，《古本戏曲丛刊三集》，文学书籍刊行社 1957 年版，影印旧抄本。

劝人为孝，则举一孝子出名，但有一行可纪，则不必尽有其事，凡属孝亲所应有者，悉取而加之，亦犹纣之不善不如是之甚也。一居下流，天下之恶皆归焉。其余表忠表节，与种种劝人为善之剧，率同于此。……凡阅传奇而必考其事从何来，人居何地者，皆说梦之痴人，可以不答者也。然作者秉笔，又不宜尽作是观。若纪目前之事，无所考究，则非特事迹可以幻生，并其人之姓名，亦可以凭空捏造，是谓虚则虚到底也。若用往事为题，以一古人出名，则满场脚色，皆用古人，捏一姓名不得；其人所行之事，又必本于载籍，班班可考，创一事实不得。非用古人姓字为难，使与满场脚色同时共事之为难也；非查古人事实为难，使与本等情由贯串合一之为难也。予即谓'传奇无实，大半寓言'，何以又云'姓名事实，必须有本'？要知古人填古事易，今人填古事难。古人填古事，犹之今人填今事，非其不虑人，考无可考也；传至于今，则其人其事，观者烂熟于胸中，欺之不得，罔之不能，所以必求可据，是谓实则实到底也。若用一二古人作主，因无陪客，幻设姓名以代之，则虚不似虚，实不成实，词家之丑态也。切忌犯之。"①

李渔认识到"传奇无实，大半皆寓言耳"，抓住了戏剧作为文学作品的特质，历史剧创作也不例外。但是，创作历史剧时主要人物、主要情节要有所依据，不可随意捏造，如果对于历史剧的重要关目乃至重要人物的改造，对于特定历史情境的建构，超过了一定的限度，却会给人以"虚假"之感。因此历史剧的虚实处理必须把握一个合适的"度"，做到虚中有实，实中有虚，虚实相辅相成。

（三）中国古代历史剧的尚奇倾向

在中国古代文学理论中，"奇"是一种重要的审美范畴，而"奇"与"真"、"奇"与"正"的关系也是一个久远的辩题。在中国古代戏剧理论中，"奇"更是一个无法回避的审美范畴。② 元代历史剧作家对"奇"有着明确而热烈的追求，元人把杂剧称为"传奇"就是一个明确的例证。

元代历史剧的"尚奇"追求首先表现为对"新奇事迹"的偏好。从元代历史剧统计表中我们可以发现，它们本事发生的时代多是春秋战国、楚汉之争、三国割据、隋末唐初、五代十国等中国历史大转型、大变革、大混乱的时代，这些

① 李渔：《闲情偶寄·词曲部·结构第一·审虚实》，《中国古典戏曲论著集成》（七），中国戏剧出版社 1959 年版，第 20～21 页。

② 谭帆、陆炜：《中国古典戏剧理论史》，华东师范大学出版社 2005 年版，第 182 页。

时代的历史画卷分外波澜壮阔，激动人心。更重要的是，在这些风起云涌的时代里诞生了无数英雄，他们叱咤风云，纵横天下，创造了举世瞩目的英雄业绩，也留下了令后人拊膺扼腕的英雄悲剧，但无论如何，他们的经历无疑是传奇式的，截然不同于普通大众平淡无奇的世俗生活，他们的传奇故事对观众来说无疑具有巨大的吸引力。

元代历史剧的“尚奇”追求还表现为在故事情节展开中尝试运用一些新奇技巧。元杂剧在关目设置和故事情节的复杂程度上的确无法与明清传奇相提并论，但是，仍不乏有些“布置结构，亦极意匠惨淡之致”的作品，[①] 历史剧如《赵氏孤儿大报仇》、《金水桥陈琳抱妆盒》、《忠义士豫让吞炭》、《庞涓夜走马陵道》等。此外，元代历史剧作家在创作中勇于运用鬼魂、梦境这些易流于荒诞不经的文学要素，借以抒写作家的满腔激愤，取得了神秘而极富感染力的艺术效果，《关张双赴西蜀梦》、《承明殿霍光鬼谏》等就是其中杰出的代表。

要之，元代历史剧具有鲜明的“尚奇”特征，作家在剧作中无所羁绊地驰骋自己的情感，对剧作中的矛盾乃至“硬伤”，无论是典故使用中时代的错乱，还是历史事件的张冠李戴，抑或故事情节的荒诞离奇，大都毫不顾忌，但正是这些看似稚拙的手段才促成了元代历史剧的独特美感。

明代戏剧作家们继承了元代对剧作新奇性的不懈追求，这不仅表现在他们所创作的长篇戏曲剧本被称为“传奇”，更表现在他们的剧作从精神内核上体现着求新求奇的明显倾向，他们的戏剧理论著作从不同层次和角度明确阐述了求新求奇的创作观念，所谓：“传奇，传奇也，不过演奇事，畅奇情。”[②] 这种倾向和观念盛行于明一代的戏剧创作中，历史剧创作自然也无法超脱于风气之外。

从求新的角度来看，明代历史剧作品创作的题材固然与前代有所重合，但是绝大多数作品出于独创，大量前人剧作未涉及的历史人物和历史事件进入了创作之中。如张凤翼的历史剧系列《红拂记》、《窃符记》、《虎符记》、《灌园记》等大多直接取材于史传，少有对前人剧作的依傍。张凤翼之后，社会上求新风气日盛，文人历史剧作家的求新意识更为高涨，屠隆的《彩毫记》（李白为主角）、陈与郊的《麒麟罽》（韩世忠为主角）、金怀玉的《望云记》（狄仁杰为主角）、佘翘的《量江记》（樊淑清为主角）、陈汝元的《金莲记》（苏轼为主角）乃至寰宇显圣公的《麒麟记》（孔子为主角）等，都体现了这种鲜明的创新意识。

明代时事剧作家在作品题材方面体现的求新意识和创作勇气尤其令人钦佩。发生于本朝本代的重大政治事件进入历史剧创作的视界，相去不过数年的政治人

① 王国维：《宋元戏曲史·元剧之文章》，复旦大学出版社 2004 年版，第 177 页。
② 佚名：《鹦鹉洲序》，吴毓华：《中国古代戏曲序跋集》，中国戏剧出版社 1990 年版，第 157 页。

物走上历史剧的舞台，如《鸣凤记》中的严嵩父子、杨继盛、夏言，《磨忠记》中的魏忠贤、客氏、杨涟，《喜逢春》中的毛士龙、左光斗，《清忠谱》中的周顺昌等，这在中国古代社会中不啻为一大奇观。

另外，求奇观念也是明代剧作家们的普遍共识，相关见解比比皆是。如夏尚忠《彩舟记叙》云："天下有奇品，而后有奇见闻，即见闻之奇，而寓于言，斯足以骇人耳目，传今古为不磨。"① 倪倬《二奇缘小引》云："传奇，纪异之书也，无奇不传，无传不奇。"② 茅暎《题牡丹亭记》云："第曰传奇者，事不奇幻不传，辞不奇艳不传。其间情之所在，自有而无，自无而有，不瑰奇愕眙者亦不传。"③ 明代剧作家为寻找奇异的故事素材可谓费尽苦心，历史剧作家努力寻找奇人奇事，绛明生在为陈与郊的《灵宝刀》所作的序言中说：

> 自小说稗遍兴，而世遂多奇文奇人奇事。然其最，毋逾于《水浒传》。而《水浒》林冲一段为尤最。其妇奇，其婢奇，其伙类更奇，故表而出之，以为传奇。不独此也，传中有府尹，有孙佛儿，不惮熏天炙手之权谋，而能昭雪无罪，又奇之奇者也。④

他认为此剧的高明之处在于选择了林冲、林冲之妻张贞娘、侍女锦儿等这样一些富于传奇性的主要人物，梁山好汉这个富于传奇性的群体以及他们不为人们熟知的传奇经历。历史剧作家佘翘对自己创作《量江记》的动机也有所说明：

> 余故不喜填词，间制一二种，义取于章既往、鉴方来而已，不欲以声律自见也。今夏烦暑，掩扃偶披《宋史·樊淑清传》，因惟淑清亦吾郡一奇士，郡令不闻，所以表异者。里中人或多不悉其事，辄复假传奇以章之。⑤

他认为樊淑清乃"奇士"，他的传奇事迹不为人所知实属憾事，故运笔成戏"以章之"。冯梦龙对于奇异的历史题材也表现出极大的兴趣：

> 奇如灌园，何可无传？而传奇如世所传之灌园，则愚谓其无可传，且忧其终不传也……自余加改窜，而忠孝志节，种种具备，庶几有关风化，而奇

① 吴毓华：《中国古代戏曲序跋集》，中国戏剧出版社 1990 年版，第 107 页。
② 同上，第 231 页。
③ 同上，第 162 页。
④ 绛明生：《灵宝刀序》，吴毓华：《中国古代戏曲序跋集》，中国戏剧出版社 1990 年版，第 111 页。
⑤ 佘翘：《量江记题》，《古本戏曲丛刊二集》，商务印书馆 1955 年版，影印明继志斋刊本。

可传矣。[1]

他自信地认为，经过自己加工后的《新灌园》，将比原作《灌园记》更具有流传后世的价值。

在历史剧创作中，明中后期作家格外注意运用生旦离合模式、鬼神角色穿插等叙事技巧，把原有故事情节的奇异性发挥到极致。但是这些技巧和手段的运用成为僵化的模式或者超过一定限度之后，便对剧作产生了负面的影响。凌濛初《谈曲杂札》批评道：

> 戏曲搭架，亦是要事，不妥则全传可憎矣，旧戏无扭捏巧造之弊，稍有牵强，略附神鬼作用而已，故都大雅可观，今世愈造愈幻，假托寓言，明明看破无论，即真实一事，翻弄作乌有子虚，总之，人情所不近，人理所必无。世法既自不通，鬼谋亦所不料，兼以照管不来，动犯驳议，演者手忙脚乱，观者眼暗头昏，大可笑也。[2]

可见，对“求新求奇”带来的种种弊端，明代剧作家已经有所认识和反思。[3] 对于戏剧创作而言，弊端和成就同样是宝贵的财富，所以，这种“求新求奇”观念影响下的多种叙事技巧在历史剧创作中的表现，无论成功抑或失败，同样值得我们仔细分析。

清初戏剧家李渔是传奇作品“求奇求新”追求的极力鼓吹者和实践者，在《闲情偶寄·词曲部》中，他单列“脱窠臼”一条说：

> 人惟求旧，物惟求新。新也者，天下事物之美称也。而文章一道，较之他物，尤加倍焉。戛戛乎陈言务去，求新之谓也。至于填词一道，较之诗、赋、古文，又加倍焉。非特前人所作，于今为旧，即出我一人之手，今之视昨，亦有间焉。昨已见而今未见也，知未见之为新，即知已见之为旧矣。古人呼剧本为“传奇”者，因其事甚奇特，未经人见而传之，是以得名，可见非奇不传。新，即奇之别名也。[4]

---

① 冯梦龙：《墨憨斋重订新灌园传奇》卷首，《冯梦龙全集》，江苏古籍出版社1993年版，第12册，第3页。

② 凌濛初：《谭曲杂札》，《中国古典戏曲论著集成》（四），中国戏剧出版社1959年版，第258页。

③ 明代戏剧家祁彪佳、丁耀亢等人对片面求新求奇的倾向都有所反拨，相关论述见谭帆、陆炜：《中国古典戏剧理论史》，华东师范大学出版社2005年版，第173～179页。

④ 李渔：《闲情偶寄》卷一，《中国古典戏曲论著集成》（七），中国戏剧出版社1959年版，第15页。

李渔特别强调“有奇事，方为奇文”，要求选择“果然奇特”的“一人一事”作为传奇创作的“主脑”。受其影响，孔尚任在《桃花扇小识》中云：“传奇者，传其事之奇焉者也，事不奇则不传。”那《桃花扇》传奇之“奇”究竟何在？孔氏认为：

> 桃花扇何奇乎？其不奇而奇者，扇面之桃花也；桃花者，美人之血痕也；血痕者，守贞待字，碎首淋漓不肯辱于权奸者也；权奸者，魏阉之余孽也；余孽者，进声色，罗货利，结党复仇，隳三百年之帝基者也。帝基不存，权奸安在？惟美人之血痕，扇面之桃花，啧啧在口，历历在目，此则事之不奇而奇，不必传而可传者也。①

《桃花扇》所写的历史人物与历史事件充满奇特性，这成为它取得极高艺术成就的丰厚基础。

清代历史剧作家们不仅在题材选择上注重新奇，在艺术表现方面也重视翻新出奇。以李隆基、杨玉环爱情穿插安史之乱的剧作为例，历代层出不穷，元代有《梧桐雨》，明代有《惊鸿记》，清初又有《天宝曲史》，且各剧均有可取之处，在前人多次创作的题材上想要有所超越和突破绝非易事，然而继这些作品之后的《长生殿》却成为了历史剧的经典之作，这与洪昇本人独特的创作观念和方法有重要关系。洪昇深知“从来传奇家非言情之文不能擅场”，又不满于前人之作，因此“断章取义，借天宝遗事，缀成此剧”。一方面他存“诗人忠厚之旨”②，删去了宫廷秽事，以“感金石，回天地，昭白日，垂青史。看臣忠子孝，总由情至”③ 的“至情”理想将李、杨爱情提纯、净化，并加以升华，为这个传统题材注入了新鲜的思想血液，并以“一悔能教万孽清”的宽容精神使爱情在超现实中复生。另一方面又对与李、杨爱情密切相关的王朝兴亡情有独钟，以大量笔墨书写历史事件。因此在他的笔下，尽管历史兴亡只是作为李、杨情缘的背景而存在，但是从艺术角度而言，“这部分内容与李、杨爱情的描写是互为表里的，不宜强行分割。没有这些内容，就没有李、杨爱情展开的实际形态；没有李、杨爱情，这些内容就缺少在审美情感上的感应效能。”④ 与前代作品相较，洪昇将剧作的双重内涵融合得天衣无缝，互为表里，难以分割。在情节关目设置方面，作者细针密线，起伏照应，运用“钗盒”物线贯穿始终，结构排场注重冷热调

---

① 孔尚任：《桃花扇小识》，《桃花扇》，人民文学出版社 1959 年版，第 3 页。

② 洪昇：《长生殿自序》，人民文学出版社 1983 年版，第 1 页。

③ 洪昇：《长生殿》第一出《传概》，《长生殿》，人民文学出版社 1983 年版，第 1 页。

④ 余秋雨：《中国戏剧文化史述》，湖南人民出版社 1985 年版，第 424 页。

剂，且“爱文者喜其词，知音者赏其律”[1]。正是这种思想与艺术双方面的别出心裁与惨淡经营才促成了《长生殿》的成功。

清代的戏剧理论家对于传奇之“奇”固然向往，但他们对于过分的奇幻却持批判态度，因为这对于历史剧创作精神而言是背道而驰的。李渔在《闲情偶寄》中明确提出要“戒荒唐”，把握“新奇”的限度，要求“凡作传奇，只当求于耳目之前，不当索诸闻见之外。无论词曲，古今文字皆然。凡说人情、物理者，千古相传；凡涉荒唐怪异者，当日即朽”[2]。其《香草亭传奇序》云：

> 然卜其可传与否，则在三事，曰情，曰文，曰有裨风教。情事不奇不传，文词不警拔不传，情文俱备，而不轨乎正道，无益于劝惩，使观者、听者哑然一笑而遂已者，亦终不传。是词幻无情为有情，既出寻常视听之外，又在人情物理之中，奇莫奇于此矣。[3]

他认识到，一方面，创作戏剧单纯在题材方面追逐奇人奇事远远不够，要贴近人情物理，在平凡的日常生活中寻找创作题材；另一方面，创作出的作品既要“出寻常视听之外，又在人情物理之中”。平中见奇，奇正相生，方为妙手，这正是历史剧创作的真谛。

（四）中国古代历史剧的寓言精神

元代历史剧中作家突出的主观表现和高扬的主体精神一直为后人称道，但是主观表现和主体精神在历史剧作品中不仅仅表现为鲜明的抒情性，在强烈的抒情表征后面，更有作家“意兴”的深深寄托，而这种寄托包含着作家对人生和社会的真实体验，包含着他们对历史现象和规律的不懈思索，也包含着他们的价值判断和道德评价。这种“意兴”的寄托从本质上来说乃是中国古代文学传统观念中“寓言精神”在历史剧中的特殊表现，这种“寓言精神”在《诗经》的“兴观群怨”和《楚辞》的“香草美人”中滥觞，历经老子、庄子、韩非子等寓言天才的推波助澜，终于融汇成一条后代文学艺术创作的精神之河。

元代历史剧作品中饱含的作家寄托基本可以归结为两大主调，即“缅怀”与“不平”。正如余秋雨所说的：“元代戏剧家大致通过惩治、缅怀、隐遁等方

---

① 吴人：《长生殿序》，《长生殿》，人民文学出版社1983年版，第227页。

② 李渔：《闲情偶寄·词曲部·结构第一·戒荒唐》，《中国古代戏曲论著集成》（七），中国戏剧出版社1959年版，第19页。

③ 李渔：《香草亭传奇序》，《李渔全集》，浙江古籍出版社1992年版，第47页。

式来排遣特定时代给予他们的整体性郁闷……众多的历史剧则是体现了缅怀功能的艺术规程……不断地通过历史事件和历史形象，在观众群中提醒着亡国之痛，煽动着复仇之志，渲染着强梁之气。"① 历史剧作家们对历史的缅怀首先表现为对历史上英雄人物的缅怀，怀念能给他们带来安定和幸福、代表公平和正义、具有超凡智慧和惊人力量的完美英雄形象，在黑暗的社会现实中可以为他们带来光明的救星；他们还缅怀国力昌盛的光辉时代，渴望社会与国家的长治久安，向往封建王朝一洗衰颓后的新兴气象；他们还缅怀个人能够建功立业，出将入相，大展宏图的时代……而所有这一切在元代似乎都已成为遥不可及的幻梦。面对残酷到令他们失望的现实，他们一方面通过剧作编织出一幅幅华丽的历史图景，一幕幕喜庆的历史幻梦来给心灵些许安慰，但是，与此形成强烈对比的另一面，是为排解梦醒时分的痛苦汹涌而出的磊落不平之气，这种"不平"之气贯穿在几乎所有的元代历史剧作品里：曾经叱咤风云的英雄，生命何以被玩弄于小人之手？（如《哭存孝》中的李存孝、《西蜀梦》中的张飞）忠臣义士为维护正义何以需要付出毁灭自身的代价？（如《赵氏孤儿》中的公孙杵臼）王朝兴衰的重任何以要让纤弱女子来背负？（如《汉宫秋》、《梧桐雨》）满腹经纶、才高八斗的文人何以时乖运蹇，终身不遇？（如《荐福碑》、《王粲登楼》）奸邪何以总有机会毁灭善良？丑恶为何总要善良付出沉痛的代价？残酷的历史和现实总是与他们的愿望背道而驰，希望与失望之间的落差，夹杂着对历史痛苦而执著的思索，从作家们的笔下倾泻而出，融入到历史剧的字里行间，感动了一代又一代的观众和读者。

总体而言，在元代历史剧中作家主体精神的"寄寓"，更多的是发自内心的情感波澜，是真实的人生体验。对于剧中的历史人物，他们毫不掩饰地进行道德评价，好恶之情溢于言表；对于剧中的历史事件，他们激赏浩叹，畅快淋漓。可见，无论是情感层面还是道德观念层面的"寄寓"，元代历史剧作家们都在用"真诚"和"自然"打动观众，这也是元代历史剧艺术魅力经久不息的根本原因。

郑振铎在《古本戏曲丛刊二集序》中对明代传奇曾有这样的评论：

> ……别有一部分有志之士则关怀当时政局，大不满于明帝国没落期的种种腐败黑暗的现象，而于其所作剧曲里加以大胆的暴露，加以直接的攻击与讽刺，或者借古人之酒杯，浇时人之块垒，像《喜逢春》、《磨忠记》，像《双烈》、《玉镜台》、《精忠》、《崖山》、《冬青》诸记都是有感而发，有所为而作的，慷慨悲歌，光彩动人……②

① 余秋雨：《中国戏剧文化史述》，湖南人民出版社1985年版，第206~207页。

② 郑振铎：《古本戏曲丛刊二集序》，《古本戏曲丛刊二集》，商务印书馆1955年版，第3页。

郑振铎充分认识到明代传奇历史剧创作“有感而发”、“有所为而作”的寓言性特征。这一特征的出现绝非偶然，在明代，戏剧作品的“寓言”性得到了广泛的承认，剧作家对这一特性有着明确认识和理论阐述，历史剧创作中“寓言”倾向与元代相比开始从隐含于创作走向明确标榜。①

明代历史剧作家对剧中所“寓”之“情”与“理”都有明确揭示。他们首先肯定剧作与作者个人坎坷的社会经历和人生经验息息相关，作者在剧中寄托了自己的磊落不平之情、愤世嫉俗之情，即寓“情”于剧。如苏洲（雪蓑渔者）《〈宝剑记〉序》云：

> 天之生才，及才之在人，各有所适，夫既不得显施，譬之千里之马而困槽枥之下，其志常在奋报也，不得不啮足而悲鸣。是以古之豪贤俊伟之士，往往有所托焉，以发其悲涕慷慨抑郁不平之衷。②

除了这种文人阶层普遍存在的牢骚不平之气，更有甚者，将作品当作对他人攻击诽谤的工具，寄寓自己的好恶之情。如沈德符云：

> 填词出才人余技，本游戏笔墨间耳，然亦有寓意讥讪者，如王渼陂之《杜甫游春》，则指李西涯及杨石斋，贾南坞三相；康对山之《中山狼》，则指李崆峒；李中麓之《宝剑记》，则指分宜父子；近日王辰玉之《哭倒长安街》，则指建言诸公是也。③

此语虽不无臆断之嫌，但也绝非空穴来风，因为文学作品中暗寓他意实在是中国文学的一个特殊传统，在明代激烈的政治斗争中，文人通过隐晦的语言在戏剧作品中一吐胸中的不满与怨气更不意外。此外，受到儿女风情戏的影响，当时的文人阶层在历史剧作中亦多描写英雄美人的恋情与结合，所以对功名和美好婚姻的向往和艳羡之情，在剧作中有也有所寄托。陈继儒《〈麒麟罽〉小引》云：

> 盖闻人家发迹，必产旷达英豪，以乘昌帜于先，尤必钟贤淑媛，内资赞助于内。丈夫之旷达尤易也，至妇人之贤淑实同世所稀，足为一家瑞徵……

① 郭英德：《明清传奇戏曲文体研究》，商务印书馆2004年版，第232～233页。

② 苏洲：《宝剑记序》，李开先：《李开先全集》，文化艺术出版社2004年版，第928～929页。此序李开先《闲居集》亦收，且云“改窜雪蓑之作”，故此序言所持观点亦当较接近李氏之见解。

③ 沈德符：《顾曲杂言》，《中国古典戏曲论著集成》（四），中国戏剧出版社1959年版，第207～208页。

故颂蕲王之烈者，尤称夫人之美。传奇自援笔抽写，敲金戛玉，令千古赞叹之牙颊犹馨。[1]

陈继儒津津乐道“人家发迹”、“旷达英豪”、“妇人之贤淑实同世所稀”，“尤称夫人之美”，这无疑将古代文人阶层对“金榜题名”、“洞房花烛”的耿耿于怀、孜孜以求剖白于世人耳目之前。

当然，由于题材的根本制约，在绝大多数历史剧中，我们能看到的是作者们拯救世道人心、弘扬封建道德的拳拳之心，作者有意寓“理”于其中，或深刻、或浅薄、或正统、或背离，但始终未能超脱于封建伦理之外，因为这种表现与明代历史剧作者强烈的伦理教化观念有深刻的内在联系。明代历史剧《孔夫子周游列国大成麒麟记》堪称“寓”“儒家经典之言”的顶峰之作。此剧勾勒了儒家圣人孔子的一生事迹，作者在剧中连篇累牍的引用了《论语》的原句，使剧作成为套用了戏曲样式的儒家经典宣传品，夹杂了怪力乱神的情节，显得不伦不类。祁彪佳评云：“搬尽一部《论语》，乃益其恶俗鄙俚。侮圣者非法，此真词坛之罪人也。”[2] 尽管没有得到当时剧坛的肯定，但是在剧作中体现出的“寓我圣人言”的倾向，与丘濬的《五伦全备记》相比有过之而无不及。又如陈昭远作《叙三祝记》云：

著《三祝》之传奇，取其还金、赠麦二事，足以风天下之仗侠仗义者，是为寓言寄意云。……其间叙朝廷窜谪之危，则忠荩之谊著；摹闺闱肃雍之象，则孝慈之德昭；录边疆感附之深，则诚信之化洽；若夫义田周于一族，赈济及于万民，此尤其彰明较著焉者。[3]

他明确表示要通过典型事例来赞美范仲淹一门的“忠荩”、“孝慈”、“诚信”、“仗侠仗义”，但从另一角度来看，这与其说是为赞美范氏一门，不如说是在以范氏一门的行为为载体来“寓”封建伦理道德规范之“言”。

泛而言之，明代几乎所有的历史剧作品都或隐或显的存在“寓言化”的创作倾向，正所谓：“要之传奇皆是寓言，未有无所为者，正不必求其人与事以实之也。”[4] “寓言”观念作为一种经过创作实践检验的叙事观念被广大剧作家接受，从理论和创作两个方面影响直至清代。

---

① 吴毓华：《中国古代戏曲序跋集》，中国戏剧出版社 1990 年版，第 158 ~ 159 页。
② 祁彪佳：《远山堂曲品》，《中国古典戏曲论著集成》（六），中国戏剧出版社 1959 年版，第 115 页。
③ 吴毓华：《中国古代戏曲序跋集》，中国戏剧出版社 1990 年版，第 121 ~ 122 页。
④ 徐复祚：《曲论》，《中国古典戏曲论著集成》（四），中国戏剧出版社 1959 年版，第 234 页。

清代历史剧秉承了中国古代戏剧创作中的“寓言”传统，剧作评论家们对于剧作的“寓言”特性具备了清醒的认识，而且多对其持肯定态度。他们普遍认为戏剧作品乃是不得志的剧作家们牢骚不平的心灵寄托，吴伟业《北词广正谱序》认为：“士之困穷不得志，无以奋发于事业功名者，往往遁于山巅水湄，亦恒借他人之酒杯，浇自己之块垒。”所以像李玉这样的才子，“所著传奇数十种，即当场之歌呼笑骂，以寓显微阐幽之旨，忠孝节烈，有美斯张彰，无微不著”①。历史剧作家可以使剧作中的历史人物成为自己的代言人，通过他们释放个人积聚于胸中的抑郁之情；可以通过历史人物的遭际命运和传奇事迹的描写表达个人的政治理想和是非判断；还可以通过历史兴亡和王朝盛衰传达自己独特的政治见解和对历史的理性认知；更可以使历史人物和历史事件成为他们真切的社会体验、幽微的人生感悟和难以言说的矛盾心态的婉曲寄托。

清初以吴伟业为代表的遗民戏曲家创作的历史剧，便寄寓着内蕴丰富的遗民情怀。身处新朝的特定情境，使他们的内心体验难以言说，但又不得不说，于是只能通过剧作寄托这种矛盾的情绪，将它们若隐若现地表达出来。在吴伟业的笔下，历史剧的“寓言”特性被作者刻意遮盖，却以更清晰的面目呈现在我们眼前：

> 余端居无憀，中心烦懑，有所彷徨感慕，仿佛庶几而将遇之，而足将从之，若真有其事者，一唱三叹，于是乎作焉。是编也，果有托而然耶？果无托而然耶？即余亦不得而知也。②

《秣陵春》传奇通过对徐适这一历史人物的改造，设计了两相对照、两相承接的叙事结构，既“描写了已故的旧朝君主对故臣孽子的关怀与恩眷”，又“铺叙了故国遗民在改朝换代中的窘境与新朝天子对他们的抬举笼络”③；“既可以借南唐亡国的沧海变幻抒发作者作为孤臣孽子的失国惆怅和兴亡感慨，又可以借剧中徐适的两朝际遇，表达自己身处新朝的矛盾情感和中心焦虑”④。历史剧的“寓言”倾向在清初成为遗民这一特殊群体特殊的言说方式，成为他们表达个人和群体双重体验的工具。

嵇永仁的《续离骚引》为戏剧创作中的“寓言”精神引入了“真情”的质素，丰富了“寓言”的内涵：

---

① 吴伟业撰，李学颖集评标校：《吴梅村全集》，上海古籍出版社1990年版，第1213～1214页。

② 吴伟业：《秣陵春序》，《吴梅村全集》，上海古籍出版社1990年版，第727～728页。

③ 郭英德：《明清传奇史》，江苏古籍出版社2001年版，第425页。

④ 同上，第424页。

> 填词者，文之余也。歌哭笑骂者，情所钟也。文生于情，始为真文，情生于文，始为真情。……缘情之所钟，正在我辈，忠孝节义，非情深者莫能解耳。屈大夫行吟泽畔，忧愁幽思而《骚》作。语曰："歌哭笑骂皆是文章。"仆辈遘此陆沉，天昏日惨，性命既轻，真情于是乎发，真文于是乎生。虽填词不可抗《骚》，而续其牢骚之遗意，未始非楚些别调云。①

在他看来，戏剧创作中的歌哭笑骂皆出于剧作家的一片真情，尤其当作家身处逆境，如屈原一般在忧愁幽思之中痛苦不堪时，更能激发真情，继而产生感动人心的真文，这样的戏剧作品才能与《离骚》一样，寄寓幽深，情真意邃，感动人心。

以《长生殿》、《桃花扇》两大名剧而论，前者寄托着洪昇的"至情"理想，为此作者设置了象征叙事结构，使现实情境与虚幻情境并置，并相互交织转换；将李、杨爱情的萌发、成熟、消亡、重圆与国家的由治到乱，由乱终定合观共视，使全剧成为"至情"理想的诠释。而《桃花扇》则"借离合之情，写兴亡之感"，以侯方域和李香君的悲欢离合作为明清易代历史的线索，寄寓着作者浓郁的兴亡之感和对历史盛衰的深刻思考，"可以当长歌，可以代痛哭，可以吊零香断粉，可以悲华屋山邱"②。

当然，伴随着中国封建君主专制制度的烂熟，知识分子的思想活力被进一步压抑禁锢，创造力也随之走向枯竭。所以无论清代的剧作家在历史剧作品中寄寓了怎样复杂的情感或者理念，我们可以确认的是他们很难冲破时代和历史的局限，也很难冲出封建伦理道德的樊篱，绝大多数的历史剧创作都符合封建王朝官方意识形态的要求，且绝不乏受命于上的应制之作、歌功颂德之作、苦口婆心的教化之作。而且伴随着清朝统治的逐步稳固，历史剧中更难以寻找到《桃花扇》中诸如"开国元勋留狗尾，换朝逸老缩龟头"③，"抽出绿头签，取开红圈票，把几个白衣山人吓走了"（续四十出《余韵》）④ 等令人解颐、沉着痛快的讽刺之语。乾隆、嘉庆之后，要寻找中国戏剧的"寓言"精神，我们不能不将眼光更多地投射到在民间大行其道的花部戏中了。

---

① 吴毓华：《中国古代戏曲序跋集》，中国戏剧出版社 1990 年版，第 384～385 页。

② 顾彩：《桃花扇序》，孔尚任：《桃花扇》，人民文学出版社 1959 年版，附录，第 275 页。

③ 孔尚任：《桃花扇》，人民文学出版社 1959 年版，第 267 页。

④ 同前注，第 268 页。

第二十四章

现代中国历史题材文学的经验描述

“现代”不仅是连接“古代”与“当代”的桥梁，还是“当代”社会的雏形与“原型”：当代历史文学创作所碰到的所有问题，无论是“历史真实”还是“古为今用”，无论是对历史的“戏说”还是“正说”，都在“现代”时期反复出现过。套用一句学界流行的话语：没有“现代”的纷乱，何有当今历史文学的兴盛？我们对过去的回顾，恰恰是要“温故知新”，借“现代”之石，攻今日之“玉”。

如同广义的“中国现代文学”，不仅指从五四文学革命到1949年新中国成立的短短30年，而是伴随着“当代”无限延伸一样，“现代历史文学”这一概念，也有种种可争可论之处。至于现代文学的“现代性”问题，更在当今学界众说纷纭、莫衷一是。笔者认同这样的观点：考察“现代文学”之“现代性”的由来，不仅要充分重视五四新文化运动的巨大意义，还应追溯到“五四”之前的晚清社会。那么对“现代历史文学”的探讨，也要相应地追溯到清末民初一度繁兴的历史演义作品。而要真正探究到历史题材文艺创作，在我们这个古老大国长盛不衰的文化心理原因，还需要我们将目光超越“现代”的，投射到古老的过去与遥远的未来。

一、中国现代历史文学繁兴的文化溯源

中华民族大概是世界上对历史最为看重的一个民族，这可从历朝历代出现的

浩如烟海的史书典籍看得出来。相对其他民族而言，我们保存至今的各类历史著作不仅名目众多、丰富多彩，而且翔实具体、生动逼真，凝聚了一代代文人士大夫们的无数心血与精力。而中国知识精英对历史编撰所表现出的热情，连远在德国的大哲学家黑格尔都惊叹不已："没有一个民族像中华民族那样拥有数不胜数的历史编撰人员。"[①] 黑格尔的惊叹绝对有道理，但他未必能完全了解中国史学传统的深远和在整个文化领域内的尊贵地位。正如梁启超所说："中国于各种学位中，惟史学为最发达。史学在世界各国中，惟中国为最发达。"[②] 甚至可以说，在中国数千年的古典历史中，史官文化无不涉及所有的文化、哲学、文学等，使其不仅只能从史学那里衍生出来，而且还需长期依附于史学而存在。直到今天，我们依然可以感受到此起彼伏、层出不穷、面貌各异的"历史热"。甚至有当代学者不无调侃地指出："中国人就算忘记吃饭睡觉也忘不了历史，中国人就是一些历史动物，中国就是个历史国。"[③]

中国人为什么对历史如此看重？对此，不同专业的学者们早已做了深入的研究，并具有普遍的共识。他们认为这与中国文化缺少一种超验性的精神存在不无关系。众所周知，寻求意义是人的基本属性，人不能仅仅像动物一样满足于物质化的需求，他还需要一种精神的寄托，一种自我肯定与评价，也就是说"给自己一个意义"。如果中华民族像西方人那样"相信冥冥中有一个全知的神，我们就可以让他来评价自己的行为。只要我们相信自己所做的一切，在神的眼中是非常好的，是善良虔诚的，那就够了。"但我们这个民族始终没有产生类似于基督教上帝那样至高无上、全知全能的神，于是，"中国主流文化中评价一个人的任务，就放在了'他人'身上了。"[④] 而"他人的评价"不仅包括当时的社会舆论，更包括后世的历史评价。虽然历朝历代的官府乃至主流社会都尝试对一个人进行"盖棺定论"式的终极评价，但实际情况还是常常把"是非成败"留给了后人加以评说。尤其是当中国人对自己所处的社会政治极度不满与失望的时候，幸亏还有更为久远、更具精神超越性的历史作为最终的评判者，使得他们不至于对人生、对社会和整个世界丧失信心。虽然中国人心目中的历史不像西方文化中的上帝那样全知全能、至高无上，但至少构成了一种坚定不移的信念，一种对现实政治和世俗权力的反抗乃至超越。正是凭借一种对历史的高度信任与信念，民族英雄文天祥才豪情万丈地写下了"人生自古谁无死，留取丹心照汗青"的千古名句，并得到了后世中国人的深切同感与共鸣；正是依靠历史"天理昭昭"

① 转引自［德］夏瑞春：《德国思想家论中国》，江苏人民出版社 1995 年版，第 115 页。

② 梁启超：《中国历史研究法》，上海古籍出版社 1998 年版，第 10 页。

③ 朱建军：《中国的人心与文化》，山西人民出版社 2008 年版，第 71 页。

④ 同上，第 74 页。

般的惩恶扬善之功能，那些良知未泯的普通百姓才能以达观与乐观的胸怀，抱定一颗相信未来的心灵；而那些在茫茫暗夜中蜗行摸索的仁人志士们，也看到了微茫的希望。因此对历史的看重，事实上决定了中国人最为根本的价值观与人生观，使得他们能在纷繁复杂的滚滚红尘中，保持相对理性的头脑；在对世俗的功名利禄、荣华富贵的追求中，怀持一颗相对高远的心灵。要知道中国人最怕的就是“遗臭万年”，最向往的则是“千古流芳”、“永垂不朽”。而中国数千年的封建社会也反复证明了这一“历史规律”：我们的古人对于“当今圣上”自然是不敢轻易反抗乃至“非议”的，因为那涉及直接的利害关系，谁敢拿自己的前程与身家性命开玩笑？但对于“前朝”的人与事，当然就无关紧要了，于是“是非成败”逐渐地具有了“历史公论”。甚至连“当今圣上”也会出于自己的统治需要，而加入到对“前朝”人物的评头论足之中。然而“当今圣上”们却并未充分意识到：小百姓对自己也绝非“心服口服”，他们把所有的不满、牢骚与愤怒都深埋在心底，他们也有足够的时间与耐心，等到“当今圣上”走进历史的那一天。正所谓善恶自有报应，“不是不报，时候未到。”历史就是以这样奇特的公平与公道，轮回般地延续了数千年。

相对于正统史学，小说、戏曲等文艺形式在漫长的古代社会所起的作用，一直被定位于“补正史之阙”，而且只能作为“引车卖浆者之流”口耳相传的雕虫小技。但正是出于这种对历史的高度看重，人们最感兴趣的话题往往也离不开历史，使得文艺创作者们以历史题材为首选，这导致了古典历史文学的极大繁兴。单以古典小说而论，正如王富仁先生所说：“在中国古代虽然没有‘历史小说’这个文学概念，但并不说明中国古代就没有‘历史小说’，恰恰相反，正是在中国古代小说史上，‘小说’与‘历史’有着格外的连带关系。……在中国古代小说中，数量最多、影响最大，最受一般读者欢迎的则是‘讲史’、‘演史’，它们实际上就是中国古代的历史小说。”① 事实的确如此，而那些超出“讲史”、“演史”之外的小说作品，如果稍加分析，也可看出它们与历史之间千丝万缕的联系。如号称“古典小说四大名著”的《红楼梦》、《西游记》、《三国演义》、《水浒传》，除《红楼梦》外，《三国演义》被公认为“历史演义小说的典范”；《水浒传》和《西游记》虽然分别被看成“英雄传奇”与“神魔小说”的代表，但这两部作品与“历史”之间不可分割的联系却是“有目共睹”；《红楼梦》虽然描写的只是一个封建大家族的历史，但作者曹雪芹却别出心裁地以“女娲补天”的神话传说开启小说叙事，从而使得小说主人公的命运与整个民族的历史，尤其是上古历史融为了一体。而王富仁先生对中国古典小说的这一概括，也同样适合

① 王富仁：《中国现代历史小说论》（一），载《鲁迅研究月刊》1998 年第 3 期。

于传统戏曲：戏曲与历史同样有着格外的连带关系，在中国古代戏曲作品中，数量最多、影响最大，同时最受读者欢迎的，也离不开历史题材。所有这些无不体现了古人对历史言说与品评的冲动与激情；而历史题材创作的广泛传播，更是极大地满足了普通百姓们探听历史、关注历史并议论历史的欲望。

同时我们也不应忽略的是，正是在这种对历史的探听与议论中，普通百姓们才满足了不可替代的审美和娱乐需要。这并不奇怪：历史上得以广泛流传的，往往是那些经过岁月冲刷和“大浪淘沙”之后的传奇人物与故事，无论是帝王将相等历史英雄们波澜壮阔、纵横捭阖的传奇人生，还是那些可歌可泣、感天动地的悲欢离合的普通人事，无不为后世的文学艺术家们提供了丰富而“现成”的创作材料。事实上，还有什么比它们更戏剧化与小说化，更靠近艺术的审美特质、更引起人们对社会人生的感悟与思索呢？而对我们这个高度重视审美享受，甚至不惜将其看作人生终极目的的民族来说，包裹在历史中的一切都可幻化为取之不尽、用之不竭的审美娱乐源泉。不论是对成功者的艳羡，还是对失意者的同情与共鸣，以及对历史人物之间悲欢离合的喟叹，因为年代的久远，都可幻化成一种审美的乐趣。所谓“是非成败转头空”，永恒于世并超越历史的，唯有审美。

对于中国人来说，那遥远而未知（何况尚不知有无）的所谓“天国”，显然不及逝去的历史更显亲切而实在，也更有诱惑力。失去了对天国与“来生”的向往，自然会把热情的目光投向过往的历史。所以，中国的哲人们即使要实现社会变革，也不得不拿历史来做号召，美化“上古”等历史更是他们的拿手好戏。而历史说到底不过是现实尘世的另一种形式。虽然那已是逝去的尘世，但在“轮回”观念的作用下，历史与现实尘世又完全可以融为一体。所以人们对历史的看重和对历史的浓厚兴趣，其实是对现实尘世的留恋与热爱；将历史审美化与娱乐化，其实就是将现实尘世、现实人生娱乐化与审美化。理解这一点，才能理解历史的审美化、传奇化与娱乐化，会成为我们这个民族最根深蒂固的传统之一。

二、现代历史观的引进与历史文学剧变

考察现代历史文学之“现代性”特质，就不能不涉及以进步史观为代表的西方史观，对传统中国“循环论”历史观的冲击。特别是当这一线型“进步史观”，以“科学”、“真理”的名义传入中国以后，对中国的社会政治、历史文化等各个领域，都产生了难以估量的影响。在已进入21世纪的今天，无论是对这一进步史观本身，还是它在历史文学创作中的影响，我们都应以历史的眼光加以审视。

（一）现代进步史观的引进

当历史的车轮碾过西元（现在称“公元”）19世纪，西方列强用它们的坚船利炮敲开了古老中国的大门，中华民族在强烈的历史阵痛中，经历了“数千年未有之变局”：她在饱受蹂躏与屈辱的同时，被迫结束了绵延数千年的古典时代，又别无选择地被裹挟进西方主导的“世界化”与“现代化”体系，从而开启了一个与古代社会近乎完全异质的新时代——现代社会。而在这种从“古代”到“现代”的“天翻地覆”的剧变中，从远古一直延伸下来的历史文化之链发生了前所未有的严重断裂。

平心而论，中国历史上未必没有发生过重大的文化动荡乃至断层，例如春秋战国时期“王道”的衰颓，尽管孔夫子等“仁者”们的四处奔波呼号，但传统礼仪还是不可避免地分崩离析了；后来的秦始皇吞并六国，建立了大一统的集权帝国，但经他改造过的历史传统，已经与先秦时期的“王道”文化不可同日而语了；再后来汉武帝采取的“罢黜百家、独尊儒术”，对于丰富多彩的传统文化显然又是一次浩劫。然而尽管如此，它们毕竟都是中华文化独立自主的发展轨迹。而蒙古、满清先后入主中原，虽然一时之间造成了知识分子的恐慌和对文化“道统”的忧虑，但这些“蛮族”在文化观念上的落后，反而进一步强化了华夏文化的“中心”观念和文人士大夫们的心理优越感。中华民族的文化传统在这种“一治一乱”的历史模式中，显示出了强大的生命力。然而，近代中国所面临的西方强势文明的冲击，却再也无法使这一古老的历史经验继续延续下去。因为现代中国的原型绝不可能从古老的中国、从古老中国的历史中自足地诞生出来，如果没有西方文明的“催生”，中国永远还要“古老”下去。不仅如此，过去的历史对于现代中国来说，顶多具有一定的参照意义，甚至还变成了一种沉重的包袱。而在短短不到两百年的“现代化进程”中，我们看到在神州大地此起彼伏地上演的，却是“共和”、“革命”、“科学”、“民主”、“主义”、“解放”、“运动”、“改革”、“自由”、“人权”等与古代文化迥异的历史戏剧，这些来自西方（或对中国传统名称改造之后）的概念在现代中国社会的每一次盛行，都进一步冲垮和扭曲了古老中国既有的体制、观念与价值。一言以蔽之，现代中国之“现代”的文化基因更多地来自西方，而非中国本土的古老传统，至多称之为中西文化“相互结合”的产物。

那么来自西方的“现代”与“现代性”的具体含义指什么呢？虽然众说纷纭，但一般认为主要包括以下几个方面的思想文化内涵：其一是个人主义价值理念（包括现代“人权”观念）；其二是科学理性观念；其三则为现代民族国家模式。这三者相辅相成、缺一不可。但对于近代中国来说，还有一个极为重要的内容，就是时间观念与历史观念的改变。也就是说，从古代中国的历史循环论转向来自西方的被称为“现代”的历史进步论。众所周知，古代中国人的历史观是一种典型的循环论。且不说古人的起居生活，大多离不开“日出而作，日落而息”式周而复始的循环；他们所看到的自然天象，小到一天的昼夜交替、大到一年的四季轮回，则几乎离不开一种周期性的循环。所有这些，又与历史上的分与合、“治世”与“乱世”的交替轮回，融为了一体。正所谓“天下大事，合久必分，分久必合”，《三国演义》卷首语中的这句话，几乎令每一位中国人耳熟能详。循环论的历史观与时间观，在古代中国之所以如此深入人心，是与古代中国的文化模式、尤其是古人的宇宙观有直接关系的。“中国宇宙观的最大特点是整体性”，它具体表现为时间与空间的合一、自然与历史的合一，以及“天人合一”。正所谓“大道周天”、“无往而不复”，中国古代哲人们在时空合一的整体观念作用下，通过实用理性“把自然的循环表象抽象为宇宙的规律，并作用于历史”，从而形成了独具民族特色的历史循环意识。①

这种循环论的时间观与历史观，到了近代却被来自西方的直线性的历史进步论所代替。“新文化的时间观源于现代西方（即经过科学、理性改造过的基督教时间观）。它标定并强调了时间的‘前方’纬度。换句话说，它把时间理解为一种有着内在目的的线性运动。这种时间观同时也意味着一段距离，这段距离在现实中是落后的东方古代文明和先进的西方现代文明之间的距离；在未来学的意义上则是阶段目标与一个更宏大的终极目标——实现世界大同——之间的距离。”② 通俗一点说，深受西方进步历史观影响的近现代中国哲人们普遍认为，时间不单单是纯粹自然的、毫无意义的，而是从黑暗、蒙昧的过去，经由“现在”而走向光明美好的未来。而这种历史进步论或者说经由科学和理性改造过的“基督教时间观”，无疑沾染了西方人的偏见与傲慢。带着这样的傲慢与偏见审视古老中国的文化历史，便自然而然地得出了“中国没有历史”的结论，正如黑格尔所说：“很早我们就已经看到中国发展到了今天的状态。因为缺少客观存在与主观运动的对立，所以排除了每一种变化的可能性。那种不断重复出现的、滞留的东西取代了我们称之为历史的东西。当各种因素互相结合的前提终于变成了活生生的进展的时候，中国和印度都还处在世界历史之外。”③ 事实上根据西方中心观念，不仅中国、印度等亚洲古国在没有接受西方文明之前仍“处在世界历史之外”，美洲大陆与非洲大陆又何尝不是如此？尽管美洲大陆在哥伦布这个西方

① 张法：《中国文化与悲剧意识》，中国人民大学出版社 1989 年版，第 19～20 页。

② 唐晓渡：《时间神话的终结》，载《文艺争鸣》1995 年第 2 期。

③ 转引自［德］夏瑞春编、陈爱政译：《德国思想家论中国》，江苏人民出版社 1995 年版，第 114 页。

人抵达之前已存在了亿万年，但只有在哥伦布“发现”这个“新大陆”之后，它才有资格真正进入西方主导的“世界历史”。——可在“亡国灭种”的现实危机面前，当时的中国知识分子似乎还来不及细细体味与反思“社会进步论”所隐含的西方中心观念，于是它几乎成了当时人们对历史的共同信仰；从梁启超到鲁迅、胡适等人全都毫无保留地接受了这一历史观，并将之奉为神明般的历史真理。值得一提的是，“社会进步”论在当时中国的广泛传播与接受，与严复翻译出版的《天演论》（1898 年）所起的不可替代的作用，是不可分割的。正如当时的《民报》评论所说：“自严氏之书出，而物竞天择之理，厘然当于人心，中国民气为之一变。……”[①] 事实上严复对赫胥黎《进化和伦理学》一书的翻译，曾根据当时中国的需要做了很多简化与改造，但也正由于这种改造与简化，使得一种线性的进步历史（时间）观迅速在当时的中国知识界传播开来。鲁迅多年后仍记得他年轻时“一有闲空，就照例地吃侉饼，花生米，辣椒，看《天演论》”[②] 时的青春时光，胡适干脆给自己的名字取了个“物竞天择，适者生存”的“适”字。以“社会进化”为核心的历史进步论，在当时的影响由此可见一斑。正是借着“科学”与“理性”这两面醒目的旗帜，“历史进步论”在当时的中国所向披靡，迅速成为思想文化界的主流观念。与此同时，代表了古老与“落后”的历史循环论，则理所应当地被看成“封建糟粕”而加以扬弃。一并被抛弃的还有古典中国特有的时空观与悲剧观，“中国传统的时间意识曾深刻地影响了中国古代的叙事，并创造出民族特有的悲剧美学。……历史通过人生的悲剧体验，而生出了磅礴悲凉的诗意，从而也生成了中国人特有的悲剧历史诗学。”[③] 事实的确如此，历史循环论虽然不是中国人独有的历史观念，古印度、古希腊等民族也曾相信过历史的“循环”，但它在中国却发展得最为完善，同时也最富历史的审美特性，从而构成了我们民族最为重要的文化传统之一。从今天的角度看，彻底与之割裂不仅不可能，而且绝非是明智的历史选择，但对当时经历着民族屈辱和国家危亡的中国知识分子来说，“历史进步论”却不啻一剂思想文化领域的“强心针”，使得古老中国的思想文化界一时焕发出青春般的活力。

然而历史进步论所带来的负面影响也同样十分明显：根据这一观点，历史被描述为一架疾速向前的列车，它总是向着前方飞奔；如果跟不上滚滚向前的历史车轮，就有可能被彻底淘汰，甚至被扔进没有价值、没有意义的“历史垃圾

① 《述侯官严氏最近政见》，《民报》第 2 号，见《辛亥革命前十年间时论选集》第 2 卷上册，三联书店 1963 年版，第 146 页。

② 鲁迅：《朝花夕拾·琐记》，《鲁迅全集》第 2 卷，人民文学出版社 2005 年 11 月版，第 305 ~ 306 页。

③ 张清华：《时间的美学》，载《文艺研究》2006 年第 7 期。

堆”。要知道古老的中华帝国，就是因为没有跟上西方文明的进步之步伐，才沦为当时危机四伏的可悲境地，甚至面临着被开除“球籍”的危险。同时，在这种直线进步论的作用下，历史被过于简单地划分为“过去”、“现在”、“未来”三个截然分明的历史时期——稍加比较就会发现，这与基督教神学中对“地狱”、“炼狱”和“天堂”的划分颇为类似：“未来”被描述为“天堂”般的美好大同世界，为了它可以牺牲掉“现在”的一切；“现在”只是通向“未来”的一种过渡，或曰手段与媒介，如同“天堂”与“地狱”之间的“炼狱”。不仅如此，人们还将“未来—过去”这两个原本客观而中性的时间观念，与“光明—黑暗”、“进步—倒退”、“革命—反动”的二元对立观念直接挂钩。在这样一种逻辑中，谁能代表未来谁就占领了历史的制高点，谁就代表了光明与希望；这又进一步导致了人们争先恐后地求新求异求“进步”，正如李欧梵在对“五四”运动的反思中所说：“就五四运动的意识形态来看，当时的思考和论说方式是基于一个新和旧的价值分野和对立，用浅显的话说，就是五四时期的知识分子对一切事物都要求新，而且认为所有新的东西都是好的，而过去的一切都是旧的，不值得遵从。”① 于是，“新”就成为现代中国最受推崇的语词之一。从晚清的“维新”、“新政”到“新民”、“新小说”，再到“新文化”、“新文艺”、“新时代”、“新生活”，一直到21世纪的“新世纪”、“新国学”，突出的无不是一个“新”字。刚刚过去的20世纪更相继发生了一系列被认为和自认为“史无前例”、“开天辟地”的重大事件。而当把“历史进步论”看成唯一的、排他性的甚至是终极性的历史真理时，实际上已与真正意义的科学理性精神背道而驰。

（二）进步史观影响下的历史文学

“历史进步论”给包括历史题材创作在内的现代中国文学，带来了巨大而复杂的影响。首先就是前面提及的，在一种“进化论”观念作用下，现代文人与作家普遍形成了“求新求异”的时尚，并普遍认定新胜于旧、今胜于古。于是，“新文学”好于“旧文学”，“现代文学”优越于“古代文学”也就视为理所当然。而当时人们对“新”的理解又大多流于肤浅与表面，普遍认为凡是来自西方的皆“新”，凡是中国本土自古就有的则“旧”。最典型的一个例证就是话剧传入中国之初竟也被称之为“新剧”，虽然它早在古希腊时期就已非常繁兴，其历史比视之为“旧戏”的京剧长多了。在这种时代风气下，我们不难发现与古

① 李欧梵：《文化与社会：五四运动的反思》，见李欧梵著：《未完成的现代性》，北京大学出版社2005年版，第33页。

代历史文学相比，现代历史文学实际上是处于相对边缘化状态的。尤其是在五四新文学初创时期，历史题材几乎乏人问津。除鲁迅先生1922年发表了被认为是现代历史小说开山之作的《补天》和郁达夫的《采石矶》外，在社会上产生了一定影响的佳作几乎没有；而综观“现代文学三十年”期间，除了李劼人的《大波》三部曲和谷斯范的《新桃花扇》等长篇小说之外，现代作家创作的历史小说大多为中短篇，有些还是速描性质的“极短篇”，无论艺术成就还是文学史地位都不高；就社会影响而言，甚至还不如隶属“旧文学”的传统历史演义小说。现代历史剧在新文学之初更是乏人问津，难怪吴我尊不无感叹地说：“余研究新派剧八年，所演者非泰西之传记小说，即中国之时事剧，终以未能一演历史上事迹以表彰中国古英雄狭义为憾。”① 现代历史剧的繁兴，是在30年代全面抗日战争爆发以后的事。而综观一百多年的中国文学史，历史题材创作的高涨大概有三个时期：其一是晚清至民国时期历史演义小说的兴盛；其二是抗日战争时期历史剧的繁兴，这两次高潮都与国家民族危亡、社会政治重大斗争（辛亥革命与国共两党的纷争）直接相关；其三是20世纪80年代兴起的历史小说与历史题材影视剧的热潮。只有最后这次出现在和平“盛世”年代的历史文学热潮，才体现出经久不息、“前仆后继”的繁兴特征，并全面展示了社会大众审美心理向传统的复归。而众所周知的是，自80年代以来，“历史进步论”已不再是中国作家与文学中独占性的历史观念，尽管它依然是不可或缺的精神资源。

在“进步论”史观的具体作用下，以现代视角重新审视古代历史，并运用现代意识对古代历史加以重述，就成为现代作家们的普遍共识。而要做到这一点，则要首先解构古人的经典历史叙事。于是历史上的帝王将相、达官贵人，以及文人士大夫崇拜的英雄偶像、道德表率等，一一被从神坛或圣坛拉到凡间，接受现代人不无苛刻的理性审视与道德评判，甚至连被视为“万世师表”的孔子也不能例外。

在中国古代几千年的历史中，孔子都以“大成至圣先师”的身份备受世人景仰，封建统治者和正统文人还将其塑造成不食人间烟火的“素王”形象。但在新文化运动的洗礼下，儒学被视为封建专制统治的理论基础，“打倒孔家店”成为当时人们愤激而极具煽动力的口号。孔子本人也被看成“封建礼教”的代言人而成为众矢之的，陈独秀、吴虞、鲁迅等“五四”文化先驱都曾加入“批孔”的行列。在这样的时代背景下，现代作家们通过历史文学创作刻意消解孔子头上的神圣光环，把他还原为出身卑贱、有七情六欲和喜怒哀乐的普通人，甚至胆小怕事、自私虚伪、贪婪好色的“卑鄙小人”，也就不足为怪了。现代作家

① 吴我尊：《乌江·序》，载《春柳》第1卷第5期。

对“圣人”形象的解构方式主要有两种：一是根据史书只言片语的记载随意加以发挥。例如《史记·孔子世家》曾载：“纥与颜氏女野合而生孔子”，这无疑使后人产生了诸多遐想，现代作家曹聚仁据此创作了历史小说《孔老夫子·一》，将孔子“野合而生”的传闻与《诗经》中“有女怀春，吉士诱之”一类表现男欢女爱的诗句结合在一起，一改传统文人心目中孔圣人的“封建卫道士”形象；《论语·雍也》中还有这样的记载：“子见南子，子路不悦。夫子矢之曰：‘予所否者，天厌之！天厌之！”这一历史趣闻也为后世的好事者们，提供了发挥和演绎的绝佳素材。现代作家中，将这一故事发挥得恰到好处并产生了强烈社会影响的，首先要提到林语堂的独幕“悲喜剧”《子见南子》，该剧最初发表于1928年11月的《奔流》杂志，次年又被位于曲阜的山东省立师范学校的学生们搬上舞台，由此引发了一场轩然大波；小说领域则有王独清的《子畏于匡》、非厂的《“子见南子”以后》、冯至的《仲尼之将丧》等作品。这些作品彻底瓦解了传统经典史书中孔子的“正人君子”形象；其二则是对历史史实采取“反其意而用之”的叙事策略。郭沫若的历史小说《孔夫子吃饭》、王独清的《子畏于匡》、陈子展的《楚狂与孔子》与《禽语》等作品，采用的都是此种策略。他们的作品往往在封建“正史”之外另辟蹊径，全面解构了史书中孔子的崇高形象，将孔子的虚伪作态、胆小怯懦、贪生怕死、趋炎附势等人类劣根性刻画得淋漓尽致。连圣人孔夫子都不得不遭此“厄运”，其他历史人物如孟子、老子、庄子等，成为被取笑与嘲弄的对象，更是不足为怪了。

解构与颠覆的同时自然离不开建构，正如我们一度喜欢使用的一组概念“破”与“立”的对立关系一样：“不破不立”、“破”中有“立”。在把帝王与圣人拉到凡间的同时，现代作家们又刻意将古代历史上那些长期被认为最为卑贱的草根百姓、那些处于社会边缘的被侮辱被损害者，以及铤而走险的“犯上作乱”者、不能见容于主流社会的“江湖”群体与土匪强盗等，塑造为（或者还原为）正面形象，甚至将他们提升为顶天立地的历史英雄。而现代中国发生的一系列惊天动地的社会变革，不仅使外在的社会秩序发生了根本性的解体与重构，也使得内在的等级观念、价值观念、是非标准等，都来了个天翻地覆的根本变化。这种根本性变化对社会成员的心理冲击之大之强，后人是很难体验到的。这一根本性变化可以通过曾广为流行、并被视为天经地义的一句政治口号，典型地体现出来：“高贵者最卑贱，卑贱者最高贵”。于是，为历史“翻案”，将过去几千年都被认为天经地义、不可动摇的是非标准“颠倒”过来，就成为现代作家们的自觉追求。

“是非颠倒”最典型的例证，是对古代“造反”叙事的重新描述，对“造反者”们的重新评价与塑造。我们发现封建社会被统治阶级视为洪水猛兽的“犯上作乱”者和那些最为人不齿的“盗跖”们，在一种“现代”视角的重新观照下，却成为广受赞颂的历史英雄——恐怕没有比这更容易引发对历史变革中“天翻地覆”的感慨了，而这又与现代中国“革命”思潮的兴起与现代转型不可分割。早在晚清时期，孙中山等辛亥革命的领导者们，就已从自身革命的需要出发，对刚刚被清朝统治者镇压下去的太平天国运动，抱持一种引以为“同调”的正面肯定态度。章炳麟则作《逐满歌》一诗，热情讴歌洪秀全领导的太平天国革命：“地狱沉沉二百年，忽遇天王洪秀全；满人逃往热河边，曾国藩来做汉奸。洪家杀尽汉家亡，依旧猢狲作帝王；我今苦口劝弟兄，要把死仇心里记。”而对洪秀全的这种热情赞颂，可谓是当时革命党人共同的做法，也成为现代中国历史叙事中的“主旋律”话语。身为同盟会会员的黄小配，还特意创作了长篇小说《洪秀全演义》，借以倡导民族民主革命。小说中的洪秀全不仅是叱咤风云的时代英雄，还近似于富有远见卓识、善于严于自律的现代革命者形象，显然与历史上的洪秀全本人相去甚远。而随着“五四”新文化运动的爆发和马克思阶级斗争学说、唯物历史观的传入，古代社会被视为不仁不义的“造反者”，更一跃而为正义与进步的化身。受此影响的现代作家们，也自觉地将对历史上农民起义的表现，转化为一种现代革命话语形式。这可以解释现代历史文学中农民战争题材何以如此繁兴。以短篇历史小说而言，不仅郭沫若、茅盾等左翼作家创作了《楚霸王自杀》、《大泽乡》、《豹子头林冲》、《石碣》等以农民起义为题材的历史小说，孟超、谭正璧、靳以、施蛰存、廖沫沙等作家也同样从历史上的“造反者”那里，汲取着自己的创作灵感。以农民战争为题材的历史剧创作，则在整个现代历史剧中占了差不多“半壁江山”。被称为现代历史剧“开山之作”的吴我尊的《乌江》，就取材于项羽乌江自刎的历史典故。仅以抗战时期的太平天国历史剧而言，在当时产生了重大影响的作品有陈白尘的《石达开的末路》、《金田村》，阳翰生的《李秀成之死》、《天国春秋》，欧阳予倩的《忠王李秀成》，阿英的《洪宣姣》等作品，足以看出太平天国题材在整个抗战历史剧中的分量。这些作品几乎毫无例外地站到了同情与讴歌太平天国革命的“现代”立场，并对这场农民战争最终走向失败，进行了充满“现代性”的反思。

“是非颠倒”的另一个重要表现，则是对传统女性叙事的颠覆与重构。在这方面以历史剧创作最为突出。欧阳予倩的《潘金莲》、郭沫若的《三个叛逆的女性》，王独清的《杨贵妃之死》、宋之的《武则天》，以及夏炎、熊佛西分别创作的同名历史剧《赛金花》等。这些作品大多以现代个性主义和女性主义为思想基础，重新叙述了古代主流社会中“淫妇荡女”、“红颜祸水”的经典叙事。例如王独清的《杨贵妃之死》就对原有的故事进行了彻底改造：作品中的杨贵妃是屈从于权势，才被迫嫁给了年老体迈的唐明皇，但她心里真正钟情的，却是年轻而勇武的安禄山；安禄山却因为杨贵妃而举兵反叛；为了国家的安危并彻底斩断与安禄山的私情，杨贵妃毅然决然地选择了自杀。这样的情节改造不仅彻底颠覆了杨贵妃与唐明皇之间“恩爱有加”的传统文学叙事，也解构了“后妃误国”、“红颜祸水”等传统观念。但问题是，为了达到历史翻案的目的，而将杨贵妃塑造为救国救民的历史英雄，是否有“矫枉过正”之嫌疑？而这几乎是所有以颠覆与重塑历史为己任、热衷于做“翻案文章”的现代作家们共同的倾向：从一种历史的偏颇走向另一种偏颇。正如作家们以“现代”视角重新审视数千年的古代历史时，自然能高屋建瓴、见古人所未见、发古人所未发，但在这种前所未有的自信中，也不时可见现代人的“傲慢与偏见”一样。

有学者论及欧阳予倩的《潘金莲》时，曾为它在文学史上没有受到应有的重视而不平：“虽然在艺术表现力上《潘金莲》稍逊于《雷雨》，但就剧作中人物个体欲望的叛逆性所体现的时代意义而言，以历史为题材的《潘金莲》基本上达到了以现实生活为题材的《雷雨》所能达到的深度，”令人的遗憾的是，“《雷雨》成为五四以来新思想新文化成就的象征而获得了巨大的荣誉，几乎家喻户晓；《潘金莲》却被简单视为唯美主义作品，而基本上无人问津。在艺术性与思想性相去不远的情况下，两部剧作在文学史上评价的反差竟是如此之悬殊，唯一可能的解释就是人们对现代历史剧心存偏见，以题材作为重要的依据来衡量作品的优劣，这是中国现代文学批评史上人们长期以来难以走出的怪圈。”① 笔者也认为现有的大多数文学史与戏剧史，对《潘金莲》一剧的重视是远远不够的。但将原因归之于“人们对现代历史剧心存偏见”，却不如说与此类作品对古典主流叙事的颠覆与重构、未能获得社会大众和主流批评界的认可有关。无论如何，潘金莲毕竟有“谋杀亲夫”之重罪；尽管她的遭遇着实有令人同情之处，但其罪行却着实不可被轻易宽恕。即使是以多么“现代”的名义，在基本的价值判断与是非标准上，也不能与历史彻底“决裂”。同样，夏衍的历史剧《赛金花》上演之后，虽然“轰动了上海从文化界直到最落后的小商人”，创造了连满20场的记录，② 但它的饱受争议之处，依然在作家对主人公赛金花的历史评价上。同样“无论如何”的是，将身体出卖给侵略自己国家的洋人，绝对是一件耻辱的事。尽管可以说，她是为了国家民族才牺牲了自己；尽管那些先是不择手段地利用她、逢迎她，后又千方百计地污蔑她、诋毁她的王公大臣们，与她相比不知要卑劣多少倍。

总之，现代历史文学可谓是“社会进步论”史观的直接产物。现代历史文

---

① 范志忠：《反叛与救赎：中国现代历史剧的文化阐释》，国图“博士文库”藏本，第26页。

② 黄会林：《中国现代话剧文学史略》，安徽教育出版社1990年版，第329页。

学的所有成就与缺憾，都可以追溯到“社会进步论”直接或间接的影响。作为现代中国最重要的思想文化资源，对“社会进步论”及其在文学领域的广泛传播做出学理性的清理，是极为必要的。

三、现代历史文学的“新旧”与“雅俗”

就文体形式而论，现代历史文学大致可分为历史小说与历史剧两大类型，但这仅仅是局限于“新文学”范畴以内的考察；如果把“现代中国文学”的范围扩大至“五四”新文学以外，则会发现还有两大文学版图理应纳入我们考察的视野：以传统章回体为主要形式的历史演义小说，和以传统历史题材为“本事”的现代时期的古典戏曲作品。这四大板块，再加上一个相对较小的板块——历史题材电影，共同组成了现代历史文学的整体版图。在本节中，笔者从“新与旧”、“雅与俗”这两组既紧密相连、又有所不同的视角，粗略考察一下现代历史文学的发展脉络。但因篇幅所限等原因，不涉及近现代历史题材戏曲和历史题材的电影文学。

（一）晚清历史小说的“以新革旧”

把自晚清出现的历史演义小说，简单而粗暴地划归现代文学的对立面，显然是一种不符历史事实的做法。因为晚清出现的大量历史演义，不仅直接受到了梁启超“史界革命”与“小说界革命”的影响，是“新史学”与“新小说”运动的产物，还染上了鲜明的时代烙印。

站在今天的角度看晚清社会，那真是一个既危机四伏又生机勃勃、既动荡不安又力图革新、既封闭保守又阻挡不住“八面来风”的特殊时代。在传统与现代的博弈中，各种新思潮、新理论、新事物、新主张纷纷涌现；救亡图存的振聋发聩之声与纵情享乐的市民趣味交织在一起。具体到文学领域，首先要提及的是报纸等现代传媒纷纷出现，对包括历史小说在内的整个文学创作，都带来了根本性的变革。不仅当时的各大报纸为了吸引读者、扩大发行量，纷纷开辟副刊以登载小说，而且现代意义的出版社也大量涌现，其中不少专门以印刷出版小说为主；由此形成了一个空前繁荣的文学市场空间，作家与报纸、作家与出版社之间纷纷建立起紧密的互动关系。而包括历史小说在内的文学作品被市场化的后果之一，就是作家的专业化。晚清文坛的商业化繁荣“制造”了大量专门以创作小说为职业、依靠卖文为生的作家群体，这不仅在中国历史上未曾有过，而且就整个现代中国史而言，也堪称一道独特的社会风景线。

报刊等现代媒介对历史小说创作带来的最大影响，是作家们在进行历史小说创作时，已经产生了明确的“小说意识”和作家主体意识。因为他们的作品是要“出卖”给报刊或出版社的，而报刊或出版社又必须以读者为“上帝”。这就决定了作家在创作历史小说时，必须首先考虑读者的需要与兴趣。也就是说，他们的作品首先必须是小说，而不再是古人所说的“史余”、“史补”，更不必像古人那样把史书看作小说可望而不可求的典范。正因如此，他们的历史小说自然要突破历史和史著的约束，而大大增强虚构与演义的成分。“为报纸撰写小说的作家是在各种题材中选择了‘历史’作为创作对象，他们是小说家，他们的小说中包含有历史小说，他们是为写小说而写历史小说，而不是为写历史而写历史小说。”① 这无疑是一个根本性的转变，作家们不再为“写历史而写历史小说”，而是“为写小说而写历史小说”，意味着作家创作历史小说的目的，不再是以小说的形式表现历史，而是以历史为素材达到审美的目的，从而确立了“审美”相对于“历史”的独立地位。这可以说是历史小说从古典向现代转型的重要标志。

这一历史转型当然与梁启超等人积极倡导的“新小说”运动密不可分。作为政治风云人物的梁启超，在无法实现政治抱负的苦痛之中，转而求助于小说等文艺形式，以完成“社会改良”的夙愿，显然具有一相情愿的空想成分和急功近利的不良倾向。但他的主张与倡导却在客观上大大提高了小说的社会地位。梁启超不仅明确提出了“小说为文学之最上乘”的口号，而且从国家再造、民族复兴的历史高度这样评价小说的社会作用：“欲新一国之民，不可不先新一国之小说。故欲新道德，必欲新小说；欲新宗教，必欲新小说；欲新风俗，必欲新小说；欲新学艺，必欲新小说；乃至欲新人心、欲新人格，必欲新小说。何以故？小说有不可思议之力支配人道故。”② 正因如此，小说能否革新，就成了事关国家民族兴亡之头等要事。此种以小说“新民”的主张，直接影响了后来的“五四”文化先驱鲁迅等人以文艺“改造国民性”的理论与实践，成为新文学的主流。不过令笔者更感兴趣的是，梁启超在这段文字中，使用的“新”字之繁之密，简直令人叹为观止，可谓晚清时期人们渴望变革、求新求异之时代风潮的某种隐喻。在梁启超看来，经过彻底“洗心革面”之后的“新小说”，自然会成为未来新中国的新生力量，将要担负起治国平天下的“大道”，绝不再是古人心中无足轻重的“小道”与“雕虫小技”，如孔子所说的“致远恐泥”，③ 而是蕴涵

① 齐裕焜：《中国历史小说通史》，江苏教育出版社 1999 年版，第 222 页。
② 梁启超：《论小说与群治之关系》，载《新小说》1902 年第 1 号。
③ 《论语·子张》。

着放之四海而皆准的真理。凭借梁氏一呼百应的“社会领袖”身份，当时社会各界对小说的普遍推崇，一时竟也蔚然成风。凭借“新小说”的东风，历史小说自然也不能仅仅被视为“史余”、“史补”等历史的附庸了。

“历史小说”这一文学概念，最早也出现在这一时期。中国古典历史小说虽然取得了辉煌的成就，但“历史小说”一词，却迟至1902年才伴随着社会政治与文学的转型而第一次出现。该年的《新民丛报》第14号上，登载了一则关于《新小说》杂志的广告《中国唯一之文学报〈新小说〉》，向作家们征求小说稿件。其中将所征求的小说列为12类，“历史小说”即为其中之一。作者还对“历史小说”做了如下定义：“历史小说者，专以历史上事实为材料，而用演义体叙述之，盖读正史易生厌，读演义则易生感。”应当说这一定义并不精确，“历史小说”绝不仅仅限定于“演义体”，回顾自己的民族历史，反思与张扬民族精神，也应是历史小说的“题中之意”。而令人惊喜的是，以历史小说普及历史知识，对国民进行历史教育，以达到开民智、振民气的现实目的，几乎成为晚清作家的共识。如吴沃尧就在《痛史序》中对普通百姓不知自己国家的历史而深感忧虑：“不然，则中夏齐民之不知故国，将与印度同列。”印度沦为英国殖民地的前车之鉴，显然对吴沃尧极具震撼性。在他看来，一个民族完全不知自己的历史，已经离亡国奴不远。正是从这样的现实情怀出发，他创作了《痛史》（1906）等历史小说，通过宋朝失国那一段令人痛心的历史，意图唤起国人在面临异族入侵、国破家亡的特使时刻的抗争精神。

在“小说界革命”的影响下，晚清历史小说在叙事题材上开拓了两个新领域：其一是不少作品明显地向当时的“时事政治”靠拢。当时最有社会影响的两部长篇作品《孽海花》与《洪秀全演义》，一个取材于刚刚发生不久的太平天国运动；一个则以主人公傅彩云（赛金花）这样一个女性人物，贯穿起与作者时隔不远的近三十多年的历史变迁，都称得上“时事”型历史小说。有学者认为《孽海花》是一部徘徊于“历史”与“现实”之间的作品，应当说颇有见地。[①] 这一“时事题材”型历史小说的创作高潮，直至“五四”运动后依然经久不息。“五四”运动以后，类似的作品还有张碧梧的《国民党北伐演义》、陆律西的《江浙战争演义》、《中华民国演义》，杜惜冰创作于抗战时期的《中国抗战演义》等；而许啸天1929年的《民国春秋演义》，描述的不仅是自己亲见亲历的“当代史”，作者还让自己作为人物之一出现在作品，直接参与“历史”的建构。这些“时事”型历史小说的大量涌现，对于传统意义的“历史小说”概念无疑是一种冲击与挑战。

① 参见范伯群主编、陈子平撰著：《中国近现代通俗文学史·历史演义编》，江苏教育出版社2000年版，第43页。

其二是异域历史题材的出现。这显然与西方列强的入侵及其西方文化的大量涌入密切相关。在当时的时代背景下，“睁眼看世界”、了解西方已成为时代的迫切要求。作家们自觉地以文学的形式通俗地演义西方历史、向国人传播世界史地知识和现代民族国家观念。这些作品中，既有以外国民族反抗殖民侵略为表现内容的《孤臣碧血记》、《美利坚自立记》、《波臣腥闻》、《阶下囚》、《苏格兰独立记》、《美人魂》、《菲律宾外史》、《菲律宾民党起义记》等，又有《威廉第一》、《洪水祸》、《回天绮谈》、《圣安东尼之牧师》、《潜行艇》、《泰西历史演义》等解密欧美历史的小说，还有《世界进化史》、《世界亡国小史》、《万国演义》、《新列国志》等直接以“世界通史”为题材的作品，以及表现海外华人悲惨遭遇的《檀香山华人受辱记》等作品。它们的价值与意义在当时远远超出了文学范围，体现了作家们鲜明的社会政治启蒙意识。可惜这些作品的艺术成就均不高，甚至有些“言之无文”，在文学史上自然也就“行之不远”了。

（二）近现代通俗历史演义的“由新入旧”

从清朝末年到民国初期，“新小说”在短短的十余年间，迅速演变为“旧派小说”，既说明了当时的社会时事与文学观念变化之快，也折射出梁启超等人“新小说”观念的先天不足。他在1915年不得不哀叹自己以“新小说”挽救“民德”的失败：“十年前之旧社会，大半由旧小说之势力所铸成也。忧思之士，睹其险状，乃思执柯伐柯为补救之计，……近十年来，社会风气，一落千丈，何以非所谓新小说者阶之厉？”[①] 很显然，1915年的梁启超已产生了明显的“落后”之感。就在这一年，比他更前卫、更具文化革新意识的《新青年》问世，并开始独领时代之“风骚”；而十年之前的社会，在他心中已是不折不扣的“旧社会”了。他只能作为旧社会的代表人物，而与新时代逐渐脱钩。

不过，即使是在“五四”之后的“新时代”，活跃于文坛的依然是那些已被冠之以“旧派小说”的通俗历史演义。其中最值得称道的，当属蔡东藩的所谓“正史演义”。从1915～1926年期间，这位蛰居乡村小镇的落魄文人，以病弱之躯和惊人的毅力共完成了上至秦始皇开启大一统的帝制时代、下至民国时期的1920年的2 166年历史，总字数约600万字的《中国历朝通俗演义》。其中包括《前汉通俗演义》、《后汉通俗演义》、《两晋通俗演义》、《南北史通俗演义》、《唐史通俗演义》、《五代史通俗演义》、《宋史通俗演义》、《元史通俗演义》、《明史通俗演义》、《清史通俗演义》、《民国通俗演义》11部1 040回。如此煌煌

① 梁启超：《告小说家》，载《中华小说界》1915年第2卷第1期。

巨著，不能不说是一个奇迹。更值得关注的是，蔡东藩的这些历史演义不仅是当时文坛的畅销书，产生了很大的影响，[①] 而且直到今天还在流传。但学术批评界直至今天的主流观点，仍然是将蔡东藩的作品看作不具文学性的“通俗历史读物”。可自近代以来，社会上涌现了不知多少此类“通俗历史读物”，为什么蔡的作品仍对广大读者具有如此吸引力，而那些当年曾轰轰烈烈的“新”、“旧”作品，大都烟消云散、不知所终了呢？

以纯文学的标准衡量蔡东藩的历史演义，无论艺术布局还是人物形象的塑造，都很难与严肃文学（或曰雅文学）相提并论。但稍稍阅读这些作品就会发现，其文字魅力和艺术趣味性堪称别具特色，可圈可点之处甚多。蔡的语言既融汇了现代白话文的通俗生动，又传承了文言文字的丰厚内敛；既古雅清丽又保留着口语的鲜活。在丰富与提高现代汉语的艺术表现力方面，即使对于当今作家，应当说也不无借鉴意义。更为重要的是，蔡的作品虽然时时以“正史”为最高标尺（这显然是传统“重史轻文”之观念的延续），但在骨子里却继承了传统小说的“传奇性”与“趣味性”，笔者认为这恰是《中国历朝通俗演义》赢得读者、并“长盛不衰”的根本原因所在。而相对于包天笑在《留芳记》等“名副其实”的历史小说中所采用的“有闻必录”、“巨细无遗”的流水账式的创作手法，蔡的历史演义至少对于历史史实进行了精心的甄别与提炼，从而使他笔下的人物与故事具有了一定的“典型”意义。至于这些作品在艺术结构与人物形象塑造方面的不足，则应归咎于中国本土小说艺术传统的缺陷。因为小说结构与人物塑造，恰恰是中国传统小说千余年来共有的“弱项”。君不见除了《三言》、《二拍》一类的短篇和少数几部经过历史“大浪淘沙”之后的经典作品，包括历史演义在内的大部分小说作品，在艺术结构与人物塑造方面其实大都乏善可陈吗？而相比于另外一些“宫闱秘史”、“名媛艳史”作品，蔡的历史演义毕竟还没有滑落到为人诟病的低级趣味之中。

近现代文坛上，专以“宫闱秘史”、“名媛艳史”为表现题材的通俗历史演义作品同样占有很大比重。其中重要的作家作品，主要有许啸天的《清宫十三朝演义》、《明宫十六朝演义》、《唐宫二十朝演义》，李伯通的《唐宫历史演义》，张恂子的《隋宫秘史》，张有斐的《列国宫闱秘史》，王艺的《明宫艳史》，马枕梧的《历代风流皇后》，苏海若的《五千年皇后秘史》，姚舜生的《中国历代妇女演义》，费只园的《清代三百年艳史》等。此外还有一些专揭秘密会党黑幕的《黑红帮演义》等作品，以及林纾、许指严的“掌故野闻”类小说。

---

① 据说在红军长征到达陕北不久，毛泽东即致电李克农：“请购整个《中国历朝通俗演义》两部。”由此可见蔡东藩作品的影响。参见霍松林：《中国历朝通俗演义序》，三秦出版社2006年版。

总之，从晚清直到1949年新中国成立的近百年时间里，近现代文坛上涌现了大量通俗历史演义作品。它们的数量与社会影响均大大超过了“五四”以后新文学作家们创作的现代中短篇历史小说。但如何客观准确地评价它们的文学史地位，却仍是一个颇为棘手的学术问题。就小说艺术形式而论，它们不仅几乎全都沿用了古典小说的“章回体”形式，而且大都不注重人物性格的塑造，尤其不能深入到人物的内心世界。在艺术结构上更缺乏精密的构思。如果依照现代西方小说的艺术标准加以评价，它们无疑是“旧”的。但在思想内涵上，它们又的确吸纳了不少现代意识。例如这些通俗历史演义作家对帝王专制的批判，其激烈程度丝毫不亚于“五四”新文学作家。蔡东藩在《清史通俗演义》第24回中，如此表达对皇帝的深恶痛绝：“皇帝皇帝！误尽天下英雄，害尽世间百姓，吾愿自今以后，永远不复闻此二字。”许啸天的“宫闱秘史”类小说，更是专以揭帝王宫廷中的黑幕为能事。他笔下的唐、明、清各代皇帝，无一不骄奢隐逸、反复无常，有的甚至不如那些丧失人伦、坑蒙拐骗的地痞流氓等“人渣”。更可贵的是，作家对现实生活中的皇帝意识有着颇为清醒的省察。在《唐宫二十朝演义·自序》中，许啸天愤慨而忧虑地指出：“现在虽说没有皇帝的名称了，但那一切军阀的行为，贵族的气焰，资本家的臭架子，也未始非这一点天皇神圣暗示的缩小！”证之以许氏之后的中国历史，可知此言不虚。但这些作品有一个不可忽视的致命缺陷，那就是在对宫廷“艳史”与“秽史”的过分渲染中，冲淡了富有现代意识的批判精神。正如有论者所言，如果这些作品的批判精神和反思意识“只在‘前言’、‘后记’或‘开头’、‘结尾’中偶尔‘露峥嵘’，其‘劝善惩恶’的效应是极其有限的”，[①] 这其实也是《三言》、《二拍》等古代通俗小说的“通病”。

作为历史转型时期的文学产物，近现代通俗历史演义融合了新旧文学的各种思想艺术风貌，显示出以庞杂、低俗为主要特征的文学形态，但其社会影响却远远超过了“五四”作家们的短篇历史小说。直到今天，我们在众多以帝王将相、王公贵族为主人公的历史小说中，在长盛不衰、越播越红火的“皇帝戏”、“清宫戏”等影视剧作中，都可窥见通俗历史演义的影子。可见这些20世纪才出现的新型艺术形式承载的，却是中国最古老最通俗的传统文艺因子。

（三）新文学历史小说的“现代”追求

真正意义的现代短篇历史小说的开山之作，是鲁迅于1922年发表的《补

① 范伯群主编、陈子平撰著：《中国近现代通俗文学史·历史演义编》，江苏教育出版社2000年版，第165页。

天》（原名为《不周山》）。如果从文学史的角度加以考察，会发现“《补天》同《狂人日记》、《孔乙己》、《药》等一样，它从一个侧面显示了五四文学革命的实质，并表明中国历史小说艺术发生的根本变革，为现代历史小说发展奠定了基础。”[①] 鲁迅后来又创作了《奔月》、《铸剑》、《理水》、《采薇》、《出关》、《非攻》、《起死》等作品，结集为《故事新编》。

鲁迅的历史小说最为典型地体现了现代历史文学的现代性特征。正如王富仁先生所说，真正意义的现代历史小说的产生，必须有三个必要条件：“一、中国现代小说基本形式的确立；二、中国现代知识分子新的历史观念的产生；三、中国现代知识分子对本民族历史的关怀及其相应的历史知识。”[②] 鲁迅的历史小说正是在这三个条件之上产生的。它们所表现的是作家对数千年封建历史的整体观照与反思，是对整个中国历史的哲理性概括与广义象征。鲁迅的历史小说虽然不是取材于历史记载和确凿的历史事实，但它们在整体上表现了一种比古人的历史记载更全面、更接近历史的本质真实的现代性历史观。例如在《补天》中，作家通过女娲补天的古老神话传说，形象地提出并回答了“谁是中华民族的真正缔造者？谁是中国文化的创始人”这一根本性问题，从而戳穿了数千年以来专制统治者及其御用历史学家宣扬的“帝王史观”。正是在这一意义上，可以说鲁迅的历史小说刚一问世，就站到了历史文学的“现代”制高点上。鲁迅历史小说的艺术形式，还打上了明显的现代主义文学特征，与20世纪西方文学、西方史学的最新发展形成一种彼此照应乃至同构的关系。

除鲁迅之外，郭沫若、郁达夫、茅盾、许钦文、王独清、王统照、苏雪林、孟超、施蛰存、郑振铎、何其芳、张天翼、谭正璧、廖沫沙、李拓之、刘圣旦等人，都创作了一定数量的短篇历史小说。而从“文学史”的角度来看，现代短篇历史小说在新文学的三个十年中，发展是不平衡的：第一个十年（1917～1927年）是现代历史小说的发生期，第二个十年（1927～1937年）则是现代短篇历史小说当之无愧的繁荣期。[③] 特别是在二三十年代中前期，不仅鲁迅、郭沫若等著名作家在历史小说创作领域达到了艺术的高峰，更有大量的新人与“新手”加入到这一创作群体中。在表现题材和创作手法上，也呈现出多元化的繁荣倾向。新文学的第三个十年，炮火纷飞的八年抗战与三年内战时期。与现代历史剧的繁兴与“喧嚣”形成鲜明对照的是，这一时期只有谭正璧、冯至、聂绀弩等少数作家从事着历史小说创作，而整个现代历史小说却呈现出明显的式微趋势。在国难当头的特殊时期，现代历史小说显然不如历史剧那样贴近社会政治，以普

① 齐裕焜：《中国历史小说通史》，江苏教育出版社1999年版，第269页。
② 王富仁、柳凤九：《中国现代历史小说论》，载《鲁迅研究月刊》1998年第3期。
③ 王富仁、柳凤九：《中国现代历史小说论》（三），载《鲁迅研究月刊》1998年第5期。

通民众“喜闻乐见”的艺术形式，直接为抗战服务。但这又从另一方面折射出现代历史小说、尤其是短篇历史小说的“雅化”特征。它们更多的是精英知识分子对历史个人化哲思的艺术结晶。正因如此，现代短篇历史小说的艺术探索与创新追求，以及对中国古老历史进行现代性反思的思想深度，都丝毫不亚于现代历史剧。它们更多地体现出现代知识分子对中国历史的个人化体验与反思，无论是鲁迅那样整体性的文化反思与批判，还是郭沫若的“翻案”作品中，对传统经典历史叙事的解构与重构，以及郁达夫式的借古人之“酒杯”浇自己之块垒，借历史故事抒发现实的感慨，无不体现出知识分子高度自由的、充满个性特征的人生体验与历史反思。

在这里值得一提的是郭沫若的历史小说，兼具诗人与史学家双重身份的他，凭借对历史的浓厚兴趣，既创作历史剧又写作历史小说，在二三十年代先后创作了《漆园吏游历》、《柱下史入关》、《孔夫子吃饭》、《孟夫子出妻》、《秦始皇将死》、《楚霸王自杀》、《司马迁发愤》、《贾长沙痛哭》、《齐勇士比武》等一系列小说。与历史剧创作中对民族精神的深入挖掘与弘扬不同，郭沫若在他的短篇历史小说中，基本上是以“平视”的目光展示着那些古代圣人、伟人乃至杰出文人们的生活遭际，揭示了他们无异于凡人的内心世界，甚至以不无嘲弄的笔触撩开了孔子、孟子等“圣人”们的伟大面纱。这既与前面提及的“历史进步主义”观念不无关系，也反映出郭沫若在创作历史小说时，与历史剧的明显区别：它们更为突出地彰显了郭沫若不无“张狂”地“斜睨”古人的浪漫个性。

王富仁曾将现代短篇历史小说划分为农民起义题材、爱国主义题材、政治斗争题材等类型。农民起义题材历史小说的繁兴，除了社会进步论历史观的直接作用以外，还与马克思主义阶级斗争学说在当时中国的广泛传播不无关系；而爱国主义题材成为现代历史小说创作的一大“热门”，既是数千年中国文化传统文化的现代延续，更与晚清以来不断加深的民族危机直接相关；尤其是在抗日战争全面爆发的特殊年代，抗敌御侮成为了时代的主旋律。这使得包括历史小说在内的作家们的所有创作都或多或少地染上了一层爱国主义的情感色彩。例如冯至创作于抗日战争最艰难时期的《伍子胥》，从题材上看虽然可划归为“政治斗争”一列，但作家通过塑造坚忍不屈、顽强抗争的伍子胥形象，表现的却是对民族苦难的深沉思索。可见政治斗争题材类历史小说，与爱国主义题材作品有时是重合的。而将“爱国”、“卖国”这两条路线的争斗与当时的国、共两党之争结合起来，是将这两类题材相结合的主要表现。这在历史剧创作中同样表现得非常明显。

相对于短篇历史小说的“雅化”与“创新”品格，涌现于现代文坛的两部长篇历史小说，古斯范的《新桃花扇》和李劼人的“大河小说”三部曲，却体现出一种新旧杂糅、雅俗共赏的特征。尤其是李劼人的“大河小说”三部曲，有学者甚至认为他是现代文坛上，独立于“新”、“旧”阵营之外的“第三种力量”。① 在思想倾向上，他无疑属于“新文学作家”的一员，曾留学法国，接受并深深地服膺于西方现代文明；“五四”运动爆发以后，他又以报人身份积极投身到这一伟大的文化革新运动中去。但他的作品“却不带一点‘洋文字’与意识的气息。”②关于这一点，“大河小说”刚一问世时郭沫若就评价说，三部曲除“唯一的缺点是笔调的‘稍嫌旧式”之外，他都钦佩不已。并为李劼人鸣不平说：“李劼人这样写实的大众文学家，用着大众语写着相当伟大的作品作家，却好像很受着一般的冷落。”③ 其实，对于李劼人及其作品来说，不仅在当时的文坛“很受着一般的冷落”，而且在整个现代文学史上的地位，也被大大忽视与低估了。“三部曲”中，艺术成就最高、社会影响最大的，是第一部《死水微澜》，但最不像历史小说的也是这部作品。笔者认为，《死水微澜》即使跻身于茅盾的《子夜》、巴金的《家》、老舍的《骆驼祥子》等现代文学成就最高、最为经典的长篇小说之列，也不为过。那么《死水微澜》这部作品的被忽视与被冷落，或许与它的大众化、通俗化的艺术风格不无关系？但以今天的眼光观之，《死水微澜》的巨大成功，却恰恰与它对传统小说审美情趣的自觉承继直接相关。

《死水微澜》的最独异处，不仅在于通过成都城外一个小乡镇上几个人物命运的跌宕起伏折射出整个社会的风云变幻、沧桑变迁，也不仅在于作家敏感的历史意识与时代视角，而在于作家对一种本真生命形态的审美表现。——不带任何道德偏见和居高临下的“启蒙”视角，作家充满兴味地表现着那一群小人物们的无奈与洒脱、悲苦与欢乐。无论是蔡大嫂、罗歪嘴，还是走投无路和阴差阳错之中“奉了洋教”的顾天成，甚至被戴了“绿帽子”的蔡兴顺、妓女刘三金等，他们在生活重担面前表现出来的生存智慧、在悲欢离合中显示出的人性宽容、在时代剧变中爆发出的生命闪光，无不令人感慨万千、难以忘怀。而所有这一切，都离不开一种叫做“情趣”的艺术特质。李劼人将中国古代文化中的“情趣”传统与“游戏”精神加以创造性的发挥与现代转化，创造出一种出神入化的艺术境界。众所周知，我们中国的文化传统是一种典型的“乐感”文化，追求快乐、充分享受世俗人生，是中国文化的主流传统。而古典中国的各种文艺形式都与这种文化密不可分。值得注意的是，西方文学也有一种源远流长的“游戏”传统。但西方文学的“游戏”传统不仅是一种率真无伪、朴实自然的情感流露

①② 徐德明：《中国现代小说雅俗流变与整合》，社会科学文献出版社2000年版，第170页。

③ 郭沫若：《中国左拉之待望》，载《中国文艺》1937年第1卷第2期。

和对客观世界真实冷静的观察探究，还往往导向一种崇高神性的崇高情怀。中国文学传统中的“游戏”精神，却表现为一种对尘世的留恋与热爱，而其末流却可能陷入到放纵本能的低级趣味之中。这在包括近现代通俗历史演义在内的古今通俗小说中，已表现得淋漓尽致。虽然我们有着悠久深厚的琴棋书画等文人式的“雅趣”，但在小说领域表现的却更多的是低级的“俗趣”，这恐怕与自古以来的“小说卖浆者之流”，登不得“大雅之堂”有关吧。应当承认，《死水微澜》是和这种“俗趣”的表现不可分割的。但可贵的是，作家以一种惊人的才华和高雅的品位剔除了其中低级下流的成分。因此，作家运用纯粹洁净的语言在表现男女主人公酣畅淋漓的生命形态时，丝毫不给人以粗俗、低级之感。读者在读这样的作品时，犹如欣赏西方名画中的裸女画像，获得的只是审美的愉悦和灵魂的提升。

将传统文学与乡野民间的“俗趣”提升到高贵典雅的艺术形态，李劼人的成功无疑给我们以丰富的启示。而作为将雅俗共赏融汇到出神入化的经典杰作，《死水微澜》的艺术价值和文化内蕴还有很多值得深入挖掘的地方。

（四）现代历史剧的“新旧雅俗”与“古为今用”

依据“新旧雅俗”之视角，对现代历史剧做一整体观照，则会发现另一番图景。“五四”文学革命后不久的文艺界，曾一度认为“新”与“旧”是势不两立、截然不同的两个范畴。“新剧”（话剧）之“新”不仅体现在艺术形式和思想主题，更直接表现于各自的取材和题材。所以郭沫若等人以现代话剧演述古代历史，在当时颇招致一些新派激进人士的非议，甚至有人指责郭沫若的历史剧“颇有复古运动之倾向”，并认为“既曰创作，不当再于古纸堆中讨生活。”① 以至于郭沫若不得不反复申明，他创作历史剧只是借“古人的骸骨，来吹嘘些生命进去”，是绝不可与复古派同日而语的。针对这样的指责，郭沫若还作出了颇为情绪化的回应：“他们如说我做的古事剧不好，他们能够指出我的不好处来，那还可以佩服。如说我做了古事剧便不好，那譬如一只盲犬在深夜里狂吠，我只好替他可怜了。”② 言辞如此激烈，却也从侧面折射出，郭沫若对自己的历史剧有可能被批评为与“现代性”剥离所产生的焦虑，是何其严重了。可见，当时的人们已普遍将文学的“新”之特质，当作了现代文学合法性最根本的基础。而郭沫若为历史剧辩护的理由，则是他反复强调的、要将现代意识注入古代历史

① 万良濬致茅盾的信，见《小说月报》第13卷第7期。
② 郭沫若：《孤竹君中二子，幕前序话》，载《创造月刊》第1卷第4期。

题材之中，这与当时史学界以“现代”、“科学”的观点，重新阐释古代历史的主导理论是一致的。

以话剧这一“崭新”而“现代”的文艺形式，表现中国的古老历史，就有一个现代与传统的冲突与磨合问题。也即是说，“传统的历史题材能否负荷异质的现代意识？当现代意识借助于传统的历史题材来表现时，现代意识是否遭到削弱甚至遭到传统意识的侵蚀？”① 这应该是每一位现代史剧作家不得不面对的问题。而快捷、妥善地解决这一问题的绝佳方式，就是从古老的历史题材中发掘出符合现代（包括价值观念、意识形态等）的“新意”。因此，“五四”之后最早出现的历史剧作，不论是郭沫若的《三个叛逆的女性》、欧阳予倩的《潘金莲》、王独清的《杨贵妃之死》，还是袁昌英的《孔雀东南飞》等，都集中到了个性解放和女性主义主题上，与“五四”时期“人的解放”主流思潮相呼应；而随着抗日战争的全面爆发，救亡图存与民族主义思潮成为时代的主旋律，带来了包括历史剧在内的现代话剧创作的空前繁荣。历史剧作家们也更多地把目光投向了历史深处的“国家兴亡”和抵抗异族“入主中原”一类叙事。当代学者范志忠将这一创作题材的转向解释为“从个人本位向民族本位的转换”，并认为：“中国现代历史剧以个性主义揭开了反叛传统的、非个性的宗法神话的帷幕，其最终的结果却是制造出现代的、超个性的民族新神话。”② 另一名学者王家康则从“文化抵抗”的角度解释抗战史剧的繁兴，“文化抵抗是现代民族战争时，被征服一方的民族在军事抵抗以外，在文化的领域内进行的反抗征服者文化的抵抗。……抗战是一种民族间的战争，这样，被称为是在文化疆域收复国家文化空间的文化抵抗就很自然的发生了。”③

其实，不论是知识分子“民族本位”的文化立场，还是“文化抵抗”的斗争策略，都可谓是中华民族自古就有的文化传统。且不说“民族本位”原本就是中华民族固有的文化传统，“文化抵抗”也同样在中国历史上屡屡出现，并且大多取得了成功，导致满清等“征服者”反被彻底征服，并实现了民族和解。然而在另一方面，我们又不得不承认，民族意识、民族本位观念虽然自古就有，但作为一种理论的“民族主义”，却是近代以来伴随着西方文化的侵入而形成的，它无疑是彻头彻尾的充满“现代性”的思想观念。现代意义上的“中华民族”观念最初发端于鸦片战争后的“亡国”危机。历经戊戌变法、“五四”运动

① 范志忠：《反叛与救赎：中国现代历史剧的文化阐释》，苏州大学中文系博士论文，国家图书馆藏本第7页。

② 同上，第16页。

③ 王家康：《抗战时期思想文化背景中的历史剧写作》，北京大学中文系博士论文，国家图书馆藏本，第4页。

等救亡图存的社会改良与文化革新运动，在抗日战争时期达到高潮与成熟。这绝非是一种“历史的偶然”。它证明了另一条颠扑不破的历史真理：越是一个民族受到压迫的时期，越是民族主义思潮高涨的年代。当然，在这种崭新的充满现代性的民族主义思潮中，面对日本侵略者的“文化抵抗”运动，也就与古代社会的“王朝更替”，在本质上发生了变化。

根据王家康的统计，抗战时期的历史剧大致可划分为三种类型：第一类是“晚明史剧”。代表性作品有阿英的《碧血花》、《海国英雄》、《杨娥传》，蒋旗的《陈圆圆》等；第二类是“战国史剧”。包括郭沫若的《屈原》、《棠棣之花》、《虎符》、《高渐离》等历史剧，以及顾一樵的《荆轲》、《西施》等作品，都可划归到这一类；第三类则是“农民战争历史剧”。这一类包括的作品最多。单以“太平天国”历史剧为例，就有陈白尘、阳翰生、欧阳予倩、阿英等作家创作了大量作品。其他表现秦末农民起义、明末李自成起义的历史剧作则更多，限于篇幅，不再一一列举。农民战争成为现代历史剧创作的“热点”所在，不仅是因为它与民族主义话语的交织（不少农民起义，如太平天国运动，原本就可解释为驱逐异族统治、“光复中华”的现代性内涵），更主要的是可以影射国共两党的纷争。因此，以“太平天国”为表现题材的历史剧作，又往往将叙事焦点集中在太平天国领导者们的内讧与“天京事变”上，以警示大敌当前加强民族团结与国共合作的必要性，批判国民党当局的“消极抗日、积极反共”。这可谓是“古为今用”原则的典型体现。

但是，“古为今用”的过分运用乃至不设任何限度的滥用，也在现代历史剧中表现得极为突出。尤其是过多的象征、影射、比附与类比手法，将今人之事强加到历史人物身上，让古人完全变成当今时代精神的“历史传声筒”，甚至让古人替今人直接进行道德说教，不能不说犯了文学创作的大忌。尽管从数量上看，抗战时期的历史剧最为繁兴，但真正称得上艺术精品、在文学史上占据重要地位的历史剧作，除了郭沫若的《屈原》等少数作品之外，往往很难寻到。大多数只是一些“应急”与“应命”之作，不仅在艺术上表现得草率与低劣，也违背了起码的历史事实与常识。

以某一特定时代的政治意识改造历史，从而违背基本的历史事实，并与数千年传统社会之历史共识发生断裂，可谓是现代历史文学的最大教训。从根本上讲，现代中国过于剧烈的社会动荡是造成这一现象的根本原因。自鸦片战争开始的整个现代中国史，不仅是名副其实的多灾多难的“乱世”，而且还是数千年来未曾遭遇过的天崩地裂般的特殊时代。民族国家的危机与激烈的社会革命，成为自 19 世纪中期至 20 世纪 70 年代期间，现代中国社会的“最强音”；而这两大时代强音又都不得不诉诸极端性的暴力与战争手段，都需要全民动员的特殊应急体制。其他所有的一切，则必须让位给社会革命与现代民族国家建立这个“中心”。为了它可以牺牲一切，包括文学的审美特性和历史的基本认知。不幸的是，现代历史剧成为其中最直接的牺牲品之一。而这又与话剧本身的文化艺术特性直接相关。因为戏剧与小说等文艺形式的一个根本区别，就在于它的集体仪式性。这又决定了它的传播方式与小说等文学体裁的根本区别：观众来到剧场观赏话剧是一种集体行为；任何戏剧的演出也都是一次“群体性”事件。由此进一步决定了戏剧的社会影响更具直接性与集体性，从而更容易产生社会轰动效应。

尤其是话剧这一西方文化的“舶来品”，完全不同于中国传统戏曲的世俗性与单纯的娱乐性，更不同于中国古代说书人出没的“勾栏瓦舍”。它起源于一种“神圣的祭典”。古希腊的剧场建筑如同神庙一样，具有特殊的崇高位置。那时的人们到剧场观赏话剧，也如同进入神庙参加宗教仪式一样庄严神圣。就是说，人们到剧场去，绝不仅仅是为了娱乐，而是参加一种神圣的仪式。① 正因如此，话剧与同样跟“神圣”不可分割的政治之间，自古就有一种天然的密切关联。难怪曾任捷克总统的戏剧家哈维尔干脆断言：“明显地，戏剧乃政治不可或缺的一部分，但是它也可能转变成极为有用的暴行工具。”② 那么在特殊年代里，话剧被高度政治化，乃至成为社会政治的“马前卒”，也就势所必然、理所应当了。抗战时期，话剧成为最有生命力的文艺形式之一，活跃于都市街头与乡野民间，话剧作家与广大演员为了民族的解放和抗敌御侮，更是作出了可歌可泣的历史贡献，当然也为此付出了惨痛的艺术代价：文艺的“正常”功用原本是审美，但在迫不得已的时候，也能发挥“战斗”的功能；如同人的牙齿原本是用来咀嚼食物的，但在迫不得已的激烈争斗中，也会用来充作“咬人”的武器一样。然而，那只能是特殊情境不得不而为之的非常规手段。愿在和平理性的年代里，这种自我伤害性极大的非常规手段不再延续。

最后以“雅俗”交替的视角简单考察一下现代历史剧叙事题材的转向。如果说“五四”时期个性主义、女性解放等思想主题的表现是求新求“雅”的结果，体现的是现代知识分子的精英话语；那么抗日战争爆发后涌现的农民起义与家国覆亡的历史叙事，则明显体现出向大众化立场倾斜的“俗文学”倾向。其中的道理非常简单：为了唤起社会大众的抗敌激情，为了使团结御侮的观念深入草根百姓的内心深处，就必须采取通俗化（或曰大众化）的、普通百姓喜闻乐

① 胡志毅：《神话与仪式：戏剧的原型阐释》，上海学林出版社 2001 年版，第 307 页。

② ［捷］瓦茨拉夫·哈维尔：《戏剧与政治》，见《政治再见——瓦茨哈夫·哈维尔演说集》，台北倾向出版社 2003 年版，第 134 页。

见的艺术形式；而为了增强民族的自信、凝聚民族意识，则必须挖掘与弘扬传统文化中的优秀成分。于是抗战文艺的整体面貌就呈现出向传统“旧”形式回归的特征。现代历史剧更是责无旁贷地担负起挖掘历史深处的积极精神这一使命，力求将现代与传统、新与旧、古与今，乃至雅与俗融为一体。但在从知识分子精英话语向大众话语的转化过程中，却也表现出以精英自居的现代知识分子的尴尬姿态。尤其是以“革命”这一最“新”的意识形态话语，要求知识分子放弃教育者与启蒙者的身份，转而接受底层百姓（后来叫“贫下中农”）的“教育”和“改造”时，不仅预示了此后半个多世纪精英知识分子的特殊命运，也在某种程度上意味着“新文化”向扎根在乡野民间的“旧传统”的妥协。我们从大量农民战争历史剧中的那个总是被批判被嘲弄的小知识分子“文人”身上，已看出其中不少端倪。

四、“历史真实”在现代

“历史真实”问题，是现代历史小说与历史剧创作中争议最大、也最受关注的一个理论问题。它被理论批评界长期视为历史题材创作中最为核心、最为本质，同时也是最纠缠不清的问题。笔者注意到，几乎所有从事过历史文学创作的现代作家都被这一问题困扰过，而这也意味着几乎所有现代历史文学作家都对这一问题或多或少地发表过自己的看法，提出过自己的主张。在本节中，笔者对此加以梳理，并提出自己一些不成熟的看法，以求教于大方之家。

（一）经典观点：“随意点染”与“失事求似”

综观现代作家们关于历史真实问题的主张，绝大多数都认为在进行历史题材创作时应有充分的虚构自由。其中以鲁迅先生的说法最有代表性，他指出“对于历史小说，则以为博考文献，言必有据者，纵使有人讥为‘教授小说’，其实是很难组织之作，至于只取一点因由，随意点染，铺成一篇，倒无需怎样的手腕。”所以他在创作历史小说时，“叙事有时也有一点旧书上的根据，有时却不过信口开河。”①

① 鲁迅：《〈故事新编〉序》，见王富仁、柳凤九主编：《中国现代历史小说大系》第一卷，河北人民出版社 1999 年版，第 1 页。

鲁迅在这里说得再明确不过，所谓完全根据历史文献、力求做到“言必有据”的历史小说创作，其实是非常艰难的。所以他在创作《故事新编》时，不过是从“一点旧书上的根据”进行自由的发挥与想象，有时甚至是完全“信口开河”。或许正因如此，《故事新编》中的八篇小说是否真的属于“历史小说”，长期以来备受争议。但可以设想的是，如果鲁迅的《补天》、《奔月》、《铸剑》等取材于神话故事与民间传说的作品被历史小说“除名”，则不仅使整个现代历史文学失色许多，而且显现出我们对“历史”概念的见解是何其褊狭：近代以来，随着西方科学理性精神的传入，中国知识界普遍理解和接受的“史学”，几乎全是清一色的“科学”思想与方法。从“五四”初期史学界兴起的“疑古”思潮开始，现代史学家们普遍奉行的就是一种实证史学观念。而把神话、传说乃至古老的民族史诗统统视为“科学历史观”的对立物，无视世界上绝大多数民族的历史记忆，都未曾完全脱离想象与虚构这一基本事实。要知道日本人至今仍坚称自己的民族是“天照大神的后代”，犹太民族乃至整个西方民族都以《圣经》一类具有神话色彩和明显虚构痕迹的宗教经典，解释他们过去的历史。为什么科学理性在这些民族的高度发展，并没有影响他们自身的历史叙述与历史记忆？另一方面，对考据得出的“历史真实”与“历史事实”过于迷信，甚至将自己想当然的“历史真实”与历史上真正的客观事实混为一谈，并视之为不可动摇的“历史真理”，本身岂不又是对科学理性的亵渎？此种独断性、排他性的实证史观，对现代国人的历史想象与民族自信所造成的伤害，已在今天并在不远的将来日益显现出来。

除鲁迅外，郭沫若、郁达夫、茅盾、夏衍等人都深入探讨了历史文学与历史真实之间的辩证关系。郭沫若的历史剧创作不仅是整个现代历史文学的“扛鼎之作”，而且在史剧理论方面也最有建树。他关于“历史真实”的观点有一个颇为明显的发展过程：早期郭沫若的历史文学创作深受歌德、莎士比亚等西方作家的影响。他自述说是在翻译完歌德的《浮士德》第一部之后，开始了历史诗剧《棠棣之花》创作的，“我读过了些希腊悲剧家和莎士比亚、歌德等的剧作，不消说是在他们的影响之下想来从事史剧或诗剧的尝试的。”[①] 但他又认为“歌德的影响对于我始终不是甚么好的影响。”[②] 那么，为什么郭沫若认为歌德的影响对他“不是甚么好的影响”呢？众所周知，歌德、席勒乃至莎士比亚等西方作家，从来就没有让所谓的“历史真实”束缚自己的历史题材创作，他们更强调创作中虚构与想象的自由。海涅曾这样评价过莎士比亚的历史剧：“所谓客观

① 郭沫若：《我怎样写〈棠棣之花〉》，《郭沫若全集》第6卷，人民文学出版社1986年版，第273页。

② 郭沫若：《写在〈三个叛逆女性的后面〉》，《郭沫若全集》第六卷，第144页，人民文学出版社1986年版。

性，无非是一个乏味的谎言；描写过去，而不添加我们自己感觉的色彩，那是办不到的。是的，所谓客观的历史学家到底是在向现代发言，他便无意间会用自己时代的精神写作，这种时代精神在他的文章中是如此明显，就像在书信中不仅表露出写信人的性格，还会表露出收信人的性格一样。那种笼罩在事实上的刑场之上，以其死气沉沉而自夸的所谓客观性，其所以被斥为谎言，乃是因为对历史的真实性，不仅需要详细地陈述事实，而且还需要在一定程度上传达出那个事实对于同代人所引起的印象。但是，这种传达却是极其艰难的任务，因为这不仅需要关于文件的普通学识，而且还需要这样一种诗人的直观能力，他能了解莎士比亚所说的'过去时代的真髓和血肉。"[①] 在这里，海涅强调的是莎士比亚历史剧中那充盈着"自己时代精神"的艺术表现，而不是什么"笼罩在事实上的刑场之上，以其死气沉沉而自夸的所谓客观性"。一言以蔽之，在海涅等人看来，为了所谓历史真实而牺牲掉作品的艺术性，是绝对不能考虑的。

类似的观点莱辛说得更为直露："历史事件只要像一个布局很好的故事，能够和诗人的意图联系在一起就行了，用不着再进一步照顾到历史的真实。"[②] 这样的话语出现在大名鼎鼎的《汉堡剧评》中，已无可辩驳地说明了它在西方文学理论界的主导地位。郭沫若最初创作历史剧时，主要是受到这些观点的影响，所以他更强调："写历史剧不是写历史，这种初步的原则，是用不着阐述的。剧作家的任务是在把握历史的精神而不必为历史的事实所束缚。"[③] 这一主张可视为西方作家轻视"历史真实"的中国翻版，不过郭沫若显然已意识到了西方理论如何"洋为中用"的问题。也就是说，他在为自己的创作主张辩护时，已充分考虑到如何与当时中国的现实语境、乃至中国文化传统如何接轨。这就难怪后来他在回忆早年创作历史剧"只是借一段史影表示一个时代或主题而已，和史事是尽可以出入"的创作方法时，又特意强调"这种办法，在我们元代以来的剧曲家固早已采用，在外国如莎士比亚、如席勒、如歌德，也都在采用着的。"[④] 在莎士比亚、歌德等西方作家之前，先突出了"在我们元代以来的剧曲家固早已采用"，足以见出郭沫若在理论上"融合中西"的努力。

郭沫若的历史文学观最集中地体现在他写于1942年4月19日的《历史·史剧·现实》一文。写作此文时郭沫若已完成《屈原》、《虎符》等历史剧的创作，与他历史剧创作的高潮相应，他的史剧理论也日趋成熟完备。在这篇两千多字的

① [德] 海涅：《莎士比亚的少女和妇人》，选自《莎士比亚评论汇编》[上]，第326页，转引自田本相：《郭沫若史剧论》，人民文学出版社1985年版，第89页。

② [德] 莱辛：《汉堡剧评》第十九篇，上海译文出版社1998年版。

③ 郭沫若：《我怎样写〈棠棣之花〉》，《郭沫若全集》第6卷，人民文学出版社1986年版，第277页。

④ 郭沫若：《孔雀胆二三事》，《沫若文集》第4卷，人民文学出版社1957年版，第269页。

短文中，作家不仅系统阐述了自己创作理念，而且提出了诸多极具创造性与启发性的真知灼见。值得注意的是该文四分之三的篇幅都在阐释“历史真实”与历史剧的关系问题，可见“历史真实”在作家心目中的地位是何等重要了。作为现代历史文学创作的“纲领性文件”，该文最大的理论贡献就在于提出了历史文学创作的“失事求似”原则。笔者认为，这一理论术语既简洁鲜明又言简意赅，既形象生动又深邃周延，可谓郭沫若的语言天赋在理论探讨中的绝佳体现。

“失事求似”理论的提出，无疑是东西方文化融汇的结晶。它在精神实质上是对西方“创作自由”、强调艺术虚构这一文学传统的传承，但在语言表述上却凝结了古老东方的诗性智慧。“失事求似”中的“失”与“求”不仅互相对应，而且“事”与“似”更是彼此呼应。这里的“似”，当然不是指拘泥于史实的琐碎而表面的“形似”，而是指内在的、精神气质的“神似”。其背后的思维方式很容易使我们联想起中国古代独特的绘画理论：我们知道中国画在唐宋以后，逐渐形成一种“弃真求写（意）”的理论，追求一种空、灵、虚、无的精神境界，强调与客观事务之间的“神似”，而不是细致琐碎的现实模拟和模仿。这种重神似、轻造型的绘画主张，自顾恺之、谢赫之后，逐渐成为文人们普遍追求的艺术境界，而在苏轼等宋代文人那里，则达到登峰造极的地步。尽管以现代眼光来看，过于强调“神似”带来了一定的消极因素，甚至一度出现“以文掩技”的不良倾向。长期以来中国画的写实传统未能充分发展起来，不能不说与此有关。但将这一理论借鉴于现代现代历史剧的创作主张中，用来比拟历史文学与历史史实之间的精神关联，却实在是一种天才般的创见。再进一步分析，还会发现这一思维方式深深地打上了中国禅宗文化的烙印，不仅展现了“醍醐灌顶”般的顿悟性思维，而且追求的是类似于“羚羊挂角、无迹可求”的艺术境界。

“失事求似”还是文化折中乃至话语“妥协”的产物。在语言表述上，郭沫若显然比他的西方同行更加注意语言的策略与技巧，并注重自己的理论主张与当时中国的现实语境的衔接。所以他在一针见血地指出“史学家和史剧家的任务毕竟不同，这是科学与艺术之别”的同时，又进一步强调：“史剧既以历史为题材，也不能完全违背历史的事实。大抵在大关节目上，非有正确的研究，不能把既成的史案推翻。”他认为剧作家在下笔之前，对于人物的性格与心理、时代的风俗与制度等，“总要尽可能地收集材料，务求其无瑕可击。”甚至提出了“优秀的史剧家必须得是优秀的史学家”的主张。① 可见郭沫若对中国文化中深厚久远的“史官”传统有着深切的认知与体验，也顾及到了现代中国文化界对“历

① 郭沫若：《历史·史剧·现实》，见彭放编：《郭沫若论创作》，黑龙江人民出版社1982年版，第138页。

史真实”的高度推崇。所以他强调史剧家在“大关节目上”，绝对不能违背历史的真实。

语言技巧的圆熟、文化视野的广阔深远，再加上郭沫若本人天才般的创造性思维，以及他在当时文艺界的巨大影响力，决定了“失事求似”成为现代中国历史文学创作中最为人称道的理论概念。直到今天，“失事求似”仍然是现代历史文学创作最重要的理论收获。

（二）理论迷误之一：文学比史学中的“历史真实”“更高”？

郭沫若《历史·史剧·现实》一文的另一个理论贡献，却常常为我们所忽略乃至误解。那就是对文学作品所表现的“历史真实”的艺术本质给予的清醒认识和准确界定。郭沫若援引了亚里斯多德的著名观点：“诗人的任务不在叙述实在的事件，而在叙述可能的——依据真实性，必然性可能发生的事件。”强调了“史家与诗家的不同”。[①] 针对有人提出的“写历史剧就是老老实实的写历史，不要去创造历史，不要随自己的意欲去支使古人”的观点，郭沫若一针见血地反驳说：“史剧家在创造剧本，并没有创造‘历史’，谁要你把它当成历史呢？”[②]这可以说道出了现代文学界、史学界针对历史题材创作而争论不休的根本症结所在。此后围绕这一问题的论争，基本上没有超出郭沫若在这篇文章提出的观点。令人遗憾的是，郭沫若这些富有创造性的观点没有引起现代文化界足够的重视，或者被片面性地发挥乃至误解。而被片面性地发挥乃至误解的观点，主要在于郭沫若所引用的亚里斯多德在《诗学》中的经典论述。

亚里斯多德以“描述已发生的事”与“描述可能发生的事”，来区分历史学家与诗人（文学界）的区别，的确道出了文学创作与历史写作各自的本质特征。但他紧接着所说的“写诗这种活动比写历史更富于哲学意味，更被严肃地看待（更高）”的观点，[③] 却实在有失偏颇。对此罗念生在其《译后记》中作了解释：“古希腊的历史大都是编年纪事，其中的内在联系和因果关系不甚显著，因此亚里斯多德没有看出历史也应揭示事务发展的规律。”[④] 很显然，所谓文学家比历史学家更靠近哲学、“更高”的观点，其实是由亚里斯多德的“历史局限性”所致。但大多数中国现代作家并没有意识到这一点，他们仿照郭沫若对亚里斯多德

①② 郭沫若：《历史·史剧·现实》，《郭沫若论创作》第139页。

③ 亚里斯多德：《诗学》，罗念生译，人民文学出版社1962年版，第28页。

④ 同上，第106页。

这一观点的引用，而反复牵强附会地“借机发挥”，试图说明历史文学家比历史学家本身“更高”。

就在郭沫若发表《历史·史剧·现实》一文的次年，也即1943年，夏衍在《历史剧所感》一文中针对亚里士多德的观点做了自己的阐发：“‘依着真实性和必然性的法则而可能发生的事件’，这就是比‘实在的事’更真实的真实。……就是要诗人不必拘束于或有的‘实在的事件’，而应该努力去接近‘更高的真实’。”① 这里的“比‘实在的事’更真实的真实”，自然会导向“历史本质的真实”。在夏衍看来，既然作家更接近“历史本质的真实”，他们比历史学家“更高”也就是自然而然的事情了。所以他紧接着提出：“历史学家的工作是记述，保存，说某一件事情如此如此，某一个人在什么时候作了什么。而历史剧作者的工作，却是整理这些历史，删除偶然的、表面的枝叶，发现历史的发展法则，说某人某事之间存在着怎样的成因”。② 照此说法，“发现历史的发展法则”竟然成了文学家们的“专利”，而历史学家的责任只在于记录好历史就可以了；至于研究历史、“整理”历史的更重大的责任就落在了作家这里。仔细分析夏衍所列举的历史学家与历史剧作家的区别，实际上更像古代的史官与今天的历史研究者之间的差别：古代的史官只是做着“某年某月某日某时皇帝诏曰……”一类的文字记录，今天的历史学者却必须从事“整理历史”的工作，而且要善于“删除偶然的、表面的枝叶”，从而“发现的发展法则”。夏衍的这一说法远不如郭沫若的观点更有说服力：“史家是发掘历史的精神，史剧家是发展历史的精神。”③ 虽然郭沫若对“发掘”与“发展”两个词语的使用，颇有点儿像是文字游戏。

（三）理论迷误之二：“历史真实”歧义种种

20世纪的40年代初与60年代初，文艺界先后展开了一次大型的关于历史剧的讨论。第一次讨论从1942年下半年开始。这一年的7月14日，由《戏剧春秋》杂志的主编田汉邀请并主持，先是举行了一次“历史剧问题座谈会”，参加者有茅盾、欧阳予倩、柳亚子、胡风等当时文坛上的著名人士，并在当年的《戏剧春秋》第2卷第4期上，推出了“历史剧问题特辑”，引起了文艺界的广泛关注。郭沫若、陈白尘、葛一虹、刘念渠等人也先后著文发表自己就这一问题的看法。当时颇有影响的杂志《戏剧月报》、《戏剧时代》、《戏剧与文学》、《文

①② 夏衍：《历史剧所感》，《边鼓集》，美学出版社1944年版。

③ 郭沫若：《历史·史剧·现实》，《郭沫若论创作》第137页。

艺生活》、《文艺月刊》等，纷纷刊发关于历史剧的讨论文章，历史剧问题也就一时成为抗战文坛上的理论热点问题。

第二次大讨论则发生在新中国成立后的1960年下半年至1961年上半年，出于当时特定时代的需要，讨论的热点问题除了“历史真实”以外，还加上了“古为今用”、“如何表现人民群众在历史上的作用”等问题，但最受关注的依然是“历史真实”这个“老问题”。这次讨论出现的一个颇让人“耳目一新”的观点，是吴晗提出的历史剧既是“艺术”，又是“历史”的看法。他首先在《谈历史剧》一文中提出：“历史剧必须有历史根据，人物、事实都要有根据。……人物、事实都是虚构的，绝对不能算是历史剧。人物确有其人，但事实没有或不可能发生的也不能算历史剧。在这一点上，历史剧必须受历史的约束，两者是有联系的。”① 从这样的观点出发，吴晗认为历史上曾广泛流传的《杨门女将》、《秦香莲》、《封神榜》、《西游记》等，都不能称之为历史剧，而应分别纳入“故事剧”、“神话剧”的范畴内。为了顾及到可能的反对声音，他还特意声明说：“故事剧、历史剧、神话剧各有其作用，这里并不发生地位高低的问题。《杨门女将》这类戏不算历史剧，只能算故事剧，仍然是好戏。……成千上万的观众只问这个戏好不好，并不考虑是历史剧还是故事剧。”②应当承认，吴晗敏锐地看出了取材于历史史实（记载）与取材于神话传说之间的历史文学，的确是不同的，但他却忽略了历史与文学之间的本质区别。他对历史的看法也体现了近代西方“科学历史观”的某种狭隘化与片面化。虽然今天再来评价吴晗观点的正确与否已无意义，但吴晗的看法在当时却得到不少学者的支持，这本身已说明“把文学当历史”的思维惯性是如何深入人心了。至于李希凡、王子野等人对吴晗的反驳，所强调的也只是“历史剧是艺术，不是历史”这一常识。类似观点郭沫若早在40年代已表露得很充分。

把这两次相隔二十年的讨论稍加比较，会发现在“历史真实”这一问题上，并没有多少更进一步的深入与拓展。60年代初的讨论，虽然文艺界在“历史剧是艺术作品，不是历史科学”这一问题上达成了共识，并普遍认为“在符合历史真实的原则下”，允许作者根据剧情需要进行创造性的“想象、虚构、集中、概括”等艺术活动，③ 但何谓“历史真实”，怎样才叫“符合历史真实的原则”，大家的看法并未一致。一种意见认为历史真实就是“重大历史事实的真实性”，也即郭沫若等人所说的“大关节目”上的大致真实；另一种意见则主张“历史真实是指历史生活本质的真实，而不要求历史事实的真实。”④第一种观点比较容

①② 吴晗：《谈历史剧》，载《戏剧报》1962年第2期。

③④ 鲁煤：《关于历史剧问题的争鸣》，《历史剧论集》，《戏剧报》编辑部选编，第356页。

易理解；后一种观点却要困难许多：何谓“历史生活本质的真实”？从词源学的角度来看，“本质真实”来自于哲学领域的“现象”与“本质”这一组基本概念。将人类的历史生活划分为“历史现象”与“历史本质（规律）”，则是这一组概念在历史哲学中的具体运用。按照这种认识论的思维方式，“历史真实”自然就可被划分为“表面真实”与“本质真实”了。而接受过现代科学与理性启蒙的大多数现代作家，也是在这一认识论层面上理解并使用“历史（本质）真实”这一概念的。例如胡风就认为：“不论是不是历史学家，但既要写历史题材，就得有理解这题材的历史观点作底子；观点愈科学，愈接近历史的真理。”① 在这里，胡风已巧妙地以颇具认识论意义的“历史的真理”取代了客观意义上的“历史真实”；另一位评论家蔡楚生说得更明确：“怎样才能把握其历史真实性呢？这要通过历史轨辙……要通过真理。我们得用新科学的尺度正确地估价每一历史人物，对历史人物的性格，及当时社会制度、风俗习惯，应当有较明确的全面认识。真理既然只有一个，那么我们对历史人物的估价相去不会很大。否则便由于作者不深思，对问题中心把握不牢，创作态度不严肃，因而历史人物会被他们歪曲，变质。”②在这里，对作家最为醒目的告诫，就是“真理只有一个”。既然历史真理只有一个，而且已经被发现也被证明，那么包括作家在内的所有人的任务，就只能是不断地提高自己对这一“历史真理”的认识并加以具体的阐释就够了，没必要再去进一步地探索与发掘。如果文艺家对历史人物的评价与表现与这一“历史真理”不合拍，那就是创作态度“不严肃”、作家主观“不深思”，总之后果可能会很严重。还有一位评论家周钢鸣，则将历史剧中的历史真实与“历史的进步性”直接挂钩：“一个历史剧作家，他是要一方面客观地反映历史，将历史真实再现；同时又主观地表现历史，将自己进步的主观透过历史的客观的进步性具体地表现出来。这是作家的进步主观与历史进步客观相结合。”③ 显然是把“历史进步论”当成了终极而普遍的历史真理，要求作家们必须倾力追随。这些发表在40年代初的观点，已多少预示出某种独断性、排他性“历史真理”的端倪。

需要追问的是，将自然科学领域里的“现象与本质（规律）”概念，原封不动地照搬到人文社会科学领域，是否完全恰当？谁也不能否认的是，迄今为止，包括历史学领域内的多种“规律”与本质，并没有而且不可能像自然科学那样经过严格的、反复的科学验证。因此，人文社会学科领域里的“本质”与“规律”一类词语，在其“本质上”不过是主观色彩非常强烈的概念。至少人类历

①② 《历史剧问题座谈》，《戏剧春秋》第2卷第4期。

③ 周钢鸣：《关于历史剧的创作问题》，载《戏剧春秋》第2卷第4期。

史发展演变的某些所谓“规律”，绝对不像牛顿的万有引力定律等科学原理那样客观中立，更没有被不同文明、不同民族和持不同意识形态的人们所共同认可与接受。那么，对某些“本质”与“规律”持有异议的另外一些人，则完全可以站到另一个“本质”与“规律”的角度，为表现这一“历史（本质）规律”的作品扣上违背“历史真实”的帽子。

另外，时间的单向度和一维性决定了人类历史不可还原的本质属性。如果不借助于一定的媒体（如语言等），人类的历史将永远无法完整地加以追溯与重现。而只要借助于语言等媒体，就不可避免地打上了主观的乃至“虚构”的烙印。历史的悖论就是如此。而我们还必须清醒地意识到的一点就是，历史观念尤其是一个国家和民族的历史记忆，首先是一种意识形态，其次才是历史学自身或者其他。正如海登·怀特所说：“历史不是科学，历史是每一种意识形态争取以科学的名义，把自己对过去和现在的一得之见说成就是‘现实’本身的重要环节。”① 以这样的观点重新审视那些人们曾深信不疑的“历史真实”，与其说是客观的历史事实，不如说是某一历史观作用下的、对主要历史事件与人物的总体评价与认识。这就难怪在尼采等西方现代哲人看来，人类历史上的“历史真实”话语，不过是出于幻想而构建的一种虚假比喻，是建立在虚假真理之上的幻象。自19世纪以来，西方史学界更是兴起了否定历史客观性的相对主义运动。历史相对主义者们攻击传统史学家们所主张的历史的客观性和绝对性，认为历史并不是实际发生的往事，而是历史学家用笔写出来的。在历史上只有主观，没有客观；只有相对，没有绝对——这当然是极为偏激和片面的说法，是从一个极端走向了另一个极端。但这些理论与观点至少给我们带来了多元化的“历史真理”观。

我们还需要追问的是：既然连历史学家都无法完全破解“历史真实”这一古老的“斯芬克斯之谜”，又怎能要求文学家在从事历史题材创作时，遵循所谓的“历史真实”呢？尤其是本质性的“历史真实”？从现代历史文学的发展线索来看，历史小说与历史剧越能获得独立于历史的平等地位，其艺术特质也就越能受到重视，而它们也就越能获得艺术虚构的权力，从而与传统意义的“历史真实”渐行渐远。要知道文学家的天职和喜好就在于虚构。他必须张开双臂热情地拥抱“虚构”，大张旗鼓、“明目张胆”地从事虚构。因为没有虚构就没有文学，文学的领地就是自由幻想的园地；文学家的责任，就是要对历史进行加工、改造和变形，使历史“小说化”或“戏剧化”，也就是传奇化、审美化和虚拟化。文学家所表现出来的历史，与其说是对历史的还原，不如说是艺术地呈现出

① Haydeng White, Topics of Discourse: Essays in Cultural Critical Criticism. Baltimore: Johns Hopkins University Press, 1978. pp. 204.

他心目中“应当如此”或“想象中如此”的历史面貌。文学创作体现出来的“真实”，不管是“社会真实”还是“历史真实”，与其说是客观的、外在的真实状况，不如说是人们心目中（包括作者与读者心目中）的那个“真实”。

（四）“历史常识”概念的尝试引入

笔者认为，“历史真实”这一在西方文艺界几乎不成问题的问题，在现代中国却成为每一位从事历史题材创作的人不得不面对、又纠缠不清的理论话题，其原因不能不追溯到中国数千年“文史一家”的历史传统。在一种整体性思维模式下，我们的古人从来就未认真思考并区分过“记录”与“虚构”的差别。一方面，即使是在强调“实录”精神的《史记》等历史典籍中，虚构与想象的文学成分依然随处可见。另一方面，长期以来，历史小说与戏曲等文艺作品又以“史补”、“史余”乃至“野史”的身份广泛流传，历史文学长期被认为是历史的“奴仆”与“丫环”。随着近代以来随着西方文化的涌入，中国的知识精英们逐渐明晰了“史学”与“文学”的区别，并将“史学”冠之以“科学”，把文学称之为“艺术”，但知识精英以外的广大普通民众和草根阶层却未必能有机会经受或认同此种“现代化转型”。也就是说，他们在意识深处依然不自觉地把历史题材文艺作品等同于历史教科书。历史学家乃至其他社会人士之所以频频举起“违背历史真实”的招牌向文学家发难，其原因也恰恰在这里。而文学家的任意虚构乃至“胡编乱造”，会在社会上造成广泛的影响，从而达到“以假乱真”、“混淆是非”的后果，也使得有识之士们忧心忡忡。尽管文学家在进行艺术创作时的确不是在“写历史”，只是写“剧本”或“小说”，但广大读者与观众却未必懂得此种差别，甚至往往将“历史”与“文学”混为一谈。例如，历史上的曹操或许真的雄才大略、抱负非凡，但经过《三国演义》等历史小说的“丑化”，他的确又以历史上的“反面人物”和戏曲舞台上的“白脸”形象深入人心——这同样构成了中国历史文化的重要组成部分。而当我们承认一个民族的历史绝对不能仅限于各类史书的记载，还包括各种历史传说与神话故事，以及各类文艺作品所呈现出的“历史”时，我们就无法对此类虚构和“戏说”掉以轻心。但因为惧怕文艺家们的“以假乱真”和“历史歪曲”，而禁止他们向历史索要“文学”，岂不是有“因噎废食”之嫌疑？更不要说如今我们是法理社会，法理无据，岂能禁止得了？就目前而言，除了对社会大众进行大规模的“文学不是历史”的常识性启蒙之外，文学家所能做的也就只好在作品扉页，加上一句“本书纯属虚构”的说明了。

再来反观文艺界关于“历史真实”的种种争论，会发现文人自负的意气之语，以及逻辑不清、概念混用的现象时有所见。这恐怕与数千年来中国人的模糊性思维方式直接相关。要知道中国人对于概念的使用从来都是相当随意的，“偷换概念”更是家常便饭。我们自古及今都只看重辩证逻辑、不注意形式逻辑，尤其对“纯思辨的抽象”缺乏兴趣。直到今天，学术界仍习惯于将“抠概念”讽刺为“咬文嚼字”。而对这种“咬文嚼字”的工作，当代中国学者大都缺乏兴趣，也最感头疼与无聊。古代中国的自然科学发展长期不足与严重滞后，其原因也不能不说与此相关。至于近现代中国人文社会科学的发展更深受自然科学的停滞与落后之苦。且不说中国古典文学批评乃至传统文化中的一些核心概念，如“天”、“道”、“比兴”、“风骨”、“意境”等概念，其内涵与外延大都模糊不清，而综观当今中国，不论那些对整个社会都能起到“牵一发而动全身”之功效的主流意识形态概念，还是具体到人文社科领域各门学科内的众多学术名词，不知有多少早已“面目全非”、“文不对题”。具体到关于历史真实问题的定论，如此一类的教诲我们早已能耳熟能详：历史剧及其历史小说创作既要符合历史真实，又要遵循艺术真实，要在忠实于历史真实的基础上进行艺术创造。道理的确非常正确，但又的确与废话无异：怎样才算是“忠实于历史真实”而不是“完全置历史事实于不顾”的“凭空捏造”呢？并没有也不可能有一个明确的“说法”。笔者认为要解决这一争端，必须引入一个新的概念：历史常识。“历史常识”又可称之为“历史共识”、“历史通识”，乃至“历史良知”等概念。它不仅指一个民族代代相传、约定俗成的基本历史记忆，还包括社会成员普遍认可的、对重大历史问题的基本认知与信念。正是那些基本的历史记忆、历史认知与历史观念，在数千年的历史积累中逐渐融会到该民族的文化传统和社会习俗之中，成为民族文化不可分割的血肉组成部分，有的甚至已上升为不可随意挑衅的道德规范与历史禁忌。

历史常识不完全等同于“历史真实”。正如我们经常自称“炎黄子孙”，将黄帝与炎帝当成中华民族的共同始祖，这在今天已是一个人人皆知的“历史常识”，但它未必完全符合“历史真实”一样。因为并非所有民族成员的祖先都可以追溯到“黄帝”与“炎帝”那里，肯定还有一些“蚩尤”们的后代。而作为一名当代中国人，你不能把秦桧描写成大义凛然的“爱国英雄”，更不能把岳飞改造为卖身求荣的“汉奸”，因为那违背了人人共知的历史常识，也破坏了我们人人应遵守和回避的“历史禁忌”。同样，如果把大诗人屈原描述为“卑鄙小人”，把孔夫子塑造成滥杀无辜的“屠夫”，这样的艺术表现虽然“标新立异”，却注定要遭人唾弃。“历史禁忌”就应该成为这样一些全民普遍认可并遵从的基本规则。

笔者在这里借用的“禁忌”一词，并非指宗教与民俗学范畴的所谓“信仰”，而仅指社会学意义上的一种否定性的行为规范——事实上任何一个民族的历史文化中，都不能没有任何禁忌；一个完全没有历史禁忌的民族，是不可能很好地保存自己的历史文化传统的。历史禁忌应当是一种文化心理意义上的禁忌与敬畏，而不应只是一时一地的政治禁忌。单纯的政治禁忌，或者说依靠政治强权制造出的禁忌，如果不能上升到社会历史与文化心理层面，不能成为全体民众发自内心的理性与情感的自觉“坚守”，那就绝不可能持之以久。而综观数千年的封建历史演变，虽然王朝更替颇为频繁，不同的王朝、不同的时代也都有各自的“主流价值”与“主流话语”，但一些基本的历史常识（或者说历史共识与禁忌）还是稳固地延续了下来。例如《三国演义》中的“拥刘反曹”倾向是完全符合封建社会敬畏“血统”这一“历史常识”的；《水浒传》中“只反贪官、不反皇帝”的思想主题也符合人们对皇帝“犯错”加以避讳的历史禁忌。然而总的来看，历史常识与历史禁忌的相对匮乏，尤其是将政治禁忌与历史禁忌混为一谈，应当说是中国社会文化的一个严重不足。尤其是近代中国的剧烈动荡与变革，更使得中国知识界一边倒地唯西方“马首是瞻”，一定程度上造成了中国历史文化的断裂；同时在“亡国灭种”的现实危机的强烈刺激下，我们对本民族文化传统的认识与判断也不由自主地发生了偏差，在“反封建”与“反传统”的旗帜下践踏了许多宝贵的历史文化遗产。所有这些都造成了现代国人与古人之间所达成的“历史共识”，已经少之又少。这种令人遗憾的社会文化现象无疑给当前历史题材创作带来了很多深刻的负面影响。

历史常识既然是今人与古人达成的“共识”，就绝对不能“此亦一是非，彼亦一是非”，更不能在“创新”、“进步”等名义下将古人的“见识”统统视作落后、腐朽与糟粕，那只能说明现代人的傲慢乃至狂妄。这种“傲慢与狂妄”的一个典型表现，就是完全置古人的具体历史环境于不顾，让古人直接替今人今事进行说教，将他们变成今天某一“现代”而“正确”的特定话语的“传声筒”。根据这种历史观创作出的历史剧作自然就变成了非古非今、不伦不类的宣传剧。遗憾的是此类宣传剧倾向，连那些顶尖级的艺术家都未能幸免。在当代著名导演张艺谋的电影《英雄》中，创作者们让刺杀暴君秦始皇的刺客因为彻悟到“天下一统”及“天下人的安定与安宁”，而最终放下了手中的刀剑。这虽然说站到了当今“天下和平”、“民族统一”等“历史高度”，却忽略了一个起码的历史事实：那种为了崇高理想而舍生忘死的精神，那种反抗暴政、蔑视强权的信念，不论过去、现在与将来都应作为一种“核心价值观念”凝聚为我们的历史共识。可见，历史常识的相对断裂与缺失、历史禁忌范围的模糊不清，尤其是把应具有更深广文化心理意义的历史禁忌、与某一特定历史时期的政治禁忌混为一谈，已使得作家们在处理历史题材时有些茫然失措、顾此失彼，更造成了批评话语的混乱。

需要指出的是，历史题材创作不应违背历史常识的观点，并非笔者的“独创”。早在七十多年前，郁达夫在强调历史文学的虚构自由时，就提出过类似观点：“历史小说，既然取材于历史，小说家当创作的时候，自然是不能完全脱离历史的束缚的。然而历史是历史，小说是小说，小说也没有太拘守史实的必要。小说家当写历史小说的时候，在不致使读者感到幻灭的范围以内，就是在不十分的违反历史常识的范围以内，他的空想，是完全可以自由的。……历史小说的好处，就在小说家可以不被史实所拘，而可以利用历史，小说家的利用历史的最大利益，是在历史的事件的多而且富。”他还感叹说：“往往有许多历史家，常常据了精细的史实来批评历史小说，实在是一件煞风景的事情。”① 郁达夫的观点虽然有些偏激，但他将“历史常识”首次引入到历史文学创作中，的确显示了一定的理论创见。

历史常识虽然与历史真实不是一回事，但它又是建立在历史真实的基础之上的。正如人类永远无法还原历史上的真实事件，从而也就无法绝对而完全地挖掘出历史的真相一样，人类对“历史真理”的探索也永无止境，从而杜绝了任何人以独断的、唯一的“历史真理”拥有者而自居。这恰恰最大限度地对真正意义上的“历史真理”起到了维护作用。从这个意义上讲，“历史常识”的提出恰恰是出于对真正意义上的“历史真实”的敬畏。所谓“历史常识”就是指你、我、他，乃至社会上的最大多数人对历史的共有的、通常的认识，它不单单指向客观世界，还指向了人们的主观世界与主观认知。对于中华民族伟大而神秘的古老历史，我们既不必像清末民初疑古派历史学者们那样“怀疑一切”、否定一切，也不能完全迷信古书的记载，将传说当成事实。例如民国时期，曾有史学家怀疑夏禹不过是“一条虫”，遭到了鲁迅等人的讽刺。笔者认为作为史学家产生这种怀疑未尝不可，但在尚未发掘出确凿的证据材料、推翻现有的结论之前，我们只能“假定”他就是一位伟大的英雄。如果有文艺家将中华民族的这位始祖英雄丑化为一条“虫子”，那就是对中华民族不折不扣的亵渎，因为他违背了中国人最为熟悉的“历史常识”。

茅盾在60年代初提出的，历史题材创作要做到“历史真实与艺术真实相统一”的主张，曾被认为是文艺界就“历史真实”问题最具总结性的学术观点，也得到了广大文艺工作者们的普遍认可。不过，据说他曾认为将这一观点改为“历史真实与艺术虚构相统一”，才更符合其本意。② 可见他所说的“艺术真

① 郁达夫：《历史小说论》，1926年4月16日《创造月刊》第1卷第2期。

② 茅盾：《茅盾同志谈历史剧》，《历史剧论集》，《戏剧报》编辑部选编，上海文艺出版社1962年版，第260页。

实"，其实是"艺术虚构"的代名词。但在笔者看来，"历史真实与艺术真实相统一"的观点之所以广泛流行和被普遍认可，不仅因为它的折中性、总结性特征，还在于将两个"真实"并列，更符合现代国人的语言习惯。鉴于"艺术真实"在现代文学理论中的核心地位，笔者认为它是万万不可或缺的，只是要对"艺术真实"做出更为准确的解释：文学作品对于历史的表现，可以不必完全拘泥于"历史真实"，但必须"像真的一样"。也即艺术虚构要合情合理，符合艺术规律。即历史小说与历史剧首先要成为一件艺术品，其次才能再考虑其他。而作家在进行历史题材创作时，自然应拥有充分的虚构与想象自由。但虚构必须有一个限度：不能违背历史常识。所以，茅盾先生的观点似乎可改为：历史题材创作应做到"历史常识与艺术真实的统一。"

世人均应尊重历史常识，敬畏历史真实。

第二十五章

鲁迅《故事新编》的历史世界

在中国现代文学史上，鲁迅是一位“从古代和现代都采取题材，来做短篇小说”[①] 的小说家。他一方面直面社会现实，题材“多采自病态社会的不幸的人们中，意思是在揭出病苦，引起疗救的注意”，[②] 以此来达到他“‘为人生’，而且要改良这人生”[③]的目的，于是产生了两部现代题材的小说集《呐喊》和《彷徨》。另一方面，他把目光投向历史，“拾取古代的传说之类”，[④] 对神话、传说及史实进行现代演义，于是又产生了历史题材小说集《故事新编》。他的这些取材于现代和古代的小说对中国新文学的发展都产生了巨大的影响。然而，与对《呐喊》和《彷徨》的研究相比，学界对《故事新编》作为历史题材小说的开拓意义和重要贡献一直是众说纷纭、扑朔迷离。

实际上，关于《故事新编》的题材，鲁迅本人曾在《故事新编·序言》中指出，那种“博考文献，言必有据”者是历史小说，而他的“只取一点因由，随意点染，铺成一篇”对“神话、传说及史实”的“速写”，因“游戏之作居多”，而“不足称为‘文学概论’之所谓小说”。[⑤]这就启示我们不能用传统的文学观念和小说类型对其进行分析和阐释。《故事新编》既不属于传统意义上的历史小说，也偏离于现实讽刺小说；既不属于现实主义小说的范畴，也很难用浪漫主义小说或现代主义小说加以总括。正如姜振昌所说，《故事新编》“它那新颖

① 鲁迅：《故事新编·序言》，《鲁迅全集》第2卷，人民文学出版社2005年版，第353页。

②③ 鲁迅：《南腔北调集·我怎么做起小说来》，《鲁迅全集》第4卷，人民文学出版社2005年版，第526页。

④⑤ 鲁迅：《故事新编·序言》，《鲁迅全集》第2卷，人民文学出版社2005年版，第354页。

别致的‘叙述模式’以及所表达出的像迷宫一样的精神意向，确实又是以一般历史小说概念和传统的艺术经验与逻辑所难以体认、破译的”。①

一、激活历史：鲁迅的创作观与《故事新编》的历史叙事

《故事新编》是一部特殊的小说集，它写的是历史，但不是一般的历史小说。鲁迅曾明确说过，他先是尝试多方面选取写小说的题材，即“想从古代和现代都采取题材，来做短篇小说，《不周山》便是取了‘女娲炼石补天’的神话，动手试作的第一篇”，② 后来，1926 年在厦门大学时，“不愿意想到目前……仍旧拾取古代的传说之类，预备足成八则《故事新编》。”③ 他称这些后来都收在《故事新编》集中的小说为“神话，传说及史实的演义”，④ 并认为那些“博考文献，言必有据”者是历史小说，而他“只取一点因由，随意点染，铺成一篇”，且“速写居多”的叙事，不能算是“文学概论”之类的文学理论书所界定的“小说”。不过，话虽如此，《故事新编》毕竟属于鲁迅所开创的一种小说叙事。他以历史为题材，“只取一点因由”，来表达他对历史文化和现实经验相互交融的思考，也由此开创了一种新的历史叙事。

其实，对于历史题材的小说，鲁迅是有着深刻的认识和独到见解的。他在《中国小说史略》中曾指出：《三国演义》“皆排比陈寿《三国志》及裴松之注，间亦仍采平话，又加推演而作之；论断颇取陈裴及习凿齿孙盛语，且更盛引‘史官’及‘后人’诗。然据旧史即难于抒写，杂虚辞复易滋混淆，故明谢肇淛（《五杂俎》十五）即以为‘太实则近腐’，”⑤ 而后来的“讲史之属，为数尚多……然大抵效《三国演义》而不及，虽其上者，亦复拘牵史实，袭用陈言，故既拙于措辞，又颇惮于叙事……本以美之，而讲史之病亦在此”。⑥ 显然，在鲁迅看来，传统历史小说依据历史史实而进行历史演义，因而大都强调用历史的尺度来对史

---

① 姜振昌：《〈故事新编〉与中国新历史小说》，载《中国社会科学》2001 年第 3 期。

② 鲁迅：《故事新编·序言》，《鲁迅全集》第 2 卷，人民文学出版社 2005 年版，第 353 页。

③ 同上，第 354 页。

④ 鲁迅：《南腔北调集·〈自选集〉自序》，《鲁迅全集》第 4 卷，人民文学出版社 2005 年版，第 469 页。

⑤ 鲁迅：《中国小说史略·元明传来之讲史（上）》，《鲁迅全集》第 9 卷，人民文学出版社 2005 年版，第 135 页。

⑥ 鲁迅：《中国小说史略·元明传来之讲史（下）》，《鲁迅全集》第 9 卷，人民文学出版社 2005 年版，第 154 页。

实进行历史再现，将历史看成是“正史之余”，不主张脱离历史的框架来进行小说创作。也就是说，传统历史小说充其量只是历史的一种附庸，历史小说演的是历史之意，小说家只有将历史著作中所蕴涵的微言大义表现得更加生动具体的义务，而没有评价历史和历史人物的权利。

而在1921年，鲁迅翻译日本作家芥川龙之介的历史题材小说《鼻子》和《罗生门》时，也就有关历史题材小说的创作表达过独到的见解。他称赞这位日本现代作家的“历史的小说”：“多用旧材料，有时近于故事的翻译。但他的复述古事并不专是好奇，还有他的更深的根据：他想从含在这些材料里的古人的生活当中，寻出与自己的心情能够贴切的触著的或物，因此那些古代的故事经他改作之后，都注进新的生命去，便与现代人生出干系来了。”① 鲁迅认为，要创作历史题材的小说必须激活历史，才能实现将历史感悟现实化的艺术目的。关于激活历史，在1934年给郑振铎的信中，鲁迅在评价其历史小说《桂公塘》时再一次表述过类似的看法。他说：“得来函后，始知《桂公塘》为先生作，其先曾读一遍，但以为太为《指南录》所拘束，未能活泼耳。”② 可见鲁迅要求在进行历史题材的小说创作时要尽量让作品有古籍作为依据，但作为文学作品，又绝不能为古籍所拘。历史题材的创作既非完全的虚构，也非完全的复制，而是根据历史文本的“一鳞半爪”，寻找历史根据，以艺术想象来重新建构历史世界。

《故事新编》全部取材于古代神话、传说和史实，是对神、英雄和先哲“故事”点染而成的“新编”。因而，《故事新编》涉及如何将作为“故事”的历史文本转化为作为小说的“新编”文本的问题。新历史主义认为：“一切历史知识都是具有特定时代属性的知识，历史学家对历史的认识必须包括他对自己现今时刻的认识。因此，历史研究不是单向的，而是过去和现在之间的辩证双向对话。”③ 同样，历史题材的文学创作也不是单向的，它也是“过去和现在之间的辩证双向对话”。所以对于创作者来说，如何激活历史文本就显得尤为重要。而“创作主体只有激活文本，方能使历史和主体之间构成真正的对话关系，创作主体才能灵活地把握历史，驾驭历史。”④

为了真正地达到激活历史的目的，鲁迅在创作《故事新编》时，有意“将古代和现代错综交融，成为一而二，二而一的”⑤ 艺术审美表现，实现了历史的现实化叙事。鲁迅有意以历史来写小说，他的《故事新编》就完全打破了以往

① 鲁迅：《译文序跋集·〈现代日本小说集〉附录关于作者的说明》，《鲁迅全集》第10卷，人民文学出版社2005年版，第243页。

② 鲁迅：《书信·340516致郑振铎》，《鲁迅全集》第13卷，人民文学出版社2005年版，第104页。

③ 徐贲：《新历史主义批评和文艺复兴文学研究》，载《文艺研究》1993年第3期。

④ 吴玉杰：《新历史主义与历史剧的艺术建构》，中国社会科学出版社2005年版，第37页。

⑤ 茅盾：《玄武门之变·序》，《茅盾全集》第21卷，人民文学出版社1991年版，第283页。

历史小说依据历史史实而进行历史演义的传统。如果用森鸥外“如实地写历史”和“摆脱历史而写历史”的说法来衡量，《故事新编》显然是属于后者的。鲁迅这种既打破了古今之界，又恪守历史精神的内在真实性，表现在《故事新编》中最大的优势就是在历史史实当中注入“新的生命”，从而实现了他对历史文本的重新激活。这也正如他所说的“‘发思古之幽情’，往往是为了现在”。[①] 鲁迅不是将神话、传说和史实穿插于自己的叙事和现代故事中，而是将现实生活插入，完整地重构了古今交融的历史世界。所以说，《故事新编》“是依据历史小说艺术审美的需求来进行艺术创造，其中所遵循的是历史本质的真实，是历史与现实的精神相似与相同，所注重的艺术审美功能也是偏重于表现性的，而非再现性的。在艺术审美效果上，鲁迅不是强调读者与历史事件共鸣，而是要求从中获得深刻的反省和进行现实的批判”。[②] 而且，在《故事新编》中，鲁迅并不是将历史上与现实中那些毫不相关的事件牵强附会地硬扯在一起，而是在历史与现实必然的关联中，“刨”出现实的历史“祖坟”，将现实还原在原生态的历史当中，显示出其本质的特征，从而显现出现实与历史一脉相承的性质。因而《故事新编》既没有像郑振铎的历史小说《桂公塘》那样拘泥于历史事实，将古人写得更死，也没有像后来的新历史小说那样对历史真实缺乏最起码的尊重，乱语讲史，嬉笑怒骂皆成小说。从本质上说，“新历史小说”是拒绝进入历史的，是对历史进行完全意义上的现代演义，这样也就成了没有被历史真实所约束的脱缰的野马，所以“新历史小说”基本上表现为对历史完全个人化的主观想象。《故事新编》既不是对历史文献中历史的重现，也不是像新历史小说那样将历史彻底虚无化、碎片化，而是将作者的现实体验与历史记载的一鳞半爪交织在一起来重新建构新的文本、新的历史世界。

然而，历史本身既不是文本，也不是叙事，但是如果历史文学家不借助历史文本，那么就会无所依凭。这也就是说历史是具有客观真实的一面的。如果历史不具有任何客观真实性，就无法对历史达成共识性的认识，历史也就变得混乱不堪。所以说历史文本的主体性也必须建立在对历史相对客观的认识基础上。而这一点，就连海登·怀特自己也说：“这种关于过去的历史叙述本身也是基于这样一种假设，即对于过去历史事件的书面表达和文本基本符合这些事件本身的真实。历史事件首先是真正发生过的，或者据信真正发生过的，……只有在这个基

① 鲁迅：《花边文学·又是“莎士比亚”》，《鲁迅全集》第5卷，人民文学出版社2005年版，第601页。

② 黄健：《鲁迅的历史观与历史小说创作理念》，见吴秀明主编：《中国历史文学的世纪之旅：现当代历史题材创作国际研讨会论文集》，春风文艺出版社2004年版，第96页。

础上，我们才能称为历史文本。”① 所以说，历史并不是可以被人任意打扮的小姑娘。在《故事新编》中，鲁迅并没有完全不顾历史而随意虚构史实。在创作《故事新编》之前，鲁迅也是“博考文献”，使历史小说的艺术创作也具备历史的“一点因由”。如果将《故事新编》中的《出关》与郭沫若的历史小说《函谷关》相对比，不难看出两者在历史小说创作理念上的差异：郭沫若对于老子的所作所为基本上没有历史依据，完全出于作者主观虚构；而鲁迅对于老子形象的塑造既基本符合历史史实，又融入了自己的主观评价，较好地表现出对历史人物的现代认知。这也说明，虽然作家在面对历史文本时，有自己选择和阐释的权利，但是不能丢掉一些可贵的历史文本，而应善于发掘历史文本的历史价值和艺术价值。所以鲁迅的创作方法既有“博考文献，言必有据”的铺排，也有“只取一点因由，随意点染”的虚构。

在《故事新编》中，鲁迅一方面十分忠实于史实，他在对神、英雄和哲人的叙述中，处处都留有“博考文献，言必有据”的痕迹，有时严格到连细枝末节都于史有证，像《出关》中老子和孔子的对话、《非攻》中的墨子与公输般的对话，几乎就是据相关文献译成白话的。另一方面，《故事新编》中的每一个故事却又是鲁迅对历史记载的“重新”叙述。这些古代的素材主要来自中国历史的文本知识和民间记忆，具有相当的不完整性和驳杂性，从而给创作者留下相当大的虚构和想象空间。因而，在史无明载的地方，鲁迅巧妙地加上大量既不违背历史常情，又能很好融于那个时代的虚构，从而构筑了一个不同于历史记载而又有着鲁迅独特现实体验的历史世界。可以说，鲁迅成功地达到了对历史文本的激活。他一方面“博考文献”，充分尊重历史文本的客观真实性；同时，他又不囿于历史事实本身，努力地挖掘历史文本的潜在可能性，让自己的艺术思维既基于文本又超越文本，从而创作出《故事新编》这样在现代文学史上极具开创性的作品。

二、历史的祛魅：历史人物的还原和英雄壮举的消解

对于《故事新编》中历史世界的建构，鲁迅没有直接照搬史实，而是依据历史小说艺术审美的需要来进行艺术创造，其中所遵循的是历史本质的真实，是

① 海登·怀特：《评新历史主义》，见张京媛主编：《新历史主义与文学批评》，北京大学出版社1993年版，第100页。

历史与现实精神的相似与相通。正如童庆炳教授所言："历史题材的文学创作中的艺术想象，是作品是否成功的一个重要方面。如果说，历史典籍是干枯的记载的话，那么文学家笔下的历史就必须赋予这干枯的记载以鲜活的血和肉，赋予深邃的灵魂，把某种意义上的死文字变成正在演变着的活的故事。"[①] 鲁迅自己也曾说过，《故事新编》之所以"暂时还有存在的余地"的原因，就在于"没有将古人写得更死"。[②]

在《故事新编》中，鲁迅对历史文化的认识显然是渗透着他对现实深刻的体验的。"存在历史主义认为，历史经验是现在的个人主体同过去的文化客体相遇时产生的。"[③] 对鲁迅来说，《故事新编》的创作过程无疑就是一次漫长的思想、历史与文学之旅。他穿越了中国文化数千年的历史隧道，去叩问中国文化的原始精魂，并以文学的形式记录下自己的体验与感受。但究竟鲁迅是如何将历史典籍干枯的记载变成"活的故事"的呢？从《故事新编》自序中可以清楚地看出他的真正意图。他说在创作《补天》的时候，"首先，是很认真的，虽然也不过取了茀罗特说，来解释创造——人和文学的——的缘起。"[④] 鲁迅的目的就是运用他对现实世界的体验，去对一个神、英雄和哲人的世界进行现代的想象和阐释。他说："因为自己的对于古人，不及对于今人的诚敬"。[⑤]所以他并没有因为面对的是古人，就不敢用现代人的心来体贴，而他偏要揭去古人身上神秘的面纱，将他们拉下神坛，还原他们本来的面目。正如普实克所说，在《故事新编》中，鲁迅"以冷嘲热讽的幽默笔调剥去了历史人物的传统荣誉，扯掉了浪漫主义历史观加在他们头上的光圈，使他们脚踏实地地回到今天的世界上来。"[⑥] 因而，在《故事新编》中，鲁迅对历史进行了祛魅化处理，他以现代人的眼光看待过去的人与事，将神、英雄和哲人还原为常人，将他们的壮举消解为世俗之事。于是，在《故事新编》这个新的历史世界里，往日的神、英雄和哲人已不再具有神圣的光环，而是让所有历史中的"神"——女娲、后羿、夏禹、老子、庄子、伯夷、叔齐等集体走下了神坛。

鲁迅有意将《补天》放在《故事新编》之首，一方面是因为《补天》的创作和故事发生的年代最早，但另一方面也可以看出《补天》体现了《故事新编》创作主旨上的一致性和创作方法的延续性。女娲的抟黄土造人和炼金石补天的传

---

① 童庆炳：《"历史3——历史题材文学创作的历史真实"》，《在历史与人文之间徘徊》，北京师范大学出版社2007年版，第380页。

②⑤ 鲁迅：《故事新编·序言》，《鲁迅全集》第2卷，人民文学出版社2005年版，第354页。

③ 詹明信：《马克思主义与历史主义》，《晚期资本主义的文化逻辑》，生活·读书·新知三联书店1997年版，第164页。

④ 鲁迅：《故事新编·序言》，《鲁迅全集》第2卷，人民文学出版社2005年版，第353页。

⑥ 普实克：《鲁迅》，载《鲁迅研究年刊》(1979)。

说原本是初民们对女娲创造人和拯救人的想象，然而在《补天》中，鲁迅虽然是以“性的发动和创造，以至衰亡”[①] 为主干，但他对中国精神源头的理解与文明创造者的想象既没有为其罩上历史的神秘面纱，也没有为其涂上神圣浪漫的色调。而是“把事实放在与之不相称的时代背景中去，使之脱离原来的历史环境，以便从新的角度来观察他们。”[②] 精力旺盛的女娲无意识中把泥捏成了人，这让女娲觉得有趣，便很热衷地捏起人来。但时间一长，便又感到有些疲倦了，于是她又拿起一根藤条在泥水里挥动，溅起的泥也就都变成了人……这就让《补天》被赋予了一种新的阐释。而鲁迅的意图就在于用弗洛伊德精神分析学说来改写女娲抟黄土造人的意义。抟黄土造人只是女娲一个“下意识”的行为，充其量只是自然生命力和本能创造力量的显现。虽然说，鲁迅在创作《补天》之前也曾博考过大量的文献资料，但是他没有仅仅为读者呈现出原本的历史文本。相反，他在历史文本中大胆地植入自己对历史的思考和对现实的体验，将原本僵死的“故事”文本转化为新奇的“新编”文本，而且更渗透着他对自己生活世界的还原和对现实的指涉。显然，在小说里，鲁迅是努力在将读者从神奇瑰丽的神话传说中带回到世俗的生活世界，所以说《补天》里的女娲是人而非神。

当然，如果说《补天》里的女娲是将神还原为人，那么《奔月》、《理水》、《非攻》、《铸剑》等小说中的后羿、大禹、墨子和黑衣人则是被去掉了光环的“英雄”，而他们所处的环境也是发生了错位的日常生活环境和现代世俗社会。《奔月》中的后羿原本是传说中一位曾经射落九日、拯民于水火的英雄，在他身上寄予人们对英雄战胜邪恶的美好理想。但在《奔月》中，本是游牧时代的英雄后羿，在进入农耕时代后便走向了末路，处处撞壁，显得滑稽可笑。这里没有封豕长蛇，没有黑熊和山鸡，有的只是高粱田、母鸡、锄头和纺锤。于是昔日的射日英雄在无猎物可打的情况下，不得不为娇妻的饭食奔波。而徒弟逄蒙的背叛和爱妻嫦娥的遗弃使他陷入了孤寂和困顿的境地。在这里，后羿的英雄精神终于被世俗社会所消解，表现出对日常生活的无奈。《理水》中，夏禹本是被鲁迅称为“脊梁”的实干家，他为民除水害，三过家门而不入。虽然在周围人的歧视与嘲笑中完成了治水的大业，但是当治水取得成功时，昔日的治水英雄终于在一片叫好声中被同化：“吃喝不讲究，但做起祭祀和法事来，是阔绰的；衣服很随便，但上朝和拜客时的穿着，是漂亮的。”[③] 而更具讽刺意味的是，正是因为

---

① 鲁迅：《我怎么做起小说来·南腔北调集》，《鲁迅全集》第4卷，人民文学出版社2005年版，第527页。

② 普实克：《鲁迅》，载《鲁迅研究年刊》（1979年）。

③ 鲁迅：《故事新编·理水》，《鲁迅全集》第2卷，人民文学出版社2005年版，第400页。

"禹爷的行为真该学"，"终于太平到连百兽都会跳舞，凤凰也飞来凑热闹了"。[①]《非攻》中的墨子以侠义与智慧阻止了一场楚国对宋国的掠夺战争，他虽然出生入死地为宋国奔波劳顿，但当他"一进宋国界，就被搜检了两回；走进都城，又遇到募捐救国队，捐去了破包袱；到得南关外，又遇着大雨，到城门下想避避雨，被两个执戈的巡兵赶开了，淋得一身湿，从此鼻子塞了十多天"。[②]《铸剑》虽然展示了黑衣人刚毅的复仇精神，但是与仇人共亡所留给人世的意义是仇家们毛发骨头的混合，是王后、妃子无法分辨的窘境，是百姓和臣民的尴尬相，这也就构成了对复仇精神强烈的嘲弄和消解。

而在《采薇》、《出关》、《起死》中，鲁迅虽然只取了传说和历史的一鳞半爪，把儒家、道家的祖师爷放置在现代日常的世俗环境中，消解了因距离而产生的历史的神圣，却对他们的迂腐、软弱给予了辛辣的讽刺。《采薇》讽刺了"孤竹君二公子"伯夷、叔齐的思想的迂腐可悲和自相矛盾。《出关》讽刺了老子"无为"的空谈，《起死》讽刺了庄子"齐死生"的自欺欺人。鲁迅这种对历史人物的还原和对英雄壮举的消解，并没有让人感到历史的失真，而恰恰相反，现代人在自己熟悉的生活细节当中更容易体悟这些历史人物的本源形态。

显然，在《故事新编》中，鲁迅抹去了先前"故事"文本加在他们身上的光环，消解了长期以来负载在他们身上的意识形态，还原了他们作为个体的具体存在。这也正如詹姆逊所说："我们需要考虑到我们同过去交往时必须要穿过想象界、穿过想象界的意识形态，我们对过去的了解总是要受制于某些深层的历史归类系统的符码和主题，受制于历史想象力和政治潜意识。"[③] "鲁迅《故事新编》对中国传统中的神话英雄（从女娲到后羿、夏禹）和圣贤人物（从孔子到庄子、老子、墨子以至伯夷、叔齐）进行了重新审视，把他们从神圣的高台拉回到日常生活情境中，抹去了英雄主义和浪漫主义的神光，还原于常人、凡人的本相，揭示了他们真实的矛盾，成功与失败，欢乐与痛苦，并透露出鲁迅内心深处的深刻绝望。"[④] 这种对神、英雄和哲人的世俗化处理正是鲁迅所追求的对传统正史和既成意识形态的祛魅。于是当高高在上带着光环"故事"的人物被还原，他们的壮举被消解之后，原先的神、英雄和圣贤便被一个个普通的、世俗的个体所取代。这些个体不再代表历史赋予他们的意识形态，在他们身上，以往的历史的遮蔽得到消解，他们被蒙上的神秘面纱也被扯掉。

---

① 鲁迅：《故事新编·理水》，《鲁迅全集》第2卷，人民文学出版社2005年版，第400~401页。

② 鲁迅：《故事新编·非攻》，《鲁迅全集》第2卷，人民文学出版社2005年版，第479页。

③ 詹明信：《马克思主义与历史主义》，《晚期资本主义的文化逻辑》，生活·读书·新知三联书店1997年版，第152页。

④ 钱理群：《〈故事新编〉解说》，《走进当代的鲁迅》，北京大学出版社1999年版，第136页。

正是小说中这些生动活泼、活灵活现的人物，让我们有一种真实感和立体感。《故事新编》将“神”还原为人，将英雄的壮举消解为世俗之事，也借此打开了进入历史的秘密通道。神、英雄和哲人都是在过去被统治阶级制造出来的，他们被层层包围着，以致使后来的人看不到历史的本来面目。而在《故事新编》中，后羿为了母鸡和农村老太太讨价还价显然比后羿射日更具人情味。伯夷、叔齐、老子、墨子和庄子等也不再是历史上那些抽象的概念和文化符号，他们统统都被鲁迅恢复了日常生活中的性格，成了活生生的普通人。正如詹姆逊所言：“经验纠正了过去本身。历史主义者使死者复活，再现了昔日文化的神秘色彩。如同特里西亚斯（Tiresias）喝饮血汁一样，昔日文化暂时恢复了生命和体温，再一次被允许说出临死之前的话，在周围陌生的环境里再一次发出久已被忘却的预言。”[①]《故事新编》是渗透着鲁迅深刻的现实体验与历史体悟的，他用世俗的眼光和平民的视角对神、英雄、圣哲进行重新打量和审视，故而他这种颠覆性的叙事消除了长期以来所有意识形态的蒙蔽，达到了对历史进行祛魅的目的。鲁迅成功地激活了这些封闭在历史的碎片中和遮蔽在意识形态下的历史人物，他让他们像一个个现实生活的普通个体那样说话和行事，他们的落寞和失败、无奈和尴尬，让读者恍若进入到历史最幽暗的深处，却又时刻不忘对现实的反省。

三、现实的吊诡：现实的涌入与历史世界的重建

与从“现实生活”中选取题材一样，鲁迅把眼光转向古代生活时，一样是拿来做题材，寻找到一种叙事的“因由”，然而鲁迅意不在摹写历史，而是在“博考文献，言必有据”的基础上根据历史材料进行新的历史叙事。他这种“速写居多”的游戏之作在现实与历史的交汇点上，提炼出了新的主题。因而，与之前的《呐喊》和《彷徨》相比，《故事新编》在思想和内容上既超越了现实，又折射了现实。“人们不能不承认，无论历史（或神话）小说，抑是写实小说，从未有如此写法。鲁迅正是以其思想家和文学家的灵性，使神话、历史和现实的时空错乱并加以杂文化，从而创造出新的小说体制。”[②] 这里有必要指出的是，《故事新编》这种“使神话、历史和现实的时空错乱并加以杂文化”的创作方法与新历史小说是有着本质的区别的。《故事新编》与新历史小说最大的不同就在

① 詹明信：《马克思主义与历史主义》，《晚期资本主义的文化逻辑》，生活·读书·新知三联书店1997年版，第162～163页。

② 杨义：《中国叙事学》，人民出版社1997年版，第118页。

于它没有像新历史小说那样将历史彻底虚无化和碎片化，而是将现实的体验与历史的“故事”交织在一起，表现出一种对“过去”历史的消解与对历史世界重构的双向努力。

鲁迅一方面通过对神、英雄和哲人进行日常化、生活化的描绘，去掉他们头上浪漫主义的光环，还原他们的本来面目；另一方面则是在历史文本中进行现实的张扬，也即是通过现实语境的介入，将庸俗化的小人物和庸俗化的现实直接在历史世界中呈现出来。这也就是我们在《故事新编》中所看到的，神、英雄和哲人们没有任何救世和自救的能力，剩下的只是“女娲氏之肠”的“小东西”们，忘恩负义的徒弟逢蒙，毫无精神光环的王后、王妃们，夺人衣物的“募捐救国队”，乱嚼口舌的阿金，蝇营狗苟的账房先生……可以说，《故事新编》里几乎每一篇小说都充斥着如鱼得水的“小东西”们的喧闹话语和卑琐行为。

然而，这些“小东西”们是如何出现在《故事新编》中的呢？据鲁迅自述，是因为在创作《补天》的途中，看到《时事新报·学灯》上有人攻击汪静之的爱情诗《蕙的风》，并假惺惺哀求青年不要再写这样“堕落轻薄”的诗，鲁迅对此十分反感，对于这个“道学的批评家攻击情诗的文章，心里很不以为然”，[①]立即发表了杂文《反对“含泪”的批评家》，对年轻的批评家的道德神经过敏而任意指责文学作品中的自然情感作了严厉批评。而当他“再写小说时，就无论如何，止不住有一个古衣冠的小丈夫，在女娲的两腿之间出现了。”[②] 这个小丈夫虽淫荡放纵，却又道貌岸然，俨然现代社会的假道学。显然，在《补天》中，一面是造物主女娲的创造，而另一面却是“小东西”们的破坏和对造物主壮举的消解。女娲为修补因“小东西”们的战争而塌下来的天用尽了自己最后一点力气，而那些叫着“裸裎淫佚，失德蔑礼败度，禽兽行。国有常刑，惟禁”[③] 的“小东西”们，却在女娲死后，在女娲肚子上最膏腴之处扎下寨子，称自己是“女娲的嫡派”。可以说，人只不过是女娲在骚动不安时的产物，而最后女娲累死在这些“小东西”们破坏了的天地的艰辛劳动中，其尸体却被假借大义发起战争的“小东西”们肆意霸占和践踏。在《故事新编》中，像这样穿插进了许多现代世俗人物和现代生活的细节的，除了《补天》中的古衣冠的小丈夫，还如《奔月》中反叛的徒弟逢蒙，《理水》中满口现代词语的大员和“文化山”上的学者等，他们分别是作为女娲、后羿和大禹的对立面出现的。正是这些古人和今人的同时出场，才构成了一个“古今杂糅”的历史世界。

---

① 鲁迅：《南腔北调集·我怎么做起小说来》，《鲁迅全集》第4卷，人民文学出版社2005年版，第527页。

② 鲁迅：《故事新编·序言》，《鲁迅全集》第2卷，人民文学出版社2005年版，第353页。

③ 鲁迅：《故事新编·补天》，《鲁迅全集》第2卷，人民文学出版社2005年版，第364页。

而这种将古人和今人打成一片的写法，用鲁迅自己的话说，“就是从认真陷入了油滑的开端”。[①]

在《故事新编》中，鲁迅这种“油滑”的写法主要表现在写古人时忽然想到今人，一方面时不时让小说里的古人讲现代人的话，做现代人的事，另一方面虚构出一些次要和穿插的现代人物，让他们直接进入古代世界。像《奔月》中的“有人说老爷还是一个战士”、“有时看去简直好像艺术家”，《理水》中的“OK”、“古貌林!”、“好杜有图!”、“维他命W”、“莎士比亚”，《采薇》中的阿金姐，“海派会剥猪猡”，《出关》中关尹喜关于“恋爱”、“老作家”、“新作家”，《非攻》中的“募捐救国队”，《起死》中的“巡士”、“警笛”，都可以说取自现实社会，这也正是鲁迅以他惯用的杂文化的手法将现实的事物直接纳入小说的做法。从1923年创作《补天》“陷入了油滑”开始，在为时十三年的《故事新编》的写作中，鲁迅一直没有放弃这种“油滑”的写法，而是自觉地追求这种一贯的风格，即不将古人和今人隔绝，而是突出他们在精神上的相通。

很显然，作为一种幽默手法，“油滑”的运用并没有让人感到一种无稽荒诞之感，倒是使得小说充满鲜明的现代意识特征，消解了历史的隔膜，沟通了与现实的联系。这也就是说鲁迅有意放弃了对历史史实的自然形态的追求，转而追求一种内在的历史精神的面目。在《故事新编》中，鲁迅用“油滑”的艺术手段从中调侃，发挥幽默的艺术效能，使读者在认识历史时，能够缩小现实与历史的差距，从而展开对历史与现实的双重思考。《故事新编》里这些大量猥琐卑微的“小东西”形象，他们将“脊梁式的人物”层层包围起来，共同构成对英雄的扼杀和英雄壮举的消解。然而他们自身又以顽强的生命力延存着，所以在《故事新编》每一篇的结尾都是“小东西”们的喧闹声中戛然而止的。正如鲁迅曾说：“这一流人是永远胜利的，大约也将永远存在。在中国，惟他们最适于生存，而他们生存着的时候，中国便永远免不掉反复着先前的运命。”[②]

当然，《故事新编》是鲁迅根据历史文献进行文学创作的小说。鲁迅不是将神话传说和史实穿插于自己的叙事和现代故事中，而是将现实生活插入，完整地重构了古今交融的历史世界。因而，《故事新编》融入了鲁迅对历史文化和现实经验相交融的思考，并以小说的形式挖掘出历史故事重写的可能性，赋予其现代的精神内涵，从而实现了真正意义上的“故事”的“新编”。这也如詹姆逊所言：“历史本身在任何意义上不是一个文本，也不是主导本文或主导叙事，但我们只能了解以本文形式或叙事模式体现出来的历史，换句话说，我们只能通过预

① 鲁迅：《故事新编·序言》，《鲁迅全集》第2卷，人民文学出版社2005年版，第353页。
② 鲁迅：《华盖集·忽然想到》（四），《鲁迅全集》第3卷，人民文学出版社2005年版，第18页。

先的本文或叙事建构才能接触历史。"① 可以看出，鲁迅在取材和创作《故事新编》的过程中，他在"博考文献"形成了一个供消解的历史文本，通过对历史人物的祛魅和现实文本的介入，构成对原文本中历史的消解，并重构了一个新的历史文本，在这个新的历史文本中又为我们展示了另一个新的历史世界。

总之，鲁迅在处理历史题材的时候，不是将它封闭在"过去"当中，而是向着现实敞开的。他进入历史的方式明显是一种"以今逆古"体悟式的方式，也即现实体验的主体与作为文献记录的历史文本的客体的相遇。他用小说的叙述对历史进行重新建构，既表现出对历史的消解，又在现实的指向上激活了历史文本，从而实现了对在历史的长期积淀中形成的神圣、崇高人物和具有规范作用的历史话语的消解。在组织文本上则是采用"古今杂糅"的方式，通过对历史人物和历史事件的祛魅和吊诡的现实的小人物和现实嘈杂言语的介入来构造一个新的历史世界。在《故事新编》中，鲁迅用一些现实中的人物、事件和细节来改写和填充古代故事，力图使古代和现代相交融，古代与现代相对应，以现实来反观历史，以历史来映照现实。他在这种既高于历史又高于现实的角度上自由地穿插于古今之间，表达出对历史的个性化的深刻理解。鲁迅将自己的体验植入作品的深层之中，从而使他既激活了历史，也使作品内涵跨越了最广阔的领域。

① 詹明信：《马克思主义与历史主义》，《晚期资本主义的文化逻辑》，生活·读书·新知三联书店1997年版，第148页。

第二十六章

鲁迅《故事新编》的寓言世界

正如克罗齐所说，“一切历史都是当代史”，任何对历史文本的书写都无不是现代人对历史的自我阐释。鲁迅在《狂人日记》中说：“我翻开历史一查，这历史没有年代，歪歪斜斜的每页上都写着‘仁义道德’几个字。我横竖睡不着，仔细看了半夜，才从字缝里看出字来，满本都写着两个字是‘吃人’!”① 鲁迅之所以能够一语道破千百年来历史的真相，是与他对历史的深刻体悟和对现实的独特体验分不开的。同样，在《故事新编》的创作过程中，鲁迅始终没有逃脱时代所加于一个具体实在的人身上的种种困境，因而《故事新编》深深烙下了鲁迅对现实的体验和鲜明流露出他对历史寓言式的体悟，并且在一种质疑与批判的姿态中将历史与现实不可分割地联系在一起。所以透过光怪陆离的表层文本，我们可以更确切地说，《故事新编》是在寓言的意义上具体地呈现出“过去”与现在的内在真实图景。

一、《故事新编》寓言世界的建构

如果说宋云彬、郑振铎等人“博考文献，言必有据”的历史小说是一种脱离现实的好古主义，新时期的新历史小说是一种拒绝进入历史的反历史主义，那

① 鲁迅：《呐喊·狂人日记》，《鲁迅全集》第1卷，人民文学出版社2005年版，第447页。

么鲁迅在《故事新编》中则表现出一种“以今逆古”的历史观，也即詹姆逊在《马克思主义与历史主义》中所说的存在历史主义。这种存在历史主义的特点就在于不把历史仅仅当做一个纯粹的“过去”，而是将历史、现实、未来看作是一个有机联系的整体。也即是作为主体的人，对于作为客体存在的历史、现实和未来的充分认识与透彻感悟。在《故事新编》中，鲁迅明显是将历史作为现在的一个重要组成部分，从中探讨现实事件的历史根源，并由此来展望未来的发展之路。他通过现实的主观体验，将历史的“因由”进行“点染”，从而“铺成一篇”对历史内在真实的叙事。

虽然茅盾很早就给《故事新编》高度评价，称：“用历史事实为题材的文学作品，自‘五四’以来，已有了新的发展，鲁迅先生是这方面伟大的开拓者和成功者。他的《故事新编》，在形式上展示了多种多样的变化，给我们树立了可贵的楷式；但尤其重要的内容的深刻。”① 但长期以来，学界关于《故事新编》跨越时空、杂陈古今的深层意蕴和叙事方式的种种阐释仍不尽如人意，可以说都未能较圆满地说明《故事新编》的独特性。正如姜振昌所说，《故事新编》“它那新颖别致的‘叙述模式’以及所表达出的像迷宫一样的精神意向，确实又是以一般历史小说概念和传统的艺术经验与逻辑所难以体认、破译的”。②显然，《故事新编》在文类归属方面的不确定性是由其文本构成的多元性和意义的开放性所决定的，所以鲁迅早就声称他的《故事新编》不是“‘文学概论’之所谓小说”。③

《故事新编》所选择的“故事”文本，上自远古神话，下迄春秋战国时的诸子百家。女娲炼石补天、嫦娥奔月的神话，夏禹治水、伯夷和叔齐采薇的传说，铸剑复仇的传奇以及儒、墨、道三家先哲的出场都有本有据，长期以来广为流传，成为中国文化的前在视野。鲁迅在1935年致萧军、萧红的信中所说：“近几时我想看看古书，再来做点什么书，把那些坏种的祖坟刨一下。”④《故事新编》正是鲁迅对中国古代思想长期思考的一次集中表述。最早的《补天》创作于1922年冬，原题为《不周山》，曾作为《呐喊》集中最后一篇出版，到1935年12月完成最后一篇《起死》，《故事新编》的创作历时十三年，从《呐喊》时代一直坚持到去世前一年，最终以实现原来“足成八则”的计划。但是在编辑出

① 茅盾：《玄武门之变·序》，《茅盾全集》第21卷，人民文学出版社1991年版，第283页。

② 姜振昌：《〈故事新编〉与中国新历史小说》，载《中国社会科学》2001年第3期。

③ 鲁迅：《故事新编·序言》，《鲁迅全集》第2卷，人民文学出版社2005年版，第354页。

④ 鲁迅：《书信·350104致萧军、萧红》，《鲁迅全集》第13卷，人民文学出版社2005年版，第330页。

版这八篇“神话，传说及史实的演义”① 时，鲁迅并没有按照写作的前后顺序来排列，而是以作品中神话、传说和历史故事实际发生的先后排列，依次是《补天》、《奔月》、《理水》、《采薇》、《铸剑》、《出关》、《非攻》、《起死》。这样《故事新编》所涉及的历史故事自上古神话时代迄于战国，俨然一部先秦时期的思想文化简史。

而在鲁迅首创《故事新编》这种以历史写小说的形式以后，一些中国现代作家，如郭沫若、茅盾、郑振铎、孟超、宋云彬、聂绀弩等人也曾属意于对历史小说的创作。然而，他们大多是一有现实的触发，就立即投入到创作中，因而他们的作品总是与某种现实或古代具体的真实性相纠缠，缺乏《故事新编》那样一种宏大的寓言性的真实。他们的作品普遍地表现出，不是过分拘泥于史实，与现实社会相隔绝，就是过分地强调影射批判现实的功能，使作品的内容脱离了历史真实，显得荒诞不经。因而与鲁迅的《故事新编》相比，艺术成就的高下优劣就显而易见了。在《故事新编》中，鲁迅压根就不与某种具体的真实纠缠，鲁迅始终以充分的“余裕心”俯视着远古历史的，时不时地跟历史、跟圣贤开点小玩笑。比如《理水》中那位“觉得天下兴亡，系在他的嘴上”的白须白发的大员对禹所说的“三年无改于父之道，可谓孝矣”，② 是比禹晚出生一千三百多年的孔子在评价禹时说的。又如《理水》中文化山上那些学者口中现代人的话语，像“OK”、“古貌林”、“幼稚园”、“大学”、“飞车”、“莎士比亚”、“时装表演”等，都达到了近乎搞笑的程度。然而鲁迅并不是为了搞笑而搞笑，为了“油滑”而“油滑”，而是在轻松幽默中实现一种广阔的艺术联想。又如《补天》写女娲炼石补天和抟土造人的故事，正如鲁迅所说，在开始创作时，“是很认真的，虽然也不过取了茀罗特说，来解释创造——人和文学的——的缘起”。③以“性的发动和创造，以至衰亡”④ 为主干，着力表现他对中国精神源头的理解与文明创造者的想象。然而小说写到中途，看见报上同样是青年的大学生攻击青年诗人汪静之《蕙的风》“堕落轻薄”，“有不道德的嫌疑”，鲁迅“心里很不以为然，于是小说里就有一个小人物跑到女娲的两腿之间来，不但不必有，且将结构的宏大毁坏了。”⑤鲁迅为了达到激活历史的目的，不断地对历史事件进行精心提炼，舍弃对烦琐的历史细节的真实描绘，而是提炼出历史精神的精髓，以此来突出小说的寓言性和象征性。因而从取材上古“神话、传说及史实”的特殊性

① 鲁迅：《南腔北调集·〈自选集〉自序》，《鲁迅全集》第 4 卷，人民文学出版社 2005 年版，第 469 页。

② 鲁迅：《故事新编·理水》，《鲁迅全集》第 2 卷，人民文学出版社 2005 年版，第 397 页。

③ 鲁迅：《故事新编·序言》，《鲁迅全集》第 2 卷，人民文学出版社 2005 年版，第 353 页。

④⑤ 鲁迅：《南腔北调集·我怎么做起小说来》，《鲁迅全集》第 4 卷，人民文学出版社 2005 年版，第 527 页。

和《故事新编》内容与风格的斑驳陆离就构成了一个寓意比较隐晦但又十分深邃的寓言文本。

作为一部历史题材的小说，在《故事新编》创作中，鲁迅进入历史的方式明显是一种“以今逆古”的体悟式的，也即现实体验的主体与作为文献记录的客体的相遇。正如詹姆逊所说：“作为历史性（historicity）的经验是通过现在历史学家的思维同过去的某一共时的复杂文化相接触时体现出来的。”① 从《故事新编》的序言看，《故事新编》是鲁迅在13年里早就预备创作的风格相统一的八篇小说。虽然是取材于上古的“神话、传说及史实”，但是并没有拘泥于历史事实，而是明显有着抽离史实走向抽象的寓言化倾向。可以说，《故事新编》的独特取材、内容和风格的斑驳陆离以及内在意蕴的潜藏都表现出鲁迅建构寓言世界的努力。

二、“古今杂糅”的寓言文本

可以说，“《故事新编》的创作打破中国史传文学传统的‘经、史、虚、实’规范的束缚，完成了对现代作家禁锢已久的历史想象方式的伟大解放，它的深刻的创新力是20世纪中国小说史上的一个典范。”② 因此，《故事新编》这种超越时空、杂糅古今的复杂文体，引起了许多研究者从不同的角度对它进行解释。早在20世纪50年代初，冯雪峰就曾认为《故事新编》是“寓言式的短篇小说”。③ 但遗憾的是冯雪峰并没能指出，《故事新编》作为“寓言式的短篇小说”的真正新质是什么，而仅仅以寓言这种古老的文学形式的短小性、启发性和讽喻性等特点来阐释《故事新编》。20世纪90年代，王晓明提出，《故事新编》“不是严格意义上的小说作品，而更像是寓言和杂文的混合物。”④ 郜元宝更进一步指出“《故事新编》不是针对具体时代的写实，而是超越时代的一则关于中国的大寓言。”⑤ 而此后，越来越多的研究者都不约而同地选择从寓言的角度来观照《故事新编》。

---

① 詹明信：《马克思主义与历史主义》，《晚期资本主义的文化逻辑》，生活·读书·新知三联书店1997年版，第161页。

② 郑家建：《中国文学现代性的起源语境》，上海三联书店2002年版，第217页。

③ 冯雪峰：《冯雪峰文集》第2卷，人民文学出版社1983年版，第443页。

④ 王晓明：《双驾马车的倾覆——论鲁迅的小说创作》，《王晓明自选集》，广西师范大学出版社1997年版，第1页。

⑤ 郜元宝：《鲁迅六讲》，上海三联书店2000年版，第124页。

就寓言的文类而言，传统意义上的寓言是指含有道德训诫和哲理的故事，因而作为一种最古老的文学形式之一，寓言无疑是原始的、初级的。但是作为一个理论概念，寓言在20世纪的文论界却获得了新生，本雅明首先开创了寓言美学，并重新确立了寓言在文学中应有的地位，随后阿多诺也把寓言视为理解现代主义文学作品的钥匙，而詹姆逊更是把寓言作为切入第三世界文学的一枚楔子。英国的伊格尔顿也指出，寓言释放出的是一种新鲜的多重意义，“因为寓言家在废墟中挖掘曾经相联系的意义，用一种惊人的新的方式来处理他们。神秘的内在性得到净化，寓言的指涉物能被修复为适宜于多样性的使用和阅读……客体失落了内在的意义，在寓言忧郁的注视下放弃专横的物质性能指，具有神秘性的字母或片断从单一意义的控制下转变为寓言的力量。”① 伊格尔顿对本雅明寓言美学的描述无疑也同样适合于对《故事新编》的理解。

虽然《故事新编》写的是历史，但是却不同于一般的历史小说。用鲁迅的话说，这是他尝试多方面选取写小说的题材——“想从古代和现代都采取题材，来做短篇小说”。② 他称这些小说为“神话、传说及史实的演义”。③ 在《故事新编》中，鲁迅并不执著历史真实本身，目的则是借历史人物的躯壳，表达对历史和现实的意念、哲理。但在《故事新编》的创作过程中，鲁迅采用了“只取一点因由，随意点染，铺成一篇”的浪漫自由的创作方法，这样就既不受正史所束缚，同时又为独立认识历史和阐释历史提供了广阔的空间。作者在历史与现实之间充分驰骋艺术想象，将史实、神话、传说、寓言等杂糅在一起，呈现出五彩缤纷的历史世界，同时又构成了一个多声部、混杂性的复杂的寓言文本。正如杰姆逊在谈到寓言的复杂性表述时所说：“寓言精神具有极度的断续性，充满了分裂和异质，带有与梦幻一样的多种解释，而不是对符号的单一的表述。它的形式超过了老牌现代主义的象征主义，甚至超过了现实主义本身。我们对于寓言的传统概念认为寓言铺张渲染人物和人格化，拿一对一的相应物作比较。但是这种相应物本身就处于本文的每一个永恒的存在中而不停地演变和蜕变，使得那种对能指过程的一维看法变得复杂起来。”④《故事新编》的寓言世界可视为鲁迅对古今社会人性、人生、国民性等本质特征的省思与批判。但“由于寓意的浓泡漫浸，鲁迅作品中的人物更带有抽象的理性化的特点。他们与其说是实在的形象本

---

① 伊格尔顿：《审美意识形态》，广西师范大学出版社2001年版，第332页。

② 鲁迅：《故事新编·序言》，《鲁迅全集》第2卷，人民文学出版社2005年版，第353页。

③ 鲁迅：《南腔北调集·〈自选集〉自序》，《鲁迅全集》第4卷，人民文学出版社2005年版，第469页。

④ 詹明信：《处于跨国资本主义时代中的第三世界文学》，《晚期资本主义的文化逻辑》，生活·读书·新知三联书店1997年版，第528页。

体，不如说‘寓言’的符号载体更为确切。”①

本雅明在《德国悲剧的起源》中论述悲悼剧时指出：“悲悼剧舞台上自然——历史的寓言式面相在现实中是以废墟的形式出现的。在废墟中，历史物质地融入了背景之中。在这种伪装之下，历史呈现的与其说是永久生命进程的形式，毋宁说是不可抗拒的衰落的形式。寓言据此宣称它自身超越了美。寓言在思想领域里就如同物质领域里的废墟。”② 在《故事新编》中，同样有着大量与废墟类似的历史碎片遗落在小说的每一个角落。我们不得不承认鲁迅多像一个神奇的炼金术士，他赋予这些碎片高度的寓言意指功能。这些支离破碎的历史碎片使得小说处处布满了光怪陆离而又飘忽不定能指表象，却又始终不把它们联合成单一的整体，从而使得小说像一个迷宫一样拥有无穷的阐释空间。这样，小说的寓意指向也就变得扑朔迷离，让阐释者始终无法找到窥视的门径。而这也正是现代寓言所表现出内容与形式相分离的显著特征。当然，这种分离不是绝对的分隔，而是一种边界模糊的分层。于是内容通常是以形式的面目出现，从而从根本上消除了形式与内容这种传统的僵硬对立。所以在《故事新编》中，我们不得不持续不断地猜测那些文本碎片的寓意之谜，从而探析出小说文本意蕴所在和作者的寓意所指。

在《故事新编》中，一个突出的特征就是要么在作品中表现出对历史文本的有意偏离，要么在小说的结尾表现出大转折和分裂。以前的形象的主动位置被随意摆弄，形象的精神和行为的光彩突然变得空空洞洞。这就是“新编”文本与历史的“故事”文本的不同之处，女娲造人却累死于人，后羿救世而无法生存于世……同样，禹、墨也被摘去了头顶的光环。如《理水》中的大禹在治水取得成功后，终不免被世俗所同化：“吃喝不讲究，但做起祭祀和法事来，是阔绰的；衣服很随便，但上朝和拜客时的穿着，是漂亮的。”③ 这与昔日那个质朴、讲求实干的治水英雄大禹形成强烈的反差。《非攻》中的墨子以侠义与智慧阻止了一场楚国对宋国的掠夺战争，应该说是拯救宋国的英雄，但他在宋国所受到的搜检、驱赶等待遇，却与常人无异，而小说也由此具有了明显的反讽意味。正如高远东所言：“无论是对于过去还是未来，鲁迅式的写作都意味着一种与民族的历史、道德、文化和问题发生广泛而深刻的纠结的方式……但鲁迅的实践其实反倒拥有作为经典规范的反规范特性，这一悖论或能令我们在理解鲁迅小说本文及其语境与解读本文及其语境之间的辩证关系及所谓经典的意义的相对性时产

① 吴秀明：《历史的诗学》，浙江人民出版社 1994 年版，第 314～315 页。

② 本雅明：《德国悲剧的起源》，文化艺术出版社 2001 年版，第 146 页。

③ 鲁迅：《故事新编·理水》，《鲁迅全集》第 2 卷，人民文学出版社 2005 年版，第 400 页。

生顿悟。”①

所以说，《故事新编》不是针对具体时代的写实，而是超越时代的关于中国历史与现实的寓言。作者冲破时空的隔阂，一方面让古人和今人走到了一起，另一方面作者也真正扑到了今人和古人的心坎里，看到了古人今事之间实质性的相通。这也表明《故事新编》不同于纯粹反映现实和演义历史的小说，而是追求隐喻历史与现实的寓言的真实。从这一层意义上说，鲁迅在《〈出关〉的“关”》中深信的“纵使谁整个的进了小说，如果作者手腕高妙，作品久传的话，读者所见的就只是书中人，和这曾经实有的人倒不相干了……这就是所谓人生有限，而艺术较为永久的话罢。”② 的确道出了《故事新编》作为历史小说的特色所在。正是因为《故事新编》在寓意上着力，所以能挣脱具体描写的许多限制，在同时代或稍后的历史题材的小说作品中独树一帜。

三、《故事新编》的历史文化寓意

《故事新编》是鲁迅在 13 年时间里陆续创作的风格较统一的八篇小说，虽然都是取材于上古的“神话、传说及史实”，但并不完全拘泥于历史事实，而是明显有着抽离史实走向抽象的寓言化倾向。《故事新编》的独特取材、内容的驳杂、风格的斑驳陆离、思想内涵的潜藏都表现出鲁迅对寓言世界建构的努力。然而，《故事新编》古今杂糅，它的表象能指与深层所指之间有着一定的距离，因而它的寓意十分隐晦。透过这些想象奇诡、光彩炫目的能指表象，发掘出潜藏在《故事新编》光怪陆离的能指之内的深层寓意所指显然具有相当的难度。正如詹姆逊说：“寓言包括某一特定表象中抽取它的自足的意义。这种抽取标志着这个表象本身的根本不充分性，断裂，谜一样难解的象征，等等；但在现代尤其经常碰到的问题是，除了继续指涉自身而且合乎逻辑的表象之外，它采取了小型楔子或窗口的形式。……即便那种象征一般指一种现实主义的象征，那么，在作品内部也会敞开一种讽喻的距离：各种积累的意义能够渗入的一道裂缝，因此，寓言是一种逆反伤口，文本中的伤口；它可以得到密封或控制（特别是在警觉的现

① 高远东：《经典的意义——鲁迅及其小说兼及弗·詹姆逊对鲁迅的理解》，载《鲁迅研究月刊》1994 年第 4 期，第 27 页。

② 鲁迅：《且介亭杂文末编·〈出关〉的“关”》，《鲁迅全集》第 6 卷，人民文学出版社 2005 年版，第 538 页。

实主义美学的监护之下)，但作为一种可能性它永远不会完全消失。”① 在《故事新编》的序言中，鲁迅曾说《补天》是“解释创造——人和文学——的缘起”，② 后来又说他“是在描写性的发动和创造，以致衰亡的”③ 鲁迅的话带有极大的寓意性，是解开《故事新编》之谜的金钥匙。《故事新编》中的每一篇作品，其实都是写历史文化的“缘起”“以致衰亡”的寓言。这正是鲁迅立足于现实世界来重新审视传统的结果。

在《故事新编》中，鲁迅没有专注于复原先秦精神，也没有使小说的叙事完全服从于自己的任意调配而脱离于古文献的依据。《故事新编》明显显示出“对过去的阐释成为对今天的敞开，对过去的意义发掘成为对当代意识的启示”。④《故事新编》不追求再现历史的真实，而是追求内在的寓言的真实，说出了历史的循环这样一个寓言结构投射到普遍和历史当中。虽然说鲁迅所博考的确实是对于先秦的神、英雄和哲人的叙述，但《故事新编》则是鲁迅对这些神、英雄和哲人重新审视后，对历史叙述的重新叙述。正如詹姆逊所言：“历史不是文本，不是叙事，无论是宏大叙事与否，而作为缺场的原因，它只能以文本的形式接近我们，我们对历史和现实本身的接触必然要通过它的事先文本化，即它在政治无意识中的叙事化。”⑤ 神、英雄和哲人也正是由于存在于文献的叙述记录中，而被定格为华夏文明的象征。女娲、后羿、黑衣人、禹这些神话传说中人物就是先民所描述的文明源头的开创者，而伯夷、叔齐、老子、墨子、庄子则更是以某一文明的开创者而进入“史实”中的。而鲁迅在《故事新编》中所作的则是将这种被历史定格了的叙述转化为他深深体验到的一种真实的叙述。也即通过现实体验的主体与作为历史记载的客体相遇而产生的感悟，并将其叙述出来。显然，《故事新编》是以一种不同于传统历史小说的方式在叙述历史的，鲁迅建构了一种新的关于历史的艺术文本，其目的就是为了更好地实现对历史文化体悟的传达。

在《故事新编》中，鲁迅创造性地将古人今人打成一片，历史地审视传统思想在现代的命运。事实上，鲁迅很早就表现出对历史的关注，他说：“历史上都写着中国的灵魂，指示着将来的命运。”⑥ 历史是指向将来的，历史对现实有着深刻的启示作用，所以他说：“倘不是笨牛，读一点就可以知道，怎样敷衍，

---

① 弗雷德里克·詹姆逊：《布莱希特与方法》，中国社会科学出版社 1998 年版，第 138 页。

② 鲁迅：《故事新编·序言》，《鲁迅全集》第 2 卷，人民文学出版社 2005 年版，第 353 页。

③ 鲁迅：《南腔北调集·我怎么做起小说来》，《鲁迅全集》第 4 卷，人民文学出版社 2005 年版，第 527 页。

④ 王岳川：《历史与文本张力结构》，载《人文杂志》1999 年第 4 期。

⑤ 詹姆逊：《政治无意识》，中国社会科学出版社 1999 年版，第 26 页。

⑥ 鲁迅：《华盖集·忽然想到》(四)，《鲁迅全集》第 3 卷，人民文学出版社 2005 年版，第 17 页。

偷生，献媚，弄权，自私，然而能够假借大义，窃取美名。”① 在历史观念上，鲁迅也一贯认为历史是循环的、古今是相似的，他说：“试将记五代，南宋，明末的事情的，和现今的状况一比较，就当惊心动魄于何其相似之甚，仿佛时间的流逝，独与我们中国无关，现在的中华民国也还是五代，是宋末，是明季。”② “史书本来是过去的陈账簿，和激进的猛士不相干。但先前说过……知道我们现在的情形，和那时的何其神似，而现在的昏妄举动，胡涂思想，那时也早已有过，并且都闹糟了。”③ 在鲁迅看来，现实中的事总是与历史有着一定的关联，现实中处处都保留着历史的遗传。他说：“古人做过的事，无论什么，今人也都会作出来，而辩护古人，也就是辩护自己。况且我们是神州华胄，敢不‘绳其祖武’吗?”④ 鲁迅认为中国的事情往往不仅“古已有之”，“今仍有之”，而且难免“后仍有之”。⑤《理水》中大禹在登基之后开始讲究礼仪服饰，而在《朝花夕拾·范爱农》中，王金发与辛亥革命胜利后进入绍兴，也有类似的变化，那就是：“穿布衣来的，不上十天也大概换上皮袍子了，天气还并不冷。”⑥ 可以看出，鲁迅在处理历史题材时，并不是将其封闭在“过去”，而是向着“现实”开放，通过将历史和现实的杂糅，以求展露出活在现实中的历史。

然而，正如鲁迅所说：“历史上都写着中国的灵魂，指示着将来的命运，只因为涂饰太厚，废话太多，所以很不容易察出底细来。正如通过密叶投射在莓苔上面的月光，只看见点点的碎影。”⑦ 在《故事新编》的创作过程中，鲁迅总是理性地审视历史与现实的必然联系，在历史中找到现实的原型，在历史中“刨”出现实的“祖坟”，将历史的指向对准未来。所谓“‘发思古之幽情’，往往是为了现在”。⑧ 在鲁迅看来，通过历史关照现实，以现实事件为准，寻找历史的根源与原型，既能透视现实的历史脉络，也能反观历史的现实再现，从而推知未来。鲁迅说：“一治史学，就可以知道许多‘古已有之’的事”，⑨ “我们看历

① 鲁迅：《华盖集·十四年的“读经”》，《鲁迅全集》第3卷，人民文学出版社2005年版，第138页。
② 鲁迅：《华盖集·忽然想到》，《鲁迅全集》第3卷，人民文学出版社2005年版，第17页。
③ 鲁迅：《华盖集·这个与那个》，《鲁迅全集》第3卷，人民文学出版社2005年版，第149页。
④ 鲁迅：《华盖集·忽然想到》（四），《鲁迅全集》第3卷，人民文学出版社2005年版，第18页。
⑤ 鲁迅：《集外集拾遗·又是“古已有之”》，《鲁迅全集》第7卷，人民文学出版社2005年版，第239～240页。
⑥ 鲁迅：《朝花夕拾·范爱农》，《鲁迅全集》第2卷，人民文学出版社2005年版，第325页。
⑦ 鲁迅：《华盖集·忽然想到》（四），《鲁迅全集》第3卷，人民文学出版社2005年版，第17页。
⑧ 鲁迅：《花边文学·又是“莎士比亚”》，《鲁迅全集》第5卷，人民文学出版社2005年版，第601页。
⑨ 鲁迅：《集外集拾遗·又是“古已有之”》，《鲁迅全集》第7卷，人民文学出版社2005年版，第239页。

史，就能够据过去以推知未来”，[①] “以过去和现在的铁铸一般的事实来测将来，洞若观火！”[②]

显然，“《故事新编》在历史叙事模式上，没有停留在历史和历史事件本身及其历史人物的精神实质中去，进行了充分诗意化、哲理化的艺术再创造：它打破了古今界限井然有序的传统经典范式，创造了古今杂糅杂陈、幻想与现实相映成趣的艺术路数，历史在这里已变成了一种镜像，许许多多的生活现实都可以在这个景象中被折射出来。”[③]《故事新编》的寓言力量就在于打破了被历史、意识形态所固定化了的想象，戳穿了对神、英雄和哲人浪漫化的幻觉。正是透过《故事新编》多声部混杂性的寓言文本，我们发掘出鲁迅所赋予它的深层寓意。在鲁迅看来，历史的演进仿佛是一次次重复，一次次循环构成的，而现实也一直没有冲出这个怪圈，而是越来越像是陷入了荒谬的轮回之中，而这也就是《故事新编》所表现出的一直萦绕在鲁迅心头深深的悲凉和无望。

① 鲁迅：《华盖集·答 KS 君》，《鲁迅全集》第 3 卷，人民文学出版社 2005 年版，第 119 页。

② 鲁迅：《南腔北调集·〈守常全集〉题记》，《鲁迅全集》第 4 卷，人民文学出版社 2005 年版，第 540 页。

③ 秦方奇：《超越时空的契合——〈故事新编〉与新历史主义小说》，载《辽宁师范大学学报（社会科学版）》2004 年 7 月第 4 期，第 93 页。

第二十七章

郭沫若历史剧中的“现代”与“传统”

在现代中国文学史上，创作历史剧时间最长（前后达四十年之久）、思想艺术成就最高、社会反响最大的，是郭沫若。尤其是他的代表作《屈原》，曾被誉为是“民族灵魂的史诗”，体现了“巨大的思想深度和意识到的历史内容，同莎士比亚式情节的生动性和丰富性，这三者之完美的融合”。[①] 郭沫若1949年之前创作的历史剧，除《屈原》外，还包括早期《三个叛逆的女性》中的《卓文君》、《王昭君》、《聂嫈》，抗日战争时期的《虎符》、《高渐离》、《孔雀胆》、《南冠草》，以及根据《聂嫈》改编而成《棠棣之花》等，这些作品曾起到巨大的历史作用。作家始终坚持“古为今用”的创作原则，立足于当时的现实而着眼于历史，体现了鲜明的时代性和政治性。尤其在抗日战争与国共合作的特殊岁月里，郭沫若充分利用历史剧这一独特的战斗形式，发挥“将剧场当战场”的特殊战斗精神，以自己富有强烈感染力的历史剧作鼓舞起人们同仇敌忾、抗敌御侮的壮志豪情，同时又尖锐批判了当时国民党反动派投降卖国、制造分裂、破坏抗战的反共与防共政策，为现代文学史乃至整个现代文化史写下了浓墨重彩的光辉一页。

不仅如此，郭沫若历史剧还为现代历史题材创作所遇到的古与今、新与旧、中与西、传统与现代、历史与文学、个人的艺术情趣与社会使命、个体英雄人物与人民大众等诸多理论问题，提供了绝佳的典范，即使对于今天的历史题材创作，也不无借鉴意义。本章试图以《屈原》为例加以分析。笔者认为，《屈原》

① 何益明：《郭沫若的史剧艺术》，湖南长沙文艺出版社1994年版，第299页。

等作品的成功，不仅因为作家敏锐地把握住了时代的脉搏，借着“古人的皮毛”喊出了时代的强音，还由于它最大限度地契合了我们民族代代相传的审美心理定势，并使之与“爱国”、“革命”、“抗日”等“现代性”话语融为一体，《屈原》等作品再次证明了传统审美心理定势的历史惯性与生命力。当然，对传统观念的过多因袭，却也使得郭沫若注视古老历史的目光有时未免游离于“现代”之外。

一、问题的提出：《屈原》情节的“不合情理”

郭沫若的历史剧《屈原》不仅在当时引起了前所未有的社会反响，而且对整个现代中国文学与文化都产生了重大影响。尤其是在当时抗敌御侮和国共两党激烈纷争的特殊形势下，郭沫若将戏剧当做社会政治领域的战斗武器，通过《屈原》等作品成功地表达了对国民党独裁当局“消极抗日、积极反共”的愤怒与不满，唤起民众团结御敌的决心与信心。正如周恩来所说：“在连续不断的反共高潮中，我们钻了国民党一个空子，在戏剧舞台上打开了一个缺口。在这场战斗中，郭沫若同志立了大功。”[①] 对于郭沫若的这一历史贡献，我们绝对不应忘却。但一部文艺作品在社会政治领域产生了巨大影响，与它本身是否艺术精品并非一回事。与此类似的例子在国外也有很多：美国南北战争时期曾有一部小说《汤姆叔叔的小屋》广为流传，它对美国黑奴的解放运动起到了直接推进作用，但没有人因为这部作品的社会历史贡献就拔高它的艺术成就，认定它在艺术上多么“完美无缺”，笔者认为对《屈原》也应持类似的态度。

《屈原》在艺术上的最大缺陷，是情节设置的不合情理。作家在剧中将屈原的一生浓缩为一天——“由清早到夜半过后”的时间内，[②] 这对戏剧冲突的集中与强化无疑起到了关键作用，许多成功的剧作如曹禺的《雷雨》等都有相似的情节设置。但如果将《雷雨》与《屈原》稍加比较，就会发现两者的不同：《雷雨》虽然也将全剧情节集中于一天（上午到午夜两点），然而这短短的一天却是剧中主要人物三十多年恩怨冲突的总爆发。那一天发生在周公馆里的人间惨剧虽然曲折离奇、惊天动地，却又都“有迹可循”，因而显得合情合理。《屈原》就不同了。作品一开始，出现在舞台上的屈原即使称不上“春风得意”，却也是备受楚怀王宠信、又深得民众敬仰的“三闾大夫”；他还身兼公子子兰的（怀王与

---

① 参见夏衍：《知公此去无遗恨——痛悼郭沫若同志》，载《人民文学》1978 年第 7 期。

② 郭沫若：《我怎样写五幕史剧〈屈原〉》，《郭沫若全集》第 6 卷，北京人民文学出版社 1986 年版，第 404 页。

南后的儿子）老师，可见怀王与南后对他的信任程度。不仅如此，怀王在“联齐抗秦”的战略方针上，也完全认同屈原的主张。在第一幕，作家还通过婵娟和子兰之口反复对屈原说：“国王听信了先生的话，不接受张仪的建议，不愿和齐国绝交。”怀王甚至已经准备在“今天中午”为张仪“饯行”了。——那么我们只能认定，南后设计陷害屈原，绝非是长期预谋已久的结果。

南后为什么突然决定陷害屈原呢？按照剧本所述，是因为张仪游说楚怀王“降秦”不成后不敢再回到秦国，于是戏说了一句：要回老家魏国寻找一两名美人献给怀王。想不到这句戏言竟惹得南后醋意大发，担心张仪如果说到做到，会使自己失宠于怀王。为了阻止张仪回到魏国，南后遂设下了陷害屈原的圈套，她故意在宫廷之上让屈原靠近自己，于大庭广众之下“晕倒”在屈原怀里，然后诬告屈原对自己“图谋不轨”——如此拙劣的伎俩竟能畅行无阻，难道怀王与他身边的诸多王公大臣全是白痴？① 当然我们可以辩白说：很多人明知屈原是被陷害的，却因慑于南后的淫威而不敢说明真相，只好任凭南后的阴谋得逞。那位明明听到南后对屈原说：“啊，我发晕，我要倒，三闾大夫，你快，你快！”的钓者，不就是因为当着楚王的面公然斥责南后，竟被作为“疯子”抓进了监狱吗？但既然平民百姓都能把南后的阴谋瞧得一清二楚，为什么怀王却置若罔闻、甘心上当受骗呢？而且立即将一贯坚持的“抗秦联齐”军国大计变为“绝齐联（降）秦”，来了个一百八十度的大转弯？难道仅仅由于南后这小女子“念头一转”并“计上心来”，就导致了一个国家（楚国）的覆灭？倘真如此，那简直比古人所说的“一顾倾人国”还要神奇！

情节设置的不尽合理还直接导致了人物塑造的类型化与概念化。楚怀王虽然在剧中只是一个次要人物，但他作为楚国的国王，却是各种矛盾的最高裁决者，完全将这一人物描述为任凭南后摆布的木偶或“道具”，不仅使整部剧作的悲剧内涵大打折扣，而且于情于理说不过去：如果南后与怀王的关系果真是这种摆布与被摆布的关系，南后还有必要担心失宠于怀王而费尽心机地陷害屈原吗？又该怎么解释此前怀王信服于屈原提出的“抗秦联齐”战略，一再拒绝张仪的游说呢？至于剧本的中心人物屈原，由于作家倾力将其塑造为近乎“高大全”的历史伟人形象，其性格特征也给人以鲜明有余、丰厚不足的印象。这一高度政治化的艺术形象“固然痛快淋漓，但形象的厚度不够，缺乏更深刻更耐人咀嚼的思想艺术力量，也是显然的。”② 作家虽然将他打造成“楚国的栋梁”一类杰出的

---

① 作家可能也觉得这样的情节设置太过离奇，于是在第四幕中让目睹南后“丑行”的那位钓者解释说：“其实事情也很简单，只要当场问一下便可以明了的。但我们的国王在盛怒之下，全然不想问问我们当场的人——当场的人并不少，我们跳神的是十个，还有唱歌的和奏乐的。”这样的解释显然非常牵强。

② 钱理群等著：《中国现代文学三十年》，北京大学出版社1998年版，第112页。

政治家形象，但通观全剧，屈原却没有表现出独特的政治才能。他在遭遇陷害后的“发疯”和那激情澎湃、诗情横溢的“雷电独白”，都不是面对危机的斗争策略，只是他主观情绪的宣泄；至于他在婵娟死后对“卫士甲”的问话：“你今后打算要我怎样？因为我现在的生命是你和婵娟给我的，婵娟她已经死了，我也就只好问你了。”又是否露出了些许凡夫俗子的“马脚”？

亚里斯多德在《诗学》中曾指出：“一桩不可能发生但却可信的事，比可能发生但却不可信的事更为可取。编组故事不应用不合情理的事件，——情节中最好没有此类内容，即便有了，也要放在布局之外。”① 亚里斯多德的告诫直到今天仍然是那么令人信服。

不过，仅仅指出《屈原》情节设置的“不合情理”并非本文的目的。相对于《屈原》的艺术成就，它的这一缺陷毕竟“瑕不掩瑜”，笔者要进一步追问的是：《屈原》包含了哪些光彩夺目的“瑜”，使得人们忘记或对其中的瑕疵视而不见？抛开具体的社会历史因素不谈，笔者认为《屈原》的成功很大程度上是由于作家对中国普通民众传统审美心理的深刻谙熟与把握。作家不仅敏锐地把握住了时代的脉搏，借着“古人的皮毛”喊出了时代的强音，而且巧妙地将“爱国”、“革命”、“抗日”等最具“现代性”的宏大历史叙事与深藏在民间的古老文化传统、特别是传统戏曲的审美心理定势融为一体。但在传统文化观念的过多“魅惑”下，郭沫若注视古老历史的“现代”目光有时不免显得犹疑而苍茫。下面笔者分别论述之。

二、历史悲情中的“忠奸对立”

中华民族大概是世界上最重视历史的一个民族，历朝历代流传下来的史书不仅浩如烟海、生动丰富，而且还有更为细致逼真、形式多样的话本、戏剧、传说、故事、演义、小说、诗歌等文艺形式，普通百姓通过它们去探听历史、关注历史并议论历史，满足了自己的“历史癖”。另外，中国大概又是历史上王朝更替最为频繁、“革命”事件爆发最多的国家之一，而每一次的“豪杰并起”和江山易主，无不以生灵涂炭、社会大厦的倾覆为代价。个人的不幸、社会的动荡、国家的灭亡，再加上“家国同构”的传统思维方式和对社会集体的高度看重，一代代的中国人自然而然地将“国家”、“祖国”纳入到了伦理情感的范畴内，

① ［希腊］亚里士多德著，陈中梅译：《诗学》，商务印书馆 1996 年版，第 170 页。

"每当国家遭受不幸时，人们就会产生一种极为强烈的沉痛感和道义感。"① 这种沉痛感与道义感，我们在先民"彼黍离离，彼稷之苗"的悲叹中就已感触到了（《诗经·王风·黍离》）。"黍离之悲"其实就是一种亡国之悲，也是一种乱世之痛、兴亡之叹。从《诗经》开始，无数个文人士大夫将这种家国之悲反复体味与咏叹，从而酝酿成愈来愈浓烈的历史悲情。而随着历史的脚步别无选择地迈向近代，中华民族固有的历史悲情更得到空前的强化与现代民族主义的升华。长期积贫累弱导致的落后闭塞偏偏遭遇到了西方列强肆无忌惮的侵略与欺凌，于是"天朝大国"的幻梦彻底崩溃，"亡国灭种"的现实危机不仅引起了文人士大夫的普遍焦虑，更唤起了社会大众心底深处的悲情意识。一旦遇到任何"风吹草动"的特殊社会事件，这种悲情意识就可能如火山喷发一样爆发出来。

我们完全可以设想，在 1942 年那样一个"中华民族到了最危险的时候"的特殊年代，重温战国时期楚国被秦国所灭的"历史悲情"，无疑能最大限度地唤起普通民众的心灵共鸣，从而激发起整个社会的高涨情绪。作为一位善于把握时代脉搏的诗人与作家，郭沫若以极快的速度创作出《屈原》等历史剧，与他在"五四"时期创作完成《女神》中的大部分诗篇是极为相似的，同样也是"个人的郁积"与"民族的郁积"相互交汇而找到的"喷火口"与"喷火方式"。②《屈原》随处可见"中国"、"整个儿的中国"、"我们的祖国"等富含现代民族主义色彩的语词。屈原在遭到南后诬陷以后，依然坚定地劝导怀王："你要替楚国的老百姓设想，多替中国的老百姓设想。老百姓都想过人的生活，老百姓都希望中国结束分裂的局面，形成大一统的山河。"——我们发现在屈原口中，从"楚国的老百姓"到"中国的老百姓"是一个多么自然的转换。正是通过这样的转换，发生于春秋战国时期的秦楚之争与 20 世纪的现代民族国家概念之间，建立起了互通互喻的对应关系；怀王、南后与屈原之间的政见分歧，也就自然地被比附为抗战时期"卖国"与"爱国"的"路线斗争"了。

不过古人抒发的"黍离之悲"与兴亡之叹，常常是悲戚凄惨、无可奈何的哀鸣，历史的无常与人生的无奈，使得古代文人们难免萌发一种虚无幻灭之感；而《屈原》所表达的，则是充满阳刚之气的愤怒与抗争。这一情感内蕴的本质分野，不仅与战争时期的特殊社会处境紧密相关，因为越是在那样一个侵略与反侵略的血与火的年代，越需要弘扬一种男性英雄主义气概，鼓励人们同仇敌忾、奋勇杀敌，而且也是现代文学的思想特质所决定的。美籍华人学者夏志清曾认为 1917~1949 年之间的中国现代文学，有一个既迥异于西方文学，又不同于中国

① 刘彦君：《栏杆拍遍——古代剧作家心路》，北京文化艺术出版社 1995 年版，第 170 页。
② 郭沫若：《序我的诗》，见《郭沫若论创作》，上海文艺出版社 1983 年版，第 213 页。

传统文学乃至1949年之后“中国大陆文学”的显著特点，那就是“作品所表现出的道义上的使命感，那种感时忧国的精神。”① 李欧梵则将这一“感时忧国”的精神解释为中国现代作家追求“现代性”的具体表现，并进一步发挥说，这种“感时忧国”的精神绝非“来自精神上或艺术上的考虑”，而是出自对“社会—政治产生的极其强烈的痛苦感受”，因而现代文学便成为“表达社会不满的一种载体”，更多地表现出“对作家所面临的政治环境采取的一种批判精神”。② 以这样的观点对《屈原》略加考察，会发现它不仅完全符合“感时忧国”的时代精神，而且显示了作家对自己所面临的政治环境的尖锐批判。

而当我们深入到《屈原》的叙事内核，则会轻易见到其中包裹着的“忠奸对立”的古老原型。《屈原》中的几乎所有人物都可分列为正确与错误、忠良与奸佞、“爱国”与“卖国”、进步与“反动”两大阵营。以屈原为首，包括婵娟、“钓者”河伯、渔父等人所代表的“忠良”一方，与南后、怀王、张仪、靳尚等人代表的“奸佞集团”之间展开的，是一场激烈但不复杂的生死搏斗。至于宋玉这样的小知识分子，虽然不时摇摆于两大阵营之间，但在斗争激烈的关键时刻，他就会倒向“反动”阵营中去的——应当承认，此种“忠奸对立”、“善恶分明”的叙事模式可以迅速制造出强烈的戏剧效果，并激起广大观众的深切共鸣。要知道中国历朝历代的普通民众最容易被吸引与被感动的，而且几千年来一直在戏曲舞台上演并历久不衰的，恰恰就是这种“忠奸对立”、“善恶分明”的情节模式。无论是岳飞与杨家将的浩气长存，还是黑包公的刚直不阿、秦香莲的凄切哀怨，其实都离不开那一个个站在他们身后的奸佞小人；中国人民津津乐道、代代相传的始终就是这类善与恶、忠与奸之间泾渭分明、彼此对立的故事与传说。“忠奸之争加上因果报应，可以粗略地画描出中国传统社会的一般政治心理。”③ 虽然随着西方科学理性思想的输入，现代中国社会已扬弃了被视为“封建迷信”的因果报应观念，但作为一种文化心理定势的“忠奸之争”与“忠奸对立”，依然沉淀在现代国人的心灵深处，甚至通过影视戏曲等审美艺术手段反复加以强化。

历史悲情与“忠奸对立”的融合，则是“奸佞误国”的思维方式与经典叙事。中国历史上的异族入侵、改朝换代、国破家亡等“沉痛的历史教训”，最终都可纳入到“忠奸之争”的故事传说中广泛流传。甚至在一些人心中，倘若没有秦桧等奸佞小人的诡计与陷害，凭我神勇无畏的“岳家军”足可扫平辽金大

---

① 夏志清：《现代中国文学感时忧国的精神》，见《中国现代小说史》，上海复旦大学出版社2005年版，第357页。

② 李欧梵：《现代性的追求》，北京三联书店出版社2000年版，第178页。

③ 王宏维：《命定与抗争——中国古典悲剧及悲剧精神》，北京三联书店出版社1996年版，第217页。

地；而在孔尚任笔下，南明江山的覆灭则归咎于阮大铖、马士英等奸臣的祸害，“一部《桃花扇》，实际上就是一场南明忠奸斗争史。”① 近代中国的衰弱与屈辱也被很多人断定：问题就出在慈禧、曾国藩、李鸿章一类“汉奸卖国贼”身上——可见奸佞当道、忠良被害、仁人志士报国无门一类的历史叙事，永远能成为每个时代“融会古今”的契合点。正是在这一意义上，我们不能不惊叹于郭沫若对社会大众审美心理的谙熟。

当“小人”与女子融为一体时，中国传统文艺的另一类经典叙事——“后妃误国”也就水到渠成般地产生了。鲁迅先生曾通过《阿Q正传》戏言道：“中国的男人，本来大半都可以做圣贤，可惜全被女人毁掉了。商是妲己闹亡的；周是褒姒弄坏的；秦……虽然史无明文，我们也假定他因为女人，大约未必十分错。”②《屈原》无疑为这一人物画廊增添了一位妲己式的人物——南后。而当南后与屈原分别代表了“奸佞”与“忠良”两条对立的政治路线与道德原则时，“忠良被害”与“后妃（奸佞）祸国”的故事原型必然再度成为人们的“文化心理期待”。

三、英雄崇拜中的“贞女牺牲”

古典小说与戏曲中的“忠奸对立”，还常常与“贤臣昏君”模式融为一体。因为奸佞小人不仅是忠良之士们的对立面，还要成为君王罪过的替罪羊。“奸佞的文化功能，就是在君王昏聩的时候，为君王承担罪责。”③ 这当然是可以理解的：在封建集权主义时代，需要一位高高在上的皇帝维持社会的基本稳定。封建伦理中的皇帝是不可能有过错的，因而古典戏曲中的政治悲剧一般离不开这样一种叙事模式：“忠臣为善，奸臣为恶，皇帝善而起初受蔽，最后去蔽。”④ 在这种模式中，帝王的“最后去蔽”是至关重要的，只有如此才能保证“天道”的正常运转。然而正因如此，却使得中国古典政治悲剧避开了悲剧意识最本质的精神内涵：对现存制度和社会的深刻反思与批判。从这一点上说，《屈原》大大超越了古典戏曲的悲剧意识，作品中的楚怀王不仅凶残无比、专横跋扈，而且昏聩无能，丧失了起码的决断能力。但《屈原》对历史伟人和英雄的赞颂背后，却隐

① 刘彦君：《栏杆拍遍——古代剧作家心路》，北京文化艺术出版社1995年版，第174页。
② 鲁迅：《阿Q正传》，《中国现代文学作品选读》，华东师范大学出版社1998年版，第13页。
③ 张法：《中国文化与悲剧意识》，中国人民大学出版社1989年版，第136页。
④ 同上，第143页。

含着另一种难以为人察觉的潜在危险：以对历史英雄和历史伟人的崇拜取代了古人对封建帝王的膜拜。尤其值得注意的是，当剧中主人公与叙述者融为一体时，这种对剧中主人公的赞颂与讴歌则可能转化为叙述者乃至作者本人自我意识的膨胀；而当这个"自我"自以为真理在握、并自诩为某一历史理性的代言者时，那么新一轮的历史悲剧又要不可避免地发生了。作家让屈原反复吟诵的一句台词是："你陷害的不是我，是我们整个儿的楚国呵！"虽然只是一种悲愤的抗议，但也足可以看出屈原差不多是以"整个儿的楚国"自居了，这固然与古代帝王的"朕即国家"有本质不同，但也潜伏着不言自明的巨大危险性；在第五幕的高潮部分"雷电独白"中，屈原呐喊着"把一切沉睡在黑暗怀里的东西，毁灭，毁灭，毁灭呀！"的同时，突然又有这样一句自白："这是我的意志，宇宙的意志。"可见无论在屈原还是在作家心中，"我的意志"与"宇宙的意志"已经融为一体、合而为一了。但不管是"我的意志"顺从了"宇宙的意志"，还是"我的意志"代表了"宇宙的意志"，那种唯我独尊的自我崇拜意识已昭然若揭。

在剧本结尾处，作者还安排出身低微但年轻美丽的婵娟误饮了原本用来谋害屈原的毒酒，从而以"有惊无险"的方式保护了屈原的"身家性命"，这明显隐含了"只要屈原还在，国家就在、希望就在"的主题内涵。然而我们不能不怀疑：一两位英雄人物的个人生死，真的就决定整个国家的生死存亡吗？如果把对整个国家乃至社会理想的维护简化或变相简化为对一两名英雄人物的保护，岂不已陷入道德与理想的悖论中？婵娟临死前对屈原的一段表白曾让广大观众感动不已：

> "先生，……我真高兴……我是一个普通人家的女儿，我受了你的感化，知道了做人的责任。我始终诚心诚意地服侍着你，因为你就是我们楚国的柱石。……我爱楚国，我就不能不爱先生。……先生，我经常想照着你的指示，把我的生命献给祖国。……我把我这微弱的生命，代替了你这样可宝贵的存在。先生，我真是多么地幸运啊！"

但笔者在细读这段文字之后，却发现背后的文化心理内涵简直让人心痛：婵娟对剧中屈原的情感，无疑是"纯洁"地建立在屈原身为"楚国的柱石"一类理性体认之上的。婵娟向屈原的倾诉："我爱楚国，我就不能不爱先生。"或许的确发自她的内心，但在笔者听来却未免有些"心惊肉跳"。因为，如果是以"爱楚国"的名义去爱"先生"，那么对"先生"的热爱就是最"天经地义"的了；如果是以"爱楚国"的激情去爱"先生"，那么替"先生"而死、为"先生"而献身就不仅理所应当，而且必然成为"爱先生"者们争先恐后而欲得之的荣誉和幸福了。还有，一旦婵娟们明白了“爱楚国”与“爱先生”其实是一回事，那么头脑简单、阅历肤浅的婵娟们很可能将“爱楚国”的觉悟和激情转移到爱“先生”这里，专心致志地通过“爱先生”去“爱楚国”。而享受着如此之“爱”的“先生”，又有什么事情不可以去做、什么目的不可以达到呢？

还有一个问题：婵娟作为受教育者，是受到了“先生”的感化才“知道了做人的责任”，这个“做人的责任”竟然就是诚心诚意地服侍“先生”；婵娟完全接受了“先生”的“指示”，为此付出的代价却是在关键时刻替先生而死，以自己卑贱又“微弱”的生命，代替先生那“可宝贵的存在”。如此“教育”，岂不令人疑窦丛生？

自古美人爱英雄，这本无可厚非。英雄与伟人们的顶天立地、威武阳刚、坚忍顽强体现了整个人类的精神和意志，自然最能受到美人的倾慕，所以“英雄美人”历来是中外文学中永恒的叙事母题；但在另一方面，能有“红颜”而崇拜而献身而替死，则“英雄”与伟人们和自以为“英雄”与伟人的人们，实在可以陶醉于自恋自大的心理快感之中。如果再运用现代女性主义视角重新审视郭沫若笔下的婵娟等人物，则会发现她们与中国古代被反复赞颂的“贞女”与“烈女”之间，是有着隐秘却深刻的内在关联的。中国古代妇女在通往“贞女”或“烈女”一类貌似神圣崇高的道德之路上所洒下的斑斑血泪，中外学者已有汗牛充栋般的著述，笔者不再重复。

四、大众审美中的“政治剧诗”

“剧诗”是我国现代著名戏剧理论家张庚先生最先提出的一个概念，他在1962年发表的论文《关于剧诗》中，开宗明义地指出：“我想谈的题目是关于‘剧诗’。西方人的传统看法，剧作也是一种诗，和抒情诗、叙事诗一样，在诗的范围内也是一种诗体。我国虽然没有这样的说法，但由诗而词，由词而曲，一脉相承，可见也认为戏曲是诗。”[①] 很显然，所谓“剧诗”就是诗歌与戏剧的结合，可称之为诗歌体戏剧或戏剧体诗歌；但与“诗剧”相比，“剧诗”这一概念突出的是中国传统戏曲的“曲性”而非“剧性”，“我国的剧诗是有声之诗。它由‘歌诗’、‘舞诗’、‘弦诗’等数种‘声诗’融合而成，是诗与歌、舞、乐的

① 张庚：《关于剧诗》，见《张庚戏剧论文集》，北京文化艺术出版社1984年版，第164页。

结合。”[①] 应当说这样的概括非常符合中国传统戏曲的美学特征。

笔者认为，以“剧诗”这一概念对郭沫若历史剧的美学特征加以概括，同样非常恰当。事实上诗人郭沫若创作的《屈原》等历史剧，首先是诗，其次才是戏剧，称得上名副其实的“剧诗”。而《屈原》的诗学品格不仅来自作家那诗性化的语言和慷慨激昂的情感抒发，不仅因为它取材于我国第一位伟大诗人屈原的生平事迹，还与作品时有穿插的歌、乐、舞的融合不无关系；如第二幕中南后为“欢送”张仪而准备的歌舞，第三幕中楚国百姓为屈原的“招魂”仪式等，虽然不像古典戏曲那样以演唱贯穿始终，但作家对古典戏曲的诗性传承，还是有迹可循的。另外，根据中国传统戏曲美学理论，《屈原》情节设置的种种“不合情理”处与人物塑造的类型化倾向，也理应不能简单地以“艺术缺陷”视之。研究古典戏曲的文学史家们普遍认为，虽然中国戏剧的产生与其他国家一样走过了“神话—叙事诗—戏剧”的道路，但叙事诗的不发达与相对晚熟，不仅导致了戏剧在中国的出现较晚，还直接影响了它们叙事功能的滞后与不发达。既然古人常常将“填词”看作戏曲创作的指代，将戏曲的故事本体称之为“寓言”，那么故事的发展是否真实合理倒无关紧要了。“‘寓言’的精神实质乃是最大限度地摈弃叙事艺术所固有的客体性制约，而将叙事结构落实到创作归旨上，从而完成寓言艺术的象征性和寓意性。”[②] 同样，既然剧作家看重的是自己主观情感的抒发和对剧中人物的理性褒贬，那么根据褒贬态度对人物形象进行类型化处理，也就成为一种自觉的审美追求。郭沫若的历史剧当然不可与此同日而语，但同样不可否认的是，《屈原》等作品的“象征性”和“寓意性”不仅十分明显，而且作家对剧中人物的理性褒贬也超过了人物形象自身的塑造，这是剧中人物类型化的另一原因。

与传统戏曲的密切关联，还决定了郭沫若历史剧审美内涵的大众性与民间性。众所周知，中国古典戏曲是产生于民间并流行于民间的，“戏剧文艺的通俗性质，决定了有生命的戏剧必须选择大众作为艺术消费群体。”[③] 它必须糅合普通百姓的审美趣味与喜怒哀乐，以及他们对生活的企盼与幻想。不可否认《屈原》也是一部以当时的社会大众作为“艺术消费群体”并获得巨大成功的作品，《屈原》在当时的演出曾造成了社会轰动，固然与作品主题强烈的时代感和作家高超的艺术才能直接相关，但笔者也颇担心一些观众走进剧场观看此剧的心理动机，其实是被一个“王后与大臣（而且这大臣还是赫赫有名的‘千古一人’屈

---

① 苏国荣：《中国剧诗美学风格》，上海文艺出版社 1986 年版，第 5 ~ 6 页。
② 谭帆：《古典小说戏曲“叙事性”与“通俗性”辨析》，载《文学遗产》2006 年第 4 期。
③ 孙书磊：《中国古代历史剧研究》，南京师范大学出版社 2004 年版，第 189 页。

原）之间的私情故事”所吸引。[①] 试想一下，一个国家的风骚漂亮的王后与国王手下最受宠信的大臣之间产生了暧昧的关系，而且王后还诬告这位大臣对她“图谋不轨”，这样的“桃色新闻”无论在古代还是现代，都会吸引不少人的眼球。要知道古往今来“政治与情爱”或者说“性与权力”永远最能挑动人们的神经，也永远是大众最为津津乐道的话题。以社会心理的角度观察之，不难发现《屈原》取得成功的奥秘之一就在于将“政治”与“性”巧妙地加以结合，并做到了水乳交融、难分彼此。当然，这种浪漫化与传奇化以及对男女私情的过多渲染，也降低了郭沫若历史剧的艺术品位和文化水准。作家甚至让屈原不恰当地向南后说出“我有好些诗，其实是你给我的。……我的诗假使还有些可取的地方，容恕我冒昧吧，南后，多是你给我的！”这样暧昧的话语，在当时就招致了一些学者的批评。

五、余论：郭沫若历史剧与中国戏曲美学传统

在现代文坛上，郭沫若向来以激烈反传统而著称，他的第一部诗集《女神》不仅被普遍认为体现了“彻底破坏与大胆创造”的时代精神，更因“过于欧化”遭到闻一多等人的批评；《屈原》等历史剧由于是根据中国历史上的人物与事件创作而成，自然不会像《女神》那样因过多的“欧化”而招致争议，但学术界谈得最多的依然是古希腊悲剧、莎士比亚、歌德、席勒等西方作家作品的影响。虽然早在20世纪30年代，钱杏邨（阿英）在评价郭沫若的《三个叛逆的女性》时就指出：“关于沫若的戏剧可以得到一个简单的结论，就是《三个叛逆的女性》意义是伟大的，技巧也很好，只是有一些疵病，旧戏的色彩太浓重了。”[②] 可惜长期以来学术界并没有针对其中“旧戏的色彩”加以深入系统的研究，这是否与钱杏邨认定“旧戏的色彩”就是艺术的“疵病”有关呢？

在笔者看来，郭沫若历史剧最大程度地契合了我们民族代代相传的审美心理定势，《屈原》等作品的成功再次无可辩驳地证明了这一审美心理定势的历史惯性与生命力。虽然时至今日，作为一种艺术形式的传统戏曲已经式微，郭沫若历

① 《屈原》于1942年4月3～17日在重庆连续公演，场场爆满、万人空巷、反响强烈，被时人称之为“陪都剧坛上的一个奇迹”、“堪称绝唱”。据说，当时有很多观众是带着铺盖来买票看戏的，还有人专程从贵阳、成都赶来观看此剧，一时整个山城沸沸扬扬——参见何益明：《郭沫若的史剧艺术》，湖南文艺出版社1994年版，第301页。

② 钱杏邨：《诗人郭沫若》，引自王锦厚等编：《百家论郭沫若》，成都出版社1992年版，第116页。

史剧也由当时万众瞩目的集体政治性狂欢转为“小众”文学——少数学者书斋中的研究对象，代之而起并引领大众风尚的，是那些借助于现代传媒的影视与网络文学。但如果我们联想到充斥于当今荧屏与银幕的，还是才子佳人、帝王将相、英雄豪侠一类人物，观众们百看不厌、反复品味的还是“忠奸对立”、“贞女牺牲”或“受难”一类叙事，我们就不能不惊叹于传统的伟大力量。作为文化表层的艺术形式可以有一个生长、兴衰乃至消亡的过程，但作为文化深层内涵的审美心理定势却常常“万变不离其宗”，甚至以“改头换面”的形式黏附于种种“现代”革新与外国引进的新鲜事物上，而为人们习焉不察。

第二十八章

别林斯基论历史题材创作

19世纪30年代前后，俄国文学中的历史题材创作，主要是历史长篇小说开始产生并得到发展，其中如普希金的《鲍里斯·戈都诺夫》（1825年）、《青铜骑士》（1833年）、《上尉的女儿》（1833～1836年），莱蒙托夫的《瓦吉木》（1933～1934年），果戈理的《塔拉斯·布尔巴》（1835年），拉热奇尼科夫的《最后的一位近侍少年》（1831～1833年）、《冰屋》（1835年）、《回教徒》（1838年），扎戈斯金的《尤里·米洛斯拉夫斯基，1612年的俄国人》（1829年）、《罗斯拉列夫，1812年的俄国人》（1831年），波列沃依《在主的墓前的誓言》（1832年）、布尔加林的《维齐庚》（1829年）、《冒名为皇者季米特里与瓦西里·舒伊斯基》（1830年）等。

30年代历史长篇小说的产生和发展是俄国长篇小说发展的重要现象。就世界范围而言，历史长篇小说的产生是同封建制度的崩溃和资本主义的发展相联系的。就俄国而言，长篇历史小说的产生则是同1812年卫国战争和1825年十二月党人起义所引起的俄罗斯民族和人民自我意识的高涨相联系的，人们开始对过去的历史、对人民的性格、对民族的文化历史特点感兴趣。同时，欧洲文学的历史题材创作特别是莎士比亚的历史剧和司各特的历史长篇小说，对俄国历史长篇小说的产生和发展也有重要的影响。

俄国文学历史题材的创作，特别是历史长篇小说的产生和发展，作为一种重要的文学现象，引起了文学批评家和文学理论家别林斯基的重视。他从当时历史题材创作的实际出发，针对历史题材创作存在的问题（如利用历史长篇小说进行道德说教，或把它当政治图解），在总结历史题材创作成功经验（包括俄国作家普希金、果戈理的创作，也包括英国作家莎士比亚和司各特的创作）的基础上，对历史题材创作的意义和功能、历史与现代、历史真实和艺术真实、历史与个人、历史小说的民族性等一系列理论问题进行深入的阐释。别林斯基的一系列看法既有很强的历史针对性，又有相当高的理论价值，对于我们当代历史题材的创作有重要的启示。但是由于对俄国19世纪30年代的社会历史语境和文学语境缺乏系统、深入的了解，许多大部头的历史长篇小说也无法看到，别林斯基的历史题材创作评论涉及的问题又比较复杂，这里只能对他的一些重要的观点做一些简要的评述。

一、我们的时代是历史的时代，要赋予艺术以历史倾向

别林斯基不是就历史题材创作论历史题材创作，而是从一个比较高的理论视角来看待历史题材创作。他提出要“赋予历史以艺术倾向”，[①] 这个论断既包含对历史本质、历史和现代的深刻理解，也体现出他对历史题材创作固有特点和特殊功能的独到见解。

别林斯基善于洞悉历史的本质。在他看来，人类的历史蕴涵着人类精神的永无穷竭的矿藏，人们从那矿藏的深处总能抽出新的“宝物”来，构成历史真正主题的工作便是“抽取这些宝物并清洗不纯的杂质”。在历史中显得最活跃的民族，最能用自己的生活表现人类发展的民族，便是“最富有的民族”，“历史性的民族”。[②] 他认为中国和印度就属于“历史性的民族”。但是，并不是“历史性的民族”自己就会从历史矿藏的深处挖出“宝物”，这还需要有“成熟的历史认识”。什么是“成熟的历史认识”呢？别林斯基认为历史不是记叙发生过的事情，历史的本质在于“把人类的理解提高到理想个性”，也就是要善于从历史中显示出必然的、合理的、永恒的事物同偶然的、任意的、暂时的事物之间的斗争以及前者对后者的胜利。[③]

正是基于对于历史价值的这种充分认识，别林斯基高度重视艺术和历史的关系，高度重视历史题材创作在表现历史的独特功能和重要作用。他深刻指出：

我们的时代主要是历史的时代。历史的观照声势浩大而又不可抗拒地渗

① 《别林斯基选集》第3卷，上海译文出版社1980年版，第380页。
② 同上，第394页。
③ 同上，第384页。

> 透到现代认识的一切领域里去。历史现在仿佛变成一切生动知识的共同基础和统一条件：没有它，无论是要理解艺术或哲学，都是不可能的。不仅如此，艺术现在主要也变成了历史的东西：历史长篇小说和历史剧现在比属于纯粹虚构体裁的作品更使所有人感到兴趣……华特·司各特的天才的全部宏伟性正是包含在这一点上：他赋予艺术以历史倾向，他曾经是时代的代言人和预言家。①

这段话对于理解历史题材创作是至关重要的，它包含着别林斯基在对历史题材创作的一系列重要见解，其中起码提出了三个问题：第一，我们的时代为什么主要是历史的时代，历史和现代是什么关系，历史题材创作目的何在？第二，历史题材创作为什么既不同于历史文本，又不同于纯粹的虚构的文学作品，文学和历史是什么关系，二者如何连结起来的？第三，作家如何赋予艺术以历史倾向，如何把“历史观照”渗透到文学作品中去？

首先，别林斯基提出“我们的时代主要是历史的时代”，主要考虑的是历史题材创作中如何看待时代和历史的关系，也就是要回答现代作家、艺术家为什么要回到历史的问题。在谈到莱蒙托夫的历史题材长诗《沙皇伊凡·华西里耶维奇》、《年轻的禁卫兵和勇敢的商人卡拉希尼科夫之歌》时，他指出“我们的时代总是思考的时代”，是“反省的时代”。② 作家选取历史题材作为写作对象，是因为“他不满现时的现实，因此从现时转到遥远的时代中去，要在那里寻找他在现时寻找不到的生活。”③ 作为人类的历史，社会同样生活在三种时间关系里面，“现时是过去的结果，未来必然应该在现时这个基础上得到实现”。④ 从历史的过去、现时和未来的相互关联来看，他认为现时的一切问题都应当从历史寻求答案，因为“我们的一切思想，一切问题和对问题的答复，我们的一切活动，都是从历史土壤中，在历史土壤上发展起来的。”⑤

人们既然可以通过历史文本寻找现时问题的答案，为什么艺术家、作家又要从事艺术的历史文本的创作呢？因为后者有前者不可替代的、独特的功能。第一，艺术借助虚构，把历史事实提高到普遍的、典型的意义上来，使其成为严整的整体。因此，“以虚构为基础的艺术作品高于任何历史实之上。”⑥ 第二，历史小说不以历史事实为对象，而以同个人事件连结在一起的历史事实为对象，把历

---

① 《别林斯基选集》第 3 卷，上海译文出版社 1980 年版，第 380 页。
② 《别林斯基选集》第 2 卷，上海译文出版社 1979 年版，第 506 页。
③ 同上，第 502 页。
④ 同①，第 383 页。
⑤ 同②，第 503 页。
⑥ 同②，第 460 页。

史事实的内在方面揭露在我们眼前，“它是历史的补充，是历史的另一方面，”它通过“生动的直观形式”，使我们对历史获得更为正确的理解。[①] 第三，历史学家的任务是说明发生过什么事，诗人的任务则是显示事情是怎么发生的，由此揭示出“历史的暗中动力”，“扩大了科学的天地。”[②]

历史题材作品既然有独特的功能，能使人们达到对历史更深刻的认识，于是别林斯基就提出在艺术创作领域体现“历史的观照”，要“赋予艺术以历史倾向”。他指出历史观照已声势浩大而又不可抗拒渗透到现代认识的一切领域，渗透到整个当代现实里面去，渗透到日常生活本身，艺术本身主要也变为历史的东西。以绘画为例，由于它力图遵守古老传统，停留在曾经是强有力、但现在已是僵死的兴趣范围，而不把自己变成主要是历史的艺术，因此变得软弱无力。他认为只有现在，绘画才能出现伟大作者，因为现在只有历史的现实才能赋予绘画以生动的内容和现代兴趣。在他看来，“艺术的历史倾向应当是对于过去时代的现代看法，或者是代表一个世纪的思想，或者是时代的悲哀沉思或者是明朗欢乐。”[③] 而“赋予19世纪的艺术以历史倾向，这就是意味着：天才地猜透当代生活的秘密。”[④] 这里提出一个重要的问题，艺术的历史倾向、艺术的历史观照，不是简单的叙述历史，而是提出对过去时代，对历史的现代看法，体现出现代的兴趣。再进一步追问下去，你用什么“现代看法”，什么“现代兴趣”去观照历史、去表现历史，这正是历史题材创作的一个关键问题。别林斯基针对他那个时代历史题材创作存在的低俗化的问题，尖锐指出“如果艺术迁就现代兴趣，就会自贬身价。如果把现代兴趣理解作时髦风尚、市场行情、流言蜚语、街谈巷议、世俗琐事，那么，如果降低到对这些‘现代兴趣’发生共鸣，艺术的确是只会起十分可怜的作用。”[⑤] 为此，他提出一个重要观点，那就是艺术历史题材创作所表现的对过去历史的“现代看法”、“现代兴趣”，“不是阶层的兴趣，而应该是社会的兴趣，不是国家的兴趣，而应该是人类的兴趣”。[⑥] 这就是说，艺术家在阐释和表现历史题材时，不应当只是从阶级、阶层的或国家的价值观出发，而应当从社会的、全民的或全人类的价值观点出发，努力体现人类普世的价值观，深刻揭示人类生活的脉搏的跳动，这样才能使历史题材的创作获得更高的价值和更恒久的意义。

---

① 《别林斯基选集》第3卷，上海译文出版社1980年版，第52页。
② 《别林斯基选集》第5卷，上海译文出版社2005年版，第9~10页。
③ 同①，第382页。
④ 同①，第584页。
⑤ 同①，第381页。
⑥ 同①，第382页。

二、历史小说需表现和个人事件连结在一起的历史事实

历史侧重于叙述历史事件和历史事实，文学则侧重于表现人和人的内心世界。因此，如何处理历史事件和个人事件的关系、历史命运和个人命运的关系，如何对待个人命运与历史必然的矛盾和冲突，是历史题材创作面临的重要问题。

针对当年有人认为“历史小说是历史事件和私人事故的非法结合”，[①] 反对在历史小说中表现个人事件，别林斯基特别强调历史小说应当是历史事件和个人事件的结合。他首先从文学的体裁发展，从长篇史诗和长篇小说的对比来阐明历史长篇小说表现个人事件的合理性。长篇史诗是人类幼年时期的产物，它歌颂对民族命运具有影响的伟大事件，表现英勇的生活、高大的英雄。在那个古代世界里“只存在着社会、国家、民族，可是人，作为个别的、特殊的个性，却并不存在。”[②] 而长篇小说则是新时代的产物，它的范围要比长篇史诗无可比拟地广阔得多，在它的世界里，没有神话那种规模的英勇生活，没有高大的英雄形象，有的是平淡无奇的日常生活，是普通的人，“对于长篇小说来说，生活是在人身上表现出来的，举凡人的心灵与灵魂的秘密，人的命运，以及这命运和民族生活的一切关系，对于长篇小说来说都是丰富的题材。”[③]正是从这个角度出发，从长篇小说和长篇史诗的对比中，别林斯基高度评价英国著名历史长篇小说作家华特· 司各特的创作，认为他“创造了在他以前没有存在过的历史小说，” “是以跟一切时代和一切民族的最伟大的作家并驾齐驱。”[④] 别林斯基之所以充分肯定司各特，就是因为他的长篇历史小说体现了新时代长篇小说创作的重要特点，它突出人、突出人的命运，突出人的心灵的秘密。在他看来，“司各特用自己的长篇小说解决了历史生活和个人生活之间关系的问题。”[⑤] 这就是说，历史长篇小说“不叙述历史事实，只有和构成其内容的个人事件连结在一起时才采用历史事实作为描写的对象”[⑥] 在现实生活中，历史事件是同个人命运交织在一起的，个人要参加到历史事件中去，历史人物也同所有人一样有爱有憎，有欢乐有痛苦，同时他的个人生活也会对历史发生影响。如果说历史是从舞台的正面展示历

①③　《别林斯基选集》第 3 卷，上海译文出版社 1980 年版，第 51 页。
②　同上，第 50 页。
④　同上，第 51 ~ 52 页。
⑤　同上，第 584 页。
⑥　同上，第 52 页。

史事件，历史小说则是揭示历史事实内在的方向，引导我们走进历史的日常生活，走进历史人物的内心世界。从这个意义上说，“历史小说仿佛是一个点，作为科学看的历史，在这个点上和艺术融为一体，它是历史的补充，是历史的另外一个方面。”① 表现历史的日常生活，表现历史中的个人事件和个人内心世界，这是历史小说比之历史的独特优势和独特魅力，当我们阅读历史小说时就仿佛走进那个时代，变成那个时代的人，感受着那个时代的色调和氛围，通过生动直观的形式获得比任何历史可能给我们的更为形象和深刻的理解。

恩格斯1859年为历史剧《济金根》写给拉萨尔的信中说：“您的《济金根》完全是在正路上；主要的出场人物是一定阶级和倾向的代表，因而也是他们时代的一定思想的代表，他们的动机不是来自琐碎的个人欲望，而正是来自他们所处的历史潮流。”② 在这段话里，恩格斯深刻指出，作为现实主义的文学，不能把历史人物写成纯粹的个体，而应当写出历史人物如何在历史潮流中获得自己行为的动机，要通过历史人物的描写揭示出历史的必然性。别林斯基当年在强调历史小说应当表现同个人事件相连接的历史事件、应当表现个人的生活和内心世界的同时，也清醒看到历史小说要正确解决“历史生活和个人生活之间关系的问题”。在对历史叙事诗《波尔塔瓦》和历史剧《鲍里斯·戈都诺夫》的评论中，他指出历史题材创作中的历史人物不能是太个人，而应当是历史性的，作家既要洞察历史人物个性的秘密，也要猜透历史意义的秘密。

《鲍里斯·戈都诺夫》（1825年）是普希金的一部历史剧。写的是俄国历史上一个最混乱、最复杂的时期，1598年沙皇费多尔·伊凡诺维奇去世，他的内兄鲍里斯·戈都诺夫依仗权势和利用民意登上沙皇宝座。他登皇后对大贵族大张挞伐，对农民高压统治，引起大贵族和农民强烈不满。这时逃往波兰的莫斯科修道院小修士（格利高里·奥特列比耶夫）冒充皇子，在波兰国王和贵族支持下攻打俄国，鲍里斯·戈都诺夫忧郁而死，皇子和太后也在伪皇占领莫斯科后自尽。别林斯基认为普希金这部历史剧达到他以前任何一部作品从来没有达到的艺术高度，同时也暴露出巨大的缺点。他指出诗人盲目追随卡拉姆辛写的《俄国史》所提供的“史实”和观点，没能“独立地洞察戈都诺夫的个性的秘密，发挥诗的本能来猜透他的历史意义的秘密”③ 因为在剧中只是能看到大贵族家族无边的仇恨和争斗，可是任何一个战胜的家族都不能带来任何新的因素，人物斗过了，变换过了，思想却依旧不变。剧中的主人公戈都诺夫有能力，会算计，他不择手段登上皇位，他对人民不是爱，而是一种讨好。在作品中，诗人表现他受良

① 《别林斯基选集》第3卷，上海译文出版社1980年版，第52页。
② 《马克思恩格斯选集》第4卷，人民出版社1995年版，第558页。
③ 《别林斯基选集》第4卷，上海译文出版社1991年版，第636页。

心的折磨，他的罪恶受到了惩罚，但是无法让人看到他的情感和行为的历史内容和历史意义。正如别林斯基所指出的，“在这里只可以看到个人感情，却没有思想，没有原则，没有信念。因此，在这里，也不能给戏剧提供任何东西。”戈都诺夫不管是靠毒辣手段还是靠大胆和机智，“他还是没有把任何新的因素带进俄国生活中来，他的兴趣和没落同样地都对俄国人民未来的命运没有什么新意义”[①]

《波尔塔瓦》(1828 年）是普希金另一部历史题材的作品，是一部历史题材的叙事长诗。普希金在这部作品中思考的仍然是个人和历史的问题。

长诗描写俄国历史上彼得大帝时代最伟大的战役——波尔塔瓦战役。别林斯基一方面认为长诗是雄浑的、伟大的，就每一处单独看来，在诗的表现力、丰满和华丽上，都超过诗人先前的东西；另一方面又指出长诗存在重要的缺点，它没有成为统一的整体。他主要批评长诗用大部分篇幅写马赛帕和玛丽娅的恋爱故事。彼得大帝在最后一章才出现，“波尔塔瓦战役好像成了马赛帕恋爱故事的一段插曲和收场；这显然贬低了这样题材的崇高性，叙事长诗也就消失于无形！”[②]别林斯基在这里并不是反对长诗写恋爱故事，反对长诗表现伟大历史事件中个人的命运，而是认为长诗通过恋爱故事所要达到的目的只是要表现一种道德思想，比如认为马赛帕作为老人诱惑少女玛丽娅是有害的，而这种思想“都是太个人了，绝不是历史性的”。[③] 也就是没有把它同彼得大帝推动俄国历史前进的波尔塔瓦战役紧系联系起来。

在如何表现个人与历史的关系问题上，别林斯基在评论普希金的《青铜骑士》(1833 年）时提出一个更为尖锐的问题，这就是历史题材创作如何处理个人命运和历史必然的问题。诗人在一生最后这部长诗中继续彼得大帝的主题。长诗描写 1824 年袭击彼得堡的一场可怕的水灾，而这个可悲的事件同彼得大帝在芬兰湾海岸建立彼得堡这座临海的城市直接相关。诗人写的是一个小人物的爱情故事和在这场水灾中的悲惨遭遇。诗中，一边是建立新城市并被塑成青铜像的彼得大帝，一边是软弱无能、默默死去的平民青年；一边是辉煌的新首都，一边是被洪水冲得东歪西倒的破旧小屋。普希金在诗中并没有把两者完全对立起来，他站在历史进步的立场，他同往常一样肯定和赞扬彼得大帝的历史功绩，同时又怀着人道的情感，又关心和同情小人物在历史中的命运。别林斯基高度赞扬“这首长诗是对彼得大帝的最勇敢的，也是最有气魄的赞美”。[④] 同时，他也敏锐看到

---

① 《别林斯基选集》第 3 卷，上海译文出版社 1980 年版，第 634 ~ 635 页。

② 《别林斯基选集》第 4 卷，上海译文出版社 1991 年版，第 482 页。

③ 同上，第 483 页。

④ 同上，第 697 页。

"在这个不幸的人同骑在青铜马上的巨人不断的冲突以及青铜骑士在他身上引起的印象中，包含着长诗的全部意义；这里是弄懂长诗意念的关键"[①] 其意义和意念就是普希金既从历史的必然和历史的进步的角度赞扬彼得大帝，又怀着深厚的人道情感深切关怀小人物的命运，同时在诗中形成一种别林斯基所称道的"诗的弹性、力量、坚毅、宏伟"。对此，他做了深刻的动人的阐释：我们凭着温和的心灵承认整体是超过局部的，但是我们并不会拒绝对这个局部所受的苦难表示同情……当一眼看到这个巨人骄傲而毫不动摇地耸立在普遍的灾难与破坏之中，仿佛是象征般地体现他自己创造的坚不可摧，我们的内心虽然不是没有颤抖，但是我们意识到，这个裹着铜甲的巨人虽然不能保护个别人的命运，可是却能保障民族与国家的安全；历史的必然性在他这一边，他对我们的看法已经获得他的辩护……的确，这首长诗是对彼得大帝最勇敢的，也是最有气魄的赞美。这样的赞美只有这一个完全配得上成为俄罗斯伟大改造者的歌手的诗人的头脑中才可能出现。[②] 在这里，对历史必然性的充分肯定和对小人物命运的内心颤抖，在作品中构成一种弹性、一种张力，自然也就形成一种独特的艺术魅力。

三、以虚构为基础的艺术作品高出于任何史实之上

历史题材的创造既要源于历史又要高于历史，历史的真实和艺术的真实始终是一对矛盾，如何处理好这对矛盾也是创作成败的关键。在别林斯基生活的年代，有不少人是反对历史小说的，例如森科夫斯基就说过，历史小说"是历史和想象通奸的产物"；格列奇也说过，在一部历史小说里，"作者拘囿在历史的框子里，而历史却被诗歌的虚构和奇想所歪曲。"[③] 针对这些对历史小说的指责，别林斯基站出来捍卫历史小说，他认为艺术真实是高于历史真实的，历史小说是高于史实之上的。他说，"现实在科学和艺术中，比现实本身，更酷肖现实——以虚构为基础的艺术作品高出于任何史实之上，而华特·司各特的历史小说，在对待某一特定时期内某一特定国家的风俗、习惯，情调和精神的关系上，比任何历史都更加翔实可靠。"总的来说，这是因为"科学从现实事实中把它们的本质——概念抽象出来；而艺术则是向现实借用材料，把它们提高到普遍的、类

① 《别林斯基选集》第4卷，上海译文出版社1991年版，第694页。
② 同上，第697页。
③ 《别林斯基选集》第3卷，上海译文出版社1980年版，第51页。

的、典型的意义上来，使他们成为严整的整体。"① 具体来说，历史题材创作如何通过艺术的想象和虚构，如何通过艺术的典型化，来达到"高出于任何史实"的目的，别林斯基谈到了以下几个方面。

别林斯基强调历史题材创要达到高于史实的艺术真实，首先从历史真实出发，从生活出发，不能从理念出发，不能把历史小说变成某种理念、某种政治思想、某种道德说教的图解。他讽刺布尔加林的历史小说，每一部只是证明一种实际的生活真理，而无法"嘉惠于文学"。比如《伊凡·维齐庚》"证明以家庭教师、管家、有时是作家的身份作一点唯利是图的服务的外国移民和老狐狸们，给俄国带来怎样的危害"；《冒名为王者德米特里》"证明擅写骗子和小偷的人，万勿尝试描写巨奸大憝"；《彼得·维齐庚》"证明过了夏天，别到森林里去采覆盆子；换句话说，打铁趁热。"等等。② 他也批评一些作家只根据卡拉姆辛的《俄国史》来写历史小说，在他们的历史长篇小说中"除了一些历史人物的姓名外，什么都找不到"，根本没有色彩斑斓的俄罗斯社会生活和风俗习惯。③

别林斯基高度赞扬果戈理的历史小说和莎士比亚的历史剧。他认为果戈理的小说忠于生活的真实，从不插入"任何箴言，任任何教训"，他只是像实际那样描写事物，即使当他"沉迷在所描写的现象的诗意的时候，也总是一贯的，从不背叛自己。"④ 在描写乌克兰民族英雄的历史小说《塔拉斯·布尔巴》中，他不粉粹、不隐藏，展示了哥萨克的全部生活连同他们奇异的文化：勇敢放荡的生活、无忧无虑与懒散，以及粗暴的宴饭和血的袭击，而这一切又都是"从生活的底层抓取的，"都有"整个生活的巨大脉搏在跳动"。⑤ 他认为莎士比亚历史剧在于人物的现实性和具体性，他同那种认为"恶必须把全部奸恶萃于一身，正人君子必须把全部美德萃于一身"的"可怜理论"是对立的。他指出莎士比亚历史剧的人物不是概念的、抽象的，而是现实的、具体的，是真实的，哈姆雷特不是"优美因素的集合"，他是"实际的、具体的人"，他的软弱是真实的，他的分裂、内心斗争是达到灵魂和谐的必经之途。别林斯基高度肯定"莎士比亚笔下的每个人物都是生动的形象，里面没有一点抽象的东西，却好像没有经过任何修改和变更，整个儿从日常生活撷取来似的。"⑥

为了达到高于史实的艺术真实，别林斯基强调必须对历史事实进行提炼，反对伪浪漫主义对现实、对大自然经过装饰的模仿，比如他们喜欢按原封不动的粗

① 《别林斯基选集》第2卷，上海译文出版社1979年版，第460页。
② 《别林斯基选集》第1卷，上海译文出版社1979年版，第111页。
③ 《别林斯基选集》第5卷，上海译文出版社2005年版，第675页。
④ 同②，第194~195页。
⑤ 同②，第203~204页。
⑥ 同②，第492~493页。

俗样子描写乡下人的口角俚语。所谓对历史事实的提炼，在他看来首先是要抓住主要特征，他说，“现实是一块纯金，但没有被清洗干净，还混杂着矿质和泥土：科学和艺术把现实这块金洗干净，把它锻炼成典雅的形式。因而科学和艺术并不虚构新的、实际上没有的现实，都是从那曾经有过、现在有、将来也会有的现实那里吸取现成的材料、现成的因素，总之一句话——现成的内容；赋予它们适当的形式”。比如写彼得大帝在俄国建立陆军和海军这一历史事实，只要抓住主要特征，而不必描写如何招募、如何训练。莎士比亚的历史剧写理查二世这个人物，没有必要叙述他一生的全部生活，“他只把跟他作品的概念直接发生关系的那些主人公生活中的特征，那些选作剧本描绘对象的事件中的事实，包括在他的剧本中，而一切其余的东西，即使本身也有趣，但如果跟他作品的基本概念无关，他就一概作为无用的东西加以割爱。”[①] 即使是小说家比剧作家有更无限广阔的自由，他们的历史小说也是高度概括，司各特用四小册历史长篇小说写尽主人公的一生或者一生中的一个重要事件，如果要是回忆录就要占据比这多十倍的篇幅。

别林斯基之所以认为历史题材创作能“高出任何史实之上”，更为重要的还在于作家把历史事实提到典型的意义上来，进行典型化的工作。别林斯基指出作家要表现现实，就要把它当做客观对象，完整地理解它，就要去掉局部的、多余的、零碎的、偶然的现象，塑造出体现普遍的、具有典型的意义的典型形象。在他看来，这种典型形象“尽管具有个性和特殊性，可是它们都在自身之中潜藏着表现某一特定概念的整类现象的一切普遍的、类的特征。”[②] 因此，历史小说中每一部成功作品的人物都是无数同类人物的代表，比如，我们说这个人是真正的奥瑟罗，这个少女是十足的莪菲莉亚。在典型形象的塑造上，别林斯基特别强调典型不是“把散处自然界的某一概念的特征集合起来，集中在一个人物身上”，不是修辞过的十全十美的人，更不是纯粹空想的事实上没有、也不可能存在的东西，典型应当是现实的、具体的、实有的人。他拿莎士比亚的历史剧《奥瑟罗》为例，指出《奥瑟罗》的概念是“爱情受到欺骗，对爱情和女性美点的信仰受到凌辱以后所产生的嫉妒的概念”，但开头这个概念不是作家自觉创作的根基，而是暗中落在灵魂里的种子，不为他所知地在奥瑟罗和苔丝德蒙娜的形象中发展起来，就是说摆脱抽象性的普遍性而成为个别现象，成为两个现实的、具体的、具有个性的人物。之后，经过作家的创造，这两个人的面貌既然不是某个已知的奥瑟罗和苔丝德蒙娜的面貌，而是由于体现在他们身上的普遍概念而来

---

① 《别林斯基选集》第1卷，上海译文出版社1979年版，第458~459页。
② 《别林斯基选集》第2卷，上海译文出版社1979年版，第459页。

的典型的面貌。对别林斯基来说，典型化“意味着通过个别的、有限的现象来表现普遍的、无限的事物，不是从现实中摹写某些偶然现象，而是创造典型的形象。”① 在他看来，历史题材创作中的典型形象不是空想的，脱离现实的，而是具体的、现实的，同时更是一种艺术创造。

四、民族性是历史时代最显著的特征

在别林斯基生活的年代，民族意识成了时代精神的标志，在文学创作方面要求摆脱对西欧文学的模仿，使文学成为俄罗斯民族精神的反映和表现。别林斯基指出“‘民族性’是我们时代的美学的基本东西，”“‘民族性’变成了用来测量一切诗歌作品价值以及一切诗歌荣誉的巩固性的最高标准、试金石。”② 如何表现民族性自然也就成了体现民族意识高涨的历史题材创作的重要课题。在别林斯基看来，民族性是一些历史时代最显著的特征。他在谈到俄国叶卡捷林娜二世的时代时说：“你们知道什么是卡捷林娜二世时代、这个伟大的时期、俄国民族生活这一明确瞬间的显著特点吗？我认为那就是民族性，因为那时，罗斯一方面模仿外来的调子，同时却好像跟自己捣乱似的，依旧是一个俄罗斯”。③ 因此，别林斯基在研究俄国历史题材创作时，始终把如何表现民族生活、民族性格和民族精神放在一个重要的地位上，指出文学中的民族性“那是民族特性的烙印，民族精神和民族生活的标记。”④

别林斯基认为俄国历史题材创作的民族性首先“包含在对俄国生活场景的忠实描绘中，”这是因为“任何民族的生活都表露在只被它所固定的形式中，因而如果生活描绘是忠实的，那就也必然是民族的。”⑤ 他肯定19世纪俄国作家扎戈斯金（1789～1882年）所创作的历史长篇小说《尤里·米洛斯拉夫斯基，1612年的俄国人》（1829年），称它是“俄国第一部历史小说”，认为它“所以会博得非凡的成功”，就在于“它出现得非常及时，正是大家众口一词要求着俄国东西的时候。”⑥ 具体来说，就是它生动地刻画平民百姓的生活，描写平民和地主的农村生活风俗的个别场景和图画。尽管作品还缺乏艺术的完整性，但

① 《别林斯基选集》第2卷，上海译文出版社1979年版，第102页。
② 《别林斯基选集》第3卷，上海译文出版社1980年版，第161页。
③ 《别林斯基选集》第1卷，上海译文出版社1979年版，第42页。
④ 同上，第107页。
⑤ 同上，第110、190页。
⑥ 同②，第289～290页。

"却显出描写我们祖先生活一种非凡的本领，而这种生活是跟我们目前的生活相似，并且浸润着异常的感情的温暖的。"① 后来扎戈斯金的历史小说写得一部比一部差，别林斯基认为正是因为作家已经离开对俄国生活场景的忠实描绘，只热衷于伪爱国主义的宣传和政治，只热衷于通过描写被打坏鼻子和颧骨的某些人物，描写腌黄瓜和酸白菜来表现俄国生活的风尚。扎戈斯金之后，俄国历史长篇小说的重要作家是拉热奇尼科夫（1792～1869 年），他的第一部代表作是《最后的一位近侍少年》（1831～1833 年）。别林斯基称它是"一部镌刻着高度才能的烙印的、非凡的作品"，认为它具有双重性：一方面有太明显的外国范本影响的依附，有一种类似穿上俄国服装的欧洲生活风习的东西；另一方面从作品中可以看到"大胆而丰富的想象"，"真实的人物和性格的刻画"，"繁复的画面"，"叙述中包含着多么魅人的生命和运动。"② 可以看出，别林斯基虽然对俄国文坛开始出现的第一批长篇历史小说还有一些不满，但因为它们一反以往历史长篇小说穿俄国衣服、说外国语、表现欧洲生活风尚的倾向，开始忠实描绘俄国生活风习，他还是给予充分肯定。他说，"俄国的生活风习不论是历史的还是局部的，都不只是登场人物是否是俄国人的姓名，而在于那些在不可抗拒的地方性和历史的影响下发展起来的俄国生活的特点。"③

除了忠实地描绘俄国生活场景，别林斯基指出历史题材创作的民族性还体现在表现俄国人特有的对事物的看法，以及表现思想感情的特殊方式。他称赞扎戈斯金的历史长篇小说《尤里·来洛斯拉夫斯基，1612 年的俄国人》，认为它的出现"无可计量地高出于"先前出版的布尔加林（1789～1859 年）的历史长篇小说《维齐庚》（1929 年），并且把它"打下去了"，这是因为后者只是给登场人物冠上俄国人的姓名，而前者的登场人物"不仅起着俄国人的姓名，而且还说俄国话，甚至还用俄国话来感受和思考——这在当时的俄国文学中完全是一种新现象。"④ 这里所说的"用俄国话来感受和思考"就是要求表现出俄国人"所特有的思想和感情的方式"，"俄国活动的特殊的精神和倾向"，而这种特有的思想和情感方式不管所表现的内容和对象如何，都会在一切作品中表现出来。⑤ 别林斯基谈到法国古典派在悲剧中把希腊和罗马英雄们法国化了，认为这是真正的民族性，因为它即使在歪曲中也还是忠于自己，体现了法国人特有的思想和感情的表达方式。他肯定俄国 18 世纪诗人杰尔查文，也就在于诗人在自己的作品中表

---

① 《别林斯基选集》第 1 卷，上海译文出版社 1979 年版，第 112 页。
② 同上，第 113～114 页。
③ 《别林斯基选集》第 5 卷，上海译文出版社 2005 年版，第 313 页。
④ 同上，第 326 页。
⑤ 同①，第 110 页。

现出俄国式的智慧，表现出“俄国才智的实际哲学”。他说，杰尔查文作品“最显著的素质就是民族性，这民族性不是汇集村夫俗子的语言或者刻意求工地模拟歌谣和民间故事的腔调，而是在于俄国才智的隐微曲折之处，在于俄国式的对事物的看法。就这一点说来，杰尔查文是极度民族性”。① 从这个意义上说，别林斯基指出任何一个欧洲诗人都能写出描写高加索风情的《高加索的俘虏》一类的作品，而只有俄国诗人才能写出体现俄国人特有思想情感方式的历史剧《鲍里斯·戈都诺夫》。

最后，别林斯基认为民族性格和民族精神是历史题材作品的民族性最集中的体现。在他看来，每个民族的文学、每个民族的诗歌同民族的历史有密切的关系，前者体现民族的内在历史，包含着民族的隐秘精神，可以证明民族的伟大的精神，“可以提供作为它的公民性的尺度，它的人性的衡量器，它的精神的反射镜”，而且据这种精神实体，“就可以判断这个民族将成为什么样的民族，它以后会发展成什么东西，并且是怎样发展。”② 正是这种角度出发，他非常关注历史题材作品中俄罗斯民族性格和民族精神的表现，其中，除了提到历史小说所塑造的彼得大帝、伊凡雷帝所体现的俄罗斯的精神，还不一次提到果戈理的历史小说《塔拉斯·布尔巴》所体现的俄罗斯性格和俄罗斯精神。果戈理在这部历史小说中描写小俄罗斯人——乌克兰人民反抗波兰贵族压迫的历史，塑造了塔拉斯· 布尔巴这位民族英雄的形象，表现了俄罗斯民族勇敢、刚强、坚定、豪爽的性格和宁死不屈的爱国主义精神。别林斯基指出，《塔拉斯·布尔巴》是“整个民族生活的伟大叙事诗的一个断片、插曲，”塔拉斯·布尔巴“是一个英雄”，“是一个具有铁的性格、铁的意志的人”，③ 是“特定时期内整个民族生活的代表。”④ 他在这部作品里，既看到他的勇敢、豪放，也看到他半野蛮的个性，指出“布尔巴的粗野和褊狭不能归因于他个人，却须归因于他的民族和时代。一切民族生活的本质都是伟大的现实——在塔拉斯·布尔巴这个人物身上，这本质获得最充分的体现。”⑤

---

① 《别林斯基选集》第1卷，上海译文出版社1979年版，第47页。
② 《别林斯基选集》第3卷，上海译文出版社1980年版，第219~221页。
③ 同①，第203、194页。
④ 《别林斯基选集》第2卷，上海译文出版社1979年版，第106页。
⑤ 同上，第109页。

第二十九章

托尔斯泰历史小说的历史意识与人的意义

作为文学家的托尔斯泰，终其一生致力于建构一种能够拯救人类的哲学思想体系，由于他接受了来自于东西方许多国家的思想资源，由此也致使其思想十分复杂。在这些思想中，以往的评论更多地关注其宗教层面的东西，而较少注意在他的哲学论述及创作实践中，始终贯穿着对历史的思考。当然，托尔斯泰并没有建立起自己系统的历史哲学，但正因为如此，我们在他的艺术创作之中，尤其是其史诗巨著《战争与和平》中，可以窥见一个文学家是如何通过对历史的重构来实现其文学与社会理想的。

一、展现历史的必然规律和人的自由意志的合力

在谈到托尔斯泰的叙事风格时，评论家们往往将其与陀思妥耶夫斯基相比照。如梅列日科夫斯基就认为，托尔斯泰揭示的是人类肉体的深度，而陀思妥耶夫斯基揭示的则是人类灵魂的深度。[①] 这其实是在说明，后者关注的是人的共时性生存，而前者关注更多的则是人的历史性生存，即人在具体的历史境遇下的存在内容。而巴赫金把托尔斯泰的小说看作是与陀思妥耶夫斯基作品相对立的一种

① 参见梅列日科夫斯基：《托尔斯泰与陀思妥耶夫斯基》，杨德友译，辽宁教育出版社 2000 年版，第 327～328 页。

话语形态。在他看来，托尔斯泰的小说里保留了原始史诗的独白性，因此，他所描写的世界和陀思妥耶夫斯基笔下的世界是截然不同的。陀思妥耶夫斯基尽管有一个先验的明确的信仰立场，但他绝不回避现实世界中的各种恶，并真实地展示了恶的悖谬性，即恶的存在是与上帝的存在相矛盾的，这就构成了一种根本性对话，这种对话将没有终结性话语。他所提出的人类救赎的唯一方式就是“启示”，靠的是人灵魂的顿悟，如拉斯科尔尼科夫，当他在流放地拿出福音书的那一刻，他的灵魂获得了解脱。这样的拯救方案不是逻辑的必然，而是陀思妥耶夫斯基对人类神性的信仰所致。但在托尔斯泰的作品里，作者自始至终表达的是一个统一的声音，他把自己的价值标准贯注到描写的所有事件和人物中，因为他坚信所有事物之中都存在着一个必然逻辑。托尔斯泰也描写了大量现实之恶，并且也相当程度地表达了他的困惑，但总体而言，他相信，世界上并不存在着根本性悖谬，一切都在既定的轨道上行进，并最终一定能达到终极的目标。①

也就是说，托尔斯泰的小说是史诗传统序列中的体式，它的优势在于以宏大叙事超越现实的局限。他在其小说中灌注了对历史必然性的信念，尤其是在《战争与和平》这样的史诗作品中，人物固然有自己对历史的评判，有自己独立的立场，有参与历史进程的独特方式，但却都是在作者的操控之下，按照一定的规律而存在。正如巴赫金所说的，在托尔斯泰的作品中，“有的主人公，像安德烈·鲍尔康斯基、皮埃尔·别祖霍夫、列文和涅赫留多夫，都有自己的开阔的视野，有时几乎与作者的视野相吻合（即是说作者有时仿佛用他们的眼睛观察世界），他们的声音有时几乎与作者的声音融合在一起。但是，他们之中没有任何一个人能同作者的议论和作者的真理处于同一层次上，作者并不与他们中的任何一人处于对话关系。所有这些主人公连同自己的视野、自己的真理、自己的探求和争论，都被写进了长篇小说的独白型牢固的整体之中，这个整体使所有主人公都得到完成和论定。托尔斯泰的长篇小说从来与陀思妥耶夫斯基作品不同，不是‘大型对话’。这一独白整体中的所有焊接点和完成论定的部分，都处于作者广阔视野的领域内，这个领域是主人公们的意识所不可企及的。”②

我并不认为巴赫金的评价是绝对的，托尔斯泰的作品显然也有自己的对话方式。然而，托尔斯泰小说的史诗性是其根本特征，它导致作品中整体价值的存在高于所有人物个体的存在。按巴赫金的理解，托尔斯泰笔下所有个体的存在都是按照作者所认定的模式而显现其价值的。这正是《战争与和平》这部史诗性鸿篇巨制的创作基础。然而，这并不意味着个体的存在是没有意义的，其实是个体

① 参见巴赫金：《陀思妥耶夫斯基诗学问题》，白春仁、顾亚铃译，三联书店 1988 年版，第 111～114 页。

② 巴赫金：《陀思妥耶夫斯基诗学问题》，白春仁、顾亚铃译，三联书店 1988 年版，第 114 页。

存在构成了整体性历史的存在，而整体性历史的存在为个体的存在提供了一种必然性参照。批评家赫拉普钦科说过这样的话：“在《战争与和平》中，生活被描写成不依个别人的意志和愿望而发展的；生活按照它本身的、虽然尚未被人认识的规律发展着。但是根据托尔斯泰的想法，现实不仅存在于人之外，而且也为人而存在。”① 这段话正说明着托尔斯泰辩证的历史观，虽然个体的人并不能操控历史规律，但现实的历史却是为人存在的，或者说，人的存在显示着历史存在的意义。

托尔斯泰的这一理念集中体现在《战争与和平》“尾声”的第二部，这实际上是一篇论文，是理解小说情节和作者历史观的显性文本。这篇论文所论述的正是历史进程与个人自由意志的关系。托尔斯泰分析了历史学家是怎样看待历史必然性问题的，同时表达了作者本人对这一问题的看法。在托尔斯泰看来，历史存在着必然性，他相信有一种力量在左右着历史发展的进程。这种力量应是历史的必然规律和人的自由意志的合力。对历史必然规律的肯定是西方理性主义历史观（也即所谓历史主义）的主张，他们认为历史有其自身存在的规律，而非个人所能理解，个人的“偶然意志”最终被历史的必然性意志——真正的自由法则——所征服。② 而托尔斯泰校正了这一把历史必然性绝对化的观点，提出每一个个体的人都是历史链条中的一个环节，在历史必然性与个体自由意志之间存在着某种张力；或者说，每一个人都可以参与历史的创造，都会对历史的进程产生作用。历史发展的过程就是一个张力存在的过程，即历史的必然性和每个个体对它的谐调所形成的张力。当然，托尔斯泰的写作表明，个体与历史的张力并不意味着人与历史进程的异步与悖谬，而是相反。

归纳起来，托尔斯泰要反映在《战争与和平》中的历史与人之关系的基本思想就是：历史是一个伟大的运动过程，是一个超越个体而存在的事物，它不依某个个体的意志而转移，每一个个体都寄寓其中，成为这个进程的一部分。托尔斯泰晚年曾在日记中写道：“生活就是运动。我活着，所以我自身便携带着运动力，我就是这个运动，并且无论我是否愿意，我都活着。”③ 也就是说，在强大的历史进程（就人而言它体现为 жизнь，即“生活”、“生命”）之中，无论人的意志如何，总要与之相融。这正是托尔斯泰历史辩证法的核心要义。

此外，既然人是历史合力的一方，那么到底是英雄参与历史创造，还是每一个个体的人都参与到历史进程，这是一个始终存在争议的问题。在这一点上，托

① 赫拉普钦科：《艺术家托尔斯泰》，刘逢祺、张捷译，上海译文出版社 1987 年版，第 381 页。

② 参见黑格尔：《历史哲学》，王造时译，上海书店出版社 2006 年版，第 426 页。

③ Л. Н. Толстой Дневники и записные книжки 1895 – 1899 // Полное собрание сочинений в 90 томах, том 53, Москва: Гос. изд. Х. Л., 1953, с. 42.

尔斯泰的立场十分明确：历史的主角是人，不是英雄。这其实涉及什么是英雄的问题。在一般意义上，所谓英雄即是对历史事件产生显性影响的人，如政治家、军事家、科学家等，他们代表了权力，因此，从表面意义上看，是他们更多地介入了历史进程的发展。但在托尔斯泰看来，实质上，这些所谓英雄不过如普通人一样表达了自己的意志而已，并且他们的意志并非决定历史发展的因素，甚至相反。这种对传统英雄观的颠覆致使人们不免对托尔斯泰的理念提出质疑，如著名文学史家奥夫相尼科·库利科夫斯基就曾认为，这部小说是一部典型的“虚无主义史诗”，因为凡是被历史学家所认可的，比如历史英雄、官方立场等，都在这部小说中遭到了颠覆，所有历史上的伟大人物在这部作品中都成了小丑和凡夫俗子。①但奥夫相尼科·库利科夫斯基显然受到历史主义英雄观的影响，他只看到了托尔斯泰批判性的一面，没有看到小说其实在否定历史英雄的同时，也塑造了另一种英雄——人，普通的人。而正是普通的人，在托尔斯泰这里，才是真正的英雄。正如斯特拉霍夫所说的：“对所有的俄国人，对《战争与和平》中所有的人物，都应当去这样理解。他们的情感、思想和愿望，无论其中含有多少英雄主义的意味，无论其中表现出多少对英雄主义的追求及对英雄主义的理解，都不能套用欧洲所创造的虚伪的异质模式。俄国的整个精神体系更为简单、质朴，它显现出一种和谐，一种力的平衡，而这些恰恰与真正的伟大相吻合，我们明显感觉到，其他民族所理解的伟大却是对这种和谐与平衡的破坏。”②

在以正教为基础的俄罗斯文化结构中，人因其秉承于上帝的属性而共同具有“类神性”，就此而言，本无英雄与凡人之分。如托尔斯泰自己说的：“每个人身上都存在着一个世间至高无上的灵魂，因此，无论什么样的人——沙皇还是苦役犯，大主教还是乞丐，——大家都是平等的，因为人人身上都存在着那世间至高无上的东西。如果敬重沙皇或大主教多于敬重乞丐或苦役犯，这就如同你敬重一个金币多于敬重另一个同样的金币，因为一个用白纸包着，另一个用黑纸包着。应该永远记住，人人身上的灵魂与我是同一的，因此对待众人应当一视同仁，谨慎而谦恭。”③ 所谓“谨慎谦恭”，正是神人基督的“虚己”属性，所以，无论英雄与凡人，其标准只有一个，即：是否符合上帝的灵魂至善。这也就是斯特拉

① Д. Н. Овсянико-Куликовский Лев Николаевич Толстой: Очерк его худож. деятельности и оценка его религ. и моральн. идей / Санкт-Петербург: изд. И. Л. 1911, с. 18 – 19.

② Н. Н. Страхов Война и мир. Сочинение гр. Л. Н. Толстого. Томы V и VI // Русская критическая литература в произведениях Л. Н. Толстого. Ч. 6. Соб. В. Зелинский. Москва: изд. авт., 1899, с. 16.

③ Л. Н. Толстой Путь жизни // Полное собрание сочинений в 90 томах, том 45, Москва: Гос. изд. Х. Л., 1956, с. 49 – 50. 中文译本参见托尔斯泰：《生活之路》，王志耕译，中国人民大学出版社 2006 年版，第 35 ~ 36 页。

霍夫所说的俄罗斯精神体系的简单质朴之处。《战争与和平》表现的正是这种俄罗斯式的英雄观，“没有质朴，没有善，没有真的地方，也没有伟大。”

小说描写了1812年那场伟大的卫国战争，但是我们却看不到那些传统理解中的“伟人”是如何左右这一战事的，拿破仑、亚历山大一世、库图佐夫等人作为这次战争的主角，都被赋予了普通人的品性，他们只不过是权力的代表，但权力却并不意味着对历史的创造。尤其是直接指挥这场卫国战争的统帅库图佐夫，在小说中全不见叱咤风云、睥睨万里的雄豪之气，而是被塑造成一个老态龙钟而又充满普通人弱点的人。但是，这并不意味着托尔斯泰否定了他们作为战争参与者的意义，相反，在托尔斯泰的眼里，这些战争主角仍然是人，是参与了历史创造的人。或者说，在托尔斯泰的笔下，史诗中的英雄变为隐性的英雄，在参与历史进程的人身上，都是沿着既定的目标前进的，在每个人身上都体现着历史的发展。比如库图佐夫，在这个有着普通人弱点的老人身上，却坚守着必胜的信念，尽管这种信念在托尔斯泰看来并不能决定战争的胜负，但它却说明着人与历史的同步：

> “库图佐夫从来没有说到‘从金字塔上向下看的40世纪’，说到他给祖国带来的牺牲，说到他所要完成的和已经完成的事情：总之他不说到自己的任何事情，不装模作样，总是显得他是最普通、最寻常的人，说最普通、最寻常的话。……然而就是这个如此忽视自己的言语的人，在他的全部活动中，没有一次说过一句话违反他的唯一的目标，他在全部战争时间里都是向着这个目标前进的。”①

这便是真正的英雄的表现，他的伟大不是体现在他作为战争的统帅，而是作为一个普通的、然而有着强烈民族感情和人类情怀的智者而存在，也正因为如此，他才成为人民的代表，而不是英雄的代表：“只是承认这个老人怀有这种感情，才使人民用那样奇怪的方式，违反沙皇的意志，选出他这个失宠的老人做民族战争的代表。而且只有这种感情，才使他享有人类崇高的威望，因此他作为总司令，没有把他的全部力量用来杀死人、毁灭人，而是用来拯救人、怜悯人。这个纯朴、谦逊，因而真正伟大的人物是不能用历史虚构出来的想象中统治着人们的欧洲英雄模式来硬套的。”②

从这个意义上说，小说中的每一个人物都是一个普通人，同时也都是一个英

① 托尔斯泰：《战争与和平》，高植译，上海译文出版社1991年版，第1533页。
② 同上，第1535页。

雄。他们虽然不能左右一场战争的胜负，但却在战争的过程中使自身得到完善，并以自身的完善参与到整个历史的进程之中。

二、历史事件一定能够给人提供灵魂完善的条件

虽然在历史事件与个人的生命之间，前者具有本体性意义，这是托尔斯泰宏大叙事的基础，但他有别于历史主义的是，他更为看重个体存在的意义，历史事件只不过是个人存在的一个方式，尽管历史进程有着自己的规律。或者说，正因为历史进程有着非人所能左右的规律，所以人的个体生命的存在才成为我们更应珍视的现象。这也成为托尔斯泰看待一切问题的出发点。我们通过小说中的人物群像可以清楚地理解作者的意图，即：人是在历史发展中成长起来的，人在历史发展的进程中获得意义；历史给人带来了完善的机遇，为确证自我提供了必要条件，人的自由意志与历史规律最终达成一致。处于历史具体境遇中的人，并不能省察历史的目的。这在托尔斯泰看来是人类的一种局限，为了揭破这种局限，通过对历史事件中人的存在方式的重构，可以实现对当下生活的干预。这正是托尔斯泰写作的终极目的。因此，他在小说的每一个人物身上都寄寓了他对人的生命历程的理解——从混沌走向澄明。

这一思想集中体现在小说着墨最多的人物——别祖豪夫家族的彼埃尔身上。彼埃尔是别祖豪夫伯爵的私生子，因此，从一开始这个人物就是作为一个边缘化的形象存在的。但不管怎样他是在充满腐朽气息的上流社会的环境中成长起来的，因此，当他成年的时候，像其他所有同阶层的年轻人一样，成为一个标准的纨绔子弟。他没有理想，没有生活的目标，心里想的只是眼前最切近的物质生活，所以他会一时被艾伦的美貌所迷惑；他也会有激情，但只是在同伴们的刺激之中所产生的莫名其妙的冲动，看到别人打赌立在窗台上喝掉一瓶酒，体态臃肿的他也去效仿；当他的名誉受到损害时，他只会遵循最古老的习性向对手提出决斗。然而，在决斗中他打伤了对手，这唤醒了他内心深处对生命的自觉，于是他开始思考生活的意义，开始思考人的行为价值问题。他力图为自己的行为开脱："是谁对，是谁错？没有谁对，也没有谁错。但是活着的时候，你活吧；明天你会死的，正如同我在一小时前也会死的那样。我们的生命，和永恒比较起来，不过是一瞬，何必自寻烦恼呢？"① 正在他彷徨无定的时候，他遇到了共济会的传

① 托尔斯泰：《战争与和平》，高植译，上海译文出版社 1991 年版，第 453 页。

道者，向他点明了生活的真谛，如果说彼埃尔在此之前只是凭着朦胧的感觉而思考与生活，那么在共济会员的启迪之后，他逐渐清楚地理解到了人要靠与上帝智慧的结合、要靠与他人的结合才能获得真正生命意义的道理："最高的智慧不是单独建立在理性上的，不是建立在那些人世的物理、历史、化学等科学上的，理性的知识是分成了这些部门的。最高的智慧只有一个。最高的智慧只有一种科学——整体的科学，这科学解释整个宇宙，以及人在宇宙中的地位。要自己获得这种科学，就必须清洗并革新自己内心的'自我'，因此，在认识之前，必须信仰，并使自己趋于完善。为了达到这些目的，在我们心里透进了上帝的光，它叫做良心。"① 我们说，在此之前的彼埃尔形象是地狱相的，而在此之后的他，则开始了良知觉醒、内心痛苦的"罚"的阶段，因而他成为走上救赎之路的炼狱相的人。因此，他在日记中写到他梦见那位共济会员送给他一本书：

> "在这本书的每一页上都有优美的图画。并且我仿佛知道，这些图画是表现灵魂和它的情人的爱情传奇。在各页之上，似乎我看见一个穿了透明的衣服、有着透明的身体、向云里飞着的少女的美丽的像。并且仿佛我知道这个女子正是'歌中之歌'的像。看着这些图画时，我仿佛觉得自己做错了，但我不能够离开它们。主啊，帮助我！我的上帝，假使是你要抛弃我，那么就实现你的意志吧；但是假使这原因是我自己，就指教我：我要怎么办吧。你若完全抛弃了我，我就要因为自己堕落而毁灭了。"②

此后彼埃尔在自己的田庄试行解放农奴的计划，然而因为管理不善和不被理解而失败；他成为共济会的首领，并为了学习更为高深的教义而跑到国外，但在国内却遭到共济会内部派系的反对；在困惑中，他走上了战场，并亲历了鲍罗金诺战役，然而却对战场上的血腥感到恐怖，毫无所获地回到莫斯科；当法国军队攻入莫斯科时，他又乔装打扮，试图仿效日耳曼青年的做法去刺杀拿破仑，然而如何去做又不明确，后来却被法国人当做纵火犯逮捕，甚至被押上刑场，险些被枪毙，最后在押解途中被解救。一连串的行为，使彼埃尔终于明白，一个人的存在是渺小的，无意义的，过去人们所理解的生活目标其实是虚幻的，相比起对上帝的信仰来，这种世俗的生活目标只能给人带来烦恼与痛苦。而看到上帝并不难，因为上帝就在我们每个人身边。③

彼埃尔从此完成了炼狱的任务，由混沌进入澄明，成为具有了天堂相的人。

---

① 托尔斯泰：《战争与和平》，高植译，上海译文出版社 1991 年版，第 501～502 页。
② 同上，第 632 页。
③ 同上，第 1559 页。

托尔斯泰借助于彼埃尔的生命历程向我们昭示：人正是这样按照一种必然的规律成长的。历史事件虽然不能由人来决定其结果，但历史事件却一定能够给人提供灵魂完善的条件。从这个意义上，人与历史达于和谐。

三、观照历史事件与理解女性问题

历史事件的真实性前提给了托尔斯泰展示其人生理想的良好平台，较之一般题材的作品，历史题材的作品由于有了重新观照历史事件的可能性，因而思想的支撑便成为介入历史事件的必要理由。从这一思考出发，托尔斯泰把他在社会问题思考中最为关注的女性问题也放了进来。通过对女主人公娜塔莎这一形象的塑造，作家既阐释了他对女性生活的理解，更重要的还在于说明他对人的生命意义的观念。

就托尔斯泰的妇女观而言，他认为女性的首要责任是家庭，她们的行为标准也就是维护家庭的良性存在，做一个温顺而有教养的主妇。在娜塔莎身上，我们看到了托尔斯泰这一女性观的体现，但同时，在这个形象的塑造上，作者的生命本体论也与在彼埃尔身上所展现的一样，揭示着人从混沌走向澄明的过程。

最初的娜塔莎，正如彼埃尔是典型的上流社会公子哥一样，她也是在这个环境里成长起来的典型少女形象，活泼、天真、无忧无虑、充满幻想，有强烈的虚荣心。我们看当她第一次穿长裙去参加舞会，她"一进舞场的时候，便发生爱情。她不单对某一个人发生了爱情，而是对所有的人发生了爱情。在她看人的时候，她看见了谁，便爱上了谁"。[①] 在她的情感世界中，一切都是美好的，都是幸福的，"在这样的时候，一个人变得十分善良仁慈，不相信会发生邪恶、不幸和悲哀的事情"。[②] 正是在这种状态之下，娜塔莎在库拉金家族的花花公子阿那托尔的诱惑下，放弃了对安德烈·包尔康斯基的婚姻承诺。阿那托尔狂热的追求极大地满足了她的虚荣心；她看不到阿那托尔的轻浮，因为在她的眼里一切都是真诚的，她感受不到这种关系带来的危险，因为她还处在情感的迷茫之中，并对一切充满了美好的期待。她也曾在安德烈和阿那托尔之间犹疑，但毕竟安德烈远在前线，而阿那托尔的诱惑则步步紧逼，当娜塔莎读了阿那托尔请别人为他起草的假情书后，便断然认定了自己的情感归属，甚至执意不听姐姐的规劝。当然，

---

① 托尔斯泰：《战争与和平》，高植译，上海译文出版社1991年版，第475页。

② 同上，第657页。

在托尔斯泰看来，这只是人的初级阶段，人必须由此走向高级阶段，由混沌的感性走向澄明的理性。娜塔莎在被阿那托尔诱拐前被家人察觉，并向她揭露了阿那托尔已经结婚的真相，她在极度的悔恨之下服了砒霜，却又及时醒悟，得到救治。小说中的这一情节其实意在说明娜塔莎从死亡走向"复活"。

离开了青春的迷茫状态，娜塔莎走上了精神磨炼的成长之途。她失去了青春的快乐，尽管从自杀的念头中摆脱出来，但人生的意义却仍未找到。与彼埃尔的相遇是她最终获得新生的标志。他们在对方的身上彼此发现着生存的意义，并由此建立起新生活的信念。更重要的是，在经受了挫折之后，她意识到了上帝存在的意义，并在朦胧中接近了上帝的真谛。小说中的一个情节是深有意味的。当娜塔莎向上帝祈祷时，她听到神甫说："让那怀恨我们和我们正教信仰的人看见，叫他们羞耻，叫他们灭亡吧"。而娜塔莎虽然深受感动，但她却不明白，为什么神甫会祈求上帝杀死那些敌人，因为在她的祈祷中，是"为了伸张正义、为了用信仰和希望加强人心，为了用爱唤起人心"，"但是她不能祈祷把她的敌人踏在脚下"。① 这里我们看到，托尔斯泰的理念是，人在迷茫、天真的状态下固然有可能走向邪恶，但也正是这种状态，使人超越了理性主义对上帝的误读。人在生命历程中经受挫折，不是要人养育仇恨；人对上帝的信仰，也不是要人借助于上帝战胜敌人。托尔斯泰对教会的抵触正在于此，教会的神甫们教给人们的不是基督的真正理念，而是被歪曲的教义。娜塔莎正因为有一颗质朴纯真的心，所以能参悟爱一切人的生命真谛。而一旦她领悟了这一真理，她的新的生命就开始启程了。

但她新生命的归宿是什么呢？是稳定的家庭。家庭，是托尔斯泰理想中的生活单位，而国家则是制造邪恶的机构，因此，为国家服务及"爱国主义"并非托尔斯泰的理想。这也是其历史观的一种体现，即，历史进程的最终目标不是使人成为"机构"中的人，而是使人超越一切人为创造的樊篱，将国家英雄主义变为人的日常英雄主义。在世俗意义上就是使人回归质朴的家庭生活。因此，服务于国家的人将难以承担起维护理想家庭的责任，家庭与国家在托尔斯泰这里是矛盾的。或许是这种理念使得他创造了这样的情节：安德烈死于战争的创伤，娜塔莎注定不能与之相结合，而超越了世俗生命的彼埃尔成为了她的最终选择，她的生命终于在家庭中获得了升华与安宁：

> "娜塔莎没有奉行许多聪明人，特别是法国人所鼓吹的那种金科玉律，即主张女子在结了婚，不应当放松自己，不应当抛弃自己的才能，应该比少

① 托尔斯泰：《战争与和平》，高植译，上海译文出版社1991年版，第945页。

女时代更加注意自己的仪表，应该使她的丈夫像还没有做她的丈夫时那样对她神魂颠倒。……她在头一分钟便完全献身于她的丈夫——即把她整个心毫无保留地献给了自己的丈夫彼埃尔。她觉得她和自己丈夫的结合，不是靠着那种吸引她的诗意的情感来维持的，而是靠着别的一种不明确的，然而是坚固的东西来维持的，就像她自己的心灵与身体间的接合一样。……娜塔莎所专心注意的事情，是她的家庭，就是她的丈夫（她应该那样守着他，要他完全属于她，属于家）和小孩们（她应该怀孕、生育、喂养、教育他们）。"①

托尔斯泰在这里看上去是在反驳当时解放女性的论调，并且实际上在这个形而下的问题上他的立场也是这样的。然而，在他的观念中，女性的伟大也正在于对家庭的维护，而家庭则是人类最本真的生存单位。他说："完善对于男女来说都是一样的：爱的完善。如果说男性在爱的理智与坚定上往往优于女性，则女性在爱的自我牺牲上永远优于男性。"② 可见托尔斯泰并非歧视女性，因为无论男女，其生存价值的标准是同一的。或者说，托尔斯泰在他的文学文本中透射的其实是形而上的终极问题，即人最终将走向何方。在他看来，体制性生存是人生的迷雾，只要超越了这一界限，人才能真正的回归天然。所以在这一问题上，巴赫金的理解是正确的："批评界通常总是指出，娜塔莎这个人物的变化在心理上不够逼真。可是，我们总觉得，那种心理上的逼真在这里恰恰是站得住脚的。娜塔莎的道路，这几乎是所有女性都共通的经典之路。……（托尔斯泰）认为，恋爱中的浪漫蒂克在婚姻中总要消失；一对夫妇应当携手并进走向那贤明智慧的、了无诗意的简朴。世上的一切皆是迷惑，唯有天然才是明智的。"③

总之，在《战争与和平》中，历史虽然以其自足的规律运行，人不过是这个历史舞台上的种种角色而已，但人的成长却是在历史的事件中进行的。巴赫金在谈到托尔斯泰的历史观时说："他看到，历史乃是作为一种人们所不可思议的力量在创造着它自身，它对人们的愿望是不予顾及的。某种东西在完成它自身的运行，而统摄着人们；不论是意志，还是理性，抑或是有意识的活动，与那种东西均无什么相通之处，在它面前均是无能为力的，人们不过是命运手中随意支使的小卒、任意驱使的傀儡、恣意捉弄的玩物而已。"这正如黑格尔所说的"历史

① 托尔斯泰：《战争与和平》，高植译，上海译文出版社 1991 年版，第 1632～1633 页。

② Л. Н. Толстой Круг Чтения // Полное собрание сочинений в 90 томах, том 42, Москва: Гос. изд. Х. Л., 1957, с. 297.

③ 巴赫金：《俄国文学讲座》，晓河译，见《巴赫金全集》第 4 卷，河北教育出版社 1998 年版，第 437 页。

的诡计"，即历史自有其发展规律，它不以人们的主观意志为转移。人在战争之中，可能并不清楚战争的目的究竟如何，但是，他们义无反顾地走向了战争。巴赫金认为，托尔斯泰的小说中，"历史事件与普通士兵并不相干，要是它们并不触犯人们的个人生活的话。人的真实生活与被称为战争的那种假象之间并不等值，这一主题像一根红线贯穿整部长篇小说。"① 然而，个人生活与战争，这看上去是两种价值取向的东西，最终却被统一起来了。即：首先，战争必然走向正义的胜利，甚至像库图佐夫这样掌握着军事力量的统帅，在小说中也并非运筹帷幄、决胜千里，而是随意而为。托尔斯泰这样的描写，其实恰恰说明着，战争并未给人们带来未知的命运，而是一切都安排好了，一切都在历史的必然规律中运行。托尔斯泰并不是因为在描写一个早已完成的历史事件而故作全知，而是要表达他的宏大叙事的史诗观——正义必胜，邪恶必败。其次，人在战争中虽然不能成为主体，但战争却给了人以充分展示人性复杂性的可能，并且在这种展示的过程中加以调配、整合，最终由混沌走向澄明。从这个意义上说，人虽然是由历史所塑造，但历史的意义也正在于人，没有人的生命历程的佐证，历史的目的论将无由确认。

① 巴赫金：《俄国文学讲座》，晓河译，见《巴赫金全集》第4卷，河北教育出版社1998年版，第437～438页。

第三十章

《夏伯阳》：一种“苏维埃神话模式”的确立

在苏联电影史上，瓦西里耶夫兄弟导演拍摄的影片《夏伯阳》（又译《恰巴耶夫》）的影响不亚于爱森斯坦、普多夫金、杜甫仁科等人的任何杰作，而这部影片自其诞生之后几十年中都稳坐苏联电影经典的第一把交椅，这又是空前绝后的现象。

一、《夏伯阳》：从小说到电影

在苏联的社会主义文艺中，艺术形象取代历史真实而深植人们意识之中的特有现象也正是自影片《夏伯阳》开始。在那之后，在苏联解体以前的各个时期中，提起“国内战争”时代，人们首先能想到的必然是威震敌胆的红军英雄夏伯阳，而讲起夏伯阳，人们不约而同地描述的必然是演员鲍里斯·巴保其金在影片里的风采，而真实的历史人物面目如何、功过几许却很少有人知晓，而且，这似乎已经没有必要去关心了。

在影片问世之后，带起了一股以夏伯阳的事迹为题材的文艺创作浪潮。这浪潮持续良久，成果丰富，既有民间文艺形式的童话、勇士歌谣，也有诗歌、歌曲、绘画、雕塑等。最值得注意的是，几乎所有这些作品都把影片《夏伯阳》（而不是富尔曼诺夫的小说！）视为真实的创作素材来源加以利用。

比如，关于夏伯阳之死，20 世纪 20 年代有文献资料证实他是被俘后遇害的。在富尔曼诺夫的小说中，夏伯阳是战死在波涛滚滚的乌拉尔河中，这属于作家的正常艺术虚构，目的在于加强艺术感染力，本无客观性、权威性可言；而在瓦西里耶夫兄弟的影片中，夏伯阳之死在原作的基础上进行了重点渲染，滚滚的乌拉尔河水因这位英雄的浮沉而传神、动情。这也属于艺术创作的正常做法，无可非议。然而，从此之后，不仅同一题材的不同体裁作品都采用了这一虚构情节，而且，连夏伯阳的战友库贾科夫在写夏伯阳的传记时也毫无异议地照搬了这一结局，视之为历史事实。①

可以说，几代苏联人以及世界其他国家的读者、观众印象中的夏伯阳就是导演瓦西里耶夫兄弟与演员巴保其金在银幕上创造的形象，历史研究者也无法回避那部电影所展现出的气氛。艺术创作取代了历史而上升为绝对真实。后来，巴保其金在自己的文章中回忆影片创作当时的情景时写道：

> "《夏伯阳》的奇迹就在于这样一种无法解释的、不可理解的、奇怪的和空前绝后的情形——它对于30年代的观众，或者说，至少是对于这些观众中的绝大多数人来说，并不是一部事先经过构思、准备、排练，而后再拍到胶片上的影片。这是一种真正的、不可怀疑的、现实的生活记录，引人入胜而又慷慨壮烈……对影片理解的直接性，对真实性的完全相信，对所发生的一切的亲历感，这一切都达到了登峰造极的地步。"②

为什么这种"奇迹"、这个传奇英雄夏伯阳的"发现"是在瓦西里耶夫兄弟的影片中，而不是在富尔曼诺夫写于影片问世之前12年的小说中呢？

作为夏伯阳的师政委，富尔曼诺夫无疑是熟悉这位英雄的战斗生活的。然而，由于时代的切近以及历史视野、艺术才能的局限，富尔曼诺夫不能摆脱动荡、繁乱的感性印象的束缚，无法发挥大胆的艺术想象力。他只是写出了一部文笔一般、材料剪裁失当的纪实体小说。只是由于"素材的重要意义"（高尔基语），《夏伯阳》这部小说才有了一些影响。富尔曼诺夫的写作动机是十分简单的：在自己军旅生活的重要时期，他结识了这样一个值得景仰的人，并且，在夏伯阳的英雄业绩中也有富尔曼诺夫自己的努力，他不能不把这一切写出来。他要告诉后代的读者们，有过这样的时代，有过这样的战斗生活，有过这样的英雄。

在20世纪30年代初，当年轻的电影导演瓦西里耶夫兄弟（实际上两人并非兄弟，只是同一姓氏而已，本文因循习惯，仍合称之为瓦西里耶夫兄弟）要创作名

---

① СИДРНИКОВ, В. Писатель и народная поэзия, Москва: Советский писатель, 1974.
② БАБОЧКИН Б. Моя жизнь в театре и кино, Москва: Искусство, 1968, pp. 51.

为《夏伯阳》的影片时，他们已经是站在与当年富尔曼诺夫所不同的新的社会经验立场上来看待历史了。他们的出发点不是真实的人物，而是关于人物的观念——"影片的主人公是传奇人物夏伯阳。没有谁知道他实际上是个怎样的人——几乎没有人知道。有的是关于他的某种印象——一个英雄，这大家都知道"。①

换言之，他们要表现的不是历史人物，而是对历史人物的"认识"。

有意思的是，瓦西里耶夫兄弟并不是一下子就形成这样的立场的。据史料记载，当时，电影制片厂对两位导演的才能评价一般，不愿给提供什么拍片机会。这两位导演急于有所成就、改变人们的印象，就一再请求，才获准在没有人愿意接手的剧本项目里挑选一个，其中便有根据同名小说改编的《夏伯阳》的剧本。起初，两人并没有看上这个本子，但看罢全部，发现其他的更加糟糕，就只好回到了《夏伯阳》。没有其他的选择，他们只能拿这个本子去冒险一搏了。

随着对剧本及相关素材的准备和研读，两人逐渐对题材产生了真正的兴趣。尤其是在两人与夏伯阳的往日部下会面座谈并接触到了小说原作者富尔曼诺夫的日记以后，两人意识到，这个题材具有着拍出轰动性作品的潜力。另外一个创作动因是，直到当时，以"国内战争"为题材所拍摄的苏俄电影基本上都是简单的宣传鼓动影片或者半惊险、半侦探类型的肤浅之作，看不到真正具有英雄主义感召力的作品，不论是观众还是创作界都很不看好这方面的前途，实在需要有所突破。难点也正孕育着想要成功者的机遇。

为了有所突破，就不能囿于原来剧本对素材的那种平淡无奇的处理。他们基本上放弃了原剧本的构思，开始重新创作。包括富尔曼诺夫的小说原作在内的各种文献、资料都成为两位创作者提炼情节、塑造形象的依据，但是，起到更主要的作用的应该说是他们的自己对于夏伯阳的"观念"。在再创作过程中，这两位导演给自己确定了一种明确的目标："必须把夏伯阳的形象提高到传奇的高度，使观众能相信他是一个可以被我们奉为楷模的人。"②

为了达到这样的目标，他们随意地对富尔曼诺夫的小说所提供的情节与人物形象进行了大刀阔斧的改造。主要人物的名字、人物的某些性格特征、时代背景——影片所保留的小说的内容成分几乎就是这几条而已。《夏伯阳》与其说是小说的银幕改编，不如说是利用小说人物和若干情节进行的独立创作。影片的情节线索全部是重新建构的。比较分析表明，在影片的57个场景中，只有3个直接取自原著小说，而原剧本中的场景多达21个被删掉，11个被改写。创作者要把苏俄国内战争时期并非广为人知的红军将领夏伯阳塑造成一个传奇英雄——

① ВАСИЛЬЕВЫ С. И Г. Собрание сочнения, т. 2, Москва: Искусство, 1982, pp. 139.

② ВАСИЛЬЕВЫ С. И Г. Собрание сочнения, т. 2, Москва: Искусство, 1982, pp. 142.

一个英雄时代的典型代表。他的个性的每一处优缺点都源于影片创作当时的思想意识体系而不是历史真实。可以说，人物的个性化与普遍意义是以歪曲原著、无中生有为代价的。

就连主要人物形象的设计都具有一种综合性：麦克斯·林戴（美国早期著名电影演员）式的小胡子、颇具高加索地区民族色彩的衣着、塔拉斯·布尔巴（果戈理笔下的乌克兰民族英雄）式的豪气，这些完全不是现实生活中原形人物的特征。难怪当初夏伯阳的子女对巴保其金的造型持有否定的态度。

为了表现夏伯阳当初是一个有旧军队习气的军官，瓦西里耶夫兄弟设定了他与政委克雷奇科夫对待部队战士之中发生的事情的不同立场；影片中设置了机枪手别其卡与参加革命的女工安卡的情节，而编导这样做的目的不是表现年轻人之间的感情关系、为情节加上一点浪漫情调，而是为了表现“英雄”与“人民”的关系这样的内容；为了表现革命者与敌人的思想对立，瓦西里耶夫兄弟特地增加了一段白军军官保罗兹金与其侍卫的情节线索，颇为出色地拍摄了因为自己的兄弟被杀而心情绝望的侍卫和着保罗兹金弹奏的“月光奏鸣曲”擦地板的场景；还有表现夏伯阳的智勇双全的破除白军“心理攻势”的情节，表现他的正直、诚恳性格的为犯错误而关自己禁闭的情节……

在有关资料中，有这样的细节记载：在审查《夏伯阳》的样片时，当时的国家电影局领导要求瓦西里耶夫兄弟改掉其中的“心理攻势”场景，认为那是美化白军阵营。两人立场坚定，据理力争，认为这个段落是影片的精华之一，坚持不改动，原封不动地再次提交审查，做好了遭到厄运的思想准备。但是，参加审片的军界元老，特别是伏罗希洛夫、布琼尼两位元帅极力赞赏这一段落，终于一锤定音，使影片得以通过。①

借助于崭新的形象和这些在富尔曼诺夫小说中不曾披露（实际上并未发生过）的内容，瓦西里耶夫兄弟完成了“传奇英雄夏伯阳”这一观念的物质化过程。

在富尔曼诺夫的小说中，主要人物的形象很单一，缺乏内在的和外在的成长性。夏伯阳以什么样子出现在读者面前，最后又以什么样子离开。情节的发展只是在认识已经定了型的人物的性格的方方面面。不过，从另一个方面说，这也是基于真切印象而对真实人物的面貌的真实写照，具有无可非议的文献性和可信度。

而对于瓦西里耶夫兄弟来说，重要的是在运动与发展中去展示某一类型的主人公的内在和外在特征，所有的次要角色以及环境都处于陪衬、辅助的地位，具体的历史时代和历史生活细节也不是表现的焦点。红军将领夏伯阳从影片开始到结尾所表现给观众的乃是“一种性格成长的历史”。

① РАЗЗАКОВ Ф. Наше любимое кино，Москва：Агритайм，2004.

富尔曼诺夫在写作时更多地是依靠直觉印象和传统的纪实手法，从一种被动的立场来勾画人物，包括对自传式的人物克雷奇科夫的描写，都没有进行主动的性格开拓。而在影片之中，瓦西里耶夫兄弟的具有突破性的创作方法起到了关键作用并且成效显著。源于他们有意识地赋予人物超越日常记述的精神和性格延展性，浪漫主义色彩、英雄主义色彩油然而生。这恰恰是几经尝试而终以"社会主义现实主义"名之的苏维埃时代艺术创作新方法的主要特点之一。

另一位苏联导演尤里·莱兹曼说过的话足以佐证影片《夏伯阳》对苏联电影创作产生的影响：

> "在《夏伯阳》问世前，社会主义现实主义这一概念对于我来说是抽象的。在这部影片中，它第一次淋漓尽致地体现了出来。我对此有了艺术上的感受。我感受到了这种关注性格、具有深刻现实性、面向人的艺术的亲切和可贵。这部影片一时间成了标准，在许多年中被视为艺术性的最高尺度和极致境界。"①

观众与舆论一致推崇的《夏伯阳》的成功之处是影片中塑造了使人感到亲切的人物形象。这是一个有鲜明性格，有成长过程，有"常人"一样的优缺点的英雄。一方面，他在人民群众面前是偶像，是父辈；另一方面，他在政委面前是思想觉悟有待提高、领导方法有待改进的学生、被领导者。政委克雷奇科夫在影片里与其说是一个概念化的配角，不如说是布尔什维克党的功能性化身。

这样，瓦西里耶夫兄弟实际上是创造出了以后在苏联革命历史题材影片（以及其他文艺创作）中通行的一种模式：

艺术表现的中心是发展、变化中的正面主人公——在这部影片里就是夏伯阳——他具有两重性，同时是领导者和被领导者，是榜样，也是学生。在成长了的主人公身上体现出真理的绝对正确。

二、苏维埃"神话模式"的确立

被后世的文艺批评称为"神话模式"的此类人为定律在30年代开始逐渐出

---

① ПИССАРЕВСКИЙ Д. Социолистический реализм и развитие современного кино, Москва: Искусство, 1978, pp. 189.

现于苏联电影以及更广泛的苏联文艺创作中。影片《夏伯阳》既是对既往经验的总结，也是上升到一个新层次的标志。对这种苏维埃式的“神话模式”的标准体例，我们可以这样加以描述：

神话的终极境界是光辉、和谐、再无矛盾冲突的未来，也就是所谓的“黄金时代”。而要得到这一未来，人们必须主动奉献乃至作出牺牲。出现于关注焦点中的主人公经受着各种考验——与人（白卫军、法西斯侵略者、异己分子、落后分子等）进行斗争，与自然（作为生产与征服的对象：水、火、土地、环境、灾害等）进行斗争。于是，自然引导出了结尾的田园诗景象，到这里，主人公的救世主、解放者、属于未来的“新人”的地位得以确立。

当然，这种“神话模式”与30年代苏联个人迷信的意识形态特点有着直接的关系，但同时它也充分反映出了当时人民的热情——他们的确相信“黄金时代”会迅速而神奇地到来。对个人崇拜（或者像后世的俄罗斯学术界所称的“极权政治”）时期的电影创作以及其他艺术创作来说非常重要的是，这种“神话模式”已深植于人们的接受意识之中，遵从这种“神话模式”，就能保证影片以及小说、戏剧等一切艺术作品的成功，因为它符合观众的期待和广义的社会神话。30年代的苏联电影自《夏伯阳》开始的“无限风光”再好不过地证明了这一点。“在大众性的电影中几乎永远存在着神话学层次，这是合乎规律的。只有当观众的意识（更确切地说是下意识）在被称为原型的深层心理结构的层面上被打动时，他们才能充分地进入到影片中，”俄罗斯的电影研究家们在重新审视苏联电影的历史经验时也产生了这样的认识。①

从文艺史的角度来看，这样的模式在其出现之初的确是令人振奋的。它很大程度上摆脱了此苏联艺术创作中，特别是革命历史题材电影创作中概念化、脸谱化、人物性格单一、审美内涵浅薄的缺点，创造出了生动的人物性格，也达到了相当程度的具体性和概括性的融合，因而使得艺术作品具有了打动人心的艺术力量；而意识形态因素和目的性的适度渗透也应和、反映了时代倾向。影片《夏伯阳》风靡一时，余音久远，得到千百万苏维埃人以及其他国家的观众欣赏和赞誉的魅力正在于此。

《夏伯阳》堪称第一部“苏维埃大片”。在1934年11月21日，《真理报》上还发表了一篇社论《举国争看〈夏伯阳〉》，盛赞影片的成就。在苏共的历史上还是第一次以党报社论的庄重形式来评价一部电影。可见从上到下对这部影片有多大的厚爱。《真理报》社论的题目并不夸张，当时苏联确实掀起了观看和赞誉《夏伯阳》的举国热潮，盛况前所未有。据史料记载，被组织起来的人们甚

① ЯМПОЛЬСКИЙ М. Кино без кино, Искусство кино, 1988, (6).

至是举着“我们去看《夏伯阳》”的标语牌奔向电影院。电影院被人们包围，不得不昼夜不停地放映影片，有多少数量的新拷贝生产出来、下发各地都成为官方大报的重点新闻，评论文章更是铺天盖地，出自各个阶层、各种职业的人们的笔下，从矿工到集体农庄庄员，从小学生到科学院院士，从士兵到将军，清一色地全部都是溢美之词。在青少年中，还出现了比赛谁看《夏伯阳》看得次数最多的现象。在观赏次数方面，难以超越的记录怕是属于斯大林本人。据全苏国家电影局局长舒米亚茨基在当时的日记里记载，斯大林在短短一个多月的时间里就曾经看过16遍《夏伯阳》，到1936年的3月9日，斯大林已经观看了38次。直到另一部影片《马克辛的青年时代》出现，博得斯大林的青睐，《夏伯阳》才渐渐被替代，但其总的观看次数记录仍未超越《夏伯阳》。①

《夏伯阳》生逢其时，得到了上自斯大林、下至普通观众各个层次的认同，并且，在主流意识形态的宣扬下深入人心到了登峰造极的地步，以致于艺术形象取代真实存在过的人物而进入了历史。从此之后，在几代人的心目中，国内战争中最有名的红军将领便非夏伯阳莫属，而夏伯阳便是在三驾马车上的机枪旁傲然手指前方的演员鲍里斯·巴保其金。

电影在歪曲了文学的同时却又拯救了文学。富尔曼诺夫的小说《恰巴耶夫》在1923年问世之后一直反映平平。而在据之改编的影片凯旋于银幕之后，人们回过头来又把富尔曼诺夫引进了革命文学的先贤祠中。

1935年，在全苏电影工作者会议上，普多夫金在发言时谈到，爱森斯坦和他自己在才能上并不亚于瓦西里耶夫兄弟，但却没有拍出《夏伯阳》那样的影片。为什么呢？他说原因在于“时间和党”。显然，他意识到，自己和爱森斯坦现在已不再是时代的先锋了。而更重要的是——并非自然延续的艺术传统和了解人民生活的艺术家创造了银幕上的夏伯阳，而是时代，是党、党的思想创造了这一艺术形象。

也是在这篇发言中，普多夫金高度赞扬了苏联电影所产生的巨大影响，他激动地宣称，“神话正在我们的国家里诞生”。他这样说的时候绝对没有任何的嘲讽与悲哀。神话，这在当时是一种至高无上的赞美。普多夫金是否因为自己不是神话的首创者而心怀遗憾我们不能断定，但他确实因为自己生活在这个创造神话的时代而欢欣鼓舞：

> “当这部影片（指《夏伯阳》）激发了全体人民的热情，被人们当成了一件真正积极参与整个国家生活的政治事件，还有什么嫉妒能够抵挡得住我

① РАЗЗАКОВ Ф. Наше любимое кино, Москва: Агритайм, 2004.

们为共同事业而感到愉快和自豪的情感呢？瓦西里耶夫兄弟的胜利，也是我的胜利，也是所有苏联电影工作者的胜利。”①

一个真诚的电影工作者，当他看到自己为之奋斗毕生的事业达到了如此前所未有的神奇之境，他怎能不激动呢？

《夏伯阳》在苏联电影史上被公认为采用“社会主义现实主义创作方法”的典范。影片产生于探索创作方法的时代潮流中。这种时代潮流既表现出艺术家的创作热情和思想追求，同时更是30年代苏联意识形态正统化、绝对化的重要组成部分。电影创作由于其社会影响之大、创作活动规模之大、吸引参加创作人员之多，不能不成为政府思想文化、意识形态管理的工作重点。因而，“社会主义现实主义创作方法”首先鲜明体现于电影创作是自然而然的。平心而论，对于任何具有集体创作特性的艺术来说，对于想要占据时代主流地位的艺术来说，时代风尚、政治要求的深刻影响总是不可避免，这一点甚至不仅仅局限于社会主义体制之下。

《夏伯阳》的创作模式很快被视为苏联文艺创作和接受的重要标准，这自有其审美影响力和生命力方面的原因，而其日后达到登峰造极、矫枉过正的境界，更重要的原因则在于主流意识形态的推动，是文艺意识形态化、一统化的需要的体现，也是文艺工作者对党性原则的简单化理解、观众趋同心理的泛滥所合力形成的结果。《夏伯阳》中体现出来的党的领导对历史发展的决定作用，无伤大雅的生活习惯、性格个性方面的弱点对于英雄人物生动形象塑造的不可或缺，英雄人物与普通群众的距离感和密切关系的相辅相成……诸如此类的方法和理念本身在其产生之初是合乎逻辑，颇具价值的，可一旦推而广之，成为创作活动所必须遵守的金科玉律和判断作品艺术价值的主要尺度，则不仅为苏联电影，而且为整个苏联文艺创作带来了很大的负面影响。

可以说，正是从《夏伯阳》开始，电影所具有的巨大影响力和社会教育效用开始得到苏联党和政府的高度重视，通过一系列的政策决议和创作组织工作，政治倾向和意识形态需要日益明显地表现于电影创作中，而形成官方定义并有着《夏伯阳》这样的典范作为标志的“社会主义现实主义创作方法”也一跃成为主流的、也几乎是唯一的艺术创作规范。在这一潮流中走向极致的成果当属出现在反法西斯战争（第二次世界大战）前后、体现思想观念绝对化和对斯大林的个人崇拜的若干革命历史题材作品。

最典型的例证我们可以举出米哈伊尔·罗姆于1937年和1939年先后导演的

① ПУДОВКИН В. Избранные статьи, Москва: Искусство, 1955.

影片《列宁在十月》和《列宁在1918年》。其中运用“苏维埃神话模式”的实例几乎比比皆是，例如表现列宁与卫士瓦西里的相互关系的情节，列宁在革命群众簇拥下领导武装起义的场景，列宁早知反革命分子暗杀的情节，等等。为适应个人崇拜的潮流要求，这两部影片的编导者不惜篡改历史，将革命导师进一步神化，将历史上原本功绩不凡的革命家布哈林表现为丧心病狂迫害领袖、阻碍革命斗争发展的内部敌人；而斯大林虽出场不多，却被浓墨重彩地渲染成与革命导师同心共命的历史巨人。与《夏伯阳》一样，这些影片在以后的数十年中成为联共（布）党史的权威辅证，升格为不容怀疑的历史真实。

根据文学原作改编的影片《青年近卫军》（1948年，格拉西莫夫导演）的创作命运也典型地体现出“苏维埃神话模式”的“规范效用”。这部影片起初改编得比较保守，严格遵从第一版原作小说的主题和情节内容。当影片的第一集拍摄完成以后，送到了斯大林那里审查。革命领袖以锐利的目光发现影片存在严重的问题——情节中没有党的领导人的形象，没有突出体现党组织在对敌斗争中的领导作用。恰在这时，《真理报》发表了对法捷耶夫小说严厉批评的官方背景的文章。于是，影片和小说同时遭难，法捷耶夫赶快不惜违反历史事实改作小说，而格拉西莫夫也立即对自己的影片进行重大的修改，改拍和补拍了许多新的场景。

于是，在影片的新版本中，一开始就展示出青年近卫军成员与统一领导游击斗争的党的地下组织之间的联系。州委书记普罗岑科一手建立起游击队组织网络，其中也包括了青年近卫军。这位党的领导人充满精力和坚强的意志，睿智而无所不知，一如其他作品中常见的党的领导者的形象。由于他的参与、指挥，敌军大兵压境时的溃逃变成了积极的撤退，青年们的秘密活动成为党的统一领导下的有组织斗争。尽管这一切与克拉斯诺顿青年近卫军的历史事实相差很大，甚至有所矛盾，但影片的主题与正统历史教科书上的观念是紧密呼应的——是党关心和领导着敌占区对敌斗争的每一步。因为有了党的教导，正面人物的思想水平大大提高，对敌斗争的爱国主义、英雄主义气概也崇高无比。

同样是受到意识形态演进和时代气氛转变的推动，苏联的文艺创作在20世纪50~60年代出现了“解冻”、“反无冲突论”、“非英雄化”等倾向，直接的效果便是对上述的“苏维埃神话模式”的反拨乃至颠覆。尽管在电影创作中的反应比较迟缓，但终究还是出现了《第四十一》（1956年）、《雁南飞》（1957年）、《一个人的遭遇》（1958年）等表现出新的艺术处理方法和思想倾向性的影片。苏联电影的意识形态色彩并未退去，但毕竟“神话模式”君临一切、创作理念和方法“大一统”的局面从此风光不再了。

第三十一章

十九世纪英国历史小说的发展特征

历史小说是英国文学的一个重要门类，它萌芽于伊丽莎白女王一世时期的流浪汉小说中。如小说家托马斯·纳什（Thomas Nashe，1567－1601）的《一个不幸的流浪者》（1594年）以自叙传的形式，描写一个叫杰克·威尔顿的流浪汉的冒险经历，展现了亨利八世时代的战争与社会风俗画卷，散发出些许历史气息。流行于18世纪末19世纪初的哥特式小说，在表现恐怖怪诞主题的同时，也描绘出一幅幅中世纪封建时代家庭生活和社会风俗的图画，表现出一定程度的历史意识。与此同时，伴随着英国区域编年史热潮的兴起，出现了一批热衷表现地方历史、风物和传奇的“区域小说”，如爱尔兰女作家玛丽亚·埃奇沃思（Maria Edgeworth，1767－1849）的小说《拉克伦特家城堡》（1800年），着力刻画了爱尔兰民族在岁月的变化中所呈现的复杂性，探索了爱尔兰社会中的历史裂痕，被称为是“最早表现特定地区和既定历史时期社会生活的小说”。[①] 这些都为历史小说的伟大天才司各特的诞生创造了必要条件。而从司各特开始，英国历史小说迎来了它的黄金时代。

历史小说中的个人，可以说是一个极具象征意义的角色。欧洲文学的历史是一部人学的历史，历史小说作为欧洲文学宝库中一颗夺目之星，不可避免地折射出小说人物的“成长”历程。因此，“个人”的角色是历史小说与历史著作的最大区别。如果说杰出的历史学家着眼于广袤的历史长河，那么优秀的历史小说家则更多地将自己的眼光投向社会群体或个人。他们从历史的经历中寻

① 安德鲁·桑德斯：《牛津简明英国文学史》（下），人民文学出版社2000年版，第546页。

觅审美依据，从文学中汲取或浪漫、或讽刺、或悲剧、或喜剧的审美经历，去阐释历史语境下的个体经历，讲述个人如何在具体的历史环境下生存，而历史又是如何塑造个体性格的。在英国19世纪历史小说的发展中，个人角色也经历了一个嬗变的过程，他们在历史中不断地寻找自己的定位，在历史的宏大幕布下演绎自己人生的悲喜剧。而生活在任何时代的读者都可以通过这些历史小说中的个体“身临其境”，感受到那个时代的历史气息，感知历史小说的发展脉络。因此，个人在历史小说中不仅代表了一个独特的群体，也是历史小说发展的“标签”。

以人物与历史的关系为主线，19世纪英国历史小说可以划分为三个阶段：在19世纪前三十年，司各特的历史小说一枝独秀。在他的历史小说中，历史总是制约着人物的命运。19世纪中期的历史小说中的人物试图摆脱历史羁绊，独立演绎自身命运。在19世纪后期的历史小说中，“历史”逐渐被人物支配，它渗入人物内心的探索历程，成为个人精神结构的组成部分。

一、司各特小说王国：历史幕景下的人生百态

司各特（1771～1832年）是英国历史小说发展的里程碑。他不仅以历史为媒介，完成了艺术与生活的完美结合，而且，他尊重历史语境，在此前提下发挥文学的想象力；他善于刻画历史细节，构建历史场景，把握历史发展的必然性，从而奠定了历史小说的经典形式。

历史，这个独特的角色，在哥特小说家霍勒斯·沃尔波（Horace Walpole，1717－1794）、拉德克利夫夫人（Ann Radcliffe，1764－1823）那里，不过是故事情节的点缀和陪衬。而从司各特1814年的成名作《威弗利》开始，到后来的《清教徒》（1816年）、《红酋罗伯》（1817年）、《中洛辛郡的心脏》（1818年）等，它已经赢得了独有的话语权。司各特的小说犹如一幅幅巨大的历史画卷，把中世纪到资产阶级革命时期英格兰和苏格兰的社会生活包罗无遗。在司各特笔下，历史不再是铺设故事的道具，而以其不可替代的特质成为故事里一道最独特的风景。

与此同时，个体的人开始以独立的角色粉墨登场。学者文美惠指出：“司各特在小说里栩栩如生地描绘出了过去时代的社会生活、宗教信仰、风俗习惯，同时也形象而真实地塑造了形形色色的人物，这些人物是时代的人、阶段的人、社

会的人。”[①] 在司各特的小说中，个人的命运开始与巨大的历史事件结合在一起，正如巴尔扎克称赞司各特时指出的那样：他作品中的人物“是从他们的时代的五脏六腑孕育出来的。”[②]

在历史小说中，司各特细致地确立了一幅幅人物在历史环境中自然活动的图景，使历史与个人形成了默契的联结。这些人物不再身着哥特式小说中的奇装异服，他们与当时的物件、摆设和看法和谐共存。同时，司各特从莎士比亚的历史剧《亨利四世》、《亨利五世》中汲取养分，在历史事实的基础之上大胆地运用了虚构与想象，勾勒出一个五光十色的平民社会，并运用极富个性的私人生活场景和鲜活的小人物画廊，生动具体地描绘了当时的社会习俗。这些平凡的人物在历史的制约之下戴着脚铐跳舞，演绎着命运的故事，这不能不说是历史小说的一大突破。以《中洛辛郡的心脏》为例，这部作品完整地诠释了司各特对于历史小说中“个人”角色的独到见解。小说以苏格兰农民大卫·迪恩斯的两个女儿珍妮和爱菲为主要人物，并将这两个角色与苏格兰农民反对外来压迫的历史运动汇合起来。正如司各特曾对美国作家华盛顿·欧文提到的那样：“一个民族的性格，不是从它的衣冠楚楚的绅士群中可以了解的。”[③] 于是，作家在《中洛辛郡的心脏》里便排斥了“衣冠楚楚的绅士群”，而让一群胼手胝足的劳动者占据了前台，让珍妮·迪恩斯在爱菲的悲剧里崭露头角，在历史的舞台上演绎着人生百态。珍妮和一般小说里浪漫动人的女主人公不同，她在独特历史环境的影响下形成了朴素的人生信条和道德原则。她在当时清教徒家庭的严格教育下，在法庭上坚定地说了真话，致使妹妹爱菲被判死刑，这体现了历史环境对个人行为强大的塑造作用；但在出庭作证后，坚信妹妹无罪的珍妮决定去伦敦面见国王，替妹妹申诉冤情，这体现了个人由于意识到了自己在历史语境中的地位，开始对强权进行反叛，人物与历史在一个广阔的背景中相联结。显然，司各特认为，人民能够很好地传达历史的雄浑回音，小说中历史的决定作用在底层人物的生命轨迹中得到彰显。

此外，历史中真实的帝王角色也是司各特笔下鲜明的历史人物，司各特丝毫不粉饰他们在日常生活中展现的真实性情。《昆廷·杜沃德》（又译《城堡风云》，1823年）的故事情节设置在15世纪的欧洲，中心人物法国国王路易十一在打击诸侯割据势力和加强中央集权的行动中将自私、迷信、残忍、狡诈的性格展示得淋漓尽致。在另两部小说《肯尼威斯城堡》（1821年）和《尼格尔的家

---

① 文美惠：《论司各特的历史小说〈中洛辛郡的心脏〉》，载朱虹：《英国小说的黄金时代》，中国社会科学出版社1997年版，第43页。

② 巴尔扎克：《“人间喜剧”前言》，载王秋荣编：《巴尔扎克论文学》，中国社会科学出版社1986年版，第62页。

③ 转引自文美惠：《论司各特的历史小说〈中洛辛郡的心脏〉》，载朱虹：《英国小说的黄金时代》，中国社会科学出版社1997年版，第49页。

产》（1822年）中，英国历史人物伊丽莎白女王与詹姆士一世的形象在历史的日常语境中得到恰如其分的表现。这些帝王英雄在历史幕景的制约下形成了真实而独立的个性，他们的思想与行为也从一定程度上反映了社会现实。

由此而知，司各特不愧为欧洲历史小说的创始人，他把人物设置在充分发展的历史关系中，把人物放置到具体的历史舞台上。但弗吉尼亚·伍尔夫谈到司各特时说："司各特的人物只有在说话的时候才活着，他们不思维。司各特既不探究他们的心理，也不尝试从他们的行为中推论出什么。"① 正如前面所说，司各特小说最大的特色还在于还原历史的真实面目。他的历史小说侧重于对生活外部环境的描述，只把人物作为传达历史信息的工具。例如司各特第一部历史小说《威弗利》中，主人公爱德华·威弗利是一个对詹姆斯二世党人的活动一无所知的英国青年。他只身来到苏格兰高地，睁着好奇的眼睛，持一种不偏不倚的态度，把一切新奇的事物尽收眼底，同时把他的所见所闻通过历史感悟呈现出来，从而展现逼真的历史图景。同样，在《中洛辛郡的心脏》中，司各特虽然着力描述了个人遭际，但更多地是为了从个人的命运中折射出一个时代重大的历史矛盾。司各特并没有细腻地描写珍妮遭遇困难时内心波澜，而是将她放置在一连串戏剧性矛盾中，让珍妮用具体的行动对困难处境做出回答，将人物的行动融入时代的背景。此外，司各特小说中的人物常常是平庸而无为的，他们仅仅生活在一个特定的时代，所知有限。不同时期的文化是通过一个全知叙述者来介绍的，这个全知者站在比小说人物更高的位置上比较过去与现在，归纳人物与历史的联结，这也进一步削弱了小说人物的地位。

虽然不少人认为司各特小说中的人物"平庸"、"循规蹈矩"、"缺乏热情"，② 但他笔下人物的描写却是历史小说史上个人"成长"历程的一道分水岭。从那时开始，个人开始不断在历史舞台上寻求自己的角色定位，在历史的支配下有意识或无意识地演绎自己的人生悲喜剧。

二、19世纪中期英国历史小说中的个体生存形态

从19世纪30年代开始，英国文学进入现实主义时代，历史小说也在对司各

① Virginia Woolf, "The Antiquary", in *Collected Essays*: Vol. 1, ed., Lenoard Woolf. London: Hogarth Press, 1945, pp. 141.

② 巴尔扎克、丹纳、卢卡契等都持此类看法。参阅文美惠编选：《司各特研究》，外语教学与研究出版社1982年版，第26、65、100页。

特的继承与创新中迎来了百花齐放的黄金时期。19世纪中期英国国力的强大，民族自豪感的上升，客观上要求出现能够展现国家与民族历史的史诗，这是历史小说繁荣的重要原因。这一时期涌现了许多影响深远的历史小说家，如威廉·安斯沃思（William Ainsworth，1805－1882）、乔治·詹姆斯（George James，1799－1860）、布尔维－利顿（Edward Bulwer-Lytton，1803－1873）等，还有一些中国读者耳熟能详的作家，如狄更斯、萨克雷等，也积极地投身于历史小说的写作。

19世纪中期的英国历史小说家们继承了司各特的历史叙事传统。在他们的小说中，可知的、合理的、熟悉的环境决定着小说人物的追求，个人在历史舞台上崭露头角。但这一时期的作家并不仅仅满足于一味模仿，而是不断对司各特创造的历史小说模式进行创新。他们不再将笔下的人物看作历史的附庸，而视为具有责任感的社会动物，这些人物作为更为独立的个体活跃在历史的进程中。形形色色的人物形象：孤独的追寻者、哥特式的恶棍、寻求精神世界的英雄……他们一方面折射着所处历史时代的风俗画卷，同时也在历史的框架之下演绎着个体生命的独特价值。

狄更斯一生写过两部历史小说，一部是《巴纳比·拉奇》（1841年），另一部是《双城记》（1859年）。《巴纳比·拉奇》以1780年伦敦发生的“戈登暴动”为背景，这是一次由清教徒领导的群众起义。被中国读者所熟知的《双城记》则描写了一个狂暴动乱的法国大革命年代，在展现法国大革命宏大叙事的基础上描绘了英法两国的社会状况。对于小说中的英法社会，狄更斯并不是进行逐个的、细致的描绘，而是创造了一个连结的背景，将两个国家作为一个历史文化的集合体，从而展现波澜壮阔的历史。同时，狄更斯“通过气氛紧张的社会历史背景，特别成功地戏剧化了个人的困境、冲突分裂和承诺”[①]。他开始将个人纳入了历史的叙述之中，利用人物与环境的联系，细致敏锐地观察人物的外部特征。这部小说突出地刻画了查尔斯和卡顿两个人道主义的理想人物，狄更斯把他们放置在一个暴乱而残酷的年代，使他们在法国大革命的历史语境中诠释舍己为人的自我牺牲精神，从而折射一个风云变幻的时代。查尔斯是侯爵的儿子，他自动放弃贵族特权，到英国居住，和梅尼特医生的女儿结了婚。为了营救管家，他冒着生命危险回到法国，被革命者逮捕，并判处死刑。而卡顿为了营救情敌查尔斯，混入监狱，顶替和他长得十分相似的查尔斯上了断头台。可以说，这是两个人物独立演绎的英雄悲剧。他们拥有自己的思想，并深刻地主宰自己的内心活动和外部行为。此外，在《双城记》中，狄更斯没有采用古典的历史阐释，将历史视为奔腾不息的河流，而是选择了“圣经”模式，将历史的进程演绎为一段

① ［英］安德鲁·桑德斯：《牛津简明英国文学史》（下），人民文学出版社2000年版，第598页。

重获新生和自我救赎的历程。卡顿代替查尔斯死去，查尔斯给自己的儿子取名卡顿，并带他回到法国，向他讲述过去所发生的一切。从某种意义上说，这象征着人物的重生。然而，狄更斯并不仅仅赋予人物在煎熬、混乱、牺牲后的复活，他通过个人的新生展示了历史“死而复生”的发展模式——英法两国在死亡般的浩劫后一切恢复平静，预示着重获新生的潜力。这种将个人的经历融入历史发展的长河中，形成暗示作用，是继司各特之后维多利亚时代历史小说的新颖构思。

在众多维多利亚时代的历史小说家中，萨克雷是一颗独特而耀眼的星。他对历史创作拥有独到的见解，认为艺术比历史书更真实，与常规的历史描写相比，艺术能够更真实地反映生活和时代的图景。[①] 在 1851 ~ 1852 年间，他创作了历史小说《亨利·艾斯芒德》，这部小说以 18 世纪初爆发的西班牙王位继承战争和詹姆士二世党人起义为背景。在小说中，萨克雷带着或喜欢、或怨恨、或支持、或诋毁的态度审视小说中的个体，力图呈现一种真实的、浑然天成的历史图景。他把个人经历作为历史事件的重要部分来描述，使个人在历史的漫长叙事中拥有一席之地，作家的历史观点也在个人经历与人类经历的广阔联结中得到体现。与此同时，萨克雷认为小说人物比史传中的英雄更真实，他笔下的人物都是有缺陷的，比起司各特，他更加突出地展现了历史处境下的人性。《亨利·艾斯芒德》在真实的历史背景下表现了英国 18 世纪初安妮女王时代重大的历史事件和参与其中一些人物的生活和命运。小说里写到了帝王、贵族和率领千军万马的将领，但萨克雷却不用虚假的光彩去装点这些大人物。他曾说：“历史女神为什么要无尽期地跪着呢？我赞成请她站起来，恢复自然的姿势。”[②] 在主人公的从军经历以及 7 年战争的若干描写中，将领之间钩心斗角的行为和自私自利的性格暴露无遗。这种平等主义的表现手法使历史人物的自主性得到提升，人物已经具备了独立展现自己性格中善与恶，美与丑的能力，同时，萨克雷通过人物的真实性与平等性将历史引向了熟悉的路途，从而呈现了历史质朴而可爱的一面。

由此可见，这一时期的历史小说虽然仍然着力于展现历史的变迁，但个人已经完全地沉浸在历史进程中，独立演绎自身的命运。个人的经历融入历史的浪潮中，成为展现历史的一扇独特窗口。同时，个人以平易的个性真实地贴近生活、贴近历史，从而展现历史的常态。然而，由于这一时期历史小说的重心仍然在于展现风云诡谲的历史时代，因此不论是《双城记》、《亨利·艾斯芒德》，或是其他 19 世纪中期的历史小说，都是以社会群体作为历史行为的主要承担者，它们对人物的刻画重心往往偏向表现其外部行为，人物的性格有时难免类型化，拘泥

① Andrew Sanders, *The Victorian Historical Novel 1840 - 1880*. London: Macmillan, 1978, pp. 100.

② 转引自朱虹：《论萨克雷的创作道路》，载朱虹：《英国小说的黄金时代》，中国社会科学出版社 1997 年版，第 157 页。

于某一特定的模式。

三、19世纪后期英国历史小说的“向内转”

从司各特一路徜徉而来的历史小说，在19世纪后期发生了转折性的变化。虽然小说仍然对公众事件与个人命运投以极大的关注，但此时的“个人”已经享有极大的自由意志，历史则渐渐成为人物行为苍白的框架或布景，它决定人物命运的权力在一点一点地被剥夺。

在19世纪后期的历史小说中，主人公不再像司各特笔下威弗利式的英雄将自己的生活暴露在历史行为中，也不像狄更斯或萨克雷笔下的人物以自己的方式逃避与历史之间的联结，这些新时期的人物一开始就不完全沉浸在历史语境中，历史只是有意识或无意识地渗入他们内心的探索历程，成为个人精神结构的组成部分。这一时期涌现了许多重要的历史小说，如查尔斯·理德（Charles Reade，1814－1884）的《寺院与家庭》（1861年）、乔治·艾略特（George Eliot，1819－1880）的《罗慕拉》（1863年）、瓦尔特·佩特（Walter Pater，1839－1894）的《享乐主义者马里厄斯》（1885年）等，这些小说里的人物在历史的过往中沿着生命的轨迹，探寻宗教难题，追求精神乐园，在历史中寻觅独立的灵魂世界、崇高的宗教信仰和命中注定的社会使命，开启了个人精神轨迹的成长之路。

不少批评家认为，19世纪后期历史小说的转变与创新始于理德的《寺院与家庭》。虽然这部被一些维多利亚时代批评家誉为“19世纪最成功与最具新精神的历史小说”[①] 里充斥着零散的画面、幼稚的冒险情节以及极端的暴力场面，但它囊括了许多时代的符号，如意大利的探寻之旅、宗教冥想，关于责任与义务、历史与现实的诠释等等。值得关注的是，里德将笔墨着力用在未被历史称颂过的平凡人物的平凡生活和内心世界，在冷色调中缓缓地揭开中世纪的神秘面纱，从而开启了中世纪末文艺复兴早期残酷的日常生活。这部小说代表了历史小说转变期间的特质，即在世俗的存在状态中开拓人物精神世界，并在人物琐碎而平凡的日常生活中发现心灵的价值。同时，理德开始有意或无意地展现平凡人物与历史之间的疏离。他将两者分置在不同的层面，使两者对立，甚至将历史背景设置为人物的强大敌人。小说中主人公的探求之路、使命与背叛并不仅仅在于表现中世纪向文艺复兴过渡时期所呈现的社会现象，此外，我们仿佛听到了一个自由人发

① Andrew Sanders，*The Victorian Historical Novel 1840－1880*. London：Macmillan，1978，pp. 20.

出的呐喊。

而将个人的探求之路演绎得登峰造极的则是乔治·艾略特的历史小说《罗慕拉》。谈到这部被不少人认为代表作家创作生涯完美转折的作品，乔治·艾略特曾经说过："我不愿意像探究沉重的历史问题那样采取抽象教条的方法来处理，我也不想采取历史小说通常采用的按部就班、有条不紊的手法来处理，我希望简洁、忠实地再现我们过去所发生的具有重大历史意义的运动中的一个个的具体事件。"① 这部小说以15世纪意大利宗教改革为背景，展示了文艺复兴时期的自由文化与基督教思想的冲突。它以黎明为开端，表现了一个妇女意识痛苦的觉醒历程，展示了女主人公通向精神启蒙的道路。小说中描写了人物的私人生活，大量地触及人物独立的思考、行为、希望，并推而广之，从而在个体的基础之上认知人类广阔的、永恒的整体，通过人物的精神特质，展现了佛罗伦萨在过往的历史图景所呈现的多样性。从小说的标题，我们不难看出个人在这部小说里至高无上的地位。罗慕拉是一位女权主义者，是一位代表人类精神与道德发展希望的女主人公，"罗慕拉并不算什么至圣先贤，她所拥有的智慧也并不算多么杰出深奥，但是她却真实地展现了复兴之后完整的人性。"② 庞大的历史语境在这部小说里被渐渐地分解为文化符号，人物沉浸在这些符号中，探寻与自己灵魂相关的精神命题，在历史中获得了心灵的超脱。艾略特在给朋友的一封信中曾提到，自己之所以将小说设置在历史环境中，是"为所需的艺术创建一个充分真实的背景，使个体鲜活生动起来……就像人类的亲身体验一样"。③ 可见，艾略特已经进一步意识到历史小说的主体意识，并不遗余力地开拓了人物的心灵空间。此外，《罗慕拉》与《寺院与家庭》相似，也从一定程度上展现了个人与历史之间的"疏离"。小说的最后，女主人公从婚姻、国家、宗教等一切历史关系的象征符号中解放出来，她的觉醒可以被认为是一种决裂，不仅是与政治的复杂性与佛罗伦萨的黑暗面相背离，也是与外在秩序的一种疏离，是一种新的洗礼。与司各特、萨克雷笔下的主人公不同，罗慕拉高贵的人格与崇高的追求都建立在纯粹的精神世界之上，不被政治环境所玷污。可以说，《罗慕拉》是英国历史小说发展史上的里程碑，它标志着历史小说迎来了一个巨变的时代。

19世纪后期的小说沿着理德、艾略特所开辟的道路继续跋涉。约瑟夫·肖特豪斯（Joseph Shorthouse，1834－1903）的《约翰·伊格利森》（1881年）与

---

① Avrom Fleishman, *The English Historical Novel: from Walter Scott to Virginia Woolf.* Baltimore: Johns Hopkins Press, 1971, pp. 157.

② Andrew Sanders, *The Victorian Historical Novel 1840－1880*. London: Macmillan, 1978, pp. 194.

③ George Eliot, "Leaves a Notebook", in *Essays of George Eliot*, ed., Thomas Pinney. London: Routledge and Kegan Paul, 1967, pp. 446.

《罗慕拉》的主题十分相似，都关注人物内心的成长历程，将外部世界作为人物情感的催化剂。这部小说在17世纪政治及宗教风波的背景下展现了人物心灵发展的曲折历程，是人物精神特质的完美提炼。它彻底摆脱了威弗利小说的模式，人物不再是被动反映历史的一面镜子，而在纷繁复杂的历史纠结中保持着精神的探求，并从家庭、环境、教育等因素中获得了永恒的自由。这是一部演绎主人公灵魂探索的戏剧，它的最大特色是在淡化的历史背景下将人物设置为一个有思想的存在，他们以缄默的态度面对朦胧的世界。

个人的成长史在帕特《享乐主义者马里厄斯》的历史世界中演绎到了一个新的阶段。小说写罗马帝国时代一位意大利青年马里厄斯的精神发展历程。马里厄斯接受过享乐主义，笃信过斯多葛哲学，最后在基督徒的殉道精神中找到了美之极致。佩特通过描写马里厄斯的成长与转变，阐述了他对于享乐主义的深层次理解。“他的成长就是一段历史的真实写照”,① 展现了西方文明的发展历程，使个人的成长与历史的发展相呼应，也回应了作者所处时代的精神关怀。马里厄斯就像一个长途跋涉的追寻者，在古典时期与维多利亚时代理性文明的语境中寻找精神上的丰收。此时，历史已经演化为一连串零散的符号，被分置在个人获取精神新生的漫长旅途中。

记录时代喧哗与骚动的英国历史小说从过去的风尘中一路走来，演绎了一段段属于历史的、个人的生命精华。历史小说中“个人”的角色经历了一个从渺小到重要，最终膨胀的过程，也经历了由外在行动为主导到内心精神世界支配的历程；他们在风云变幻的历史时代不断成长，不断诠释自己在历史中的角色与定位。如果说，在历史之中不断追寻人物的生存与心灵价值，是19世纪英国历史小说的独特道路，那么，“把历史视为构造人格的建筑材料”②，则是20世纪现代主义历史小说发展的趋势。随着历史小说中“个人”地位的不断膨胀，“历史”已经渐渐失去了已往光鲜的地位，演绎为一段虚拟而零碎的叙事。

---

① Avrom Fleishman, *The English Historical Novel: from Walter Scott to Virginia Woolf*. Baltimore: Johns Hopkins Press, 1971, pp. 169.

② 高继海：《历史小说的三种表现形态——论传统、现代、后现代历史小说》，载《浙江师范大学学报》2006年第1期。

第三十二章

司各特历史小说的叙事模式

瓦尔特·司各特（Walter Scott，1771－1832）是19世纪英国最重要的作家之一。他借鉴吸收了哥特小说的部分表现方式，又仔细研究了18世纪现实主义小说的某些特点，将丰富奇特的想象和历史的真实性有机地结合在一起，成功地创作出了一系列有强烈艺术感染力和丰富历史内涵的小说，获得“欧洲历史小说之父”的殊荣。

其实，在司各特之前，英国也存在着历史题材的小说，但它们要么全凭虚构，把历史变成传奇世界，作品缺乏必要的真实感；要么拘泥于史料，把作品变成干瘪的历史文献，失去了“小说”的艺术感染力，因而称不上真正的历史小说。

叙事模式的转变是文体创新的首要标志。司各特尝试了一种新的叙事模式：虚构故事的历史真实；将历史人物凡俗化和虚构人物历史化；对历史现实的真实描写与浪漫性的追求。以下是具体论述。

一、虚构故事的历史真实

对于历史小说来说，最大的问题是怎样打通历史真实事件和小说虚构事件之间的隔阂，实现历史真实和艺术真实的相互转化。司各特对小说创作做了自觉的历史化的改造，实现了散文戏剧性和史诗叙事功能的有机结合。关于小说情节的安排，他写道："在某个杰出人物的终生编年史中，各种各样的参加者出现了又消逝了，正同历史的篇章一致；而这些又好像一出普通的戏剧，其中的每个人物表演着被规定的角色，行动情节进行的每一顷刻都导向一般性的结局。正是在这个程度上，上述的情节可以成为一种发人深思的虚构的故事。"①

司各特实现小说历史化的重要举措，是以历史事件及英雄人物的事迹作为它的描写对象，这也是历史小说的主要标志。司各特描写的中心往往是决定一个民族或国家的命运的战争事件。第一部历史小说《威弗莱》以1745年詹姆士党人的叛乱作为描写对象，这是因为在司各特看来，苏格兰的命运与这场战争的胜负联系在一起。《城堡风云》将虚构故事安置在法国15世纪下半叶，因为当时封建诸侯反抗君主统治的持续斗争"酝酿着后来的风云变化，结果把法兰西提高到了威震欧洲的强国地位"②。王权政治与封建割据日益加剧的尖锐冲突和社会风尚急遽变化的双重特点揭开了法国历史上画意最浓的一页，最适宜于司各特驰骋他艺术的想象。司各特的其他历史小说也是如此，他一生所写的27部小说，取材很广，包括从中世纪到资产阶级革命时期的英国历史以及15世纪下半叶以来欧洲其他各国的历史，再现了新旧交替时历史转折的重大事件。

但是历史小说终究是小说，历史事件只能起小说事件的骨架作用。司各特对此有着明确的认识。他在《威弗莱》中声明，他并不打算擅自闯入历史领域，小说所写的叛乱并不是历史事件的全貌，被当做小说主干情节处理的仅是普雷斯顿战役和克利夫顿遭遇战。作家之所以选用它们，不但是为了表现弗格斯和他的氏族以弱胜强的英雄气概，也是为了描写威弗莱为英军军官塔尔博特提供保护的人道行为。这表明，历史事件之所以出现于司各特的视野，是为了史诗事件和小说事件相结合的需要。司各特从重大历史事件里找到他的创作灵感，又从古老风俗中找到小说事件和人物性格的新矿藏，这就使他能在散文叙事上实行变革。如他所说，"为了把我亲眼看见过的几乎绝迹的古代风习的某些观念保留下来，我以虚构的情境，虚构的人物，体现了我当时从事件参与者那听来的一部分事件"。③ 这样，虚构故事的历史真实便成了司各特叙事艺术的本质特点。司各特将虚构的人物放到特定的历史时代和事件中，将个别人物的命运和重大的历史事件结合起来，让家庭关系消失于历史的变动之中，借虚构的故事展开一个历史时代。他总是虚构出一对恋人，这对恋人由于家庭的原因或信仰的原因分属两个阵营，爱情故事几乎总是和某个重大事件、或某个伟人的命运联系在一起。小说主角如威弗莱、莫顿、昆丁等人物的命运在这些运动和事件中曲折地变化发展，其

① 汪培基等译：《英国作家论文学》，三联书店1985年版，第129页。
② 司各特著，高长荣译：《城堡风云》，山东人民出版社1983年版，第1页。
③ 司各特著，石永礼译：《威弗莱》，人民文学出版社1987年版，第511页。

个人生活依从于起决定作用的历史事件，而其情史却是作家编织史事的叙述链，历史人物在情节的关节点上出场，他们的作为尽管具有历史的主动性，但是他们的作用却是通过“被动的”小说主角的眼光透视出来，这样，历史的大场面也仿佛成了家常场景，历史的“昨天”折射成历史的“今天”。普希金认为司各特小说的主要魅力就在于：“它们使我们熟悉过去的时代，不是通过法国悲剧的夸张笔调，不是通过感伤小说的扭捏作态，也不是通过历史的庄严堂皇，而是以现时感、家常的方式，使我们熟悉过去的时代。”①

这种家常的方式主要表现为将作为叙述链的情史与作为情节枢纽的史事紧密结合起来，采取“绳结状结构”来反映生活的整体性和历史的丰富性。司各特小说中的绳结大多是有史实可据的事件或战争场景。如《中洛辛郡的心脏》中的卜丢司暴动；《修墓老人》中的圣安德鲁斯大主教夏普遇刺案；《城堡风云》中路易十一前往查理驻地遭到监禁的史实等。但司各特并不完全拘泥于史实，他根据构置情节的需要，也往往将历史事件发生的年代稍作变更。如《城堡风云》中“阿登野猪”杀死主教的时间提前到路易国王拜访查理公爵的时期，这种安排一方面激化了查理与路易之间的矛盾，另一方面也突出了主人公昆丁的机智勇敢；《肯纳尔沃思堡》则将历史上莱斯特伯爵夫人爱梅之死（1560 年）推迟了 15 年，安排她在肯纳尔沃思堡宴游（1575 年）中出现，在矛盾冲突中展现了伊丽莎白女王、莱斯特伯爵等历史人物的多重性格。司各特认为，一部历史小说不可能处处与正史吻合，然而全书的空气总须不悖于这个小说所描写的时代的真相。纵然历史上可能根本没有弗洛娜两姐弟，但 18 世纪 40 年代詹姆士党人企图复辟斯图亚特王朝，苏格兰人希望争取本民族的自由独立，苏格兰与英格兰存在着经济文化上的冲突等，都是历史的真实。

有传说可证的风俗场景也经常成为司各特小说的情节枢纽。如《修墓老人》中“武装检阅”的封建集会；《肯纳尔沃思堡》中封建廷臣宴请女王的盛大庆典；《艾凡赫》中的吞不拉司陀修道院比武决狱等。对于司各特来说，传说几乎等于真实，传说造成了人们世代相传的风习，陶冶了人类在各个时期不同的性格和情趣。

司各特的小说也时常根据历史轶事来结构故事。《威弗莱》中威弗莱与塔尔博特互相提供保护这一基本情节，就是根据作者听到的一则关于内战的轶事写成的；《中洛辛郡的心脏》作者根据听到的海伦·华克的动人事迹，设置了珍妮不愿作伪证，宁愿徒步跋涉去请求赦免，终于使妹妹获释的情节，并使之与 1736 年爱丁堡市民反抗英国当局的卜丢司暴动交织在一起。《红酋罗伯》的序言及附录可能是司

① 普希金：《谈瓦尔特·司各特的小说》，《司各特研究》（文美惠主编），外语教学与研究出版社 1982 年版，第 20 页。

各特所有历史小说中最长的，详细介绍了红酋罗伯的家族历史及生平事迹，文中所附信件及文件尽可能地向读者证实其作品中关键性的情节是具有历史真实性的。

历史人物往往出现于上述的情节枢纽中，而虚构的主角则由那些被分割成变化极大的场所的枢纽显示其坎坷不平的人生道路，同时他们也见证和叙述着那些造成生活急剧变化、影响人类社会进程的历史事件。司各特历史小说的男主角往往是没有多少个性的平庸主人公。他们道德高尚、富有才华，但往往属于同一种类型，个性并不鲜明，因而长期以来受人诟病，但卢卡契却认为正是这些走“中间道路”的主人公在作品的结构上发挥了重要的作用，他们代表了历史发展的各个方面。卢卡契指出司各特对英国历史的看法，是一条在两个对立面的斗争中确立了自己地位的“中间道路”。司各特在他的小说里相应地设置了一个由于性格或者家世的原因而和两个阵营的人都有接触的人物。这样一个并不热心地站在他那个时代危机中的敌对阵营的任何一边的平庸英雄，由于他那恰如其分的命运，是能够表现对立面双方，而又不至于在结构上显得牵强附会的。① 威弗莱就是这样的一位平庸英雄。因父亲的关系他成了一名英国军官，因叔父的原因他去拜访所谓的詹姆士党人，后因好奇、爱幻想的性格又深入苏格兰高地，在友谊的刺激和爱情纠葛中卷入了詹姆士党人的叛乱，但他从来就不是一个詹姆士主义者，最后因朋友的帮助和他卷入叛乱的不明确的性质得到了汉诺威王朝的宽恕。这样，通过叙述他的遭遇就能很好地描述斗争的双方，威弗莱实则为作者提供了一个书写历史的视角。可见，司各特小说中的中心人物的任务，就是把小说中的两个对立面联系到一起，对立面的斗争是历史真实，主人公的命运则是虚构故事，虚构人物是主角，历史人物则是配角，历史人物的活动和主角的爱情传奇交织在一起，成了主角传奇的重要组成部分。这样，司各特历史小说的小说趣味与历史趣味得到了有机的统一，诗情和叙事也由此而具有历史主义特质，体现了司各特小说的基本美学原则：虚构故事的历史真实。

二、历史人物的凡俗化与虚构人物的历史化

司各特熔虚构与历史于一炉的叙事方式，扩大了历史的描写领域，促使历史人物凡俗化，使我们可以从“人”的角度来看待历史人物。在司各特的作品里，

① 卢卡契：《历史小说的古典形式》，《司各特研究》（文美惠主编），外语教学与研究出版社 1982 年版，第 104 页。

我们看见了欧洲历史上的重要人物：狮心王理查、路易十一、伊丽莎白、玛丽·斯图亚特、克伦威尔，等等。所有这些人物都以其历史的伟大性出现在司各特的作品中，同时也是作为一个生活中的人出现在司各特的视野中，在司各特看来，他之所以伟大，是因为他的个人热情和个人目标符合当时的历史运动，因为他的身上集中了这个运动的正负方面，因为他最明确地表现了人民的渴望。

普希金认为司各特与莎士比亚、歌德一样，对帝王和英雄没有那种农奴式的偏爱。司各特笔下的帝王有历史的功绩，也和普通人一样有着人性的弱点。最明显的例子是《城堡风云》中的国王路易十一。路易扭转了国家分崩离析的局面，加强了中央集权。但他并未将公正引进政治手段中，经常采取蒙骗和奸诈的手段。作者不仅将他与心无城府的查理公爵进行对比，还用他的奸诈残忍来衬托昆丁·达威德高贵的品格。在《城堡风云》中，路易不仅作为一个国王而存在，更主要的是作为一个品质恶劣不重道德的人而存在，作者详细地描写了他极端迷信、酷爱鄙俗、喜欢报复、异常狡狯的特点，完全是一个凡俗化了的人物形象。

伊丽莎白女王作为一个女性的情态，在《肯纳尔沃思堡》中得到鲜明的反映。作者在该书小引中说："我极力想把她写成一位雄才大略、自命不凡的君王，同时又是一个热情的女子，一方面感到自己的地位、身份和她对臣民的责任，一方面却又钟情于一位至少在仪表上大大地值得她宠爱的贵人，她就在这两者之间迟疑不决、左右为难。"[①] 司各特将伊丽莎白置于轻松愉快的宴游和敌对宠臣们的互相倾轧中，置于与莱斯特的微妙关系和感情的激烈冲突中，细腻地展示她的性格的各个方面，写尽一个雍容华贵的女王气派，写尽一个儿女情长的女性情态。托马斯·哈代曾说："任何一部历史都没有把历史上的伊丽莎白描绘成像《肯纳尔沃思堡》一书中虚构的伊丽莎白女王那样生动的妇女形象。"[②]《中洛辛郡的心脏》中的卡洛琳王后则是一位小女人。尽管她位高权重，却玩弄手腕，造成国王父子反目；笼络丈夫的情妇，使其对自己言听计从。作者还写到卡洛琳王后爱吃醋的女性心理，可见，这也是一个凡俗化了的历史人物。《威弗莱》中的爱德华王子历史地注定了流亡的命运，作者虽然对他着墨不多，却也写出了他对下属细腻的关照和个人的烦恼。《红酋罗伯》中作者没有将罗伯单纯地写成一个令人生畏的大盗，他也有着热爱家乡的深情、保护妻儿的豪情以及为孩子们的前途忧虑的慈父之情。

如果说司各特努力将历史人物凡俗化，那么对于虚构人物，司各特则将他们放在特定的历史时期，写出了国家、民族以致家族的不同追求对个人性格产生的

---

① 司各特著，王培德译：《肯纳尔沃思堡》，人民文学出版社 1982 年版，第 1 页。
② 陈许、赵萧编著：《司各特》，辽海出版社 1998 年版，第 136 页。

深刻影响，写出了人物性格的历史性质。司各特曾抱怨说：“我老是写不好那些真正的英雄形象，可是我对边区形形色色的居民、海盗、山里的土匪和罗宾汉式的其他好汉却有一种偏爱。”[①] 正是司各特的偏爱，他让珍妮这么一个普通的苏格兰农村女子成了《中洛辛郡的心脏》的主人公。珍妮温柔淳朴，勤俭持家，具有独立意识。她拒绝在法庭上作伪证是该小说中一个引人注目的情节。其妹爱菲被判“杀婴罪”，包括法官在内的人们都认为仅凭推断来定罪的法律的荒谬，对爱菲充满了同情。珍妮深信妹妹并未犯所控罪行，她只需假说妹妹曾将怀孕的事告诉过她，爱菲就可免除死刑。但珍妮没有作伪证。她拒绝说谎的原因是历史性的，是几个世代为正义而斗争的低地农民的历史；是边境地区山谷里狂热的殉教事迹。事实上，虽然叹息，人们理解她的选择，即使妹妹的情人也无法责备她，亚盖尔公爵也因此敬重她诚实的品德。这从一个侧面说明，珍妮具有最深刻、最不虚假的历史性格。

司各特刻画仆从的历史性格也非常独到。《威弗莱》中布雷德沃丁男爵的总管麦克惠布尔作为仆从的形象可谓十分鲜明。他既尽心尽力为主人办事，又充分意识到自己的社会地位，叙述者对他的描绘充分地体现了他的性格特点，“或者是出于更大的敬意，或者是为了让身子保持一种合适的斜度，显示出他意识到自己是在保护人跟前不敢僭越的样子。他的椅子离桌子三英尺远，屁股挂在椅边上，要往前倾着身子，才够得着菜盘，因此，坐在他对面的人只看得见他的假发的前部。”[②] 这种哈腰的姿势不是暂时采取的姿态，而是多年养成的习惯，因而在别人看来是极不方便，在他则觉得很舒适。因为仆从的身份，即使他再不愿意参加战争也不得不追随男爵，正如威弗莱庄园的村民们送子参军是为了侍候少爷威弗莱而“义不容辞”一样。按照封建关系，仆从们对主人有效忠的义务，主人则对仆从有照管的责任。威弗莱长期离开兵团，无疑没有尽到自己的责任，但因威弗莱的行为而备受磨难的霍顿至死都认为“就是赴汤蹈火我们也要跟你（威弗莱）去”。[③] 高地人特别能理解这种意识，他们认为威弗莱对受伤的霍顿的救助，“是一个厚道的首领的行为，值得手下人的爱戴。”[④] 事实上，高地人从来都衷心地拥护自己的首领，他们以首领的朋友为朋友，以首领的敌人为敌人。当威弗莱与弗格斯是好朋友时，弗格斯的族人卡勒姆尊敬他，当威弗莱与弗格斯闹翻后，卡勒姆竟然在暗处向他开了一枪，为此他差点要了自己的命。高地人的历史性格在埃文·麦克科姆比奇身上体现得最为明显，这种性格表现

① 陈许、赵萧编著：《司各特》，辽海出版社 1998 年版，第 97 页。
② 司各特著，石永礼译：《威弗莱》，人民文学出版社 1987 年版，第 67 页。
③ 同上，第 327 页。
④ 同上，第 328 页。

为一种不惜以自己的生命换取首领的生命的英雄主义，而这种英雄主义是在广泛地展现了氏族的物质生活和道德品性的基础上表现的，因而产生了激动人心的效果。

司各特强调小说时间感的重要性，强调人物和所处情境之间的密切联系。他说："时光的飞逝，地方的变迁，情况的剧变，都驱使此人前进，从一种情境转向另一种情境……其中的每一个人物表演着被规定的角色，行动情节进行的每一顷刻都导向一般性的结局。"① 因此，他在确定《威弗莱》的副题时颇费脑筋，最后定为"六十年的事"，说明他的人物是六十年前这一特定时期的人物，只有在这一时期才产生弗格斯那种绝望的狂热性情和埃文那种英雄主义的悲剧性格。司各特本人也曾郑重地声明，鉴于他写的题材的特殊性质，尽管他描写的是人类社会各阶段中人所共有的感情，就像人类的心不论是在15世纪的铠甲下，还是在18世纪的绣花外衣下，抑或是在蓝罩衫和白细布背心下跳动，都一样为这种感情所激动，但是"风习和惯例状况"必然给每个时期的感情染上不同的色彩。司各特的书每部都指向一个特定的时代，描写一批具有历史性格的特定人群，如他的苏格兰小说《威弗莱》涉及的是他的父辈时代，《盖伊·曼纳令》涉及的是他自己的青年时代，而《古董家》则描述18世纪的最后十年。

卡莱尔认为司各特的贡献在于使枯燥无味的历史变成了活生生的人，司各特通过使历史人物凡俗化和虚构人物历史化的方式，使我们看到了历史中活动的人们，司各特之所以能成功地做到这一点，得益于他对历史的理解以及他丰富的想象力。巴尔扎克说："这些人物是从他们的时代的五脏六腑孕育出来的，全部人类感情都在他们的皮囊底下慄动着，因而往往掩藏着一套完整的哲学。"② 卡莱尔说："司各特教欧洲学会了历史。"巴尔赞解释这句话的意思是，"司各特关于苏格兰和中世纪的小说使公众习惯于把过去看作一幅巨大无比、色彩斑斓，并且在不断运动的全景画面，里面充满了忙于平凡工作的男男女女"。③

三、对历史现实的真实描写与浪漫性的追求

司各特创作历史小说的年代，正是欧洲浪漫主义文学兴盛之时，他不可避免地受到浪漫主义气息的熏陶和感染，并在自己的创作中表现出浪漫主义的特征。

① 汪培基等译：《英国作家论文学》，三联书店1985年版，第129页。

② 王秋荣编：《巴尔扎克论文学》，中国社会科学出版社1986年版，第23页。

③ 巴尔赞：《从黎明到衰落》，林华译，世界知识出版社2002年版，第484页。

但是司各特又真实地描绘了某一具体时代所特有的精神生活。海涅曾说："瓦尔特·司各特的小说有时比休谟更忠实地再现了英国历史的精神。"① 因此，有的批评家将司各特划归现实主义，如卢卡契、勃兰兑斯等人。有的则将他归于浪漫主义，如乔治·森茨白瑞和丹纳等人。我国外国文学史教科书一般将司各特编入浪漫主义作家，但也有人开始怀疑这种作法，如王钦峰就认为司各特是欧洲现实主义文学流派的创始者②。造成这种分歧的原因实际上是司各特的历史小说兼有现实主义与浪漫主义的因素。

司各特的现实主义首先表现在他对历史整体的把握上。司各特比他前辈的任何作家都具有更深刻的历史必然性的感觉，在他的小说里出现的历史必然性，是最不容辩解的，它是各种因素在历史的发展过程中通过复杂的相互作用而产生的。司各特介绍了氏族的日常生活，描绘了氏族的重要特征，同时也描绘了这种原始制度悲剧性崩溃的内在必然性。司各特的历史是对现实进行观照的历史，卢卡契认为如果不明确地联系现在，就不可能描绘历史，他认为这种联系在于"活生生地表现过去，使过去成为现在的前期历史，使经历了漫长的进化过程而造成我们所知道的今天生活的那些历史、社会和人性的力量得到诗意的体现。"③这就使历史成了反省的历史，使发生的史迹不属于"过去"而属于"现在"，成了作家自己精神活动的产物。这正如黑格尔所说，"只有当我们能够把现在当做是那些事件的结果时，历史事物才属于我们。那些事件形成链条，而被描写的人物和行为就构成了链条上面不可缺少的环节。"④

司各特的现实主义还表现在对各阶层人的生活的真切描绘上。司各特的小说描写了一切社会阶层的典型代表，详尽描写了他们的家庭生活细节。以《红酋罗伯》为例，18 世纪初各种社会阶级力量在该书中大都有其代表人物。法兰西斯及其父亲，代表拥护乔治一世的英格兰大资产阶级，尼科尔·贾尔维代表苏格兰新兴的中等资产阶级，希尔德布兰一家及沃尔一家，是斯图亚特王室复辟活动的支持者和策划者。红酋罗伯一家以及他们那长期受到迫害的麦格瑞戈族，是苏格兰被压迫山民的代表。阿诺德·凯特尔认为，《中洛辛郡的心脏》里的人物所属的社会阶层比 18 世纪任何一部小说都要广阔，从罪犯、世界的渣滓直到卡洛琳王后本人⑤。这部小说真切地反映了阶级压迫的现实。

---

① 卢卡契：《历史小说的古典形式》，《司各特研究》（文美惠主编），外语教学与研究出版社 1982 年版，第 120 页。

② 王钦峰：《司各特：欧洲现实主文学流派的创始者》，载《湛江师范学院学报》2004 年第 4 期。

③ 同①，第 116 页。

④ 同①，第 116 ~ 117 页。

⑤ 阿诺德·凯特尔：《司各特：米德洛西恩的监狱》，《司各特研究》（文美惠主编），外语教学与研究出版社 1982 年版，第 223 页。

司各特真实地描写了穷人的生活。他笔下的穷人外貌行为粗鲁，但从不粗俗。他的天才的洞察力使他对穷人生活的艰难有着透彻而全面的了解，他亲身的经历使他自然而然地看到了这一切。他同情穷人的艰辛，分享他们的喜悲。看过《古董家》的人可能都会对捕鱼人马克尔巴基特在丧子之后马上辛勤工作留有深刻的记忆，他粗声粗气地解释自己的处境："我还有什么别的办法呢？除非我为了一个孩子淹死了，就要让另外四个孩子饿肚子。你们老爷们没问题，死了一个亲属，尽可以坐在屋子里把手绢儿掩住你们的眼睛；像咱们这种人，即便心跳得跟我这把锤子捶得一样沉重，还得干活。"① 但那是在怎样心态下的一种工作啊，司各特以他的生花妙笔细腻地写出了这样一个经受了巨大的悲痛却仍不得不为生计操劳的穷苦捕鱼人的形象，没有对生活敏锐的观察和真切的体悟，没有一种现实主义的精神，是描绘不出这样真实而又触人心扉的画面的。

司各特对环境背景的描绘也是那种有力而精确的写实主义。他熟识形形色色的山丘、溪流，他笔下的每个地方都有准确的经纬度，因作品的发表变成了当地的名胜。勃兰兑斯说，"从他产生当诗人的愿望的一刻起，他便以画家写生的方式研究大自然。每当他要描写某一个地区，他总是先要去那个地区特地作一番旅行，对那里的山丘面貌、丛林方位、树木形状，乃至某一个特定时刻云彩变幻的轮廓和特征都一一写下详细的记录。他甚至会记下路边或洞口的某一束花或某一片灌木丛是什么模样。"② 司各特是个写环境背景的能手，从他的作品中，我们看到了风景优美的苏格兰高地，看到了穷困破败的苏格兰低地乡村，也看到了相对富裕的英格兰平原。这种精确的写实被勃兰兑斯称之为英国类型的浪漫主义，这是一种历史的自然主义。

在司各特的小说里，他对于浪漫的敏感性，如同他讲求实际的洞察力一样明显。司各特注重对浪漫性的追求，他的小说讲故事的特征非常明显，这种特征以使读者经常处于悬念中并挑起读者的好奇心为旨归。司各特说过："好奇心和对奥秘的暗中喜爱，加上迷信的成分，这些是人类头脑的更普通的组成部分，它们在人类社会中，比起对喜剧性的纯真趣味和对悲剧的真挚爱好，要更为广泛地存在着。"③

司各特笔下的主人公大多具有浪漫的情怀，正是威弗莱浪漫的幻想气质使得他走入苏格兰高地并在其中流连忘返，正是弗洛娜姐弟浪漫的情怀使得威弗莱与

---

① 司各特著，陈漪、陈体芳译：《古董家》，上海译文出版社 1986 年版，第 392 ~ 393 页。

② 勃兰兑斯：《历史的自然主义》，《司各特研究》（文美惠主编），外语教学与研究出版社 1982 年版，第 71 页。

③ 赫伯特·格里尔森：《历史和小说》，《司各特研究》（文美惠主编），外语教学与研究出版社 1982 年版，第 137 页。

他们结下浓厚的友谊。正是昆丁的浪漫想象使他一路演绎着一个英雄救美的传奇。法兰西斯的浪漫体现在他对文学的热爱，罗伯的浪漫表现在他誓死不离家乡的深情。即使刻画著名历史人物时，司各特也同样从传说中找到了浪漫。他笔下的理查是传说中的理查王，有着超群出众的高贵品质和浪漫经历，《修道院长》中的玛丽女王，则由苏格兰人的传说演化出一个多情而悲伤的女王形象。

事实上，司各特的故事大多是由一些历史轶事和民间传说，再通过司各特丰富的想象力加工而成，里面充满了奇异的情节和浪漫的情调。如威弗莱在一个语言不通的粗野的本地人的带领下，在一个夜晚去拜访一个大盗的奇妙的营穴；布雷德沃丁男爵在叛乱失败后躲在庄园附近的山洞里，靠村民们掩护来躲避政府军的搜捕，等等，这些都是很奇特的情况。类似的奇异情节几乎每部书里都有。如《修墓老人》中伯利躲在深山幽谷中，《中洛辛郡的心脏》中强盗朵乃恰躲藏在补锅匠小湾，《古董家》中阿瑟爵士等人海水中遇险等情节，无不充满浪漫的奇趣。最具有浪漫特色的莫过于司各特对中世纪宗法社会生活方式的描写。《符录石传奇》是司各特中世纪小说中最为浪漫多彩的一部，沙漠中两骑士的打斗，肯尼斯化装成理查的哑奴，圣地奇特的基督教小礼拜堂等，无不烘托渲染出一派浓烈浪漫的异国风光和中世纪情调。

司各特善于运用迷信来增添故事的传奇色彩。虽然他对于那些迷信并不一定相信，但由于它们具有一定的神秘色彩，而且属于他所描写的那个时代和那个民族，故而经常在司各特的作品中出现。如《威弗莱》中弗格斯看到了预言自己第二天将遭遇不幸的灰鬼；《珀思丽人》中死尸见到谋害他的凶手伤口会流血，《两个赶牛人》中罗宾的姑妈看到他的手上和匕首上沾有英格兰人的血；《城堡风云》中路易十一对占星术的迷信等，这些迷信增添了故事的趣味，同时也构成了结构的紧张并象征性地预测了人物的行动。

司各特历史小说的浪漫色彩还体现在歌谣的使用上。他善于运用诗歌来抒发情感，烘托气氛，刻画人物和暗示情节的发展。在每一章的开头，司各特爱引用古代歌谣或前人的诗文作为起首语，如《红酋罗伯》第十四章前的诗文引自古民谣："从小姐闺房里，射出的灯光在颤动；可是这位孤寂的美人，干吗要在半夜里点灯？"[①] 这段民谣表明了该章的内容与一个恋爱中的男子猜疑他所爱女子有关。《修墓老人》第三十一章前所引彭斯和波思威尔诗句，点明该章写的是隆隆战鼓声和嘹亮的号角声。[②]《中洛辛郡的心脏》第三十二章前引用柯勒律治的诗则烘托出一种焦虑、忧愁的氛围。[③]《肯纳尔沃思堡》第二十二章前引用的米

① 司各特著，李俍民译：《红酋罗伯》，上海译文出版社 1983 年版，第 182 页。
② 司各特著，王培德译：《修墓老人》，人民文学出版社 1981 年版，第 394 页。
③ 司各特著，章益译：《中洛辛郡的心脏》，人民文学出版社 1981 年版，第 391 页。

克尔的诗则抒发出一种情感被冷落的女性的幽怨。[①]

司各特的浪漫还体现在他对男女关系的描写及有情人终成眷属的结局安排上。司各特笔下的男主角对女人彬彬有礼，往往将女主人公浪漫式地供奉起来。女主人公的言谈举止处处体现出一种值得男性爱慕的温柔之情，在小说的结尾男女主人公总是幸福地结合在一起，这种浪漫化的处理一方面是满足读者情感的需要，另一方面也是对作者自己不幸的初恋的补偿。

综上所述，司各特能把现实主义者的坚实与浪漫主义者的夸张结合起来。他描写家常的事物，正像他描写奇谈怪论那样有说服力。

司各特是第一位为苏格兰书写历史的作家，他的历史叙事保存了苏格兰民族丰富的历史记忆，弘扬了苏格兰的民族文化。司各特赢得了苏格兰人的爱戴，改变了英格兰人对苏格兰的态度，也席卷了19世纪的欧美文学界。他所开创的历史叙事的模式，对欧洲浪漫主义文学和现实主义文学都产生了巨大而深远的影响。雨果、巴尔扎克、普希金等人都不同程度地受到他的滋养。基亚曾精当地点出司各特与19世纪其他文学大家的不同之处："司各特不如雨果那样有神韵；不如梅里美那样才华横溢；不如巴尔扎克那样遒劲；不如维尼那样深沉隽永。但司各特却在他们欠缺的方面成功了——阴谋和历史、美景和生活、主角和群众，没有一个因素是被忽视的。"[②]

---

① 司各特著，王培德译：《肯纳尔沃思堡》，人民文学出版社1982年版，第353页。

② 马·法·亚基：《比较文学》，北京大学出版社1986年版，第40页。

第三十三章

二十世纪英国小说中的历史叙述策略

传统意义上的英国历史小说是指以历史人物或历史事件为题材的小说，它忠实于基本史实，追求细节真实，艺术地再现历史风俗、社会概况和人物的生存状态，它在19世纪达到高峰，司各特是其杰出的代表。20世纪英国历史题材小说仍然光彩不减，但对历史题材的处理方式已经与过去迥然不同。弗吉尼亚·伍尔夫（Virginia Woolf，1882－1941）、罗伯特·格雷夫斯（Robert Graves，1895－1985）、格雷厄姆·格林（Graham Green，1904－1991）、威廉·戈尔丁（William Golding，1911－1993）、劳伦斯·达雷尔（Lawrence Durrell，1912－1990）、多丽丝·莱辛（Doris Lessing，1919－　）、约翰·福尔斯（John Fowles，1926－　）、马尔科姆·布莱德伯里（Malcolm Bradbury，1932－2000）、贝里尔·班布里奇（Beryl Bainbridge，1934－　）、戴维·洛奇（David Lodge，1935－　）、A. S. 拜厄特（A. S. Byatt，1936－　）、朱利安·巴恩斯（Julian Barnes，1946－　）、萨尔曼·拉什迪（Salman Rushdie，1947－　）、马丁·艾米斯（Martin Amis，1949－　）、彼得·阿克罗伊德（Peter Ackroyd，1949－　）、格雷厄姆·斯威夫特（Graham Swift，1949－　）、伊恩·麦克尤恩（Ian McEwan，1948－　）等英国重要的小说家，都留下了数量不等的历史题材作品，历史因素被这些分属不同流派、不同时期的作家反复使用，赋予了新的象征和隐喻。对于英国20世纪小说家来说，历史从未终结，它以“附属性”、“碎片性”以及“戏谑性”的面貌继续诠释自己在小说中的角色。

一、历史背景下的强烈自我——历史因素的“附属性”

自历史小说产生以来，小说中的主体，即个人处在一个不断“成长”的历程中。20世纪英国小说家常常将个体置于历史的语境中，或以历史传统为潜在的背景，让公共性的历史和个人性的经验交织在一起，或“让公众性的经验给单薄的个体留下深刻的历史印记和创伤”①。因此个体在历史因素的关照下表现了强烈的自觉性，历史因素则开始沦为“附属品”。

20世纪，一些被定义为“正统”的现实主义历史小说家在创作时，纷纷将人物作为探索心灵困境的载体，在历史之中还原个人的价值。被誉为“开拓历史小说新的创作方式”② 的罗伯特·格雷夫斯，在作品中不再追忆往昔时代的繁华与荣耀，而是专注于表现社会动荡与文化转型的历史时刻。小说通过对以往历史变迁、人物功败垂成的叙述，深层地贴近当代社会现实。如果说瓦尔特·司各特式的历史小说散发着浓郁的英雄气概和浪漫氛围，赋予历史一层神秘的英雄色彩，那么格雷夫斯的历史小说则主张用现实主义的观点，将历史人物等同于普通人。小说人物在成功与挫折之间徘徊不定，需要进行道德选择，时常陷入情感、心理危机。格雷夫斯在1929年出版的小说《劳伦斯与阿拉伯人》记述了英国军人兼学者爱德华·劳伦斯在阿拉伯的传奇经历。在作品中，格雷夫斯虽对中东地区的社会、历史状况进行了深入分析，但他将大部分笔墨倾注在探讨劳伦斯在起义过程中所扮演的角色。作者没有把劳伦斯描绘成传统的、具有浪漫气质的英雄，而只是充分展现与把握这一人物在历史幕景下的个体经历，通过个体生命历程探求西方社会与中东各国的关系。此外，格雷夫斯在30年代推出了三部被统称为“罗马帝国”三部曲的历史小说，通过大量逼真的细节描写和出色的语言技巧，向读者展示了一个遥远历史时代的风貌。他笔下的罗马帝国，政治上动荡不安，危机四伏，而置身于其间的小说主人公克劳迪，作为个性鲜明的主体独立地担负起探索心理困境的职责，隐喻人们对现实社会的理解与看法。作为战后重要现实主义小说家的格雷厄姆·格林将历史融入自己宗教、国际政治题材的创作中，“探讨忠诚与叛逆、善与恶、堕落与救赎，怜悯与恐惧等主题”③。他在1940年发表的《权力与荣耀》，将复杂的人物性格置于20年代墨西哥混乱的宗

① 张和龙：《战后英国小说》，上海教育出版社2006年版，第177页。

② 侯维瑞、李维屏：《英国小说史》，译林出版社2006年版，第655页。

③ 同②，第686页。

教现实中，凸显了人物在历史因素中的成长与发展。“在格林撰写的作品中，读者看到的不是艾略特诗作中一片干旱的荒原，而是一个被评论家称为‘格林之原’的世界，一个有多种信仰，多种性格，多种经历的人组成的错综复杂、扑朔迷离的精神世界。”① 20世纪现实主义小说家笔下的历史因素更多地为个人提供了展现自身价值的舞台，它作为一个“附属品”依赖人物强烈的个性。形形色色的人性特征构成了小说历史背景下的主体世界，与逝去的历史相比，人性的伟大与卑劣、命运的乖舛与沧桑更能让人感到心灵的震撼与无尽的沉思。

同时，当文学的车轮驶进了20世纪现代主义巨大的“旋涡”时，历史小说也不可避免地受到了现代主义表现手法的浸染。现代主义历史小说又被称为“自指性”的小说，个人的“权力”在小说中已经膨胀到了极致，达到了无以复加的地步。对个人意识的关注是这些历史小说的基本出发点，而小说首先探寻的是，历史是如何进入个人的情感结构中的，因此“历史主观化”成为这类小说最重要的特征。无怪乎现代主义小说的代表人物伍尔夫在谈论司各特时认为他“已经完全丧失了影响力”②，因为司各特小说的关注点仅仅在于外部世界，并不注重对人物内心世界的探索，这与现代主义小说对人物灵魂空间的开拓手法相去甚远。

传统的历史小说侧重于对生活外部环境的描述，把人物作为传达历史信息的工具。现代主义历史小说则把这种方法颠倒过来，构成历史的主观化。T. S. 艾略特在《传统与个人才能》中指出，个人的才能就是把有纪念意义的历史碎片纳入自己的意识中，使历史成为意识的有机组成部分。而作家只有把过去纳入自己的意识层面，才能真正创造性地参与历史发展的各个阶段。然而，这使小说不可避免地走向了另一个极端：历史只不过是个人情感经历的一部分，只是附带的现实。因此，现代主义小说里的人物已经不“喜欢”在历史多样化的进程中寻找自己的定位，历史对于他们来说不过是一个意义的空壳。这在伍尔夫的作品中表现得尤为突出。在《幕间》中，拉特洛小姐试图把英国历史融入一个盛大的庆典活动中，其焦点不在于英国历史的再现，而在于这位小姐对于协调和统一的寻求以及她的感情和思维在此间的变化历程。由此可见，历史在小说中的“权力”在一步步地削弱。此外，在20世纪90年代回归历史的趋势中，朱利恩·巴恩斯的《英国，英国》追溯主人公从童年到退休的整个人生历程，将个人成长的历史与民族身份的确认，历史传统的真伪以及记忆的含混结合在一起。历史在作者笔下的真真假假似乎并不重要，只是主人公身份确认的方式，作者关注的是人物自身的命运起伏。另一位当代英国优秀作家伊恩·麦克尤恩也延续了90年

---

① 王佐良、周珏良：《英国二十世纪文学史》，外语教学与研究出版社1994年版，第667页。

② Virginia Woolf, "The antiquary", in *Collected Essays*: Vol. 1, ed., Lenoard Woolf. London: Hogarth Press, 1945, pp. 39.

代对历史的处理方式，他的新作《赎罪》将故事假定在自己未曾经历过的第二次世界大战前后。在小说中，历史上的重大事件只是个人生活的潜在背景，或者说是构成主人公命运坎坷和心理创伤的一个隐喻，因此，历史在揭示人性和道德困境的主题下似乎失去了以往权威的光芒。总之，在20世纪的英国小说里，随着“个人”地位的不断膨胀，历史因素已经不是一个现成的“外在客体”，等待着“个人”去完整地发现。相反，它逐渐纳入了人物的内心世界，并在人物心灵的多重阐释下，获得了不同的意义。

二、历史背景下的时间叙事——历史因素的“碎片化”

当“个人”地位上升时，“历史”开始演绎为一段虚拟而零碎的叙事。这表现为小说历史因素的第二个特征，即“碎片化”，即小说家在叙事中使用时空频繁转移的方式，将不同时间的片段事实和零碎印象交错穿插起来，在模糊凌乱的景象中逐步呈现一幅相对清晰的图画，使小说里的人物超越历史。

在20世纪的小说中，作家对于历史因素的处理不再像过去那样循规蹈矩，而是在历史时间的虚实交替中展现小说贴近当下现实的主旨。伍尔夫的小说《奥兰多》记述了主人公奥兰多从16～36岁的生活。奥兰多的生活跨越英国历史的几个时代，从伊丽莎白时代（1558年）到小说出版的时间（1928年），她穿越时空界线、性别界线、生死界线，成为人类永恒的象征。这部小说仿佛害怕被沉重的历史档案所淹没，故意淡化了人物与历史事件之间的联系，仅仅利用了标准的史学分期和教科书上的内容，而让人物的活动占据了绝对的主体地位，从而使作品超越了历史。另一位20世纪优秀的女性作家多丽丝·莱辛在创作的第三个时期将视野转向了广袤的宇宙空间和历史时间，开始肆意地采用太空小说的叙事形式。小说《沦为殖民地的五号行星：什卡斯塔》以第一人称叙述，但叙述者不断更换；时而是老人星的使者约或，时而是其他使者，或林达·科尔德利奇，以及一位名叫拉切尔·色边的女孩。这些人物的性格特征常常变化无常，他们的背景跨度也很大：星系、星球、南北半球，涉及许多国家和城市；值得关注的是，小说里的历史时间跨度常以千年为计，主人公约或在叙述自己的经历时曾经说道：“自从公元三万年以来我就一直在什卡斯塔，确切地说，是31 505年”，“冰期算不了什么，只不过几千年的时间。冰雪后，便又走了”。历史年代的频繁跨越有时令读者难以适从，这种巨幅跨度体现了莱辛广阔的思考空间和宏观的思维方式，同时也在历史的“碎片”中呈现了作者深沉的思索。

随着后现代主义文学的兴起，小说家们开始把历史因素以“碎片”的方式并置起来，形成“时空连续体”。劳伦斯·达雷尔的代表作《亚历山大四重奏》以20世纪三四十年代古老而神秘的埃及港口城市亚历山大为背景，描绘了这个充满诱惑的城市中种种丑恶与放纵行为。作者巧妙地借用爱因斯坦“时空连续体”理论来谋篇布局，使四部小说按照平行关系交替并置，使各种事件融为一体。历史仿佛一个“词语连续统一体”，在前三重奏中，时间处于一个并置的平面，各种事件和人际关系在不同的时空内展开，正如作者本人所说，这部作品“是一个四维的舞蹈”①，小说对于时空别具一格的布置渲染了一种扑朔迷离、神秘莫测的氛围。

同时，20世纪不少英国小说将现实社会景观置放于历史的背景之中，历史在与现实的不断交融、对话中展现自己的片段。小说家们试图在与现实的比照中，强调认识历史的某些片段对理解当下的作用，将回顾过去当做认识现实的重要方式，探讨过去与现实的互动关系。例如格雷厄姆·斯威夫特的获奖小说《洼地》，用历史教师汤姆的家族史来反映英国社会的历史变迁，无形的历史阴影笼罩着当下的现实场景，形成平行交叉的复调叙述。此外，彼得·阿克罗伊德的《霍克斯默尔》则通过20世纪侦探霍克斯默尔对一桩谋杀案的追踪调查，在伦敦的古建筑中寻觅18世纪伦敦的历史痕迹。作者别出心裁地在奇数章节中展现历史画面的片段，在偶数章节里演绎现实场景，奇偶相间，当下与历史在文本中融为一体，展开双向的对话。女作家拜厄特的《占有》被誉为“自《法国中尉的女人》以来维多利亚时代风格与现代风格的最娴熟的结构性融合”②，它以“后现代”的目光投射维多利亚时代。小说没有涉及到任何真实历史人物，只是将当代叙事与维多利亚叙事结合在一起，现在与过去、历史与现实、当代学术研究与维多利亚文学传统交织在一起，让两者对应与反衬、交错和互动。在20世纪后半叶的学术视野下，维多利亚时代悲欢离合的浪漫故事被赋予了新的道德内涵，而19世纪的婚姻家庭传统也为当代人的情感生活提供了颇为有趣的参照。在历史片段与当下真实之间的“徘徊”，构成了小说充满张力和魅力的想象世界。拜厄特的另一部作品《巴比塔》尽管以当代英国为小说的背景，但中间不时插叙一群中世纪乌托邦知识分子逃避现世的故事，将历史和现实中深层的道德和人性内涵并置在一起，表达深刻的思索。在马尔科姆·布莱德伯里的遗作《隐遁》中，主人公于1993年踩着18世纪法国哲学家狄德罗的“启蒙足迹”来到当代俄罗斯。布莱德伯里在引人入胜、妙趣横生的当代旅途中插入了220年前狄德罗东去沙皇俄国朝见凯瑟琳女皇的故事，18世纪的历史和当下的现实交织在一起，形成了鲜明而有趣的并置和对照。

---

① 侯维瑞、李维屏：《英国小说史》，译林出版社2006年版，第828页。

② David Hiltbrand, “Possession”. *People Weekly*: Vol. 52, 24, Dec. 1990.

在神话和传说故事的隐喻中寻过历史事实，则是历史“碎片化”另一个值得关注的表现形式。拜厄特《占有》表现了当代、维多利亚时代，以及“一个重述的神话传说和童话故事所表现的远古神话时代。”① 这个虚构故事所实现的是由当代向维多利亚时代再向人类远古的递进式历史回归，三个时代互为背景，在小说中形成三重复式结构。作者运用这些历史“碎片”共同完成对人类社会历史演进的宏观描述。拜厄特曾说过：“在现代小说中插入改写的神话……是将古老形式和现代故事结合起来的又一方式。”② 在《占有》中，神话传说里的原始世界景象隐约再现，北欧神话里的主神奥丁和邪神洛基、地球上第一个男人阿斯克和女人埃姆布拉，以及被囚于高塔的少女拉庞泽尔等人们所熟知的神话和童话人物都在历史的片段中复活了。小说颇具史诗风格的超验叙事，逼真地演绎出人类童年的原始状况，在荒诞的小说世界里再现了神话历史，这种表现手法被西方当代学者称为“历史化的神话”（historicized myth）或“神话化的历史”（mythified history）。这种由神话故事和民间传说所承担的历史叙事往往没有确切的年代和具体的地域，只是作为历史碎片融入于小说之中。此外，小说家威廉·戈尔丁在1979年出版的作品《看得见的黑暗》尽管选择了现代人的题材，但小说涉及大量神话与圣经典故，如小说的题目取自《失乐园》，题记取自《埃涅伊特》，叙事与《圣经》中的《启示录》颇有渊源。在主题方面，小说把现代社会比作魔鬼撒旦眼中的地狱，是一个“看得见的黑暗”社会，宛如历史神话叙事中那个邪恶、暴虐的“人间地狱”。总之，这些作品将神话、童话、传说等非理性的历史碎片嵌入小说发展的进程中，通过再现神话时代的原始景观，将历史的片段纳入当代现实生活与思索之中，形成一种对应性的比照。

历史因素以跳跃式、片段式、虚拟式的方法进入小说的视野中，体现了“碎片化”的特征。这些因素仿佛“潜藏”在小说的深层结构里，成为一种价值的参照体系，不仅拓展了小说的历史景深，也丰富了作品的内涵。

三、历史背景下的“错位”阐述
——历史因素的“戏谑化”

以“黑色幽默”的面貌出现在作家笔下，并遭遇一系列错位、误置、戏仿的历史因素，谓之“戏谑化”。它是与“附属性”、“碎片化”同时出现在小说

① 程倩：《历史的叙述与叙述的历史》，人民文学出版社2007年版，第29页。
② 同上，第33页。

文本的历史形态。

小说里的“时代误置”打破了历史线性叙事的模式，力求将已写的历史和未写的将来融于一体，在历史因素的往返交错之中融入当下的视角。约翰·福尔斯的小说《法国中尉的女人》采用的就是“时代错置”和戏拟的手法，“试图把逝去的维多利亚时代和20世纪中叶的现代带到一起，以便为将来确立一个道德存在的坐标；……试图把自己无法抛弃的传统影响和自己无法忽略的新的虚构形式联结起来。”① 身居“后现代主义”理论和思潮甚嚣尘上的时代，福尔斯巧妙地对维多利亚时代小说的内容、形式、语言、文体、风格和对话进行了惟妙惟肖的模仿，“全知全能地”叙述了一百多年前发生的“传统故事”。但小说将男女主人公设置为独立于维多利亚时代的人物原型，同时，福尔斯在讲故事的时候，又频繁地插入20世纪的飞机、雷达、电视等现代化的器物，造成“时代误置”的强烈冲击效果。这部小说对于过去的艺术形式既不是简单平庸地模仿，也不是纯粹地戏拟和拼盘，而是“对旧的传统形式的有独创性的现代扩展”②，它在对维多利亚时代历史的“戏谑化”处理中展现了四分之一世纪中英国社会的现实。同样，在后殖民语境中写作的小说家萨尔曼·拉什迪在《子夜诞生的孩子》里采用第一人称的叙述手法，叙述了主人公的个人成长史、家庭发展史，以及印度从1947年独立到英迪拉·甘地颁布紧急状态法时期。小说松散的结构中容纳了大量的信息和内容，唯一的叙述者萨利姆全知全能，但他的讲述不是完全按照历史线性时间顺序进行的。在对印度独立、宗教大屠杀、巴基斯坦自治、孟加拉战争、英迪拉·甘地颁布紧急状态法令等重大社会政治事件的交错叙述中，萨利姆常常提醒读者：他的记忆并不一定可靠，并承认自己弄错了甘地死亡和1957年大选的时间。萨利姆记忆缺失时的双重叙述凸显了历史的不确定性，达到了强烈的反讽效果。在拉什迪的另一部作品《羞耻》中，作家在颠倒时序、混淆历史与现实的界限方面过犹不及。小说从一开始就展示了一个等级森严、阶段分明的时代，使读者误以为这是一个殖民地社会或新殖民地社会，但不久叙述者就提及故事发生的时间是14世纪。此后，叙述者又把读者引入另一个时间段落，并且“还要责备读者……相信存在一个统一的时间标准”③。最后，经历了一系列困惑的读者又会发现故事发生的时间离当下并不遥远，因为叙事者提请读者参照20世纪后半叶苏联入侵阿富汗的事件。叙述者说：“最近的科学实验向我们表明，在某些类型的封闭体系中，在强大的压力之下，时间可以向后倒流，以致因果可

① William Palmer, *The Fiction of John Fowles*, Columbia: University of Missouri Press, 1974, pp. 4.

② Robert Huffaker, *John Fowles*, Boston: Twayne Publishers, 1980, pp. 98.

③ 张和龙：《战后英国小说》，上海教育出版社2006年版，第157页。

以倒置。"① 不难看出，在小说的叙述中，时间倒流的情况屡屡发生，历史似乎被叙述者"玩弄"于股掌之间，这种"时间迷宫"制造了超越历史的阐述方式。此外，小说家马丁·艾米斯在1991年发表的小说《时间之箭》里也采用了时间倒流的写法，将历史的走向从坟墓回溯到摇篮，在这样的语境中，小说充斥着插科打诨的笑话：纳粹战犯因时序颠倒而复活，大屠杀中死去的人们也纷纷地活过来……总之，小说世界在历史时间的倒置下黑白不分，是非不明，呈现出强烈的"黑色幽默"。

"二战"刚刚结束不久，有些小说家们就尝试以戏仿和拼贴的手法将历史因素移植到当代写作的土壤中。著名小说家戴维·洛奇在《小世界》里，把寻找圣杯的历史神话主题移植到现实中，让当代的骑士为了爱情，几经挫折，历经坎坷。小说通过对历史背景的"戏仿"建构起当代骑士的冒险情节和爱情故事。到了后现代主义文学的语境中，随意编造和歪曲历史真实的情形更是屡见不鲜。比如19世纪末的维也纳可以受到土耳其人的围攻，摩西举办摇滚音乐会等。小说家们在叙述中将历史与幻想故事，以及互不相关的叙事材料堆积在一起，开始不断消解传统历史的权威性与不可逆性。朱利安·巴恩斯的作品《福楼拜的鹦鹉》看似一部福楼拜的传记，具有"研究"与"考证"的性质，但是，作家通过小说主人公布雷思维特表达得很明白："过去是自传的虚构，假装议会的记录……"，② 字里行间渗透着对历史的质疑。所谓"福楼拜的鹦鹉"，指的是福楼拜在创作《一颗淳朴的心》时由于塑造人物的需要而置于案头的鹦鹉标本，而小说主人公调查的主要内容就是这只鹦鹉的下落。在艰难的寻找过程中，主人公渐渐意识到应拓宽对过去的认识，历史不仅包括实现的了，而且包括未实现的计划和梦想，因此这部作品不仅涵盖了逝去的真实历史，而且也展示了"可能的生活"。小说在"不可凭信的福楼拜"一章中，描写了福楼拜可能写出的著作和走过的道路，在"路易·柯勒的说法"一章中虚构了福楼拜情人路易·柯勒对他们之间爱情的看法，这些都体现了对历史材料重构式的"戏仿"。巴恩斯在1989年发表的《$10\frac{1}{2}$章世界史》里将这种革新推向了极致。虽然小说在标题上明确地点出了"历史"的性质，但是读者发现它既不是"历史"也不是"小说"，而是一些传奇故事、历史事件、报告文学等一些不相关材料的堆砌。这部所谓的"世界史"一共十章，在第八章和第九章之间有一个插曲，这个"半章"消解了历史的严肃性，通过虚构对历史因素进行了重新阐释。将历史与虚构更为轻巧地结合在一起的，当属小说家贝里尔·班布里奇。他的小说《过生日的男

① Salman Rushdie, *Shame*, London: Vintage, 1995, pp. 140.

② Julian Barnes, *Flaubert's Parrot*, London: Jonathan Cape, 1984, pp. 90.

孩子》记述了1912年司各特上尉领导的南极探险队在返回途中全部遇难的事件，作者在其中加入了不同叙述者虚拟的内心活动和思想状况，并在严肃的历史之外描写了美丽而富有诗意的南极雪景，在历史中嵌入了感性的虚构因子，对历史因素进行主观的“修饰”。此外，彼得·阿克罗伊德在记述托马斯·查特顿生平的《查尔顿》中，设计了几种关于查尔顿生平的不同版本。他在小说里写道：“一切就这么发生了，没有任何动因……它们仅仅存在，它们为存在而存在。”① 小说为历史提供了几种“可能”的结局，在对历史的质疑和重新书写之间表现作家的思索。

总之，20世纪英国小说对历史因素进行不同方式的“戏谑”，或在时代误置与时间倒流之间表现小说主旨，或以消解权威的方式为历史发展提供多种途径，或在历史中嵌入虚构、主观的因素，实现对历史因素的重构和当代阐释。

历史并非一个古老而静止的箱子等待着打开，过去的岁月在新的叙事形式中不断呈现新的面孔。正如史蒂文·康纳（Steven Connor）所说，许多英国小说“不仅被动地烙下了历史的印记，而且也是历史被书写与被重写的手段之一。”② 在20世纪英国文学中，历史因素以“附属性”、“碎片性”的面貌充斥在小说中，同时，小说家们以独特的方式处理笔下的历史因素，在多重声音中重新解读历史，赋予了历史以黑色幽默和戏谑化的特征。他们或将笔触深入遥远的神话时代和中世纪，或将思索寄寓一段刚刚消逝的历史事件，使历史因素的深刻内涵在多重视野中向当代走来，构成了小说的现代张力和独特魅力。

---

① Peter Ackroyd, *Chatterton*, London: Penguin Books, 1987, pp. 232.

② Steven Connor, *The English Novel in History, 1950 - 1995*, London & New York: Routledge, 1996, pp. 1.

参考文献

[1]《马克思恩格斯选集》1～4卷，人民出版社1995年版。

[2]《马克思主义经典作家论历史科学》，人民出版社1961年版。

[3]《马克思恩格斯论文学艺术》，人文学出版社1983年版。

[4]《列宁论文学艺术》，人民文学出版社1983年版。

[5]《毛泽东选集》1～4卷，人民出版社1995年版。

[6]《邓小平文集》1～3卷，人民出版社1993年版。

[7]（汉）司马迁：《史记》，中华书局1982年版。

[8]（汉）班固：《汉书》，中华书局1962年版。

[9]（唐）刘知几：《史通》，上海古籍出版社2008年版。

[10]（明）范晔：《后汉书》，中华书局1965年版。

[11]（明）陈寿：《三国志》，中华书局1959年版。

[12]（明）冯梦龙著，魏同贤主编：《冯梦龙全集》，江苏古籍出版社1993年版。

[13]（明）李开先著，卜键笺校：《李开先全集》，文化艺术出版社2004年版。

[14]（明）毛晋编：《六十种曲》，中华书局1958年版。

[15]（明）孟称舜著，朱颖辉辑校：《孟称舜集》，中华书局2005年版。

[16]（明）张凤翼撰，隋树森、秦学人、侯作卿校点：《张凤翼戏曲集》，中华书局1994年版。

[17]（清）洪昇著，徐朔方校注：《长生殿》，人民文学出版社1983年版。

[18]（清）孔尚任著，王季思、苏寰中、杨德平合注：《桃花扇》，人民文学出版社1959年版。

[19]（清）李渔撰，萧欣桥等点校：《李渔全集》，浙江古籍出版社1992年版。

[20]（清）李玉撰，陈古虞、陈多、马圣贵点校：《李玉戏曲集》，上海古籍出版社2004年版。

[21]（清）吴伟业撰，李学颖集评标校：《吴梅村全集》，上海古籍出版社

1990 年版。

［22］（清）章学诚：《文史通义》，中华书局 1985 年版。

［23］《全唐诗》，中华书局 1960 年版。

［24］《古本戏曲丛刊》编辑委员会编：《古本戏曲丛刊》初集，商务印书馆 1954 年版。

［25］《古本戏曲丛刊》编辑委员会编：《古本戏曲丛刊》二集，商务印书馆 1955 年版。

［26］《古本戏曲丛刊》编辑委员会编：《古本戏曲丛刊》三集，文学古籍刊行社 1957 年版。

［27］《古本戏曲丛刊》编辑委员会编：《古本戏曲丛刊》五集，上海古籍出版社 1986 年版。

［28］王国维：《王国维戏曲论文集》，中国戏剧出版社 1984 年版。

［29］王国维著，马美信疏证：《宋元戏曲史疏证》，复旦大学出版社 2004 年版。

［30］鲁迅：《中国小说史略》，东方出版社 1996 年版。

［31］鲁迅：《鲁迅论文学》，人民文学版社 1958 年版。

［32］郭沫若：《沫若剧作选》，人民文学出版社 1978 年版。

［33］茅盾：《关于历史和历史剧》，《茅盾评论文选》，人民文学出版社 1978 年版。

［34］黄仁宇：《万历十五年》，中华书局 2006 年版。

［35］范文澜：《中国通史》1～10，人民出版社 1994 年版。

［36］王季思主编：《全元戏曲》，人民文学出版社 1990 年版。

［37］王利器辑录：《元明清三代禁毁小说戏曲史料》，上海古籍出版社 1981 年版。

［38］吴梅著，王卫民编：《吴梅戏曲论文集》，中国戏剧出版社 1983 年版。

［39］韩兆琦：《中国传记文学史》，山西人民出版社 1992 年版。

［40］欧阳健：《古小说研究论》，巴蜀书社 1997 年版。

［41］纪德君：《明清历史演义小说艺术论》，北京师范大学出版社 2000 年版。

［42］郑铁生：《三国演义叙事艺术》，新华出版社 2000 年版。

［43］齐裕焜：《中国历史小说通史》，江苏教育出版社 1999 年版。

［44］齐裕焜：《中国古代小说演变史》，敦煌文艺出版社 1990 年版。

［45］中国戏曲研究院编：《中国古典戏曲论著集成》，中国戏剧出版社 1982 年版。

［46］傅惜华编著：《元代杂剧全目》，作家出版社 1957 年版。

[47] 周贻白：《中国戏剧史长编》，上海书店出版社 2004 年版。

[48] 庄一拂编著：《古典戏曲存目汇考》，上海古籍出版社 1982 年版。

[49] 张松如：《中国诗歌史论》，吉林大学出版社 1985 年版。

[50] 李昌集：《中国古代曲学史》，华东师范大学出版社 1997 年版。

[51] 郭英德：《明清传奇史》，江苏古籍出版社 2001 年版。

[52] 郭英德：《明清文人传奇研究》，北京师范大学出版社 2001 年版。

[53] 孙书磊：《中国古代历史剧研究》，南京师范大学出版社 2004 年版。

[54] 谭帆、陆炜：《中国古典戏剧理论史》，华东师范大学出版社 2005 年版。

[55] 叶长海：《中国戏剧学史稿》，中国戏剧出版社 2005 年版。

[56] 范伯群主编：《中国近现代通俗文学史·历史演义编》，江苏教育出版社 2000 年版。

[57] 王富仁、柳凤九主编：《中国现代历史小说大系》河北人民出版社 1999 年版。

[58] [德] 冯·兰克：《历史上的各个时代——兰克史学文选之一》，北京大学出版社 2010 年版。

[59] [英] W. H. 沃尔什：《历史哲学导论》，北京大学出版社 2008 年版。

[60] [法] 费尔南·布罗代尔：《论历史》，北京大学出版社 2008 年版。

[61] [英] 柯林武德：《历史的观念》，北京大学 2000 年版。

[62] [意] 克罗齐：《历史学的理论和实际》，商务印书馆 1982 年版。

[63] [意] 克罗齐：《那不勒斯王国史》，中国社会科学出版社 2005 年版。

[64] 张京媛主编：《新历史主义与文学批评》，北京大学出版社 1993 年版。

[65] 童庆炳：《在历史与人文之间徘徊》，北京师范大学出版社 2007 年版。

[66] 杨义：《中国叙事学》，人民出版社 1997 年版。

[67] 吴秀明：《文学中的历史世界——历史文学论》，吉林教育出版社 1994 年版。

[68] 吴秀明：《真实的构造——历史文学真实论》，春风文艺出版社 1995 年版。

[69] 吴秀明：《中国当代长篇历史小说的文化阐释》，文化艺术出版社 2007 年版。

[70] 吴秀明主编：《当代历史文学生产体制和历史观问题研究》，中国社会科学出版社 2011 年版。

后 记

北京师范大学文艺学研究中心以童庆炳为首席专家的课题组于2005年的竞标中获得了这一课题的资助。从2005年开始，到2009年春天基本结束，共做了4年多的时间。总的来看是按照原来的研究计划执行的。在2006年通过了中期检查后，我们于2008年春天，又召开了一次课题研讨会，对原有的比较庞大的研究计划做了凝练，突出了需要研究的重大问题，补充了一些具有现实意义的问题，删去了一些没有必要的枝节。决定把研究成果分成三种：第一是最终成果：一部45万字左右的专著，目前已经按照计划完成。第二是阶段性成果，即要在各种重要刊物发表50篇左右的论文，这一计划也完全实现。第三是延伸性成果，即在通过结项后，继续研究写作，完成一套包括五部书稿的丛书，目前这个计划基本完成，只需补充个别章节就可成书。应该说，我们的研究在历史题材文学研究这一领域，开拓了新的局面，在前人研究基础上有了较大推进。

在我们课题组成员先后发表的约50篇论文中，涉及了当下历史题材文学创作的方方面面，突出的是十大问题八大现象的研究与探索。这一点我们已经在"摘要"中做了说明。我们的研究与写作，把重点放在历史题材基本理论问题和新时期以来的历史题材文学创作与改编的上面。我们就历史题材创作和改编中宏观问题，如历史研究与文学研究的区别与关联，历史书写与文学书写的问题，提出了一些崭新的观点。如我们认为：文学研究与历史研究之间也不再存在不可逾越的鸿沟。事实上，历史视域从来都是文学研究最主要的视角之一，而历史研究也常常从文学研究中汲取营养。如果说，"历史的也是文学的"与"文学的也是历史的"这样具有后现代色彩的提法并非毫无道理的臆说，那么"历史的文学研究"与"文学的历史研究"也自然应该是有意义的论题。又认为：20世纪下半叶以来，在人文科学领域那种科学主义倾向受到普遍质疑，人们越来越不满于19世纪和20世纪之交确立起来的那些学科规范。在后现代主义语境中，一股反学科的潮流蔓延开来。就文学与历史而言，不是文学首先宣布自己有资格成为历史，而是历史宣布自己原本与文学并无根本区别，大家本来是一家。无论中国还是西方，文学与历史这两个人文学科都是在人类文化发展演变的过程中历史地形成的，它们有着共同的源头，曾经是那样亲密无间，有如一体；后来又长期分道扬镳，形同路人，最终又相互示好，颇有同舟共济的势头。但文学叙事与历史叙事毕竟有根本的区别。即使不从现代以来的学科限制角度来看待这两种叙事方式，也还是可以发现它们之间的种种不同。就取材而言，迄今为止，一切历史叙事无不着眼于那些重大的历史事件，尤其是政治的、军事的事件。青睐于重要政治人物的行为。因为他们的名字已然成为某种代表着各种力量、利益和动机的符号，在历史叙事中非常便于表述。文学叙事则不然，尽管它也取材于曾经发生过或正在发生着的社会生活事件，但在选材过程中，作家的个人经验与体验十分重要，所以就是取材于重大政治事件，就对材料的处理而言，历史叙事注意勾勒前因后果，重视实践脉络的梳理，不大关注具体场景和细节描写，或者说是叙述为主，很少有描写。文学叙事则实际上是以描写与叙述交错而行，而且非常注重细节刻画。就叙事的目的来看，历史叙事追求的是使接收者处身于历史潮流中感受社会之变迁，文学叙事则追求使接受者进入一个生活场景之中体验世态人情；历史叙事为的是满足人们的集体性想象或对集体的想象，因此强调历史整体感；文学叙事为的是满足人们的个体精神需要，因此强调独特情感体验。这里仅举历史叙事和文学叙事的同一这一例，就能说明我们的论文观点具有创新性，具有融通的时代感。这是我们对历史与文学异同问题的基本看法。我们在研究与写作中贯穿了这一思想。

在研究方法上，我们采用了文化诗学和跨学科的研究方法。文化诗学一方面要求文本细读，一方面要求把细读中发现的问题放到原有的历史文化语境中去把握，使结构与历史形成互动与互构的关系。跨学科的方法则是指我们采用了审美学的、历史学的、政治学的、社会学的和心理学的多学科的考察视点，而不局限于单一学科的视点。

本课题研究的前期成果，是50篇论文，分别发表在全国（包括香港、台湾地区）多种刊物发表的论文，在学界产生了影响；有的论文在《新华文摘》、《中国社会科学文摘》等刊物转载，在更大范围产生了一定的社会影响。

本课题组的成员来自属于教育部人文社会科学重点研究基地的北京师范大学文艺学研究中心，北京师范大学文学院，浙江大学中文系，北京电影学院。项目主持人是北京师范大学文艺学研究中心童庆炳教授。上篇负责人是童庆炳教授、李春青教授；中篇负责人是吴秀明教授；下篇负责人是李真瑜教授（古代部分）、邹红教授（现代部分）和程正民教授（外国部分）。

参与上篇编撰的成员有：

北京师范大学文艺学研究中心：

童庆炳：序言，第四章　历史题材文学作品三向度，第五章　历史题材文学创作三层面，第六章　历史题材文学的艺术理想：历史真实与艺术真实的统一，第七章　历史题材文学类型及其审美精神，第十章　历史题材文学中封建帝王的评价问题；

王一川：第八章　当前中国电视剧中后历史剧现象；

李春青：第一章　文学研究与历史研究之关联，第二章　文学叙事与历史叙事的异同与关联，第十一章　历史题材文学创作的评价标准与方法；

陈雪虎：第九章　历史题材文学中的人民取向问题；

姚爱斌：第三章　政治与美学视野中的历史题材文学；

史革新（北京师范大学历史学院）：第十二章　历史剧创作论争的考察。

参与中篇编撰的成员有：

浙江大学中文系：

吴秀明：第十三章　历史题材文学的现代性追求，第十八章　历史题材文学中历史人物的“翻案”现象

吴秀明、王姝：第十四章　历史题材文学的民族本土立场

刘起林：第十五章　当代历史题材文学创作中的“盛世情结”，第十七章　历史题材创作中的“戏说”问题

詹玲：第十六章　历史题材文学中的人民群众评价问题

赵勇（北师大文艺学研究中心）：第十九章　红色经典剧的改编问题，第二十章　当代历史题材文学的生产与消费。

参与下篇编撰的成员有：

李真瑜、郭英德、房春草、王瑜瑜、王楚达、徐秋妮、常楠、刘冬梅（北京师范大学文学院）：第二十一章　中国古代史传文学的传统与经验，第二十二章　中国古代历史小说的传统与经验，第二十三章　中国古代历史剧的传统与经验；

沈庆利：（北京师范大学文学院）：第二十四章　现代中国历史题材文学的经验描述，第六章　第二十七章　郭沫若历史剧中的“现代”与“传统”；

邹红、卓光平：（北京师范大学文学院）：第二十五章　鲁迅《故事新编》的历史世界，第二十六章　鲁迅《故事新编》的寓言世界；

程正民（北京师范大学文艺学研究中心）：第二十八章　别林斯基论历史题材创作；

王志耕（南开大学文学院）第二十九章　托尔斯泰历史小说的历史意识与人的意义；

贺红英（北京电影学院）第三十章　《夏伯阳》：一种“苏维埃神话模式”的确立；

刘洪涛、谢丹凌：（北京师范大学文学院）第三十一章　十九世纪英国历史小说发展特征，第三十三章　二十世纪英国小说中的历史叙述策略；

万信琼：第三十二章　司各特历史小说的叙事模式。

课题组成员分工合作，相互切磋，发挥特长，形成了可贵的团队精神。

本课题是教育部哲学社会科学研究重大课题攻关项目，我们课题组得到了资助和支持，这里我们感谢教育部的有关单位。北京师范大学也给予了支持与资助，我们也很感激。经济科学出版社的编辑程晓云和张庆杰同志认真编辑此书，付出了辛勤的劳动，在此谨致谢忱。

教育部文科重点研究基地　北京师范大学文艺学研究中心

历史题材文学创作与改编重大问题研究课题组

2011 年 7 月

教育部哲学社會科学研究重大課題攻關項目
成果出版列表

书　名	首席专家
《马克思主义基础理论若干重大问题研究》	陈先达
《马克思主义理论学科体系建构与建设研究》	张雷声
《人文社会科学研究成果评价体系研究》	刘大椿
《中国工业化、城镇化进程中的农村土地问题研究》	曲福田
《东北老工业基地改造与振兴研究》	程　伟
《全面建设小康社会进程中的我国就业发展战略研究》	曾湘泉
《自主创新战略与国际竞争力研究》	吴贵生
《转轨经济中的反行政性垄断与促进竞争政策研究》	于良春
《当代中国人精神生活研究》	童世骏
《弘扬与培育民族精神研究》	杨叔子
《当代科学哲学的发展趋势》	郭贵春
《面向知识表示与推理的自然语言逻辑》	鞠实儿
《当代宗教冲突与对话研究》	张志刚
《马克思主义文艺理论中国化研究》	朱立元
《历史题材文学创作重大问题研究》	童庆炳
《现代中西高校公共艺术教育比较研究》	曾繁仁
《楚地出土戰國簡册［十四種］》	陳　偉
《中国市场经济发展研究》	刘　伟
《全球经济调整中的中国经济增长与宏观调控体系研究》	黄　达
《中国特大都市圈与世界制造业中心研究》	李廉水
《中国产业竞争力研究》	赵彦云
《东北老工业基地资源型城市发展接续产业问题研究》	宋冬林
《中国民营经济制度创新与发展》	李维安
《中国加入区域经济一体化研究》	黄卫平
《金融体制改革和货币问题研究》	王广谦
《人民币均衡汇率问题研究》	姜波克
《我国土地制度与社会经济协调发展研究》	黄祖辉
《南水北调工程与中部地区经济社会可持续发展研究》	杨云彦